새벽의 세에라자드 II

새벽의 세에라자드 II

The Rose and the Dagger

장미와 단검

르네 아디에 지음 | **심연희** 옮김

문학수첩

나의 자매들, 에리카, 일레인, 사바에게
이 책을 바칩니다.
우리 자매들이 아니었다면 이 책을 쓸 수 없었을 거예요.
그리고 언제나 고마운 빅터에게도.

Contents

프롤로그 ··· *12*

물은 거짓말을 한다 ··· *21*

언제나 ··· *43*

이야기와 비밀 ··· *53*

지울 수 없는 선 ··· *68*

세계 사이의 통로 ··· *80*

기꺼이 배우려는 의지 ··· *104*

나비와 야수 ··· *109*

물 한 방울 흘러내리지 않은 채 ··· *119*

장미꽃 휘날리며 ··· *129*

불 ··· *143*

무한한 존재 ··· *166*

바닷가의 소년 ··· *173*

파멸이 있는 곳 ··· *194*

전투 준비 명령을 내리는 생쥐 ··· *211*

완벽한 균형 ··· *218*

완전히 ··· *245*

날개 달린 뱀 ··· *260*

거울의 어두운 면 ··· *274*

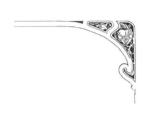

교묘하고 날렵한 속임수로 ··· 295

심장으로 향한 화살 ··· 311

오빠와 집 ··· 322

빗나간 ··· 354

존재하는 힘 중에서 가장 위대한 힘 ··· 379

책장 위의 삶과 죽음 ··· 384

사암 궁전 ··· 392

호랑이와 매 ··· 424

불타는 반얀 나무 ··· 434

날아다니는 뱀의 머리 ··· 441

한 수 아래 ··· 444

하얀 조개껍데기 ··· 463

물물교환과 거짓말과 배신 ··· 477

원치 않는 도착 ··· 493

아마르다의 문 ··· 505

장미 ··· 516

단검 ··· 525

사랑할 수 있는 힘 ··· 527

에필로그 ··· 532
작가 후기 ··· 539

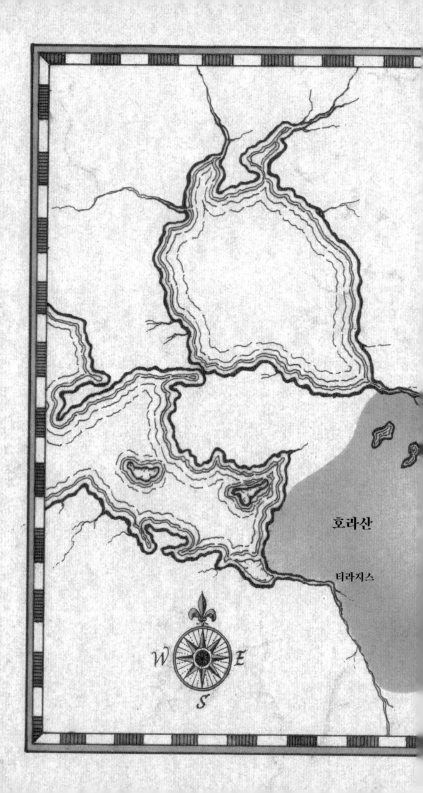

호라산

티라지스

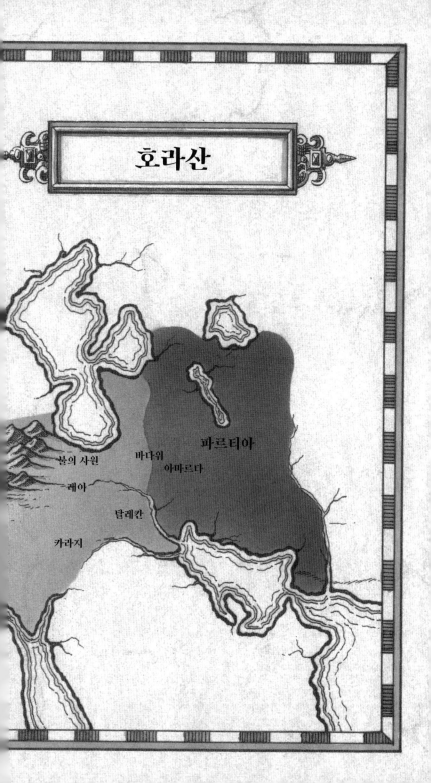

호라산

파르티아

불의 사원

바다위

아마르다

레아

탈레칸

카라지

장미의 가장 희귀한 성질은

그 가시에 있다.

잘랄루딘 루미

프롤로그

소녀가 열한 살이 된 지도 아홉 달이 지났다.

이 아홉 달 동안 참 중요한 일이 많이 일어났다.

오늘 아침, 아버지는 소녀에게 중요한 임무를 맡겼다. 아홉 달 동안 소녀가 훌쩍 커버린 덕분이었다. 그래서 세상 짐은 다 짊어진 듯 한숨을 쉬며, 소녀는 낡은 소매를 걷어붙이고 돌무더기를 삽으로 떠서 옆에 있는 손수레에 담았다.

"너무 무거워."

소녀의 여덟 살 난 남동생이 불평을 해댔다. 그 애도 재가 내려앉은 잔해를 무너진 집 안에서 밖으로 옮기려고 애쓰는 중이었다. 새카만 잔해 가운데서 검댕이 확 피어오르자 소년이 기침을 했다.

"내가 도와줄게."

소녀는 삽을 쨍그랑 떨어뜨리고 나섰다.

"도움은 필요 없어!"

"우리는 서로 도와가며 일해야 해. 안 그럼 아빠가 집에 오기 전에 다 치울 수가 없단 말이야."

소녀는 두 주먹을 옆구리에 붙이고 동생을 노려보았다. 동생은 허공에 손을 마구 저어가며 소리쳤다.

"여길 좀 봐! 이건 절대로 다 못 치워!"

소녀의 눈이 동생의 손을 따라 사방을 둘러보았다.

집의 흙벽은 다 뜯겼다. 무너지고 새카맣게 탔다. 지붕은 뻥 뚫려 하늘이 보였다. 흐릿하고 쓸쓸한 하늘이었다.

한때 이곳은 영광스러운 도시였는데, 어쩌다 이렇게 되었을까.

한낮의 태양은 산산조각 난 레이의 집 지붕 뒤에 가려 보이지 않았다. 부서진 건물은 성난 돌과 그을은 대리석에 그림자를 드리우며 빛과 어둠을 갈랐다. 여기저기서 여전히 연기를 내뿜는 돌무더기를 볼 때마다 불과 며칠 전에 일어났던 일이 아직도 생생하게 떠올랐다.

어린 소녀는 눈에 힘을 주고 동생에게 다가갔다.

"일하기 싫으면 밖에 나가서 기다려. 하지만 난 계속 할 거야. 누군가는 해야 하니까."

소녀는 손을 뻗어 삽을 집었다. 소년은 옆에 있던 돌멩이를 발로 찼다. 돌은 단단히 다져진 땅을 데구루루 구르다가 누군가의 발에 맞고 멈췄다. 두건을 쓴 낯선 사람이 부서진 문 앞에 서있었다.

소녀는 삽을 쥔 손에 힘을 꼭 주고서 남동생을 뒤로 숨겼다.

"누구⋯⋯?"

소녀는 말을 잇다 멈췄다. 낯선 사람은 금실과 은실로 수놓은 검은 리다를 쓰고 있었다. 정교하게 세공된 칼집은 보석으로 장식

됐고, 샌들은 최고급 송아지 가죽으로 만든 것이었다.

이 사람은 도둑이 아니었다.

소녀는 어깨를 쭉 펴고서 물었다.

"무슨 일로 오셨나요, 사히브?"

하지만 남자가 곧바로 대답하지 않자, 소녀는 삽을 치켜들고 눈썹을 찌푸렸다. 가슴속에서 심장이 콩콩 뛰었다.

낯선 남자는 무너져 가는 문틀 안으로 들어왔다. 그러고는 두건을 젖히고 두 손바닥을 들어 보이며 겁내지 말라 부탁했다. 동작 하나하나가 조심스러웠고, 물 흐르듯이 우아했다.

어슴푸레한 빛줄기 사이로 남자가 성큼 들어서자 소녀는 처음으로 그의 얼굴을 똑똑히 보았다.

그는 예상했던 것보다 젊었다. 아무리 봐도 스무 살이 안 되어 보였다.

아름다운 얼굴이었다. 하지만 얼굴선이 너무 날카롭고, 표정도 심각했다. 게다가 햇빛을 받은 손이 아름다운 자태와는 달리 거칠어 보이는 것도 이상했다. 손바닥은 붉고 갈라진 데다 살갗이 벗겨져 있었다. 힘들게 일했다는 뜻이었다.

남자의 지친 눈동자는 반짝반짝 빛나는 황갈색이었다. 소녀는 이런 눈을 예전에 본 적 있었다. 사자 그림에서 봤다.

"놀라게 할 마음은 없었다."

낯선 남자가 부드럽게 말했다. 그의 눈길은 폐허가 된 단칸방을 둘러보았다.

"네 아버지와 이야기를 좀 할 수 있을까?"

소녀의 의심이 다시금 도졌다.

"아빠는, 여기 없어요. 집을 고칠 재료를 받으려고 줄 서는 곳에 가셨어요."

낯선 남자는 고개를 끄덕였다.

"그러면 어머니는 계시니?"

"엄마는 죽었어요. 태풍이 불었을 때 떨어진 지붕에 맞았어요. 그래서 죽었어요."

소녀 뒤에 숨어있던 동생이 말했다. 꼬마의 말투에는 누나와 달리 여봐란듯한 반항심이 서려있었다. 어린아이 특유의 되바라진 태도였다.

그렇지 않아도 심각했던 낯선 남자의 분위기가 잠시 더욱 심각해졌다. 그는 시선을 돌리고, 늘어뜨린 손으로 주먹을 꽉 쥐었다.

이윽고 낯선 남자는 다시 남매를 바라보았다. 주먹은 여전히 손마디가 하얘질 정도로 쥔 채였어도 눈빛에는 이제 흔들림이 없었다.

"삽이 또 있니?"

"삽은 왜 찾으세요, 부자 아저씨?"

소녀의 동생이 낯선 남자에게 다가갔다. 맨발로 걷는 한 걸음 한 걸음마다 비난하는 기색이 서린 것 같았다.

"캄야!"

소녀는 동생의 낡은 카미스 뒷덜미를 잡으며 숨을 몰아쉬었다. 낯선 남자는 눈을 깜빡이며 꼬마를 바라보다가 단단한 흙바닥에 웅크려 앉았다.

"네 이름이 캄야니?"

그가 입술에 우아한 미소를 살짝 드리우며 물었다.

소녀의 동생은 아무 말도 하지 않았다. 이제 눈높이가 비슷해졌는데도, 커다란 남자와 눈도 잘 마주치지 못했다. 소녀가 더듬더듬 사과했다.

"죄, 죄송해요, 사히브. 애가 좀 건방져요."

"아니, 사과하지 마라. 난 무례한 대접을 받을만한 사람이니. 오히려 고맙구나."

이번에 낯선 남자는 진짜로 미소를 지었다. 그러자 얼굴이 놀랍도록 부드러워졌다. 소녀의 동생이 덥석 말했다.

"네. 내 이름은 캄야예요. 아저씨 이름은 뭐예요?"

낯선 남자는 잠시 꼬마를 바라보다 말했다.

"할리드란다."

"그런데 왜 삽이 필요해요, 할리드?"

소녀의 동생이 다시 물었다.

"너희 집을 함께 고쳐주고 싶어서."

"왜요?"

"서로 도와주면 더 빨리 완성할 수 있으니까."

캄야는 천천히 고개를 끄덕였다가 다시 갸웃거렸다.

"하지만 여긴 아저씨 집이 아니잖아요. 그런데 왜 도와주려고 해요?"

"레이는 내 고향이니까. 그리고 너의 고향이기도 하니까. 만약 나에게 도움이 필요할 때 네가 도와줄 수 있다면, 넌 나를 도와주지 않을 거니?"

"아뇨, 도와줄 거예요."

캄야는 주저하지 않고 대답했다. 그러자 낯선 남자는 일어섰다.

"그럼 합의한 거다. 나랑 삽을 나눠 쓸까, 캄야?"

오후 내내 세 사람은 까맣게 탄 나무와 물에 젖은 잔해를 바닥에서 치웠다. 소녀는 낯선 남자에게 자신의 이름을 알려주지 않았고 남자의 이름을 듣기는 했어도 그저 '사히브'라고 불렀지만, 캄야는 함께 물리쳐야 할 적이 있는 오랜 친구처럼 남자를 대했다. 낯선 남자가 남매에게 물과 라바시 빵을 주자, 소녀는 고개를 꾸벅 숙이고 이마에 손끝을 대어 고맙다는 뜻을 표했다.

하지만 수려한 외모의 낯선 남자가 아무런 말 없이 자신과 똑같이 감사를 표하자 소녀의 뺨이 붉어졌다.

이윽고 날이 저물고 서서히 밤이 다가오기 시작했다. 캄야는 방구석에 쪼그려 앉아 턱을 가슴에 푹 숙이고 천천히 눈을 감았다.

낯선 남자는 잔해 중에서 마지막으로 쓸만한 나무를 골라 문 옆에 세워두고 일을 마무리했다. 그런 다음 리다에서 먼지를 털어내고 다시 머리에 두건을 뒤집어썼다.

"고맙습니다."

소녀가 조용히 중얼거렸다. 최소한 고맙다는 말을 해야 한다는 건 알고 있었다.

남자는 슬쩍 고개를 돌려 소녀를 보았다. 그러더니 망토에 손을 넣어 가죽끈으로 묶은 자그마한 주머니를 꺼냈다.

"부디 받아다오."

소녀는 고개를 저었다.

"아녜요, 사히브. 돈을 받을 수는 없어요. 우리는 이미 충분한 도움을 받았어요."

"많지 않은 돈이다. 네가 받아주었으면 좋겠구나."

처음에는 피곤해 보였던 남자의 눈동자였는데 이제는 지친 기색이 사라졌다.

"부탁이다."

그렇게 말한 순간, 남자의 얼굴 위로 어떤 기색이 드러났다. 어째서 이제껏 보지 못했을까. 그림자의 장난에 가려져 있어서였나. 어른거리는 재와 먼지의 여운에 숨겨져 있어서였나…….

소녀가 감히 헤아릴 수 없을 정도로 깊이 새겨진 고통을 의미하는 그 무엇이었다.

소녀는 그 손에서 작은 주머니를 받아 들었다.

"고맙다."

남자가 작은 목소리로 말했다. 마치 도움을 받은 쪽은 자신이라는 듯이.

소녀가 말했다.

"시바요. 제 이름은 시바예요."

순간, 남자의 얼굴에 믿을 수 없다는 기색이 일었다. 그러더니 날카로운 얼굴선이 부드럽게 변했다.

"그렇구나."

남자는 이마에 한 손을 대고 깊숙이 절했다.

이게 무슨 일일까. 소녀는 어리둥절했지만 그래도 가까스로 이마에 손가락을 대고서 마주 예의 바르게 절했다. 하지만 다시 고개를 들었을 때, 남자는 길모퉁이를 돌고 있었다.

그렇게 그는 짙어지는 밤의 어둠 속으로 사라졌다.

물은
거짓말을 한다

이것은 그저 반지일 뿐이다.

그러나 셰에라자드에게는 너무나 큰 의미가 있는 반지였다.

잃어버려서는 안 되는, 맞서 싸워 지켜야 할 것이었다.

셰에라자드는 빛줄기 사이로 손을 들었다. 무광의 금반지는 두 번 반짝였다. 마치 저 모래 바다 너머에 있는 자신의 짝을 떠올리는 것처럼.

'할리드.'

다시금 레이에 있는 대리석 궁전을 떠올리자 할리드 생각이 났다. 부디 그이가 잘랄이나 그의 숙부인 샤르반과 함께 있었으면 했다.

혼자가 아니었으면 좋겠다. 어떻게 지내고 있을까…….

'왜 나는 그 옆에 있으면 안 되지?'

그러다 셰에라자드는 입술을 꾹 다물었다.

'왜냐하면, 내가 레이에 있었던 마지막 순간 수천 명의 무고한

시민이 죽어갔으니까.'

셰에라자드는 돌아갈 수 없었다. 자신의 백성들을 지킬 방법을 찾을 때까지는, 할리드의 끔찍한 저주를 풀 방법을 찾기 전까지는 그럴 수 없었다.

그때, 천막 바깥에서 염소 한 마리가 아무렇게나 유유히 돌아다니다가 매애, 울기 시작했다.

화가 난 셰에라자드는 얼기설기 만든 담요를 확 들추고는 침낭 옆에 둔 단검을 집었다. 그래봤자 별 위협은 되지 못하겠지만, 그래도 최소한 내 몸 하나는 지키는 시늉이라도 하며 싸워야 할 테니까.

하지만 그녀를 조롱하듯, 천막 너머에서 날카로운 소리가 끊임없이 들려왔다.

'저거…… 방울인가?'

바깥에 있는 작은 염소는 목에 방울을 달고 있었다! 게다가 딸랑대는 소리와 매애 우는 소리가 뒤섞여 더는 잠을 이루기가 불가능했다.

셰에라자드는 보석 박힌 단검 자루를 움켜쥐고 일어나 앉았다.

그러다 답답한 마음에 울화가 치밀어 소리를 지르며 다시 까슬까슬한 양모 침낭에 털썩 몸을 누였다.

'이 상태로는 잘 수 없을 것 같아.'

게다가 집에서 이토록 멀리 벗어난 곳에서, 마음이 원하는 데서 멀리 떨어진 곳에서 어찌 잠을 이루겠는가.

셰에라자드는 문득 목으로 울컥 치받혀 오는 덩어리를 애써 가라앉혔다. 그리고 겹쳐진 검 두 자루를 새겨놓은 반지를 엄지로

매만졌다. 할리드가 오른손에 끼워준 지 겨우 2주밖에 되지 않은
반지였다.

'그만해. 의미 없는 말을 늘어놓으며 불평해 봤자 아무 소용
없어.'

셰에라자드는 다시 일어나 앉은 다음, 새로이 들어온 곳을 둘
러보았다.

이르사의 침낭은 작은 천막 한쪽에 깔끔하게 숨겨두었다. 보아
하니 동생은 몇 시간 전에 일어나 빵을 굽고 차를 끓이고 저 망할
놈의 염소 수염을 땋으며 보냈던 것 같다.

그 생각을 하자, 현실이야 어쨌든 셰에라자드는 그만 웃을뻔했
다.

어둠 속에서 경계심을 서서히 온몸에 휘감은 셰에라자드는 단
검을 허리춤에 꽂고 일어섰다. 제대로 자지도 못하고 며칠 밤낮
을 이동하느라 온몸의 근육이 아팠다.

그 사흘 밤 동안 걱정에 시달렸고, 사흘 밤 동안 불이 난 도시
에서 도망쳤다. 그동안 질문들이 샘물처럼 끊임없이 솟아 나왔지
만, 답은 없었다. 대체 레이 외곽 언덕에서 무슨 일로 상처를 입
었는지 심하게 다친 몸을 아직도 회복하지 못한 아버지를 걱정하
며 그 사흘 밤을 보냈다.

셰에라자드는 심호흡을 했다.

이곳의 공기는 묘했다. 다른 곳보다 더욱 건조하고 바스러질
듯한 공기였다. 천막 솔기 사이로 부드러운 햇살이 비쳐 들었다.
사방에 고운 모래가 얇게 달라붙어 있었다. 그 섬세한 모래 막 때
문에 그녀가 있는 이 작은 세상은 마치 다이아몬드 가루를 뿌린

어둠으로 장식된 것처럼 보였다.

천막 한쪽에 놓인 작은 탁자 위에는 도자기 물병과 구리 대야가 놓여있었다. 셰에라자드가 지닌 몇 안 되는 소지품은 몇 달 전 무사 사라고사가 준 낡은 카펫 속에 둘둘 말린 채로 그 옆에 두었다.

셰에라자드는 탁자 앞에 무릎을 꿇고서 세수를 하려고 대야에 물을 채웠다. 물은 미지근하면서 깨끗했다. 수면에 비친 자신의 모습이 묘하게 차분한 표정으로 이쪽을 응시했다.

차분하지만 일그러진 얼굴.

하룻밤 새 모든 걸 잃었지만 또 아무것도 잃은 것이 없는 소녀의 얼굴이었다.

셰에라자드는 두 손을 슬며시 물속에 넣었다. 수면 아래 보이는 살갗은 평소처럼 따스한 청동빛이 아니라 창백한 상앗빛이었다. 그녀는 수면의 한 지점을 빤히 바라보았다. 자신의 손이 물 아래 다른 세계에 들어간 것처럼 보이는 이상하게 굴곡진 지점이었다.

천천히 움직이면서 이야기를 들려주는 그 세계.

'물은 거짓말을 해.'

셰에라자드는 얼굴에 물을 끼얹고는 축축한 손가락으로 머리를 빗었다. 그리고 옆에 있던 작은 나무통의 뚜껑을 열고는 잘게 간 민트와 백후추, 빻은 돌소금 혼합물을 조금 집어 입을 헹궜다.

"일어났구나. 언니는 어젯밤에 너무 늦게 도착했잖아. 이렇게 일찍 일어날 줄 몰랐어."

셰에라자드가 고개를 돌려보니, 천막 덮개 문이 열린 아래로 이르사가 서있었다. 세모꼴 천막 입구로 사막의 빛이 비쳐 들며 동생의 가녀린 체구가 어두운 윤곽선으로 보였다.

이르사는 방긋 웃었다가 앳된 얼굴로 집중하는 표정을 지었다.

"언니는 아침 먹을 때가 되기 전엔 절대로 일어나는 법이 없잖아."

이르사는 천막 안으로 고개를 쏙 들이밀면서 천막 문을 펄럭이며 닫았다.

"망할 놈의 염소가 밖에서 저렇게 소리를 지르는데 어떻게 자겠어?"

셰에라자드는 이르사에게 물을 튀겼다. 어쩔 수 없이 나올 질문 공세를 잠시 미뤄보려는 마음이었다.

"파르봇 말하는 거야?"

"벌써 염소한테 이름도 지어줬니?"

셰에라자드가 헝클어진 머리카락을 땋아 올리면서 빙그레 웃었다. 이르사는 얼굴을 찌푸렸다.

"파르봇은 아주 다정한 애야. 참고 보면 알게 될 거야."

"있잖아, 파르봇이 아침마다 그렇게 꼭 노래를 불러야겠다고 고집을 부린다면 내 말을 좀 전해줘. 내가 제일 좋아하는 음식은 석류 소스에 다진 호두를 뿌린 염소 스튜라고."

이르사는 구겨진 서월 바지 주머니에서 긴 노끈 한 줄을 꺼냈다.

"하! 그래, 앞에 계신 분이 왕비마마라는 걸 깜빡 잊었지 뭐야."

그녀는 노끈으로 셰에라자드의 땋은 머리끝을 묶으며 말을 이었다.

"파르봇에게 경고해야겠어. 호라산의 찬란하신 칼리파의 심기를 건드리지 말라고 말이야."

셰에라자드는 슬쩍 뒤돌아 이르사의 창백한 눈망울을 바라본 다음, 조용히 말했다.

"너 키가 많이 자랐네. 언제 이렇게 컸어?"

이르사가 두 팔로 언니의 허리를 감싸 안았다.

"보고 싶었어."

그러다 손끝이 언니의 단검 자루를 스치고 지나간 순간, 이르사는 깜짝 놀라 뒤로 물러섰다.

"왜 이런 걸 차고 다니는……."

"아빠는 깨어나셨어? 그럼 아빠한테 데려다줄래?"

세에라자드는 평소보다 활짝 웃으며 말을 돌렸다.

폭풍이 몰아치던 그날 밤, 세에라자드는 타리크, 라힘과 함께 레이 외곽의 언덕 위로 말을 타고 달려가 아버지를 찾았다.

언덕 위에서 그들은 전혀 예상하지 못한 광경을 마주했다.

자한다르 알-하이주란은 낡은 가죽 장정 책 주위로 생긴 웅덩이에 몸을 웅크리고 있었다.

맨발과 손은 온통 화상을 입은 데다 피부가 다 벗겨져 빨갛게 생살이 드러났다. 머리카락은 뭉텅이로 빠져갔다. 빗물에 한데 뭉친 머리카락이 진흙투성이가 되어 젖은 돌 위에 가닥가닥 달라붙은 모습이 마치 잔뜩 버린 쓰레기 같았다.

이르사가 타던 얼룩말은 죽은 지 오래였다. 잘린 목에는 흉악한 상처가 났고, 그 사이로 피가 철철 흘러 몸에는 남은 피가 없었다. 진흙과, 이리저리 나부끼는 재가 붉은 피와 섞여 언덕 비탈 위로 불길한 핏줄을 그리며 흘러내려 갔다.

핏빛과 회색으로 얼룩진 언덕에 웅크린 아버지의 모습. 그 모습을 셰에라자드는 결코 잊을 수 없을 것이다.

하지만 자한다르의 손가락을 책에서 떼어내려 하자, 그는 한 번도 들어본 적 없는 언어로 마구 소리를 질러댔다. 그러다 눈을 까뒤집은 순간, 속눈썹이 파르르 떨리며 눈꺼풀이 감기더니 아버지는 나흘간 한 번도 눈을 뜨지 않았다.

그리고 지금까지, 셰에라자드는 아버지의 곁을 고집스레 지켰다.

아버지가 무사한지 알아야 했으니까. 대체 무슨 일을 하신 건지 알아야 했으니까.

레이에 무엇을, 누구를 남겨두고 왔는지 상관없이 말이다.

"아빠?"

자한다르가 누운 작은 천막 안, 셰에라자드는 그의 옆에 무릎을 꿇고서 속삭였다.

자한다르는 자면서도 몸을 부르르 떨면서, 두 팔로 안은 고서를 손가락으로 단단히 쥐었다. 정신이 혼미한 상황인데도 자한다르는 그 책을 몸에서 떼어놓지 않으려고 고집을 부렸음은 물론이고 심지어 누구도 책에 손을 대지 못하게 했다.

이르사는 한숨을 쉬고는, 셰에라자드 옆으로 몸을 구부려 물잔을 건네주었다.

셰에라자드는 아버지의 갈라진 입술에 잔을 댄 다음 물을 삼키는 게 느껴질 때까지 기다렸다. 자한다르는 혼잣말을 중얼대는 듯하더니 다시 옆으로 돌아누워 책을 이불 속으로 깊숙이 숨겼다.

"안에 뭐 넣었어? 냄새가 좋네."

셰에라자드가 이르사에게 물었다.

"신선한 민트와 꿀을 좀 넣었어. 허브 찻잎이랑 우유도 좀 탔고. 며칠간 아무것도 못 드셨다면서. 이러면 좀 도움이 될까 싶었어."

이르사는 어깨를 으쓱였다.

"잘했어. 나도 그 생각을 했어야 했는데."

셰에라자드의 말에 이르사는 열네 살답지 않은 어른스러운 기색으로 말했다.

"자책하지 마. 그런 건 언니한테 안 어울리니까. 그리고…… 언니는 할 만큼 했어. 아니, 그보다 더했지."

이르사는 입술을 깨물더니, 그다지 확신 없는 어조로 말을 이었다.

"아빠는 곧 깨어나실 거야. 난…… 알 수 있어. 상처가 나으려면 차분하게, 그리고 느긋하게 기다려야 해."

셰에라자드는 아무 말 없이 아버지의 두 손을 찬찬히 바라보았다. 화상 때문에 생긴 물집 아래로 보라색 멍과 이리저리 붉게 난 상처가 가득했다.

폭풍이 일던 밤 대체 뭘 하신 거야?

우리가 무슨 짓을 한 거냐고?

"언니도 뭘 좀 먹어야 해. 어젯밤에 도착한 후로 아무것도 안 먹었잖아."

이르사가 셰에라자드의 상념을 가로막았다. 이쪽에서 무어라 항의하기도 전에, 이르사는 언니의 손에서 잔을 빼앗은 다음 셰에라자드를 끌고 아버지의 천막 뒤에 있는 모래언덕으로 갔다. 고기 굽는 내음이 사막의 공기 중에 자욱했고, 위로는 정처 없는 구름처럼 연기가 매캐하게 감도는 곳이었다. 셰에라자드의 발가락 사이로 스며들듯 들어온 고운 모래 알갱이들은 견딜 수 없을 정도로 뜨거웠다. 게다가 매서운 햇살이 닿는 곳마다 눈이 부셔서 흐리게만 보였다.

이르사와 함께 걸으며 셰에라자드는 눈을 가늘게 뜨고 바다위의 주거지를 훑어보았다. 그리고 이리저리 부산을 떨며 다들 웃고 있는 사람들의 얼굴을 하나씩 살펴봤다. 그들은 곡식 자루와 물건 더미를 이쪽저쪽으로 나르는 중이었다. 아이들은 더없이 즐거워 보였지만, 짐승의 가죽을 무두질하는 곳 그늘에는 무기들이 놓여있었다. 검과 도끼, 화살 등이 가지런히 놓여 번쩍이는 빛 역시 모른 척할 수가 없었다. 저들을 그냥 보아 넘길 수는 없어. 저 무기들이 뭘 의미하는지 너무나 명백하잖아⋯⋯.

다가올 전쟁을 준비하고 있는 거야.

'이들의 목숨도 천 배로 빼앗을 것이다.'

셰에라자드의 몸이 굳었지만, 그녀는 이내 어깨를 쭉 폈다. 동생까지 이런 문제로 고민하게 둘 수는 없었으니까. 이런 고민은 특별한 능력을 갖춘 이들만 해야 한다.

무사 사라고사 같은, 불의 사원의 마법사 같은 사람들이 해야하는 고민이란 말이야.

셰에라자드는 끝없이 어깨를 짓누르는 저주의 무게를 있는 힘껏 떨쳐냈다. 그리고 이르사와 함께 천막촌 가운데 있는 가장 커다란 천막으로 다가갔다. 그 천막은 천 조각을 이어 붙여 만들기는 했어도 아주 웅장한 구조물이었다. 햇빛에 바랜 색색의 천으로 뒤범벅된 천막 꼭대기에는 역시 빛바랜 좁고 기다란 삼각 깃발이 달려 산들바람에 이리저리 나부꼈다. 입구에는 두건을 쓰고 거친 천으로 만든 망토로 몸을 휘감은 보초병이 있었다.

"무기는 안 돼."

보초병이 세에라자드의 어깨를 꽉 쥐었다. 평생을 침략자로 살아온 자의 손아귀 힘이 느껴졌다. 응당 해야 할 수준을 훨씬 넘어서서 상대를 억누르는 걸 즐기는 부류로구나.

평소라면 현명하게 대응하는 편을 선택했을 테지만, 세에라자드의 반응은 곧바로 불쑥 튀어나왔다. 눈살을 찌푸리며 손을 들어 보초병의 손을 밀어낸 것이다.

'난 천박한 남자가 싫다고. 전쟁이나 일으키고 다니는 놈들은 정말 싫어.'

"셰이크의 천막에서는 무기를 소지할 수 없다."

보초병이 세에라자드의 단검을 빼앗으려고 손을 뻗었다. 그 눈빛은 무언의 위협으로 번뜩였다.

"나한테 다시 손대봐, 어디……."

"샤지!"

이르사가 앞으로 나서서 보초병을 달랬다.

"미안해요. 우리 언니가……."

순간, 보초병이 이르사를 밀쳤다. 그러자 세에라자드는 곧바로 두 주먹으로 보초병의 가슴을 쳤다. 보초병이 한쪽으로 비틀거리며 사납게 콧김을 뿜었다. 그녀의 뒤에서 남자들이 내지르는 소리가 들렸다.

"뭐 하는 거야, 세에라자드!"

이르사가 언니의 무모한 행동에 큰 충격을 받은 표정으로 소리쳤다.

분노한 보초병이 셰에라자드의 팔을 잡았다. 그녀가 이어질 싸움에 대비해 발에 힘을 주고 주먹을 꽉 쥔 순간.

"당장 여자를 놔줘!"

보초병 뒤에서 커다란 그림자가 불쑥 비쳤다.

'등장 한번 완벽하네.'

셰에라자드는 움찔했다. 분노하는 와중에도 죄책감이 얼굴을 스쳤다.

"도와줄 필요 없어, 타리크."

그녀가 이를 악물고 말했다.

"널 도와주려는 게 아니야."

그가 성큼성큼 다가오며 이쪽에 위압적인 시선을 짧게 던졌다. 날것 그대로 적나라하게 드러난 타리크의 고통이 어찌나 심한지 패기만만하던 셰에라자드도 그만 수그러지고 말았다.

'타리크는 날 절대로 용서하지 않겠지?'

보초병은 타리크에게 돌아서더니, 평소라면 셰에라자드를 무척 짜증 나게 할 만큼 타리크에게 경의를 표했다.

"죄송합니다, 사히브. 하지만 이 여자가 무기를……."

"당장 놔줘. 변명은 듣지 않겠다. 명령을 따르든지 아니면 행동의 결과를 감수하든지 둘 중 하나를 택해라."

보초병은 마지못해 셰에라자드를 놓아주었다. 그녀는 보초병의 손아귀를 확 떨쳐낸 다음, 숨을 죽이고 근처에 선 이들을 바라보았다. 라힘은 타리크 뒤에 서있었다. 그리고 젊은 남자 몇몇은 라힘의 반대편 뒤쪽에 선 채였다. 그중 갈대처럼 빼빼 마른 소년 하나가 보였는데, 자기 나이보다 훨씬 어른스럽게 보이도록 외모를 꾸민 게 역력했다. 길고 여윈 얼굴 위로 턱수염이 군데군데 자랐고, 우스꽝스러울 정도로 엄격해 보이는 눈썹이 날카롭게 뻗은 아래로 얼음장처럼 차가운 눈동자가 보였다.

그 눈동자는 지독한 증오로 그녀를 바라보았다.

셰에라자드의 손가락이 단검 쪽으로 움직였다.

"고마워, 타리크."

셰에라자드가 아직 고맙다는 말 한마디 하지 않았기에 대신 이르사가 말했다.

"그래."

그는 어색하게 고개를 끄덕이며 대답했다. 셰에라자드는 하릴없이 볼 안쪽을 씹었다.

"난⋯⋯."

"됐어, 샤지. 우린 이런 사소한 일에 신경 쓰는 사이 아니잖아."

타리크는 리다를 뒤로 홱 젖히고는, 셰에라자드 일행을 멀뚱히 남겨두고 천막 안으로 불쑥 들어가 버렸다. 얼음장처럼 차가운 눈빛을 지닌 소년은 셰에라자드를 노려보다가 타리크를 뒤따라 들어갔다. 라힘은 이보다는 더 나은 상황을 기대했다는 듯 잠시 암울한 표정을 지으며 셰에라자드 옆에 머물렀다. 그러다 이르사에게 가까이 다가가 궁금한 표정으로 고개를 갸웃거렸다. 이르사는 어설픈 미소를 지었다. 그러자 라힘은 조용히 한숨을 쉬더니, 한마디 말도 없이 그들 곁을 터벅터벅 지나 천막 안으로 들어갔다.

이르사가 팔꿈치로 셰에라자드의 옆구리를 찌르며 충고했다.

"언니, 대체 왜 이래? 우리는 여기 손님으로 와있어. 이런 식으로 행동해선 안 돼."

셰에라자드는 누그러진 태도로 짧게 고개를 끄덕이고는 거대한 천막 안으로 성큼성큼 걸어 들어갔다.

갑자기 어두워진 시야에 적응하는 데 시간이 좀 걸렸다. 천막 위 나무 서까래에 드문드문 줄지어 달린 놋쇠 등불에서 나오는 빛은 사막의 태양에 비하면 희뿌연 실낱 같았다. 천막 저 끝에는 티크 나무로 조악하게 만든 길고 낮은 탁자가 있었다. 낡은 모직 쿠션이 아무렇게나 무더기를 이룬 가운데, 아침 식사 자리에서 좋은 자리를 차지하려는 생각밖에 없는 어린애들이 소리를 질러대며 셰에라자드를 본 척도 하지 않고 지나갔다.

이런 정신없는 공간의 한가운데 텁수룩한 수염을 지닌 노인이 하나 앉아있었다. 예리한 눈빛을 지닌 그 노인은 셰에라자드를 보자 놀라울 정도로 따스한 미소를 지었다. 노인의 왼편에는 광택 없는 구릿빛 머리카락을 길게 땋은 여자가 있었는데, 노인과 비슷한 나이였다. 오른편에는 시바의 아버지 레자 빈-라티프가 앉아있었다. 그를 보자 셰에라자드의 가슴이 꽉 막히면서 죄책감이 되살아났다. 어젯밤에 레자를 보긴 했지만, 셰에라자드 일행이 도착하면서 와자지껄한 소란이 이는 바람에 인사는 짧게 끝났을 뿐이었다. 게다가 시바의 아버지를 마주할 마음의 준비가 되었는지 확신이 서지 않았다.

그분의 딸을 살해한 자에게 확실히 복수하지 못한 직후인데.

친구를 살해한 바로 그 남자와 사랑에 빠진 직후인데.

결국 셰에라자드는 원치 않게 눈길을 끄는 일은 피하는 편이 최선이라고 판단한 다음, 고개를 숙이고 타리크와 라힘 건너편에 앉은 이르사의 옆 방석에 앉았다.

주변 사람들의 시선은 애써 피했다. 특히 얼음장처럼 차가운 눈동자를 이글거리며 이쪽을 바라보는 소년의 눈길을 외면했다. 마음이 불편하도록 노려보는 그 눈빛의 열기는 기회가 닿을 때마다 셰에라자드를 불태웠다. 저 무례한 눈빛을 문제 삼아 모두의 앞에 끌어내고 싶은 마음이 굴뚝같았지만, 아까 이르사가 했던 충고는 틀린 게 아니었다. 그녀는 이곳의 손님이었다.

그러니 무모한 행동을 할 수는 없었다.

가족의 안위가 달린 상황이니까.

반질반질하게 닳은 탁자 한가운데 구운 양다리가 놓였다. 양다리를 담은 거대한 접시는 은을 두드려서 만든 것으로, 오랫동안 사용한 흔적이 온 둘레에 움푹 남아있었다. 버터를 바르고 검은 깨를 묻힌 두꺼운 바르바리 빵은 옆에 있는 바구니에 놓였다. 통무 절임 조각과 염소젖 치즈도 함께 놓였다. 아이들은 달려들어 통무 조각을 집고 두툼한 바르바리 빵을 반으로 찢은 다음 맨손으로 고기를 움켜잡았다. 어른들은 신선한 민트 줄기를 으깨고 향긋한 이파리 위로 진하고 뜨거운 차를 부었다.

셰에라자드는 무심코 고개를 든 순간 예리한 눈빛의 노인이 이쪽을 지켜본다는 걸 알아챘다. 노인의 입가에는 새로이 따스한 미소가 감돌았다. 입술 사이로 보이는 또렷하게 벌어진 앞니 때문에 그는 언뜻 바보처럼 보이기도 했다.

하지만 셰에라자드는 그런 인상에 조금도 속지 않았다.

"자, 친구분…… 이분이 바로 셰에라자드군요."

노인이 말했다.

'지금 누구에게 말한 거지?'

"내 말이 맞잖습니까. 매우 아름다운 분이군요."

노인이 키득키득 웃었다. 셰에라자드는 탁자 양편을 슬쩍 훑었다. 그러다 타리크에게 시선이 멈췄다.

타리크의 넓은 어깨가 굳고, 깎은 듯한 턱선에는 힘이 들어갔다. 그는 코로 숨을 내쉬더니 고개를 들고 그녀와 시선을 마주했다.

"네, 그렇습니다."

타리크가 체념한 목소리로 대답했다. 그러자 노인은 셰에라자드에게 고개를 돌렸다.

"아름다운 분이여. 당신 때문에 많은 문제가 일어났습니다."

이르사가 달래는 듯한 손길로 언니에게 손을 얹었지만, 셰에라자드의 분노는 이글거리는 불꽃처럼 화르르 솟아올랐다.

하지만 지금은 우아한 위엄이 부족하다는 걸 깨닫고, 결국 아무 말도 하지 않기로 했다. 다만 입안에서 혀를 굴리고는 아랫입술을 지그시 깨물었을 뿐이다.

'난 여기 손님으로 머무는 거야. 하고픈 대로 마구 행동해서는 안 돼. 제아무리 화가 나도 그러면 안 된다고.'

노인은 다시 미소를 지었다. 이번에는 더 큰 미소였다. 앞니 틈이 더 벌어져 보였다.

'정말 분통 터지네.'

"당신이 그럴만한 가치가 있는 분일까요?"

노인의 말에 셰에라자드는 목을 가다듬고 감정을 단단히 자제하며 물었다.

"무슨 말씀이신가요?"

얼음장 같은 눈빛을 이글거리는 소년이 매의 시선으로 이 장면을 지켜보았다.

"아름다운 분이여, 당신이 이 모든 문제를 일으킬 만큼 가치가 있는 분이냐는 말입니다."

노인의 단조로운 말투가 사람을 미치게 했다.

이르사가 애원하듯 셰에라자드의 손가락을 잡았다. 동생의 손바닥에 땀이 배어났다.

셰에라자드는 여동생을 위험에 처하게 할 수 없었다. 모르는 사람들로 가득한 진영에서 그래선 안 된다. 말 한마디로 우리 가족을 사막에 던져버릴 수 있는 자들이다. 눈 한 번 잘못 흘겼다가 목이 잘릴지도 모른다. 안 돼. 몸도 성치 않은 아버지를 더 큰 위험에 빠뜨릴 수는 없었다. 절대로 그럴 수는 없다.

그녀는 분노를 가라앉힐 시간을 벌면서 천천히 미소 지었다.

"아름다움이란 그 자체로는 문제를 일으킬 가치가 없는 것이라고 생각합니다."

셰에라자드는 자매애를 담아 이르사의 손을 꼭 잡으며 말을 이었다.

"하지만 **저라는 사람**은 보시는 것보다 더 큰 가치가 있답니다."

말뜻에는 비난이 숨겨져 있을지언정 그녀의 목소리는 명랑했다.

그러자 노인은 주저 없이 고개를 뒤로 젖히고 웃었다. 그의 얼굴이 즐거움으로 빛났다.

"정말 그렇군요! 우리 집에 잘 오셨습니다, 셰에라자드 알-하이주란. 나는 오마르 알-사디크라고 합니다. 당신을 잘 대접해 드리지요. 손님으로 머무르시는 한, 여러분은 언제나 손님으로서 대접받게 될 겁니다. 그러나 명심하십시오. 비단옷을 걸친 칼리파나, 거리의 거지나, 내게는 아무런 차이가 없습니다. 모두 환영을 받지요."

그는 고개를 숙이더니 화려한 손짓으로 손가락 끝을 이마에 대었다.

세에라자드는 억눌렸던 숨을 내쉬었다. 어깨와 배에 긴장감을 드리우며 참았던 숨이 한순간에 빠져나갔다. 그녀는 더욱 활짝 웃으며 오른손을 이마에 댔다.

시바의 아버지는 멍한 표정으로 두 사람의 대화를 지켜보고 있었다. 그는 반질반질한 탁자의 끝에 팔꿈치를 댄 채 침울한 어조로 입을 열었다.

"샤지-잔."

세에라자드는 바르바리 빵 조각을 집으려는 순간 레자의 부름을 들었다.

"네, 레자 아저씨."

그녀는 눈썹을 살짝 들어 올리며 빵 바구니 위에서 손을 멈칫했다. 레자가 수심에 잠긴 표정으로 말했다.

"네가 여기 와서 정말로 기쁘구나. 무사한 모습을 보니 좋다."

"고맙습니다. 제 가족을 안전하게 지켜주신 모든 분께 정말 감사드려요. 그리고 아빠를 극진히 돌봐주셔서 감사합니다."

레자는 고개를 끄덕이고는 몸을 앞으로 숙이고 양손으로 턱을 살짝 괴었다.

"물론이지. 네 가족은 언제나 내 가족이나 마찬가지였다. 내 것이 언제나 네 것이었듯이."

셰에라자드는 조용히 대꾸했다.

"네, 그랬죠."

레자가 주름진 입가에 실망 어린 기색을 보이며 말했다.

"그래서 말인데, 너에게 이런 질문을 하게 되어 정말로 괴롭지만 하긴 해야겠구나. 어젯밤엔 네가 너무 경황이 없어서 깜빡했다고 생각하기도 했지만, 너의 모욕적인 행동을 참을 만큼 오래 참았거든."

셰에라자드의 온몸이 굳었다. 그녀의 손가락은 아직도 빵 바구니 위에 머물러 있었다. 긴장감이 다시 온몸을 사로잡았고, 죄책감이 뱀처럼 야만스럽게 배 속에서 똬리를 틀었다.

"셰에라자드……."

레자 빈-라티프의 목소리에는 일말의 상냥함조차 없었다. 한때는 아버지같이 여겼던 분이 보여주었던 따스함이라고는 싹 사라진 채였다.

"어째서 나와 함께하는 식사 자리에, 같이 빵을 먹는 자리에서, 내 딸을 죽인 놈의 반지를 끼고 있는 거냐?"

신랄한 비난이었다.

그 말은 곡식을 베는 낫처럼 모인 사람들 사이를 서걱서걱 베며 퍼졌다.

셰에라자드는 겹쳐진 검 무늬 반지를 손가락으로 꾹 눌렀다. 아플 정도로.

그리고 눈을 깜빡였다. 한 번, 두 번.

타리크가 목을 가다듬었다. 갑자기 쥐 죽은 듯 조용해진 자리에 그가 낸 소리만이 울려 퍼졌다.

"이모부님, 레자 이모부님……."

아냐, 타리크가 자신을 구해주게 놔둘 수는 없었다. 다시는 그래선 안 된다.

"죄…… 죄송해요."

셰에라자드는 바짝 마른 입으로 사과했다.

하지만 그녀는 미안해하지 않을 것이다. 이것만큼은 양보할 수 없었다. 미안한 일은 이미 수백 가지나 있었다. 수천 가지나 있었다.

미처 전하지 못한 미안함이 도시를 이룰 정도로 있었다.

하지만 이건 절대로 미안하다 하지 않을 것이다.

"죄송하다는 말은 필요 없다, 셰에라자드."

레자의 목소리는 여전히 냉랭했다. 익히 알던 목소리가 결코 아니었다.

"결정을 해."

후회를 중얼거리며 셰에라자드는 자리에서 일어섰다.

잠자코 앉아 다시 생각해 보지도 않았다. 남아있는 위엄을 애써 끌어모으며 그녀는 식탁에서 비틀비틀 물러나 태양이 작열하는 사막으로 나갔다. 샌들이 뜨거운 모래에 잠겼다 나오면서 튄 모래알이 걸을 때마다 종아리에 부딪혔다.

그 순간, 굳은살 박인 커다란 손이 그녀의 어깨를 잡아 세웠다.

셰에라자드는 눈부신 햇살을 가리며 눈을 들었다.

병사였다. 평생을 침략하며 살아온 자들.

"내 앞에서 비켜. 당장."

그녀가 분노를 애써 억누르며 숨죽여 말했다.

병사가 입가에 재밌다는 듯 악의를 가득 담은 미소를 지었다. 그러고는 꿈쩍도 하지 않았다.

세에라자드는 병사의 팔목을 잡아 밀쳤다.

그때였다. 병사가 입은 리다의 거친 리넨 천이 팔꿈치까지 올라가면서 팔뚝 안쪽에 찍힌 낙인이 드러났다.

풍뎅이 문양.

피다이 암살자들의 문양이었다. 레이의 궁전 방까지 쳐들어와 그녀를 죽이려 했던 자들이었다.

세에라자드는 숨을 헐떡이며 도망치기 시작했다. 어설프게, 아무 생각 없이, 그저 벗어나야겠다는 마음뿐이었다.

저 멀리서 그녀를 부르는 이르사의 목소리가 들렸다.

그래도 세에라자드는 멈추지 않았다.

둘이 묵는 작은 천막으로 뛰어 들어가 천막 문을 털썩 닫을 때까지 달렸다.

얕은 숨소리가 천막 벽에 이리저리 부딪혔다. 세에라자드는 오른손을 들어 천막 솔기 사이로 들어오는 빛줄기에 대보았다. 그리고 광택 없는 금반지에 빛이 닿는 모습을 가만히 응시했다.

'난 여기에 있을 사람이 아니야. 모래와 태양의 감옥에 갇힌 손님이 될 수 없다고. 하지만 우리 가족을 안전하게 지켜야 해. 그리고 저주를 풀 방법을 찾아야 해. 그런 다음 할리드가 있는 집으로 돌아가는 거야.'

아아, 이제는 과연 누구를 믿어야 할까. 셰이크 오마르 알-사디크가 누구인지, 왜 피다이 암살자가 그자의 진영에 숨어있는지 알아내기 전까지, 세에라자드는 조심해야 했다. 한때는 레자 빈-

라티프가 한편이라고 생각했지만, 이젠 아니라는 게 분명해졌다. 타리크에게도 부담을 주고 싶지 않았다. 셰에라자드의 가족을 안전하게 지키는 건 그의 몫이 아니었다. 절대 아니다. 그 의무는 오롯이 그녀만을 위한 것이니까.

셰에라자드의 눈이 반짝 빛을 내더니 구리 대야에 담긴 물을 응시했다.

'수면 아래로 들어가자. 더 천천히 움직이자. 이야기를 지어내자. 거짓말을 하자.'

셰에라자드는 감상에 젖을 새도 없이 손에서 반지를 확 **빼냈다.**

'숨 쉬어.'

그녀는 눈을 감은 다음 소리 없이 울부짖는 마음의 소리에 귀를 기울였다.

"여기 있었구나."

이르사가 천막 문을 걷고 셰에라자드의 곁으로 다가왔다. 이르사는 방향을 정할 필요가 없었다. 그리고 어떤 식으로든 언니를 비난하지 않았다. 이르사는 단번에 셰에라자드의 땋은 머리를 확 풀었다. 그런 다음 자매는 서로 눈빛을 나누었다. 이르사는 언니에게서 반지를 가져다가 노끈에 반지를 꿰어 목걸이를 만들었다.

그리고 말없이 셰에라자드의 목에 목걸이를 걸어준 다음 반지 부분을 카미스 아래로 숨겼다.

"이제 더는 비밀이 없어야 해."

'비밀 중에서는 안전하게 숨겨두는 편이 나은 것도 있기 때문이다.'

할리드의 말이 귓가에 가만히 울리는 걸 느끼며 셰에라자드는

동생에게 고개를 끄덕였다. 경고는 아니었지만, 잊지 말아야 할
조언이었다.

　가족을 지키기 위해서라면 뭐든지 할 것이다.

　동생에게 거짓말이라도 할 것이다.

　"그래, 뭘 알고 싶은데?"

언제나

그는 혼자였다.

그러니 하루 일과에 어쩔 수 없이 말려들기 전에 이 고독의 순간을 잘 활용해야 했다.

할리드는 훈련장의 모래밭으로 들어갔다.

샴시르에 손을 대자마자 손에서 피가 흐르리라는 건 알고 있다.

상관없다. 그건 별로 중요하지 않았다.

나태해지는 순간마다 생각에 빠져들 뿐이니.

곧바로 기억을 떠올리게 될 뿐이니.

검집에서 금속이 마찰하는 부드러운 쇳소리가 들리며 검이 뽑혔다. 손바닥이 타들어 가는 것 같고, 손가락은 욱신거렸다. 그래도 그는 칼자루를 꽉 움켜쥐었다.

이윽고 돌아서서 태양을 마주 보자, 햇살에 눈이 부셔서 시야가 뒤흔들렸다. 할리드는 숨죽여 욕설을 내뱉었다.

빛이 너무 예민하게 느껴지는 게 최근 반복되는 문제였다. 계속 이어지는 불면증으로 생긴 좋지 않은 결과였다. 곧 주변 사람들도 다들 이 문제를 알아채겠지. 그는 어둠이 너무나도 편안했다. 그래서 움푹 들어간 눈으로, 한때 장엄했던 궁전의 부서진 복도를 슬그머니 미끄러지듯 움직이는 괴물이 되었다.

파키르가 이전에 경고했듯, 이런 행동을 보면 다들 미쳤다고 할 것이다.

호라산의 미친 젊은 왕. 괴물. 살인자.

할리드는 타오르는 듯 따끔거리는 눈을 꾹 감았다. 그리고 이러면 안 된다는 걸 알면서도, 다시금 기억 속을 떠돌기 시작했다.

떠오른 기억은 일곱 살 어린아이일 적 시간이었다. 그늘에 서서 하산 형이 검술을 배우는 모습을 지켜보던 그때. 그러다 아버지가 마침내 하산과 함께 검술을 배우는 걸 허락했을 때, 할리드는 깜짝 놀랐다. 예전에도 요청한 적 있지만 종종 무시당하곤 했는데.

"가치 있는 걸 배우는 게 좋겠지. 아무리 후레자식이라도 싸우는 법은 알아야 하는 법이다."

할리드를 향한 아버지의 경멸은 끝이 없어 보였다.

참으로 이상하게도, 아버지가 그를 자랑스러워했던 유일한 순간은 바로 몇 년 후 할리드가 검술로 하산을 이겼을 때였다.

하지만 그다음 날 오후, 아버지는 할리드와 하산이 더는 함께 수업을 받지 못하도록 했다.

하산에게는 최고의 전문가를 붙이고, 할리드는 혼자서 공부하게 놔둔 것이다.

그날 밤, 화가 난 열한 살 왕자는 호라산 왕국 최고의 검객이 되겠노라 맹세했다. 그가 일단 최고의 검객이 되면, 아버지가 과거에 벌어진 추문 때문에 아들의 미래를 부정할 권리는 없다는 사실을 깨달을지도 모르니까.

그러나 아버지가 깨닫기까지는 훨씬 더 큰 노력이 필요했다.

아들이 아버지의 목에 칼을 들이대던 날, 그때야 비로소 깨달았을 테지.

기억 속 유치한 분노가 주는 달콤하고 쌉싸름한 맛을 되살리며 할리드는 홀로 미소 지었다.

하지만 지키지 못한 또 다른 약속이 있었다.

그리고 성공하지 못한 또 다른 복수도.

오늘 아침 왜 이런 기억이 떠오르는 건가. 이유는 알 수 없었다. 아마도 어제 본 남자아이와 그 애의 누나 때문일지도 모른다.

캄야와 시바.

어째서 그 애들의 집으로 들어가게 되었는지 모르겠지만, 할리드는 그곳에 머물며 아이들을 도와줄 수밖에 없었다. 그가 이런 행동을 한 게 이번이 처음은 아니었다. 폭풍이 지나간 후, 할리드는 정체를 드러내지 않고 얼굴을 가린 채 도시의 여러 구역을 잠행한 적이 있었다.

첫날엔 시장에서 멀지 않은 레이의 빈민가를 배회했다. 거기서 부상자들에게 음식을 나눠주었다. 이틀 후에는 우물 수리를 도왔다. 거친 육체노동에 익숙하지 않은 손으로 힘들게 일하느라 손에 물집이 잡히고 피가 흘렀다.

어제는 처음으로 어린아이들을 만나 함께 어울렸던 날이다.

처음 캄야를 봤을 때, 할리드는 셰에라자드를 떠올렸다. 지금도 그 꼬마를 생각하면 할리드는 저도 모르게 미소가 지어지곤 했다. 자그마한 아이가 어찌나 대담하고 오만하던지. 또 두려움이 없던지. 셰에라자드의 가장 좋은 점과 가장 나쁜 점을 모두 닮았다.

그런데 시간이 지날수록 샤지를 가장 많이 떠올리게 하는 존재는 바로 누나인 소녀였다.

그 애는 할리드를 믿지 않았으니까. 조금도 믿지 않았다.

소녀는 곁눈질로 그를 지켜보았다. 그리고 언제 자기를 배신하려나, 언제 뱀 같은 겉모습을 벗어던지고 이쪽을 공격하려나 기다렸다. 상처 입은 짐승처럼 그 애는 조심스레 음식과 음료를 가져가면서도 한시도 경계를 늦추지 않았다.

소녀는 똑똑했고, 할리드가 부럽다 싶을 만큼 맹렬하게 동생을 사랑했다.

그가 가장 높이 평가한 소녀의 성품은 바로 조용한 솔직함이었다. 그래서 그 애의 가족을 위해 더 많은 것을 해주고 싶었다. 무너진 작은 집을 청소하고 자그마한 돈주머니를 주는 것 이상의 일을 말이다. 하지만 그런다 한들 충분하지 못하다는 것도 안다.

이들이 잃은 것은 그 무엇으로도 되돌릴 수 없으니까.

할리드는 눈을 떴다.

그리고 태양을 등진 채, 훈련을 시작했다.

샴시르가 저 하늘 높이 호를 그렸다. 번뜩이는 은빛 섬광과 하얀 빛줄기가 나부꼈다. 주위 공기를 쉭 가르는 검 소리를 들으며, 그는 어지러운 머릿속을 조용히 가라앉혀 보았다.

하지만 별 소용이 없었다.

그는 양손으로 칼자루를 잡은 다음 두 갈래로 비틀었다.

칼날은 와라란(Warharan)의 블루파이어에서 담금질한 다마스쿠스 강철로 만든 것으로, 그가 직접 주문한 검이었다. 세상에 이런 검은 또 없었다.

양손에 검을 하나씩 들고, 할리드는 모래 위를 계속 누볐다.

이제, 둔탁하게 비명을 지르는 금속의 소리가 매섭게 불어오는 사막의 열풍과 함께 그의 머릿속을 울려댔다.

그래도 별 소용이 없었다.

팔뚝을 타고 피가 한 줄기 흘러내렸다.

하지만 아무런 느낌이 없었다. 그저 눈에 보이니 봤을 뿐.

그녀를 그리워하는 마음이 그 어떤 상처보다도 아팠으니까.

이보다 더 고통스러운 것은 없을 거라고, 할리드는 생각했다.

"결국 이렇게 된 겁니까?"

할리드는 돌아서지 않았다.

"왕이 직접 노동을 해야 할 정도로 호라산의 금고가 바닥났습니까?"

잘랄은 계속해서 농담을 던졌지만 그 말투는 묘하게 억지스러웠다. 할리드는 사촌형에게 등을 돌린 채, 피 묻은 손바닥을 진홍색 티카 자락에 닦았다.

"호라산의 칼리프신데, 왕 중의 왕이신데, 그래도 튼튼한 장갑 한 켤레 정도는 살 수 있지 않습니까? 그게 아니라면 가죽 장갑 한 짝이라도 말입니다."

잘랄은 짙은 눈썹을 이마 쪽으로 한껏 치킨 채 그의 앞으로 어슬렁어슬렁 걸어왔다. 할리드는 검집에 샴시르를 넣고 왕실 근위대장을 힐끗 바라보았다.

"장갑이 필요하다면 한 짝 구해주겠다. 하지만 하나밖에 못 구해준다. 나는 황금으로 만들어진 인간이 아니다, 알-호리 대장."

잘랄은 웃으면서 양손으로 시미타 자루를 잡고 꽉 쥐었다.

"본인이 쓰실 장갑이나 하나 구하시지요, 세이이디. 폐하께 꼭 필요해 보이니 말입니다. 이게 대체 무슨 짓입니까?"

그는 고갯짓으로 할리드의 피 묻은 손바닥을 가리켰다. 할리드는 리넨 카미스를 머리 위로 끌어 올렸다.

"어제 사라졌던 것도 이것 때문이었습니까?"

잘랄이 다그쳤다. 격앙된 기색이 더욱 뚜렷해졌다. 이번에도 할리드가 대답이 없자, 잘랄은 앞으로 성큼 다가왔다.

"할리드."

그의 목소리에서 유쾌한 척하던 분위기가 싹 사라졌다.

"궁은 지금 난장판이야. 도시엔 재앙이 닥쳤고. 특히 근위대도 대동하지 않고서 몇 시간이고 사라져선 안 돼. 아버지는 모두에게 네가 어디에 있는지 계속 거짓말하실 수가 없어. 그리고 나도…… 아버지한테 계속 거짓말할 수 없고."

잘랄은 헝클어진 곱슬머리를 손가락으로 쓸어 올렸지만, 그럴수록 머리는 더욱 흐트러졌다.

할리드는 가만히 서서 사촌형을 곰곰이 바라보았다.

그러다 눈에 들어온 모습에 깜짝 놀랐다.

평소 잘난 척하던 잘랄의 허세는 온데간데없었다. 턱에는 수염이 덥수룩했으며, 언제나 깨끗했던 망토는 얼룩지고 주름투성이였다. 손은 끊임없이 뭔가를 찾는 것처럼 초조하게 움직이면서 칼집과 허리띠 매듭, 옷깃 등등 잡히는 것을 만지작댔다.

열여덟 해를 살아오면서 할리드는 이토록 안절부절못하는 잘랄의 모습을 처음 보았다.

"무슨 일 있어?"

그러자 잘랄은 크게 웃음을 터뜨렸다. 너무 시끄러운 웃음이었다. 누가 들어도 거짓 웃음이라는 게 티가 나서 할리드는 더욱 심란해지기만 했다.

"진심으로 묻는 거야? 아니면 농담하듯 핀잔주는 거야?"

잘랄이 팔짱을 꼈다. 할리드는 조심스럽게 숨을 들이쉬며 대답했다.

"진심이야. 지금은."

"너한테 솔직하게 말하라고? 그래, 솔직하게 말하지. 속내를 알 수 없는 너 같은 사람에게 솔직하게 말해야 한다는 아이러니함에 경악을 금치 못하겠구나."

"나한테 비밀을 털어놓으라는 게 아니야. 형이 내 시간을 그만 낭비하고 왜 이러는지 말해줬으면 좋겠어. 손 잡아줄 사람을 원한다면 형 방 앞에 줄지어 선 아가씨들한테나 가봐."

"아, 그렇구나. 너까지 이러기냐."

잘랄의 얼굴에 절망적인 표정이 서렸다. 할리드의 짜증은 이제 참지 못할 지경에 이르렀다.

"이럴 거면 가서 목욕이나 해, 잘랄. 느긋하게, 오랫동안 하라고."

그가 성큼성큼 자리를 뜨기 시작했을 때였다.

"난 곧 아빠가 돼, 할리드-잔."

할리드는 걸음을 우뚝 멈췄다. 그대로 돌아선 자리 아래로 발 뒤꿈치가 모래 속에 깊숙이 파묻혔다.

잘랄은 어깨를 으쓱였다. 한쪽 입가에는 서글픈 미소가 떠올랐다.

"형은 정말…… 양심도 없는 바보로군."

"참 상냥한 말 고맙구나."

"그래서, 결혼 허락을 받으려는 거야?"

"그 애는 날 남편으로 맞으려 하지 않을 거야."

잘랄은 다시 손가락으로 머리를 쓸어 올리며 말을 이었다.

"내 방문 밖에 줄지어 선 여자가 하렘만큼 많다는 걸 아는 게 너뿐만이 아닌 것 같아서."

"누군진 모르겠지만 형의 그녀가 벌써 마음에 드는군. 최소한 같은 실수를 두 번 저지르지는 않는 여자 같네."

"그 말도 참 상냥하구나."

"내게 많은 장점이 있긴 하지만 아쉽게도 상냥함은 갖추질 못했어."

할리드의 말에 잘랄은 건성으로 웃었다.

"아니, 너는 상냥해. 특히 최근 들어 그렇지."

잘랄의 웃음이 그치더니 진지한 침묵이 이어졌다.

"할리드-잔, 넌 날 믿어줬잖아. 샤지를 안전하게 지키려면 떠오르는 유일한 방법이 그뿐이었다고 했을 때 말이야. 내가 그 남자에게……."

순간, 할리드의 목소리가 조용하지만 날카롭게 말을 끊었다.

"형을 믿어. 전에도 말했듯이 거기에 대해선 너 말할 필요 없어."

두 젊은이는 한동안 어색한 침묵 가운데서 모래를 응시했다. 이윽고 할리드가 자리를 뜨려고 벽에서 몸을 일으키며 말했다.

"형 아버지에게 말씀드려. 그럼 그 여자와 아이에게 필요한 걸 주실 테니. 또 필요한 게 있으면 말만 해."

이 말을 남기고 그는 자리를 떠나기 시작했다.

"난 그 앨 사랑해. 그 애와 결혼하고 싶은 것 같아."

그 말에 할리드는 다시금 우뚝 멈춰 섰다. 하지만 이번에는 돌아서지 않았다.

잘랄의 말이 따끔하게 그를 찔렀다. 사촌형의 입에서 나온 저 말은 어찌 저리도 쉬운가. 셰에라자드만 생각하면 자신의 수많은 단점이 새삼스레 깨달아졌다. 그리고 잃어버린 온갖 가능성이 떠오르기만 했다.

가슴이 죄어드는 느낌을 받으며, 할리드는 잘랄의 말을 한 귀로 듣고 한 귀로 흘려버리면서……

저 어조에 진심이 담겨있는지만을 귀 기울여 들었다. 그리고 마침내 말했다.

"그냥 그럴까 생각하는 거야, 아니면 확신이 든 거야?"

잘랄은 아주 살짝 머뭇거렸다.

"확신이 든 것 같아."

"제대로 말해, 잘랄. 우물쭈물하는 건 무례한 짓이야. 나에게도 그렇지만 형의 그녀에게도."

그러자 잘랄이 쏘아붙였다.

"무례하게 굴려는 게 아니야. 솔직하게 말하려고 애쓰는 거라고……. 네가 솔직함을 높이 평가한다는 걸 아니까. 현재로서는…… 이 문제에 대해서 그녀의 진심이 뭔지 전혀 모르겠다고. 그래서 이렇게 말하는 게 최선이란 말이야. 난 그 여자를 사랑해. 그래서 그 여자와 함께 있고 싶은 것 같아."

"조심하시오, 알-호리 대장. 지금 한 말은 사람에 따라서 얼마든지 다르게 해석될 수도 있으니. 그 말이 그대의 진심을 제대로 담을 수 있는지 확인해 보란 말이오."

"멍청한 소리 하지 마. 난 진심이라고."

"언제부터 형이 진심을 운운했어?"

"지금부터. 대체 그게 뭐가 문젠데?"

할리드의 턱이 움찔거렸다.

"지금이야 말은 쉽지. 어차피 바뀔 마음, 그때그때 하고픈 말을 하는 게 뭐가 어렵겠어. 그래서 형 방문 앞에 여자들이 하렘처럼 모여있는 거야. 그래서 형의 아이를 가진 여자가 형과 결혼하고 싶어 하지 않는 거라고."

할리드는 궁전을 향해 성큼성큼 걷기 시작했다. 잘랄은 화가 나서 하늘에 대고 소리쳤다.

"그렇다면 뭐가 정답이란 말입니까, 세이이디? 제가 뭐라고 말해야 했습니까?"

"언제나."

"언제나라니?"

"언제나 진심만 말할 수 있게 되기까진 다시는 말 걸지 마!"

이야기와
비밀

　　　　　　　　　　이르사는 양손을 입에 대고서 비명을
참았다.

그리고 언니가 단지 손끝만으로 조종하면서 작고 낡은 양탄자
를 타고 천막 한가운데를 날아다니는 모습을 지켜보았다.

마법의 양탄자는 떨어지는 낙엽처럼 나른하고 우아하게 허공을
맴돌았다. 이윽고 셰에라자드는 손목을 부드럽게 튕겨 둥둥 뜬
양탄자를 다시 바닥으로 착륙시켰다.

"어때?"

셰에라자드는 걱정스러운 눈빛으로 동생을 올려다보았다. 이
르사는 그녀의 옆에 털썩 주저앉았다.

"하느님 맙소사. 불의 사원에서 온 마법사가 가르쳐 준 거야?"

셰에라자드는 고개를 저었다.

"아니야. 그분은 단지 나에게 이 양탄자를 줬을 뿐이야. 나한테
이 능력을 물려준 건 아빠랬어. 하지만 나는 마법 능력에 대해 그

분과 하루빨리 이야기를 나눠야겠어. 난…… 무사-에펜디에게 해야 할 중요한 질문이 아주 많아."

"그러면 그 마법사를 찾아갈 셈이야?"

셰에라자드는 단호하게 고개를 끄덕였다.

"응. 일단 들키지 않고 불의 사원까지 갈 수 있는 좋은 방법을 찾으면 곧바로 갈 거야."

그러자 이르사가 주저하다가 말했다.

"어쩌면 말이야……, 어쩌면 언니가 가서 무사-에펜디에게 아빠 이야기도 할 수 있지 않아? 그 사건에서 아빠가……."

이르사는 생각했던 말을 채 맺지 못하고 끝을 흐렸다. 지금 둘이 가장 걱정하는 게 뭔지 잘 알고 있었으니까.

폭풍우 치는 밤, 대체 어떤 악행을 저질렀는지 모르겠지만 그 영향으로 아버지가 영영 깨어나지 못할지도 모른다는 생각이었다.

만약 아빠가 돌아가시면 어떡하지? 나는 어떻게 되는 거야?

이르사는 무릎 위에 손을 포갠 채 너무나 고통스러운 상황에서도 이런 이기적인 생각이나 하는 자신을 꾸짖었다. 지금은 자기 걱정을 할 때도, 그럴 상황도 아니었다. 걱정해야 할 사람들이 이토록 많은데. 특히 아빠가 걱정되는데.

셰에라자드는 몸을 숙이고 마법 양탄자를 소지품 밑에 넣었다. 그러자 목에 건 노끈이 보였다.

반지는 안전하게 감추어 놓았지만 거기에 얽힌 이야기는 어서 다른 사람에게 들려달라고 애원하는 것만 같았다. 그래서 이르사는 캐묻지 않을 수가 없었다.

"어떻게 그 인간을 용서하게 된 거야, 샤지? 시바에게 그런 짓을 했는데, 어떻게? 이 모든 일을 벌인 인간을 어째서?"

이르사가 조용히 묻자 셰에라자드의 호흡이 탁 멎었다. 그녀는 고개를 홱 돌려 이르사를 바라보았다.

"날 믿니, 지르지락?"

셰에라자드는 두 손으로 이르사의 손을 잡았다.

지르지락. 귀뚜라미라는 이르사의 별명이다. 어렸을 때부터 이르사는 그 별명을 싫어했다. 들을 때마다 갈대처럼 깡마른 다리와 가느다란 목소리를 지녔던 지긋지긋한 어린 시절이 떠올랐으니까. 하지만 셰에라자드는 이 별명으로 그녀를 불러도 되는 유일한 사람이었다. 언니가 부를 때만큼은 이르사도 움찔하거나 그보다 더 안 좋은 반응을 보이지 않았다.

전부터 그랬지만 벌써 열 번째로, 이르사는 언니의 얼굴을 찬찬히 살펴보며 이해할 만한 대답을 들려주길 바랐다. 언니는 예전처럼 아름다웠지만, 궁에 있던 그 몇 달 새에 모습이 변해버리고 말았다. 많이는 아니었고 사람들은 대개 알아차리지도 못했지만 차이는 분명했다. 뺨은 살짝 갸름해졌고, 청동빛 피부도 다소 광채를 잃었다. 고맙게도 턱은 여전히 고집불통의 기색을 유지했으며, 코 역시 당돌해 보였다. 하지만 얼굴에는 수심이 한 겹 드리워졌고 어딘가 무거운 분위기가 감돌았는데, 언니는 그게 무엇 때문인지 알려주지 않았다. 헤이즐넛 빛깔 눈동자는 등불 빛을 받아 투명하게 빛났다. 그 눈빛은 언제나 휙휙 변하곤 해서 예측할 수 없었다. 마치 지금 언니의 기분처럼 말이다. 어떨 때는 환하고 웃음 가득한 얼굴을 보이면서 무슨 장난이든 칠 것 같다가도, 갑자기 엄숙하고 진지해지면서 죽음을 무릅쓰고 싸울 준비가 된 것 같았다.

이르사는 셰에라자드가 어떤 모습을 보일지 전혀 짐작할 수가 없었다.

하지만 그렇더라도 당연히 믿을 수는 있었다. 적어도 이르사는 언니를 의심하지 않았다.

"물론이야. 언니를 믿지. 하지만 나한테 말해줄 수…….."

"내 비밀이 아니라서 말할 수가 없어, 이르사-잔."

이르사는 입술을 깨물고 고개를 돌렸다. 셰에라자드가 말을 이어갔다.

"미안해. 나도 너한테 이런 문제를 숨기고 싶지 않아. 하지만 네가 이 비밀을 알고 있다는 걸 다른 사람이 알게 되면 그걸 알아내려고 너를 해칠 수도 있어. 그러면…… 난 견딜 수가 없을 거야."

이르사는 한발 물러섰다.

"난 언니 생각만큼 약하지 않아."

"네가 약하다고 말한 적 없어."

이르사의 미소가 얼굴을 살짝 스치며 사라졌다.

"말하지 않아도 되는 것도 있어. 언니가 할리드 이븐 알-라시드를 사랑하게 되었다는 말 같은 건 할 필요 없어. 그리고 언니가 떠난 다음 내가 몇 주 동안 울면서 잠들었다는 말도 안 해도 되겠지. 사랑한다면 다 알게 되는 거니까."

셰에라자드는 무릎을 모아 가슴 앞에 끌어안은 채 잠자코 이르사를 바라보았다. 이르사는 속으로 한숨을 쉬면서 찻잎이 든 가방을 열고 신선한 민트 한 줄기를 꺼냈다.

"아빠 보러 같이 갈래?"

셰에라자드는 힘차게 고개를 끄덕이며 일어섰다.

바다위 진영에 메마른 사막의 바람이 맴돌았다. 바람은 다닥다닥 붙은 천막들을 마구 부풀리며 모래 소용돌이를 일으켰다. 이르사는 땋은 머리 타래가 얼굴을 치지 못하도록 끝자락을 카미스 안으로 집어넣었다.

풀어헤친 머리끝이 뺨을 마구 쳐대는 바람에 셰에라자드는 다채로운 욕설을 내뱉었다. 검은 머리카락은 구불구불한 파도처럼 그녀의 머리를 휘감다 마구 엉켜버리고 말았다. 이르사는 언니의 욕설을 듣고서 애써 웃음을 참았다.

"세상에. 누가 언니한테 그런 말을 가르쳐 줬어? 혹시 칼리프한테 배웠어?"

"여기 너무 싫어!"

전혀 악의가 없는 질문이었는데도 선뜻 대답하지 않는 셰에라자드의 모습에 이르사는 마음이 아팠지만, 그래도 꾹 참았다.

"조금만 기다려 봐. 지내다 보면 그렇게 나쁘지도 않을 거야."

그녀는 언니의 팔짱을 끼고서 가까이 잡아당겼다.

"세상 하고많은 곳 중에서 우리는 왜 이 외딴 사막에 오게 된 걸까? 셰이크 노인장은 왜 우리에게 피난처를 제공했을까?"

셰에라자드는 매섭게 불어오는 바람 속에서 간신히 들릴 만큼 최대한 숨죽여 말했다.

"나도 자세히는 몰라. 그분이 레자 아저씨에게 말과 무기를 팔았다는 것만 알아. 그분 부족이 두 가지 물품을 다 교역하거든. 우리가 여기 머무는 것도 그래서가 아닐까."

이르사는 이렇게 대답하고는 잠시 생각하다가 말을 이었다.

"아니면 그저 타리크와 친해서인지도 모르지. 셰이크는 타리크를 마치 아들처럼 대하잖아."

"그렇다면 그분도 타리크랑 다른 병사들과 힘을 합치지 않았겠어? 그래서 전쟁 모의에 가담하지 않았겠냐고."

셰에라자드는 혼란스러운 마음에 눈썹을 지그시 모았다. 이르사가 되받아쳤다.

"내가 보기에는 아니야. 하지만 다음번 전쟁 회담에 참석하게 되면 더 자세한 정보를 수집해 볼게."

셰에라자드는 귀 뒤로 머리카락을 넘긴 다음 눈을 흘겼다.

언니와 함께 아버지의 천막을 향해 모래를 밟고 나아가면서 이르사는 언니가 주변을 찬찬히 훑어보는 모습을 지켜보았다. 그녀는 셰에라자드의 눈길을 따라가다가, 마침내 저 멀리 서있는 깡마른 사람을 보게 되었다. 그 사람 역시 자매들과 마찬가지로 이쪽을 쳐다보고 있었다. 가느다란 팔꿈치가 이르사의 옆구리를 쿡 찔렀다.

"저 남자애는 누구야?"

"아프잖아!"

이르사도 언니의 옆구리를 쿡 찌르며 대답했다.

"거미 말이야?"

"뭐라고?"

"아, 나는 쟤를 거미라고 불러. 팔다리가 길쭉하고 **빼빼** 마른데다가, 숨어있다가 불쑥 나타나거든. 쟤는 카라지의 에미르와 함께 왔어. 에미르의 먼 친척인 것 같아. 이름은 테이무르인가 테이바르인가 그랬어."

이르사는 모르겠다는 듯 손을 내저었다.

"저 애…… 사람을 당황하게 하는 눈빛을 지녔어."

그 말에 이르사는 눈살을 찌푸렸다.

"좀 이상하긴 하지만 남을 해코지할 애는 아니야, 샤지."

셰에라자드는 입술을 꾹 다물고 아무 말도 하지 않았다.

이르사는 아버지의 천막 문을 젖히고 언니와 함께 안으로 들어갔다. 건조한 오후의 더위에 더해, 어둑한 천막 안은 한층 숨이 막혔다. 두 자매는 기름등잔에 불을 붙이고 물잔과 신선한 민트, 찻잎을 준비했다. 그들의 아버지는 아침에 먹은 유동식을 아직 소화하지 못한 채, 우스꽝스러워 보이는 책을 두 팔로 여전히 끌어안고 있었다.

셰에라자드는 양손으로 부채질을 했다.

"아버지가 땀에 흠뻑 젖으셨어. 붕대를 갈고 얼굴과 목을 닦아 드리자."

이르사는 토기 그릇에 물을 붓고 가방에서 깨끗한 리넨 천을 꺼냈다. 그리고 몸을 굽혀 차가운 물에 천을 적셨다.

"아빠한테 마법의 양탄자에 대해서 말할 거야? 아빠의 마력을 언니가 물려받았다는 걸 알면 굉장히 기뻐하실 텐데."

이르사는 빙그레 웃으며 천을 비틀어 짰다.

"아, 아빠?"

셰에라자드가 입을 열었다. 그녀는 당황한 표정으로 아버지에게 몸을 구부리고 있었다. 얼굴 위로는 알 수 없는 표정이 스쳤다. 경계심인가?

이르사도 리넨 천을 얼른 놓고 아버지에게로 휙 돌아섰다.

"왜 그래? 아빠가 눈을 뜨셨어?"

세에라자드는 고개를 저었다.

"난…… 아니. 아니야. 바깥에서 무슨 소리가 들린 것 같았는데, 잘못 들었나 봐."

세에라자드의 입가가 슬며시 올라가며 미소를 지었다.

"알잖아. 사막에선 마음이 피곤하면 헛것이 많이 보이곤 한다는 거. 네가 아빠 얼굴을 씻겨드려. 난 팔을 씻길게."

"정말이야?"

이르사가 재차 물었다.

"그렇다니까."

세에라자드의 대답은 무시할 수 없을 정도로 확고했다. 이르사는 묵묵히 세에라자드와 함께 땀과 먼지에 젖은 아버지를 씻기기 시작했지만, 사실은 알고 있었다.

언니가 지금 거짓말을 한다는 것을.

"정말 무슨 일이었어?"

아버지의 천막 문이 펄럭이며 닫히자 이르사가 속삭여 물었다.

"샤지, 솔직하게 말해줘. 안 그럼 내가……."

세에라자드가 이르사의 손목을 잡더니 가까이 끌어당겼다. 그리고 숨죽인 목소리로 말했다.

"천막 바깥에서 무슨 소리가 들린 것 같아. 그래서 중요한 이야기를 남들에게 들려주고 싶지 않았어."

"누가 우리 말을 엿듣는다는 거야?"

이르사는 대체 누가 자신들의 대화를 듣고 싶어 하는지 이해할 수가 없었다.

"나도 몰라. 하지만 그럴 수도 있다는 거야."

이르사는 가방끈을 몸에 딱 붙이고서 걸음을 재촉했다. 눈으로는 자꾸만 좌우를 두리번거렸다. 지난 몇 주간 이곳에 있었지만 불안한 적은 없었는데. 단 한 번도. 아침엔 대부분 아이샤와 함께 아이들을 돌보며 지냈고, 오후에는 라힘과 함께 능숙하게 말 타는 법을 배우기만 했는데.

누가 대체 평범한 집안의 여자들을 위협한단 말이야?

그러다 곁눈질로 언니를 슬쩍 본 순간, 알게 되었다.

셰에라자드는 이제 한낱 사서의 딸이 아니었다.

언니는 호라산의 칼리파였다.

할리드 이븐 알-라시드라는 적의 아내였던 것이다.

하고많은 사람 중에, 할리드의 아내라니.

그 사실을 깨달은 순간, 이르사는 황급히 생각을 떨쳐버렸다.

셰에라자드는 여기 온 지 하루밖에 되지 않았다. 언니는 지금 과민반응을 하고 있어. 편집증이라고. 괴물 같은 인간과 살면서 하루하루 두려움을 느끼다 보니 이러는 거야.

이윽고 천막에 다다른 이르사가 문을 열어젖혔다.

순간, 끈적한 손이 그녀의 목을 잡고 확 끌어당겼다.

이르사는 비명을 질렀다.

기다란 손가락이 목 뒤를 움켜잡았다. 뜨거운 입김이 피부에 스쳤다.

"너한테 이러려던 건 아니었어. 미안해."

낮은 목소리가 귓가에 사납게 스쳤다. 이르사는 눈을 세차게 깜빡이며 어두운 천막 안에 시야를 애써 적응시켰다.

거미 아니야?

"여기서 뭐 하는 거야?"

이르사가 소리친 순간,

"걔를 놔줘."

셰에라자드가 입구에 들어섰다. 한 손을 허리춤에 걸린 보석 박힌 단검에 얹고 있었다. 언니의 얼굴은 무표정했다. 하지만 눈빛 저 깊숙한 곳에서부터 야만적인 기색이 번뜩였다. 마치 이런 위협을 예상했다는 듯이.

그 생각에 이르사는 뼛속까지 오싹해졌다.

"지금 명령하시는 건가요, 마마?"

거미가 셰에라자드를 향해 빈정댔다.

"아니. 이건 약속이야."

"무슨 약속?"

셰에라자드는 고개를 아주 살짝 갸웃거렸다.

"자, 내 동생을 풀어주면 내가 대신 너와 같이 여기 있을게. 그리고 네가 무슨 불평을 하려는지 들어주지. 그리고 내가 해줄 수 있는 거라면 뭐든 해줄게. 약속해."

거미가 이르사의 목에 다시금 뜨거운 입김을 불었다.

"난 널 믿지 않아."

이르사는 자기 뒤에서 거미가 덜덜 떠는 것을 느꼈다.

"아니, 믿어야 할 거야."

셰에라자드는 한 걸음 앞으로 나오며 말을 이었다.

"왜냐하면, 내 말은 아직 안 끝났거든. 약속은 이것만이 아니야. 네가 내 동생을 풀어주지 않으면 **내** 불평을 듣게 될 거라는 약속이기도 해. 내 불평은 말뿐이 아니야. 주먹과 칼로 불평해 줄 예정이라서.”

거미는 피식 웃었다.

“잘 어울리는군. 피에 굶주린 괴물의 창녀다워.”

셰에라자드는 순간 움찔했다. 언니의 작은 고통이 기적을 드러낸 가운데서 이르사는 아득한 고통의 원천을 보았다.

격분한 이르사는 그에게서 벗어나려고 마구 몸부림쳤다. 하지만 그럴수록 거미가 이르사의 허리와 목을 팔로 단단히 죄는 바람에 결국 숨이 막히기 시작했다.

“이르사!”

셰에라자드가 손을 들고 항복했다.

“그 앨 놔줘!”

“네 단검을 이리 내.”

“먼저 그 앨 놔. 그러면 단검을 줄게.”

셰에라자드는 허리에서 검을 뽑았다.

“단검을 먼저 내놔!”

거미가 손끝으로 이르사 귀 아래 여린 부분을 꼭 쥐며 소리쳤다.

“세, 셰에라자드!”

이르사가 목 졸린 소리로 외쳤다. 셰에라자드의 이마에 구슬땀이 맺혔다.

“줄 테니까, 어서 이르사를 풀어줘. 네가 싸울 상대는 나잖아.”

“먼저 단검을 내려놔. 그러면 얘를 풀어줄게. 하지만 얘가 나가서 도와달라며 누굴 불러온다면, 아니면 이 천막 바깥에서 흰 매

소리가 들리기라도 한다면, 널 죽일 거야."

"타리크를 불러오지 않을 테니 걱정하지 마. 이르사는 아무 짓도 안 할 거야."

단검이 셰에라자드의 발치로 떨어졌다. 소년의 몸에 서렸던 긴장이 풀리며, 동시에 이르사의 가슴이 안에서 꽉 죄어들었다.

언니는 내가 아무것도 못 할 거라고 생각하고 있어.

완전히, 아무짝에도 쓸모없다고 생각한다고.

그리고 사실상, 이제껏 내가 쓸모 있는 행동을 보여준 적이 있었나?

거미는 이르사의 목을 조르던 힘을 거뒀다.

"단검을 발로 차서 이쪽으로 보내. 그러면 애를 놔줄게."

셰에라자드는 이르사에게 안심하라며 작게 미소 짓더니 발끝으로 단검을 소년에게 보냈다.

그는 이르사를 풀어주고 입구로 확 밀쳤다.

이르사가 주저하며 셰에라자드를 바라보자, 셰에라자드 역시 경고의 눈빛을 보내며 어서 가라고 재촉했다.

이르사는 여기 남고 싶었다. 그래서 거미에게 사리 분별을 좀 하라고 애원하고 싶었다.

하지만 동시에 두려웠다. 이르사 때문에 이미 셰에라자드는 단검을 버렸다. 게다가 남아봤자 애달프게 애원하는 것 말고는 달리 도와줄 방법을 떠올리지도 못했다.

그래서 이르사는 사막의 태양 아래로 불쑥 달려 나갔다. 가슴속에서 심장이 쿵쿵 뛰었고, 발끝마다 자존심이 짓밟히는 것을 느끼면서.

그리고 미친 듯이 도와줄 사람을 찾기 시작했다. 지금 당장 찾아야 할 사람은 키가 크고 어깨가 떡 벌어진 젊은이, 여름날 오후의 한가로운 미소를 지닌 청년이었다. 어릴 적부터 이르사의 언니를 사랑해 온 바로 그 젊은이를 찾아야 했다.

먼저 덤벼들고, 이유는 나중에 묻는 청년을.

타리크라면 어떻게 해야 할지 알 거야. 타리크라면 거미의 앙상한 목을 비틀어 버릴 거야.

이르사는 모래를 마구 헤치며 타리크의 천막으로 뛰어들었다. 귓가에서 맥박이 두근두근 고동쳤다.

"이르사?"

가까이에서 귀에 익은 목소리가 들려왔지만 이르사는 애써 무시했다. 사실은 가장 찾고 싶었던 목소리였다. 몇 번이고 찾고 또 찾고 싶었던 상냥한 얼굴의 청년. 아니, 안 돼. 이르사는 지금 라힘이 필요한 게 아니었다. 결단력과 행동력을 갖춘 남자가, 바로 타리크가 필요했다.

"이르사?"

라힘이 그녀 옆으로 다가와 흔들림 없는 걸음걸이로 보조를 맞추었다.

"왜 이렇게 뛰어다니는……."

"타리크는 어디 있어?"

이르사가 숨을 헐떡이며 물었다. 그러자 라힘은 눈을 가늘게 뜨고 그녀의 앞길을 가로막았다.

"근처에 있는 에미르의 영토로 정찰을 나갔어. 왜? 무슨 일 있어?"

이르사는 고개를 저었다. 공포가 뜨겁게 치받쳐 올랐다.

"아니, 난, 그냥, 타리크를 만나야 해!"

그녀의 시선은 미친 듯이 사방을 둘러보았다.

"왜?"

이르사의 입에서 거친 숨이 마구 흘러나왔다.

"왜냐하면, 내가, 해야 할 일이 있으니까."

그녀는 라힘을 밀쳤다.

"넌 몰라. 샤지가……."

순간, 라힘이 이르사의 어깨를 잡았다. 묘하게도 그 손길이 위안을 주었다. 그리고 마음을 굳건하게 만들어 주었다.

"뭐가 필요한지 말해봐."

안 돼. 이르사도 그렇지만 라힘도 지도자는 아니었다. 라힘은 그저 뒤에서 따라다니는 사람일 뿐이다. 그녀 자신이 그저 도망치는 여자애이듯. 제 한 몸 구하는 것밖에는 아무것도 하지 못하는 어린애이듯.

셰에라자드의 단검을 집었어야 했다. 뭐라도 해야 했다.

죄책감이 속을 마구 할퀴었다. 태양이 작열하는 가운데서도 이르사는 덜덜 떨기 시작했다. 그때, 어깨를 굳게 잡아 오는 라힘의 손길이 느껴졌다.

그 손길이 더 큰 힘을 주었다.

이르사는 똑바로 서서 주먹을 쥐었다.

샤지는 포기하지 않았어. 언니는 두려움에 굴복하지 않았을 거라고. 언니라면 모래 위에서 이도 저도 못 한 채, 웃음거리나 되는 멍청이처럼 굴지 않았을 거야. 언니는 뭔가 했을 거야. 죽도록 싸웠을 거야. 그리고 현명하게 해냈을 거야. 셰에라자드만의 방식으로.

몸은 계속 덜덜 떨렸지만 이르사는 최대한 목소리를 차분하게 유지하면서 계획을 짜기 시작했다.

"타리크가 매도 데려갔어?"

라힘의 얼굴에 어리둥절한 기색이 스쳤다.

"아니. 조라야는 오늘 아침에 미리 그 지역을 순찰했어. 그래서 쉬라고 남겨두고 갔어."

"라힘, 있잖아."

이르사가 숨을 들이쉬며 말했다.

"부탁 하나 들어줄 수 있어?"

그는 굳이 대답하지도 않았다. 불쑥 손을 내밀었을 뿐이다.

이르사는 그 손을 잡았다.

지울 수 없는
선

셰에라자드는 앞에 선 **빼빼** 마른 소
년에게 겁먹을 마음이 없었다.

다른 세상이었다면, 다른 삶에서라면, 그를 동정했을지도 모
른다.

하지만 그는 이르사를 위협했다. 이미 지울 수 없는 선을 그어
버린 거다.

게다가 애써 그런 척하지 않으려 노력해도 단검을 집는 소년의
손가락이 덜덜 떨리는 모습이 보였다.

'천천히 움직이자.'

"네 이름이 뭐지?"

그녀가 조용한 목소리로 입을 열었다. 소년은 숨을 훅 들이켰다.

"질문은 내가 해. 넌 입 다물고 있어."

셰에라자드가 가만히 서있는 동안, 소년은 그녀의 주위를 한
바퀴 돌았다.

그가 동요하는 기색이 더욱 심해졌다.

"어떻게 한 거야?"

소년이 불규칙한 발걸음을 뗄 때마다, 천막 솔기 틈으로 들어온 빛이 그의 얼굴 위로 어른거리며 드문드문 난 수염에 불길한 그림자를 드리웠다.

셰에라자드는 두 손을 모아 꼭 쥐었다.

"뭐라고?"

"어떻게 살아남았어?"

그녀는 조심스럽게 대답을 골랐다.

"이야기를 들려줬어."

소년은 우뚝 멈춰 섰다. 말하기도 전에 경멸 어린 기색이 확 드러났다.

"이야기를 들려줬다고? 그 괴물이 재미있는 이야기를 들려줬다는 이유로 널 살려주다니, 그 말을 믿으라는 거야?"

셰에라자드는 상대를 주눅 들게 하는 시선으로 그를 바라보았다.

"믿기 싫으면 맘대로 해. 어쨌든 그 말이 사실이니 내가 이렇게 살아있는 것 아니겠어?"

소년은 믿을 수 없다는 신음을 흘렸다. 이어서 들려온 거친 말투에 그녀는 움찔할 뻔했다.

"나를 도발하려는 건가? 너 정말 그토록 바보야?"

셰에라자드는 다시금 손바닥을 들어 그를 달랬다.

"도발하려는 게 아니야……."

그리고 참을성 있게 기다리며, 저 소년이 어서 미끼를 물기만을 기다렸다.

"테이무르. 내 이름은 테이무르야."

"그래, 테이무르."

셰에라자드는 입가를 움직여 조심스레 미소 짓고서 거듭 말했다.

"난 너를 도발하려는 게 아니야. 널 이해하고 싶어서 그래."

말을 잘못 선택했구나. 입 밖으로 내뱉자마자 셰에라자드는 잘못을 깨달았다. 테이무르가 사납게 으르렁댔다.

"나를 **이해한다고?** 네가 어떻게 날 이해한다는 거야!"

"제발, 나한테 말을……."

그 순간, 테이무르가 달려들었다. 기다란 손가락이 셰에라자드의 목덜미를 족쇄처럼 감았다. 그녀는 두 손으로 테이무르의 손목을 잡고서 어떻게든 힘주기를 막으려 했다. 그리고 이글거리는 소년의 눈빛을 똑바로 응시하며 움찔 물러서지 않으려고 단단히 마음을 먹었다.

그녀는 두렵지 않았다. 이 소년은, **빼빼** 마른 어린애 같은 이 남자는 어딜 봐도 그녀보다 훨씬 겁먹고 있었다. 그의 얼굴 양옆으로 땀이 줄기차게 뚝뚝 떨어지고 있지 않은가.

"네가 어떻게 나를 이해한다는 거야?"

소년이 어찌나 부들부들 떠는지 목소리마저 흔들렸다.

"넌 **살아있잖아.** 그 괴물이 널 살려뒀잖아!"

그는 다른 손으로 셰에라자드의 단검 끝을 그녀의 턱 옆쪽에 댔다. 칼날은 아직 보석으로 장식한 칼집에 꽂혀있었다.

"이건 어디서 났지?"

테이무르는 칼집에 새겨진 섬세한 조각 장식을 가만히 살펴보았다. 엄지손가락으로는 칼집에 박힌 자그마한 진주와 석류석을 만지작댔다. 아랫부분에 박힌 에메랄드가 음험하게 번뜩였다.

"테이무르……."

"그놈 건가?"

단검을 보던 그의 시선이 셰에라자드에게 향했다.

"그놈이 네게 줬어?"

셰에라자드는 아무 대답도 하지 않았다. 테이무르가 그녀의 목을 마구 흔들었다.

"대답해. 대답한다고 약속했잖아!"

"그래. 그가 내게 줬어."

"그렇다면 이걸로 내가 널 죽이면 되겠네? 그놈이 나의 로야를 죽였던 것처럼."

그의 목소리가 점점 작아지더니 속삭임이 되었다. 셰에라자드는 마른침을 삼켰다. 그 이름을 알고 있었으니까.

많고 많은 이름 중 하나. 무수하게 흩어진 편지 속의 이름.

그날의 기억이 휘몰아쳤다.

"정말 미안해."

"감히 내게 사과하지 마!"

그의 손끝이 셰에라자드의 피부를 파고들었다. 테이무르의 고통이 셰에라자드에게 퍼져갔다. 그의 손에서 그녀의 심장으로 퍼진 고통이 결코 완벽하게 나을 수 없는 오랜 상처를 건드렸다.

'시바.'

"나에게 뭘 바라지?"

셰에라자드가 눈을 질끈 감은 채로 물었다. 가능하다면, 잠시라도 그가 그녀의 고통을 알게 하고 싶지 않았다.

"진실을 원해."

그 대답에 셰에라자드는 다시금 마른침을 삼켰다.

"뭘 알고 싶은데?"

"네가 누구 편인지. 너는 할리드 이븐 알-라시드에게 중요한 존재야? 그놈이 널 아끼냐고!"

테이무르는 그 이름이 마치 욕설이라도 되는 듯 내뱉었다.

"난 그 사람의 마음이 어떤지 말할 수가 없어. 속내를 전혀 내비치지 않는 사람이거든."

그건 반쯤 진실이었다. 최대한 진실을 말하라 한다면, 여기까진 말할 수 있었다. 움켜쥔 주먹으로 피가 급하게 돌기 시작했다.

"그러면 네 마음은 어떤데. 그 괴물이 너한테 중요한 존재야?"

'거짓말을 하자.'

셰에라자드는 이를 악물었다.

"아니. 중요하지 않아."

"그렇다면 넌 아직도 흰 매와 한편이야?"

"난 나만의 편이야. 누구에게도 속하지 않아."

"네 마음이 기우는 쪽이 어디냐니까, 셰에라자드 알-하이주란?"

테이무르의 거친 목소리는 고집스러웠다.

'내 마음은 시장의 작은 골목에 있어. 모든 것을 잊었던 그 밤에 있어. 내일의 약속에 있어.'

"내 마음은…… 타리크 임란 알-지야드 편이야. 언제나 그럴 거야."

거짓말이 혀에서 불타올랐다. 그녀는 눈을 감았다. 어쩌면 이 말이 거짓이라는 걸 들킬 수도 있음을 알았으니까.

테이무르는 거칠게 숨을 들이켰다. 그의 가슴속에서 요동친 숨이 뜨겁고 불결하게 그들의 사이로 다시금 내뱉어졌다. 들숨과 날숨이 그렇게 두 번 더 이어졌다.

소년이 침묵하자 셰에라자드는 불안감에 휩싸였다.

테이무르가 그녀를 더욱 가까이 끌어당겼다. 너무 가깝게. 그의 더운 숨이 셰에라자드의 이마를 간지럽혔다.

"그 괴물이…… 로야를 해쳤어?"

너무나 가까이서 치고 들어온 그의 말뜻을 그녀는 알아들었다.

그리고 그 의미에 더럭 겁이 났다.

셰에라자드는 눈을 번쩍 떴다.

"그는 로야를 건드리지 않았어."

테이무르는 처절하리만큼 조용하게 그녀를 응시했다. 너무 가까이에서. 셰에라자드의 맥박이 쉴 새 없이 뛰며 목을 마구 울려 댔다.

"넌 그놈에게 이야기를 들려줬다고 했지. 지금 내게 지껄이는 것처럼."

테이무르는 말을 하면서 결심을 굳힌 듯했다. 이제 더는 두 손 놓고 있을 수 없다는 걸, 셰에라자드는 깨달았다. 그래서 소년의 팔을 옆으로 확 쳐내며 어깨를 들이받고 도망치려 했다.

하지만 테이무르는 악랄하리만큼 정확한 동작으로 셰에라자드를 꽉 붙잡고 그녀의 발을 쳐서 바닥에 내리꽂았다. 가슴에서 숨이 헉 토해졌다. 크게 숨을 들이쉰 것도 잠시, 다시금 옆구리를 쓰리도록 얻어맞은 셰에라자드는 숨을 고르려고 안간힘을 썼다.

처음으로 차가운 공포가 등줄기를 타고 흘렀다.

삐삐 마른 족제비같이 생긴 소년은 그녀보다 힘이 셌다. 키도 크고 몸도 재빨랐다. 게다가 이 소년과 계속 싸울 순 없을 것이다. 이성적으로 설득하는 것 역시 불가능했다.

하지만 다른 방법이 있을지도 몰라. 주의를 딴 데로 돌리며 거짓말을 해보자.

공포에 이어 분노가 화르르 치솟았다. 셰에라자드는 그녀의 목을 조르는 손목을 움켜쥐고 소년의 살갗에 손톱을 박았다.

그에게 가졌던 일말의 동정심은 끓어오르는 분노에 녹아버렸다. 지울 수 없는 선이 더욱 깊이 갈라져 골이 되었다.

그는 공포의 근원을 캐고 있었다. 셰에라자드가 오랫동안 마음속 가장 어두운 곳에 품고 있던 공포를.

"너 지금 뭐 하는 거야, 테이무르?"

셰에라자드는 힘겹게 차분한 목소리를 내려 했다.

그녀를 노려보는 소년은 어른이라 하기엔 아직 어렸다. 그의 양면성이 속에서 서로 싸워대고 있었다. 테이무르는 지금 어렵게 승리를 얻어냈지만, 또한 이 승리를 너무나도 두려워하고 있었다. 그래서 허세를 부리는 동시에 덜덜 떨었다.

그가 확신 없이 갈팡질팡하는 동안, 셰에라자드는 그저 말없이 누워있을 마음이 없었다.

"너 날 강간할 거니? 아니면 그럴 생각이라면서 날 겁주려는 것뿐이니? 기발하지도 않은 악행을 저질러서 대체 뭘 얻고 싶은 건데?"

셰에라자드가 당돌하게 묻자 테이무르는 움찔했다. 그의 부끄러운 의도를 그녀가 배짱 좋게도 밝혀냈으니까.

셰에라자드는 이렇게 조롱하는 게 어리석다는 걸 알고 있었다. 어쩌면 상대를 더 자극할 뿐인지도 모른다. 하지만 그렇다고 비겁한 모습을 순순히 보일 순 없었고, 앞으로도 보이지 않을 것이다.

이 목숨이 붙어있는 한 그럴 수 없어.

그 순간, 테이무르는 흔들리는 것 같았다. 하지만 그는 이를 악물고 그녀 위로 몸을 일으키더니, 놀라우리만큼 민첩한 솜씨로 단검을 뽑아 그녀의 얼굴 옆에 날을 갖다댔다.

"넌 틀림없이 그놈에게 중요한 존재야. 그렇지 않았다면 널 살려뒀을 리 없지."

차가운 칼날의 감촉이 피부에 느껴졌지만 셰에라자드는 두렵지 않았다. 대신 그녀는 분노에 집중했다.

"할리드 이븐 알-라시드는 사람의 생명을 소중하게 여기는 인간이 아니야. 나는 한동안 그 남자를 즐겁게 해줬지. 그것 말고는 대체 무슨 이유가 있다는 건지 모르겠네. 네가 말했잖아? 그놈은 괴물이라고."

그녀는 낭랑한 목소리로 말했다. 한 음절씩 힘주어 말하는 목소리에는 가까스로 분노가 스미지 않았다.

"아직도 거짓말을 하네. 그러면 너를 해쳐도 호라산의 칼리프가 상관하지 않을 거란 말이야?"

"아까도 말했잖아. 난 그 사람의 마음이 어떤지 모른다고."

테이무르는 그녀를 비웃었다.

"전능하신 왕 중의 왕께서 오늘 일어난 일에 대해 화를 내지 않을 거라고? 나더러 그걸 믿으라는 거야?"

'아니. 할리드는 이런 짓을 저지른 네 뼈를 죄다 부러뜨리겠지.'

셰에라자드는 냉정한 눈길로 소년을 쏘아보았다.

"만약 지금 너의 이런 행동을 로야가 봤다면 뭐라고 했을까? 너그렇게 보아 넘겨줬을 거라 생각하니? 그렇다면 내가 무슨 말을하든, 뭘 하든 뭐가 중요하겠어."

그녀는 속에서 치밀어 오르는 신물을 삼키며 말을 이었다.

"하지만 진정한 사랑을 마음에 품은 여자라면 이런 행동을 절대로 용납하지 않겠지."

테이무르의 얼굴에 절망감이 서리면서 목을 조르던 손에서 힘이스르르 빠졌다. 그의 이목구비가 하나씩 처지기 시작했다. 순간,셰에라자드는 테이무르가 로야를 얼마나 사랑했는지 깨달았다.

사랑하는 소녀를 잃고서 얼마나 마음이 무너졌을까.

하지만 그렇다 하여 변명이 될 수는 없다. 이런 짓을 저지를 수밖에 없었다는 변명은 결코 되지 못할 것이다.

일단 주의를 돌리는 데 성공한 셰에라자드는 이제 그를 무장해제시킬 방법을 찾기 시작했다.

그녀는 아주 조심스럽게 테이무르의 손에서 한 손을 뺐다. 소년이 내면의 악마들과 싸우는 동안 셰에라자드는 무기가 될만한것을 찾으려고 바닥을 더듬었다. 돌멩이든, 잔이든, 그릇이든,막대기든, 뭐든 손에 잡힌다면⋯⋯.

뭔가를 잡으려 이리저리 움직이던 손끝에 드디어 뭔가 걸렸다.

'말린 고기 조각?'

테이무르는 여전히 생각에 잠긴 채였고 손가락은 이쪽의 목덜미를 느슨하게 휘감고 있었다. 셰에라자드는 재빨리 천막의 통로쪽을 곁눈질했다.

희미한 불빛 가운데서도 천막 바닥 아래로, 바로 이쪽을 향해 굴러 들어온 말린 고기 몇 조각이 보였다.

타리크가 조라야에게 주로 먹이는 말린 고기였다.

'자기 매를 미끼로 삼는 걸 타리크가 원했을 리는 없는데……'

이건 타리크가 고안한 방법이 아닌 것 같았다. 만약 타리크가 천막 안에서 일어나는 일을 알았다면 당장에 천막을 바닥에서 뜯어내고 지탱하던 밧줄로 올가미를 만들어 테이무르에게 던졌겠지. 타리크는 매사 성급한 사람이니, 이런 식으로 애써 작전을 짜서 조용히 공격하는 걸 무척 싫어했을 것이다. 게다가 조라야를 끌어들이는 짓은 절대로 하지 않았을 테고.

'타리크가 아니라면, 대체 누가 이런 무모한 계획을 세운 거야?'

세에라자드의 눈이 천막 벽을 샅샅이 훑었다.

'게다가 망할 놈의 매는 또 어딨고?'

어쨌든 한 가지는 확실했다. 테이무르의 주의를 산만하게 만들 작정으로 이 계획을 세운 거라면, 확실히 재밌어질 것이다.

세에라자드는 손가락으로 말린 고기를 움켜쥐었다.

코브라에게 다가가는 몽구스처럼 그녀의 손이 테이무르가 입은 카미스의 옷깃으로 올라가 고기 조각을 목 뒤쪽 움푹 들어간 곳에 쑤셔 넣었다. 그 순간 깜짝 놀란 테이무르가 단검을 놓고 두 손으로 자신의 목을 쳤다. 마치 확 날아든 곤충을 쳐 죽이려는 듯한 손짓이었다.

그때였다. 조라야가 한껏 부풀린 깃털과 번뜩이는 발톱을 들이밀고 꽥 소리를 내지르며 천막 안으로 들어왔다. 매는 곧바로 테이무르의 옷깃을 향해 돌진했다. 테이무르가 비명을 지르면서 세에라자드의 옆으로 몸을 굴렸다. 매는 날개를 활짝 편 채 계속 소년을 공격해 댔다. 테이무르가 조라야의 맹공에 하릴없이 당하는 동안, 셰에라자드는 다시 말린 고기를 집어 들었다.

셰에라자드가 이제 어떻게 할지 차분하게 생각을 정리하려는데, 라힘 알-딘 왈라드가 이르사를 뒤에 달고 천막 안으로 뛰어들었다. 이르사는 마른 고기 조각을 손에 쥐고 있었다. 라힘이 셰에라자드의 팔을 잡고 그녀를 일으켜 세웠다.

"어서 나가! 둘 다."

그가 시미타를 칼집에서 뽑으며 험악한 표정을 지었다. 하지만 이르사는 놀라울 정도로 강하고 차분한 목소리로 대답했다.

"안 가. 너랑 샤지가 안전한지 확인하기 전까지는 못 가."

셰에라자드 역시 날카로운 눈초리로 거절했다. 라힘이 반발했지만, 그녀는 라힘의 말을 못 들은 척 돌아섰다. 결국 라힘은 분에 겨워 뭐라 중얼거리면서, 시미타를 든 채로 옆으로 물러섰다.

"조라야. 멈춰! 당장!"

하지만 매는 명령을 듣지 않았다. 그래서 셰에라자드는 나지막이 휘파람을 불었다.

조라야는 대답으로 꿱꿱거렸지만 결국 공격을 누그러뜨렸다. 셰에라자드는 떨어진 단검을 주운 다음 웅크리고 있는 테이무르 앞으로 다가갔다. 그의 목덜미와 손은 온통 긁혀 피투성이가 되었고, 바지 앞섶은 젖어있었다. 공기 중에 지린내가 감돌았다. 셰에라자드는 전혀 아랑곳하지 않는 기세로 무심하게 말린 고기 조각을 앞에 들었다. 매는 발톱으로 고기를 채 간 다음 셰에라자드의 발치에 앉아서 그녀를 보호하듯 청회색 깃털을 쭉 폈다.

셰에라자드가 테이무르를 내려다보았다.

"또다시 나한테 손대면 네놈의 별 볼 일 없는 다리 사이를 찢어다가 매에게 먹이로 던져주겠어."

그녀는 더 가까이 다가가 칼집에서 뽑지 않은 단검을 휘둘렀다.

"내 동생은 쳐다도 보지 마. 안 그럼 그 자리에서 죽여버릴 테니까."

세계 사이의
통로

셰에라자드는 이게 꿈이라는 걸 알고 있었다.

그리고 알았어도 상관없었다.

지금 자신은 집에 있었으니까.

그녀는 맨발로 시원한 돌바닥을 밟으며 동굴 같은 복도를 지나 자신의 방으로 향했다. 가슴이 복받쳐 오른 채 손잡이를 잡고 문을 밀어젖혔다.

방은 어두웠다. 안에는 짙푸른 어둠이 깔렸다. 온도와 상관없이 냉기가 서려있는 어둠이었다.

대리석 바닥은 부드럽게 물결치는 안개로 뒤덮였다. 짙고 흰 연기 같은 안개가 허리께까지 두껍게 고여 방을 가득 메웠다. 한 발짝 천천히 내디뎌 보자, 마치 유령선 뱃머리에 닿은 으스스한 바다처럼 안개가 양옆으로 갈라졌다.

방 한가운데 따스한 빛이 감돌기 시작했다. 그 빛은 셰에라자드의 정자(亭子) 위에 머물렀다. 아주 얇은 비단을 드리운 채 정자는 고요히 파수를 서는 듯했다.

그 정자 안에는 사람이 하나 있었다. 방석에 홀로 앉은 사람은 어둠에 뒤덮인 채였다.

"할리드?"

셰에라자드는 안개를 헤치고 걸음을 재촉했다. 눈을 가늘게 뜨고 짙푸른 어둠과 고서머 비단 휘장 너머를 바라보며……

자신이 그토록 보고팠던 얼굴을 조금이라도 알아보려 애썼다.

그러자 안에 있는 사람이 몸을 움직이더니 거미줄처럼 얇은 비단을 옆으로 치웠다.

"아니, 샤지-잔. 나는 네 남편이 아니야. 하지만 이렇게 불쑥 찾아온 걸 용서해 주길 바라."

그리고는 셰에라자드에게 미소 지었다. 과거와 현재, 미래의 비밀을 모두 알고 있는 미소였다.

셰에라자드는 제대로 비명을 지르지도 못한 채 비틀거렸다.

보석 빛깔 방석에 앉은 이가 방울 같은 웃음을 포르르 터뜨렸다. 너무나도 익숙하고 화사한 그 소리에 셰에라자드는 가슴이 찢어지는 것만 같았다.

저 웃음소리를 다시 한번 들을 수 있기를 그 얼마나 바랐던가?

그럴 수만 있다면 누구든 기꺼이 죽일 수 있었을 것을.

"시바?"

셰에라자드는 믿을 수 없는 기색으로 속삭이며 침대 가장자리를 돌아 비단 휘장에 손을 뻗었다.

"이리 와!"

시바가 옆자리를 두드리며 말했다. 셰에라자드는 덜덜 떨리는 손으로 고서며 비단 휘장을 젖히고 방석 위에 앉았다. 그리고 마치 무아지경에 빠진 듯 가장 친한 친구를 응시하며 그 모습이 다시금 사라질 거라고 생각했다.

분명, 친구는 사라지고 그 자리엔 부서진 공허만이 남겠지.

하지만 시바는 싱긋 웃음 지었다. 장난스러운 그 웃음에는 생기가 넘쳤다. 왼쪽 뺨의 보조개는 언제나처럼 움푹 팬 모양마저 완벽했다.

그 모습에 다시금 가슴이 찢어지는 것만 같았다. 이게 꿈이라는 걸 아니까. 언젠가는 깨어나야 한다는 걸 알고 있었으니까.

이 모습이 사실은 허상이란 걸 다시금 깨달아야 하겠지.

시바는 검은 머리카락을 귓가로 쓸어 넘기며 다시금 보조개를 드러냈다.

"바보야. 꿈속에 있다고 해서 이게 다 허상인 건 아니야."

"그러면 너는 지금 내 머릿속에 있다는 거야?"

셰에라자드가 쏘아붙였다.

"당연하지! 난 언제나 이곳에 있었는걸. 다만 너한테 내가 필요할 때까지 기다렸어."

시바는 한쪽 무릎에 턱을 괴고서 말했다.

"하지만……."

셰에라자드는 말을 잇다 깜짝 놀랐다. 갑자기 분노가 쏟아져서였다.

"난 네가 필요할 때가 너무나 많았단 말이야, 시바."

"아냐. 이제까진 아니었어. 난 너를 지켜보고 있었거든. 넌 혼자서도 참 잘 해냈어."

시바의 눈초리가 자랑스러운 빛을 띠며 살포시 이지러졌다.

"아니야. 내가 뭘 잘했니. 실수를 너무 많이 했잖아. 널 죽인 남자와 사랑에 빠졌단 말이야!"

"맞아, 그랬지. 때로는 그 모습을 보기가 힘들었어. 특히 네가 죽을뻔한 아침엔."

"난 너를 배신했어."

"아니야, 바보야. 넌 날 배신하지 않았어. 내가 말했잖아. 난 항상 여기 있었다고. 그리고 솔직히 말하는 건데……."

시바는 다 안다는 듯 반짝이는 눈빛으로 슬그머니 곁눈질했다. 생동감으로 가득한 아름다운 눈이었다.

"그날 아침 그 남자가 네게 달려가는 모습을 본 순간, 난 알았어. 그가 너를 구했듯이, 너도 그를 구할 거란 사실을 말이야."

시바가 한 손을 세에라자드의 손 쪽으로 내밀었다. 그 손이 어찌나 따스한지 세에라자드는 흠칫 놀랐다.

너무 진짜 같아. 가슴이 아릴 정도로 생생하잖아.

시바는 가녀린 어깨를 나긋하고 우아하게 앞으로 숙이면서 다시금 미소 지었다.

"네가 나를 이렇게 기억하기 때문에 생생하게 느껴지는 거야. 불완전하긴 해도, 이런 식으로 따스하고 완벽하게만 기억으로 남는 것도 정말 좋네."

시바는 세에라자드와 손깍지를 낀 손을 꼭 잡았다. 세에라자드는 문득 목이 쿡 막히는 바람에 긴장감으로 말을 잇기가 힘들었다.

"그, 그 남자를 사랑하게 돼서 정말 미안해, 시바-잔. 더 강해지지 못해서 미안해."

"사과는 대체 왜 하는 건데!"

시바의 오목조목한 얼굴이 아름다운 인형이 분노하는 것처럼 움직였다.

"똑똑히 알아둬. 다시는 그런 바보 같은 소리 하면서 사과하지 마. 너희 모두 내 말을 거역하면 어떻게 되는지 알아야 해."

어린 시절 말다툼을 했던 기억을 떠올리면서 시바는 주먹을 흔들며 웃었다. 셰에라자드는 결국 친구와 함께 웃고 말았다. 둘의 웃음이 어우러지며 공간을 가득 채웠다.

"나, 이 꿈에서 깨고 싶지 않아."

셰에라자드의 입술에서 웃음이 잦아들었다. 다만 웃음의 메아리가 퍼지다 저 문에 부딪혀 반향을 일으키고 맴돌았을 뿐이다. 저 문을 넘어서면 또 다른 세계가 나오겠지. 시바가 고개를 끄덕였다.

"나도 네가 이 꿈에서 깨지 않았으면 좋겠어. 하지만 때가 되면 언제나 그렇듯 너는 깨어날 거야."

"우리 그냥 여기 계속 머물면 어떨까."

셰에라자드의 말을 들은 시바의 입술이 휘어지며 서글픈 미소를 지었다.

"나는 그렇게 생각 안 해. 결국, 너는 여기 처음 왔을 때 나를 찾고 있던 것도 아니었잖아. 그 사람을 찾고 있었지."

비난하는 말이 아니었다. 다만 있는 그대로의 사실을 말한 것뿐. 시바는 언제나 그랬다. 진실을 숨기지도 못했지만, 잔인하지도 못했다. 참으로 드문 성품이었다. 그래서 최고의 친구였다.

셰에라자드는 눈길을 돌렸다.

"난, 모르겠어. 과연 할리드를 다시 찾을 수 있을까. 그런 저주에 걸렸는데……."

그때, 시바가 끼어들었다.

"그럼 네가 저주를 깨면 되잖아. 그건 의심할 여지가 없어. 문제는 네가 할 마음이 있느냐야. 계획은 세워두었니?"

셰에라자드는 정확히 그럴 의도로 곧 무사 사라고사를 찾아갈 생각이었지만, 시바에게 그렇다고 말할 수가 없었다. 아직은 일을 어떻게 진행해야 할지 확신이 없기도 했다. 어린 시절부터 셰에라자드는 본능에 의지해서 수많은 일을 헤쳐왔다. 본능으로, 또 순전한 배짱으로.

반대로 계획을 짜는 건 시바의 몫이었다. 앞으로 닥칠 일에 대해 미리 생각하는 것도 언제나 시바였다. 시바가 이마를 매만지며 말했다.

"알겠어? 그래서 내가 오늘 밤 너를 찾아온 거야, 내 사랑하는 친구야. 넌 지금 갈피를 못 잡고 있어. 이러면 안 돼."

셰에라자드는 천장으로 퍼져가는 안개를 지켜보았다. 안개는 마치 유령의 팔처럼 정자의 난간을 감싸고 그 위에 둔 촛불 둘레를 구불구불 에워쌌다.

"어디서부터 시작해야 할지 모르겠어."

셰에라자드의 솔직한 목소리가 안개 속으로 희미하게 사라졌다.

"네가 바라는 게 뭔지 소리 내서 말해보는 걸로 시작할까?"

어떻게 감히 원하는 걸 말할 수 있을까? 수많은 사람이 죽었는데. 삶의 터전이 피비린내를 풍기며 무분별하게 파괴되었는데도 그런 말을 한다는 게 너무나 이기적으로만 보이는걸.

사람들의 뼈로 만든 토대 위에 자신의 세상을 세우려 하다니.

그때, 시바가 장난기를 담아 팔꿈치로 셰에라자드를 쿡 찔렀다.

"정말 피곤하네. 이건 네 꿈이잖아, 바보야! 네 꿈속에서조차 바라는 걸 말도 못 하면 대체 어디서 또 말할 수 있겠어?"

셰에라자드는 시바의 눈망울에 비친 자신의 모습을 바라보았다.

그것은 자신이 알고 있는 소녀의 껍데기였다. 몸을 웅크리고 말을 아끼는 소녀, 삶에서 떨어져 나온, 삶을 박탈당한 소녀의 모습이었다.

셰에라자드는 어깨를 쭉 폈다.

"나는 할리드와 함께 있고 싶어. 우리 아버지가 건강해지셨으면 좋겠어. 그리고…… 저주를 풀고 싶어."

"이래야 내 친구지."

시바가 즐거움 어린 목소리로 대답했고, 셰에라자드는 다시금 항변했다.

"하지만 어떻게 그게 가능하겠어? 불가능해 보이기만 한데."

"그렇다면, 불가능한 걸 가능하게 만들려면 어떡해야 할까?"

셰에라자드는 침울한 표정으로 어깨를 으쓱였다.

"모르겠어. 차라리 염소를 날게 하려면 어떡해야 하냐고 묻지 그러니."

시바는 엄숙한 기색으로 고개를 끄덕였다.

"그래, 좋아. 그러면 염소를 날게 하려면 어떡해야 할까?"

"아주 커다란 연에 묶어서 날리는 거야."

"연은 끈에 매여있으니 멀리 못 갈 텐데."

"말장난하지 마."

"나 말장난하는 거 아니야!"

시바의 웃음소리가 공간을 잠식한 안개 위로 퍼지면서 정자 위로 날아갔다.

"만약 네가 하늘을 나는 양탄자 위에 염소를 올려놓는다면 어떨까? 그럼 날 수 있지 않을까?"

시바의 눈이 의혹으로 반짝였다.

"말도 안 되는 소리."

셰에라자드의 말에 시바는 하얀 연기 속으로 손을 내저었다.

"그냥 한번 생각해 봤어. 하지만 날아가는 방법을 묻는다면, 널 아래로 잡아당기는 끈을 끊어버리는 게 제일 좋은 방법이야……."

시바의 말이 점점 아스라이 멀어졌다. 마치 물속에서 들려오는 것처럼. 하지만 그 미소만은 여전히 환하게 타올랐다.

"끈을 끊어버려, 샤지. 날아올라."

셰에라자드는 화들짝 놀라 깨어났다.

천막 안에는 이미 어둠이 깔렸다. 동생은 오래전에 깊은 잠에 빠져 고른 숨소리를 들려주었고, 조용한 사막의 바람 소리가 천막을 어르듯 흔들었다.

목이 말랐지만, 마음만은 벅차올랐다.

결국 하고픈 말을 모두 하지도 못한 채로 꿈이 끝났다는 걸 깨닫자, 곧 부서진 공허가 이어질 것 같았다.

하지만 공허함은 느껴지지 않았다.

레이를 떠난 지 근 일주일 만에 처음으로, 셰에라자드는 갈피를 못 잡고 너무나 외로웠던 느낌에서 벗어났다. 이제는 목적을 달성할 수단을 찾았으니까. 그리고 그 목적은 그녀가 견딜만한 무게였다.

그 목적을 위해서라면 진심으로 싸울 수 있었다.

'끈을 끊어버려, 샤지. 날아올라.'

고마워, 시바.

셰에라자드는 이르사를 깨우지 않으려고 조심하면서 샌들을 신고 바람을 쐬러 나갔다. 그녀는 동생의 커다란 삼각형 샤미나(shahmina, 양모로 만든 숄—옮긴이)를 몰래 집어 들고 머리에 휘감았다. 사막의 밤공기가 쌀쌀했기 때문이다. 그리고 천막 입구로 다가가 문을 젖히고 나와……

바깥에 누워 기다리고 있던 누군가의 몸에 걸려 넘어지고 말았다.

"윽!"

셰에라자드는 모래 위를 굴렀다.

순간, 강한 손이 그녀를 붙잡아 바닥에 꼼짝 못 하도록 눌렀다. 후드를 쓴 병사의 모습이 머릿속에 스쳤다. 팔에 풍뎅이 낙인이 찍혀있고, 전쟁용 무기를 든 채로 잔뜩 화가 난 병사의 모습이.

손을 뻗어 휘두르자 단단한 근육에 맞았다. 그녀는 상대의 따귀를 철썩 때렸다. 손에 닿은 얼굴은 돌을 깎은 듯 단단했다. 이쪽을 노려보는 눈빛은 날카로운 칼날처럼 은빛으로 번뜩였다.

타리크였다. 그의 심장이 그녀의 심장과 맞닿아 두근두근 뛰고 있었다.

"이거 놔!"

얼굴이 새빨갛게 달아오른 느낌에 당황한 셰에라자드가 소리쳤다. 타리크는 그녀를 안고서 거침없이 유려한 동작으로 단숨에 일어섰다.

"너 여기서……."

"넌 대체 왜……."

셰에라자드는 타리크에게서 황급히 물러서서 팔짱을 끼었다.

그는 짜증스러운 기색으로 머리를 북북 문질러 모래를 털어냈다.

"먼저 말해."

타리크의 목소리는 시무룩했다. 그 소리를 들으니 지금보다 훨씬 어렸던 시절의 모습이 떠올랐다. 천진난만한 미소를 지으며 장난치기를 좋아했던 꼬마의 얼굴이.

셰에라자드는 그때의 타리크가 훨씬 마음에 들었다.

"넌 참 용감하면서 정중하구나. 일주일 내내 나를 무시하더니. 하는 짓은 꼭 네 나이 반만 한 꼬마처럼 구네. 꼬마였을 때는 귀엽기라도 했지."

그녀의 도발에 타리크는 가만히 참고 듣다가도 몇 번이고 말을 하려고 입을 벙긋댔다.

"너, 너 진짜 못됐다, 샤지. 진짜 못됐어."

그가 손바닥으로 얼굴을 문질렀지만, 셰에라자드는 타리크가 미처 숨기지 못한 괴로운 기색을 알아보았다.

그러나 그녀는 팔꿈치를 꽉 움켜쥐었다. 마음 같아서는 손을 뻗어 위로해 주고 싶었다. 너무나 그러고 싶었고, 어릴 적부터 그토록 오랫동안 사랑해 왔던 소년을 위로하는 게 누가 봐도 당연했지만, 꾹 참았다.

"나도 내가 못된 거 알아. 이젠 내가 질문할 차례네. 여기서 뭐 해?"

"나도 내가 여기서 뭐 하는 건지 모르겠어. 나도 몇 번이고 질문했다고……. 추운 모래에 누워서 못된 여자를 지키고 있다니 이게 뭐 하는 짓인지. 그 여자앤 고마워할 줄도 모르고 의리라곤 전혀 없는데."

마치 얼음물을 끼얹는 듯한 말이었다.

다시금 죄책감이 밀려왔지만 셰에라자드는 애써 마음을 다잡았다. 그리고 얼굴이 빨개진 채로 빙글 돌아섰다.

타리크가 그녀를 쫓아와 팔을 잡았다. 셰에라자드는 그 팔을 떨쳐냈다.

"나한테 손대지 마, 타리크 임란 알-지야드! 무슨 짓이야!"

눈에서 따끔따끔 눈물마저 솟았다. 극심한 두려움이 느껴졌다. 지난 며칠간 한 번도 운 적 없었는데. 먹구름 낀 언덕에 웅크리고 쓰러진 아버지를 발견했을 때도, 마지막으로 저 뒤에서 불타고 있는 도시를 돌아보았을 때도 울지 않았는데.

타리크가 잘랄에게 다시는 그녀를 돌려보내지 않겠다고 약속했다는 걸 알았을 때도 울지 않았다.

타리크는 서슴없이 그녀를 가까이 끌어당겼다.

"이러지 마. 난 네가 필요 없어!"

그녀는 양손으로 그의 가슴을 밀쳤다. 분노의 눈물이 차오르기 시작했다.

'너에겐 더 좋은 여자가 어울려. 굳이 널 보지 않아도 너의 옆에 있는 것처럼 느껴줄 여자가 있을 거야. 나는 오로지 한 남자에게만 그런 마음을 느끼니까.'

"날 그만 좀 괴롭혀, 이 나쁜 여자야. 그래봤자 소용없어. 적어도 네가 바라는 대로는 안 될 거야."

타리크는 단호하게 대꾸했다. 셰에라자드의 눈에서 뜨거운 눈물이 흘러내렸다. 그래도 그녀는 타리크에게 기대지 않기로 했다. 그런 나약함에 굴복해서는 안 된다.

타리크는 지친 한숨을 내쉬며 그녀를 감싸 안았다.

그의 두 팔이 주는 느낌은 단단하고 확실했으며 안전했다.

타리크의 두 팔은 그녀가 사랑했던 자유로운 어린 시절의 결정체 같은 느낌이었다. 살갗에서 모래와 소금의 향기가 느껴졌다. 아래로 거칠게 곤두박질쳐도 언제나 나를 잡아줄 이가 있다는 안정감도, 어쩔 수 없이 다치더라도 상처를 치료해 줄 이가 있다는 믿음도, 모든 게 새로워 보이게 하는 힘도…… 그리고 무엇보다도 사랑이 느껴졌다.

"무슨 일이 있었는지 라힘이 말해줬어."

타리크의 손가락이 그녀의 목덜미에 닿았다. 예전에도 수없이 그랬던 것처럼, 아주 오래전에 그랬던 것처럼. 타리크가 목소리를 낮추었다. 셰에라자드에게 와닿은 그 소리가 어찌나 낮고 풍성하면서도 깊은지 퇴폐적이리만큼 가슴을 울렸다. 이토록 감미로운 목소리라니.

그녀에겐 필요하지 않은, 더군다나 누릴 자격도 없는 사치였다.

"감히 그런 마음을 품다니 그 자식을 죽도록 때려주겠어."

'안 돼.'

셰에라자드는 타리크에게서 물러났다.

"그건 네가 할 일이 아니야. 난 이미 테이무르와 이야기를 마쳤어. 더는 그런 짓 하지 않기로 했어."

타리크의 눈빛이 번뜩였다.

"내가 **할 일**이 아니라니?"

"그 문제는 내가 이미 처리했어, 타리크. 그러니 아무것도 하지 마. 그래봤자 피나 더 흘릴 뿐 아무 의미 없어. 난 이미 피는 질릴 만큼 봤단 말이야."

셰에라자드는 타리크의 어깨를 밀며 그 곁을 지났다. 타리크는 그녀를 가로막더니 고개를 치켜들고 주먹을 꽉 쥐었다.

"넌 이런 식으로 그 젊은 왕을 말렸던 거야?"

"할리드와 스스로를 비교하지 마. 너답지 않게 유치한 짓이야."

타리크는 움찔했지만 물러서지 않았다.

"대답해, 샤지. 네가 오늘 당한 일을 그놈이 안다 해도, 그놈 일이 아니니 화내지 말라고 말할 거야?"

셰에라자드는 멈칫하다 대답했다.

"그래."

"그럼 그놈은 네 말을 들을까?"

타리크는 믿을 수 없다는 기색으로 눈썹을 지그시 모았다.

"……들을 거야."

'듣기만 하고 제 하고픈 대로 하겠지.'

타리크는 코웃음을 쳤다.

"거짓말하지 마. 네가 남편이라고 부르는 그 살인마는 말이지, 네가 오늘 당한 일을 알면 테이무르를 내일 아침까지 살려두지 않을걸."

셰에라자드는 하마터면 소리를 지를뻔했다.

"할리드가 무슨 짓을 하든 너랑은 상관없어. 그리고 오늘 사건과 내 살인마 남편에 대해서 너랑 더는 왈가왈부하고 싶지 않다고!"

그녀는 단호하게 한 손으로 허공을 그었다.

"그렇다면 넌 이 진영에서 일어나는 일을 통제하는 게 네 일이라고 생각해? 그래서 너한테 징징댔던 놈을 혼날 준비가 된 어린애처럼 다시 그쪽 편으로 돌려보낸 거야? 네 솔직한 심정이 그거라면……."

셰에라자드가 타리크의 말을 끊었다.

"내 솔직한 심정은 이거야. 또 피를 흘려봤자 도움 될 거 하나 없다는 거. 테이무르는 카라지의 에미르가 머무는 천막으로 데려가서 적절한 조치를 받았어. 그리고 이 문제를 처리하는 건 바로 내가 해야 할 일이야."

그녀는 타리크의 가슴을 손가락으로 쿡 찌르며 말을 이었다.

"날 대신해서 정의를 베풀어 줄 필요 없다고. 그건 네 일이 아니니까!"

"오늘 일로 에미르가 그놈에게 벌줄 거라고 믿는 건 아니겠지? 에미르는 그러지 않을 거야. 게다가 이제 난 테이무르가 어디 있는지도 모르겠어. 넌 그 개자식이 처벌을 받으러 어디론가 갔다고 믿고 싶겠지만, 난 그렇게 생각 안 하거든. 놈은 사라졌고, 그래서 그놈에게 합당한 벌을 줘서 정의를 세우려던 일도 무산되었다고!"

타리크는 분노로 얼굴을 일그러뜨리며 팔을 마구 휘저었다.

"너, 테이무르가 에미르의 집안과 혼인하기로 되어있는 거 알고 있었어? 어쩌면 이건 에미르가 시킨 짓일 수도 있어."

"내 복수를 대신 할 생각은 하지 마, 타리크 임란 알-지야드. 난 절대 용납하지……."

순간, 타리크가 그녀의 어깨를 확 잡았다.

"난 내 멋대로 하겠어, 셰에라자드 알-하이주란!"

고통에 겨워 갈라진 그의 목소리가 이어졌다.

"난 이제껏 내 뜻대로 해왔어. 그런데 단 한 번, 원하는 걸 하지 않은 적이 있지. 그리고 그 결정을 하루라도 뼛속까지 후회하지 않은 날이 없다고!"

사막의 밤하늘 위로 괴로운 목소리가 어지러이 울려 퍼지며 무수히 뿌려진 별들 사이로 널리 흩어졌다.

셰에라자드의 살갗에도 그 괴로움이 닿았다.

그녀는 아무 말 없이 타리크의 손을 잡고 진영에서 멀리 떨어진 곳으로, 저편 사막으로 걸어갔다. 마침내 돌아서서 그를 마주 보았을 때, 타리크는 그새 10년은 더 나이 들어 보였다.

그들은 자그마한 바다 같은 반짝이는 모래를 사이에 두고 말없이 서로를 바라보았다. 오랫동안 이어온 우정과 신뢰가 한순간에 사라진 것만 같았다.

"그날 밤에 대해 생각해 본 적 있어?"

타리크는 그녀와 눈도 마주치지 못한 채로 조용히 질문을 던졌다. 잠시, 셰에라자드는 어떤 대답을 해야 할지 알 수 없었다. 그러다 발가락 사이로 스며드는 작은 모래알을 지그시 바라보며 입을 열었다.

"넌 옳은 일을 했어. 난 너를 어쩔 수 없는 상황에 빠뜨렸으니까. 부적절한 상황에 말이야."

"지금 그걸 묻는 게 아니야."

세에라자드는 눈길을 들었다.

"그래. 그날 밤 생각을 한 적 있어."

타리크는 안절부절못한 채로 발을 자꾸만 번갈아 움직였다. 이제껏 한 번도 어색한 모습을 보인 적 없던 그가, 답지 않게 어색한 모습으로 세에라자드의 마음을 아프게 했다.

"그날 밤 왜 내 방에 왔는지 물어봐도 돼?"

타리크에게라면 그녀는 뭐든 솔직하게 말해야 했다. 그간 어두운 구석에서 몰래 입 맞추었던 게 몇 번인데. 변함없는 사랑을 얼마나 오랫동안 이어왔는데.

그녀를 구하려고 전쟁까지 일으킨 타리크인데.

세에라자드는 그와 시선을 마주했다. 하지만 가슴이 너무 아파서 저 멀리 빠르게 도망치고만 싶었다.

"느끼고 싶었기 때문이야."

"세에라자드……."

그녀의 입술에서 흘러나오는 말은 부드러운 결의를 담고 있었다.

"난 느끼고 싶었어, 아니, 뭔가를 느껴야 했어. 네 품에 하릴없이 안긴다면 뭔가를 다시 느낄 수 있을 거라고 생각했어. 그러면 시바를 위해 애타게 울고 나서 다시금 살아갈 마음이 생기지 않을까 생각했어. 하지만 그때 네가 날 외면하길 잘한 거야. 난 널 절대로 원망하지 않았어. 이것만은 꼭 믿어줘."

그녀는 조용히 말을 맺었다. 타리크는 한참 말이 없었다. 이윽고 그의 눈빛에서 고통이 사그라지더니 쓰라린 체념이 나타났다.

"네 말 믿어. 그 후로 매일같이 자책했다는 사실은 변함이 없어."

　그는 두 걸음 다가오더니 주저하며 멈췄다.

　세에라자드는 타리크의 머뭇거림을 느꼈다. 그녀는 손가락으로 이르사에게 빌려 입은 샤미나 자락을 움켜쥐었다.

　'왜 그랬냐고 물어주기를 기다리고 있구나. 그리고 내가 물으면 어떤 일이 벌어질지 무서워하고 있어.'

　샌들 안으로 발가락이 오므라들면서 고운 모래가 피부를 파고들었다.

　"왜 자책했는데?"

　타리크는 입술을 꾹 다물었다. 마른침을 꿀꺽 삼키는 그의 목 근육이 꿈틀댔다. 할 말을 먼저 정리하는 듯한 모습 역시, 세에라자드가 알던 첫사랑 소년의 모습과는 참 달라 보였다.

　이윽고 타리크의 눈동자가 그녀의 눈동자를 마주하면서 신념에 맹렬하게 불타올랐다.

　"왜냐하면 그날 밤 내가 우리 둘 다 원하던 바를 이루었다면, 넌 지금쯤 그놈이 아니라 나의 아내가 되었을 테니까."

　세에라자드는 심하게 놀라서 고개를 홱 젖혔다. 말이 제대로 나오지 않아 간신히 입을 열었다.

　"너, 너 설마 내가 너랑 결혼하고 싶어서 방에 찾아갔다고 생각하는 거야? 가난한 사서의 딸이, 장차 에미르의 아내가 되고 싶은 마음에 네 방을 찾아갔다고?"

　그녀는 손을 허리에 짚고서 타리크를 노려보았다.

　"너한테 결혼을 강요하려던 게 아니었어, 이 건방진 바보야! 그날 밤 너랑 잤다 해도, 다음 날 네가 나한테 청혼할 거라고는 절대로 기대하지 않았을 거라고!"

"세상에, 지금 내 말이 그 뜻인 줄 알아?"

"그럼 달리 뭐라고 생각해……."

타리크는 앞으로 덥석 나서서 손으로 그녀의 입을 막았다. 잠자코 있어달라는 무언의 간청이었다.

잠시 후, 셰에라자드는 고개를 끄덕였다. 하지만 아직도 분노로 온몸을 부들부들 떨고 있었다. 손을 거두는 타리크의 표정에 아주 살짝 재미있어하는 기색이 드러났다. 언제나 익숙하게 알던 소년의 흔적이었다. 이 며칠 동안 그 모습이 어찌나 그리웠던가.

눈살을 한껏 찌푸린 셰에라자드는 이르사의 샤미나 끝자락을 움켜쥐고 가슴에 포갰다.

"뭐, 그럼, 무슨 뜻이었는데?"

타리크가 다시 입을 열었다.

"내 말은, 네가 그날 밤 나랑 있었다면 다음 날 아침에 나는 네 아버지를 만나러 갔을 거란……."

셰에라자드가 또 항의하려 들자, 그는 방금 했던 대로 또다시 무언의 간청을 했다. 그리고 가까이 다가오며 말을 이었다.

"하지만 책임감을 느껴서는 아니었을 거야."

타리크는 그녀의 어깨에 두 손을 얹었다. 처음에는 조심스럽게 주저하듯 다가온 손에 이윽고 결심 어린 힘이 들어갔다.

"하루라도 더 기다리고 싶지 않아서 그랬을 거라고……. 하지만 그건 옳지 못한 행동이었겠지. 내 사촌은 불과 두 주 전에 죽었고, 사흘 뒤엔 이모님이 발코니에서 투신하셨으니까. 그런데 내가 어떻게 너희 아버지께 가서, 또 우리 부모님께 가서 너랑 결혼하겠다고 말할 수 있겠어?"

이야기하는 동안 타리크의 얼굴은 부드러워졌지만 목소리의 진지함은 조금도 꺾이지 않았다. 순간, 셰에라자드는 다시금 타리크가 어떤 사람인지 떠올렸다. 타리크는 초대받지 않은 곳에 서슴없이 들어가도 모두의 시선을 무심코 잡아끄는 힘이 있었다. 수많은 사람의 시선을 받으며 존재감을 뽐내면서도 정작 본인은 그런 자신의 모습을 전혀 눈치채지도 못했다.

셰에라자드가 생각을 가다듬고 대답해 주기를 기다리며 타리크는 힘없이 손을 늘어뜨렸다.

이제 생각을 정리하고 나니, 어색하고 막막해진 건 셰에라자드 쪽이었다.

"나, 나는 네가 그럴 거라고는 전혀 예상 못 했어."

다시금 타리크의 얼굴에 장난기가 어렸다.

"이 나쁜 여자야, 넌 계속해서 나한테 상처를 주고 있어. 난 알고 있었거든. 너랑 단 하룻밤만 보낸다 하더라도 그날 이후로 절대 너랑 헤어지고 싶지 않을 거란 사실을 말이야."

셰에라자드는 더는 타리크의 말을 듣고 싶지 않았다. 그가 무엇을 후회했든 더는 알고 싶지 않았다.

'타리크를 더 이상 아프게 하지 않으려면 어떡해야 하지?'

하지만 타리크는 그녀의 턱을 잡고 단호한 기세로 자신을 바라보게 했다.

"네가 탈레칸 성벽에서 떨어지는 걸 본 그날 오후부터, 넌 내게 절대 피할 수 없는 존재처럼 느껴졌어. 그만큼 널 사랑한다는 거야."

그의 말은 너무나 거침없었다. 언제나 그랬던 것처럼.

"하지만 넌 더는 나와 같은 마음이라고 말해줄 수 없겠지?"

그녀는 타리크와 눈을 마주할 수 없었다.

"대답해 줘, 샤지. 이젠 진실을 들을 때가 왔어. 난…… 그럴 자격이 있어."

세에라자드는 그의 얼굴을 살펴보고 깨달았다. 타리크는 이 며칠 동안 지금 이 순간을 위해 마음의 준비를 하고 있었던 것이다.

준비한다 해서 둘 중 누구에게도 전혀 쉬워지진 않았지만.

그녀는 천천히 숨을 내쉬었다.

"널 정말 사랑해, 타리크."

세에라자드는 더없이 조심스럽게 손을 뻗어 그의 뺨에 대었다.

"하지만…… 내가 살아갈 곳은 그 사람 곁이야."

타리크는 자신의 손으로 그녀의 손을 덮었다. 그리고 고개를 한 번 끄덕였다. 아무런 감정을 드러내지 않은 그가 유일하게 움직인 곳은 미세하게 떨리는 턱 근육뿐이었다. 마음을 온통 억누른 그 모습이야말로 목 놓아 엉엉 우는 것보다 훨씬 더 진하게 그의 마음을 드러내고 말았다.

"네 마음을 아프게 해서 정말 미안해."

속삭이는 세에라자드의 가슴이 아프다 못해 목이 턱 메어왔다. 그녀는 다른 손바닥을 마저 타리크의 뺨에 대고서, 그 손길을 통해 자신의 후회스러운 마음을 전했다. 바보 같다는 걸 알면서도, 이토록 심하게 배신당한 그에게 달리 무얼 해주어야 할지 알 수 없었다.

타리크는 뒤로 물러섰다. 그의 표정은 묘하리만큼 아득했다.

"네가 그놈과 같이 레이에 있는 걸 봤을 때, 난 알았어. 네가 그놈을 사랑하고 있다는 걸. 하지만…… 난 바보라서 이제껏 헛된 희망에 매달려 왔지."

셰에라자드는 입술을 지그시 깨물었다. 아마도 피가 맺혔으리라.

"제발 내 마음을 알아줘……. 널 아프게 하려는 건 아니었어."

"내 고통은 내가 자초한 거야. 라힘이 그러더라. 네가 오늘 테이무르에게 말했다면서. 네 마음은 내 편이라고. 언제나 그럴 거라고."

혀끝에 짭짤한 피 맛이 돌았다.

"난……."

하지만 타리크는 담담한 목소리로 말을 이었다.

"넌 스스로에게 거짓말을 했어. 그건 이해해. 하지만 테이무르는 카라지의 에미르에게 네가 한 말을 전할 거야. 그리고 소문이 퍼져가겠지."

셰에라자드는 놀라서 눈을 깜빡였다. 타리크의 태도가 이토록 갑자기 변하다니 놀라운 일이었다. 약하디약한 모습은 싹 사라지고, 이젠 단호함이 서린 이맛살과 딱딱한 표정만 남았다.

갑자기 예전처럼 거리감이 느껴지는 모습이 되어버렸다.

"이 진영에서라면 넌 안전할 거야. 특히 살인마 왕의 반대파들이 모여있는 곳이니까. 우리가 지금처럼 겉모습을 유지한다면."

타리크의 말이 끝났다. 셰에라자드는 이 진영에 오래 머물 생각이 아니었지만 그래도 뭐라고 대답해야 한다는 걸 깨달았다. 그녀 자신이나 타리크의 입장에 대해 변명하지는 않더라도, 적어도 타리크는 보호해야만 했다.

그녀는 고개를 저으며 샤미나 자락을 더욱 꽉 붙잡았다.

"너에게 그래달라고 부탁할 수는 없어. 그러지 **않을 거야**. 그건 공정하지 못하잖아."

타리크는 고개를 끄덕였다.

"그래, 공정하지 않지. 하지만 네가 나한테 이 전쟁을 포기하라고 요구할 수는 있겠지."

셰에라자드는 놀라서 눈을 둥그렇게 떴다.

"부탁하면 들어줄 거야? 그게 가능하기는 해?"

타리크는 주저하지 않고 대답했다.

"아니. 가능하다고 해도, 들어주지 않을 거야. 난 일단 한번 시작한 일은 가볍게 넘어가지 않으니까. 그리고 내가 책임져야 할 일을 회피한다면, 내 주변 사람들은 물론이고 스스로를 실망시키는 일이 되겠지."

그 말에 셰에라자드는 갑자기 속에서 분노가 화르르 치미는 것을 느꼈다.

"네 주변 사람들이라고? 네 주변 사람들이 누군지는 알긴 하니, 타리크?"

셰에라자드는 그날 아침 천막 바깥에 있던 보초병을 떠올렸다. 그의 살갗에는 피다이의 낙인이 찍혀있었다.

"네 주변을 에워싼 자들은 용병이야. 온갖 계층이 다 섞인 범죄자와 암살자란 말이야. 자기도 누군지 모르는 왕을 쫓아내려고 모인 사람들을 넌 고용한 거야! 할리드는……."

하지만 타리크는 신랄한 웃음을 터뜨렸다.

"범죄자와 암살자를 고용했다라? 잘 들어, 샤지! 너 네 남편이 누군지는 제대로 알고 있어? 넌 호라산의 칼리프에 관한 이야기를 들어본 적 없어? 미친 살인마 왕이라는 거 몰라? 그놈이 너의 **제일 친한 친구**인 시바를 죽였어, 안 죽였어?"

그는 '제일 친한 친구'라는 말을 강조하며 내뱉었다.

셰에라자드의 배신을 강조하듯이.

그녀는 쏘아붙이려던 걸 꾹 참고 이렇게 대답했다.

"진실은 그리 간단하지 않아."

"사랑에 눈이 멀어 진실조차 보지 못하는구나. 하지만 나는 사랑 따위에 눈멀지 않을 거야."

하지만 타리크의 눈동자엔 감정이 그득히 배어났다.

"중요한 진실은 단 하나뿐이야. 그놈이 내 사촌을 죽인 건 확실해?"

타리크가 묻는 말에 셰에라자드는 멍하니 그를 바라보았다. 상처 입은 침묵이 이어지다가 결국 그녀는 입을 열었다.

"그래."

제아무리 변명을 갖다 붙인다 해도, 그건 진실이었다.

"그렇다면 참 간단하네."

셰에라자드는 짧게 대답하는 타리크에게 손을 뻗었다.

"타리크, 제발 부탁이야. 날 사랑한다면서. 다시 한번 생각해 줄 수……."

그는 뒤로 물러섰다. 그리고 고통을 숨기려고 안간힘을 쓰며 대답했다.

"그래. 널 정말로 사랑해. 그 무엇도 내 사랑을 바꿀 수는 없어. 마찬가지로 그놈이 내 사촌을 죽이고 내가 사랑하는 여자를 빼앗아 갔다는 사실 역시 바꿀 수 없어."

타리크의 손이 시미타 자루를 움켜쥐는 모습을 보며 셰에라자드는 공포에 질렸다. 그는 급히 돌아서려다 그만 발을 헛디딜 뻔했지만, 목소리만큼은 흔들리지 않았다.

"똑똑히 알아둬. 다음에 내가 할리드 이븐 알-라시드를 또 만난다면 그땐 우리 둘 중 하나가 죽게 될 거야."

기꺼이 배우려는
의지

그는 실수를 저질렀다. 그건 의심할 여지 없이 확실했다.

판단 착오가 있었다. 계획에도 결함이 있었다. 이해도 잘 못했다.

어쩌면 스스로를 과대평가했다고 할 수도 있으리라.

바보같이 자만했다고 말해도 할 말이 없다.

하지만 자한다르는 이런 일이 일어나리라고는 결코 예상하지 못했다.

처음 책의 힘을 소환했을 때는 그 힘을 통제할 수 있으리라 생각했다. 이 책의 주인이 자신인 줄 알았다.

그 후에도 수많은 실수를 저질렀다.

책은 통제를 받을 의지가 전혀 없었기 때문이다. 오히려 책의 의지가 강렬하리만큼 자한다르 알-하이주란을 압박했다. 아아, 녹슨 자물쇠와 열쇠로 굳게 봉인된 고대어의 시구에 가려져 있어

몰랐건만, 책은 스스로의 의지를 지니고 있었던 것이다.

자한다르는 마음 한구석으로는 알고 있었다. 이 책이 반드시 파괴되어야 한다는 것을.

폭풍이 몰아치는 운명의 밤을 목격했던 그날, 이토록 파괴적인 책은 절대로 인간 세상에 존재해서는 안 된다는 걸 깨달았다.

그렇지만……

자한다르는 손가락으로 책을 꼭 쥐었다. 고서의 온기가 피부로 스며들었고, 손에 잡힌 물집으로 두근두근 맥이 느껴졌다.

그것은 고동치는 심장의 생생한 열기였다.

어쩌면 이제는 이 힘을 통제할 수 있을지 모른다. 이제는 이 책이 어떤 생명체인지 알았으니까.

어쩌면 이런 생각이 더없이 어리석은 것은 아닐까? 혹시 스스로를 과대평가하고 있다는 또 하나의 증거일까?

그럴지도 모르지.

그래도 해볼 수는 있지 않은가. 처음에는 작은 것만 해볼 것이다. 레이 외곽에서 저질렀던 실수를 다시는 하지 않을 것이다. 이젠 잘 아니까.

이제 이 책이 어떤 능력을 지녔는지 보았으니, 이 책이라는 호수 속으로 더없이 조심스럽게 걸어 들어가리라. 그날 언덕에서보다 훨씬 더 잘 따져보면서 힘을 제어하리라.

그 밤, 자한다르는 이 책이 온 도시를 파멸시키는 모습을 보았다.

하늘을 가르고 떨어진 번개가 호라산의 가장 중요한 심장부를 내리치는 모습을 보았다.

자한다르가 딸들을 키우던 도시였다. 그가 일했던 소중한 도서관이 선 도시였다.

무시무시한 병마에 시달리며 죽어간 아내를 묻었던 도시였다.

그가 너무나 뼈아픈 실패를 저질렀던 도시였다.

자한다르는 그가 얼마나 무력하게 살았는지 수없이 떠올렸다. 아내가 병에 쓰러져 가는 걸 보면서도 고쳐줄 힘이 없었고, 아내가 세상을 떠난 뒤엔 고위 관리라는 자리를 지킬 힘도 없었다. 그리고 죽을 운명을 알면서도 궁전으로 성큼성큼 들어서는 딸을 막아설 힘이 없었다.

어떤 변화도 일으킬 수 없을 만큼 무력했던 나날. 자신은 그저 삶을 멍하니 방관하는 존재였다.

쓸모없는 인간이었다.

그는 다시금 책을 움켜쥔 채, 두 딸 모두 그 폭풍에 휘말리지 않고 무사히 탈출한 데 감사했다…….

하지만 그러지 못한 사람들이 참으로 많았을 것이다.

자한다르는 천막 안의 숨 막히는 어둠 속에서 슬며시 눈을 떴다.

지난밤 여기에 도착했을 때는 가슴을 짓누르는 죄책감 때문에 숨쉬기조차 힘겨웠다. 그는 손톱으로 책표지를 마구 짓누르면서 숨을 쉬려고 안간힘을 썼다. 그리고 두 눈에 차오르는 회한의 눈물을 막으려고 발버둥 쳤다.

귓가에 울리는 사람들의 비명을 떠올리고 싶지 않았다.

그건 내 잘못이 아니야!

그럴 의도는 아니었다. 다만 소란을 피워 병사들의 주의를 분산시키고 싶었을 뿐이다. 사랑하는 딸을 구하기 위해서였다. 그리고 어쩌면 자신의 참된 소명을 찾게 되지 않을까 싶어서였다.

힘을 지닌 남자가 되고 싶었다. 존경받는 남자가, 남들의 두려움을 자아내는 남자가 되고 싶었다.

그래도 자한다르는 이 상황을 되돌릴 수 있었다. 어떻게 바로잡을지 알고 있다.

딸에게 자신의 능력을 물려주지 않았던가.

이르사가 오늘 마법의 양탄자 이야기를 하면서 그 점을 분명히 해주었다. 그 말을 듣는 순간, 누운 자리에서 움직이지 않으려고 자제심을 있는 대로 발휘해야 했다. 그런 가능성을 듣고서 입을 다물고 있기가 어찌나 힘들던지.

셰에라자드는 특별했다. 바로 자한다르 자신처럼.

그리고 딸아이는 강했다. 그보다 훨씬 강했다. 셰에라자드의 손이 책을 스칠 때마다 느낄 수 있었다. 이 책은 딸아이의 존재를 환영하고 있었다.

이 책이 그 애의 위대한 능력을 알아보았단 말이다.

이는 그 자신이 구원받을 기회였다.

일단 몸을 쓸 수 있을 만큼 회복하면 자한다르는 다시 연구를 시작할 마음이었다.

이번에는 이 책을 완전히 파악할 것이다. 그래서 그 힘에 진실로 어울리는 존재가 될 것이다. 다시는 이 책이 그를 조종하지 못하게 할 것이다.

절대로 그럴 수 없다. 그런 실수를 또 저지르지는 않으리라.

그리고 딸에게 능력을 사용하는 법을 가르치리라. 그래서 둘이 함께 잘못된 모든 것을 바로잡으리라.

실수는 한 번으로 남겨야지, 같은 실수를 반복해서는 안 되는 법이다.

　자한다르는 평생 학자로 살아온 사람이었다.

　그가 언제나 자부심을 느꼈던 것이 단 하나 있다면, 그것은 바로 기꺼이 배우려는 의지였다.

나비와
야수

할리드는 깜짝 놀라는 것을 싫어했다.

어렸을 적부터 그는 놀라는 상황을 경계해 왔다.

놀라운 상황에서 행복했던 적이 단 한 번도 떠오르지 않았기 때문이다. 이제껏 경험한 바로 놀라움이란 후에 이어질 나쁜 일의 예고일 때가 많았다. 마치 좋은 포도주 속에 약효가 늦게 도는 독약을 타서 보석으로 장식한 잔에 따라주는 것 같다고 할까.

너무 싫었다.

그는 놀라움을 증오했다.

그래서 비크람의 방에 들어갔을 때, 그의 호위무사 곁에 앉아 있는 데스피나를 보자 무척 불쾌했다.

라즈푸트가 이토록 빨리 회복했다는 소식을 이 여자가 어떻게 알아냈을까? 할리드에게 연락이 온 건 불과 한 시간도 채 안 된 새벽녘이었는데.

이 시녀의 눈과 귀는 참으로 먼 곳까지 보고 듣는 모양이었다.

그녀가 훌륭한 첩자가 될 수 있었던 이유도 이 때문이었다. 사람을 사귀고 손쉽게 신뢰를 얻어내는 여자의 능력은 나비의 날갯짓처럼 어려움이 없었다. 그 능력으로 이 궁의 유력한 인물들과 손쉽게 친분을 쌓은 결과일 것이다.

심지어 이 여자는 셰에라자드와도 친해지지 않았던가.

시녀는 일어서서 절을 하며 오른손 끝을 이마에 댔다.

"세이이디."

"참으로 대단하군."

할리드는 침대 발치에 그대로 서서 얼굴을 굳혔다. 데스피나는 창틈으로 들어오는 희미한 빛에도 눈을 반짝이며 미소를 지었다.

"이런 말씀 드려 송구합니다만, 별로 대단하다 여기시는 표정이 아니신데요, 세이이디."

순간, 비크람의 입술에서 기침 소리가 한번 흘러나왔다. 이 힌두스탄 전사가 무슨 생각인지는 알 수 없지만, 어쨌든 재미있어하는 기색이었다.

할리드는 이렇다 할 인사말 없이 그를 향해 고개를 돌리고 물었다.

"어깨는 어때?"

둘 사이에 격식이 필요했던 적은 없었다. 그들은 몇 년간 같이 훈련해 왔고, 피를 흘리며 함께 싸운 사이였다. 라즈푸트는 할리드가 왕위에 오른 날부터 그의 호위무사로 일했다. 그리고 그보다 오래전부터 친구였다.

비크람은 대답하지 않았다. 그의 검은 눈동자가 별 특징 없는 저 위 구석을 슬쩍 바라보는 동안, 할리드는 비크람의 왼쪽 어깨의 구릿빛 피부를 감싼 피 묻은 붕대와 고약한 냄새를 풍기는 고약을 찬찬히 살펴보았다. 일어나 앉아 옆에 있던 낮은 탁자에 놓인 잔으로 손을 뻗었을 때는 아무리 비크람이라도 통증을 느낄 수밖에 없었다. 데스피나가 허리를 굽히더니 비크람이 얼굴을 찌푸리는 것에도 아랑곳하지 않고 그를 도와주었다.

데스피나가 탁자에 잔을 다시 놓고서 말했다.

"방금 파키르가 왔다 갔답니다, 세이이디. 그분이 말하기를……."

"그 새끼의 화살이 내 가슴뼈를 산산조각 냈어. 어깨뼈도."

비크람이 걸걸한 목소리로 말했다. 머지않아 격렬한 복수를 하고야 말겠다는 단호한 어조였다.

데스피나는 할 말을 잃은 듯 눈을 깜빡였지만, 다시금 마음을 다잡고서 하얀 치아를 드러내며 웃었다.

"그런데 파키르의 말에 따르면……."

다시금 비크람이 슬쩍 눈길을 보내며 그녀의 말을 막았다. 뾰로통해진 데스피나는 의자로 돌아가 앉으며 가슴께에 팔짱을 꼈다.

할리드의 무정한 면은 그들이 주고받는 눈빛에 묘하게 누그러졌다. 험상궂은 야수가 저 나풀나풀한 나비를 입 다물게 만들다니. 지금 여기에 셰에라자드가 있었더라면 촌철살인 같은 말을 날려서 상황을 좋게 만드는 동시에 나쁘게도 만들어 버렸을 테지.

그리고 할리드는 그녀의 말에 만족감을 느꼈을 것이다.

할리드는 침대 발치에서 걸음을 옮겨 비크람의 옆으로 성큼 다가갔다.

"내가 뭐 해줄 게 있을까?"

비크람은 베개에 기대고서 언제나처럼 단호한 시선으로 그를 바라보았다.

"팔을 새로 만들어 줘."

이 말에 할리드는 웃음을뻔했다.

"아아. 팔은 나도 필요하다."

"뭐 하러?"

비크람이 불쾌하다는 표정으로 투덜거리며 물었다.

"싸우려고."

"거짓말. 보니까 꼭 공작새처럼 굴고 있으면서."

이 말에 할리드는 눈을 가늘게 떴다.

"난 거짓말 같은 건 절대로 안 해."

"거짓말."

라즈푸트의 콧수염이 움찔대더니, 눈빛마저 짙어졌다.

"**절대로**……라고까진 말할 수 없을지도 모르지만."

"**거의 안 한다**고 말하는 게 낫겠지."

"그래, 거짓말은 거의 안 해."

할리드는 슬쩍 웃음기를 띤 목소리로 대답했다. 비크람은 한숨을 내쉬며 오른손으로 짧은 턱수염을 매만졌다.

"난 이제 더는 싸울 수가 없어, 메라 도스트(Meraa dost, '나의 친구여'라는 뜻—옮긴이)."

어렵게 내놓은 고백이었다. 비크람은 잠시 눈을 감았다 떴다. 할리드는 주저하지 않고 대꾸했다.

"**그거야말로** 거짓말이군. 파키르가 말해줬다. 네 어깨는 때가 되면 나을 거라고. 물론 얼마나 회복될지는……."

"왼손에 아무런 감각이 없어."

그렇다, 할리드는 놀라는 게 너무 싫었다. 불타는 태양을 두고 천 번을 맹세해도 놀라는 게 싫었다.

그의 눈빛이 리넨 시트 위에 축 늘어진 비크람의 왼손으로 향했다. 그 손은 평소와 다를 바가 없었다. 그저 무정하고 집요하게 상대를 겨냥하는 저 손은 그 누구도 막을 수 없을 것 같은데.

이제는 아니로군.

괜찮을 거라고 안심시켜 봤자 소용없다는 걸 그는 알았다. 비크람은 바보가 아니었고, 마음을 달래는 말 따위도 필요 없는 사람이었다. 그렇더라도, 할리드는 명백한 사실을 받아들이려는 비크람의 마음을 무시할 수가 없었다.

"그건 아직 섣불리 판단할 수 없어. 감각은 때가 되면 돌아올지도 몰라."

그는 부드러운 말투로 말하지 않으려고 조심스레 목소리를 내었다. 달래는 목소리를 낸다면 비크람이 화를 낼 테니까.

"그렇더라도 예전처럼 싸울 수는 없을 거야."

이 말 뒤에는 아무런 감정도 숨어있지 않았다. 그저 사실을 언급했을 뿐이었다.

데스피나는 앉은 자세를 바꾸었다. 할리드가 이 방에 들어온 후 시녀가 불편한 기색을 보이는 건 이게 두 번째였다.

왜 저러는 걸까 어리둥절해졌지만, 할리드는 다시금 비크람의 말에 귀를 기울이기로 했다.

"다시 말하지만, 그것도 아직 섣불리 판단할 수 없어."

"그 개자식이 흑요석 화살촉으로 날 쐈어. 그래서 뼈가 산산조각 났다고. 다시 붙는 것이 불가능하게."

비크람이 분노하자 이마와 얼굴 옆 부분에 깊은 주름이 파였다. 할리드는 그 말에 같이 분통을 터뜨리고 싶었지만 애써 분노를 억눌렀다. 불난 데 기름을 부어봤자 무슨 소용이란 말인가. 그래서 속마음과는 다른 침착한 얼굴을 지어 보였다. 침착함은 그가 곧잘 써온 가면과도 같았다.

"그 얘기도 들었어."

"팔 한쪽만 성해서는 너의 호위무사로 있을 수 없어."

비크람은 신랄한 말투로 내뱉으며 이를 갈았다.

"난 그렇게 생각 안 해."

할리드의 말에 비크람은 얼굴을 찌푸렸다.

"그렇게 말할 줄 알았어. 하지만 이젠 그것도 중요하지 않아, 메라 도스트."

"그러면 왜 이러는 거야?"

할리드가 묻자, 다시금 데스피나가 자세를 고쳐 앉았다.

비크람은 베개에 더욱 몸을 편히 기대고는 표정을 슬쩍 누그러뜨렸다.

"왜냐하면 나는 지금 모습보다 초라해지고 싶은 마음이 없거든. 그리고 넌 나에게 초라해지라 강요하지 않을 거고."

비크람은 꺾이지 않는 시선으로, 굳이 할리드를 도발하는 기색조차 없이 말했다.

"내가 뭘 해주기를 바라지, 친구여?"

할리드는 아까 했던 질문을 반복했다. 하지만 말투는 완전히 다르게 들렸다. 라즈푸트는 잠시 침묵하다가 대답했다.

"이 도시를 떠나고 싶어. 나만의 삶을 새롭게 시작하려고."

할리드는 고개를 끄덕였다.

"그래, 좋아. 원하는 대로 해."

"그리고 아내도 맞이할 거야."

이건 더욱 놀랄 일이었다. 놀라움은 대체 언제 끝나는 거지?

"마음에 둔 사람이 있나?"

할리드의 표정은 조심스럽고도 절제되었다.

비크람은 놀리는 듯한 시선으로 자신의 왕을 바라보더니, 이윽고 얼굴을 침대 옆으로 천천히 돌려 뽀로통히 입을 삐죽이는 나비를 보았다.

바로 할리드가 거느린 최고의 첩자를.

역시, 처음에 놀랐던 것은 시작에 불과했군.

할리드는 애써 억누르려 해도 얼굴에 자꾸만 드러나는 불신의 기색을 감출 수가 없었다.

"그러면 너는 이 결혼을 승낙하는가?"

그가 속삭이다시피 나직한 목소리로 시녀에게 물었다.

데스피나의 아름다운 입술에 잔주름이 잡히는가 싶더니, 얼굴은 장난기 어린 기색으로 찌푸려졌다. 그녀의 눈빛이 알 수 없는 비밀로 가득 찬 우물처럼 반짝이기 시작했다. 그 모습을 보자 할리드는 벌컥 성을 내며 아무 생각 없이 방 안을 뒤엎고 싶었지만 온 힘을 다해 참았다.

"그렇다면 좋아. 사랑이 어떻게 이루어졌는지 이해하는 건 아무리 해도 안 되겠으니."

할리드는 고개를 저으며 믿을 수 없는 기색을 싹 지우고서 다시금 물었다.

"또 할 말이 있나?"

"하나…… 더 있어."

라즈푸트는 이제야 생각난 듯이 중얼거렸다. 할리드는 제발 또 놀랄 일은 아니길 바라며 이어질 말을 기다렸다.

비크람은 앞으로 그의 아내가 될 데스피나를 바라보았다. 눈빛을 마주한 그녀는 다 안다는 듯 미소 지었다.

"내가 아내를 얻기로 마음먹긴 했지만, 그렇더라도 입방아에 오르락내리락하고 싶지는 않아."

"알겠다. 이 일은 아무에게도 말하지 않겠어. 약속하지."

할리드의 대답에 비크람은 짧게 고개를 끄덕였다.

"우린 이틀 후에 떠날 거야. 그 후에 벌어질 일은 신께서 알아서 하시겠지."

순간, 상실감이 아프도록 그를 덮쳐서 할리드는 마음이 언짢아졌다. 상실감이 든 자체는 문제가 아니었다. 다만 그 상실감이 너무나 예리해서였다.

"네가 그리울 것이다, 나의 친구여."

그러자 비크람은 재미있다는 기색을 억누르고 성한 쪽의 어깨를 떨며 기침을 했다.

"거짓말. 이제 너는 레이 최고의 검객이 되는 거잖아. 드디어 말이야."

"망한 도시의 최고의 검객이라. 나에게 어울리는 칭호로군."

할리드는 슬며시 피어나려는 웃음을 참으며 맞받아쳤다. 그리고 고개를 돌린 채 손바닥으로 턱을 쓰다듬었다.

"메라 도스트?"

비크람의 목소리에 주저하는 기색이 감돌았다. 할리드는 처음 접하는 머뭇거림이었다.

그는 비크람 쪽으로 시선을 힐끗 돌렸다.

"정말로 그 애를 다시 데려올 생각 없어?"

비크람의 물음에 할리드는 피식 웃었다. 그러나 마음은 무거웠다.

"무슨 소리야? 그 여자가 처음 왔을 땐 무작정 반대하기만 하더니?"

"그렇긴 했지만, 지금 생각하니까…… 그 조그마한 말썽꾸러기가 그립더라고. 그리고 그 애가 있을 땐 네가 웃었으니까."

그랬다. 할리드는 그녀 곁에서 웃었다. 아무에게도 인정하고 싶지 않았지만 그랬다.

"레이는 그녀에게 안전한 곳이 아니다. 나 역시 그녀에게 위험한 존재고."

할리드의 말에 비크람은 이맛살을 다시 찌푸렸다.

"그럼 그 개자식 옆에 있으면 안 위험한가?"

이젠 할리드도 서서히 분노가 치밀었다.

"그럴 수도 있지. 그녀는 적어도 그놈과 있을 땐 웃으니까."

"너는 그 앨 웃게 못 하고?"

비크람은 눈을 가늘게 떴다. 눈꺼풀 사이로 비스듬한 눈빛이 부싯돌 조각처럼 회색으로 번뜩였다. 그 눈빛은 마치 타리크 임란 알-지야드가 쏜 흑요석 화살촉처럼 뼛속을 파고들었다.

할리드의 피가 분노로 끓어올랐다. 온당하지 못한 노여움이 핏속에 진하게 섞여들었다.

어쨌든 샤지를 나시르 알-지야드의 아들과 같이 보내버린 건 바로 자신 아니던가. 애초에 바랐던 대로, 할리드는 그녀를 따라가지 않았다. 온 마음을 다해 샤지를 되찾고 싶었지만, 잘랄에게 그녀를 데려오라 명령하지 않았다.

그녀를 보낸 건, 할리드의 결정이었다.

샤지는 더는 그와 함께, 레이에서 고통받아선 안 된다. 그게 최선이었다.

더는 그럴 수 없다.

제아무리 자신의 운명을 피해보려 노력했어도 결국 운명은 닥쳐왔고, 자신의 도시를 갈가리 찢어버리며 소중하게 여겼던 모든 곳에 불을 질렀다.

이 불길 속에서 자신과 함께 셰에라자드까지 불타는 모습을 지켜볼 수는 없었다.

불타야 한다면 할리드 홀로 불타야 했다. 셰에라자드가 불타는 모습을 보느니, 자신이 몇 번이고 거듭해서 불타는 편이 나았다.

"난 그녀를 웃게 해줄 수가 없어. 더는 못해."

할리드의 말에 비크람은 손으로 턱수염을 쓰다듬으며 생각에 잠겼다가 이렇게 대꾸했다.

"그 점은 아직 섣불리 판단할 수 없어."

할리드는 손끝을 이마에 대고서 허리를 깊숙이 숙였다.

"행복하길 바란다, 비크람 싱."

"너 역시 행복하기를, 메라 도스트, 나의 가장 좋은 친구여."

물 한 방울
흘러내리지 않은 채

　　　　　　　'끈을 끊어버려, 샤지. 날아올라.'

　비밀의 주문이 바람결에 실려 오듯 시바의 말이 계속 귓가에 속삭여 댔다.

　'날아올라.'

　세에라자드는 천막 한가운데 앉은 채 바깥에서 들려오는 시끌벅적한 소리를 무시했다. 최근에 새로 파병 온 군대가 도착하는 소리였다. 그렇다면 곧 전쟁이 시작된다는 뜻이다. 하지만 그녀는 책상다리를 하고 앉아 오로지 흙바닥을 뚫어지게 바라보기만 했다.

　지금 세에라자드 앞에는 세상에서 가장 이상하게 생긴 양탄자가 놓여있었다.

　녹슨 것처럼 불그스름한 색조에, 가장자리는 진청색이고 가운데는 검고 하얀 소용돌이가 둥근 무늬를 이룬 양탄자. 두 면에는 안쓰럽도록 낡은 노란색 술이 달렸고, 두 귀퉁이는 불에 그을린 양탄자.

나름의 사연이 있는 양탄자…….

게다가 크기라도 하면 모를까. 겨우 두 사람이 나란히 앉으면 꼭 찰 만큼 작았다.

셰에라자드는 고개를 비스듬히 숙이고 생각에 잠겼다. 그리고 심호흡을 한 다음, 양탄자 표면이 평평해지도록 손바닥으로 눌렀다.

그러자 두 팔에 감각이 없어지는 것처럼 저릿한 느낌이 심장 주위를 에워쌌다. 그 느낌은 피를 타고 흐르며 손끝으로 퍼졌다.

이제 어떻게 될지 이미 알면서도, 자신의 손끝에서 양탄자의 귀퉁이가 말려 올라가는 모습은 여전히 놀라웠다.

그녀는 손바닥을 떼고 마른침을 삼켰다. 그러자 양탄자는 다시 바닥에 내려앉았다.

'끈을 끊어버리라니까, 바보야. 방금 침 삼키면서 귀까지 먹었니? 배짱은 다 어디 갔어?'

"그 소리 좀 그만해! 수천 번은 들었다고, 이 잔소리꾼아!"

셰에라자드는 시바를 떠올리며 작게 미소 지은 다음, 옆에 있는 탁자에 놓인 빈 잔과 물병에 손을 뻗었다. 그리고 초조하게 혀로 잇새를 더듬으며 잔에 물을 채운 다음, 세상에서 가장 이상하게 생긴 양탄자 한가운데 동그란 무늬 위에 잔을 놓았다.

"이제 진짜 실험을 해보자."

셰에라자드는 이렇게 중얼대며 다시금 손바닥을 양탄자에 얹었다. 아까와 마찬가지로 심장 부근에서 이상한 느낌이 피어오르더니 이내 팔로 퍼졌다. 이윽고 가장자리가 저절로 말려들더니 양탄자가 공중으로 붕 떠올랐다. 이내 양탄자는 허공에서 멈추었다. 그녀는 무릎을 꿇은 채 조심스레 몸을 일으켰다. 올려둔 잔은 동그란 무늬 위에서 움직이지 않았다. 물 한 방울 흘러내리지 않은 채였다. 셰에라자드는 조심스레 숨을 고르면서 손가락을 오른쪽으로 들어 올렸다. 그러자 양탄자는 어깨높이에서 그녀를 따라왔고, 그 위에 얹어둔 잔 속의 물은 호수처럼 그저 잔잔했다.

셰에라자드는 이제 한 발 더 나아가 보기로 마음먹었다.

그녀는 벌떡 일어나, 위로 갈수록 점점 좁아지는 천막 천장을 향해 손을 내밀었다. 이제 양탄자가 걷잡을 수 없게 흔들릴 거라 예상했건만, 양탄자는 눈 깜짝할 사이에 휙 올라오기만 했을 뿐 우아하지 못하게 마구 요동치는 모습은 전혀 보이지 않았다. 오히려, 미세하게 부는 산들바람을 타고 움직이듯이 나풀나풀 물결쳤을 뿐이다. 양탄자는 손끝을 따라 움직이더니 그녀의 머리 위로 올라갔다. 마치 보이지 않는 해안 위로 끊임없이 밀려드는 작은 파도를 탄 듯, 네모난 천은 부드럽게 움직이다가 그녀의 명령에 따라 다시금 나선형을 그리며 바닥으로 내려왔다. 셰에라자드는 이 동작을 두 번 반복해 보았다. 위로, 아래로, 다시 위로, 아래로. 그동안 양탄자는 항상 그녀와 닿아있었고, 한 번도 제멋대로 움직이지 않았다. 그 위에 얹은 물잔이 마치 무게가 나가지 않는 승객이라도 되는 양 양탄자는 천장부터 바닥까지 구름처럼 둥둥 떴다.

그중에서 셰에라자드가 가장 눈여겨본 것은 물잔이었다. 안에 든 물은 그 안에서 그저 잔잔하게 움직였을 뿐, 결코 흘러넘치지 않았다. 마치 자기에게만 들리는 나른한 음악에 맞추어 춤을 추듯 소용돌이치기만 했다.

셰에라자드는 눈을 크게 뜬 채로 마법의 양탄자를 조종해 바닥에 굽이쳐 내려앉게 했다.

귓가에는 친구의 목소리가 울려 퍼졌다. 비밀의 주문 속에 숨겨진 목소리가 노래를 부르듯 아름다운 웃음을 터뜨렸다.

그 목소리엔 장난기가 서렸다.

'이젠 네 차례야, 바보야.'

셰에라자드는 속으로 미소 지었다. 내일 밤 다시 마법의 양탄자를 시험해 봐야지.

이번에는 물잔 없이.

아빠는 오늘 아침 좀 좋아진 것 같았다. 적어도 이르사의 생각은 그랬다. 아주 창백하지도, 힘없어 보이지도 않았으니까. 그리고 어제보다 약초 우린 물을 좀 더 수월하게 삼키기도 했다.

그러니 곧 일어나실지도 몰라.

이르사는 이마에 끈적하게 달라붙은 머리카락을 훅 불어 넘기며 얼굴을 찌푸렸다. 지금 자신의 꼴은 레이 길거리에 수없이 널린 부랑아처럼 변해가고 있었다. 목깃에는 때가 꾀죄죄하게 꼈고, 귀 뒤에는 모래가 잔뜩 묻었다. 이르사는 한숨을 푹 쉬면서 밤색 머리채를 들어 목덜미 뒤로 꼬아 묶었다.

오, 신이시여! 어째서 아빠의 천막이 우리 천막보다 훨씬 더 덥지? 꼭 여름날 오후의 빵집 같잖아. 이러니 아빠가 어떻게 견디시겠어?

이르사는 아버지의 창백한 안색을 다시금 자세히 살펴보고는 이마의 땀을 닦아주었다.

"아빠, 제발 일어나세요. 오늘은 내 생일이란 말이에요. 아빠 목소리를 들을 수 있다면 나한테는 최고의 생일 선물이 될 텐데. 아니면 미소라도 지어주세요."

이르사는 아버지의 이마에 입 맞춘 다음 소지품을 챙겨서 천막 입구로 터벅터벅 걸어갔다.

그리고 생각에 폭 잠겨있던 바람에 문밖에 서있던 호리호리한 누군가를 미처 알아채지 못했다.

"이르사 알-하이주란."

이르사는 우뚝 멈춰 선 다음 돌아서다가, 그만 샌들 신은 발을 헛디뎌 넘어질 뻔했다. 이어서 누군가의 손이 그녀의 눈가를 가려 뜨거운 햇볕을 막아주었다.

바로 라힘 알-딘 왈라드였다. 그가 조용히 입을 열었다.

"땡볕에서 오랫동안 널 기다렸어……. 어제 그런 일을 겪고 난 다음 괜찮은지 확인하고 싶었거든. 그런데 이제 보니 난 안중에도 없나 보네?"

이르사의 목에 갑자기 열이 올랐다.

"그래, 아니, 내 말은, 맞아. 아니, 그게 아니고……."

라힘은 농담으로 한 말이었는데 이르사는 진지하게 받아들이고 말았다.

"농담한 거야, 지르지락."

이르사가 목을 가다듬고 대꾸했다.

"저기, 그렇게 부르지 마."

이 별명을 이르사가 얼마나 싫어하는지 라힘은 알고 있었다. 그는 나직하게 웃어 보였다. 양피지가 둘로 갈라지는 것처럼 메마른 웃음소리였지만, 이르사는 어쩐지 그 웃음에 마음이 편안해졌다. 그녀는 이상한 데서 나름의 위안을 받는 버릇이 있었다.

지금 보이는 라힘의 특이한 표정 역시, 마찬가지로 위안이 되었다. 이르사의 두 뺨까지 홍조가 올라왔다.

"보다시피, 나는 정말 괜찮아. 뭐 또 필요한 거 있어?"

"너한테 필요한 게 있을 때만 말을 걸어야 해?"

라힘은 왜 언제나 이토록 질문이 많을까? 그때마다 어째서 이르사는 이토록 짜증이 날까?

"아니. 그래도 필요한 게 있을 때 말을 걸어줘. 아니면 **내가** 뭔가 필요한 게 있는 것 같을 때나. 너도 보통은 그러잖아. 그런데 땡볕에서 오랫동안 기다린 건, 햇볕을 쬐어서 건강해지려고 그런 거 아냐?"

이르사는 이렇게 쏘아붙이자마자 자신의 입을 틀어막고 싶었다.

대체 나 왜 이러지? 이제껏 라힘이 나한테 얼마나 잘해줬는데! 타리크나 병사들과 같이 어울려도 됐을 무더운 오후마다 일부러 와서 나에게 말 타는 법을 가르쳐 준 사람인데. 바로 어제만 해도 같이 언니를 구해준 사람인데.

아무리 생각해도 라힘에게 이토록 못되게 굴 이유가 떠오르지 않았다.

내가 너무 바보라서 이러나 봐.

다시금 메마른 웃음소리가 들려왔다.

"내 기억이 맞다면, 샤지도 열다섯 살 생일날 못되게 굴었었지."

라힘이 내 생일을 알아?

"내…… 혹시 샤지가 말해줬어?"

　이르사는 말을 더듬었다. 너무 가까이 선 라힘이 너무나 의식된 나머지 귓가에서 맥박이 두근두근 뛰었다. 바로 어제, 그녀에게 고삐를 넘겨주는 라힘의 손을 스쳤을 때 느꼈던 온기가 그대로 다가왔다.

　"아니."

　라힘은 입술을 꾹 다물었다. 한 줄기 돌풍이 불어와 숱 많은 곱슬머리 사이로 우수수 모래를 날렸다.

　"내가 네 생일을 잊을 줄 알았어?"

　"아니. 아무도 기억 못 할 줄 알았어."

　그는 눈을 깜빡이지도 않고 이르사를 내려다보았다. 언제나처럼, 묘하게 마음을 달래주는 표정이었다.

　다시금 이르사의 뺨에 피가 확 몰렸다. 땀에 젖은 머리카락을 얼굴에서 쓸어 올리던 순간이었다.

　문득 머리카락을 목 뒤에서 얼기설기 묶은 기억이 떠올랐다. 거지 중에서도 상거지 꼴 아닌가. 이르사는 눈을 휘둥그레 뜬 채 머리를 풀어서 땀으로 끈적하게 젖은 산발을 애써 곱게 빗으려 했다.

　"너 지금 뭐 해?"

　라힘은 마침내 눈을 깜빡였다. 진한 속눈썹이 마치 캔버스 위를 노니는 붓같이 움직였다.

　"노숙하는 부랑아처럼 보이지 않으려고."

　"뭐? 왜?"

　라힘의 콧잔등을 따라 세로로 가지런히 주름이 잡혔다.

　"왜냐하면, 나는, 여자니까 예뻐야 하잖아!"

　이르사는 휙 쏘아붙이고는 소맷자락으로 이마를 톡톡 두드리며 말을 이었다.

"끈적끈적 땀투성이가 돼서 냄새나 풍겨대선 안 돼."

"그게 규칙이야?"

"아니, 그건…… 어휴. 왜 자꾸 짜증 나게 해."

이르사는 어쩔 수가 없었다. 라힘은 정말로 짜증 나는 사람이었다. 왜 이리 끊임없이 질문을 던질까. 왜 이리 변함없이 따스할까. 그의 눈빛에서 무언가 반짝였다.

"그런 말 들어보긴 했지."

라힘은 전엔 한 번도 이르사를 이런 눈으로 본 적이 없었다.

"너한테 줄 게 있어."

그는 여러 번 머뭇대며 고민한 후에 말했다.

"뭐라고? 왜?"

이르사는 그의 그림자 속으로 들어가면서 눈 위를 가렸던 손을 떨궜다. 라힘은 갈색 리넨 리다 속에서 삼베 끈으로 묶은 두루마리를 꺼냈다.

"오마르한테 빌려왔어. 그러니 돌려줘야 해. 하지만…… 네가 좋아할지도 모른단 생각이 들었어."

라힘은 어깨를 으쓱이고서 이르사에게 낡은 양피지를 내밀었다. 여전히 당황한 이르사는 한참을 머뭇대다가 양피지를 받아 들었다.

라힘은 동요하지 않고 기다렸다. 하지만 이르사는 그의 입술에 다시 질문이 떠오르는 기색을 보았다.

그래서 그가 질문하기 전에 말을 던졌다.

"이게 뭐야?"

"너희 아버지가 드실 물에 찻잎과 우유를 넣으면 좋을 것 같다고 오마르가 말해줬거든. 이건 식물의 효능을 적어둔 양피지야. 네가 좋아할 거라고 생각했어. 내일 양피지랑 잉크를 가져다줄게. 그러면 베껴 쓸 수 있을 거야."

라힘은 어깨를 으쓱이며 말을 이었다.

"아니면…… 내가 해줄 수도 있고. 물론 내 글씨체는 그다지 칭찬할 만하지는 않지만."

이르사는 깜짝 놀랐다. 라힘은 언제나 합리적인 사람이건만, 그가 이런 말과 행동을 하리라고는 전혀 예상하지 못했다.

내게 선물을 주다니?

"난, 그러니까, 어, 내가 할 수 있어. 응, 진짜로, 내가 베껴 쓸게. 대신 써주지 않아도 돼."

"그래. 알았어."

라힘은 웃었다. 또 웃는구나. 바스락대는 듯한 웃음소리가 공기 중에 퍼져 이르사의 피부에 따스하게 와닿았다. 라힘이 돌아서자 이르사는 문득 가지 말라고 하고 싶은 충동이 들었다.

하지만 뭐 하러?

이르사의 실망감을 느꼈는지, 라힘이 다시 뒤돌아 이쪽을 바라보았다.

"너, 오늘 밤에 전쟁 회담 끝나고 열리는 모임에 올 거야?"

이르사는 고개를 끄덕이려다가 멈추고서 물었다.

"셰에라자드도 가도 될까?"

"다른 사람들이 오지 말라고 할 이유가 없잖아. 타리크가 옆에 있는 한 문제없을 거야. 모닥불 둘레에서 놀 때는 중요한 이야기를 하지 않을 테니까. 그리고 모두들 셰에라자드를 궁금해하거든. 하지만 일단 셰에라자드가 오기로 마음을 먹는다 해도, 상황이 쉽지는 않을 거야. 다들 그 애를 주목할 테니까.”

라힘은 조심성 있는 친구답게 그렇게 경고했다.

“언니한테 단단히 일러둘게. 그리고…… 아무 일도 일어나지 않도록 내가 지킬 거야.”

이르사는 턱을 치켜들고 라힘과 눈을 마주쳤다. 차분하고도 듬직한 눈빛으로.

적어도 그렇게 보이기를 이르사는 바랐다. 하지만 오히려 미친 것처럼 보일 가능성도 얼마든지 있었다. 땀에 젖은 머리카락 아래로 가슴에 약초 두루마리를 꼭 껴안고 있는 모습이라니.

“나도 그럴 거라 생각해.”

라힘은 다시금 그녀를 빤히 바라보며 생각에 잠겼다가 말을 이었다.

“타발로뎃 모바락(tavalodet mobarak, 생일 축하해), 이르사 알-하이주란. 오래오래 건강하게 살아.”

“고마워, 라힘 알-딘 왈라드.”

그는 손을 이마에 대고 절해다. 그리고 허리를 다시 펴고서는 혼자서 무언가 중요한 사실을 알고 있는 듯 미소 비슷한 표정을 지었다.

“아까 한 말 말인데, 넌 걱정할 필요 없어.”

“무슨 소리야?”

라힘은 조심스럽게 심호흡을 하고 대답했다.

“넌 아름다운 여자보다 더 나아. 재미있잖아. 그 점을 잊지 마.”

장미꽃
휘날리며

절대로 말하지 않을 마음이었다. 목에 칼이 들어와도 말이다.

하지만 잘랄이 옳았을지도 모른다.

호라산의 칼리프는 아무런 말도 없이 몇 시간이고 사라져서는 안 되는 존재다.

하지만 할리드는 하루하루 지날수록 궁에 머무르고 싶은 마음이 사라져 갔다. 그곳엔 너무나 많은 이야기가 서려있었다. 피와 분노와 배신이 어우러진 추악한 이야기. 할리드가 유일하게 위안을 찾았던 공간마저 폭풍으로 파괴되고 말았다.

어쩌면, 그가 다시 떠올릴 준비가 안 된 기억이 머문 곳이어서 그럴지도 모른다.

그래도 궁전 벽 바깥에서 태어나는 이야기들은 생생하고 현실적이었다. 처절한 날것의 이야기일지라도, 그의 죄책감을 심하게 후벼 판다 해도, 할리드가 마주 볼 수 있는 이야기였다.

그가 고칠 수 있는 이야기였다.

그날도 수많은 두루마리를 읽고 지루한 국정을 처리하며 아침나절을 보내자, 할리드는 무언가 결과를 보고 싶었다. 시간을 쓰는 만큼 두 손에 잡히는 성과를 봐야 했다.

곧 닥칠 전쟁을 방어하는 것 말고, 직접 보이는 성과를.

아아, 하지만 오늘 이러는 건 실수였을지도 모른다.

시립 도서관 계단으로 햇살이 환하게 내리쬐었다.

너무 밝았다.

너무나 고통스러울 정도로.

날이 갈수록 시야에 조금씩 왜곡되는 지점들이 생겨났다. 두통이 너무 심해서 몸이 쇠약해질 지경이었다. 두통은 언제나 있었지만, 오전 내내 양피지를 가득 메운 작은 글자를 끝없이 읽은 데다 오후에는 뜨거운 화강암을 지고 울퉁불퉁한 계단을 오르려다 보니 상태가 더욱 심해졌다.

할리드는 잠시 멈춰 서서 두건을 내린 후 이마의 땀을 닦았다.

이 도시에서 가장 오래된 도서관 보수 공사를 돕기로 한 건 그저 우연만은 아니었다. 공사에는 다른 일도 많았지만, 그는 며칠간 무너진 석조 건물에 마음이 계속 끌렸다.

셰에라자드의 가족이 레이에서 도망치기 전, 그녀의 아버지가 이곳에서 일했으니까.

이야기를 좋아하는 그녀의 성품에서 드러나듯, 샤지가 사랑했던 곳이니까.

불과 일주일 전 불어닥친 폭풍에 심하게 부서지긴 했지만, 이 건물이 황폐해진 건 훨씬 오래전부터였다. 지붕이 달린 출입구로 향하는 계단은 이곳저곳 갈라지고 어긋났다. 한때 선명한 색이었을 사암은 회색과 갈색 얼룩으로 뒤덮여 있었다.

결국엔 무너질 수밖에 없었던 낡은 건물에 폭풍이 마지막 일격을 가했을 뿐이다.

수많은 세월 동안 아무도 돌보지 않았던 기둥 몇 개는 바람이 흔들어 대자 저절로 무너지고 말았다. 그렇게 도서관 정문은 무너진 기둥 잔해에 완전히 가로막혀 버렸다.

할리드는 이미 현장에 기술자들을 보내 주저앉은 서까래를 보강하라고 명령했다. 그리고 오늘은 직접 이곳에 나와 숙련된 노동자들과 함께 잔해를 나르기 위해 줄을 섰다.

리다에 달린 후드를 뒤집어쓰고 있어서 아무도 그를 알아보지 못했다. 하긴, 그 사악한 호라산의 칼리프가 무더운 여름날에 시립 도서관 앞에서 돌을 나르리라고 누가 상상이나 하겠는가?

손바닥에 땀이 배어 돌을 들기가 힘들어지자, 할리드는 나직하게 욕설을 중얼거렸다. 솔직히 할리드가 이런 유익한 선행을 하리라고는 아무도 예상하지 않았다. 그는 어떤 식으로든 육체노동을 수행할 만한 몸이 아니었다. 하지만 건물에서 돌도 제대로 못 나를 몸이라면 대체 끝없이 했던 검술 연습이 다 무슨 소용이며, 어떤 상황에서든 대처할 수 있도록 끊임없이 훈련했던 게 다 무슨 쓸모가 있단 말인가?

그러다 돌덩이가 갑자기 땅에 쿵 떨어졌다. 돌은 그의 발을 아슬아슬하게 빗나갔다.

할리드는 무심코 큰 소리로 불쾌한 욕설을 내뱉었다.

"조심해라, 얘야!"

치아가 거의 다 빠진 남자가 할리드가 떨어뜨린 돌 옆을 바싹 지나쳐 갔다. 볕에 그을린 얼굴 위로 험상궂은 인상이 자리 잡은 남자였다.

"그러다가 발가락이 전부 없어질 거다."

할리드는 말없이 수긍하는 모습으로 고개를 숙였다. 그리고 몸을 구부려 돌을 그러모았다.

오른손에 다시 피가 났다. 손바닥에 선명하게 붉은 상처가 벌어졌다. 그는 검은 티카 띠로 피를 닦으며 부디 출혈이 멈추기를 바랐다.

"상처를 소독하는 게 좋을 거야. 그리고 더 나빠지기 전에 싸매고."

치아 없는 남자가 다시 그의 옆을 지나가면서 말했다. 남자의 몸은 아주 호리호리했지만 기이할 정도로 효율적인 몸놀림을 보여주었다.

"건물 옆에 가면 물통이 있어."

그가 턱짓으로 그늘을 가리켰다. 할리드는 얼굴을 드러내지 않고 남자에게 말을 할 수 있도록 리다 앞을 매만졌다.

"고맙습니다."

"고맙기는. 그런데 가죽 샌들을 신은 도련님이 왜 이런 일을 직접 하면서 고생하는지 아무리 봐도 모르겠군."

남자는 날카로운 눈초리로 할리드를 바라보았다.

"제가 오래된 책을 좋아하는 특이한 성격이라 그런가 봅니다."

"그렇군."

하지만 남자는 여전히 미심쩍은 기세로 말을 이었다.

"어쨌든, 상처는 깨끗이 씻도록 해. 만약 상처가 덧나서 열병이라도 걸려 죽으면, 돈 많은 도련님 아버지가 좋아하지 않을 테니."

할리드는 슬쩍 미소 지으며 고개를 숙인 후, 건물 옆으로 가서 남자의 말대로 상처를 씻었다.

물통 사이에서 한 무리의 아이들이 놀고 있었다. 사내아이 몇 명은 재와 잔해가 흩어져 마실 수 없을 것 같은 샘 위에 놓인 녹슨 잔을 두고 서로 싸워댔다. 수완 좋은 소녀 하나가 아주 깨끗한 물이 담긴 커다란 물통 근처를 맴돌았다. 물통에는 나뭇가지나 먼지 같은 불순물이 하나도 없었다. 소녀는 할리드를 슬쩍 보더니, 허리에 달린 좋은 검을 보고 얼굴을 활짝 펴며 웃었다.

"더운 날인데 물 한 잔 드릴까요, 사히브?"

소녀는 표주박을 들어 보였다. 아이의 손목에 감긴 알록달록한 실타래가 비쩍 마른 팔로 주르르 흘러내렸다. 할리드는 어쩔 수 없이 웃어주었다.

"그 표주박에 담아주는 물이…… 얼마지?"

그러자 소녀는 장난기 어린 미소를 지었다.

"사히브께 드리는 물은요, 단돈 2디나르예요."

할리드가 동전을 건네주자 소녀는 기쁨에 겨워 소리를 지르며 거리를 마구 달려갔다. 이만큼 돈을 벌었으니 오늘의 일과는 끝난 모양이었다. 다른 아이들은 소녀가 번 돈을 나눠 가지고 싶은 마음에 허둥지둥 뒤를 따라갔다.

완전히 바가지를 써버렸지만 할리드는 돈을 잘 썼다고 생각했다.

그는 물통 옆에 웅크리고 앉아 굳어져 가는 손바닥 위로 미지근한 물을 부었다. 그리고 얼굴에 물을 끼얹다가, 아예 후드를 벗은 뒤 표주박을 물통에 넣고 머리에 물을 끼얹는 호사를 누렸다.

할리드의 두 눈으로 물이 주르르 흘러들었다. 처음에는 눈에 닿는 물이 따가워서, 엄지와 검지로 콧잔등을 눌러 쓰라린 감각을 누그러뜨리려 했다. 그렇게 한참을 서있던 순간, 갑자기 누군가가 뒤에서 어깨를 확 잡아당기는 바람에 잠깐의 쉬는 시간도 끝나 버렸다.

"이 배은망덕한 새끼야."

대체 누가 욕을 한 건지 알아볼 틈도 없이, 두 손이 할리드의 망토 후드를 불쑥 잡더니 레이에서 가장 오래된 도서관의 거친 벽으로 얼굴을 밀쳤다. 할리드의 발에 걸린 물통이 흔들리면서 돌바닥에 물을 쏟았다.

눈앞이 흐릿하긴 했어도, 그게 사촌형의 목소리라는 건 어디서든 알 수 있었다.

"대체 뭐 하는 짓이야?"

할리드가 힘겹게 숨을 내쉬면서 물었다. 잘랄은 할리드의 리다를 단단히 움켜쥐고 그를 돌려 세웠다.

"네가 나한테 화가 났다는 건 알고 있어. 하지만 이런 짓까지 벌일 줄은 몰랐다."

잘랄은 분노로 목이 메었다.

"정말로, 이렇게 못되게 굴 줄은 몰랐다고. 진작 알았어야 했는데. 내가 가족이랍시고 너무 많이 봐줬어."

할리드는 눈을 격하게 깜빡이면서, 눈앞에 펼쳐진 미친 짓거리에도 뭔가 이해할 구석이 있을 거라 애써 생각해 보았다.

"돌이킬 수 없는 실수를 저지르기 전에 물러서라, 알-호리 대장."

그러나 잘랄은 구름 한 점 없는 하늘을 슬쩍 바라보며 말했다.

"이젠 아무도 널 구해주지 않아, 할리드-잔. 그건 다 빌어먹을 네놈 잘못이지. 비크람도 없고, 근위대도 없어질 테니까. 이번만은 정정당당하게 싸워보자. 10년이 넘는 세월 동안 네가 맞아야 했던 만큼 때려줄게, 이 은혜도 모르는 개새끼야."

잘랄의 말은 정확하고 또박또박했지만 그의 낯빛은 초췌했다. 여전히 제대로 면도하지 않은 얼굴 위로, 눈 아래 짙게 피로한 기색이 서렸다.

그 피곤함엔 분노마저 깃들어 있었다. 할리드는 불안한 상황에서도 냉정한 어조로 쏘아붙였다.

"그래, 할 수 있으면 어디 해봐. 정정당당하게든, 비겁하게든. 하지만 형을 흠씬 때려주기에 앞서 대체 왜 이러는지 이유는 좀 알아야겠어. 내가 뭘 잘못했다는 거지? 재수 없게 형과 사촌지간이 되었다는 것 말고는 도무지 알 수가 없어."

그 말에 잘랄은 뒤로 몸을 젖히더니 할리드의 얼굴에 주먹을 날렸다.

할리드는 왕자로 태어났다. 라시드 왕가의 8대손인 그가 살면서 이토록 원초적인 증오심이 실린 누군가의 완강한 주먹에 맞아본 것은 단 세 번뿐이었다.

처음에는 아버지, 그다음은 샤지였다.

그리고 이젠 잘랄이 그를 때렸다.

할리드는 비틀거리며 바닥으로 넘어졌다. 손가락으로 흙바닥을 긁는 와중에도 이마에 피가 몰리면서 맞은 자리가 심하게 욱신대었다. 머릿속에 묶여있는 괴물이 몸부림치면서 발톱으로 그의 안구를 긁어댔다.

그래도 할리드는 무릎을 딛고 몸을 일으켜서는……

잘랄의 몸통을 확 들이받았다.

화가 난 남학생들이 학교에서 치고받고 싸우듯 둘은 흙바닥을 구르며 팔다리와 칼집이 엉킨 채 난투극을 벌였다. 잘랄이 제대로 서지도 못한 채로 할리드에게 주먹을 날리자 그 주먹은 할리드의 턱을 스쳤다. 이어서 할리드는 사촌형의 옆얼굴을 흙바닥으로 밀친 다음 배에 무릎을 대고 눌렀다. 그리고 몇 번이고 머리와 가슴에 무자비하게 주먹을 날렸다. 잘랄은 다리를 휘둘러 할리드를 떼어내고는 입에서 피를 뱉으며 팔꿈치로 할리드의 이마 부근을 사정없이 내리쳤다.

한 번으로 끝나지 않은 타격이 두어 번 더 이어졌다.

호기심 많은 구경꾼이 모여들기 시작했다. 잘 차려입은 젊은이 둘이 무슨 일로 이토록 악랄하게 주먹다짐을 벌이는지 분명히 궁금했을 테니까.

할리드는 머리를 움켜쥐고 고통을 없애려 했다. 시야에 들어온 빛이 따끔하게 눈을 찌르고 관자놀이를 후벼 파는 것만 같았다. 영문도 모른 채 사촌형에게 가혹한 주먹질을 당하자 화가 난 할리드는 몸을 굴려 일어서서는 샴시르에 손을 대었다.

잘랄의 눈이 휘둥그레졌다. 하지만 그러기도 잠시, 허둥지둥 일어서서 역시 시미타를 뽑아 들었다.

"칼을 뽑아!"

잘랄의 턱으로 한 줄기 핏물이 흘러내렸다. 할리드는 손가락으로 칼자루를 꽉 쥐었다. 하지만 칼을 뽑고 싶지 않았다.

어찌 사랑하는 형제와 목숨을 내놓고 싸움을 벌이겠는가.

"뽑으라고, 이 겁쟁이야!"

잘랄의 한쪽 얼굴은 흙투성이였다. 반짝이는 모래로 뒤덮인 얼굴이 으스스하게 번뜩였다.

할리드가 서있는 자리에서도, 게다가 온 신경이 곤두설 만큼 침묵이 흐르는 가운데서도, 잘랄의 눈이 이상하게 젖어 드는 모습이 똑똑히 보였다.

그 모습에 들끓던 피가 얼어붙었다.

잘랄이 시미타를 휘두르며 성큼 다가왔다.

"내가 널 못 이길 것 같아서 이래? 아니면 죄책감 때문이야? 드디어 본인 아닌 다른 사람 때문에도 죄책감이 느껴지냐?"

"무슨 죄책감? 내가 뭘 **어쨌는데?**"

할리드는 밭은 숨을 삼키며 애써 자제심을 지켰다.

둘 사이에 가느다란 침묵이 흘렀다. 그러다 잘랄이 피가 밴 입술을 핥으며 말했다.

"그 앨 그렇게 보낸 날 절대로 용서할 수가 없었지?"

쉬고 갈라진 목소리가 들려왔다. 패배감이 어린 소리가 이어졌다.

"내가 그놈에게 샤지를 데려가라고 해서 이러는 거지?"

이 말을 듣자 할리드는 샴시르를 잡았던 손을 떨구었다. 사촌형의 행동은 여전히 이해가 되지 않았지만, 적어도 이제 일촉즉발의 상황은 아니었다.

"애초에 형이 잘못한 일이 아니었다고 말했잖아. 난 진심으로 말했어."

"그러면 왜 그랬는데?"

잘랄은 칼을 내려뜨렸지만 얼굴은 여전히 분노로 굳어있었다.

"대체 무슨 소리야?"

계속 이런 식으로 예상치 못한 말이 나온다면 할리드도 더는 성질을 억누르기가 힘들 것 같았다. 잘랄은 할리드를 가만히 바라보았다. 분명히 이건 또 무슨 계략인지 알아내려는 눈빛이었다.

"데스피나."

순간, 할리드의 주변이 고요해졌다. 주위의 공기마저 흐름을 멈추었다. 잘랄은 공허한 목소리로 나지막이 말했다.

"네가 데스피나를 멀리 보내버렸잖아. 난 널 믿고 말했는데. 넌 내가 결혼하고 싶다고 한 여자가 누군지 몰랐을 리 없잖아. 아니, 분명히 아버지가 그녀를 멀리 보내버리라고 너한테 부탁했겠지. 그래서 넌 그 말대로 했잖아. 묻지도 않고."

잘랄이 앞으로 천천히 다가왔다. 한 발짝, 두 발짝.

"결국, 너한텐 가족도 아무런 의미가 없었던 거야. 난…… 너한테 아무것도 아니었구나."

이 말에 할리드의 속이 치밀어 올랐다.

"난 절대로……."

하지만 잘랄의 눈은 뿌옇게 흐려져만 갔다.

"나한테 거짓말하지 마. 지금만은."

"거짓말 안 해. 난 형에게 거짓말 안 한다고."

그의 말에 잘랄은 기가 막힌 표정으로 물었다.

"그럼 이게 우연의 일치란 말이야? 내 아이를 가진 여자와 결혼하겠다고 너한테 말한 지 얼마 되지 않아 데스피나가 아무런 설명도 없이 궁을 떠난 게 우연이라고?"

"데스피나를 궁에서 내보낸 건 내가 아니야. 오히려 본인이 나에게 떠나겠다고 말했어."

모든 진실을 알고 있는 할리드는 너무나도 설명하고 싶었다. 어떻게 된 일인지 사촌형에게 말하고 싶은 마음에 혀가 아렸다. 그러나 지금 상황은 참으로…… 이상했다. 할리드는 왜 잘랄이 그에게 달려들었는지, 잘랄이 사랑하는 여자가 누구였는지 이제야 파악했다. 데스피나가 비크람과 성급하게 결혼한 게 적잖이 이상해 보였건만, 이래서였군.

이런 상황이니 비크람과 결혼하는 쪽이 아주 편리했겠지.

특히 비밀과 거짓말을 능숙하게 다루는 여자이니.

할리드는 다시금 잘랄 알-호리의 얼굴을 빠르게 살펴보았다.

사촌형의 구겨진 얼굴에선 고통이 고스란히 드러났다.

더는 잘랄에게 고통을 줄 수 없다. 답을 알기 전까지는 그럴 수 없었다.

대체 데스피나가 뭘 숨기고 있는지 알아봐야겠어.

할리드는 잘랄에게 다가가 그 어깨에 조심스레 손을 얹었다.

"형의 진심을 알고 있는데 내가 어떻게 데스피나를 보낼 수 있었겠어. 아레프 숙부님이 부탁하셨더라도 그런 짓은 안 했을 거야. 잘랄……."

그러나 잘랄은 입술을 빈정거리듯 가늘게 만들면서 오싹하리만큼 텅 빈 눈빛을 지어 보였다.

"왜 안 그러겠어? 네가 사랑하는 여자를 멀리 보낸 게 나잖아. 그러니 너도 내가 사랑하는 여자를 보내버리는 걸로 나한테 벌을

줘야 마땅하잖아? 넌 언제나 성질이 불같았으니까. 다만 이런 식
으로 복수할 마음까지 품고 있었을 줄은 이제야 알았네."

그 말에 할리드는 화가 머리끝까지 치솟았다.

"난 복수할 마음 따위 없어."

어쩌면 예전에는 있었을지도 모른다. 하지만 지금은 아니었다.
더는 아니란 말이다.

셰에라자드를 만난 후에는 다 없어졌는데.

잘랄의 얼굴에 서렸던 고통이 사라지더니, 대신 믿을 수 없다
는 기색과 비웃음이 떠올랐다.

"넌 생각보다 네 아버지를 많이 닮은 모양이군."

할리드는 애써 분노를 참아보았지만 손은 절로 주먹을 쥐고 말
았다.

"난 아버지와 전혀 달라. 그 점은 형도 알 거라 생각했는데. 형
이 평생을 걸쳐 나에게 계속 말했잖아. 나는 아버지와 다른 사람
이라고."

"그러는 너야말로 평생을 걸쳐 네 아버지와 똑같은 인간이라는
걸 보여주었지. 축하해. 드디어 날 설득했구나."

잘랄은 시미타 자루를 잡은 손으로 빈정거리듯 느릿하게 손뼉
을 치더니, 이어서 말했다.

"네가 시적 감상에 잠길 때마다 이렇게 말했지? '우리는 장미꽃
처럼 활짝 피어오르는 거야. 더욱 분명하게 우리다운 모습이 되
는 거지'라고 했던가?"

명백한 조롱이었다. 잘랄은 분노에 겨워 경솔한 발언을 하고
있었다. 화가 나서 바보가 되어버렸다.

"너는 사랑하는 사람을 잃었지. 그래서 나도 당연히 사랑하는 사람을 잃어버려야 한다고 생각했나 보네? 그런데 안타깝게도, 나는 하나를 더 잃었어. 가족을 모두 잃어버렸다고."

잘랄이 던진 비난에 둘 사이의 짧은 거리가 흠칫 굳었다. 씁쓸하고 부서진 목소리가 공간을 울릴 뿐이었다.

하지만 제아무리 슬픈 목소리라도 부서진 마음보다 더 슬프진 않았다.

그 마음을 제대로 담아내지도 못했다.

할리드는 잘랄이 왜 이토록 이성을 잃고 말하는지 이해할 수는 있었다. 그런데도 사촌형의 말끝이 날카롭게 그의 마음을 상처 낼 때마다 무시할 수가 없었고…… 독설에 맞서 그 자신도 똑같이 대꾸하고 싶은 충동을 느꼈다.

아니, 내가 이런 무시무시한 짓을 저질렀다는 증거도 없이 이토록 비난을 받는 상황인데, 어째서 받아치면 안 된다는 거지?

할리드는 눈을 가늘게 뜨고 잘랄을 지그시 내려다보았다. 그러자 잘랄이 그토록 경멸하던 태도로, 바로 조용히 상대를 깔보는 목소리로 말했다.

"데스피나가 형을 떠난 건 내 잘못이 아니야. 형이 정말로 그녀를 사랑한다면 그녀와 결혼했어야지. 그녀를 돌보았어야지. 사랑한다고 말했어야지. 형은 책임감을 갖춰야 했어."

잘랄의 입술에서 웃음이 흘러나왔다. 식초처럼 신랄한 소리였다.

"그러는 너는 샤지에게 그래줬냐?"

단어 하나하나가 할리드를 파고들었다. 한 마디 한 마디 너무나 아프도록.

"샤지는 내 마음을 알아."

쏘아붙인 말은 멋지게 잘랄을 공격했지만 할리드 주변의 공기도 다시금 가라앉고 말았다. 그는 주먹을 더욱 세게 쥐었다.

"이젠 나도 네 마음을 알겠어. 앞으론 뒤를 조심해, 할리드-잔. 왜냐하면 말이지, 이제 18년 만에 처음으로 난 널 지켜주지 않을 거니까."

불

이곳엔 너무나 많은 분노가 들끓고 있다. 이토록 극심한 증오라니.

이런 감정을 품으면 이성적으로 생각하기 어려운 법이다. 여기 모인 떠버리 바보들에게 현실감각 따윈 중요해 보이지 않았다.

오마르 알-사디크는 자신의 천막에 모인 사람들을 보며 눈살을 찌푸렸다.

그렇게 눈살을 찌푸린 채로, 그는 침묵을 지켰다.

이들의 전쟁 회담은 순조롭게 진행되지 않았다. 연관된 사람마다 상당한 위험을 무릅쓰고 있기 때문이었다.

그렇더라도, 오마르는 레자 빈-라티프가 호라산의 젊은 왕에 대해 전하는 내용에 귀를 기울였다. 왕이 이상하게도 종종 사라진다는 내용이었다. 황폐해진 왕국이 비참한 상황에 놓여있다는 내용도 있었다.

끔찍한 폭풍이 불던 그날 밤, 칼리프의 왕실 근위대 다수가 사망했다고 했다. 상비군 중 상당수는 레이에서 죽거나 도망쳤다. 현재 할리드 이븐 알-라시드는 휘하 영주들에게 도시 재건을 도와달라고 요청한 상황이었다.

레이와 그 통치자는 현재 무력한 상태였다.

이 사실이 밝혀지자, 모인 젊은이들이 한데 소리를 지르기 시작했다.

"이제 때가 됐습니다. 호라산의 심장부를 공격해야 합니다!"

"그 개자식이 나약해졌을 때 죽이자고요!"

"왜 한가롭게 앉아만 있는 겁니까? 당장 도시로 쳐들어가야죠!"

오마르는 더욱 깊이 눈살을 찌푸렸다. 여전히 그는 아무 말도 하지 않았다. 젊은이들의 아우성이 열띠게 높아져 가는 모습을 봐도, 구석의 푹신푹신한 자리에 별 움직임 없이 앉았을 뿐이다.

이제는 오마르나 그의 휘하 사람들이 이의를 제기할 상황조차 아니었다. 눈에 띄지 않게 무심하게 있는 게 최선이었다. 오마르는 아직 모든 사실을 알지 못했다. 그리고 그 자신이 다스리는 국경 지대에서 전쟁이 벌어질 가능성이 얼마나 되는지 더 알아야 했다.

전쟁 때문에 그의 부족민들이 위험해질 수도 있었으니까.

오마르가 최근에 레자에게 요청한 사항에 대해서는 좋은 대답을 받은 적이 없었다. 불과 조금 전만 해도 그는 레자에게 병사들을 오마르 진영의 국경에서 철수해 달라고 요청했다. 현재 열리는 전쟁 회담은 마지막 회담이 될 예정이었다. 이 불화의 시발점을 목격하는 것도 이번이 마지막이었다. 그는 이미 말과 무기를 제공하는 것만으로 너무 많은 위험을 감수하고 있었다.

게다가 바다위 부족은 이 봉기에 휘말릴 수 없었다. 아직까지는.

오마르는 아직 어느 쪽을 선택할지 결정하지 못했다.

그는 젊은 사히브 타리크와 그의 숙부 레자 빈-라티프에게 진심으로 호의를 느꼈다. 하지만 아이샤는 이 두 사람 모두 절대로 믿어서는 안 된다고 줄기차게 경고했다. 하나는 사랑에 굶주린 무모한 젊은이였고, 다른 하나는 비밀과 용병들 뒤에 숨은 사람이었다.

사람의 이런 면을 알아보는 아내의 말은 결코 틀린 적이 없었다.

주위를 둘러싼 고함은 걷잡을 수 없으리만큼 계속 커져서 결국 오마르는 더는 생각을 할 수가 없었다. 병사들은 발을 구르고 팔을 흔들며 자신들의 요구를 소리 높여 외쳤다.

마침내 레자가 천막 한가운데로 나섰다.

그의 양옆에는 두건을 쓴 호위무사 두 명이 섰다. 둘 다 근육질에 위협적인 체구였다. 한 무리의 남자가 앞으로 돌진하는 순간, 레자의 오른편에 섰던 호위무사가 시미타 자루에 손을 얹은 채로 그들을 막아섰다.

순간, 호위무사의 팔뚝에 새겨진 풍뎅이 낙인이 언뜻 눈에 들어왔다.

피다이의 표시로군.

오마르는 방석에 몸을 더욱 기댄 채 수염을 쓰다듬었다.

돈을 받고 움직이는 암살자라니. 그런 자들이 자신의 진영에 들어오다니. 아이샤의 말이 옳았다. 오늘 밤 이후로 이런 건 용납할 수 없었다. 자신의 가족과 부족민들에게 너무 위험했다.

"나의 친구들이여!"

레자는 양손을 들고서 좌중이 침묵하기를 기다렸다.

"지금이 레이를 공격하기 아주 좋은 시기로 보이겠지만, 호라
산과 파르티아 사이의 국경을 먼저 장악하지 못하면 모두 허사가
될 것이오. 우리는 두 왕국 사이의 땅을 확보해야 하오. 그래야
보급을 수월하게 해줄 요새를 확보할 수 있다오. 그대들은 당분
간 분노를 좀 가라앉혀야 하오."

레자의 한쪽 입가에 미소가 피어올랐다.

"분노를 한껏 풀 순간이 올 테니, 그때를 위해 남겨두기 바라
오. 감히 왕이라 자처하는 건방진 젊은이에게 마침내 정의를 구
현할 날이 올 것이오."

새로운 환호성이 터졌다. 분노에 미친 듯 날뛰는 소리였다.

오마르는 콧수염을 만지작대며 한숨을 삼켰다.

저 레자라는 자는 대체 어떤 사람인지, 시간이 지날수록 궁금
한 것이 늘어만 갔다. 레자가 불길하리만큼 태연한 기색으로 전쟁
을 벌이려 한다는 사실을 오마르는 간과하지 않았다. 게다가 황금
을 아낌없이 쓰고 있었다. 안타깝게도, 레자를 돕는 익명의 후원
자가 대체 누군지 오마르는 이제껏 갈피를 잡을 수가 없었다.

그래서 의심은 점점 깊어져만 갔다.

피다이가 오마르의 진영에 있으면 상황이 더 악화될 뿐이었다.
최근 호라산의 칼리파가 공격을 당한 일도 그랬다. 특히 오마르
는 이 사건을 정당하게 수습할 기회조차 갖지 못했다. 이 땅의 지
도자는 자신인데도.

오마르는 통제권을 잃고 싶지 않았다. 칼리파와 그 가족은 자
신의 손님이었다. 이곳은 그의 영토였고, 그의 부족이 사는 터전
이었다.

그는 레자의 부하들을 진영에서 내보내고 싶었다. 그리고 자신의 손님을 안전하게 지키고 싶었다. 대체 이들이 누구의 사주를 받고 여기 온 건지 모른다는 사실이 오마르는 몹시 괴로웠다.

이런 생각에 무심코 건너편을 바라본 순간, 오마르는 자신처럼 눈살을 찌푸린 젊은이를 보았다. 조금 전에도 인상을 쓴 채 침묵을 지키는 그의 얼굴을 보긴 했지만, 다시 보니 새삼 놀라웠다. 젊은이의 얼굴은 혼란스러운 마음을 숨기지 못했으니까……. 표정 아래로 수많은 의문 역시 품고 있었다.

젊은이는 얼굴을 찌푸린 채로 레자의 오른편 끝에 서 있었다. 그는 분노에 겨워 열광하는 다른 이들에게 휘말리지 않았다. 그저 입을 다물고 있었을 뿐이다. 적의 힘이 약화되었다는 소식도 그다지 달갑지 않은 모양이었다.

오마르가 앞으로 몸을 숙이고 타리크와 그의 숙부 사이에 감도는 긴장감을 가만히 살펴보려 한 순간, 그는 들끓어 오르는 실망감을 감지했다. 둘 사이에는 묘한 불안감이 감돌았다.

권력 다툼일까. 아니면 서로 이해가 부족한 걸까.

그렇다면 타리크 임란 알-지야드와 곧 이야기를 해봐야겠군.

세에라자드에게는 너무나 안 좋은 결정이었다.

하지만 이젠 너무 늦었다. 만약 자신이 떠난다면 수군거림이 뒤따라오겠지. 가는 곳마다 독설이 들려올 것이다.

자신이 도망친다면 저들의 말이 옳다는 걸 증명하게 되는 거다. 자신이 저들을 두려워한다고 말이다.

저들의 눈초리와 증오가 단단히 자리 잡았다는 것을 증명할 뿐이다.

이런 군인들에게 제일 잘 통하는 건 바로 공포였다. 하지만 셰에라자드는 지금 상태로는 공포를 자아낼 수가 없었다. 게다가 그녀는 내일 밤 몰래 이 진영에서 탈출할 좋은 방법이 뭔지 알아내고 싶었다. 곧바로 무사 사라고사에게 갈 마음이었다.

그래서 셰에라자드는 모닥불 앞에 앉았다. 숯처럼 이글거리는 수많은 눈빛이 이쪽을 바라보았다. 그들은 우두머리의 공격 신호를 기다리며 빙빙 맴도는 늑대들 같았다.

셰에라자드의 시선이 불꽃을 탁탁 튀기는 모닥불 근처에 둥글게 모여 앉은 남자들을 맴돌았다. 그러다 눈길을 저 너머로 들어, 진영 이곳저곳에 배치된 보초병을 살펴보았다. 몇 명인지, 각각의 위치는 어디인지, 얼마나 자주 순찰을 도는지 알아야 했다.

하지만 일렁이는 불꽃을 보자 이 모든 게 흐트러지며 마음이 가라앉고 말았다. 그녀는 빛과 그림자가 자아내는 일그러진 무늬를 멍하니 바라보았다.

이 그림자가 자신이 품은 비밀을 숨겨주기를, 그저 속으로 바랐다.

이르사는 왼쪽 무릎을 들뜬 듯 떨어댔다. 손바닥에 턱을 대고 손가락으로 뺨을 치면서 그녀는 언니에게 말을 걸었다.

"우리 이제 가야겠어."

하지만 셰에라자드는 입술을 움직이지 않고 동생에게 고개도 돌리지 않은 채 대꾸했다.

"안 돼. 아직은."

그때였다. 셰이크의 천막에서 남자들이 줄지어 나오더니 진영

한가운데 피워둔 거대한 모닥불 쪽으로 다가오기 시작했다. 불길 옆에 자리 잡은 남자들은 향신료를 탄 포도주 단지를 자유로이 돌리며 마셔댔다. 그 여유로운 모습을 보자, 최근 그들 사이에 불화가 생겼고 술로 풀어야 할 알력이 있었음이 드러났다.

보아하니 전쟁 회담이 잘 진행되지 않은 모양이었다. 셰에라자드는 그 이유가 뭔지 간절히 알고 싶었지만, 바보가 아닌 이상에야 누구도 이야기해 줄 리 없었다.

그래서 그녀는 쇠 화로 안에 갈리아산 석탄이 쌓이는 광경을 지켜보았다. 손가락이 구부러진 노인이 물담배 통 안에 달콤한 향의 무아셀(mu'assel, '시샤'라고도 하는 시럽 형태의 담배로 물담배에 넣어 피운다─옮긴이)을 넣었다. 비단으로 감싼 물담배 관은 불꽃이 닿지 않는 곳에 가지런히 감겨있었다. 젊은 여자 한 무리가 우뚝 솟은 석탄 옆에 앉아 탄에 불이 붙기를 기다리며 깔깔거렸다. 그들은 밝은 빛깔 샤미나를 어깨에 걸치고서 등에 불어오는 쌀쌀한 사막의 바람을 막으며 불길로 뜨겁게 달아오른 열기를 한껏 즐겼다.

라힘은 얼굴을 찌푸린 채로 바다위 셰이크의 천막 깊숙한 곳에서 느릿느릿 나왔다. 바로 뒤에 타리크가 있었다. 타리크는 성큼성큼 걸어가 향신료 넣은 포도주병을 집어 들고는 단숨에 비웠다. 그리고 손으로 입을 슥 닦은 다음 손에 병을 달랑이며 모닥불로 다가왔다. 언제나처럼 그는 감정을 있는 대로 드러내었다. 슬픔과 좌절, 분노와 쓰라림, 갈망까지 온갖 감정이 마치 덕지덕지 걸친 예복처럼 젊은이를 감쌌다. 그 모습을 보자 셰에라자드는 처음으로 진지하게 도망칠까 생각했지만, 꾹 참고 턱을 치켜든 채 타리크와 시선을 마주했다.

이번에도 그는 흔들리지 않았다.

시선을 돌리지도 않았다.

라힘이 이르사 옆에 털썩 주저앉아 연기 나도록 불을 지피며 내내 투덜댔지만, 셰에라자드는 그의 존재를 눈치채지도 못했다. 타리크가 그녀의 오른쪽에 앉아서, 그것도 친구 사이로 보기에는 너무나 가까이 붙어 앉아 어깨를 맞부딪히면서 바로 뒤편 모래 위에 한 손을 슬며시 내려놓았기 때문이다. 셰에라자드는 벌떡 일어서고 싶은 마음을 억누르느라 적잖이 힘들었다…….

너무나 거만한 소유욕을 드러내는 자세였다.

그녀는 긴장감에 몸을 굳히고 눈을 가늘게 떴다. 타리크를 마구 비난하고 싶었다. 저리 가라고 밀어내고 싶었다.

물론 타리크는 잘 알고 있었다. 그녀가 이런 행동을 얼마나 싫어하는지 알면서도 이러는 것이다.

하지만 셰에라자드는 주변 분위기가 변했다는 걸 깨달았다.

공격하려고 맴돌던 늑대들, 그녀를 가늠하던 눈길들은 말없는 평가를 이어갔지만, 적대감은 확실히 줄어들었다.

타리크가 그런 효과를 기대했다는 듯이.

셰에라자드는 타리크 임란 알-지야드의 도움을 받았다는 생각에 분개했지만, 시선의 변화를 부정할 수는 없었다.

'저들은 타리크의 말을 듣고 있어.'

타리크가 레이를 공격한 배후일까? 그날 밤 피다이 암살자들을 침실로 보냈을까?

'설마 얘가…… 그런 짓을 저질렀을 리 없어.'

아니다. 할리드를 증오하긴 해도, 그녀를 사랑하는 타리크가 그런 폭력을 저지를 리는 없었다. 어떻게 사랑하는 여자를 그런 위험에 빠뜨린단 말인가.

목적을 달성하려고 용병과 암살자를 고용할 리도 없었다.

아니, 정말 그럴까?

셰에라자드의 가슴에 의심이 불꽃처럼 피어올랐다. 하지만 이내 숨을 훅 불어 그 불꽃을 껐다.

오랫동안 알고 사랑했던 소년인데, 믿는 것 외에는 방법이 없었다.

그녀의 곁에서 이르사는 신경질적으로 다리를 계속 떨어댔다. 그걸 계속 보다간 미칠 것 같아서 셰에라자드가 그만하라고 말하려던 순간, 라힘이 이르사의 무릎에 손을 뻗었다.

그가 이르사의 무릎을 꾹 쥐어 떨림을 막았다.

"다리 떨면 행운이 사라져, 이르사 알-하이주란. 우리에겐 곧 운이 따라줘야 한다고."

라힘의 눈길이 여전히 텅 빈 천막 쪽으로 슬며시 향했다. 오늘 전쟁 회담이 열린 곳이었다. 말하지 않아도 그 의미를 알 것 같았다.

라힘의 손은 계속 이르사의 무릎을 잡고 있었다.

일렁이는 불빛이 아니더라도 셰에라자드는 동생의 뺨이 발그레 물드는 모습을 똑똑히 보았다.

그리고 라힘이 모래바닥을 슬쩍 내려다보며 입술을 묘하게 당기는 모습도 보았다.

'세상에, 이르사랑…… 라힘이?'

셰에라자드는 타리크의 손에서 포도주병을 휙 뺏었다.

모닥불의 열기에 포도주는 따스하게 데워져 있었다. 정향과 계피의 매운 맛이 알싸하게 올라왔다. 톡 쏘는 생강 맛과 진하고 달콤한 꿀, 카다멈의 아릿한 신맛도 느껴졌다.

독하고 감미로운 술이었다.

자극적이고 강렬한 맛이었다.

그녀는 필요 이상으로 많은 술을 들이켰다.

"샤지."

이름을 부르는 소리는 그저 걱정에서 나온 게 아니었다. 그건 경고였다.

눈을 들어 타리크를 슬쩍 보자, 그는 곁눈질로 이쪽을 응시하고 있었다. 이마 아래로 지그시 모은 짙은 눈썹이 보였다.

"왜 너는 마음대로 술을 마시면서 나는 그러면 안 되는데?"

셰에라자드가 독한 포도주를 목에서 비우며 물었다. 그러자 타리크는 병을 잡으려고 손을 뻗었다.

"난 적인지 아군인지 태도를 분명히 밝힐 필요가 없으니까."

셰에라자드는 그의 손이 닿지 않도록 포도주병을 들고 있었다.

"멍청아. 네가 아무리 원해도 넌 나를 지켜줄 사람이 아니야."

이건 스스로에게 들으라고 한 말이었지만, 말을 내뱉는 즉시 후회하고 말았다. 타리크가 도로 멈칫하는 모습이 보였기 때문이다.

"그래. 널 지켜주지 않게 되어 어찌나 감사한지 모르겠다."

타리크가 공허한 목소리로 대꾸했다. 셰에라자드는 사과하고 싶은 마음에 몸을 바짝 기울였지만, 대체 어떻게 사과해야 좋을지 알 수가 없었다.

순간, 타리크가 대뜸 팔을 그녀에게 둘렀다. 그리고 손을 잽싸

게 내밀어 긴 손가락으로 포도주병을 잡았다.

"당장 술병 놔. 안 그러면 네 머리에 부어버릴 거야. 머리카락이 꿀로 찐득하게 범벅되든 말든 상관하지 않겠어."

타리크가 귓가에 속삭였다. 위협에는 그만큼 즐거움이 서려있었다. 셰에라자드는 피부 위에 느껴지는 타리크의 숨결에 얼어붙고 말았다.

"어디 해봐. 네 손을 물어버릴 테니. 꼬마처럼 꽥 비명을 지르게 만들어 줄게."

그녀의 도발에 타리크는 웃었다. 목소리와 공기가 풍성하게 어우러진 웃음이었다.

"피 보는 게 지긋지긋한 줄 알았는데 아닌가 보네. 널 메다꽂아야겠다. 모두가 보는 앞에서."

반항도 해보지 않고 순순히 말을 들을 생각이 없었던 셰에라자드는 타리크의 팔을 마구 꼬집었고, 그는 결국 얼굴을 찌푸렸다.

"이게 끝이라고 생각하면 오산이야."

하지만 셰에라자드는 마침내 순순히 술병을 내주었고, 타리크는 씩 웃었다.

"그래. 싸움이 끝날 리 없지."

그는 승리를 만끽하며 포도주를 들이켰다.

비록 술병은 **뺏**기고 말았지만, 그와 이야기를 나누자 마음 한구석이 조금 가벼워졌다. 레이를 떠나고 처음으로, 둘 사이에 괴로운 기색 없이 대화를 나눈 것이니까.

마음속에 버젓한 자신의 배신감을 의식하지 않고서 대화를 나누었다.

그리고 또한 처음으로, 비록 이 모든 일이 일어났어도 타리크와 계속 우정을 이어갈 수 있겠다는 생각이 들었다.

새로이 찾아낸 희망에 마음이 조금은 가벼워진 셰에라자드는 별이 빛나는 하늘을 올려다보았다. 짙푸른 밤하늘 위로 떠오른 초승달은 흘러가는 구름에 싸여있었다. 끝없이 펼쳐진 하늘이 살짝 구부러진 듯 모래로 이루어진 지평선과 너르게 맞닿았다. 검푸른 하늘과 대조를 이루어 반짝이는 별들은 또 보아도 그저 아름다웠다. 어떤 별은 즐겁게, 또 어떤 별은 사악한 속내를 드러내며 빛나는 것 같았다.

레이에서 본 별들은 이토록 밝지 않았는데.

그러자 아버지가 했던 말이 셰에라자드의 머릿속에 떠올랐다. '하늘이 어두울수록 별이 밝게 빛나는 법이란다.'

그녀가 고독한 상념에 빠져들던 순간이었다. 근처에서 요란한 웃음소리가 터져서 그녀는 화들짝 놀랐다. 게일란(물담배) 옆에 앉아있던 아가씨들이 향신료 탄 포도주병을 든 젊은이들에게 술을 받으며 놀고 있었다.

"오늘 밤 늙은 셰이크가 우리더러 떠나라고 했지만, 솔직히 우리가 어디에 진을 치든 상관없어. 중요한 건 우리가 곧 레이를 포위할 거란 사실이지."

술 취한 젊은 남자가 목소리를 드높였다.

"그러면 내가 제일 먼저 들어가서 할리드 이븐 알-라시드의 무덤에 오줌을 누겠어!"

그는 술병을 하늘 높이 쳐들었다. 아가씨들은 깔깔 웃었다. 누군가는 소리를 낮추어 웃었다. 다른 젊은이들도 건배를 외치며 술병을 높이 치켜들었고, 그들의 목소리는 더욱 높아졌다.

그들이 함께 기뻐하는 소리가 셰에라자드의 등줄기를 겨눈 차가운 칼날처럼 느껴졌다.

또 다른 젊은이가 맞장구쳤다.

"그 괴물은 무덤에 묻히는 것도 과분해. 그놈 머리를 장창 끝에 꽂자. 우리가 모가지를 따버리기 전에 그놈에게 물이라도 한 모금 마시게 해준다면 행운으로 여겨야 할 거야."

다들 열광적으로 찬성의 함성을 질렀다.

"죄 없는 아가씨들을 그토록 수없이 죽인 놈을 어떻게 곱게 죽이겠어? 사지를 갈기갈기 찢어서 시체 뜯는 까마귀들에게 밥으로 던져주자. 아니, 산 채로 던져줘서 까마귀들이 뜯어먹게 하자. 괴롭게 죽는 편이 더 좋잖아."

환호성이 이어지면서 젊은이들이 더욱 몰려들었다. 그 모습이 마치 꿀을 찾아 윙윙대는 벌떼 같았다.

셰에라자드의 몸에서 피가 마구 뛰었다. 온몸의 털이 곤두섰다.

'할리드.'

술 취한 녀석의 으름장에 불과한 말이었어도, 저 멍청한 남자애들 때문에 그녀의 마음속엔 잔혹한 장면들이 떠오르고 말았다. 처참한 장면들은 머릿속에서 쉽사리 떨쳐지지 않았다.

강력하고 자랑스러운 나의 왕이, 아름답지만 마음이 부서져 버린 자신의 괴물이, 그 무엇보다도 사랑하는 남자가······

갈기갈기 찢어진 모습이 그려졌다.

저놈들이 절대로 할리드 근처에도 가지 못하게 하리라.

무슨 거짓말이라도 할 것이다. 증오로 가득한 수면 아래 영원히 존재하면서…….

필요하다면 저들의 적개심 안으로 기꺼이 들어가 주겠어.

이런 경솔한 생각까지 하게 된 건, 두려움 때문이 아니었다.

바로 분노 때문이었다.

'어디 한번 또 말해봐. 누구든 할리드의 이름을 입에 담기만 해봐. 반드시 없애버릴 거야.'

순간, 이쪽을 바라보는 타리크의 시선이 느껴졌다. 마치 불 옆에 선 늑대의 눈초리 같았다.

그는 셰에라자드를 가까이 끌어당겼다. 그녀를 보호하려는 것이었다. 그저 걱정이 되어서만은 아니었다.

그녀가 애처로웠기 때문이다.

그의 손이 자신의 머리카락에 닿는 순간, 얼굴에서 머리카락을 슬며시 쓸어 올리는 순간 셰에라자드는 느낄 수 있었다. 타리크가 말없이 그녀를 안심시키고 있다는 것을 알아챈 순간이었다.

"흰 매에게 물어보자!"

처음으로 목청을 높여 할리드를 욕했던 젊은이가 타리크를 돌아보았다.

"우리 무리의 **지도자시라잖아.**"

그자의 주변에 있던 남자들이 우습다는 기색을 보란 듯이 드러냈다.

"지도자께서는 그 괴물의 최후가 어떻기를 바라시는지?"

타리크는 조롱 어린 질문에 몸을 굳혔다가 이내 긴장을 풀었다. 그리고 편안한 표정으로 고개를 뒤로 젖혔다. 그의 손가락이 셰에라자드의 구불구불하고 짙은 머리카락을 쓸어내리는 모습이 주변 사람들의 시야를 가득 채웠다.

'타리크, 제발 내게 보여줘. 너는 단순히 증오심으로 움직이는 게 아니라는 걸. 네 행동은 명예에서 비롯되었다는 걸 보여줘. 그래야 난 네게 손을 내밀 수 있어.'

"나는 꼭 그렇게 생각하지는 않아."

타리크는 세심하고 조심스러운 어조로 입을 열면서 주변에서 쉴 새 없이 들려오던 소란을 잠재웠다.

"그래도 할리드 이븐 알-라시드가 물 한 모금 마시게는 해주어야 한다고 생각하니까."

셰에라자드의 호흡과 함께 맥박이 서서히 느려지던 순간, 타리크는 반대하는 수군거림에 맞서 손을 들었다.

"그리고 그놈의 시체는 제대로 묻어줘야겠어……."

다시금 동요가 일었지만 타리크는 역시 손을 들어 잠재우고선 덧붙였다.

"온 세상이 다 볼 수 있도록 내가 그놈 머리를 창살에 꽂아 전시한 **다음에** 말이야."

환호성이 마구 울려댔지만, 셰에라자드의 귀에는 그저 쓰라린 분노만 윙윙거릴 뿐이었다. 부서진 심장에서 목 졸린 비명이 소리 없이 흘렀다.

남자들은 계속 술병을 비워대며 옆에 놓인 게일란을 피웠다. 타리크는 암담한 표정으로 셰에라자드에게 향신료 탄 포도주를 건네주었다. 그 모습은 어설프게 사과하는 것도 같았다.

아직은 결정할 수가 없겠구나.

셰에라자드는 술을 마시며 모닥불을 노려보았다.

새로이 찾았던 희망은 불길 속으로 사그라져 재가 되었다.

"네 도움 필요 없어."

셰에라자드는 타리크를 밀치면서 한쪽으로 휘청거렸다.

"퍽이나 그렇겠다, 이 못된 여자야."

그는 가슴께에 팔짱을 낀 채 셰에라자드가 바다위 진영 사이를 휘청이며 비틀비틀 걷는 모습을 지켜보았다. 지금 그녀는 자신의 천막 반대쪽으로 걷고 있었다.

타리크가 보기에는 셰에라자드가 지금 일어서 있는 것도 솔직히 놀라웠다. 몇 시간이 지났지만 그 역시 술기운 때문에 어질어질한 상태였으니까. 게다가 셰에라자드가 전에 과연 술이란 걸 마셔본 적이 있는지조차 알 수 없었다.

따지고 보자면, 지금 그는 누굴 비웃을 처지가 못 되었다. 자신이 처한 곤경 때문에 다급한 상황에서 누가 누굴 걱정한단 말인가. 그가 피하고 싶은 사람에게 족쇄를 채운 꼴이다. 오늘 밤을 이런 식으로 끝내려던 건 결코 아니었다. 다만 좌절감을 포도주로 잊으려 했을 뿐이었는데. 셰에라자드도, 그를 계속 피하기만 하는 이모부도 잊고 싶었다. 허울뿐인 지도자라고 은근히 무시하는 병사들도 잊고 싶었다. 매일 자신은 이름뿐이라는 걸 절실하게 깨달아 가는 나날이 이어졌다. 솔직히 말해서, 이모부가 그에게 명목상의 권력 이상의 것을 준 적이 있던가?

타리크는 주변에 모인 사람들이 불편했다. 그들은 레이에 남은 것들을 기꺼이 파괴하려고 들었다. 대의명분을 위해서라면 무고한 피를 서슴없이 흘리려 들었다.

하지만 타리크는 피를 볼 마음의 준비가 되지 않았다.

세에라자드가 다시 한쪽으로 쓰러지려 하자, 타리크는 앞으로 쏜살같이 달려가 그녀를 붙잡았다. 그러면서 애써 균형을 잡으려고 근처에 있는 기둥에 손을 뻗었다. 거기에 달렸던 희미한 횃불이 뿌옇게 빛났다.

"말했잖아! 도와줄 필요 없다고!"

세에라자드는 혀 꼬부라진 소리로 말하면서도 똑바로 서려고 타리크의 카미스 앞섶을 움켜쥐었다.

가녀린 손이 그의 가슴에 닿았다. 향신료 넣은 포도주와 봄 내음이 물씬 풍겼다. 그녀의 머리카락은 어서 쓸어달라는 듯 뒤엉켜 있었다. 어딜 봐도 너무나 매혹적인 존재. 이런 색으로 사람의 마음을 홀리는 여자는, 그럴 의도가 없으면서도 상대를 계략에 빠뜨리는 여자는 그녀뿐이다.

이러면 안 된다는 걸 알 만큼 현명하다 하더라도, 결국 꼼짝없이 끌려가게 되고 마는 여자.

그녀가 너무나 완벽해 보이는 입술에 질문을 담고서 이쪽을 쳐다보자 타리크는 어쩔 수 없이 키스하고 싶은 마음만 들었다.

"네가 그랬어?"

그녀가 속삭이듯 묻자 타리크는 깜짝 놀라 무아지경에서 빠져나왔다.

"뭘?"

세에라자드는 그의 목덜미를 두른 리넨 천을 꽉 움켜쥐었다.

"네가 피다이들을 보냈어?"

"그게 무슨 말이야?"

"네가 그런 거 아니지? 응? 아무리 할리드가 싫다 해도, 그러진 않았지? 나한테 그럴 리 없잖아."

그녀는 리넨 천을 더욱 꽉 움켜쥐었다. 목소리엔 애처로운 기색이 짙게 묻어났다. 타리크는 눈을 깜빡이며 술기운을 애써 떨쳐내었다.

"샤지……."

"그럴 리 없어. 넌 명예를 아주 중시하니까, 그럴 리 없다고. 내가 명예도 없는 남자를 어떻게 사랑할 수 있겠어."

그녀는 혼잣말을 하듯 고개를 저으며 시선을 떨구었다.

"하지만 넌 그놈을 사랑하잖아."

타리크는 원한을 숨기지도 못하고 그렇게 대꾸했다. 그녀를 공격할 기회를 놓치고 싶은 마음도 없었다.

셰에라자드는 그를 빤히 바라보았다. 아주 잠깐, 타리크는 온갖 색이 어지러이 섞인 눈빛 속에서 치밀어 오르는 뜨거운 분노를 알아보았다.

"할리드는 명예가 있는 남자야, 타리크. 네가 만약……."

"네가 그놈 변명해 주는 거 듣고 싶지 않아."

타리크는 기둥을 밀면서 몸을 일으켰다. 셰에라자드를 천막에 데려다주고 그만 이 밤을 끝내기로 했다. 그녀는 비틀비틀 타리크를 따라왔다.

"네가 들어만 준다면……."

순간, 한 무리의 병사가 모퉁이를 돌아 불빛을 향해 휘적휘적 걸어갔다. 그들의 태도로 보아 술에 취한 것 같았지만 별로 기분 좋은 기색이 아니었다. 그들은 어깨를 굳히고 주먹을 움켜쥔 채 뭔가를 찾고 있는 듯했다.

저런 주정뱅이들은 싸울 거리를 찾기 마련이다.

타리크는 셰에라자드를 다시 기둥으로 끌어당겨 품에 꼭 안고 숨겼다. 언뜻 보면 연인들이 할만한 포옹이었다. 그리고 희미한 횃불이 밝히는 반경에서 살짝 벗어나 섰다. 셰에라자드가 어설프게 항의했지만 타리크는 그녀의 얼굴을 자신의 가슴에 폭 파묻었다.

병사들의 눈에 띄지 않는 편이 나으니까.

호라산의 젊은 칼리파를 상대로 삼아 싸우게 두지 않는 편이 나았다.

셰에라자드 역시 병사들에게 그다지 우아한 모습을 보이지 않을 테니.

병사들이 지나가기를 기다리는 동안, 타리크에게 기댄 그녀의 몸에서 힘이 빠졌다. 포도주 기운이 계속 돌면서 저항하려는 기세 역시 서서히 사라져 갔다. 그에게 기대어 눈꺼풀을 파르르 감는 셰에라자드의 모습을 보며 타리크는 심호흡을 했다.

아직 손에서 완전히 벗어나지 않은 것에 느껴지는 상실감이 어찌나 크던지. 이제껏 느꼈던 그 무엇보다도 날카로웠다. 타리크는 조용히 말했다.

"넌 자야 해."

"으으음."

타리크는 한숨을 쉬면서 속으로 스스로를 욕했다.

"천막까지 데려다줄게."

셰에라자드의 고개가 그러라는 듯 앞으로 푹 수그러지더니 불

쓱 말이 들려왔다.

"팔을 확인해."

"뭐?"

"풍뎅이 무늬를 찾아봐. 풍뎅이를 믿지 마."

"안 믿어."

타리크는 눈을 흘기면서 병사들이 보이나 안 보이나 확인하려고 뒤를 슬쩍 돌아보았다. 그리고 셰에라자드를 모래바닥에서 일으키다가 그녀의 무게 때문에 살짝 옆으로 휘청였다. 게다가 그 자신도 술기운이 올라서 몸을 가누기가 더욱 힘들었다. 취기를 간신히 이겨낸 타리크는 셰에라자드의 천막 쪽으로 힘겹게 걸어갔다. 순간, 셰에라자드의 팔이 그의 목을 감싸 안았다.

"있잖아, 정말 미안해."

그녀의 목소리는 너무 작아서 타리크에게 간신히 들릴 정도였다.

"뭐가?"

타리크는 너무나 어이가 없어서 그만 웃음이 나올뻔했다. 다른 때도 아니고 하필이면 지금 사과를 하다니.

"날 봐야 하잖아. 그리고 지금도. 미안해. 이건 네가 할 일이……."

그녀는 말을 잇다 말고 갑자기 눈을 휘둥그레 뜨더니 고개를 확 들어서 하마터면 타리크의 턱을 칠뻔했다.

"이르사는 어디 있어?"

"라힘이랑 같이 있어."

셰에라자드는 짜증스레 이맛살을 찌푸렸다.

"그놈을 때려죽일 거야. 반드시 죽이겠어."

"뭐?"

그녀는 타리크의 가슴에 뺨을 떨구며 중얼댔다.

"그 말라빠진 바보 자식, 절대 두고 보지 않겠어. 라즈푸트를 보내야지. 무시무시한 탈와를 들고 그놈을 쫓아가라고 해야지……."

타리크는 고개를 가로저으며 셰에라자드의 천막 입구로 들어가다가 그만 그녀를 떨어뜨릴 뻔했다. 천막 입구 덮개를 활짝 열어놓고 달빛이 그저 어둡던 공간을 밝게 비추게 했다.

예상대로 이르사 알-하이주란의 침낭은 한쪽에 가지런히 말린채 놓여있었다. 반대로 샤지는 굳이 침낭을 정리하지도 않았다. 작은 천막 한가운데 널브러진 그녀의 담요는 구겨진 그대로였고, 베개는 꼴사납게 더미를 이루었다.

타리크는 웃고 싶은 마음을 간신히 숨기며 샤지를 침낭에 눕혔다. 어차피 이불을 덮어주어도 걷어찰 게 뻔해서 굳이 덮어주지도 않았다. 베개를 받쳐주려 해도 그녀는 몸을 뒤흔들었다.

"하지 마."

그녀는 타리크의 팔에 손을 얹고서 슬며시 눈을 떴다. 타리크가 입술을 실룩이며 속삭였다.

"뭘 하지 말라는 거야. 무섭지도 않은 위협 해봤자 나한텐 소용없어, 샤지-잔."

그녀는 콧잔등을 찡그리더니 몸을 둥그렇게 말고 손바닥으로 이마를 짚었다.

다시 베개라도 머리 밑에 괴어주려 했다. 하지만 잠시 후 아무리 해봤자 안 된다는 걸 깨닫고는 그냥 인사불성이 된 채로 자게

두는 게 최선이라는 결론을 내렸다.

그렇게 일어서려던 순간, 셰에라자드의 옷 주름 속에서 떨어진 양피지 조각이 보였다. 아까 그가 그녀를 떨어뜨릴 뻔하면서 흘러나온 것 같았다.

타리크는 양피지를 들고 달빛에 비춰보았다.

여러 번 접었다 폈다를 반복한 것처럼 구겨져 있었다.

그렇다면 누군가에게 아주 중요한 내용이 들어있다는 뜻이다.

그는 셰에라자드의 자는 모습을 슬쩍 내려다보았다. 아주 잠깐 망설이기도 했다.

하지만 결국 양피지를 펴보았다.

샤지에게

나는 파란색을 제일 좋아한다. 그대의 머리카락에서 나는 라일락 향기를 맡을 때면 언제나 고통스럽다. 난 무화과를 무척 싫어한다. 그리고 마지막으로, 나는 앞으로 평생, 죽을 때까지 어젯밤의 기억을 간직할 것이다.

태양도, 비도, 심지어 더없이 어두운 하늘에서 빛나는 가장 밝은 별이라도, 그 무엇도 그대라는 경이로운 존재에 비할 수 없으리라.

할리드

타리크는 조심스럽게 양피지 편지를 주름에 맞추어 다시 접었다. 하지만 마음 같아서는 손가락 안에 두고 주먹을 쥐어 편지를 구겨버리고 싶었다.

갈기갈기 찢어서, 불태워서 아예 없애버리고 싶었다.

셰에라자드가 그 젊은 왕을 사랑한다는 건 알고 있었다. 레이에 갔을 때부터 줄곧 알고는 있었다.

그리고 젊은 왕이 셰에라자드를 아낀다는 사실도 알게 되었다.

하지만 그자가 정말로 그녀를 사랑할 줄이야. 폭풍이 몰아치던 날 밤 근위대장이 했던 말을 들었으면서도 타리크는 그 살인광이 누군가를, 무언가를 사랑할 수 있으리라고는 믿고 싶지 않았다. 적어도 타리크가 이해할 만한 사랑은 할 수 없을 거라 생각했다.

그런데 이게 뭔가?

타리크는 이제야 알게 되었다.

완전히 깨닫고 말았다.

그리 길지 않은 편지였지만, 호라산의 칼리프가 표현한 마음은 타리크가 줄곧 유일하게 사랑해 온 단 한 명의 여자에게 느끼는 마음과 정확히 일치했다. 자신이 항상 느껴왔지만 어떻게 말해야 할지 알 수 없었던 감정을, 젊은 왕은 너무나 간단하고도 유려한 어조로 표현해 낸 것이다.

이건 미친놈이 할 수 있는 말이 아니었다.

처음으로 타리크는 셰에라자드가 할리드 이븐 알-라시드를 마주하며 무엇을 보았는지 알게 되었다.

그건 바로 한 남자였다. 여자를 사랑하는 남자. 이 세상 그 무엇보다 그녀를 사랑하는 남자.

타리크는 그 남자가 더욱더 증오스럽기만 했다.

무한한
존재

　　　　　셰에라자드는 어제 향신료를 탄 포도
주를 마시며 허세를 부린 대가를 톡톡히 치렀다.

　다음 날 아침엔 대야에 얼굴을 계속 파묻고 배 속에 든 걸 죄다
토하며 보냈다. 속이 뒤집히는 것만 같았고, 아주 흐릿한 빛 한 줄
기에도 눈이 부셔 움찔대었다. 머리카락 뿌리까지 마구 항의하는
것처럼 두통이 몰려와 종종 말이 험하게 나오는 순간이 이어졌다.

　이르사가 아니었다면 분명히 온종일 이런 숙취에 시달렸을 것
이었다. 셰에라자드가 폭풍우 속에서 이리저리 출렁이는 배에 타
고 있는 것 같다고 불평하자, 이르사는 깔끔하게 정리한 물건 더
미 사이에서 낡은 두루마리를 찾아 펼쳤다. 그리고 내용을 쭉 읽
어보더니 생강과 말린 레몬 껍질을 갈아서 강장제를 만들어 왔
다. 처음에 셰에라자드는 강장제에서 지독한 냄새가 나고 맛이
쓰다고 투덜댔지만, 일단 마셔보니 속이 가라앉은 사실을 부정하
지는 못했다.

이르사의 간청에 따라 셰에라자드는 천막에 머무르며 다친 상처를 치료하고 쓴맛의 강장제를 억지로 더 마셔야 했다. 평소라면 이르사가 나직한 탁자에 앉아 기름등불을 켜놓고 두루마리를 베껴 쓰는 동안 자신은 침대에서 종일 시간을 죽이는 이 상황이 못마땅했을 것이다. 하지만 오늘, 셰에라자드는 별말이 없었다.

오늘만큼은 이런 상황이 꽤 마음에 들었다. 만약 모두가 자신이 아파서 누워있다고 여긴다면, 마음대로 하게 내버려 둘 가능성이 크니까.

어두워진 후 몰래 빠져나가도 모를 가능성도 크고 말이지…….

그녀는 마법의 양탄자를 끌고 나가면 되는 거다.

이제는 무사 사라고사를 찾아갈 시간이었다.

자신이, 또 이 마법의 양탄자가 뭘 할 수 있을지 알아볼 시간이었다.

셰에라자드는 조용히 허리춤에 단검을 꽂은 다음, 잠든 여동생을 깨우지 않으려고 빙 둘러 지나갔다. 그리고 어깨에 샤미나를 단단히 두르고 마법의 양탄자를 집었다. 이윽고 천막 밖으로 나온 뒤에는 천막 그림자에 한동안 숨어있었다. 가슴속 심장이 마치 새장에 갇힌 새처럼 푸드덕댔다.

만약 누군가가 그녀를 발견한다면 큰일이었다. 도착한 지 며칠 되지도 않은 여자가 밤에 살금살금 돌아다니는 걸 알아챈다면 분명히 의심을 받을 테니까. 도망치려는 수작이거나, 그게 아니라 해도 뭔가 더 음흉한 짓을 꾸미고 있다고 말이다. 그렇지 않아도 이곳 사람들은 그녀에게 의혹을 품고 있으니 들키면 곤란해진다.

게다가 이번에도 테이무르 같은 남자와 마주치게 된다면 아주 안 좋은 일이 닥칠 것이다.

생각만 해도 온몸에 소름이 돋았다.

셰에라자드는 조심스레 발걸음을 디디며 빛을 피해 어두운 곳만 골라 움직였다. 눈으로는 어젯밤 보아둔 초소 쪽을 바라보았다. 마침내 바다위 진영 가장자리에서 벗어나 끝없이 펼쳐진 모래밭 속으로 성큼성큼 걷게 되자 드디어 자유롭게 숨을 쉴 수 있었다.

운이 나쁘게도 오늘은 바람 없는 밤이었다. 그래서 자신이 내는 소리가 모두 또렷하게 들렸다. 만약 넘어지거나 비명을 지르는 등 누군가의 주의를 끌만한 행동을 한다면, 이제껏 지켜온 비밀은 결국 다 탄로 나고 말겠지. 나를 안 좋게 여기던 사람들은 어쩐지 이상하더라며, 이게 증거가 아니겠냐고 고개를 끄덕이겠지.

결국, 아픈 아버지와 죄 없는 여동생까지 온 가족을 쫓아낼 것이다.

그렇게까진 안 되더라도, 셰에라자드 자신이 사막 한가운데에서 단검과 양탄자만을 지닌 채로 발견될 수도 있었다. 그러면 모두들 그녀를 배신자라고 의심할 테고, 다시는 혼자 있게 내버려두지 않을 것이다.

그래도 어쩔 수 없었다. 이제껏 기다릴 만큼 기다렸다.

본능적으로 드는 생각은, 할리드에게 가자는 것이었다. 하지만 일단 레이에 돌아가면 다시 떠나기가 더욱 힘들어지리란 점을 셰에라자드는 알고 있었다. 지금은 자신의 욕심보다는 가족을 더 생각해야 할 때였다.

특히, 아버지 생각을 해야 했다.

셰에라자드는 무사를 찾아야 했다. 아빠가 몸져누운 후라, 그녀의 마법 능력을 알고 있는 사람은 이제 무사뿐이었다. 그리고 불가능할지도 모르지만, 어쩌면 무사는 아버지를 도울 방법을 알고 있을지도 모른다.

아니면 그 끔찍한 저주를 깨는 법을 알려줄 수도 있지 않을까.

그녀는 모래언덕을 찾으려고 사막으로 더욱 깊숙이 들어갔다. 누군가에게 들키지 않고 양탄자를 탈 곳을 찾아야 했다.

이윽고 셰에라자드는 목적에 맞는 커다란 모래언덕을 찾아냈다. 하지만 비단결 같은 모래 위에 낡아빠진 양탄자를 펼치자 어쩐지 바보 같다는 생각이 들었다.

한 발짝 물러선 그녀는 자그마한 직사각형 양탄자를 가만히 바라보았다.

'내가 지금 뭐 하는 걸까? 이건…… 말도 안 돼. 아무리 생각해도 말이 안 된다고.'

그러다 이내 그 눈빛에 힘이 들어갔다.

'바보처럼 굴지 말자. 이렇게 우유부단하게 굴면 시바가 납득하지 않을 거야. 할리드도 마찬가지고.'

그녀는 눈을 질끈 감았다.

'모든 점에서 무한한 존재가, 바로 그대다. 그대가 하지 못할 일이란 없어.'

할리드의 목소리가 귓가에 울리는 것만 같았다. 셰에라자드는 샌들을 벗어서 티카 띠에 꿴 다음, 머리카락을 마지막으로 잘 묶고서 양탄자에 앉았다.

이러는 게 말도 안 되느니 어쩌니 더 걱정할 시간이 없었다.

정말로, 더는 꾸물거릴 시간이 없었다.

셰에라자드는 양손으로 양탄자 위를 꾹 눌러야 한다고 생각했다. 하지만 맨발이 낡은 양탄자를 스치는 순간, 심장이 펄떡 뛰면서 따스하고 환해지는 느낌이 들었다.

"아!"

그녀는 조용히 소리 지르면서 양탄자 위에 무릎을 꿇은 채 엎드렸다. 이윽고 심장에서 시작된 감각이 팔다리로 휙 뻗어가면서 화르르 타올랐다. 네 귀퉁이가 말려들면서 양탄자가 공중으로 떠오르기 시작했다. 잠시 모래 위를 맴돌던 천이 핵 불어온 돌풍에 휘말린 연처럼 둥실 떠올랐다.

셰에라자드의 마음속에서 두 가지 감정이 싸워댔다.

처음에는 두려움이 닥쳤다.

그다음에 든 감정은 무어라 형용할 수가 없었다.

양탄자가 천천히 하늘로 올라가기 시작하면서 셰에라자드의 온몸에 따스한 감각이 온통 밀려들었다. 팔과 다리로 퍼진 온기는 손끝까지 뻗어갔다. 코를 시큰하게 만들고 귓가를 두근두근 뛰게 했다.

이것이 힘이로구나.

전혀 몰랐던 종류의 힘.

다시 아래를 내려다보자, 저 밑으로 은빛 모래가 까마득했다. 지금 그녀는 탈레칸에서 가장 커다란 탑만큼 높이 떠있었다.

여전히 두렵기는 했지만, 뭐라 이름 붙일 수 없는 감정이 밀려오면서 두려움은 곧 사라졌다.

어떡해야 하나 생각하지 않아도, 그녀는 이미 양탄자를 어떻게 조종하는지 본능적으로 알고 있었다. 마치 물에서 태어난 물고기가 가르쳐 주지 않아도 헤엄치는 법을 아는 것처럼 말이다.

'그 양탄자가 마음이 있는 곳으로 데려다줄 겁니다.'

집으로 가자. 할리드에게 가자.

하지만 셰에라자드는 단호하게 양탄자를 움켜쥐었다.

"안 돼. 무사 사라고사에게 데려다줘."

이렇게 속삭이자, 가슴 주위에 따스하게 서렸던 온기가 밝게 타오르더니 입술에서 다시금 비명이 치솟았다.

이번에는 뜻밖에도 미소가 따라 나왔다.

양탄자는 느긋하게 호를 그리며 더욱 높이 솟아올랐다. 이제는 레이에서 가장 높은 건물의 난간만 한 높이였다. 호를 다 그린 양탄자가 빛이 가득한 하늘로 향하기 시작했다. 저 아래 보이는 세상은 깜빡이는 불길 속에서 사라져 갔다.

두려움은 싸움에서 졌다.

환희가 승리했다.

발을 휘감는 공기의 흐름을 느끼며 셰에라자드는 밤하늘을 향해 웃었다. 이제 무릎을 대고 몸을 일으킨 그녀는 두 팔을 벌려 바람을 맞았다. 이쪽으로 불어오는 서늘한 냉기가 온몸을 감쌌지만, 그녀를 쳐서 넘어뜨리지는 못했다. 바람은 결코 그녀를 떠밀수 없을 것이었다.

셰에라자드는 양탄자가 자신을 떨어뜨릴 거라고는 전혀 생각하지 않았다.

지금 자신은 잔 속에 든 물이었다. 본인만 들을 수 있는 나른한 음악에 맞추어 춤을 추는 물처럼, 그녀는 바람을 타고 온몸을 잔잔히 나부꼈다.

이토록 높은 곳에, 생각했던 것보다 훨씬 높은 하늘에 오르자, 옆으로 불어오는 바람만이 느껴질 뿐 다른 모든 것은 흐릿하게 사라졌다.

그래도 두려움은 없었다.

이토록 높은 곳에서, 셰에라자드는 바람을 따라갔다.

땅도, 하늘도 존재하지 않는 곳에서.

이곳에서 그녀는 진정 무한한 존재가 되었다.

다시는 두려움이 그녀를 덮치지 못하리라.

바닷가의
소년

셰에라자드는 사막을 넘어 산맥을 향해 날아갔다.

이윽고 수평선을 이루며 반짝이는 바다가 나타나자, 그녀는 큰 충격을 받아 눈을 휘둥그레 떴다.

그 짧은 시간 동안 어마어마한 거리를 여행했구나.

마법의 양탄자는 창백한 모래 위로 낮게 튀어나온 곳에 가까워지면서 느려지기 시작했다. 여전히 하늘 높이 뜬 달은 밀려나가는 파도 위로 빛을 비추며 서서히 움직였다. 해변을 따라 거품이 레이스처럼 바다 끝을 장식했다. 셰에라자드는 숨을 깊이 들이쉬었다. 소금기가 아릿하게 도는 공기는 탁하고 무거웠다. 양탄자가 절벽 위를 빙글빙글 돌자, 회색 바위로 이루어진 벽 뒤로 돔을 이룬 기둥을 갖춘 건물이 나타났다. 모퉁이마다 솟은 대리석 기둥 위로 불꽃이 넘실거리며 보초를 서는 듯했다. 건물 앞으로 넓은 계단이 이어졌고, 그 아래로 네모난 연못이 돌출부 근처에 파여있었다.

마법의 양탄자는 연못 옆을 따라 흘러가더니 이윽고 매끈한 돌 출부 위에 정지했다. 셰에라자드는 양탄자에서 가만히 맨발을 떼었다.

이윽고 양탄자가 조심스럽게 털썩 내려앉았다.

그녀는 샌들을 신고서 주변을 천천히 둘러보았다.

연못 양옆으로는 꽃 모양 아치가 쭉 늘어섰다. 아치 사이에는 대리석 조각상이 군데군데 놓였는데, 남녀의 모습을 한 조각상은 셰에라자드가 처음 보는 이상한 장치를 휘두르거나 도금한 물줄기를 붓는 자세를 하고 있었다. 어떤 조각은 불 같은 것으로 가득찬 구 형태였다. 아니, 불이 아니라 바람인가? 또 다른 조각 역시 소용돌이 같았는데, 저건…… 모래를 표현한 건가?

연못 양옆으로 놓인 작달막한 구리 단지에서는 향이 피어올랐다. 푸르스름한 회색 연기가 공중으로 퍼지면서 후추를 섞은 달콤한 몰약 냄새가 자욱해졌다. 연못 가장자리를 따라 황갈색 돌 위로는 밝은 푸른색을 띤 청금석 모자이크가 보였다.

셰에라자드는 조심스럽게 양탄자를 말았다. 그리고 샤미나를 두른 어깨 위에 둘러메고는 가만히 발걸음을 내디뎠다.

기둥이 솟은 건물은 사원처럼 보였다. 시간이 시간이니만큼, 주위에는 생명체의 흔적이 거의 보이지 않았다. 그렇지만 셰에라자드는 단검에 손을 댄 채로 연못과 구리 향 단지 옆을 지나 앞쪽에 펼쳐진 넓은 계단을 향해 조심스럽게 나아갔다.

이윽고 계단 꼭대기에 낯익은 인물이 나타났을 때도, 그녀의 걸음걸이에는 흔들림이 없었다.

그는 아주 큰 키에 현란한 색채가 어우러진 긴 망토를 걸치고 있었다. 양 손목에 가죽 만칼라를 감았고, 머리카락을 싹 민 아래로 짙은 갈색 눈이 횃불의 빛을 받아 따스하게 빛났다.

"언제쯤 저를 방문하실지 궁금해하던 참이었습니다."

무사 사라고사가 환한 미소를 지으며 그녀를 내려다보았다. 그는 두 손을 셰에라자드에게 내밀며 계단으로 올라오라 손짓했다. 무사의 오른편 불꽃 기둥 뒤에서 소년과 소녀가 하나씩 모습을 드러냈다. 둘 다 셰에라자드 또래였다. 소녀는 장미나무 촛대 위로 초 세 자루를 들고 있었는데, 녹아내린 크림색 밀랍 촛농이 소녀의 손목으로 줄줄 흘렀다.

소년과 소녀 모두 왼쪽 허리에 끝이 휘어진 단검을 찼다.

셰에라자드는 계단 맨 아래에서 멈춰 섰다. 그리고 서슴없이 단검을 잡았다.

무사는 다 이해한다는 너그러운 표정으로 활짝 웃었다.

"별빛 같은 분이시여. 이곳 사람들은 그대의 친구입니다. 이 세상에 소중한 것이라곤 거의 없다 싶은 저도 이곳에서만큼은 삶의 무게를 내려놓고 쉴 수 있지요. 이곳에서 그대는 안전합니다."

"죄송합니다, 무사-에펜디. 하지만 저는 가끔 안전하다는 게 뭔지 잊어버릴 정도로 마음 놓고 살지 못해서요."

그녀는 사과를 건넸지만, 여전히 옆에 찬 단검에서 손을 떼지 않았다. 무사는 괜찮다며 손을 내저었다.

"죄송하실 것 없습니다."

셰에라자드는 말없이 선 보초들을 바라보았다.

"저 때문에 혹시 불쾌하신 건 아니시길 바라요. 오늘 제가 여기

와서 혹시 부당한 문제를 일으킨 건 아니었음 좋겠어요."

그러자 굽슬굽슬한 머리카락을 휘날리며 소녀가 이쪽으로 고개를 홱 돌렸다. 둥그렇게 뜬 눈에는 호기심이 서려있었다. 반면, 소년은 낮잠을 자다 막 일어난 것처럼 곧게 쭉 뻗은 머리카락을 한쪽으로 헝클어뜨리며 하품을 했다.

"전혀 문제없습니다. 파리사와 마스루는 오늘 밤 보초 근무를 서고 있지요. 마스루는 평소처럼 자고 싶어 했지만, 파리사는 호기심이 아주 많거든요. 이 애는 그대에 관한 이야기를 많이 들었기 때문에 꽤 관심이 크답니다."

무사는 눈가의 검은 피부에 주름을 보이면서 웃었다. 그리고 소년과 소녀를 슬쩍 돌아보았다.

"한밤중에 방문해서 죄송합니다."

셰에라자드는 계단을 올라가며 그들에게 조심스럽게 미소 지어 보인 다음 마침내 단검에서 손을 뗐다. 파리사는 촛대를 높이 들고 셰에라자드의 길을 비춰주었지만, 마스루는 여전히 졸린 기색이었다. 무사는 다 안다는 듯 미소 지었다.

"우리는 그대가 오고 있다고 생각했습니다. 오늘 밤늦게 손님이 오실 거라고 별들이 파리사에게 말해주었거든요. 그래서 파리사가 앞서 제게 소식을 알려주었지요."

그 말에 깜짝 놀란 셰에라자드는 하마터면 발을 헛디딜 뻔했다.

"별이라고요?"

그녀는 왼편에 있는 사슴 같은 눈망울의 소녀를 바라보았다.

'별을 보고 미래를 읽을 줄 아는구나.'

셰에라자드는 이런 능력을 지닌 사람이 있다는 이야기를 듣기는 했다. 하지만 그런 능력은 무척 드물었기에 실제로 만나본 적은 없었다.

그런데 파리사는 지금 셰에라자드를 보고 있지 않았다. 다만 그녀의 등에 얹은 양탄자를 탐욕스러운 시선으로 바라볼 뿐이었다.

그 눈빛에 셰에라자드는 잠시 주저했다.

"안으로 와서 차 한잔 하지 않겠습니까? 그러면 묻는 말에 모두 대답해 드리지요."

무사가 마음을 달래듯 조용한 목소리로 말했다. 하지만 셰에라자드는 마지막 계단을 딛다 말고 순간 멈칫했다.

"죄송하지만 차 마실 시간은 없을 것 같아요. 날이 밝기 전에 돌아가야 하거든요."

'내가 없어졌다는 사실이 발각되기 전에.'

그녀는 마른침을 삼키며 눈빛만으로도 자신의 신중한 마음이 전해지기를 바랐다.

"알겠습니다."

급히 마음을 읽은 마법사는 고개를 끄덕였지만 그의 눈매는 의아함을 품고 가늘어졌다.

"혹시 필요한 게 있다면……."

"도와주세요, 무사-에펜디."

그녀는 자존심도 예의도 모두 내려놓은 채 어깨를 쭉 펴고 계단 위로 올라가 그의 앞에 섰다.

"제 아버지와…… 할리드를요."

무턱대고 요청부터 하면 꼴사납다는 걸 알지만 셰에라자드는 어쩔 수가 없었다. 안 그런 척 둘러댄 다음 속내를 하나하나 설명할 시간 따윈 없었으니까.

사랑하는 사람들에겐 지금 시간이 없었다.

다행히 무사는 더는 묻지 않았다. 그는 조금도 망설이지 않고 세에라자드의 손을 잡았다.

"어떻게 도와드리면 될까요, 별빛 같은 분이여?"

세에라자드의 말없는 간청을 들은 무사는 파리사와 마스루에게 그만 보초를 서고 자러 가라고 말했다. 파리사는 좀 화가 난 것 같았지만, 마스루는 이쪽에 고맙다는 표정을 지어 보였다. 파리사는 떠날 때도 가는 길마다 밀랍 촛농을 뚝뚝 흘리며 마법의 양탄자에서 시선을 떼지 못했다.

불의 사원 계단에 앉은 채 무사는 세에라자드의 이야기를 들었다. 그는 내내 얼굴을 굳히고 있었지만, 딱 두 번 그 표정이 부드러워진 적도 있었다. 처음은 세에라자드가 아버지가 지닌 책 이야기를 했을 때였고, 다음은 그녀가 할리드 이야기를 할 때였다. 레일라의 아들을 얼마나 사랑하게 되었는지 무사에게 고백하던 순간, 세에라자드는 이 사람이 그저 그녀를 도와주기로 한 이세계의 마법사만은 아닌 것 같다는 생각이 들었다.

세에라자드가 이야기를 마치자, 무사는 잠시 가만히 앉아 곁에 있던 대리석 기둥 꼭대기에서 너울대는 불꽃을 곰곰이 바라보았다.

더는 침묵을 참을 수 없게 되자, 세에라자드가 입을 열었다.

"이런 일이 일어날 줄 알고 계셨나요? 파리사가 혹시 별을 관측하고 제 미래를 알려드렸나요?"

그는 입가에 빙그레 미소를 띠며 고개를 저었다.

"별 관측은 그런 게 아닙니다. 그대의 미래는 정해진 것이 아니니까요, 별님 같은 분이여. 동전을 굴릴 때를 생각해 보십시오. 바닥에 눕기 전에 몇 번이고 스스로 회전하지 않습니까? 미래도 그런 것입니다."

세에라자드는 길게 한숨을 쉬었다.

"그 말이 사실이라면 얼마나 좋을까요, 무사-에펜디. 하지만 최근에 일어난 사건을 보면 미래는 결국 정해져 있는 것 같아요. 할리드의 미래는 바꿀 수가 없어 보여요. 그의 미래와 함께 제 미래도요."

무사는 팔꿈치를 무릎에 얹은 채 앞으로 몸을 숙였다.

"그래서 제가 이 무시무시한 저주를 풀어줄지도 모른단 희망을 품고 여기에 오셨습니까?"

"그게 가능할까요?"

세에라자드가 바짓자락을 꼭 쥐며 속삭여 물었다. 하지만 무사는 그녀를 슬픈 눈빛으로 바라보았다.

"아아, 우리 세상에서 마법은 신비한 재능이지요. 쉽게 통제할 수는 없지만, 큰 비용이 들지 않는 힘입니다. 저는 이 사악함을 일으킬 때 쓴 마법에 대해선 전혀 모르지만, 알았다 하더라도 저주를 막을만한 강한 마법은 많지 않습니다. 제가 해드릴 수 있는 것이라고는 기껏해야 할리드에게 잠시라도 불면을 퇴치해 줄 부적을 만들어 주는 것뿐이겠지요. 저는 저주에 맞설 만큼 강한 마법사는 아닙니다, 소중한 분이시여. 제가 알기로 저주를 푸는 유일한 방법은 저주의 조건을 모두 시행하는 것뿐이지요."

세에라자드는 절망 어린 표정을 지었다. 온몸에 허망함이 감돌았다.

"하지만 아버님을 위해서라면 할 일이 좀 있습니다. 특히 그분이 가진 책에 대해 좀 압니다. 아버지의 손에 화상이 많다고 하셨지요? 그 책에서 이상한 열기가 발산된다고요. 맞습니까?"

"네. 요전에는 가까이 갔다가 손을 델뻔했어요."

셰에라자드는 아버지가 품에 안은 고서에 가까이 다가갈 때마다 느꼈던 특이한 열기의 파동을 떠올리며 입을 꾹 다물었다.

"그리고 레이 외곽 언덕에서 아버님을 발견했을 당시, 혹시 그분이 처음 듣는 언어로 말을 하지는 않던가요?"

셰에라자드는 고개를 끄덕였다.

무사는 검지로 입술을 누르며 잠시 무언가를 생각했다가 대답했다.

"이 문제에 타인을 끌어들이고 싶지 않은 마음은 이해합니다만, 제가 보기에 우리는 다른 사람과 상의를 좀 해야 할 듯합니다."

"아시는 분 중에 도움 될만한 분이 있나요?"

한 가닥 희망이 셰에라자드의 가슴에 깃들었다.

"어쩌면요. 저보다 더 잘 알만한 사람이 여기에 있습니다. 제 생각이 옳다면, 적어도 그 책에 대해 궁금한 점을 알려줄 수 있는 사람이지요. 하지만 그에게서 대답을 받아내는 과정은 좀……흥미로울 수 있습니다."

셰에라자드는 불편한 기색으로 몸을 움직이면서 손바닥을 차가운 돌바닥에 대고 기댔다.

"그렇다면 제가, 그러니까 그 사람을 믿을 수 있을까요? 무사님 말고는 저주에 대해 아무에게도 말 안 했거든요. 다른 사람에게 말하고 싶은 마음은 전혀 없어요. 이런 정보가 자칫 나쁜 사람들에게 알려지면 위험하니까요."

"제가 말하는 자는 아르탄이란 사람인데, 그에게 신뢰란 흥미로운 주제입니다. 그는 자기를 먼저 신뢰하는 자에게만 신뢰를 보이기 때문이죠. 어찌 되었든 결정은 그대에게 맡기겠습니다."

그 순간, 무사의 얼굴에 곤혹스러운 표정이 나타났다가 순식간에 사라졌다.

"하지만 그대의 결정이 어떻게 나든, 아르탄이 그대를 배신해서 비밀을 폭로하는 일은 없을 겁니다. 그 점만은 확신합니다."

무사는 계단에서 일어서더니 그녀에게 손을 내밀었다.

"같이 가시지요, 마마."

셰에라자드는 계단을 내려가 직사각형 연못 옆을 걸으면서 무사의 뒤를 따라갔다. 비록 미심쩍은 마음은 여전했지만, 그녀는 무사를 따라서 바닷가의 곳까지 갔다.

이윽고 무사가 절벽 끝부분에서 옆으로 홱 꺾자, 눈앞에 또 다른 계단이 나타나 칠흑같이 어두운 아래로 이어졌다. 암벽을 깎아 만든 들쭉날쭉한 계단은 내려가기 위험해 보였다. 게다가 난간은 물론이고 손으로 잡을만한 곳도 없었다. 계단은 저 아래 모래 해변으로 이어지는 듯했지만, 정확히 어디로 향하는지는 알 수 없었다. 돌 하나 던져 닿을 만큼만 내려가도 갑자기 계단 방향이 확 꺾여들어서 길 끝이 보이지 않았기 때문이다.

이 계단을 과연 믿어도 되는 걸까.

'이런 계단에는 당연히 근처에 횃불이 있어야 하는 거 아니야? 불의 사원이라면서 불 하나 없네.'

하지만 무사는 당황하지 않고 그녀에게 미소 지었다.

"마법의 양탄자를 사용하는 게 좋으실까요?"

"이런 데라면 달빛으로 만든 마법의 계단이라도 갖춰놓으실 줄 알았는데요?"

셰에라자드가 투덜거리자 무사는 껄껄 웃으며 그녀에게 손을 내밀었다. 그녀는 말없이 무사를 앞장세우고 위험천만한 돌계단을 따라 저 아래 펼쳐진 거대한 공허로 향했다.

해안으로 다가갈수록 부서지는 파도 소리가 더욱 크게 들려왔다.

처음엔 어째서 한밤중에 어두운 해변을 가로질러야 하는지 이해가 가지 않았다. 파도 위를 춤추듯 어른거리는 달빛 아래 화려한 옷차림으로 앞장서는 무사와 셰에라자드 말고는 사람이라곤 아무도 보이지 않았기 때문이다.

하지만 모래가 파도처럼 쌓인 해안을 지나자, 바다로 불쑥 튀어나온 작은 바위 더미가 보였다.

그리고 바위 한가운데 자리 잡은 평평한 돌판 위에 젊은이 하나가 누워있었다.

작은 파도가 돌바닥에 부딪히며 하얀 물거품을 공중으로 흩날렸다. 젊은이의 바지에 바닷물이 튀었지만, 그는 누운 자리에서 조금도 움직이지 않았다.

무사는 파도가 밀려드는 바위 부근까지 가서 섰다. 젊은이에게서 몇 걸음 떨어진 곳이었다. 무사는 고요한 침묵을 지키며 기다림에 들어갔다.

어느덧 셰에라자드는 마음이 조급해졌다. 바위 위에 있는 저 남자, 무사-에펜디에게 너무 예의 없이 구는 거 아니야? 우리가 여기 온 걸 뻔히 알면서 뭐 하는 거지? 저 뒤로 뜬 반달이 젊은이의 얼굴에 우리 그림자를 드리우고 있는데. 길고 늘씬한 그림자를 못 알아볼 리 없을 텐데.

셰에라자드는 헛기침을 두 번 해보았다.

그래도 젊은이는 눈을 깜빡이며 한숨을 쉬었을 뿐, 미동조차 없었다.

저걸 보니 살아있는 거 맞잖아.

'뭐 저런 망나니 같은 게 다 있을까.'

무사가 소금기 어린 바람을 크게 들이쉬고서 입을 열었다.

"아르탄?"

그러자 젊은이는 한쪽 발을 무릎 위에 얹고서 머리 아래에 손을 넣었다. 그러고는 큰 소리로 하품했다. 터무니없이 큰 소리였다.

"아르탄 테무진."

무사가 다시 그를 불렀다. 하지만 그 부름은 억지로 강요하는 투가 아니었다. 확실히 마법사 무사는 인내심이 웬만한 사람의 스무 배는 되는 듯했다. 웬만큼 세상 이치를 깨달은 사람보다도 몇 배는 평온한 마음가짐이었다.

반면, 셰에라자드는 저 남자를 바위에서 굴려버리고 싶었다. 그래서 한동안 파도에 빠져 허우적대는 꼴을 보고 싶었다.

하지만 저 남자의 도움이 필요할 수도 있었다.

그런데 오히려 셰에라자드야말로 파도 속에 엎드러질 뻔한 일이 일어났다.

젊은이가 가슴 위로 손을 들었다. 그리고 손가락을 꼬자, 쭉 편 손바닥 위로 주먹만 한 불덩이가 나타났다. 그는 타오르는 화염구를 높이 던져 올리고는 밝은 빛 아래에서 셰에라자드를 보았다. 그러더니 손목을 휙 돌려 화염구를 파도 속으로 던졌다. 불덩이는 바닷물 위에서 쉭 소리를 내더니 이내 하얀 연기를 그리며 사라졌다.

그동안 셰에라자드는 헉 소리가 나려는 걸 간신히 참아냈다.

'저런 망나니를 보면서 놀라지는 않을 거야. 제아무리 놀라운 짓을 한다 해도 절대로.'

젊은이는 일어나 앉다가 한쪽으로 몸을 기우뚱하는 모습을 보였다. 바위에서 옆으로 미끄러진 그는 무릎 깊이 물에 첨벙 빠졌다.

'술 취했잖아!'

셰에라자드는 분노를 억누르며 팔짱을 꼈다. 무사를 슬쩍 바라보니 그는 젊은이의 상태를 봤어도 전혀 동요하지 않는 듯했다. 사실은 체념한 것도 같았다.

마치 이럴 거라 예상했다는 듯이.

젊은이도 무사처럼 머리카락이 전혀 없었다. 양 귓불에는 작은 금 고리를 여럿 달았다. 옅은 갈색 피부 위로 가느다랗고 매력적인 까만 눈동자가 보였다. 극동아시아 특유의 우아한 속쌍꺼풀 진 눈이었다. 고전적인 미남은 아니었지만, 대단히 독특한 아름다움을 지닌 남자였다. 그의 아름다움은 묘하게도 결점이 한데 모여 이루어진 것이었기 때문이다. 턱은 심하게 튀어나왔고, 코는 여러 번 부러졌다가 붙은 듯 보였으며, 아랫입술 아래에는 비스듬히 흉터가 났다. 셰에라자드가 멀찍이 서서 봐도 젊은이의 피부는 거울 표면처럼 매끄러웠다. 그는 셔츠 없이 하반신에 늘씬한 바지만 입었다. 예전에는 고운 옷이었을 바지는 막 입은 티를 보이며 다 해져있었다.

마치 그 옷을 걸친 주인처럼 말이다.

두 발로 딛고 선 젊은이의 키는 셰에라자드와 별 차이가 없었다. 하지만 상체는 아주 건장했다. 넓은 가슴과 튼튼한 몸집이 보였다.

"예쁘네."

젊은이가 살짝 억양이 있는, 혀 꼬인 말을 뱉었다. 그는 입가를 휙 올리며 무시무시하게 웃었다.

셰에라자드는 별생각 없이 비슷하게 웃어주었다. 그러자 그는 거친 웃음소리를 슬쩍 흘렸다.

"근데 대단히 예쁘지는 않아."

"다른 데 재주가 있는지는 몰라도 판단력은 별로구나. 그리고 누가 너더러 예쁜지 안 예쁜지 말해달랬어?"

셰에라자드는 다시금 신랄한 미소를 지으며 대꾸했다. 젊은이가 기다란 검지를 들어 올렸다.

"아, 말해달란 사람이야 있었지. 나는 샨 코우강 이쪽에서는 미인을 보는 눈이 제일 뛰어나거든. 언젠가는 매력적인 처녀 네 명이 나한테 와서는, 누가 제일 예쁜지……."

"아르탄."

무사가 못마땅한 기색으로 입가에 주름을 잡고서 혀를 찼다. 젊은이는 다시 웃으며 물속으로 넘어졌다. 그리고 팔다리를 쭉 편 채로 느릿느릿 흐르는 물살에 몸을 맡겼다.

"취했네요. 게다가 거짓말까지 하고."

셰에라자드가 입술 사이로 속삭였다. 그러자 젊은이는 태연하게 대꾸했다.

"아냐, 내 말은 진짜야. 어쨌든 걔들은 처녀가 아니었거든."

그는 셰에라자드에게 눈을 찡긋하며 말을 이었다.

"**거짓말**이라고 하다니 좀 너무한데. 난 진실을 좀 꾸며서 말하는 게 좋을 뿐이라고."

무사는 손으로 얼굴을 쓸었다.

"잠깐만 일어나 앉아보겠니. 나를 봐서라도 네 혈통에 걸맞은 몸가짐을 보여주길 바란다."

그 말을 들은 젊은이는 다시금 지나칠 정도로 크게 웃음을 터뜨렸다.

"죄송하지만요, 무사-에펜디…… 저 사람은 우리를 도와줄 상황이 아닌 것 같네요. 저도 더는 기다릴 시간이 없고요."

저토록 게으르고 무례한 젊은이에게 도와달라고 말할 생각을 했다니, 셰에라자드는 좌절한 채로 돌아섰다.

"셰에라자드-잔."

무사가 그녀의 이름을 부른 순간, 젊은이는 바닷물을 첨벙거리며 벌떡 일어섰다.

"도요새처럼 거슬리게 지껄이는 건방진 여자애가 누군가 했더니, 호라산의 칼리파였어?"

지금껏 젊은이가 한 말 중에서 처음으로 솔직한 말이 나왔다.

'내가 누군지 알고 있었어?'

셰에라자드는 돌아서서 젊은이를 마주 보고는 두 주먹을 허리에 대며 물었다.

"그러는 넌 누군데?"

"아르탄 테무진이라고 합니다, 마마."

젊은이는 비틀비틀 쓰러질 뻔하면서도 조롱이 깃든 기색으로 절을 했다. 셰에라자드는 화를 꾹꾹 눌러 참으면서 눈썹을 치켜 뜨고 그를 바라보았다.

"그래서 네가 누구냐니까?"

"손을 줘봐. 그럼 말해줄게."

말끝마다 교활한 음모가 서려있었다.

"차라리 뱀한테 입을 맞추고 말지."

그녀의 말에 아르탄은 웃음을 터뜨렸다.

"오, 똑똑한데! 하지만 넌 이미 미치광이 살인마에게 입도 맞췄 잖아……. 그건 해도 내 손은 못 잡겠어?"

그의 근육질 가슴 위로 물방울이 또르르 흘러내렸다.

"너……!"

더는 참을 수 없었던 셰에라자드는 그를 붙잡으려고 바다로 들 어갔다. 그러자 아르탄은 만족스럽게 히죽 웃더니 셰에라자드를 자기 옆으로 확 끌어당겼다. 중심을 잃은 그녀는 아르탄의 왼팔 을 잡고서 몸을 가누었다.

그 순간, 여러 가지 사실이 동시에 느껴지면서 셰에라자드는 깜짝 놀라고 말았다.

아르탄의 몸은 지나치게 따스했다. 지금껏 바닷물 속에 있었는 데도 마치 심하게 열이 오른 사람 같았다. 가까이서 보니 그의 손 바닥 피부는 굳은살이 박여 거칠었고, 한쪽 팔뚝에는 무시무시한 흉터가 났는데……

그건 꼭 아빠의 손에 난 흉터 같았다.

하지만 제일 놀라웠던 건 그의 손길이 닿은 순간 혈관을 타고 들어온 충격이었다. 양탄자에 닿았을 때와 흡사한 감각이었다. 심장 주위에서 무언가 갈라지면서 온몸을 번뜩이는 듯한 충격이 느껴졌다.

"이런이런, 이것 봐라⋯⋯."

아르탄은 잠시 말을 멈추더니 검은 눈동자로 셰에라자드의 눈을 뚫어져라 바라보며 덧붙였다.

"그 생각이 맞는 것 같네, 무사 아저씨."

뒤에서 무사가 한숨 쉬는 소리가 셰에라자드의 귓가에 들린 것도 같았다.

"나한테서 손 떼."

그녀가 아르탄에게 쏘아붙였다. 그녀는 지금 너무나 불안했지만, 그 심정을 이 남자에게 들키고 싶지 않았다. 하지만 아르탄이 손을 놓지 않자 셰에라자드는 그의 가슴을 밀쳤다. 아르탄은 옆으로 기우뚱하면서도 이내 그녀의 양 손목을 한 손으로 와락 붙잡고서 감탄하듯 웃었다.

"정말 성질 더럽네! 이 조그만 도요새야, 똑똑히 알아둬. 저번에 나를 때려서 항복을 받아내려던 여자가 어떻게 됐는지 알아? 다음 날 앞이 제대로 보이지 않게 됐다고."

그는 셰에라자드에게 가까이 오라고 손짓했다. 마치 그녀에게 선택권이 있다는 것처럼.

"내가 그 여자 눈의 초점을 비뚤게 해버렸거든."

셰에라자드는 코웃음을 쳤다.

"하! 그럼 어디 한번 해봐. 하지만 그전에 똑바로 좀 서야 하지 않겠어?"

"내가 똑바로 서는 날엔 너 진짜로 마음의 준비를 해야 할 거야. 내가 한번은 바다에 뜬 함대 전체를 격파했는데……."

셰에라자드가 그를 밀쳤다.

"그만해! 무사-에펜디께서 네가 도와줄지도 모른다고 해서 애써 참아보려고 했는데, 더는 못 참겠어. 이거 하나만 물어보고 더는 귀찮게 하지 않을게. 혹시 만지면 엄청나게 뜨거워지는 책에 대해 알아, 몰라?"

순간, 허를 찔린 아르탄은 눈을 껌뻑였다.

"혹시 그 책, 어떻게 생겼어?"

"오래되고 심하게 낡은 책이야. 녹슨 철과 어두운 가죽으로 장정했고."

"가운데에 자물쇠가 달렸고?"

아르탄은 목을 가다듬으며 집중하려고 애썼다.

"응."

아르탄은 이제 말을 멈췄다. 매끈한 이마에 깊은 주름살을 지은 젊은이의 모습은 심지어…… 무시무시한 데다 위험해 보였다.

"누가 그 책을 펼쳤어?"

갑자기 아르탄이 사나운 시선을 던지자 셰에라자드는 몸이 벌벌 떨리려는 걸 애써 참았다.

"아빠가 펼쳐보신 것 같아."

"너희 아버지, 차가타이어를 할 줄 알아?"

"그건…… 모르겠어."

"순순히 인정하기엔 자존심이 상하나 보네?"

아르탄이 조롱기 어린 말투로 대꾸했다. 셰에라자드는 고개를 돌렸다. 목덜미가 점점 새빨개졌다.

'비난을 받아도 감수해야 해. 지금은.'

하지만 그는 멈추지 않았다.

"너희 아버지 바보 아니야?"

"아니야!"

셰에라자드는 너무 화가 나 말도 나오지 않게 된 나머지 멀거니 그를 바라보았다. 아르탄이 냉정하고 무자비한 기색으로 말했다.

"바보가 아닌 이상 그 책을 펼칠 생각은 하지 않지. 그건 고대의 흑마법서라고. 피를 부르는 마법이란 말이야. 대가를 수도 없이 치러야 하는 마법인데…… 뭐, 바보 같은 너희 아버지는 벌써 대가를 치렀을지도 모르지만."

셰에라자드는 무사를 바라보았다.

"이 끔찍한 놈이 어째서……."

"우리 조상이 그 책을 썼거든."

아르탄은 담담하게 말했다. 셰에라자드가 만약 그런 조상을 두었다면 우쭐했을 텐데, 그는 자랑스러운 기색이 전혀 없었다.

"만약 너희 아버지에게 문제가 생겼다면, 어떻게 해야 할지 아는 건 우리 가족뿐이야."

셰에라자드의 심장이 덜컥 내려앉았다.

'아아, 헤라 여신이시여. 어쩌면 애가 정말로 도움을 줄지도 몰라.'

그녀는 볼 안쪽을 잘근잘근 씹었다.

어쩌면 이제껏 아르탄 테무진이란 이 남자에게 너무 막 굴었던 게 아닐까.

'할리드의 말이 옳았어. 난 참 입이 방정이구나.'

셰에라자드는 지금껏 제멋대로 행동해 왔지만, 어떻게든 이 머저리를 설득해야 한다는 걸 깨달았다. 다시금 앞에 서있는 젊은이를 슬쩍 보자 그는 술에 잔뜩 취한 사람이 할법하지 않은, 괴로우리만큼 예리한 기세로 이쪽을 지켜보고 있었다.

그의 얼굴은 나태함으로 일그러져 있었다. 그리고 오만함이 가득했다.

하지만 흥미롭게 느껴지는 얼굴이기도 했다. 그래서 거부할 수가 없었다.

"그럼 혹시, 너희 가족에게 날 데려가 줄 수는 없니?"

셰에라자드가 최대한 겸손한 기색을 꾸미며 물었다. 이런 상황에서는 자신을 다 내려놓고 간청해야 할지도 모른다.

"싫습니다. 내가 관심도 없는 나라의 왕비한테 뭐 하러요?"

아르탄은 빈정거리며 웃더니 다시금 거절했다.

"안 해."

"아르탄, 톨루의 아들이여……."

무사 사라고사의 낭랑한 목소리가 해안에 울려 퍼졌다. 그 소리는 크지 않았고, 강요하는 기색도 없었다.

그렇지만 아르탄은 손등으로 코를 문지르며 답답한 표정으로 얼굴을 찌푸렸다. 게다가 신음마저 흘렸는데, 그 소리는 이런 상황에서 응당 내어야 하는 것보다 훨씬 컸다.

"부탁이야."

셰에라자드는 여전히 혼란스러운 마음을 떨치며 말했다. 그리고 그에게 한 걸음 다가갔다.

"네가 날 도와줘야 해."

아르탄은 짜증을 내면서 손바닥으로 이마를 짚었다.

"난 널 도와줄 수 없어. 너같이 사람을 쪼아대는 애는 어디든 데려갈 마음이 없다고."

그녀는 입술을 깨물었다.

"제발……."

"최소한 자기 몸 지키는 법은 알아야 할 거 아냐. 넌 지금 갓 태어난 망아지나 마찬가지라고. 내가 보기에 넌 능력이 있긴 하지만 지금은 전혀 쓸모가 없어. 입만 나불거릴 줄 알지."

아르탄은 코웃음을 치더니 덧붙였다.

"내일 밤에 다시 와. 기본적인 마력을 제어할 수 있게 되면, 우리 고모를 만나게 해줄게. 물론 가봤자 고모는 웃으면서 널 내쫓을 거야. 그런 다음 널 불태워서 재로 만들어 버리겠지."

아르탄은 해안선을 보며 다시금 얼굴을 찡그리더니, 발로 물장구를 쳐서 공중으로 소금기 어린 거품을 뿌려댔다.

세에라자드는 어찌할 줄 모른 채로 그가 하릴없이 죄 없는 바다를 향해 짜증을 내는 모습을 지켜보다가 조용히 대꾸했다.

"고마워. 아깐 내가 품위 없게 행동했어. 너에게 도움받을 자격이 없다는 거 알지만……."

"아, 나는 아까 일 잊지 않았어. 복수할 예정이니 그리 알아둬. 그리고 나는 항상 원하는 걸 반드시 가지거든."

아르탄은 곁눈질로 그녀를 쳐다보았다. 그 눈빛을 본 세에라자드는 그에게 도움을 청하려고 마음먹었던 게 후회스러워졌다. 아르탄의 몸에 다시금 위험한 기색이 서렸다. 마치 넘어지기 직전의 느낌 같았다.

"왜, 왜 마음을 바꿔서 날 도와주기로 했어?"

"무사 아저씨가 부탁했으니까. 무사 아저씨는 나에게 안전한 피난처를 내주었는데도 대가를 요구한 적이 별로 없거든."

그가 날카롭고 신랄한 비웃음을 날렸다.

"걱정하지 마. 난 너한텐 전혀 관심 없어. 난 착한 여자애들이 좋다고. 그런데 너는 전혀 착하지 않잖아. 이기적이고 독한 여자야."

그 말에 깜짝 놀란 셰에라자드는 반박하려 했다.

"내가 어째서⋯⋯."

"아니, 널 욕하는 건 아니야. 그 점이 마음에 든다고. 언젠간 우리가 친구가 될 수 있다는 의미니까."

"대체 왜 내가 너랑 친구가 된다는 거야?"

이 물음에 아르탄은 묘하게 만족스러운 미소를 지으며 다시 바닷속에 털썩 주저앉았다.

"그야 나도 너처럼 이기적이고 독한 인간이니까."

파멸이 있는 곳

화염구가 어둠을 가르며 모래 위를 돌진했다.

목표는 그녀의 얼굴이었다.

세에라자드는 노력했다.

정말로, 열심히 노력했다.

하지만 마지막 순간, 결국 어쩔 수 없이 반짝이는 모래밭에 확 몸을 수그리고 말았다.

"진짜 못하네!"

고함치는 굵은 목소리가 채찍처럼 마음을 쳤다.

"이건 시간 낭비일 뿐이야."

'쟤…… 진짜 싫어.'

세에라자드는 이를 악물고 모래를 한 움큼 쥐었다. 마음 같아서는 아르탄 테무진의 건방진 얼굴에 모래를 확 뿌리고 싶었다.

"화났냐, 조그만 도요새야? 괜찮아. 나도 화났거든? 네가 밤마다 사원에 와서 내 시간을 낭비한 게 벌써 두 번, 아니지, 연속으로 세 번째야. 달 밝은 밤에 이게 뭐 하는 짓인지."

아르탄의 말에 셰에라자드는 손바닥의 모래를 털며 일어섰다.

"미안해. 나 아니었으면 생산적인 일을 하며 이 밤을 보냈을 텐데 말이야."

"아니까 다행이네. 네가 형편없이 마법을 쓰는 꼴을 감상하느니 차라리 달 감상을 하는 편이 훨씬 재미있었을 거라고."

그는 피식 웃으며 덧붙였다.

"저런 재능을 갖고도…… 입만 나불댈 줄 안다니 아까워."

'저 자식이!'

피가 확 솟구쳐 뺨이 새빨개졌다.

"나한테 화염구가 있었다면 곧바로 네 다리 사이로 날려줬을 거야. 그래봤자 탈 것도 별로 없겠지만."

그 말에 아르탄은 아무렇지도 않게 큰 소리로 웃었다.

"네가 볼 건 없어도 유머감각 하나는 자랑할 만해. 하지만 난 삐삐 마르고 성깔 나쁜 여자애가 좋았던 적이 한 번도 없어서."

그는 궁금한 듯 셰에라자드를 슬쩍 보더니 물었다.

"호라산의 칼리프는 이런 너를 좋아한단 말이지?"

"당연하지!"

아르탄이 몸을 뒤로 젖히며 말했다.

"너무나 불쌍하고 멍청하네. 미모는 언젠가 사라지는 건데. 하지만 성질 나쁜 건 영원히 간다고."

"하! 너도 마찬가지거든?"

다시금 아르탄의 손바닥에 화염구가 생겨났다. 그는 씩 웃으면서 눈썹을 치켜떴다.

"그래, 나도 성질 나쁘기는 마찬가지지. 내가 너라면 내 앞에서 행동거지를 조심할 거야."

셰에라자드가 다시 달리기 시작하자, 아르탄은 뒤에서 못마땅한 소리를 내었다.

"옛 속담이 틀린 게 하나 없네, 셰에라자드 알-하이주란. 사람은 정말 무서워하는 게 있으면 도망칠 뿐이라지!"

"난 정말 불이 무섭단 말이야, 아르탄 테무진!"

다시금 못마땅한 소리가 들렸다.

"그만 좀 무서워해. 어떻게 좀 해볼 생각을 하라고!"

셰에라자드는 도망치느라 너무 힘들었지만, 피부가 양탄자와 닿을 때마다 느껴지던 화르르 타오르는 따스함을 애써 떠올렸다.

하지만 할 수가 없었다. 불가능한 일이었다.

마치 별을 따오라는 것과 다를 게 뭐란 말인가.

이 이틀 동안 어떻게든 해보려고는 했었다. 하지만 아무리 해봤자 내릴 수 있는 결론은 하나였다. 자신의 힘은 내부에서 나오는 게 아니라고. 내 속이 아니라 주변에서 빨아들이는 것 같다고.

하지만 아르탄에게 그녀의 생각을 말하자 그는 고개를 뒤로 젖히고 입을 쩍 벌린 채로 웃기만 했다. 그러더니 곧바로 화염구를 집중 사격해 이쪽을 공격해 왔다. 셰에라자드가 적어도 방어 정도는 하기를 바라서였다.

아르탄은 그녀에게 무려 '회전하는 화염구'를 옆으로 쳐내 보라고 했다. 아니면 다른 사물을 움직여서 그 앞을 막아내길 바랐다.

오로지 마음의 의지력만을 써서.

그 말을 듣자 이젠 셰에라자드가 웃고 말았다. 아르탄이 그랬듯, 고개를 뒤로 젖히고 입을 쩍 벌리며 웃었다.

그는 셰에라자드가 불시에 닥친 위험으로 궁지에 몰리면 몸이 본능적으로 반응할 거라고 생각했다. 그래서 지난 이틀 밤 동안 둘은 해변을 떠나지 않고 연습했다. 아르탄은 천천히 소용돌이치는 작은 불꽃을 던지며 이쪽을 위협했고, 셰에라자드는 너무 놀라 불꽃을 피해 도망쳤다. 아르탄은 아랑곳하지 않고 실제로 맞으면 죽을법한 커다란 화염구를 던져댔다. 아까보다 훨씬 더 피하기 힘든 수준이었다.

하지만 셰에라자드가 보여주는 것이라고는 그저 모래에 넘어질 때마다 생긴 멍 자국뿐이었다.

그리고 아르탄이 보여주는 것이라고는 그저 늘어가는 짜증뿐이었다.

"너 진짜 못 가르친다. 이 방법부터가 문제라고!"

셰에라자드는 버럭 소리치고는 출렁이는 파도 쪽으로 천천히 다가갔다.

"내가 문제라고 말하는 거라면, 네 말이 맞아."

셰에라자드는 걸음을 멈추고는 숨을 헐떡이며 몸을 앞으로 숙였다.

"오늘 밤 수업은 여기까지 하자."

"그렇게는 못 하겠는데."

그의 말투에 적잖게 불안해진 셰에라자드가 돌아섰다.

아니나 다를까, 아르탄이 또다시 이쪽으로 화염구를 연달아 쏘기 시작했다. 활짝 뻗은 손바닥에서 계속해서 불덩이가 빙글빙글

발사되었다.

셰에라자드는 공포에 질렸다. 이걸 전부 피하라니 말도 안 돼.

아르탄이 소리쳤다.

"도망치지 마! 거꾸로 이것들이 너를 피하게 만들란 말이야. 이러면 내가 널 어떻게 고모한테 데려갈 수 있겠어? 양을 늑대한테 데려가는 꼴이나 마찬가지인데!"

"못하겠어."

그녀는 이쪽을 향해 빙글빙글 돌진하는 무수한 화염구에 경악하며 비명을 질렀다. 그리고 어찌할 바를 모른 채 물속으로 풍덩 들어가 파도 아래로 잠수했다. 이리저리 몰아치는 파도를 밟으며 최대한 숨을 참았다. 그러다 결국 수면을 박차고 물 밖으로 허리를 내민 채 숨을 몰아쉬려던 순간.

"셰에라자드!"

눈앞을 가린 머리카락을 쓸어내자마자 마지막 화염구가 그녀의 앞으로 달려들고 있었다.

피할 시간조차 없었다.

몸통에 명중한 화염구가 카미스를 태우고 그녀의 배를 파고들었다.

순간, 충격만이 오롯이 느껴졌다.

저 멀리 해안에서 아르탄이 이상한 언어로 소리쳤다. 화염구가 저절로 돌더니 연기가 되어 사라졌다.

셰에라자드는 비명도 지르지 못했다. 살 타는 냄새가 바닷바람에 섞여 주위를 맴돌았다. 파도에 부딪힌 무릎이 떨리기 시작했다. 맨살에 닿는 바닷물이 따끔거리는 느낌을 시작으로 감각이 서서히 돌아왔다.

그러자 고통이 시작되었다.

셰에라자드는 바닷속으로 쓰러졌다. 비명이 나왔지만 입 밖으로 채 들레지도 못했다.

"멍청이."

아르탄은 그녀를 품에 안고 거품 이는 파도에서 끌어내 해안으로 데려가며 투덜대었다.

"진짜 멍청이."

다리에서 시작된 떨림이 팔까지 이어졌다. 이제는 치아도 딱딱 부딪쳐 댔다.

"부, 불에 타, 탔어."

셰에라자드가 그의 손목을 움켜쥐며 힘겹게 말했다.

"내, 내 살이. 부, 불에……."

아르탄은 해변에 무릎을 꿇고서 단단한 모래에 그녀를 눕혔다.

"그, 그만. 나, 나는 못……."

"네가 멍청하다는 게 아니야!"

외마디 소리를 지른 아르탄은 말없이 그녀의 복부 주위로 검게 그을린 리넨 천을 벗겨냈다. 이번에는 셰에라자드의 입에서 비명이 흘러나왔다.

"아, 좀 조용히 해!"

아르탄은 고통스러운 표정으로 귀걸이를 잡아당겼다.

"조용히 누워있으면 내가 고칠게. 진짜로 고쳐준다니까."

그 말은 믿을 수가 없었지만, 그 얼굴을 보자 묘하게도 믿음이 갔다. 턱은 힘이 들어가 움직임이 없었고, 입술 아래 난 사선 모양의 흉터가 새하얗게 보였다. 아르탄은 양손을 셰에라자드의 어깨에 대고 몸을 흔들지 못하게 꽉 잡았다. 순간 셰에라자드의 온몸에 충격이 확 밀려들었다.

아르탄의 짙은 동공이 마치 잉크 방울 퍼지듯 커졌다. 어깨를 잡았던 손이 이제는 아래로 내려가 배 위를 맴돌았다.

그의 손끝에서 흔들리는 빛이 피어올랐다.

그 빛은 따스하지 않았다.

무언가 사납고 차가운 것이 셰에라자드의 중심을 잡아당겼다. 피부를 잡아당기는 힘이었다. 마치 주변의 공기가 살아서 따끔거리는 듯, 등줄기를 타고 부르르 떨림이 느껴졌다.

잉크처럼 번진 아르탄의 눈동자 색이 변하기 시작했다. 마치 폭풍우 치는 밤처럼 회색으로 밝게 변했다.

그는 고통스러운 비명을 삼키더니 풀썩 쓰러지고 말았다.

정신을 차린 셰에라자드는 일어나 앉아 자신의 배를 바라보았다. 빨갛게 부푼 자국이 흉하게 남았다. 하지만 예상했던 화상 자국은 아니었다. 느껴지는 고통도 며칠 전 뜨거운 태양 빛에 탔을 때보다 크지 않았다.

잠시 후, 그녀는 어떻게 된 일인지 깨달았다.

아르탄 테무진의 드러난 복부에, 바로 셰에라자드가 화염구를 맞은 자리와 똑같은 곳에, 그녀처럼 화상 자국이 생겼기 때문이다.

그런데 아르탄의 복부 상처는 훨씬 더 심했다.

물집이 잡히고, 화염구 모양을 따라 그을은 자국이 생겼다.

원래 셰에라자드가 입었어야 할 상처였다.

어떻게 한 건지 모르겠지만, 아르탄 테무진은 그녀가 입은 심한 화상을 본인의 피부로 옮겼다.

"너 말이야, 이렇게까지 할 필요는 없었어."

입술에 소금기 어린 머리카락을 머금은 채 셰에라자드가 말을 툭 던졌다.

이런 상황에서 참으로 어이없는 말이었다. 당연히 이럴 필요는 없었으니까. 그렇지만 어쩐지 말해야 할 것 같았다. 아르탄은 한쪽 입가를 낫처럼 구부리며 웃었다.

"고맙다는 말은 됐어."

"그래도 고마워."

셰에라자드는 여전히 어쩔 줄 모른 채로 말했다.

잠시 어색한 침묵이 흐른 후, 갑자기 아르탄이 몸을 부르르 떨면서 모래로 쓰러졌다.

"우린 언제나 일을 거꾸로 진행하는 것 같네. 안 그래?"

"그런 것 같아."

그는 힘겹게 가슴을 들썩이더니, 셰에라자드의 배와 자신의 배를 번갈아 가리키며 말했다.

"이거, 안 되네."

"그래. 안 돼."

그녀는 팔꿈치로 몸을 기대며 우울한 표정을 지었다.

"참 안타깝네."

아르탄은 해변에 길게 누운 채로 멍하니 생각에 잠겼다가 이렇게 덧붙였다.

"우리 고모가 널 산 채로 잡아먹을 텐데."

셰에라자드가 머뭇거리며 물었다.

"넌, 그러니까 어째서 너희 고모가 날 산 채로 잡아먹을 거라고 생각해?"

네가 날 도우려는 진짜 의도가 뭐지, 아르탄 테무진?

잠시 하늘의 별을 빤히 바라보던 아르탄은 시선을 돌리지 않은 채 마침내 입을 열었다.

"'달을 잡은 소녀'라는 이야기 알아?"

"당연하지. 어린아이라면 누구나 한 번쯤 들어본 적 있을걸."

"네가 들은 대로 이야기해 봐."

"아니, 왜……."

아르탄은 물집이 잡힌 배를 가리키며 말했다.

"그냥 해달라는 대로 해줘. 이번 한 번만."

셰에라자드는 눈썹을 지그시 모았다.

"알았어. 이번 한 번만이야."

그리고 밤하늘을 바라보며 이야기를 시작했다.

"옛날 옛적, 석탑에 한 소녀가 살고 있었습니다. 소녀는 백룡들에게 둘러싸여 지냈는데, 용들은 소녀의 명령이라면 뭐든 다 들어주었습니다. 소녀가 달콤한 꿀을 바른 페이스트리가 먹고 싶으면 백룡들에게 말만 하면 되었지요. 자고 싶다고 하면, 용들은 날갯짓으로 하늘을 돌려 밤을 만들어 주었습니다. 소리 한 번만 지르면 해가 뜨는 낮에서 달이 뜨는 밤으로 변했습니다. 사실 소녀는 아무것도 필요 없었지만 그래도 계속 무언가를 갖고 싶어 했습니다. 요구는 점점 더 많아져서 뭐든 다 말하게 될 지경이었죠. 하지만 무엇보다도 소녀는 강해지고 싶었습니다. 소녀가 보기에 용들은 이 세상 그 무엇보다도 강력한 힘을 갖고 있었습니다. 자신의 소원을 다 들어줄 능력이 있었으니까요."

아르탄은 숨을 들이쉬더니 잠시 참았다. 그의 이상한 행동에 세에라자드는 더욱 어리둥절해진 나머지 이야기를 멈췄다. 하지만 아르탄이 다시 곁눈질하자, 그녀는 말을 이었다.

"어느 날 밤, 용 한 마리가 소녀가 갖고 싶다고 했던 먼 나라의 굵은 금목걸이를 가져다주었습니다. 그런데 목걸이를 쌌던 비단 포장지에서 이상한 향기가 났습니다. 향기를 맡은 소녀는 이제 강력한 힘을 갖지 않으면 못 살 것 같다는 마음을 먹었습니다. 힘을 꼭 가져야 한다는 생각이 들었던 겁니다. 그래서 용에게 자기를 마법의 근원으로 데려다달라고 부탁했습니다. 용은 뿔 돋은 얼굴에 괴로움을 한껏 드러내며 보름달을 바라보았습니다. 하지만 소녀는 아랑곳하지 않았지요. 계속해서 용에게 저 달로 데려다달라고, 그래서 그 힘을 조종할 수 있게 해달라고 고집을 부렸습니다. 그래서 용은 소녀를 데리고 달로 날아갔습니다. 가는 길에 한 무리의 별을 모은 소녀는 별들로 밧줄을 만들었습니다. 그리고 용이 고함을 지르며 마지막 경고를 날렸는데도 밤에 울리는 종소리처럼 웃으면서 별로 만든 올가미를 달에게 던졌습니다."

세에라자드는 이야기를 멈추고 아르탄을 슬쩍 보았다.

"하지만 힘을 지닌 것들이 대개 그렇듯, 달은 누군가에게 얽매이기를 거부했습니다."

그 말에 아르탄은 미소를 지었다. 하지만 즐거워하는 기색은 아니었다. 오히려 훨씬 어둡고 깊은 사연이 담긴 미소였다.

"달은 하늘 위로 미끄러지듯 움직이기 시작했습니다. 결국 소녀는 용의 등에서 떨어져서 별의 밧줄에 매달린 채로 끌려가기 시작했지요. 소녀는 마구 소리 지르면서 달에게 자신의 소원을 들어달라고, 아니면 풀어라도 달라고 부탁했습니다. 그러자 싸늘한 바람처럼 달의 대답이 그녀의 피부를 스쳤습니다. '강해지고 싶어? 그러면 너를 내 그림자로 만들어 줄게. 잃어버린 별들을 호령하는 달이 되는 거야. 하지만 그런 존재가 되려면 대가를 치러야 해.' 그러자 소녀는 주저하지 않고 온몸을 떨면서 웃었습니다. '나는 어떤 대가라도 상관없이 치를 거야. 이 세상에 있는 내 모든 소유를 가져가렴. 일단 내가 큰 힘을 갖게 되면 그런 건 다 필요 없을 테니까.' 잠시 후 달의 대답이 첫눈보다 차갑게 밤공기 사이로 흩날렸습니다. '좋아, 아가씨. 나도 오래전부터 진정한 동반자를 갖고 싶었거든.' 이윽고 별 먼지의 소용돌이가 일면서, 달은 소녀의 빛을 모두 빼앗고 그녀를 자신의 그림자로 만들었습니다. 그래서 소녀는 항상 달에게 묶여있게 되었지요. 이 그림자 달은 초승달이라고도 하는데, 1년에 불과 며칠 밤사이에만 힘을 쓸 수 있었습니다. 하지만 그 힘도 달에게 묶여버린 상황을 벗어날 만큼 강력하지는 못했습니다."

아르탄이 조용히 말했다.

"그래서 우리 눈에는 달이 사라지는 것처럼 보이는 거야. 그림자가 드리워지고, 월식이 일어나는 것도 그 때문이지."

셰에라자드는 고개를 한번 끄덕였다.

"언제나 진짜 달을 쫓아가니까."

이윽고 둘은 말을 잃었다. 저 멀리서 파도 부딪치는 소리만이 들려올 뿐이었다.

"작은 도요새야, 너는 여기 왜 온 거야? 정말 아버지 때문에 온 거 맞아?"

아르탄이 입을 열자 그녀는 빠르게 대답했다.

"그래."

"다른 이유는 없고?"

셰에라자드는 망설였다. 물론 여기엔 아버지를 위해서 온 거다. 하지만 다른 이유도 있었다. 비밀에 부친, 말할 수 없는 이유가.

"그건 왜 물어보는데?"

아르탄은 그녀에게 고개를 돌렸다.

"그야 다른 이유가 있다는 걸 아니까. 너는 황폐해진 도시의 왕비잖아. 너희 왕국에선 곧 전쟁이 일어날 테고. 너의 왕은 괴물이고."

셰에라자드는 아무 말도 하지 않았다. 다만 손가락을 배의 맨살에 대고 상처를 조심스럽게 쓸어내렸을 뿐이다. 손길이 닿은 살갗은 뜨거웠다. 그러자 마음속에 조금 전의 장면이 떠올랐다. 아르탄 테무진의 얼굴이 가식을 모두 벗어던졌던 그 순간이.

진심으로 후회하는 기색, 그에게 더 풍부한 감정이 있다는 증거가 너무나도 생생했다.

'그에게 신뢰란 흥미로운 주제입니다. 그는 자기를 먼저 신뢰하는 자에게만 신뢰를 보이기 때문이죠.'

어쩌면 지금이 이 남자애를 조금 신뢰해야 할 때인지도 모른다.

"할리드는…… 괴물이 아니야. 절대 아니야."

따스한 기억을 떠올린 셰에라자드의 심장이 잠시 두근거렸다. 아르탄은 그녀를 더욱 빤히 쳐다보았다.

"정말? 괴물이 아니라면 뭔데?"

그녀는 눈을 가늘게 떴다.

"왜 이토록 궁금해하는 거야? 너는 왜 나를 도와주려고 하는 거야, 아르탄 테무진?"

아르탄은 잠시 뜸을 들이다가 대답했다.

"아까 말했던 소녀 있잖아. 그거 우리 가족 이야기야."

"뭐라고?"

셰에라자드는 충격받은 기색을 애써 감추며 그를 바라보았다.

"오해하지는 마. 네가 한 이야기엔 우스운 면이 있어. 시간이 지나면서 아주 많이 각색되었지. 하지만 이야기의 핵심은 진실이야. 우리 조상님 중 한 분이 강력한 빛의 도구를 훔쳐서 누구의 소원이든 들어줄 만한 신적인 존재가 되었어. 하지만 우리 조상에게 힘을 내린 존재는 그 대가로 그분을 가둬버렸어. 영원히 자기 몸에 묶어버린 거야. 그래서 조상님은 검에 갇힌 강력한 지니가 되었지."

아르탄의 얼굴에 씁쓸한 기색과 태평한 분위기가 동시에 떠올랐다. 그 순간 셰에라자드는 믿을 수가 없었다.

"아니……."

"내가 왜 너를 도우려는 건지 알고 싶다면서. 주된 이유는 무사 아저씨가 부탁했기 때문이지. 그리고 나는 우리 조상이 저지른 바보 같은 짓에 얽매여 있는 사람이라 그래. 나도 조상님처럼 어딘가에 갇혀서 소원을 들어주는 존재가 된 거라고. 무사 아저씨는 오랫동안 나를 안전하게 지켜줬어. 나를 노예로 삼으려는 자들에게서 보호해 줬다고. 나를 은혜도 모르는 꼬맹이 소녀에게 금목걸이를 갖다 바치기나 하는 용처럼 잡아두고 이용하려는 사람에게서 말이야."

그는 씁쓸하게 웃었다.

"무사 사라고사는 우리 가족에게 내려진 저주로부터 나를 지켜 줘. 나랑 파리사, 마스루를 비롯한 여러 사람을 몰래 숨겨주고 우리가 힘을 제어하는 법을 가르쳐 주지. 이곳 불의 사원에서 우리를 다 지켜주는 거야. 능력을 써달라는 부탁을 받을 때도 있지만, 선택은 언제나 우리에게 달렸지. 이곳에 있으면 우리는 절대로 마법의 노예가 되지 않아."

"하지만 어째서 무사-에펜디가 너를 가족에게서 보호해야 하는데?"

"우리 가족은 달을 잡은 소녀만큼이나 힘을 갖지 못해 안달이 나있거든. 다들 이상한 마법에 물든 괴물이라고. 고모는 우리 가족을 산성(山城)에 두고 지켜줘. 그런데……."

아르탄은 말을 멈추고 얼굴을 찌푸렸다.

"고모는 전에 실수를 저지른 적이 있어. 우리 부모님은 고모의 오만함 때문에 희생양이 되어버렸지. 부모님은 가족 간의 유대를 끊을 방법을 찾아서 산성을 떠났어. 그리고 부모님이 세상에 누설한 마법은 끔찍한 결과를 낳았지. 그래서 고모는 내가 옆에 있으면서 시키는 대로 하기를 바라고 있어. 고분고분 말을 듣기를 바라지. 그래서 난 도망쳤어."

아르탄은 셰에라자드를 유심히 바라보며 말했다.

"고모가 날 통제하는 것도 노예를 부리는 거나 다름없다고 생각해."

셰에라자드도 아르탄을 가만히 바라보면서 다음엔 무슨 질문을 할지 곰곰이 생각했다.

"네 고모는…… 아주 강력하신 분인가 봐?"

그는 피식 웃었다.

"고모는 트림 한 번으로 이 사원을 온통 불태울 수 있어. 그리고 배에서 작게 꼬르륵 소리만 내도 호라산의 촛불이란 촛불엔 죄다 불을 붙일 수 있고."

"장난치지 마."

아르탄은 장난기 없이 웃었다.

"그만큼 강하다는 말이야. 그리고 너처럼 유머감각이 전혀 없지."

셰에라자드는 다시금 잠시 침묵에 잠겼다. 생각이 어지러워지는 만큼 파도 부딪치는 소리도 점점 커졌다. 그녀는 입술을 깨물었다.

"고모님이 아픈 사람을 치료하실 수도 있니? 저주를 깰 만큼 강하셔?"

아르탄은 그녀를 슬쩍 바라보았다. 웃음기는 여전히 싹 사라진 채였다.

"아하. 그런 상황이군. 혹시 너 저주받았어?"

셰에라자드는 눈을 감고 고개를 저었다.

"음, 일단 고모가 저주받은 사람과 이야기를 해봐야 할 거야. 그리고 어떤 마법을 쓴 건지 알아봐야겠지."

아르탄의 대답에 그녀는 속삭여 물었다.

"만약 어떤 마법을 썼는지 모르면?"

아르탄은 두 손을 목 뒤에 대고 깍지를 꼈다. 그러고는 잠시 후 조용히 대답했다.

"넌 그 사람을 데려와야 해, 셰에라자드. 네 왕 말이야. 고모가 도와주기를 바란다면 그 남자가 직접 이야기해야 해."

순간 덜컥 겁이 났다. 아르탄의 도움을 받으려는 마음이었지만, 그래서 어쩔 수 없이 그에게 비밀을 알려주게 되었지만, 그래도 알려준 비밀을 큰 소리로 말하는 걸 듣자 마음이 심란해졌다.

"가끔 너는 미워하려야 미워할 수가 없어."

셰에라자드가 중얼거렸다.

"응, 내가 좀 그래."

아르탄은 여전히 하늘의 별을 바라보며 씩 웃었다.

두 사람은 말없이도 편안함을 느끼며 밤하늘을 계속 바라보았다. 얼마나 그러고 있었을까, 모래밭 가까이에서 발소리가 사르륵 울렸다.

"셰에라자드-잔."

어둠 속으로 무사의 굵은 목소리가 울렸다. 셰에라자드는 벌떡 일어섰다. 허리께에 난 화상 자국에서 찌릿한 고통이 느껴졌다.

"네?"

무사가 망토 자락에 손을 대며 말했다.

"잠시 이야기할 수 있겠습니까? 줄 것이 있습니다."

그의 손안에는 손바닥 반만 한 네모꼴 옥이 있었다. 둥그런 검은 가죽끈에 매여있는 옥 목걸이였다. 연마한 녹색 보석의 표면에 복잡한 문양이 보였다.

"지난번에 말했던 부적입니다."

무사는 조용히 말했다.

'할리드의 불면증을 퇴치해 줄 부적이구나.'

"이게 얼마나 잘 들을지는 모르겠습니다. 다시 말하지만, 효과는 잠시뿐일 가능성이 크지요. 하지만 조금이나마 도움이 될 거라고 생각합니다."

무사가 중얼거렸다. 아르탄은 그 말을 듣고 크게 하품했다. 셰에라자드는 그를 노려본 다음 앞에 선 커다란 무사를 바라보았다. 희끗희끗한 기미가 보이는 무사의 짙은 눈썹은 걱정으로 지그시 찌푸려져 있었다.

"고맙습니다, 무사-에펜디. 제가 바랐던 것보다 훨씬 큰 선물이에요."

무사는 고개를 끄덕였다.

"할리드에게 전해주십시오. 그 옛날 제게 강력한 힘이 없어서 미안했다고 말입니다. 그를 혼자 두어 미안했다고도요. 하지만 만약 그에게 제가 필요하다면, 언제든 여기서 기다리고 있겠습니다."

그는 부적을 셰에라자드의 손에 쥐여준 다음 손끝을 이마에 대고 깊이 절했다.

엄지손가락이 옥에 새겨진 문양을 스치자, 가슴 주위에 부정할 수 없는 무게감이 자리 잡기 시작했다. 하지만 셰에라자드는 그 느낌을 애써 무시했다.

이것은 깨달음의 무게였다.

그리고 확실한 전율이었다.

'집에 가는 거야.'

전투 준비 명령을
내리는 생쥐

　　　　　　　새하얀 대리석 원반을 반으로 쪼갠 듯
한 달이 떴다. 저 멀리서 구름이 요동치며 우울한 기미를 보였다.

이르사의 속도 덩달아 요동치며 불안해졌다.

참 안타깝게도 그녀는 남 뒤를 밟는 덴 소질이 없었다. 아무리
잘 숨는다 해도 발끝이 언제나 떡하니 드러나는 것만 같았다.

반면에 스무 걸음 앞서있는 셰에라자드는 침착한 발걸음으로
그림자 사이를 잘도 오갔다. 이르사가 지금 짜증이 난 상황이 아
니었더라면 언니를 부러워했을 것이다.

하지만 지금은 너무 화가 났다.

이르사가 망토를 더욱 꼭 여민 그 순간……

발목이 그만 천막을 묶은 끈에 걸리고 말았다.

셰에라자드가 항상 하던 욕설을 어느새 배워 중얼거리면서 이
르사는 샌들을 벗고 어둠 속으로 눈을 가늘게 떴다.

언니는 벌써 사라지고 없었다.

순간, 이르사는 바로 뛰기 시작했다.

그러다 다음 천막 모퉁이를 돈 순간, 어둠 속에서 손이 불쑥 튀어나와 이르사의 손목을 홱 잡아챘다.

"왜 날 따라오는 거야?"

그것은 질문이자 비난이었다. 이르사는 숨을 삼켰다. 어둠 속에서 셰에라자드의 눈동자가 번뜩였다.

너무 놀라서 몸에 힘이 풀린 것도 잠시, 이르사의 온몸에서 맥박이 요동치기 시작했다. 너무 화가 나서 온몸이 뜨겁게 달아올랐다. 이르사는 셰에라자드에게 잡힌 팔을 확 빼냈다.

"어디 가는 거야?"

말끝마다 분노가 뚝뚝 떨어졌다. 셰에라자드는 놀라서 입을 벌렸다.

딱 봐도 셰에라자드는 이르사가 그녀에게 화낼 거라고는 전혀 예상하지 못한 듯했다. 하지만 셰에라자드는 이내 눈빛에 힘을 주었다.

"나, 내가 먼저 물어봤잖아."

"상관없어! 어디 가는지 말해. 테이무르 일을 겪어놓고도 아직도 모르겠어? 이런 식으로 혼자 사라지면 얼마나 위험한지 몰라? 대체 왜 이러는 거야. 난 모르겠……."

셰에라자드는 이르사에게 손을 내밀며 애원과 회유를 시작했다.

"이르사……."

"됐어! 쓸데없는 변명 같은 건 듣고 싶지 않아. 어디를 가는 건지, 왜 가는 건지 말해. 당장."

셰에라자드는 한숨을 쉬었다.

"하필이면 오늘 밤 나를 따라오니, 이르사-잔."

그녀는 아쉬운 표정으로 사막을 슬쩍 바라보더니 말을 이었다.

"한 번만 넘어가 주면 안 될까? 내일은 너를 꼭 데려갈게. 약속해."

"나, 난 언니 안 믿어."

이르사의 눈에 눈물이 고이기 시작했다. 눈물을 삼키자 너무 서러워졌다. 감수성이 왜 이리 예민할까.

"내가 왜 언니를 믿어야 해? 언니는 오늘 아빠를 보러 가지도 않았잖아. 한 번도. 오늘 오후에 아빠에게 죽을 먹여드렸을 때 아빠가 눈 뜨신 거 알아? 잠깐이었지만, 아빠는 그새 언니를 찾았단 말이야⋯⋯. 그런데 옆에 있지도 않고! 그래서 언니가 자는 동안 난 아빠한테 거짓말을 해야 했어. 어제도 그랬어. 그 전날도 그랬고."

"정말 미안해."

셰에라자드는 동생의 손을 잡고 꼭 쥐었다.

"언니 멋대로 행동하면서 어떻게 다른 이들한테만 언니를 기다리라고 할 수가 있어? 우리가 더는 잘할 수 있는 게 없다는 듯 행동하면 안 되잖아. 우리가 아무것도 못 한다는 식으로 굴면 어떡해."

이르사의 말에 셰에라자드는 아랫입술을 깨물었다.

"알아. 나도 이러려던 건 아니었어. 있잖아, 우리 이 얘기는 내일 하면 안 될까?"

셰에라자드는 또다시 사막 쪽을 바라보았다. 그러자 이르사의 속에서 또다시 원망이 치솟았다. 그녀의 눈시울이 뜨거워졌다. 이르사는 언니의 손을 뿌리쳤다.

"그래, 가. 어디든 맘대로 가버려. 어딘진 모르겠지만 지금 여기보다 더 중요한 곳일 테니 가버리란 말이야."

셰에라자드는 동생에게 다시 손을 내밀었다.

"약속할게. 내가 꼭……."

"됐어. 앞으로는 지킬 수 있는 약속만 해. 그리고 제발 몸조심해, 샤지. 부탁이야. 몸조심하라고."

셰에라자드는 잠시 멈칫하더니, 이내 얼굴을 굳히곤 앞에 보이는 어둠 속으로 슬그머니 사라졌다. 뒤도 한 번 돌아보지 않았다.

다시 진영으로 돌아오는 이르사의 발걸음은 천근만근 무겁기만 했다. 아무 생각 없이 그저 한 걸음씩 디디고 또 디딜 뿐. 모래 위에 질질 끌리는 발끝이 어지러운 자국을 남겼다. 그러다 정신을 차리고 고개를 들어보니, 도착한 곳은 그녀의 천막이 아니었다.

나 지금 뭐 하는 거야?

이르사가 선 곳은 라힘 알-딘 왈라드의 천막 앞이었다. 무심코 바보같이 여기에 와버리다니.

여기에 올 이유는 없는데.

하지만 이르사는 이내 마음을 먹고서 목을 가다듬었다.

"라힘?"

그녀의 목소리는 꼭 전투 준비 명령을 내리는 생쥐의 소리처럼 들렸다. 이르사는 어깨를 쭉 펴고 다시 목소리를 높였다.

"라힘."

아까보단 좀 낫네. 하지만 아무리 들어도 사자의 포효 같지는 않았다. 하지만 라힘의 천막 문이 열리면서 호리호리한 형체가 나오자, 그녀는 깜짝 놀라 휙 돌아서고 말았다.

"무슨 일이야?"

라힘이 잠기운이 그득한 눈을 비비며 물었다.

무슨 일이냐고?

그러게, 난 여기 왜 온 걸까?

이르사는 아무 생각 없이 불쑥 말했다.

"아이샤가 나한테 이야기를 들려줬어. 들어볼래?"

"뭐라고?"

라힘은 산발이 된 머리를 문지르며 어리둥절한 눈빛을 지었다.

"이르사, 농담하는 거지? 지금은 한밤중이잖아."

"알았어. 그럼 안 할게."

기껏 용기 냈건만, 다시금 겁쟁이 생쥐가 되고 말았다. 이제 남은 말은 잘 있으란 것뿐이다.

"아니, 잠깐만. 그래, 들려줘."

라힘이 이르사의 팔을 잡았다. 이르사는 라힘을 빤히 바라보았다. 잠기운이 그득한 눈꺼풀을 따라 진한 속눈썹이 촘촘히 난 얼굴이었다. 그런데 라힘이 언제부터 이렇게…… 키가 컸지?

"아이샤가 그러는데, 이 사막은 옛날에 바다였대."

이르사는 목소리를 가다듬은 다음 말을 이었다.

"아름다운 태양 빛 아래로 반짝이는 물이 가득한 바닷속에 온갖 종류의 물고기가 살면서 춤을 추었대. 그런데 어느 날, 어떤 작은 물고기가 불만을 품었대. 헤엄치는 게 지겨워져서 날고 싶은 마음이 들었던 거야. 그래서 물고기는 바다 마녀에게 찾아갔대. 바다 마녀는 물고기에게 저 먼 바다에 있는 하얀 꽃들을 모두 모아서 가져오라고 말했어. 그러면 그 꽃잎으로 물고기에게 날개를 만들어 주겠다고. 그래서 작은 물고기는 쐐기풀 그물에 하얀 꽃을 가득 채워서 바다 마녀에게 갖다줬어. 마녀가 주문을 걸자, 태양의 표면에 검은 그림자가 피어올랐대. 마치 영원한 밤이 닥친 것처럼 말이야. 바다는 말라버렸고, 아름다운 온갖 물고기들은 사라지기 시작했지. 하얀 꽃잎을 단 작은 물고기 한 마리만 남겨두고서. 마침내 태양이 다시 나타나자, 작은 물고기는 자기가 한 짓에 심한 죄책감을 느낀 나머지 타오르는 빛 속으로 날아가 버렸고, 하얀 날개는 산산이 조각나 버렸대. 그래서 사막을 지나 해안을 따라 걷다 보면 물고기가 날개를 얻으려고 벌인 짓의 결과가 널려있는 거야. 바로 아름답고 하얀 조개껍데기 말이야. 표면에 꽃무늬가 새겨져 있는 이유가 이거라고 했어."

이르사는 단숨에 이야기를 줄줄 읊었다. 라힘은 가만히 이야기를 들어주며 웃었다.

"나는 이야기를 재미있게 못 해."

이르사가 얼굴 위로 눈물을 주르르 흘리면서 힘없이 말했다.

라힘은 손을 뻗어 엄지로 눈물을 닦아주었다.

당황한 이르사는 한 걸음 물러섰다.

여기 오지 말 걸 그랬어.

그렇잖아?

순간, 희미한 바람이 불어오더니 그녀의 몸을 휙 감싸는 향기가 느껴졌다. 아마씨 기름 냄새랑…… 오렌지 향기인가?

라힘이 자기 전에 오렌지를 먹었나 봐. 정말…… 향기 좋네.

"무슨 일이 있었니, 이르사-잔?"

이르사는 조용히 대답했다.

"언니는 항상 나를 남겨두고 가버려. 다들 날 두고 떠나버려.
그런데 난 언니가 걱정돼. 하지만, 너무나 자주, 나는 혼자야."

라힘은 말없이 천막 앞에 앉더니 옆자리 모랫바닥을 두드렸다.

이르사는 그곳에 앉아 가슴에 무릎을 그러모았다.

라힘은 흔들림 없는 눈빛으로 그녀를 바라보았다.

"넌 이제 혼자가 아니야."

슬그머니 미소 지으며 이르사는 그의 어깨에 뺨을 기대었다.

이걸로 충분해.

완벽한
균형

저 지평선 위로 레이의 성문이 나타
날 때쯤 비가 내리기 시작했다. 휘몰아치는 굵은 빗방울이 셰에
라자드의 어깨에 투둑투둑 떨어지더니 이내 마법의 양탄자 위로
후두두 내리쳤다.

점점 짙어지는 구름 아래로 향하자 무시무시한 폭풍이 느껴졌
다. 바람결에 날아든 찝찔한 금속 내음이 그녀의 머리카락 끝에
마구 섞이면서……

그녀를 계속 앞으로 밀어댔다.

그 바람에 온몸의 피가 내내 솟구쳤다.

'할리드.'

셰에라자드가 성문 가까이 다가가자, 바람을 타고 둥실 떠오른
양탄자는 횃불 밝힌 흉벽을 지나 보초병 위를 홀쩍 넘어갔다.

잠든 도시는 기억 속 그대로인 것 같았지만……

사실은 아니었다.

호라산의 중심부는 마치 거대한 주먹을 맞고 박살 난 표면처럼 보였다. 도시의 다른 부분도 알아볼 수 없게 그을렸다. 아주 잠깐 도시를 돌아보았을 뿐인데도, 셰에라자드의 가슴에 허탈감이 감돌았다.

하지만 양탄자를 타고 아래로 내려가자 희망의 조짐이 보였다.

오래된 화강암에 이어 새로 다듬은 밝은 빛깔 화강암이 보였다. 갓 벌목한 나무에서 나는 수액 향이 풍기고, 잘 모아놓은 잔해들이 보였다. 어디선가 쓰레기를 태우는 냄새가 났다.

주변에 보이는 도시 풍경은 쓸쓸했다.

반쯤은 파괴된 모습이었다.

하지만 반쯤은 또다시 태어나고 있었다.

셰에라자드의 마음이 드높아졌다. 그녀는 허탈한 기색을 떨쳐냈다. 레이 사람들은 꼬리를 말고 도망치지 않았다.

할리드도 마찬가지고.

셰에라자드는 양탄자를 타고 높이 솟아올랐다. 그리고 여름의 첫 폭우를 맞으며, 반짝이는 화강암과 대리석으로 지은 부서진 궁전으로 향했다.

바로 자신이 집이라고 부르는 부서진 궁전으로.

문득 든 걱정으로 온몸이 떨려오면서 마음속에 온갖 질문이 떠올랐다.

'할리드는 나만큼이나 고집이 세잖아. 만약 아르탄과 그 가족을 믿어주지 않으면 어떡하지? 그래서 그들의 도움을 거절한다면? 그저 이 저주에 묶여서 살아가기로 체념했다면?'

이어서 더없이 이기적인 질문이 마음속에서 메아리쳤다. 절대로 생각하지 말자고 마음먹었던 질문이었다.

'레이를 떠난 내게 화를 내면 어떡하지? 한마디 말도 없이 자기를 떠났다고 말이야.'

굵은 빗방울이 점점 갈라지며 길고 가는 빗줄기로 변했다. 그러자 구름이 예고도 없이 우르릉 소리를 내면서 도시에 달콤한 은빛 물줄기를 퍼부었다. 돌 위로 떨어진 물방울이 지글지글 끓으며 대지 위로 뿌연 안개를 일으키고 바싹 마른 흙을 흠뻑 적셨다.

셰에라자드는 할리드의 알현실 발코니에 착륙했다.

귓가에 두근두근 울리는 맥박을 느끼며 그녀는 한동안 말없이 기다렸다. 따스한 여름 바람이 불어왔지만, 속에서는 온갖 감정이 북받친 나머지 몸이 덜덜 떨렸다.

할리드가 가까이 있어. 손 내밀면 닿을 곳에 있어.

그러나 셰에라자드는 앞에 펼쳐진 조각목 미닫이문을 스르륵 열 수가 없었다.

자신은 할리드를 두고 떠났으니까. 비록 그를 보호하기 위해서였지만, 둘이서 나눈 사랑을 지키기 위해서였지만, 그래도 할리드를 두고 떠난 건 사실이었다. 게다가 그의 의사도 묻지 않고 멋대로 내린 결정이었다.

하지만 할리드는 이제껏 묵묵히 자신의 의무를 수행했다. 레이의 상공을 날면서 그 점을 확실히 목격했다. 도시 재건 사업의 모든 면에서 그의 조직적인 계획성과 말없이 빛나는 지성이 드러났고, 논리적으로 설계한 흔적과 세세한 부분까지 치밀하게 신경쓴 모습이 보였다.

그의 존재감은 어디에나 있었다. 아무도 그 단순한 진실을 알아보지 못한다 해도, 셰에라자드는 알아보았다.

그런데 그녀는 재앙을 맞아 불타버린 도시에 그를 두고 떠나버린 것이다. 뒤돌아보지도 않고서. 사랑하는 남자가 손쓸 수도 없을 만큼 어려운 일을 혼자 감당하도록 남겨둔 채로.

할리드가 날 배신자라고 여기지는 않을까? 날 차갑게 비난하지는 않을까?

아니면 예전처럼 한결같은 눈빛으로 날 바라봐 줄까?

오로지 그녀 자신만이 받을 수 있었던 그 아름다운 눈빛으로?

이젠 온몸이 흠뻑 젖었다. 달콤한 향기가 어린 빗물에 젖은 머리카락에서 물이 뚝뚝 떨어졌다. 카미스가 온몸에 달라붙었고, 짙푸른 티카 띠는 샌들 신은 발치까지 늘어져 줄무늬 마노 바닥에 끌렸다.

대체 언제까지 발코니에 서서 두려움에 사로잡혀 있을 거야? 언제까지 시간을 낭비할 거야?

'이젠 머뭇거리지 말자.'

셰에라자드가 어깨를 쭉 펴고는 미닫이문으로 다가간 순간……

문이 저절로 열렸다.

그녀는 우뚝 발걸음을 멈추었다. 차마 고개를 들 수가 없었다.

문을 연 사람이 할리드라는 걸 알았으니까. 보지 않아도 느낄 수 있었다.

언제나 그랬고, 앞으로도 그럴 것이었다. 태양이 뜨는 것처럼 너무나 자연스러운 일이다.

무릎이 후들거렸다. 목덜미에서 냉기가 치솟더니 발끝까지 퍼졌다.

"셰에라자드?"

낮고도 담백한 목소리. 틀림없는 그였다. 셰에라자드가 고개를 들고 그와 눈을 마주친 순간, 주위의 모든 것이 녹아내렸다. 하늘에서 내리는 빗방울마저도 갑자기 정지한 것만 같았다.

시간이 잠시 멈춘 순간. 호박색 눈동자가 발코니 이쪽을 바라보고 있었다.

이제 더는 두렵지 않았다. 더는 걱정하지 않았다. 더는 아무런 마음의 비난도 없었다.

무릎도 떨림을 멈추었다. 가슴속 심장도 철렁이지 않았다.

이 완벽한 균형의 순간, 셰에라자드는 깨달았다. 어째서 이렇듯 평화로울까? 어째서 아무런 노력도 하지 않았는데 걱정이 사라졌을까?

그들은 온전한 존재의 반쪽으로 존재하는 한 쌍이었으니까. 할리드는 그녀에게 속한 존재가 아니었다. 셰에라자드도 그에게 속한 존재가 아니었다. 서로는 상대방에게 종속되는 관계가 전혀 아니었다.

다만, 서로가 합쳐져 온전한 하나를 이루는 존재였다.

셰에라자드는 고개를 높이 들고 그에게 다가갔다. 할리드는 눈을 깜빡이지도 않았다.

"샤지."

"그래요."

그녀는 맑고 강한 목소리로 대답했다. 그녀의 마음도 꼭 그랬다.

할리드의 눈이 아주 살짝 가늘어졌다. 마치 믿을 수가 없다고, 경계심을 드러내는 것처럼. 그녀가 왔다는 진실을 받아들일 자격이 없다는 것처럼. 너무나 마음 아프리만큼 익숙하게 보던 모습이라, 셰에라자드는 그의 품에 온몸을 던지고 싶었다.

하지만 지금 그녀는 흠뻑 젖었다. 반면에 할리드는 언제나처럼 단정한 자태였다. 검은 머리카락은 흠잡을 데 없이 깔끔했다. 날카로운 얼굴선을 보면 하늘을 나는 매가 떠올랐다. 무시무시하면서도 냉정하리만큼 초연한 기세는 그가 원한다면 누구든 한눈에 파악할 것만 같았다. 노련한 무사의 군살 없는 몸집 위로 섬세한 리넨 자락을 걸치고 있었다.

그의 눈이 녹아내린 금처럼 반짝였다. 소리 내 말하지 않아도, 그 눈빛은 모든 것을 이야기해 주었다.

셰에라자드는 젖어버린 곱슬머리를 한쪽으로 걷다가 그의 발치에 물방울을 튀겼다. 그녀가 콧등을 찡그리며 사과했다.

"미안해요! 이건…….''

그 순간, 할리드의 손이 그녀의 머리카락을 파고들더니 그녀를 품에 끌어안았다. 그의 가슴에 뺨이 닿자, 크고도 진실하게 울려대는 심장의 고동이 느껴졌다. 움직임이 멈춰버린 듯한 공간 속에서, 유일하게 시간의 움직임을 알려주는 그의 심장 소리.

셰에라자드는 급히 숨을 들이켰다. 이 향기를 더 깊이 마시고 싶어서, 그의 향기로 숨을 쉬고 싶어서. 백단유와 햇살의 향기. 그녀의 손가락이 남자의 피부를 어루만지며 둘만의 추억을 만들었다. 최고의 검객의 손. 더없이 사랑하는 이의 입술. 왕의 심장.

"할리드.''

포옹의 순간이 지나자, 셰에라자드는 할리드가 조심스레 그녀와 거리를 두는 모습을 바라보았다.

그 모습에 너무 속상했지만, 이유는 알 수 있었다.

이건 그녀를 벌주려는 행동이 아니라 오히려 보호하려는 행동이었다. 할리드를 잘 알기에, 셰에라자드는 이해할 수 있었다. 그리고 그녀가 왜 돌아왔는지도 아직 밝히지 않았으니까.

어서 말하는 게 훨씬 중요한 일이겠지.

일단은 말이야.

할리드는 셰에라자드의 이야기를 들었다. 물론 마법의 양탄자 이야기를 하자 엄숙한 눈썹을 이마 위로 한껏 치켜뜨기는 했지만. 그녀는 이어서 자신이 가진 새롭고 신비한 능력에 관해 설명하며 아직은 완벽하게 제어할 수 없다고도 말했다. 하지만 할리드는 초반에 눈썹을 치켜뜬 걸 제외하고는 이 문제에 더는 의사를 표명하지 않았다.

대신 그녀에게 갈아입을 옷을 주었다. 그리고 정말로 짜증 나게도, 셰에라자드가 흠뻑 젖은 옷을 벗는 동안 돌아서 있었다.

순간, 셰에라자드는 되바라진 발언이 튀어나오려는 걸 애써 삼켰다.

그래도 그렇지, 우리는 **결혼한** 사이잖아.

아아, 하지만 왜 저러는지도 이해가 갔다.

이번에는 스스로를 보호하려는 것이었다.

마음 같아서는 할리드에게 마구 심한 말을 해대고 싶었지만, 셰에라자드는 곧바로 본론으로 들어가지는 않기로 마음먹은 다음 잠자코 그가 준 헐렁한 리넨 카미스를 입고…… 다른 건 입지 않았다. 서월 바지는 너무 컸으니까. 둘 다 남자 옷이라, 카미스만 입어도 끝단이 무릎 가까이 내려올 정도였다.

지나치게 정숙한 차림새가 되었군.

일단은 말이야.

셰에라자드는 어느새 별로 정숙하지 못한 미소를 짓고 있었다.

다시 돌아선 할리드가 한 번 더 눈썹을 치켜뜨더니 이내 길고 낮은 한숨을 내쉬었다.

"뭐 잘못됐나요?"

셰에라자드가 천진난만한 목소리로 물었다. 물론 표정은 전혀 그렇지 않았지만. 그녀는 할리드의 침대 끝에 다리를 한쪽으로 내밀고 앉았다.

"**잘못**이랄 건 없지."

그가 무뚝뚝하게 받아쳤지만 그 어조에는 웃음기가 배었다.

할리드는 별로 밝지 않은 방 안을 성큼성큼 걸었다. 그의 움직임은 연기 속에서 아른거리는 그림자처럼 흐릿하게 보였다. 셰에라자드는 그 모습을 바라보다가, 자신의 눈빛이 마치 먹잇감을 살그머니 따라가는 포식자 같다는 걸 깨달았다.

그는 흑단 책상 뒤에서 긴 안락의자를 꺼내 침대 앞으로 가져왔다. 그리고 둘 사이에 거리를 분명히 둔 채로 의자에 앉았다.

셰에라자드는 그 거리가 무엇을 의미하는지 간과하지 않았다. 그래서 떨어져 앉은 할리드에게 눈살을 찌푸렸다.

"너무 멀리 떨어져 있는 것 아닌가요?"

"굳이 따지자면, 아니야. 내가 보기엔 전혀 멀지 않다."

할리드는 의자에 기대앉아 눈빛을 번뜩였다. 이쪽을 주시하는 눈빛에는 흔들림이 없었다.

틀렸다. 셰에라자드는 포식자가 아니었다. 상황이 바뀌었다.

'뭐, 그렇다면야.'

셰에라자드는 당황한 채로 일어서려 했다.

"정말이지, 나는…….''

그 순간, 할리드가 손을 들어 그녀를 저지했다.

"샤지. 이러면 안 돼…… 그대는…… 여기 있으면 안 돼."

할리드가 이토록 힘겹게 말을 잇는 모습을 보인 건 처음이었다.

"나, 난 곧 갈 거예요."

할리드는 상아색 비단에 몸을 털썩 기댔다. 그리고 고개를 끄덕였다. 셰에라자드는 도도한 기세로 턱을 치켜들고 말했다.

"하지만 온 마음을 다해 여기 있고 싶어요. 결국 이곳에서 살 마음이라고요. 솔직히 말하면, 여기서 그냥 살기만 하는 게 아니라, 아주 보란 듯이 잘 살 거예요. 일단 우리가 저주를 풀면 말이죠."

그녀의 선언이 거대한 방을 낭랑하게 울렸다. 사방을 둘러싼 벽들이 이쪽에 맞서 벌떡 일어서는 것 같았지만, 그녀는 당당하게 저항했다.

천장에 달린 격자무늬 등불의 희미한 빛 아래에서도, 할리드의 얼굴이 누그러지는 모습을 셰에라자드는 똑똑히 보았다.

"내가 이 저주를 풀 방법이 있다고 생각했다면…….''

그녀가 말을 가로막았다.

"있을지도 몰라요. 하지만 그전에 나를 믿어줘야 해요. 그리고 내가 지금부터 하는 말에 화내지 않겠다고 약속해 줘요."

"나는 그대를 믿는다."

"하지만 화는 낼 건가요?"

그는 아무 말 없었다. 다만 눈꼬리가 아주 살짝 움츠러들었을 뿐이다.

선택지를 저울질하고 있는 게 분명하다. 아니면 전략을 짜고 있든지.

'이런 점은 절대로 변하지 않는다니까.'

셰에라자드가 비난 어린 말을 던졌다.

"당신은 가증스러운 면이 있어요. 알아두세요."

그러자 할리드의 입가에 미소가 슬쩍 스쳐갔다.

"그대도 마찬가지다, 나의 왕비여."

그녀는 피식 웃었다.

"지금 내 단점이 뭔지 논하자는 게 아니잖아요. 어쨌든, 내가 말을 마칠 때까지 화내지 않겠다고 약속해 줘요. 네?"

다시금 그는 아무 말도 하지 않았다.

"할리드?"

그는 알겠다는 뜻으로 고개를 한번 끄덕였다.

"불의 사원에 가서 무사 사라고사를 만났어요."

그러자 할리드는 몸을 굳혔다. 셰에라자드는 이미 그가 이의를 제기하리라는 걸 알아보고 말이 나오기 전에 선수를 쳤다.

"당신이 어머니 일 때문에 그 사람에게 원한을 품었다는 거, 알아요. 그 사람은…… 어머니를 도와주지 못했죠. 하지만 지금은 돕고 싶어 해요. 그리고 나에게 들키지 않고 이곳을 여행할 수 있는 온갖 지식과 수단을 준 사람이에요."

"그대를 도와준 점은 감사하는 바다, 셰에라자드. 아주 많이."

하지만 그 목소리에는 별로 고마운 기색이 없었다. 그녀의 이름을 말할 때의 숨결을 제외하면, 나머지 말은 그저 기계적으로 암기한 것 같았다. 그만큼 냉정하고 형식적이었다.

그가 무사를 용서하지 않을 마음이라는 걸 알고 실망한 셰에라자드는 그에게 시들한 시선을 던졌다. 할리드는 그녀와 눈빛을 마주쳤다. 양쪽 다 한 치도 물러서지 않는 이글거림이었다.

결국, 먼저 패배한 쪽은 할리드였다. 그는 한숨을 쉬면서 그녀에게 계속 말해보라는 기색을 비쳤다.

"무사의 제자 중 하나가 불의 사원에 머물고 있어요. 그의 친척 중에 강력한 마법사가 있어요. 어쩌면 그 마법사가 저주를 풀 방법을 알려줄 수도 있어요."

이 말을 들은 할리드는 즉각 반응했다. 그의 태도에는 흔들림이 없었다.

"그런 종류의 마법에는 대가가 따른다. 나는 그 대가를 치를 의향이 없어."

셰에라자드는 젖은 머리카락을 한쪽 어깨 위에 늘어뜨린 채로 앉아 애원했다.

"제발요. 최소한 나랑 같이 가서 그 대가가 뭔지 알아볼 수는 있잖아요."

"싫다."

그의 선언은 단호했고 더는 타협의 여지가 없었다. 하지만 셰에라자드 역시 물러서지 않았다.

"할리드……."

"나는 그들이 누군지 모른다. 그러므로 믿을 수가 없어."

"날 믿는다고 했잖아요."

"그대는 절대적으로 믿는다. 하지만 무사 사라고사나 그의 제자를 내 목숨을 다해 신뢰하는 건 무책임한 짓이다. 게다가 그대의 목숨까지 달려있으니, 더더욱 신뢰할 수 없어."

할리드는 딱 잘라 말했다. 그러자 셰에라자드는 줄무늬 마노 바닥에 맨발을 디디고 벌떡 일어섰다.

"고집 좀 부리지 말아요! 내가 당신에게 빌게 하지 말라고요. 빌라 해도 안 빌 테니까. 난 막 화를 내면서 울 거예요. 이제껏 나는 원하는 걸 얻어내려고 마구 우는 사람을 속으로 경멸했거든요? 하지만 당신이 억지로 울게 만드니까, 얼마든지 울겠어요. 할리드 이븐 알-라시드! 그리고 난 아주 **예쁘게** 운다고요."

그녀는 팔짱을 끼고 입술을 뽀로통히 오므렸다. 그러자 할리드의 입가가 실룩였다.

"그대는 울 때 별로 예쁘지 않아."

"거짓말!"

"거짓말이 아니다. 나는 좀처럼 거짓말을 하지 않아."

그는 셰에라자드를 가만히 바라보았다. 오래전부터 그녀는 과연 저 말이 사실일까 의심해 왔다. 이제는 할리드를 더욱 압박하지 않을 수가 없었다.

"나한테 거짓말한 적이 한 번도 없나요?"

그는 잠시 주춤하다가 대답했다.

"한 번 있었지."

그녀는 가녀린 눈썹 한쪽을 휙 치켜올렸다.

"그래요? 그게 언제였는데요?"

"시장에서였다. 내가 마지막으로 꾼 꿈이 무엇인지 기억하느냐고 그대가 물었을 때. 난 기억나지 않는다고 말했지."

"그럼 뭔지 기억나요?"

할리드는 고개를 끄덕였다.

셰에라자드는 고집스레 물어보지 않는 편이 낫지 않을까 걱정하면서 조심스럽게 숨을 내쉬었다.

"그럼 무슨 꿈이었는지 말해줄 수 있어요?"

할리드가 그녀를 슬쩍 바라보며 대답했다.

"그때는 단순히 꿈이 아니라 거듭되는 악몽이었다. 내 방에서 어떤 여자를 곁에 두고 자는 꿈이었지. 여자의 얼굴은 기억나지 않는다. 사실 아무것도 기억나지 않아. 그저 내 느낌만 기억날 뿐이야."

"어떤 느낌이었는데요?"

"마치 평화를 찾은 느낌이었다."

그의 눈빛이 훨씬 강렬해졌다. 그 눈빛은 더욱 집중하고 있었다.

"아아."

셰에라자드는 고개를 돌리고 그에게서 빌려 입은 카미스 소매를 만지작거리며 붉어진 뺨을 가렸다.

'그날 밤 시장에서 할리드는 거짓말을 했구나. 그 꿈속의 여자가 나라고 생각하고.'

"내가 그 꿈을 마지막으로 꾸었던 건 그대가 궁전에 오기 전날 밤이었다. 갑자기 잠에서 깨어서…… 존재하지 않는 걸 찾았던 바람에 기억하고 있었지."

그의 두 눈이 깊은 생각에 잠긴 듯 석고 벽을 하릴없이 바라보았다.

익숙한 황무지에서 길을 잃은 그 표정. 셰에라자드는 그 황무지를 다시는 보지 않기를 바랐다. 그녀는 단호한 발걸음으로 할리드에게 다가갔다.

"당신이 찾는 평화가 여기 있어요. 싸워서 얻어내요. 내가 같이 싸워줄게요. 그걸 위해서라면 뭐든지 하겠어요."

셰에라자드는 이렇게 속삭이며 두 손으로 소맷자락을 꾹 쥐었다.

"사막에 머무는 동안 나는 매일 잠에서 깨어 하루하루 살았어요. 하지만 그건 사는 게 아니었어요. 그저 죽지 못해 목숨을 이어갈 뿐이었죠. 난 살고 싶어요. 내가 살아야 할 곳은 **당신** 곁이고."

할리드는 그녀를 빤히 올려다보았다. 얼굴에는 알 수 없는 표정을 드리운 채…….

그의 눈빛 때문에 셰에라자드의 심장이 마구 쿵쿵대고 말았다. 그녀는 어설픈 미소를 지어 보였다.

"말없이 내 말을 들어주는 당신 모습이 그리웠어요. 당신처럼 내 말을 들어주는 사람은 아무도 없거든요."

그의 표정이 의아하게 변하자 셰에라자드는 설명해 주었다.

"언제 자기 말을 할까 기다리면서 건성으로 듣는 게 아니라는 뜻이에요. 당신은 정말로 내 말에 귀를 기울여요."

"그대에게만 그런 것이다."

할리드가 부드럽게 대답했다.

그 순간, 셰에라자드는 그에게 손을 내밀었다. 다가간 손길은 마치 허락을 구하듯 그의 이마 앞에서 바로 멈추었다. 할리드는 고개를 숙였고, 그녀의 손가락은 비단결 같은 그의 검은 머리카락을 쓸었다. 그는 셰에라자드의 무릎에 손을 뻗어 그녀를 가까이 끌어당겼다.

"나와 같이 싸워요."

그녀가 말했지만 할리드는 침묵했다. 셰에라자드는 그의 검은 머리카락을 뒤로 당겨 자신을 마주 보게 했다.

"난 사랑하는 이들을 곁에 두고 살고 싶어요. 안전하고 행복하게요. 당신이 바라는 건 뭔가요?"

"살고 싶다…… 열렬하게."

"그것 말고는요?"

"매 순간의 숨결을 맛보며 살고 싶다."

할리드가 한 손으로 그녀의 다리를 쓸어내렸다. 셰에라자드의 등줄기에 뜨거운 전율이 훅 끼쳤다.

"또 다른 건요?"

목소리가 떨려 나왔다.

"매일 밤 그대를 내 곁에 두고 잠들고 싶다."

셰에라자드는 두 손으로 그의 얼굴을 쥐었다.

"그럼 싸워서 얻어내요."

이제껏 조심스러웠던 할리드의 자제력이 무너지고 말았다. 그는 벌떡 일어서서 셰에라자드를 끌어안았다.

"나와 함께 가겠어요?"

위로 올라오는 남자의 손길을 느끼며 그녀는 숨을 헐떡였다. 그는 고개를 끄덕였다.

이윽고 할리드는 그녀를 품에 안고 으스러지도록 입 맞췄다. 그의 혀가 셰에라자드의 입술을 덧그렸고, 그녀는 나지막이 할리드의 이름을 불렀다. 그는 침대로 성큼 다가가 짙은 비단 요 위에 두 사람의 몸을 던졌다.

이럴 때마다 놀라지 않을 수가 없었다.

시선마다, 속삭임마다, 한숨마다 완벽한 깨달음이 다가왔다.

그의 말은 기름에 불을 붙였다. 그의 손길은 불길이 되어서 그녀의 피부에 화르르 일었다.

셰에라자드는 머리 위로 리넨 옷을 끌어 올렸고, 할리드도 무릎을 꿇고 카미스를 벗었다. 그리고 그녀를 바라본 순간……

갑자기 일어난 돌발 상황에 사방이 끔찍하리만큼 고요해지고 말았다.

할리드의 턱이 불끈거렸다. 손마디가 하얗게 변했다.

분노에 휩싸였다.

아니, 분노 이상이었다.

그의 얼굴은 분노의 표본이라 할만했다. 조용하고도, 모든 걸 좀먹는 종류의 분노였다. 이토록 조용해졌을 때의 할리드는 최악으로 분노하고 있다는 뜻이었다.

할리드가 그녀의 몸을 빤히 바라보자 그녀는 왜 그런지 알게 되었다.

멍 자국. 화상 자국 때문이구나.

"할리드……."

"누가 이랬지?"

그의 목소리는 부드러웠다. 죽을 만큼 부드러운 목소리였다. 하지만 그만큼 잔인함이 배어있어서 그녀는 등줄기가 오싹해졌다.

'잊지 마. 할리드는 너그러운 사람이 아니야. 이 남자에게, 폭력은 폭력을 낳을 뿐이야. 앞으로도 그럴 거야.'

셰에라자드가 조용히 말했다.

"화내지 말아요. 우리가 함께 있는 시간이잖아요. 화내면서 그 시간을 망치지 말아요. 난 다치지 않았어요. 이 상처는 내 잘못으로 생긴 거예요. 난 앞으로도 계속 이런 상처를 기꺼이 입을 거예요. 날 더 강하게 만들어 주는 상처니까요. 이 상처 덕분에 당신에게 올 수 있었어요."

"셰에라자드……."

그녀는 손을 들어 할리드의 쇄골에 난 흉터를 어루만졌다. 이어서 턱에 남은 희미한 멍 자국을, 또 손가락으로 그의 두 손에 새로이 난 베인 자국들을 쓸었다. 손바닥에 난 상처는 아직 다 아물지 않았다. 셰에라자드가 중얼거렸다.

"나도 당신에게 난 상처가 싫어요. 하지만 남자나 여자나 다 똑같은 피부고, 상처가 아프기는 마찬가지예요. 그러니 내가 당신 상처에 속상해하는 것 이상으로 내 상처를 두고 속상해하지 말아요. 그리고 이 점을 분명히 알아둬요. 만약에 내가 부당한 일로 다치게 된다면, 그땐 당신에게 제일 먼저 알려줄게요."

그녀는 할리드의 상처 난 손바닥에 입 맞추었다.

"그리고 당신이 부당함을 바로잡을 때 그 곁을 지키겠어요."

셰에라자드는 그의 손을 잡아 자신의 상처 난 배 위에 올려놓았다.

"진짜로 안 아프다니까요."

그녀가 장난스레 씩 웃자 할리드는 얼굴을 찌푸렸다.

"거짓말."

그 순간, 셰에라자드가 그를 침대로 밀쳤다.

할리드의 위로 몸을 옮기자 그녀의 머리카락이 목덜미 아래로 늘어졌다.

"내가 장미를 좋아하긴 하지만, 그렇다고 나 자신이 연약한 꽃은 아니거든요."

할리드의 입가가 아주 살짝 올라갔다.

"그래. 그대는 연약한 꽃이 아니지."

셰에라자드는 일부러 천천히 티카 띠의 매듭을 풀었다.

"내가 왜 장미를 좋아하는지 알아요? 난 항상 장미의 아름다움과 향기를 좋아했지만……."

그녀의 손길에 할리드의 근육이 흠칫 긴장했다.

"또한 가시가 있기 때문이지. 알고 보면 언뜻 보기보다 더 많은 걸 갖춘 꽃이니까."

그녀는 미소를 지으며 할리드를 내려다보았다. 두 손으로는 그의 오목한 엉덩이 옆선을 어루만지며 질문을 이어갔다.

"내가 당신을 얼마나 보고 싶었는지 아나요?"

"알아."

할리드는 숨을 거칠게 들이쉬었다. 그의 엄지가 셰에라자드의 아랫입술을 스쳤다.

"그대가 내 인생을 천 배나 가치 있게 만든다는 걸 아는가?"

셰에라자드는 목이 멨다.

"네. 알아요."

할리드의 눈길이 그녀의 목에 걸린 끈에 닿았다. 그는 손가락으로 반지를 감쌌다. 셰에라자드는 변명을 시작했다.

"이걸 손에 낄 수가 없었어요. 하지만 정말로 빼고 싶지……."

말을 채 잇기도 전에, 할리드가 목걸이를 잡아서 그녀를 끌어당기고는 조용히 입을 맞추었다.

둘의 입술이 곧 리드미컬하게 움직이기 시작했다. 둘의 몸이 맞닿으며 입술처럼 요동쳤다.

그렇게 둘은 완벽한 균형의 순간을 찾아가기 시작했다.

모든 것을 정지시킨 바로 그 순간을.

그 순간이 다가오자, 두 사람은 온갖 상념을 버리고 둘만의 세계에 빠져들었다. 그 순간에는 아무런 고통도, 흉터도 없었다. 저주조차 이제는 지나가 버린 걱정이 되었을 뿐이다.

이곳에서 중요한 것은 오로지 서로의 앞에 존재하는 서로였다. 지금, 이곳에.

셰에라자드가 가쁜 숨을 내쉬었다.

"사랑해요. 당신은 나의 전부예요."

"그대는 앞으로 나의 전부가 될 것이다."

이곳에서 그들은 시간을 초월한 존재가 되었다.

어디에서 그녀가 끝냈는지, 어디부터 그가 시작했는지, 이곳에선 더는 느낄 수가 없었다.

"밤이 깊었군. 이제 그만하고 자야 한다."

할리드가 말했다.

"무슨 소리예요? 난 아무것도 안 하는데."

"그만 웃고 이제 자도록."

"내가 웃는지 어떻게 알아요? 날 보고 있지도 않으면서."

"보지 않아도 웃는 걸 느낄 수 있어, 샤지."

그녀의 따스한 웃음소리가 할리드의 피부를 스치며 영혼의 가장 차가운 부분까지 따뜻하게 감싸왔다.

그는 눈을 감은 채로 엎드려 머릿속을 고통스레 자극하는 두통을 떨쳐내려 했다. 지금 같은 행복한 시간에 이런 고통이 일다니, 이는 앞으로도 끝없이 불행하리라는 또 하나의 증거라고 봐야겠지.

어쩌면 운명의 여신이 비뚤어진 장난기를 지녔다는 증거일지도.

옆에 있는 쿠션이 바스락거렸다. 셰에라자드는 할리드의 등에 올라타 작은 몸뚱어리를 그의 위에 뉘었다. 그녀의 뺨이 어깨뼈 사이에 닿는 느낌이 들었다. 이윽고 셰에라자드는 깃털처럼 가벼운 손길로 그의 두 팔을 쓸어 올리고 목덜미를 매만졌다.

"그만할까요?"

할리드의 통증을 덜어주려 했지만 효과가 없다는 걸 알아챈 셰에라사드가 물었다.

"아니."

"그럼 어떻게 해줄까요?"

그녀의 어조에는 장난기가 묻어났다. 할리드는 잠시 생각하며 그녀의 말이 마음에 불러일으킨 이미지를 애써 지웠다.

"이야기를 해주면 어떨까."

이마는 여전히 욱신댔지만 그는 잠자코 미소를 지었다.

"아무거나 괜찮아요?"

할리드는 눈을 감은 채로 고개를 끄덕였다. 셰에라자드는 그의 귀에 바짝 붙어 속삭였다.

"옛날에 어떤 젊은이가 숲속을 거닐고 있었습니다. 그러다 꿀 같은 목소리를 지닌 비둘기를 우연히 마주쳤지요. 그가 잠시 걸음을 멈추고 새의 달콤한 노래를 듣고 있는데, 갑자기 깜짝 놀랄 일이 벌어졌습니다. 비둘기가 노래를 멈추고는 그에게 말을 걸었기 때문입니다."

셰에라자드는 마치 꿈속에서 온 존재 같았다. 할리드는 이 꿈에서 정말이지 깨고 싶지 않았다. 다시금 그녀의 미소가 느껴졌다.

"비둘기가 말했습니다. '이보세요, 당신은 노래 듣는 귀가 있군요! 그러니 비밀을 하나 말해드릴게요. 이 길을 쭉 따라가다 보면, 나무 손잡이가 달리고 옻칠을 한 빨간 문이 보일 거예요. 그 문 앞에는 '우는 사람' 부족이 있을 겁니다. 그들에게 왜 우는지 묻지 말고 그냥 문 안으로 들어가요. 그러면 꿈꿔본 적도 없는 어마어마한 부를 얻게 될 거예요!' 젊은이는 깜짝 놀랐습니다. 말하는 비둘기를 만난 것도 모자라, 꿈꿔본 적도 없는 어마어마한 부를 얻게 된다니 말이지요. 그래서 그는 꿀 같은 목소리를 지닌 비둘기가 알려준 방향을 따라 숲길을 걸어갔습니다."

"젊음은 어리석기 마련이지."

할리드가 중얼거리자 셰에라자드는 조용히 웃었다. 그 웃음소리가 그의 등줄기를 타고 흘러내렸다.

"비둘기가 말한 대로, 젊은이는 어떤 공터에서 나무 손잡이에 빗장을 지르고 옻칠을 한 빨간 문을 보게 되었습니다. 그 앞에는 '우는 사람' 부족이 앉아있었지요. 젊은이는 우는 사람들을 무시하고 곧장 문으로 다가갔습니다. 그리고 나무 손잡이를 밀어젖히고 문지방을 넘어 안으로 들어갔습니다. 그의 눈앞으로 너른 공중정원이 나타났습니다. 하지만 꽃과 과일로 이루어진 정원이 아니라, 빛나는 보석으로 만든 정원이었지요. 사과나무가 있어야 할 곳에는 에메랄드가 매달린 숲이 있었고, 딸기가 있어야 할 곳에는 엄지만 한 루비가, 오렌지 대신 찬란한 황옥이 반짝이며 히아신스 대신 화려한 자수정들이 알알이 번뜩이는 정원이었습니다. 재스민 나뭇가지마다 다이아몬드와 진주가 주렁주렁 달려 은은히 빛났지요. 젊은이는 과일 보석과 꽃 보석들을 잔뜩 따서 주머니에 넣으며 옆구리가 아플 정도로 웃어댔습니다."

셰에라자드는 할리드와 손깍지를 꼈다.

"공중정원을 나온 젊은이는 수정처럼 맑은 바다가 내려다보이는 아름다운 마을에 도착했습니다. 그는 거기 가자마자 가장 멋진 집을 찾아서 샀지요. 그리고 이 마을을 지나자, 다시금 나무 손잡이가 달리고 옻칠한 문을 마주치게 되었습니다. 이번에도 문을 열고 들어가니 대도시의 시장이 나타났습니다. 온갖 물건을 파는 모습과 소리가 이어지고, 산해진미의 내음이 그득한 곳이었지요. 젊은이는 순식간에 아주 많은 금을 모았습니다. 그가 가진 보석의 질은 아주 뛰어났고, 그의 장사 수완은 무궁무진했으니까요. 어딜 가도 행운은 그의 편인 것 같았습니다! 그러다 다시 한 번 나무 손잡이가 달린 문을 우연히 마주쳤고, 이번에도 문을 열고 들어서자 이제껏 본 중에서 가장 아름답고 사랑스러운 아가씨가 나타났습니다. 젊은이는 그녀의 손을 잡고 푸른 계곡과 반짝이는 샘이 가득한 멋진 풍경으로 나아갔습니다. 그는 한 번도 뒤돌아보지 않았습니다. 계속 앞으로 나아가고, 새로운 문을 찾아 나섰지요. 어느덧 시간이 흘러, 젊은이는 이제 나이가 들고 말았습니다. 그러다 우연히 나무 손잡이가 달린 문을 다시 발견하자 그는 조금도 망설이지 않고 그 문으로 들어갔습니다."

방 안엔 아무 소리도 들리지 않았다. 다만 두 사람의 숨소리만 흐를 뿐이었다. 셰에라자드의 목소리는 약간 우울한 기색을 띠었다.

"문으로 들어간 그는 어느새 숲속을 헤매게 되었습니다. 그러다 낮익은 공터를 발견했지요. 바로 '우는 사람' 부족이 모인 곳이었습니다. 그런데 옻칠한 문에는 손잡이가 사라진 상태였습니다. 그걸 본 순간, 한때 젊은이였던 그는 깨닫고 말았습니다. 그래서 부족민들 옆에 앉아…… 울기 시작했습니다."

잠시간 방 안에는 희미한 침묵이 감돌았다.

"어째서 이 이야기를 들려준 거지?"

마침내 할리드가 물었지만 셰에라자드는 한참 있다가 대답했다.

"가끔…… 내가 너무 많은 걸 바라는 건 아닌가 걱정이 들어요."

"그대가 너무 많은 것을 바란다니 말이 되지 않는다. 그대는 바라는 걸 차고 넘치도록 가질 자격이 있다."

그녀는 자세를 바꾸어 할리드의 어깨에 턱을 얹었다. 그러자 할리드는 움찔했다.

"그렇게 아픈가요?"

그녀는 걱정이 역력한 기색이었다. 할리드도 마음 한구석으로는 알고 있었다. 셰에라자드를 걱정시키지 않으려면 아니라고 거짓말을 해야 한다는 것을. 하지만 그는 거짓말을 했을 때 원하는 바를 이룬 적이 거의 없었다. 거짓말은 더 큰 거짓말을 낳았을 뿐이다. 그래서 할리드는 순순히 대답했다.

"그래. 하지만 난 살아갈 거다."

"내가 도움이 될만한 걸 알고 있어요."

셰에라자드가 말하며 그의 등 한가운데에 야릇한 입맞춤을 남겼다. 이마가 꽉 죄어오듯 아팠지만, 할리드는 그녀의 제안을 곰곰이 생각해 보았다. 빛나는 베일처럼 어깨에 드리워진 셰에라자드의 검은 머리카락. 굽슬굽슬한 가닥마다 달라붙은 비 내음. 그녀 목덜미에 입을 맞추었을 때 갈라지던 입술의 움직임이 생생하게 떠오른다. 자신의 살갗을 스쳤던 그녀의 부드러운 입김. 그녀의 늘씬한 손길이⋯⋯.

할리드는 하마터면 패배의 신음을 뱉을뻔했다.

"정말로 그러고 싶지만, 오늘 밤엔 이미 해보지 않았나? 그것도 여러 번."

다시금 환한 웃음소리가 방 안을 채웠다. 셰에라자드는 그를 싸늘한 침대에 내버려 두고 슬쩍 일어섰다. 할리드가 눈을 뜨자, 그녀가 벗어둔 옷 무더기 쪽으로 다가가는 모습이 보였다.

그녀는 정사각형으로 깎은 녹색 돌을 쥐고 돌아왔다. 돌에는 가죽끈이 달려있었다.

"이건 부적이에요. 당신의 불면증을 퇴치하는 데 도움이 될 거라고 무사-에펜디가 말했어요."

"무사-에펜디라고?"

할리드는 싫다는 뜻으로 몸을 돌렸다. 어릴 적 알던 겁쟁이 마법사의 선물 같은 건 전혀 받고 싶지 않았다. 어머니가 피 흘리며 죽어가는 걸 가만히 서서 지켜보던 자가 아닌가.

셰에라자드는 할리드가 싫은 내색을 했어도 아랑곳하지 않고서 그의 가슴에 손을 얹었다.

"화 그만 내요. 도움이 왔을 땐 받아요, 할리드-잔. 진정한 힘은 주권을 휘두르는 데서 오는 게 아니에요. 도움을 받아야 할 때가 언제인지 정확히 알고 받을 줄 아는 용기를 갖는 데서 오는 거라고요."

눈이 타오르는 듯했지만, 할리드는 그에게 말하는 셰에라자드를 찬찬히 바라보았다. 마음속에 영원히 지워지지 않을 각인을 새길 것처럼, 그녀의 되바라진 턱선과 보석 같은 눈동자와 제멋대로 뻗친 머리카락을 주시했다. 셰에라자드의 미모를 부정할 이는 아무도 없겠지만, 할리드가 그녀에게 푹 빠진 건 단순히 그 미모 때문이 아니었다.

너무나 침착한 그 태도 때문이었다.

이 얼마나 강한 여자인가.

"그대는 아주 현명하군, 셰에라자드 알-하이주란. 호라산을 통치하는 자는 그대여야 할지도 모르겠다. 나는 그대가 나를 필요로 할 때까지 그대의 방에서 숨죽이며 기다리는 편이 좋을 것 같은데."

셰에라자드가 그와 나란히 누우며 말했다.

"그럴지도 모르죠. 하지만 난 남자로 태어나지 못했거든요."

"난 예전부터 성별은 별로 중요하지 않다고 생각해 왔다."

할리드가 그녀와 다리를 포개며 대꾸했다.

"그래도 부적에 효과가 있는지 봐주겠어요?"

대답 대신 할리드는 그녀의 검은 곱슬머리에 얼굴을 묻고 라일락과 비의 향기를 맡았다. 화가 난 셰에라자드가 그의 머리 위로 콧김을 뿜었다.

"당신 정말……."

"해보겠다. 그러니 이제 자도록 해."

할리드가 그녀의 목에 대고 말했다. 셰에라자드는 할리드에게서 몸을 돌려 베고 누운 그의 팔 안으로 파고들었다.

"할리드?"

그가 나오려는 웃음을 참고 대답했다.

"응?"

"사랑한다는 말을 해줄 필요는 없지만요, 그래도…… 왜 안 해주는지 물어봐도 될까요?"

셰에라자드는 아무렇지 않게 물었지만, 할리드는 그녀의 어깨 사이에서 두근대는 심장박동을 느꼈다. 고동은 점점 빨라지고 있었다. 그녀는 지금 그의 애정을 의심하고 있다. 그건 다 할리드 자신 때문이었다. 이 사실을 깨달은 할리드는 고통스러웠다. 하지만 결국 셰에라자드에게 설명해야 한다는 것도 이미 알고 있었다.

사실, 설명만이 아니라 훨씬 더 많은 걸 해주어야 했다.

당연히 셰에라자드는 이유를 알고 싶어 할 것이다. 그녀는 본인의 생각을 자유롭게 말하고, 또 본인의 마음을 받을 자격이 있다고 여기는 사람들에게 너그럽게 감정을 표현하는 여자였다. 할리드 자신이 그토록 많은 일을 저질렀는데도, 또 참으로 많은 것을 해내지 못했는데도 여전히 셰에라자드의 마음을 받을 자격이 있는 존재로 남았다니. 앞으로도 두고두고 놀랍게만 여길 일이었다.

할리드는 그녀를 끌어안았다.

"에이바의 무덤 앞에서 나는 맹세했다. 앞으로 내게 사랑하는 마음이 생긴다면, 말로 내뱉는 게 아니라 행동으로 **보여주며** 살겠다고. 비록 에이바에게는 해주지 못했지만, 다른 이들에게는 그렇게 하겠다고 약속했다. 사랑을 고백하는 게 아니라, 행동으로 표현하겠다고."

둘은 한동안 조용히 누워있었다. 비록 할리드는 그녀의 반응을 볼 수 없었지만, 생각에 잠겼다는 건 알고 있었다. 지금 셰에라자드는 그의 맹세를 곰곰이 생각하고 있는 것이다.

어쩌면 그 맹세를 고집스레 지키는 건 어리석은 일일지도 모른다. 이젠 세상에 없는 여자를 위한 맹세였으니까. 살면서 너무나 큰 고통을 겪었고, 할리드의 거짓말을 들으며 죽어갔던 여자.

사랑의 거짓말. 바로 에이바가 그에게 부탁한 것이었다.

할리드가 결코 줄 마음이 없었던 바로 그 사랑.

모든 면에서 할리드는 에이바에게 실망을 주고 말았다. 하지만 지금, 그는 확신을 주고 싶었다.

그는 절대로 가벼이 약속을 남발하는 사람이 아니었다. 마침내 셰에라자드가 말했다.

"알았어요."

"샤지……."

"그 말을 할 수 없다면, 그래도 최소한 나를 얼마나 사랑하는지는 말해줄 수 있나요?"

할리드는 코끝으로 그녀의 귓가를 쓸면서 고마운 듯 미소 지었다.

"저 하늘의 별에서 별 끝까지."

완전히

지평선을 따라 새벽이 밝아올 무렵, 셰에라자드는 천막으로 몰래 들어갔다.

여기까지 들키지 않고 돌아온 게 행운이었다. 사실, 마지막 순간까지 계속 미적거리다 어쩔 수 없이 레이를 떠났으니까. 할리드 곁에 머무르며 일출을 보고 싶은 마음이 간절했지만, 그러다 들킬 위험을 감수할 수는 없었다.

게다가 어젯밤 이르사에게 제대로 말도 하지 않고 떠났으니, 오늘은 대답해야 할 것이다.

천막으로 들어와 문을 닫고 돌아선 셰에라자드의 눈에 이르사가 보였다. 동생은 눈이 충혈되고 새빨개진 채로 돌돌 만 침낭에 앉아있었다.

잠을 제대로 못 잔 게 분명하구나. 눈물도 조금 흘린 것 같고.

셰에라자드는 한숨을 참고서 입을 열었다.

"이르사, 내가……."

"라힘한테 언니가 떠났다고 말했어."

셰에라자드의 쉰 목소리를 끊고서 이르사가 반항적인 말투로 내뱉었다.

"뭐라고?"

셰에라자드는 그만 마법의 양탄자가 든 보퉁이를 떨어뜨릴 뻔했다. 이르사는 입술을 깨물었다.

"언니는 거의 매일 아침 식사를 거르잖아. 라힘은 언니가 꿍꿍이가 있을 거라고 생각했어. 그래서 난……."

"그래서 내가 떠났다고 말해버린 거야?"

"언니가 간 다음에, 라힘에게 가서 말했어. 그리고……."

이르사는 담요 끝을 만지작대며 목을 가다듬었다.

"그리고 라힘은 언니가 아프지 않다는 것도 알아. 지난 며칠 밤 언니가 뭔가 하고 있었다는 것도 알고. 그래서, 라힘이 날 천막으로 데려다줬는데 언니가 없는 걸 보고……."

셰에라자드는 동생에게 화를 낼 수가 없었다. 그리고 앞으로도 화를 내지 않을 **것이었다**. 이르사가 해준 그 많은 일은 셰에라자드에게 굳건한 토대가 되어주었다. 누구도 감히 셰에라자드에게 주지 않았던 이해와 지지를 보내준 게 바로 동생이었다. 셰에라자드가 받을 자격도 없는 마음 아니던가. 그동안 내내 이르사는 셰에라자드가 자신을 믿어주길 바랐지만 셰에라자드는 그럴 수가 없었다. 그녀의 비밀은 이르사처럼 진지하고도 여린 마음을 지닌 소녀에겐 알려줄 수 없을 만큼 위험했으니까.

게다가 지금 상황 역시 이르사에게 비밀을 털어놓지 않길 잘했다는 증거였다. 압박을 받은 이르사는 라힘에게 셰에라자드의 행방에 대해 거짓말을 하지 못했다. 만약 셰에라자드가 어디 갔는지 이르사가 알고 있었다면 분명히 라힘에게 말했을 것이다.

그럼 어떻게 됐을까? 셰에라자드는 그 생각에 몸서리를 쳤다.

아니. 동생이 실수를 저질렀다고 해서 화내지는 않을 것이다. 어쩔 수 없는 일이었다.

이르사는 그런 아이니까. 지나치게 정직하니까.

그래도 셰에라자드는 동생을 보자 화가 치밀고 말았다. 이르사가 떨리는 목소리로 말을 이었다.

"언니가 나한테 화났다는 거 알아. 하지만 난 언니의 비밀을 일부러 라힘에게 말한 게 아니야. 사실, 이건 다 언니 잘못이잖아. 그럼 안 들킬 줄 알았어? 언니는 거의 일주일간 아침을 걸렀잖아. 요즘 왜 그러는지 모르겠어. 언니는 부주의하고 산만해졌어."

분노가 더욱 화르르 타올랐다. 더 높고도 더 넓게.

"혹시…… 혹시 오늘 밤에도 또 나갈 작정이야?"

이르사가 물었다. 처음에 새된 소리로 시작한 말은 강철 같은 단호함으로 끝을 맺었다.

"그래."

셰에라자드의 대답은 위험하리만큼 적대적이었다.

"이러다가 언니의 비밀을 숨기는 게 갈수록 어려워져도 괜찮아?"

"날 위해 거짓말할 필요는 없어."

이 말에 이르사는 낡은 담요를 홱 던지고 벌떡 일어섰다.

"나는 당연히 언니를 위해서 거짓말할 거야. 내 언니잖아. 하지만 언니의 친구들이 걱정하고 있단 말이야. 걱정에서 그치지 않고 의심하게 될 거라고. 제발 오늘 밤엔 나가지 마. 내가 이렇게 부탁할게."

이르사의 이마에 걱정 가득한 주름이 졌다. 셰에라자드는 재빨리 머리를 굴렸다. 할리드를 불의 사원으로 데려가 아르탄과 무사 사라고사를 만나게 할 계획을 이미 세워놓았는데 어떻게 할까. 만약 약속한 대로 레이에 가지 않는다면 할리드는 분명 걱정하겠지. 불의 사원 사람들도 우리를 기다리고 있을 텐데. 하지만 그녀에겐 그 어느 쪽에도 소식을 전달할 방법이 없었다.

셰에라자드는 마른침을 삼켰다. 당장 오늘 밤에 해야 할 큰 임무에 비하면 이런 문제는 사소하다는 결론을 내렸다.

'솔직해지자.'

사실 셰에라자드는 동생을 달래기 위해 할리드와 함께하는 순간을 거부할 마음이 전혀 없었다. 이기적이라는 건 안다. 하지만 할리드가 없는 빈자리가 점점 커져만 갔다. 그리고 셰에라자드는 상황을 바꿀 일을 전혀 하지 않는 현실에 넌더리가 났다. 하릴없이 사막에 있으면서 앞으로 닥칠 일만 기다릴 수는 없었다.

오늘 밤, 모든 게 끝날 것이다. 운명은 바보들의 편이 아니던가. 셰에라자드는 가만히 앉아 기다리는 인생을 살고 싶지 않았다.

오히려 그녀 자신이 무언가를 이끌어 내는 사람이 되어야 했다.

"지금 너랑 아침 먹으러 갈 거야. 그리고 오후에는 아빠랑 보낼 거야. 모두가 내 모습을 보게끔 행동할게. 그러면 너도 걱정을 좀 덜겠니?"

이르사의 이맛살이 더욱 찌푸려졌다. 동생이 속으로 갈팡질팡하는 모습이 셰에라자드에게 빤히 보였다.

"언니 일이 그토록 중요한 게 확실해?"

"그래."

셰에라자드는 흔들림 없이 대답했다. 이르사가 바닥을 바라보며 밤색 머리 타래 끝을 손가락으로 배배 꼬더니 말했다.

"오늘 밤은…… 모험을 하기엔 위험해."

"왜?"

이르사는 여전히 얼버무리더니 마지막으로 멈칫했다. 그러다 고개를 들고 셰에라자드를 마주 보았다.

"이리 와봐."

그녀는 언니의 손을 잡고 밖으로 이끌었다.

자매는 어지러이 서있는 천막을 이리저리 돌면서 진영의 가장자리로 향했다. 병사들이 따로 진을 친 저 멀리서 제법 되는 무리가 말에 안장을 얹는 모습이 보였다.

그들은 무기를 챙기고 있었다.

저들의 우두머리인 타리크는 바람에 망토를 휘날리며 짙은 밤색 종마에 앉아있었다. 흰 매의 깃발이 옆에서 나부꼈다.

"오늘 밤 첫 번째 습격이 있을 거야. 정오에 이곳을 떠난대."

이르사가 말했다.

"뭐라고?"

셰에라자드의 배 속으로 긴장감이 들어차면서 속이 꽉 뭉쳤다.

'습격이라니?'

"타리크가 오늘 밤 군대를 이끌고 인근 요새로 갈 거야……. 그곳 에미르를 몰아낸 다음 통치권을 장악하려고."

이르사가 조용히 건넨 말에 셰에라자드는 큰 소리를 냈다.

"네가 그걸 어떻게 알아?"

"라힘이 말해줬어."

"어느 요새인데?"

이르사가 털어놓았다.

"그것까지는 말 안 해줬어. 나는 호라산의 칼리파와 같은 천막에서 지내는 사람이니까."

고요한 연못에 돌이 던져진 듯, 셰에라자드는 다시금 머리를 빠르게 굴렸다. 만약 타리크가 군대를 이끌고 호라산과 파르티아 국경 인근을 급습한다면 그쪽 국경을 장악하려는 의도일 것이다.

그렇다면 국경 지대가 위험해진다. 외부의 공격에 취약해지는 것이다.

특히 권력에 굶주린 파르티아의 술탄, 살림 알리 엘-샤리프가 쳐들어와도 막을 수 없을 것이다.

'어쩌면 그들이 이렇게 되도록 꾸몄는지도 몰라.'

갑자기 온몸에 오한이 들었다.

어서 할리드에게 말해줘야 한다. 오늘 밤 레이로 가서 파르티아와의 전쟁을 막아야 했다. 더 많은 무고한 사람들이 이유 없이 죽기 전에.

마음이 급해지는 가운데 새로운 죄책감이 속을 채웠다. 곧 닥칠 재앙은 셰에라자드에게도 책임이 있었으니까. 그녀가 아니었다면 타리크가 정의를 추구한답시고 이런 무모한 일에 가담하지 않았을 것이다.

사랑을 잃고 복수한답시고 이런 무모한 짓을 벌이지도 않았을 테고.

"언니? 내 말 듣고 있어?"

이르사가 어깨를 붙잡자 셰에라자드는 어지러운 상념에서 빠져나왔다.

"응?"

"언니 말이야, 위험한 건 아니지? 언니가 하는 일, 위험하지 않지?"

셰에라자드는 웃어넘기려 했지만, 그 웃음소리는 진심으로 들리지 않았다. 그녀는 번뜩이는 칼을 든 병사들에게서 돌아섰다. 자매는 다시 천막으로 돌아갔다.

셰에라자드는 아무 말 없이 주전자를 들고 구리 대야에 물을 부었다. 그러다 손이 덜덜 떨려서 수면에 비친 그녀의 모습도 흔들렸다. 하지만 그녀는 턱에 힘을 주고 구겨진 카미스를 벗었다. 일단 씻고 오늘 하루를 시작하자.

어떤 일이 닥쳐도, 계획한 대로 하자.

"언니!"

이르사가 창백한 얼굴로 소리쳤다.

'이 망할 놈의 멍 자국 같으니. 망할 아르탄 테무진.'

셰에라자드는 손을 휙 저어 동생의 걱정을 떨쳤다.

"신경 쓰지 마. 별로 심각한 상처 아니야."

하지만 이르사가 그 말을 곧이듣지 않는 게 또렷이 보였다. 동생은 여전히 의심스러운 눈초리였다.

어쩌다 이런 멍이 생겼는지 그냥 이르사에게 말해버릴까? 전부 털어놓으면 이르사도 당분간은 가만히 있지 않으려나?

'아냐. 그럴 리가. 차라리 염소에게 하늘을 날아다니라고 하지.'

너무 위험했다. 특히 이르사가 라힘에게 모든 걸 이야기하고 있었으므로 더더욱 위험했다. 만약 이르사가 실수로 말을 흘리기라도 한다면, 라힘이 타리크에게 전할 수 있었다. 타리크에게만은 절대로 그녀가 할리드를 만나러 간다는 사실을 알려서는 안 되었다.

위험부담이 너무 컸다. 증오가 너무 무르익고 있었다.

안 된다. 이르사에게는 한 마디도 하지 않는 게 최선이었다.

셰에라자드는 동생에게 등을 돌리고, 몸에 거칠거칠한 나불시 비누(팔레스타인 지방에서 고대부터 만들어진 올리브유 비누—옮긴이)를 문질러 물로 씻어냈다.

팔을 들어 올리자 피부에서 백단유의 향이 아른거렸다.

'할리드.'

가슴속으로 두려움이 파고들었다. 목이 꽉 메어왔다.

하지만 셰에라자드는 이를 악물고 치밀어 오르는 감정을 억누르며 계속 몸을 씻었다.

'지금은 비겁하게 굴 때가 아니야.'

모든 게 계획대로 진행된다면 곧 답을 얻을 수 있을 테니까. 셰에라자드와 할리드가 저주를 어떻게 할지 알아내기만 한다면 모든 게 드러날 것이다.

그러면 모두가 진실을 알게 될 것이다.

셰에라자드가 사랑하는 남자가 그들이 생각했던 괴물이 아니라는 사실을 모두가 알게 될 것이다. 할리드야말로 이 왕국에 절실하게 필요한 위대한 왕이라는 걸, 앞으로도 그러리라는 걸 알게 될 것이다. 셰에라자드가 양탄자를 타고 도시 위를 날아다니며 목도한 위대한 왕.

그러니 때가 될 때까지 그녀는 침묵을 지켜야 했다. 모든 사람이 증오하는 젊은 왕이 버려진 왕국을 다스려야 하는 저주를 받은 사실은 이 상황에 별 도움이 안 된다. 운명의 흐름이 할리드에게도 불리하다는 걸 안다면, 그에게 대항하여 일어난 군대가 행동에 더욱 박차를 가할 테니까.

하지만 셰에라자드가 해결책을 찾아낸다면 타리크에게 진실을 말할 수 있을지도 모른다.

아마도 그렇다면 할리드에게 품은 증오도 사라질 것이다.

화해가 이루어질 수 있을 것이다.

이 저주를 푸는 건 단순히 둘의 고통만 끝내는 일이 아니었다.

셰에라자드는 자신이 시발점이 된 전쟁을 멈춰야 했다.

이것은 연애의 문제가 아니었다. 목숨이 달린 문제였다.

그래서 셰에라자드는 바로잡을 작정이었다. 완전히.

자한다르는 조심스럽게 한쪽 눈을 살짝 떠보았다. 곧바로 다시 감았지만, 그래도 한 번 더 떠보기로 했다.

하지만 그러지 말았어야 했다는 걸 깨닫고선 속으로 스스로를 욕했다.

"오랜 벗이여, 일어나셨는가?"

어둠 속에서 따스한 목소리가 낭랑하게 들려왔다. 자한다르는 대답하지 않고 가만히 있으면서 옆에 앉은 남자가 어서 가주기를 바랐다.

곁에서 낮은 웃음소리가 울렸다.

"방금 눈을 뜬 걸 봤다네. 자네가 어제 오늘 일찍 정신이 들었다는 것도 알아. 자, 자한다르. 나는 여기 심판을 하러 온 게 아니네. 다만 아끼는 친구와 이야기를 나누고 싶을 뿐이야."

자한다르는 조심스럽게 숨을 들이켜며 애초에 눈을 뜨려 했던 스스로에게 화를 냈다. 조금 전 누군가가 천막에 들어오는 기척을 느끼고 이르사 아니면 셰에라자드일 거라고 여겼던 것이다. 그래서 자는 척을 그만두고 아이들과 다시 이야기 나누고 싶은 마음이 간절했다. 하지만 다른 사람과 대화할 마음의 준비는 되어 있지 않았다.

특히 레자 빈-라티프와는.

그렇지만 이미 실수를 저질러 버렸다. 그 점은 인정해야 한다. 그래야 그의 숨겨진 병증 뒤에 감춘 진실을 아무도 의심하지 않을 테니.

아니, 진실이 아니라 거짓이라 해야 할까.

자한다르는 두 눈을 슬며시 떴다. 오랜 친구였던 이가 앞에 앉아있었다. 곁에 둔 놋쇠 등불이 환하게 타올랐다. 레자가 자리에 누운 자한다르에게 미소 지으며 말했다.

"자네 꼴이 말이 아니군."

자한다르는 어깨를 들썩이며 웃다가 결국 연거푸 기침을 터뜨렸다.

"그야 지난 세월은 나보다 자네에게 너그러웠으니까. 그건 분명하지 않은가. 물론 많이 너그럽진 않았더라도 말이야."

그건 사실이었다. 자한다르가 마지막으로 레자 빈-라티프를 본건 그의 아내와 딸이 죽은 지 며칠 지나지 않았을 때였다. 그 누구도 겪어서는 안 되는 비극이 닥쳤고, 그 비극의 여파는 어마어마했다.

레자는 살이 빠진 모습이었다. 정수리의 머리카락은 가늘어지고 관자놀이엔 희끗희끗 흰머리가 보였다. 콧수염은 무성해지고, 턱수염은 자르지 않아 길게 뻗었다. 그는 인생에서 별 즐거움을 찾지 못한 사람처럼 보였다. 얼굴에 난 주름은 기쁨이나 만족감 때문이 아니었다.

그건 골똘히 생각에 잠긴 사람에게 나타날 법한 주름이었다. 아니, 계산하는 사람이라고 해야 할까?

"지금 몇 시지?"

자한다르가 메마르고 갈라진 목소리로 물었다. 레자는 그에게 물을 건네며 대답했다.

"저녁 먹을 때가 다 됐다네."

자한다르는 멍하니 물을 마셨다.

"딸애들이 곧 오겠군."

그 말을 내뱉자마자 자한다르는 말을 도로 주워 담고 싶었다.

아, 나는 어찌 이리도 생각 없이 무정하단 말인가! 딸을 잃은 친구 앞에서 딸 이야기를 하다니!

하지만 레자는 별로 신경 쓰는 것처럼 보이지 않았다.

"자네는 행운아일세. 애들이 참으로 헌신적이더군. 듣기로는 이르사가 자주 보러 온다지?"

"셰에라자드도 오늘 두 번 왔다 갔어."

자한다르는 다시 물을 마셨다. 레자는 턱수염 밑에 손을 댔다.

"그렇다니 다행이군. 그 애는 요 며칠간 아팠다고 들었는데."

"아팠다고?"

자한다르는 눈썹을 지그시 모았다.

"벗이여……."

입을 연 레자는 잠시 말을 멈추고 빙긋 웃었다가 고개를 바짝 기울였다.

"난 시간을 빼앗으려거나 굳이 폐를 끼치러 온 게 아닐세. 아직 다 낫지 않은 거 알아. 게다가 오늘 저녁에 긴급히 처리할 문제도 있고. 그러니 내가 뭣 좀 물어봐도 되겠나?"

"얼마든지 물어보게."

"듣기로…… 레이에 폭풍이 불던 밤 대체 무슨 일이 있었던 건 지에 대해 온갖 소문이 돌던데."

자한다르는 몸이 굳어버리고 말았다. 손으로는 책을 더욱 꼭 끌어안았다. 손끝으로 여전히 따스한 책의 기운이 느껴졌다. 예 전처럼 맹렬하게 타오르는 느낌은 아니었다. 목에 건 차가운 금 속 열쇠가 묵직하게 짓눌러 오는 느낌은 마치 해저에 질질 끌리는 닻 같았다.

말없이 그의 반응을 주시하던 레자가 서슴없이 다시 물었다.

"무슨 일이 있었는지 말해주지 않겠나?"

"나, 난 기억이 안 나네."

자한다르는 망가진 손톱으로 낡은 가죽 책표지를 꽉 쥐었다.

"정말인가?"

자한다르는 고개를 끄덕였다. 레자는 마지못해 한숨을 쉬었다.

"나는 그리 꽉 막힌 사람이 아닐세, 자한다르-잔. 우리는 오랫 동안 우정을 나누지 않았나. 이르사가 태어났을 때 옆에 있기도 했고. 그리고…… 미나가 세상을 떠났을 때도 말이야."

그의 목소리가 점점 부드러워졌다.

"그때 나는 힘닿는 대로 모든 걸 해주었지. 하지만 더 잘해줬다면 좋았을 거라고 언제나 후회했다네."

자한다르의 가슴이 턱 막혀왔다. 그건 사실이었다. 레자는 자신의 주치의를 자한다르에게 보내 미나의 병상을 지키도록 했다. 비록 별 소용없는 노력이긴 했지만. 게다가 레자는 지금껏 셰에라자드와 이르사를 돌봐주었다. 자한다르 자신은…… 돌보지 못했던 그의 아이들을.

"벗이여, 알고 있네. 자네가 해준 일을 내 어찌 잊겠나."

자한다르가 속삭여 말하자 레자는 살짝 슬픈 미소를 지었다.

"아아, 그토록 힘든 시간은 절대 잊을 수가 없는 법이지. 하지만 난 우리가 어려울 때 친구로서 서로 얼마나 큰 도움이 됐는지 함께 떠올려 보고 싶었다네."

레자는 분위기를 고조시키려고 잠시 말을 멈추었다.

"그리고 난 자네의 **능력**을 알고 있네. 비록 그 능력을 알아주는 이가 많지 않았어도 말이야."

그 또한 사실이었다. 레자는 항상 자한다르의 독특한 능력을 알고 있었다. 레자는 두 손으로 턱 아래를 받치고 자한다르의 벗겨진 머리를 가만히 바라보았다.

"오랜 벗이여, 폭풍이 몰아치던 밤 자네는 뭘 한 건가?"

레자 빈-라티프에게 사실대로 털어놓아도 될까? 그의 비밀을 믿고 맡길만한 자인가?

레자가 낮은 목소리로 재촉했다.

"자네가 뭔가 했다 하더라도, 난 비난하려고 이러는 게 아닐세. 사실 나는 자네에게 찬사를 보내고 싶다네. 자네에게 나쁜 의도가 없었다는 걸 잘 알기 때문이지. 만약 정말로 자네가 무언가를 해냈다면 참으로 놀라운 업적이 아니겠는가."

자한다르는 마른침을 삼켰다. 레자가 말을 맺었다.

"우리는 그 힘을 아주 유용하게 사용할 수 있을 걸세."

유용하게? 레자가 자한다르 자신을 위해 그 힘을 유용하게 쓴다고?

레자가 갈색 눈동자를 이글이글 빛내며 조용히 말했다.

"자네 혼자서도 그토록 놀라운 업적을 이루었지 않나. 그러니 생각해 보게. 군사를 등에 업고 함께 해본다면 더욱 큰일을 할 수 있지 않겠나? 군대를 거느리고 명령을 내린다면 얼마나 대단한 일이 벌어지겠나?"

자한다르의 눈빛이 레자 빈-라티프의 얼굴을 스쳐갔다. 깊은 생각으로 주름진 얼굴 너머 그 속내를, 뻔한 계산을 알아보았다.

알고 있다. 레자가 뭘 하려는지.

알고 있지만…… 무슨 상관인가.

미나가 세상을 떠나고 자신이 궁중에서 관직을 박탈당한 후, 그의 진실한 모습을 처음으로 봐준 사람이 바로 레자라는 걸 그는 깨달았다. 오래전 레자가 처음 만났던 그의 모습, 바로 호라산의 칼리프 휘하 고관대작이었던 그 모습을 봐준 것이다.

힘과 영향력이 있는 남자로.

레자의 배려를 받을만한 남자로.

그래서 낮은 목소리로, 자한다르는 입을 열었다. 한 번 나온 말은 멈추지 않았다.

레자 빈-라티프가 만족스러운 미소를 지을 때까지 말은 계속되었다.

바로 그 옛날처럼.

날개 달린
뱀

셰에라자드는 마법의 양탄자로 할리드를 괴롭힐 마음은 없었다.

물론 나중에는 생각이 바뀌었지만.

하지만 다 할리드가 자초한 일이었다. 결코 그녀의 탓이 아니었다.

호라산의 칼리프께서는 군주다운 오만하고 냉정한 태도로 이렇게 말했다. 어린애도 아닌데 누가 날기를 두려워하겠느냐고. 그 말을 들은 순간 셰에라자드는 도전을 기꺼이 받아들이기로 했다.

할리드의 오만함이 찬란하게 산산조각 나는 걸 꼭 보고 싶었다.

처음에는 자신도 하늘을 나는 게 얼마나 무서웠던가. 하지만 할리드에게 굳이 그 점을 알려줄 필요는 없겠지.

그래서 할리드가 양탄자 위에 앉자마자, 셰에라자드는 아무런 경고 없이 공중으로 휙 날아올랐다.

할리드의 입에서 험한 말이 마구 튀어나왔다. 셰에라자드가 쌩 쌩 부는 바람을 뚫고 도시 위로 높이 올라가자 말은 한층 더 거칠어졌다. 셰에라자드는 어둠 속에서 웃으며 마법의 양탄자를 더욱 빠른 속도로 몰면서 무릎을 대고 몸을 일으켰다. 할리드가 눈을 번뜩이더니 그녀를 뒤로 잡아당기려 하자, 셰에라자드는 슬쩍 뒤돌아보며 놀리는 눈빛을 지었다.

"앉아."

할리드가 바람을 뚫고서 소리쳤다. 두 손으로는 그녀의 허리를 단단히 잡았다.

"재미없게 왜 이래요!"

"떨어지면 어쩌려고."

"안 떨어져요."

그녀는 두 팔을 활짝 벌렸다.

"안 떨어지는지 어떻게 아나?"

"안 떨어진다니까요!"

할리드는 턱에 힘을 주고 고집을 부렸다.

"앉아, 제발!"

"왜요?"

"그대 때문에 점점 죽을 지경이니까!"

셰에라자드는 투덜대며 천천히 양탄자에 앉았다. 할리드는 그녀를 가슴에 끌어안고서 목덜미에 가쁜 숨을 내쉬었다.

마음 한구석으로는 살짝 죄책감이 들었다.

하지만 솔직히 우쭐한 마음이 더 컸다.

'정말 고소하네. 다음번엔 왕 중의 왕께서도 이토록 오만하게 굴지 않으시겠지.'

셰에라자드는 혼자 씩 웃었다. 할리드가 오만하게 굴지 않기는 힘들 것이다. 셰에라자드가 그를 자극하지 않고는 못 견디는 것만큼이나 말이다. 이 남자를 자극하기란 너무 쉬웠다. 그리고 무지무지 재미있었다.

"이제 제대로 숨이 쉬어지나요? 어린애도 아닌데 하늘을 나는 게 뭐가 무섭냐고 말한 사람치고는 아주 이상한 행동 아니었나요?"

셰에라자드가 놀려댔다.

"무섭지 않았다."

할리드가 근육질 팔로 그녀를 감싸며 대답했다. 셰에라자드는 못 믿겠다는 눈빛을 지어 보였다.

"방금 거짓말한 거 알죠?"

"무서운 수준이 아니었다. 그 이상으로 공포에 질렸으니까."

되풀이하는 말에 셰에라자드는 웃음을 터뜨렸다. 그리고 놀라운 선물처럼, 힘들이고 짓지 않은 자연스러운 할리드의 미소를 보았다. 그 얼굴은 마치 그림자를 빛으로 바꾼 것만 같았다.

얼마나 아름다운 미소였는지, 셰에라자드는 둘이 탄 마법의 양탄자가 너무 작다는 사실조차 그만 잊고 싶었다.

"당신은 아름다워요."

셰에라자드가 나지막이 말했다. 그러자 허리를 잡은 할리드의 손에 힘이 들어갔다.

"그런 말은 보통 남자가 여자에게 하는 것 아닌가?"

"그럼 당신은 다른 말을 하면 되잖아요. 보통이 아닌 말을요."

그녀의 말소리는 명랑했지만 가슴은 이미 두근거리고 있었다.

"예를 들면 어떤 말?"

"당신은 똑똑한 사람이잖아요. 그러니 뭔가 좋은 말을 생각해 내겠죠."

"생각이야 이미 했지."

할리드의 입술이 귓가를 더듬자 셰에라자드는 그만 욕망의 소용돌이에 휩싸이고 말았다.

'우리가 지금 해야 할 일이 많다는 게 참 안타깝네.'

바쁘지만 않았어도 분명 욕망에 몸을 맡겼을 텐데.

이윽고 그들은 광대한 산맥 근처에 넓게 뻗은 사막 위를 날았다. 머리 위로 펼쳐진 검은 밤하늘에는 외로운 별만이 드문드문 깜빡였다. 어느덧 할리드는 얼굴에 세차게 불어오는 바람에 익숙해졌고, 덕분에 긴장했던 어깨도 느슨해졌다. 얼마나 시간이 흘렀을까, 공기 중 소금 내음이 짙어지기 시작하더니, 수평선을 따라 희미하게 빛나는 바다가 나타났다.

마법의 양탄자는 만에 가까워지면서 속력이 느려졌고, 마침내 절벽에 맞닿아 있는 못에 착륙했다. 셰에라자드는 양탄자를 돌돌 말아 등에 멨고, 할리드는 살쾡이처럼 조심스럽게 발을 디디며 샴시르를 빼 들었다.

불과 며칠 전에 본인도 똑같은 행동을 했으면서, 셰에라자드는 그에게 눈을 흘겼다.

"그럴 필요 없어요. 그런 행동은 여기 분들에게 모욕적이라는 거 알잖아요."

"미안하지만 내가 가는 곳마다 환영을 받는 기분이 아니라서 그렇다. 위험을 감수할 수도 없고."

할리드가 나지막이 말했다. 셰에라자드는 고개를 저으며 그의 다른 한 손을 잡은 다음 깍지를 꼈다.

"셰에라자드-잔?"

연못 맞은편에 선 특이한 조각상 사이로 무사가 나타났다. 이번에도 할리드는 주저하지 않았다. 그는 마법사를 알아보았으면서도 셰에라자드를 더욱 가까이 끌어당기고 샴시르를 들어 올렸다. 무사가 할리드에게 웃어 보이자, 드러난 치아가 마치 흑단에 박힌 진주처럼 하얗게 빛났다.

"오실 줄은 몰랐습니다."

할리드는 한참을 침묵하다 대답했다.

"나의 아내가 설득력이 아주 대단하다."

그의 칼날은 경계심을 늦추지 않았다. 마법사의 눈꼬리에 주름이 잡혔다.

"다시 뵙게 되어 반갑습니다. 세월이 많이 흘렀지요."

할리드는 아무 말도 없었다.

무사가 성큼성큼 다가왔다. 그는 할리드를 찬찬히 바라보는 듯했다. 앞에 선 젊은이의 모습에서 예전에 알던 소년의 얼굴을 찾아보려는 것일까.

"지금 모습을 보니……."

"아버지를 닮았지. 많이들 그렇게 말하더군."

"맞습니다. 하지만 어머니도 닮으셨군요. 특히 눈이 그렇습니다."

"나에게 아부할 필요 없다. 당신답지 않게 거짓말을 하는군."

무사는 연못 둘레를 돌아가며 말을 이었다.

"거짓말이 아닙니다. 눈동자 색이 아버님과 같을지는 모르지만, 두 눈은 레일라가 보았던 세상을 보고 계신다는 걸 저는 알 수 있습니다. 모든 것을 보는 눈 아닙니까. 아버님께서는……."

무사는 어쩔 수 없이 얼굴을 찡그리고 말았다.

"……세상을 아주 편협하게 보셨지요."

할리드는 눈을 가늘게 떴다.

"아버지는 그만하면 많이 보셨다."

그 답변의 숨은 의미는 분명했다.

'어린 소년의 세상을 파괴할 만큼은 많이 본 아버지였기에.'

무사는 황갈색 돌 위로 화려한 망토를 나풀거리며 그들 앞에 멈춰 섰다.

"아닙니다. 그분은 보고 싶은 것만 보셨지요. 그리고 남들이 다른 걸 보여드릴 기회를 절대로 주지 않으셨습니다."

무사의 말 역시 숨은 의미를 분명히 드러냈다.

"어머니의 가정교사에게 강의나 들으려고 여기 온 게 아니다. 그리고 당신에게 날 설득할 기회를 주러 온 것도 아니다, 무사 사라고사."

할리드가 맞받아치자 무사는 고개를 끄덕였다.

"저도 하룻밤 만에 여기 오실 줄은 몰랐습니다. 하지만……."

할리드는 냉정하게 말을 끊었다.

"나를 설득하려 하지 마라. 앞으로 다시는."

"할리드-잔."

세에라자드가 속삭여 그의 이름을 부르고는 말없이 질책하는 기색으로 그의 손을 잡아당겼다. 할리드는 조금도 후회하는 것 같지 않았지만, 그래도 알겠다는 뜻으로 그녀의 손바닥을 꼭 쥐었다. 무사는 지난 일이 애석하다는 듯한 미소를 지어 보였다.

"정말 미안하구나, 꼬마 팔랑(pahlang)."

그 순간, 셰에라자드는 옆에 선 할리드의 몸이 확 굳는 것을 알아챘다.

꼬마 팔랑. 꼬마 호랑이라는 뜻.

할리드의 얼굴이 핼쑥하게 굳었다.

"나를 감히 그렇게 부르지 마라. 나는 호라산의 칼리프다. 당신과 그 이상의 의미가 있는 사이가 아니란 말이다."

이 말을 듣자, 이제껏 알아왔던 할리드의 모습은 싹 사라지고 셰에라자드가 두려워하던 첫날밤 새벽의 폭군이 되살아나고 말았다. 그저 얼음과 돌로 만들어진 남자 같았던 모습으로, 아무런 이유도 사과도 없이 신부를 살해하던 괴물의 모습으로.

가진 거라곤 증오로 가득한 이야기뿐이던 그때의 존재로.

할리드가 예전 모습으로, 껍데기 같은 옛 존재로 돌아가는 광경을 지켜보기란 고통스러웠다.

그가 자칫하면 괴물로 변해버릴 수 있는 기색을 어떻게 보겠는가.

무사가 손가락을 이마에 대고 절했다.

"천 번이고 거듭 사과드립니다, 세이이디."

셰에라자드는 할리드를 노려보면서 잡은 손을 뿌리쳤다.

"무사-에펜디, 제발 그러지……."

"저는 화나지 않았습니다, 별빛 같은 분이시여. 젊은 칼리프께서 왜 저를 경멸하는지 압니다. 도와달라고 애원하셨는데도, 저는 아무것도 하지 않았으니까요. 오랫동안 그 때문에 괴로웠습니다."

무사의 대답에 셰에라자드가 외쳤다.

"무사-에펜디가 그때 하실 수 있는 건 아무것도 없었잖아요. 어떻게든 도우시려고 했다면 같이 살해되었을 거라고요!"

무사는 한쪽 입가로 비뚤어진 미소를 지었다.

"아뇨. 더없이 어두운 공포와 직면했을 때 아무것도 하지 않는 건 약한 이나 절망하는 이들이 하는 짓입니다. 어떤 상황에서든 할 수 있는 말과 행동이 있기 마련이지요. 물론 말만으로는……."

순간, 할리드가 한층 냉랭한 목소리로 말을 받았다.

"그저 삶의 한 장을 휘갈기는 것에 불과하지. 인간의 진정한 힘은 말 뒤에 있는 법이다."

무사는 몸을 더없이 꼿꼿이 세우더니 조심스럽게 미소를 지었다.

"기억하고 계시는군요. 기억하신다니 참으로 위안이 됩니다. 비록 저는 위안을 받을 자격이 없지만, 그래도 고맙습니다."

할리드는 가슴을 들썩이며 숨을 몰아쉬면서 가만히 생각에 잠겼다.

"나 역시…… 고맙다. 셰에라자드에게 많은 걸 해주었다지."

무사는 다시금 절했다.

"아닙니다, 세이이디."

그는 이제 셰에라자드를 바라보면서 따스한 표정을 숨기지 않고 말했다.

"마마의 참을성 없는 가정교사가 기다리고 있습니다. 항상 있던 자리로 가시지요."

해변에서 기다리고 있는 건 아무리 봐도 아르탄 테무진이 아니라 괴물이었다.

괴물의 크기는 척 봐도 성인 남자의 다섯 배는 되었고, 굵기도 두 배쯤 되었다. 하지만 세에라자드는 괴물의 몸집 때문에 무서운 게 아니었다. 제일 경악했던 건, 괴물이 뱀같이 생겼기 때문이었다. 몸뚱이는 짙은 무지갯빛 비늘로 덮였고, 목 부분에는 거대한 후드도 달려있었다.

그리고 몸에 또 붙은 건…… 날개인가?

세에라자드는 목 졸린 비명이 나오려는 걸 삼켰다. 할리드는 재빨리 칼을 뽑아 들었다.

"어디 있다 왔어?"

미끌미끌한 괴물 뒤에서 갑자기 아르탄이 불쑥 나타나 물었다.

"이, 이게 대체 뭐야?"

세에라자드는 소리 지르지 않으려고 애썼다. 그녀가 말하는 동안 괴물은 무지갯빛 비늘을 번뜩이며 똬리를 틀었다. 가죽 같은 날개가 달빛을 받아 빛났다.

"누구? 세샤 말이야? 얘는 안 무서워."

아르탄이 짓궂게 씩 웃었다.

뱀은 그 말을 이해했다는 듯 검은 송곳니를 드러냈다. 하지만 아르탄의 말에 진심으로 동의하진 않는 것 같았다. 아르탄은 방정맞게 손을 내저었다.

"얜 그냥 웃기게 생긴 날개 달린 뱀이야. 사람 겁주는 걸 좋아하지. 얘 겉모습은 그저 과시용이야. 폭군들이 과시하는 것과 다를 게 없지. 하지만 알고 보면 아주 다정한 놈이라고……. 아닐 때도 있지만."

그들이 대화를 나누는 동안, 할리드의 자세에는 변함이 없었

다. 샴시르를 계속 들고서, 셰에라자드와 뱀 사이를 가로막고 선 채······

아르탄을 주시하고 있었다.

이제 할리드는 흔들림 없는 의도를 지니고 민머리 소년 쪽으로 돌아서서 칼을 겨누었다. 아르탄은 코웃음을 쳤다.

"저게 그 저주받은 남편 맞지?"

그리고 혼자서 웃었다.

'저 바보는 내 말이 기억 안 나나? 분명히 할리드의 심기를 건드리지 말라고 했는데?'

셰에라자드가 미처 끼어들기도 전에, 아르탄은 거대한 뱀의 꼬리를 폴짝 뛰어넘어 모래에 내려섰다. 그리고 곁눈으로 할리드를 바라보며 말했다.

"듣던 대로 정말 장난기라곤 전혀 없군. 하지만 내가 그 성격을 고쳐줄 수는 없을 것 같은데."

'또 저러네.'

하지만 아르탄은 여기서 멈추지 않았다.

"널 할리드라고 불러야 하려나? 엄밀히 말해서 넌 내 왕이 아니거든. 뭐, 아무렴 어때. 난 아르탄 테무진이야. 그리고 끈질기게 설득당해 버려서 결국 널 운명에서 구해줄 작정이야. 하지만 네 아내가 먼저 나한테 애원해야 해. 무릎을 꿇고 말이지."

그는 킥킥 웃으며 덧붙였다.

"땅을 기면서 애원하면 더 좋고."

아르탄은 그렇게 조롱을 퍼부었지만, 할리드에게 불을 붙인 건 그 말이 아니었다. 할리드의 두 눈에 들어온 광경 때문이었다. 바로 아르탄의 팔에 난 화상 자국이었다. 셰에라자드는 할리드의 얼굴을 보고 깜짝 놀랐다. 그를 잘 아는 사람만이 눈치챌 수 있는 표정이었다.

눈 밑이 아주 살짝 꿈틀거렸다. 무언가를 알아보며 생긴 그 떨림은 순식간에 나타났다 사라졌다.

아주 짧은 순간, 모든 걸 이해한 것이다.

'오, 맙소사.'

게다가 아르탄은 참으로 안타깝게도 무려 할리드에게 눈을 찡긋했다. 이어서 그의 어깨를 철썩 치기까지 했다.

'이게 마지막이야.'

샴시르가 어둠을 뚫고서 아르탄의 목을 향해 번뜩이며 돌진했다가……

머리카락만 한 공간을 남기고 멈췄다.

아르탄은 내내 웃더니 항복하듯 두 손을 얼굴 옆으로 들었다. 이윽고 그의 손바닥에서 순식간에 불꽃이 일었다. 아르탄이 전혀 두려운 기색 없이 말했다.

"솔직하게 말하자면 일부러 널 자극해 봤어. 이러는 게 내 취미라서. 셰에라자드는 네가 한 성깔 한다고 했거든. 하지만 상황이 생각보다 빨리 이만큼이나 악화됐네. 그럼 일단……."

"네가 셰에라자드에게 화상을 입혔나?"

목에서 땀방울을 주르르 흘리면서도 할리드는 빙글빙글 도는 화염구 앞에서 조금도 주춤하지 않았다.

아르탄은 눈을 휘둥그레 떴다. 할리드와 달리 그는 반응을 숨기지 못했다. 죄책감이 얼굴에 확 퍼지면서 민머리가 빨개졌다.

"어, 그게……."

"그만해! 둘 다!"

셰에라자드가 아르탄의 셔츠 뒤쪽을 잡고 할리드에게서 떼어내며 소리쳤다.

"지금 뭐 하는 거야? 미쳤어?"

아주 잠깐 그녀는 아르탄의 콧잔등에 주먹을 날릴까 생각했다. 그런 다음 할리드에게 돌아섰다.

"당신은 오늘 밤 내내 아주 끔찍하게 굴고만 있네요. 처음엔 무사-에펜디에게 그러더니, 이젠 아르탄한테까지! 이들은 우리를 도와주려는 사람이라고요, 할리드!"

그녀가 비난했어도 할리드는 샴시르를 거두지 않았다. 화염구 역시 계속 빙글빙글 돌기만 했다. 결국, 셰에라자드는 바락바락 소리 지르고 말았다.

"당장 치우지 못해, 이 성질 나쁜 놈들아! 남자 놈들 하는 꼴을 보니 도저히 안 되겠어! 여자들이 세상을 다스리면 훨씬 살기 좋아질 텐데."

"그건 잘 모르겠고, 훨씬 재미없는 곳이 되긴 하겠지."

아르탄이 다시 빙긋 웃더니 화염구를 거두며 덧붙였다.

"그렇게 생각하지 않으십니까, 왕 중의 왕이시여?"

할리드도 검을 내렸지만 아르탄을 쏘아보는 냉랭한 눈초리는 여전했다. 아르탄은 잠시 생각에 잠겼다가 말했다.

"흠. 우리가 짧게나마 재미있는 대화를 나누었으니 망정이지, 그렇지 않았다면 네가 말 못 하는 남자랑 결혼한 줄 알고 걱정했을 거야, 귀여운 도요새 아가씨. 하긴 네가 얼마나 말이 많은지 생각하면 과묵한 남자랑 결혼한 게 이해는 가지만, 그래도 솔직히 말이 너무 없어서 좀 놀랐어."

셰에라자드가 대꾸했다.

"할리드는 말을 못 하는 게 아니야. 다만 바보랑 말 섞고 싶어 하지 않을 뿐이지."

"그렇다면 네 옆에 있을 땐 말이 거의 없겠네?"

아르탄은 눈을 찡긋하더니 그녀의 어깨에 팔을 척 두르고는 끌어당겼다. 셰에라자드는 손으로 아르탄의 얼굴을 밀어냈다.

"이 멍청한 인간아, 할리드는 상대방이 가치 있는 사람일 때만 말을 한다고."

"그렇다면 매일 바보들한테 둘러싸여서 어떻게 산대?"

"한 번에 하나씩 찔러 죽이면서 산다."

할리드는 조용히 대답하며 검을 검집에 탁 꽂았다. 순간, 아르탄은 고개를 뒤로 젖히면서 마구 웃었다.

"아, 애 마음에 드네, 도요새 아가씨. 말수는 적어도 하는 말마다 틀린 게 없어. 여기 있어도 좋아."

"여기 있는다니? 우리 이제 너희 고모 보러 가기로 하지 않았어?"

셰에라자드가 묻자 아르탄은 자신의 귀걸이를 잡아당겼다.

"그래, 갈 거야! 그냥, 지금은 셰샤가 좀 비협조적이라 그래."

아르탄은 모래밭에서 빙글 돌더니 높은 곳을 향해 걷기 시작했다. 그러면서 두 사람에게 털 달린 겉옷 두 벌을 던졌다.

"그 조그마한 양탄자에 이걸 단단히 묶도록 해. 이 옷이 필요할 테니까."

　셰에라자드는 발치에 떨어진 두꺼운 털옷을 가만히 바라보았다. 그녀의 목소리에 의심이 짙게 배었다.

　"아르탄…… 어디로 갈 건데?"

　아르탄은 눈썹을 꿈틀거렸다.

　"숨겨진 요새로 갈 거야. 산을 파서 만든 곳이지."

거울의
어두운 면

이번에는 셰에라자드가 이제껏 마법의 양탄자를 타고 날아간 것 중 가장 먼 거리를 이동했다.

그전까지는 양탄자를 타고 한 시간 이상 날아본 적이 없었다. 양탄자를 타면 상상했던 것보다 훨씬 빠르게 이동하기 때문에, 아래를 내려다보면 땅이 흐릿하게 보이고 하늘 양옆으로는 별빛이 희미하게 긴 빛줄기를 그릴 정도였다. 하지만 그때도 항상 지금 어디로 가고 있는지는 어렴풋이 알 수 있었다.

그런데 지금은 대체 어딜 가는 건지 전혀 감이 잡히지 않았다.

양탄자는 동쪽으로 두 시간이 넘도록 빠르게 날았다. 이윽고 수평선 너머로 호라산의 산들보다 훨씬 더 높고 웅장한 산들이 나타나자, 양탄자는 산 위로 올라가기 시작했다.

공기가 점점 차갑고 청명해졌다.

할리드는 아무 말 없이 셰에라자드를 꼭 껴안고 털을 댄 겉옷을 둘렀다. 셰에라자드의 피부에는 아직 냉기가 스며들지 않았지만, 그래도 할리드의 몸을 느낄 기회를 어떻게 마다하겠는가. 그의 가슴에 포근히 안겨 손끝으로 하릴없이 그의 손바닥을 간질이면서 그녀는 무심코 미소 지었다. 그러면서 저 멀리 드러난 산의 윤곽을 훑어보았다.

양탄자에게 날개 달린 뱀을 따라가라고 명령해 놓긴 했지만, 구름 속을 이리저리 헤집고 날아가는 매끈한 괴물을 바라보면 기분이 묘했다. 전에는 저토록 이상한 생물을 본 적이 없었다. 물론 이야기로는 많이 들어봤지만, 밤하늘 저 멀리 빛나는 별들이 그렇듯 자신과는 동떨어진 옛 민담 속 존재라고 생각했으니까.

셰샤의 뾰족한 주둥이에 달린 기다란 은빛 수염이 부드러운 바람을 타고 나부끼는 얇은 리본처럼 별빛 속에서 양옆으로 하늘거렸다. 구불구불한 수염이 제멋대로 구부러진 가운데 뱀의 눈은 힌두스탄산 최고급 루비 같은 핏빛으로 번뜩여 보고만 있어도 불안해졌다.

이윽고 셰샤는 왼편으로 방향을 돌려 저 멀리 눈 덮인 봉우리로 향했다. 특이하게 생긴 산이었다. 서쪽으로 향하는 부분은 마치 거대한 검으로 자른 것처럼 반듯하게 깎여있었다. 짙은 청회색 돌산은 구름이 잔뜩 낀 하늘 아래서 검게 보였다. 어찌나 검은지, 주변의 빛을 다 빨아들이는 듯한 매끄러운 표면에는 신기하게도 눈 한 송이 달라붙어 있지 않았다.

그 이상한 산의 정상을 맴돌던 셰에라자드는 산 동쪽 부분의 뾰족한 봉우리들이 위로 살짝 구부러져 있는 걸 보았다. 그 모습은 마치 손가락이 하늘을 향해 손을 흔들거리는 듯했다.

셰샤는 그중 가장 낮게 솟은 곳으로 향한 다음, 가죽 같은 날개를 비늘 몸통에 단단히 붙이고 갑자기 아래로 휙 내려갔다. 마법의 양탄자 역시 셰샤를 따라 급강하를 한 탓에 찬바람이 셰에라자드의 얼굴을 강타하면서 온몸의 숨을 모두 앗아갔다.

손 모양 산의 엄지와 검지 사이에 바위를 깎아 만든 계단식 건물이 있었다. 정신을 차리고 주시하지 않으면 전혀 알아보지 못할법한 곳이었다. 층마다 달린 지붕 위로 또 다른 층이 차곡차곡 쌓인 형태의 건물 입구에는 나무 현판이 달려있었고, 현판에는 붓으로 금빛 글자를 적어놓았다.

그들이 건물 앞 작은 뜰에 도착하자, 돌풍이 불어와 나무 처마에 매달린 놋쇠 종을 흔들었다. 종소리는 섬뜩하고 애달프게 들렸다. 바람결에 종소리가 사라진 후에도 그 가락은 사람의 뼛속까지 파고들어 여운을 남겼다.

그 소리에 걸맞게 주변 공간은 텅 빈 얼음투성이였다. 다만 뜰 한가운데 불이 담긴 돌그릇 하나가 있었을 뿐이다. 온통 검은색과 흰색투성이인 공간에 주황빛과 푸른빛 불꽃이 넘실거렸다.

"참 멋있지?"

아르탄이 민머리 위에 망토의 털 달린 후드를 뒤집어쓰며 말했다.

"음…… 색다르긴 하네."

셰에라자드가 겉옷을 더욱 여미며 대답했다.

"겨울에 왔어야 하는데. 그땐 더 멋있거든."

그 말에 셰에라자드는 할리드가 웃음을 참는 모습을 보았다.

세 사람은 입구를 향해 성큼성큼 다가갔다. 뒤에 남겨진 셰샤는 불 그릇으로 미끄러지듯 기어갔다. 높다란 돌 문지방 위로 나지막한 문이 달려있었다. 아르탄은 샌들을 벗었고, 셰에라자드와 할리드도 따라 했다.

하지만 아무도 그들을 맞이하러 나오지 않았다.

셰에라자드가 보기에 그건 좋은 징조가 아니었다.

문을 열고 들어가자, 바닥에는 옻칠을 해서 매끈하게 윤이 나는 두꺼운 종이가 깔려있었다. 그런데 바닥 표면이 묘하게도 따스한 것이, 마치 발밑에서 불이 타오르는 것 같았다. 희미한 민트 향이 공기 중에 떠다녔다. 정확히는 몰라도, 셰에라자드가 맡기에는 민트 같았다. 레몬을 섞은 민트일까? 아니면 알로에를 섞었나?

아르탄은 오랫동안 다녀서 익숙한 듯 좁은 복도를 통과했다. 기름종이 같은 것으로 덮은 늘씬한 등불이 가는 길마다 매달려 빛을 내었다. 그들은 계단을 올라가 또 다른 복도로 들어갔다. 그리고 어두운 복도에 들어선 순간……

어둠 속에서 웬 괴물이 확 뛰쳐나와 아르탄을 향해 쇳소리를 내질렀다.

하얀 도마뱀같이 생긴 생물이었다. 크기가 작은 살쾡이만 한 괴물은 날카로운 발톱을 지녔고 등에는 검은 반점이 군데군데 보였다. 등뼈를 따라 뾰족한 지느러미가 붙었으며, 꼬리는 경고의 뜻을 담고 이리저리 흔들렸다. 괴물이 쉭 소리를 내자 침방울이 옻칠한 종이 바닥에 떨어졌다. 그 자리마다 바닥이 타서 구멍이 나더니 가느다란 은빛 연기가 구불구불 피어올랐다.

"저리 가, 이 꼬마 괴물아!"

아르탄이 손바닥을 위로 뻗으며 괴물을 위협했다. 실제로는 아무 일도 일어나지 않았지만, 셰에라자드는 불꽃이 타오르며 지글

대는 소리를 들은 것 같았다. 도마뱀 괴물은 아르탄 쪽으로 계속 침을 뱉으며 등뼈를 높이 치켜세우고 노란 눈동자를 마구 빛냈다.

그 순간, 복도 끝에서 여자의 웃음소리가 은은하게 흘러왔다.

"톨루의 아들아, 마침내 돌아왔니?"

여자의 목소리에는 기쁜 기색이 없었다. 하지만 그렇다고 기분 나쁜 기색도 아니었다.

셰에라자드는 할리드에게 바짝 붙었다. 할리드는 칼자루에 손을 감았다. 아르탄은 코웃음을 쳤다.

"일단 보초나 치워줘. 나름 자기 의무를 다하려는 걸 보니 불쌍하네. 그러면 대답해 줄게."

그러자 셰에라자드는 알아들을 수 없는 거친 말이 어둠을 가르고 떨어졌다. 이윽고 도마뱀 괴물은 물러섰다. 하지만 아르탄을 향해 다시금 쉿소리를 지르면서 그의 맨발 근처에 침을 뱉고서야 사라졌다.

"계속 가도 안전한 거 맞아, 이수케 고모?"

아르탄이 재밌다는 기색을 숨기지 않으며 물었다. 여자의 낮은 웃음소리가 다시금 울려 퍼졌다.

"톨루의 아들아, 너는 언제나 안전할 거란다."

셰에라자드와 할리드는 서로 조심스러운 눈빛을 주고받은 뒤 아르탄을 따라 티크나무 대들보로 천장을 올린 커다란 방으로 들어갔다. 방 안에는 골풀로 짠 돗자리가 깔려있었다. 돗자리 한가운데 둔 낮은 탁자 뒤에 가냘픈 여성이 앉아있었다. 셰에라자드는 그녀를 보면서 새를 떠올렸지만, 아름답게 지저귀는 새나 하늘을 나는 새는 아니었다.

말하자면 맹금류랄까.

그녀의 등은 화살처럼 곧았고, 날카로운 두 눈은 부싯돌 조각처럼 회색을 띠었다. 긴 머리카락은 마치 반질반질한 깃털 망토처럼 어깨를 덮었고, 가운데 알록달록한 유리구슬을 섞어서 가느다랗게 땋은 머리 한 줄기는 귀 뒤로 넘겨놓았다. 입고 있는 털 달린 윗도리는 잘 여며 가슴께에 가죽끈으로 묶은 차림이었다.

그녀는 일행을 봐도 미소 짓지 않았다. 가만 흥미로운 기색으로 고개를 갸웃거렸을 뿐이다. 까만 눈동자는 흔들림 없고 기민하기만 했다.

"친구를 데려왔구나."

그녀는 먼저 할리드를 바라보았다. 하지만 그가 굳은 얼굴을 풀지 않자, 이수케는 이번엔 셰에라자드 쪽으로 고개를 돌리더니 그녀를 한참 바라보았다.

"나는 애들을 친구라고 생각해. 하지만 애들은 그렇게 생각 안 할지도 몰라."

아르탄이 씩 웃자 이수케는 고개를 끄덕였다.

"여자애 쪽은 친구라고 여기고 있구나. 하지만 남자애는 아니야."

그녀는 마치 냄새를 통해 상대방의 생각을 알아볼 수 있다는 것처럼 공기를 킁킁거렸다.

"아직까지는."

"나도 그렇게 생각해."

아르탄은 웃었다. 이수케가 할리드 쪽으로 다시 턱짓했다.

"그리고 말이다, 저 남자애는 친구를 가질 수 없어. 친구란 사치라고 생각해서 스스로 용납하지 않으니까. 저 애는 암흑에 싸여있거든."

그녀는 느리게 눈을 깜빡였다. 할리드의 손이 셰에라자드의 손을 꽉 쥐었다. 셰에라자드는 마른침을 삼키고서 아르탄과 눈을 마주쳤다. 아르탄이 그녀를 놀려댔다.

"너무 감동하지 마, 작은 도요새 아가씨. 나도 네 왕을 만나자마자 다 알았던 것들이니까. 나도 얼마든지 말해줄 수 있었다고. 얘는 미소 짓는 것도 싫어하고 웃지도 않잖아. 당연히 친구가 없는 게 뻔히 보이지 않나."

"이 애들을 왜 나한테 데려왔지? 혹시 제물이니?"

이수케가 묻는 말을 듣자마자 셰에라자드는 단검에 손을 대고 도망칠 준비를 했다. 할리드는 주저하지 않고 샴시르를 뽑아 들었다.

아르탄은 크게 한숨을 쉬었다. 이수케가 부드럽지만 뼈 있는 목소리로 할리드를 향해 말을 이었다.

"쓸데없는 짓은 하지 말아라. 널 죽일 마음이었다면 벌써 죽였겠지. 너희는 내 조카와 함께 온 이들이야. 그것만으로도 관심을 둘만한 가치가 있다는 뜻이고. 하지만 저 여자애에게는 신비한 피가 흐르고 있어. 그리고 너는 영혼에 먹구름이 끼었구나. 일단은 네 말을 끝까지 들어본 다음 널 어떻게 처리할지 결정하겠다."

하지만 할리드가 여전히 검을 거두지 않자, 아르탄이 그를 돌아보고 똑바로 눈을 마주하며 말했다.

"우리가 여기 있는 동안 셰에라자드에게 아무런 위험도 없을 거야. 약속할게."

아르탄은 표정을 엄숙하게 굳히면서 말을 이었다.

"우리 아버지의 무덤을 걸고 맹세할게."

순간, 이수케의 어깨가 흠칫 굳었다.

아르탄의 약속을 듣고 화가 난 것 같았다. 아니면 호기심이 생겼거나. 어느 쪽인지는 알 수 없었지만, 어느 쪽이든 셰에라자드가 안심할 수 없기는 마찬가지였다.

하지만 할리드의 생각은 다른 듯했다. 그는 흔들림 없는 아르탄의 시선을 한동안 마주하다가, 셰에라자드가 이젠 정말로 상황이 악화되었다고 생각한 순간 오히려 긴장을 풀고 꿈틀대던 턱의 힘을 뺐다.

그러고는 이내 검을 거두었다.

"왜 이 애들을 데려온 거지, 툴루의 아들아?"

이수케의 목소리는 더욱 부드러워져서 이제는 위험하게 들릴 지경이었다. 부싯돌 같은 회색 눈동자가 흑요석처럼 짙어졌다.

"그리고 왜 이 애들을 위해 그런 약속을 한 거지?"

"이 남자애는 저주받았어, 이수케 고모. 저주를 풀려면 고모가 도와줘야 해. 그리고 애 아버지가 다시 건강해질 방법도 알려줬으면 좋겠어."

아르탄은 잠시 멈추더니 이어서 말했다.

"만약 고모가 애들의 말을 들어준다면, 나도 고모의 부탁을 하나 들어줄 생각이야."

"부탁?"

"그래."

"이 애들이 너한테 그토록 중요하단 말이니?"

이수케는 새롭게 관심을 품고서 셰에라자드를 돌아보았다.

"내가 말했잖아. 얘들은 내 친구라고."

그러더니 아르탄은 아주 잠깐 머뭇거렸다.

"그리고 어쩌면…… 얘들이 우리 아버지의 악행에 대해 뭔가 알고 있을지도 모르니까."

아르탄은 나름 조심스럽게 꺼낸 말이었지만, 셰에라자드는 그 말뜻이 뭔지 이해하기 시작했다. 아르탄을 바라보는 할리드의 표정은 한층 어두워졌다.

이수케의 얼굴에 묘한 감정이 스치고 지나갔다. 하지만 그것이 뭔지 셰에라자드가 알아보기도 전에 사라지고 말았다.

"좋아. 그렇다면 네가 부탁한 대로 저 아이들의 말을 들어보지."

이수케는 얼굴을 한층 굳히고 말을 이었다.

"하지만 앞으로 내가 너에게 무언가를 부탁한다면 너도 지금처럼 예의를 갖추어 들어주기를 바란다."

아르탄은 대답 대신 고모에게 짧게 절했다. 셰에라자드는 이수케의 맞은편에 앉았고, 아르탄은 그녀의 왼편에 무릎을 꿇고 앉았다. 셰에라자드가 어서 앉으라는 눈초리로 할리드를 슬쩍 올려다보자 그는 마침내 샴시르를 검집에 넣고 그녀 옆에 앉았다.

마법사 이수케는 셰에라자드가 해주는 에이바와 할리드의 슬픈 이야기를 들었다. 둘이 정략결혼을 했고, 가슴 아프게도 아이를 잃었으며, 이어 에이바가 정신이 황폐해진 나머지 삶을 놓아버렸다는 얘기가 이어졌다. 그리고 에이바의 아버지가 어둠의 마법으로 할리드에게 저주를 내렸고 그 대가로 스스로 목숨을 끊었다는 이야기까지 마쳤다.

이야기를 끝낸 셰에라자드는 할리드를 바라보았다. 할리드는 간결한 목소리로 저주의 조건이 뭔지 읊고 나서 그 조건을 이행하기 시작했지만, 복수심에 불타는 미치광이의 변덕을 더는 따를 수가 없었다고 밝혔다.

이야기를 듣는 내내 이수케는 그저 새처럼 고개를 갸우뚱거리기만 했다. 드디어 이야기가 모두 끝나자, 그녀는 무언가 계산하듯 느릿한 동작으로 책상에서 종이 묶음을 치우더니 입을 열었다.

"저주는 빚을 갚는 것이다. 아무리 불공정하게 이루어진 거래라 해도 어쩔 수 없지. 이 경우에는 마법을 거는 대가로 한 사람의 목숨이 들어갔어. 그러니 마법을 무력화하려면 같은 무게의 제물을 바쳐야 한다."

"그렇다면…… 내가 죽어야겠군."

할리드가 체념한 어조로 말했다. 마치 이미 예상했다는 듯한 목소리였다.

셰에라자드는 온몸의 근육이 팽팽해지는 느낌이었다. 온갖 항의의 말이 두서없이 목구멍에 걸리기 시작했다.

이수케의 입가가 아래로 휘어졌다. 미소 비슷한 것을 지으려던 것이었을까.

"아니. 그런 말이 아니야. 목숨 하나와 뭔가 하나를 바꾸는 식의 간단한 저주였다면, 수없는 새벽을 거칠 필요도 없이 이미 풀렸겠지. 그렇게 간단한 저주는 거의 없어."

그녀는 손바닥 두 개 크기쯤 되는 타원형 거울을 탁자 위에 놓았다. 그리고 양 손바닥을 거울 옆에 댔다.

거울이 저절로 둥실 떠오르는 것처럼 보였다. 그리고 마치 보이지 않는 끈에 연결되어 천장에 매달려 있듯, 아주 천천히 돌기 시작하며 셰에라자드와 할리드의 얼굴을 비추었다.

이수케가 계속 말했다.

"마법은 그 자체로 힘과 의도를 반영하지. 거울이 그렇듯, 마법마다 어두운 면이 있는 법이야. 자신이 보고픈 것만 볼 수 있도록 속임수가 깃든 어두운 면 말이야."

잠시 이수케는 자기 말에 혼자 즐거워하는 듯했다.

"마법도 그렇지만, 삶에서도 속임수는 적을 물리치는 가장 좋은 방법이 되어준단다."

거울이 회전하기 시작했다. 아주 느리고 여유로운 움직임이었다. 은빛으로 반짝이는 표면은 셰에라자드를 비추다 이내 할리드의 모습을 담았다. 이윽고 거울의 어두운 면이 지나가면서 또 한 번 빛과 그림자 놀이를 하듯 빙글빙글 돌았다.

셰에라자드는 눈을 깜빡였다. 오른편을 슬쩍 보자, 할리드가 미간을 지그시 모으고 집중하는 모습이 보였다. 마치 거울이 수수께끼라도 된다는 듯 그걸 풀어보려는 표정이었다.

이수케의 목소리가 나른하게 귓가를 스쳤다.

"따라서 이 저주를 풀 적절한 대응책을 찾으려면, 저주의 이면 그 아래를 파헤쳐야 하는 법이야."

'이해가…… 안 돼.'

회전하는 거울이 다시금 셰에라자드의 시선을 사로잡았다. 거울은 한 번 반짝이더니 또다시 천천히 돌기 시작했다. 빛과 어둠이 지나가고, 셰에라자드와 할리드를 또 비추었다. 그렇게 다시, 또다시.

셰에라자드는 점점 어지러워졌다. 레몬과 민트 향이 콧속을 가득 채우고 들어가 가슴에 퍼졌다. 눈꺼풀이 처지기 시작하면서 금방이라도 잠들 것 같은 나른한 기분이 피부에 묵직하게 달라붙었다. 지금 이 기분은 꿈 사이의 공간을 떠도는 것만 같았고, 옆에서 무슨 일이 일어나는지 알지만 통제할 수 없는 느낌이었다.

무중력 상태에 빠진 것 같던 그 순간, 마음속에 원치 않은 존재가 들어왔다.

마치 두건을 뒤집어쓴 사람이 어렴풋한 자신의 침실 속으로 잠입해 한밤중의 도둑처럼 물건들을 뒤지는 것 같았다. 바라던 걸찾지 못하자, 그것은 이쪽으로 돌아섰다.

셰에라자드는 숨을 헉 들이켜고 말았다.

그것은 얼굴 없는 존재였다. 얼굴이 있어야 할 곳에는 윤이 나는 달걀껍데기 같은, 텅 빈 타원형의 상앗빛 동그라미만 보였다. 얼굴 없는 침입자는 그녀를 향해 미끄러지듯 다가오더니, 안개가자욱한 복도로 그녀를 이끌면서 좌우로 열린 문틈으로 밖을 내다보았다.

복도 안에 줄지어 난 방에는 셰에라자드의 기억이 가득 차있었다. 시바와, 이르사와 다투었던 그 모든 시간이 보였다. 라힘이사람 좋은 얼굴로 투덜대는 모습이 보이기도 했다. 어머니와 함께 이야기를 암송하는 소리가 들렸다. 타리크와 몰래 포옹했던기억이 나타났다 사라졌다. 아버지와 함께 책을 읽는 기억, 방에서 혼자 울던 기억이 보였다.

침입자는 할리드와 나눈 몇몇 순간의 기억들에 머물렀다. 밤마다 등불을 켜놓고 이야기를 들려줬던 시간. 빵을 잘게 찢으면서서로의 마음을 두고 다투었던 순간들. 어두운 골목길에서, 반짝이는 고서머 휘장 안에서 셰에라자드가 할리드에게 입 맞췄던 그 모든 시간. 침입자는 시장에서 둘이 나누었던 첫 입맞춤의 순간에 잠시 머물렀다.

마치 그 순간 그들이 느꼈던 것을 똑같이 느끼고 있는 것처럼.

셰에라자드의 정신에 들어온 침입자는 곧 그녀의 아버지에 관한 기억에 깊은 관심을 가졌다. 셰에라자드가 레이의 궁전에 들어가기로 한 그날 오후, 장미 정원에서 꺾어온 꽃봉오리를 딸에게 선물하는 자한다르의 모습이었다. 아버지가 장미 꽃봉오리를 구슬려 활짝 피게 했지만, 결국 손을 잘못 돌리는 바람에 시들어 버렸던 그 순간을, 침입자는 몸을 기울여 가며 아주 열심히 바라보았다.

그 후로 침입자는 자한다르 알-하이주란을 찾아내려고 안개가 자욱한 복도를 수색했다. 이윽고, 전날의 기억이 떠올랐다. 레이에 폭풍이 일어났던 밤, 무슨 일이 있었는지 알려달라고 셰에라자드가 아버지를 다그쳤던 기억이었다.

아버지의 손은 왜 그렇게 되었는지, 머리카락은 왜 이런지. 이르사의 말은 왜 죽었는지.

그리고 폭풍이 일어난 일까지도.

자한다르의 눈빛이 불타오르는가 싶더니, 그가 줄곧 가슴에 꼭 안고 있던 책을 셰에라자드에게 보여주었다. 그리고 검은색 열쇠를 목에서 끌렀다.

그가 그 오래된 책을 펼치자……

그의 얼굴로 은빛이 천천히 퍼지기 시작했다.

순간, 하얀 아지랑이 너머로 얼굴 없는 침입자가 차가운 손을 뻗더니 셰에라자드의 손목을 움켜쥐었다.

어찌나 세게 쥐었던지 고통이 느껴졌다.

셰에라자드는 비명을 억눌렀다.

"이수케 고모! 그만해!"

아르탄이 버럭 소리쳤다. 유리가 깨지는 소리가 들리면서 셰에라자드의 마음속 무중력 상태의 표류가 확 사그라졌다. 일순간 정신이 확 들면서 더듬더듬 집중력이 돌아왔다.

눈이 번쩍 뜨였다. 희뿌옇고 하얀 연기로 가득한 세계에서 드디어 구출되었다.

가장 먼저 눈에 들어온 건 손목에 난 손자국이었다. 욱신거리는 빨간 자국은 진짜였다. 셰에라자드는 눈을 크게 깜빡였다. 그리고 고개를 들었을 때, 가슴이 덜컥 내려앉고 말았다.

할리드와 아르탄 모두 일어서 있었다.

할리드의 검이 멀찍이 선 벽에 이상한 각도로 박혀있었다. 방 저 끝까지 던져진 보석 칼자루가 그 여파에 아직도 파르르 떨어댔다.

검 주변에는 이수케의 불길한 거울이 산산조각 나 흩어진 채였다.

할리드가 거울을 부쉈다는 걸 셰에라자드는 알고 있었다. 어떻게 한 건지는 몰라도 할리드는 이수케의 통제력을 깨뜨리고 그녀를 막으려고 거울을 파괴한 것이다. 그러자 마법사는 할리드의 손에서 검을 빼앗아 저 멀리 던져버렸다.

현재 아르탄은 할리드와 고모 사이에 서있었다.

'아르탄은 자기 고모가 내 마음속에 들어오는 동안 아무것도 하지 않았어. 그렇다면 아르탄 테무진은 누구 편이지?'

처음에는 아르탄이 할리드의 공격에 대비해 고모 앞을 막아선 거라고 생각했다.

하지만 가만히 생각해 보니 그 반대일지도 모른다는 깨달음이 들었다. 아르탄은 고모가 아니라 두 사람의 편을 드는 것처럼 보였다. 할리드에게 등을 돌린 채로 서있었으니까. 바보가 아니고서야 어떻게 적에게 등을 보이겠는가. 아르탄은 바보가 아니었다. 지금 그의 표정에는 결심과 후회가 복잡하게 뒤섞여 있었다. 마치 자신이 실수했다는 걸 알게 된 것처럼.

그러니까 아르탄은 할리드를 막으려는 게 아니라 할리드를 **구하려고** 그 앞에 선 것이다.

자기 가족이 아니라, 잘 알지도 못하는 남자의 편에 서다니.

'어째서?'

셰에라자드는 맞은편에 앉은 마법사를 바라보았다.

'이수케는 분명 내 생각을 훔치려는 거야. 그렇다면 대체 무슨 목적으로?'

마법사는 등을 화살처럼 꼿꼿하게 펴고는 두 손을 탁자 위에 올려놓은 채였다. 전혀 미안해하지 않는 기색이었다.

아르탄이 비난이 역력한 목소리로 말했다.

"약속했잖아. 그냥 책을 찾는 것뿐이라고 했잖아. 그런데 왜 약속을……."

"난 아무런 약속도 하지 않았다. 네가 했지. 어쨌든 여자애는 다치지 않았잖니."

그렇게 말하는 이수케의 어조는 평소와 다름없이 평온했지만, 그 아래 깔린 기색은 신랄했다.

"거짓말하지 마라. 셰에라자드는 소리를 질렀다."

할리드가 거친 목소리로 나직하게 말했다. 셰에라자드가 얼른 대답했다.

"난 다치지 않았어요. 그냥…… 깜짝 놀랐을 뿐이에요. 다만 궁금한 게 있는데……."

"너의 궁금증은 나에게 전혀 중요하지 않아. 하지만 네 아버지가 가진 그 책 말인데, 그걸 갖고 있어서는 안 돼."

이수케가 말을 자르고 끼어들었다. 셰에라자드는 혼란스러운 마음에 이맛살을 찌푸렸다.

"이해가 안 가요. 우리 아버지가 아픈 게 그 이유라면……."

"네 아버지의 상처는 때가 되면 나을 거야. 하지만 그 사람은 너희 세계에 아주 파괴적인 무언가를 풀어놔 버렸다."

마법사는 앉은 자세에서 전혀 움직이지 않았다. 유일하게 움직이는 것은 바로 눈 색깔뿐이었다. 그 색은 부싯돌 같은 회색에서 흑요석 색깔로 바뀌었다가 다시 원래대로 돌아왔다.

"만약 네가 날 위해서 그 책을 파괴한다면, 나는 네가 그토록 사랑하는 남자의 저주를 풀어주겠다. 그렇게 빚을 갚는 거지."

셰에라자드는 마음속으로 온갖 질문을 떠올리고 있었지만, 그 중에서 가장 먼저 물어봐야 하는 것을 골랐다.

"책을 왜 파괴해야 하나요?"

셰에라자드는 이 마법사가 내건 조건의 이유를 알아야 했다. 그녀의 동기를 믿을 수가 없었기 때문이다. 게다가 이쪽에 대해서 모든 걸 알고 있으면서도 정작 본인 이야기는 하나도 하지 않는 사람을 믿을 마음은 없었다.

이수케는 잠시 말을 멈추고 생각에 잠겼다가 대답했다.

"그 책을 갖고 있으면 본인에게 비극이 될 뿐이야. 너는 그 책의 파괴자가 되는 걸 자랑스럽게 여겨야 한다."

셰에라자드는 여전히 매서운 태도로 말했다.

"죄송합니다만 그건 제가 듣고 싶은 대답이 아니에요. 그 책이 당신과 무슨 상관이죠?"

"네가 목표대로 책을 파괴하는 한 내 이유는 중요하지 않지만, 이것만은 말해두겠다. 이 책은 아르탄의 부모와 관계가 있어. 네가 그 책을 파괴해 준다면, 너는 아르탄의 부모가 남긴 빚에서 저 애를 해방하게 되는 것이지."

"그 빚이라는 게 어떤 종류의 빚이지?"

할리드가 아르탄을 바라보며 물었다.

"그 책은 이루 말할 수 없는 고통과 파괴를 불러일으켰어. 가장 비참한 형태의 죽음과 함께."

이수케는 눈빛을 빛내며 말을 이었다.

"오래전에 멍청한 왕에게 그 책이 진상되었을 때, 우리는 그 책이 사라진 줄 알고 기뻐했지. 이제 난 그 책을 영원히 없애버릴 작정이다."

셰에라자드의 마음속엔 의심이 넘칠 지경이었다. 그녀는 맞은편에 앉은, 마치 새 같은 마법사를 바라보며 물었다.

"그렇다면 이제 책이 어디 있는지 아는데 어째서 직접 파괴하지 않으시나요?"

이수케는 미소 비슷한 것을 지었다.

"너의 생각 속에 들어가면서 알게 되긴 했지만 첫인상과는 달리

심한 바보는 아니로군."

그 말에 아르탄이 웃었다. 하지만 속마음은 전혀 즐거워하지 않는 듯한 웃음이었다. 그가 말했다.

"그래. 바보는 아니야."

이수케는 사실을 털어놓기 시작했다.

"나는 그 책을 파괴할 수 없다. 우리 가족은 모두 할 수 없어. 그 책은 우리의 핏줄에 흐르는 마법으로 만들어진 책이다. 마법을 **타고난** 피가 흐르는 자만이 그 책을 파괴할 수 있어. 하지만 우리 가문 사람은 안 돼."

셰에라자드는 암울한 마음으로 이해했다는 듯 고개를 끄덕였다.

"그러니까 파괴는 내가 해야겠군요. 그렇다면 기꺼이 해야죠."

"안 돼."

순간, 할리드가 끼어들었다. 그의 옆얼굴이 한층 날카롭게 굳었다.

"절대로 허락할⋯⋯."

셰에라자드는 할리드를 바라보며 그에게 반박할 준비를 했다.

"만약 저주를 깰 방법이 있다면 난 뭐든 할 거예요. 당신은 나를 막을 수 없어."

"샤지⋯⋯."

"이건 당신이 결정할 일이 아니에요, 할리드. 결정은 내가 해요. 나 혼자서."

할리드는 두 손을 불끈 쥐었다.

"그대가 원하는 대로 하는 건 그대의 자유다. 나 역시 마찬가지고. 그대 혼자 이 일을 감당할 이유가 없지 않은가. 그리고⋯⋯."

"사실을 말하자면, 그 선택은 너에게 달려있단다, 아이야."

이수케는 다시금 입가를 아래로 늘어뜨리며 묘한 미소를 지었다.

"결국 저주를 품고 있는 것도 너잖니? 그러니 책을 파괴하는 당사자는 **너여야** 해. 저 여자애는 자기 아버지에게서 그 책과 열쇠를 훔쳐낸 다음에 너에게 넘겨주어야 해. 그래야 네가 너의 저주를 끝낼 수 있어."

셰에라자드는 입술을 깨물었다.

"그러면, 할리드가 뭘 어떻게 해야 하나요?"

이수케가 대답했다.

"그 저주는 피로 대가를 치른 것이었지. 그러니 똑같이 피로 치러야 해. 지금도 그렇고 책이 파괴될 때도 마찬가지야. 하지만 걱정할 필요 없단다. 피의 양이 중요한 게 아니라 의미가 중요한 거니까. 그리고 먼저 그걸 수행할 방법이 필요하겠구나……."

이수케는 셰에라자드가 허리에 찬 단검을 바라보았다.

"애야, 그 단검을 내게 다오."

셰에라자드는 머뭇거리며 마법사에게 단검을 건넸다. 이수케는 칼집에서 단검을 **뺀** 다음 무언가를 중얼거리기 시작했다. 그러자 단검이 하얗게 달아올랐다. 셰에라자드가 어디선가 들어본 것 같기도 한 말로 이수케가 계속 속삭이자, 칼날 주위에 작은 기호들이 나타나 움직였다. 기호들이 으스스한 빛을 내며 계속 빛나자, 이수케는 이제 할리드를 바라보았다.

"네 손을 주렴."

할리드가 손바닥을 내밀자 셰에라자드는 이를 악물었다. 이수케가 이미 상처 난 손바닥 위를 빛나는 칼날로 가느다랗게 그었을 때도 할리드는 조금도 움찔하지 않았다. 핏방울이 단검의 날에 닿자 푸르스름하리만큼 하얗게 달아오른 날붙이가 불타는 듯한 빨간색이 되었다. 단검은 심장처럼 저절로 고동쳤고, 기호들은 별똥별처럼 잔물결을 일으키며 빛났다.

갑자기 사방이 온통 어두워졌다.

이수케는 감정이라곤 전혀 없는 얼굴로 칼날에서 피를 닦은 다음 보석 칼집에 넣었다. 그리고 단검을 셰에라자드에게 돌려주려고 하면서도 손에 쥔 검을 좀처럼 놓으려 하지 않았다.

셰에라자드의 손이 칼집에 닿자, 죽음처럼 으스스한 서늘함이 느껴졌다. 이수케가 은밀한 어조로 할리드에게 말했다.

"열쇠를 써서 책을 펴라. 하지만 책을 파괴할 준비가 되었을 때만 펼쳐야 해. 방금 본 것과 똑같이 의식을 반복하거라. 이 단검으로 피부에 상처를 내서 칼날에 피를 묻혀. 그리고 불이 타오르기 전에 단검으로 페이지들을 찌르는 거야."

그녀는 생각에 잠긴 듯 말을 멈췄다가 다시 이었다.

"그 책은 너에게 저항할 거야. 비명을 지를 테고. 무슨 수를 써서라도 그 책에 불을 붙여라. 그러면 책이 불타서 재가 바람에 흩날릴 때 그 불길이 네 저주도 가져가 버릴 테니까. 내 이름은 물론, 앞서가신 조상님의 이름을 걸고 네게 맹세하는 바다."

이수케의 손가락이 맹금의 발톱처럼 셰에라자드의 손목을 휘감았다. 바로 아까 손자국이 남은 곳을 그대로 잡았다. 그 순간, 그제야 이수케의 얼굴에 감정이 드러났다. 그녀가 입술을 젖혀 치아를 드러내며 비웃음을 지었다. 콧등에 두 줄기 주름이 수직으로 드리웠다.

"반드시 해내기 바란다, 얘야. 그 책을 파괴하고 우리를 끔찍한 짐에서 벗어나게 해주렴. 하지만 네가 실패한다면, 그 짐을 지는 건 우리 가문만이 아닐 것이야."

마법사의 눈이 다시금 흑요석처럼 새카매졌다.

"네 가족 역시 책의 저주를 같이 지고 가게 될 거다."

교묘하고 날렵한 속임수로

셰에라자드는 어찌할 바를 모르고 있었다.

사흘 연속으로 시도해 보았건만.

그 사흘 동안 그녀는 아버지의 책에 관심을 가진 척했다. 자한다르의 자그마한 천막에 들어가 아버지가 마법의 기원에 대해 설명하는 동안 그 곁에 앉아 열심히 이야기를 들었다. 그리고 얼마나 힘들여 책을 번역했는지, 또 그 내용을 암기했는지 애써 이야기하려는 아버지의 말에 미소를 지었다.

아버지는 그 모든 일이 셰에라자드를 구하려는 의도였다고 했다.

'나를 구하려고?'

그럴듯한 이야기였다.

특히, 아버지가 왜 그토록 책을 소중하게 여기는지 알게 되었기에 이해할 수 있었다. 섬망을 경험하는 상태에서도 왜 그토록 책을 지키려 했는지 말이다. 선하게 쓰일 수도 있다지만, 그 책이 그에 비해 몇 배나 더 악랄한 힘을 발휘하는 존재라는 것을 깨달은 지금은 더욱 이해가 되었다.

그 책은 왕국 하나를 쓸어버릴 만큼 강력했다.

거리낌 없이 사람을 지배할 수 있는 힘이 있었다.

예전이었다면, 아버지가 이토록 권력을 탐하는 사람이라고는 절대로 믿지 않았을 터였다. 하지만 셰에라자드가 매일같이 보는 자한다르는 바로 그런 사람이었다. 그녀의 아버지는 이제껏 일어난 일을 죄다 떠올리려는 듯 두 눈을 이글이글 빛내며 상처 난 손바닥으로 민머리를 문질러 댔다.

자한다르는 자신의 행동이 일으킨 일을 모두 기억하고 있었다.

물론, 그는 레이의 심장부를 공격하고 파괴할 의도는 없었다고 했다. 다만 셰에라자드를 구하려 했을 뿐이었다는 것이다. 그러나 셰에라자드는 그게 다가 아니라는 의심을 떨칠 수가 없었다.

게다가 레자 빈-라티프가 앞으로의 일에 도움을 요청했다고 자한다르가 털어놓았을 때는 덜컥 공포심이 들었다. 하지만 그 감정을 숨기느라 안간힘을 썼다.

'앞으로의 일이라니? 그게 대체 무슨 일일까?'

그 생각을 하자 온몸에 소름이 돋았다.

타리크의 군대는 이미 호라산과 파르티아의 경계 부근 요새 두 개를 확보했다. 셰에라자드는 지난밤 할리드에게 이 점을 경고했고, 할리드는 몇 주 전부터 영주들을 레이로 규합하기 시작했다. 하지만 수도의 상황이 처참한지라 국경 지대의 요새를 탈환할 군대를 조직하는 일은 힘겨웠다. 레이의 상비군은 아직도 난장판인 상황이라, 할리드가 반격하기까지는 시간이 걸릴 것이었다.

하지만 지금은 시간이 없었다.

그래서 셰에라자드는 책을 넘겨달라고 아버지를 설득하려 했다.

전쟁이 일어나기 전에 저주의 굴레를 끊어야 했으니까.

아아, 하지만 슬프게도 자한다르는 한시도 책에서 눈을 떼지 않았다. 그는 책을 가슴에 꼭 끌어안고 열쇠를 가느다란 사슬에 꿰어 목에 건 채로 잠을 잤다.

아버지가 한순간도 책과 떨어지려 하지 않는데 어떻게 책을 빼앗아 할리드에게 전해줄 수 있을까?

'아빠에게 진실을 말해야겠어. 그리고 나에게 그 책을 달라고 하자.'

셰에라자드는 몇 번이고 고민했다. 특히 첫째 날에는 수도 없이 고민했다. 마음 한구석으로는, 아버지는 딸인 그녀를 사랑할 테니, 딸의 행복을 바랄 테니 무슨 일이든 기꺼이 해줄 거라 믿고 싶었다.

하지만 경건한 목소리로 책에 대해 말하며 마법 덕분에 그 자신이 얻게 된 목적의식이 무엇인지 설교를 늘어놓는 자한다르의 눈빛을 본 셰에라자드는 아버지가 책을 쉽사리 포기하지 않으리라는 걸 깨달았다. 심지어 셰에라자드가 불행해진다 해도 말이다.

이 사실을 깨닫고 받아들이기란 생각보다 훨씬 더 고통스러웠다.

아버지는 항상 좋은 분이었는데. 친절하고 똑똑하신 분이었는데.

아버지가 참 자랑스러웠는데. 우리 둘 다 아버지를 사랑했는데. 앞으로도 살날이 얼마나 많은가. 하지만 셰에라자드는 아버지의 정신이 스스로를 좀먹어 버렸다는 사실을 알고 있었다. 아버지는 스스로의 거짓말을 믿기 시작했다.

그래서 오늘도 셰에라자드는 걱정 가득한 마음으로 저녁으로 먹을 빵을 준비하고 있었다.

"샤지."

이르사가 옆에서 말을 걸었다.

"응."

언니의 무심한 대답에 동생은 이제껏 단련한 인내심을 발휘하며 한숨을 쉬었다.

"뭐 하는 거야?"

"바르바리 반죽하잖아."

"그건 알겠어. 그런데…… 언니가 지금 쓰는 밀가루는 바르바리가 아니라 산가크(sangak, 페르시아의 통밀빵으로 납작하고 신맛이 난다―옮긴이)용이야."

아래를 내려다본 셰에라자드는 자신의 실수를 깨달았다. 마음 같아서는 끈적끈적한 반죽을 천막에 던져버리고 싶었다. 하지만 그래봤자 답답한 마음은 나아지지 않을뿐더러, 치워야 할 일만 더 늘어나겠지. 그래서 셰에라자드는 빵이 되지 못할 반죽을 단숨에 바닥으로 던져버렸다. 이러면 치울 때 힘들지는 않을 테니까. 반죽이 바닥에 부딪치며 내는 철퍼덕 소리가 유치하리만큼 만족스러웠다. 이르사가 혀를 찼다.

"우리 둘 다 좀 쉬어야겠어."

그렇게 말한 이르사는 찻잔 두 개와 민트 가지 몇 개를 들어 셰에라자드에게 건넸다. 그리고 뿌리채소를 정리해 둔 탁자로 갔다. 마른 약초들이 매달린 격자무늬 찬장 아래로 고개를 숙인 이르사는 그 아래에서 아몬드가루와 절인 살구로 만들고 위에 설탕을 뿌린 자그마한 케이크 접시를 꺼냈다.

둘은 망친 반죽 덩어리 옆 바닥에 앉았다. 셰에라자드는 민트 잔가지를 으깨고 컵 두 개에 찻물을 따른 다음 작은 아몬드케이크를 집어 들었다.

"대체 뭐 때문에 고민하는 거야?"

이르사가 부슬부슬한 케이크를 둘로 쪼개며 물었다.

"아무것도 아니야."

셰에라자드의 목소리는 유난히 시무룩했다.

"알았어. 그럼 고민 같은 건 없나 보네. 언젠간 내가 이런 질문도 안 할 날이 올 거야. 그때 무슨 일이 있으면 다 언니 잘못이야."

이르사가 손끝에 묻은 설탕을 핥으며 말했다.

"너 날이 갈수록 말투에 가시가 돋네. 라힘 알-딘 왈라드랑 같이 다니면 안 될 것 같다."

셰에라자드는 그만 씩 웃을뻔했다. 이르사는 셰에라자드를 쏘아보았다.

"그러는 언니는 날이 갈수록 거짓말만 하면서? 언니는 나한테 너무 많은 약속을 했어. 그런데 하나도 지키지 않았고."

셰에라자드는 숨을 깊이 들이쉬었다. 이르사의 말은 모두 사실이었다. 자신은 오랫동안 이르사를 믿을 수 없다고 생각해 왔다. 하지만 그건 다 이르사를 위해서가 아니었던가. 그러니 자신 때문에 진퇴양난에 빠진 지금 상황에 이르사를 끌어들이는 건 옳지 않아 보였다.

하지만 지금껏 고수해 온 자부심 때문에 셰에라자드가 일을 망친 것도 사실이었다. 이미 입증된 사실이었다. 자신이 이야기를 통해 진실을 보기 거부했을 때 할리드의 사랑을 잃을뻔하지 않았던가. 지금 이르사에게 솔직하게 털어놓는다면 이쪽이 절실하게 필요로 하는 도움을 줄지도 모른다. 어머니가 자주 말씀하셨듯, 혼자 하면 실패할 일도 둘이 할 땐 성공할지 모르는 법이다.

아니, 반대로 이기적인 마음에 동생까지 끌어들였다가 훗날 후회하게 될지도 모르지.

셰에라자드는 천천히 차를 마시면서 박하와 설탕이 휘몰아치는 배 속으로 의심도 함께 가라앉히려고 했다.

'계속 이런 식으로 할 수는 없어. 뭔가 변화가 있어야 해. 어쩌면 변하는 쪽은 나여야 할지도 몰라.'

"아빠의 책과 열쇠를 훔쳐야겠어……."

셰에라자드는 동생을 보지도 않은 채로 입을 열었다. 이르사는 눈썹을 우스꽝스럽게 모았다.

"아빠 몰래 훔쳐야 해. 물론 당장 한다는 건 아니야. 혹시 훔쳐 낼 방법이 있을까?"

이르사는 아몬드케이크를 우물거리며 생각에 잠겼다.

"라힘이 준 치료법 두루마리에 보면 수면제 만드는 법이 있어. 그게 통할까?"

셰에라자드는 입술을 깨물고 생각했다.

'위험한 방법이야. 하지만 사흘간 이보다 나은 방법이 떠오르지 않았잖아.'

"통할지도 모르지."

"하지만 그전에 먼저 알아둬. 아빠가 잠들려면 시간이 걸릴 거야. 그리고 그 약을 써본 적이 없기 때문에 약효가 어느 정도인지도 몰라."

이르사가 차를 홀짝이며 덧붙여 물었다.

"그 책이 왜 필요한데, 샤지? 필요하면 아빠한테 그냥 달라고 하면 안 돼?"

셰에라자드는 얼굴에 억지로 평정심을 꾸몄다. 이르사에게 이 제껏 알아낸 사실을 죄다 말하는 건 현명하지 못한 짓일 것이다. 아버지가 벌인 안타까운 일을 아프도록 낱낱이 말한다면 동생의 마음이 괴로울 테다. 그건 경솔한 행동이다.

"나한테 그 책이 왜 필요한지는 묻지……."

순간, 이르사는 입을 꾹 다물었다.

"안 돼. 내가 도와주기를 바란다면 이유를 말해줬으면 좋겠어. 사실대로 얘기해 줘."

"진실을 알면……."

"왜 안 돼? 별로 좋은 얘기가 아니라서? 듣기 편하지가 않아 서? 샤지, 내가 몇 살로 보여? 포대기에 싸인 아기 같아? 아니면 수면제를 제조할 줄 아는 어른 같아? 둘 중 하나로만 대해줘."

이르사가 빈정거렸다. 셰에라자드는 당황한 나머지 눈을 깜빡 이고 말았다. 사실 동생의 말에는 틀린 데가 없었다. 이젠 셰에라 자드가 편한 대로 선택할 상황이 아니었다. 게다가 이젠 그녀 자 신이 동생을 보호할 수도 없었다. 제아무리 보호하고 싶다 하더 라도 말이다.

만약 이르사가 언니를 도울 만큼 자랐다면, 아버지의 책이 왜 필요한지 알 만큼 자랐다는 뜻이기도 했다. 하긴, 이만큼 자랐으 니 라힘 알-딘 왈라드와 단둘이 몇 시간씩 보내고 있는 거겠지.

"그래. 네 말이 맞아. 아무리 인정하고 싶지 않아도, 넌 더는 어린애가 아니야. 그러니 이제 진실을 말할 때가 되었구나."

셰에라자드는 숨을 깊이 들이쉬고 입을 열었다. 이번에는 빠진 것 하나 없이 이야기했다. 너무 작아서 거의 들리지도 않는 목소리로, 셰에라자드는 동생에게 저주 이야기를 들려주었다. 자신이 사랑하는 남자가 백성들을 보호하기 위해 어쩔 수 없이 했던 일들을, 슬픔에 빠져 미쳐버린 사람에 의해 자행된 공포의 통치를 끝내기 위해 이제 그들이 해야만 하는 일을 모두 다.

이르사는 충격을 받아 눈을 휘둥그레 뜨고 이야기를 들었다.

이어서 앞에 놓인 벅찬 임무를 설명할 때가 되자, 이르사는 더욱 가까이 다가와 집중하는 표정으로 눈을 가늘게 떴다.

"아빠가 잠든 동안 책을 훔친 다음 할리드를 레이에서 데려올 거야. 할리드가 책을 파괴하고 저주를 끊으면, 이 무의미한 전쟁도 끝나는 거지."

셰에라자드는 말을 맺었다. 이제껏 비밀에 부쳤던 부담스러운 사실을 내려놓자 어깨가 홀가분하게 처졌다. 한동안 말이 없던 이르사가 이윽고 입을 열었다.

"그건 엄청나게 위험한 일이야. 특히 언니를 지켜보는 곱지 않은 시선이 너무 많아. 그러니 일을 순조롭게 진행하려면 언니를 도와줄 사람이 있어야 해. 언니가 레이에 갔다 오는 동안 내가 책을 훔치면 어떨까?"

"안 돼. 너무 위험해."

셰에라자드가 고개를 저었지만 이르사는 고집을 부렸다.

"뭐가 안 돼. 당연히 내가 하는 게 맞지. 아빠는 내가 그 책에 관심을 보일 거라고는 절대로 생각하지 않으실 거야. 내가 아빠의 저녁 차에 수면제를 탈게. 그리고 잠드시기를 기다렸다가 책을 훔친 다음 언니랑 사막에서 만나면 되잖아."

"그러다가 너한테 무슨 일이라도 생기면 어쩌라고. 난 그럼 못 견뎌."

그러나 이르사는 얼굴을 찌푸렸다.

"나한테 무슨 일이 생기는데? 내가 선봉에 서서 싸우는 것도 아닌데. 그저 책을 운반하는 것뿐이잖아."

이르사는 목소리를 낮추더니 간결하게 말했다.

"진영 동쪽에 있는 우물가에서 만나자, 어때? 여기서 조금만 말을 타면 돼. 내가 아이샤의 말을 빌려서 그곳에 책과 열쇠를 갖다 놓을게. 그러면 힘도 안 들고 시간도 절약할 수 있잖아. 내가 아빠에게 차를 갖다드리는 대로 언니는 레이에 가."

이르사의 목소리는 이야기를 할수록 점점 열기를 띠었다. 그 말에는 확실한 근거가 있었다.

셰에라자드는 볼 안쪽을 잘근잘근 씹었다. 여전히 내키지는 않았지만, 그 계획에 마음이 따스해졌다.

'괜찮은 계획이야. 그리고 둘이 함께 해보는 것도 괜찮네. 한번 해볼까.'

이르사는 포근하게 웃었다.

"걱정하지 마, 샤지. 난 그저 아빠가 잠드시기를 기다렸다가 언니한테 책을 전해주려는 것뿐이야. 위험할 건 없어."

마음속에서는 이러면 안 된다는 생각이 여전했지만, 셰에라자드는 미소를 지었다.

어쩌면 동생의 말이 옳을지도 모른다.

둘의 운명은 오롯이 자신들이 짊어지고 있었다. 운명의 여신이 멋대로 자신들의 미래를 좌지우지하길 바라지 않았다. 셰에라자드가 이토록 끝까지 고민하고 힘들어했던 건, 어쩌면 운명의 여신이 격노하며 만들어 낸 파도에 맞서 싸워왔기 때문인지도 모른다. 하지만 지금은 태도를 바꿔 그 파도를 타고 헤엄쳐야 할 때일 것이다.

그래서 셰에라자드는 동의했다.

"좋아. 그렇게 하자."

"둘이 같이 하는 거야."

이르사는 더 크게 미소 지었고 셰에라자드는 고개를 끄덕였다.

"그래. 같이."

타리크는 오늘 밤 자신이 왜 이르사 알-하이주란의 뒤를 밟아야 하는지 알 수가 없었다.

할 일이 얼마나 많은데, 그걸 다 제쳐두고 이르사를 따라가다니. 다음번 공격은 언제 할지 정해야 하는데. 하다못해 이모부와 함께 전략이라도 짜야 하지 않겠는가. 비록 레자 빈-라티프의 목적이 뭔지 점점 불안해지는 상황이라도 그 곁에 함께 있어야 했는데.

그런데 지금, 라힘과 함께 말을 타고 사막을 터벅터벅 걷고 있다니…….

타리크는 애써 입을 다물었다.

사실 그들은 운이 좋았다. 이르사는 몰래 움직인다고 하기에는 가련할 정도로 눈에 띄었다. 게다가 작정이라도 한 듯 주변을 둘러보지도 않았다. 제 밥값을 하는 병사라면 멀리서 뒤쫓아오는 사람이 있다는 걸 분명히 눈치챘을 테지만 이르사는 그러지 못했다.

이런 우스운 짓거리, 진작에 때려치웠어야 했다.

대신 타리크는 요즘 셰에라자드 때문에 걱정이었다. 지난 며칠간, 그녀가 어딜 다녀오는지 감시해 보려고도 했다. 오늘 초저녁에 타리크는 셰에라자드가 돌돌 만 짐을 들고 사막으로 나가는 모습을 보았다. 그래서 군사들을 놔두고 뒤를 따라가야겠다 마음먹은 순간, 셰에라자드는 흔적도 없이 사라져 버렸다.

그래서 그는 차선책으로 이르사를 따라갈 수밖에 없었다. 셰에라자드가 자꾸만 사라져서 무슨 일을 꾸미고 있는지 아는 사람이 있다면, 바로 그녀의 동생일 테니까.

이르사를 따라가서 최근 셰에라자드가 무슨 일을 하는지 밝혀낼 수만 있다면 기꺼이 속임수를 쓸 작정이었다. 달빛이 비치는 하늘 아래 두건을 쓴 채로 사막에 들어가는 소녀쯤이야 얼마든지 몰래 따라갈 참이었다.

그런데 라힘은 대체 왜 따라오는 거지?

요즘 들어 라힘은 이르사 알-하이주란이 가는 곳이라면 어디든지 따라다녔다.

이르사가 가진 것이라고는 가슴에 꼭 끌어안은 꾸러미밖에 없었다. 검은 리넨으로 싼 꾸러미였다. 그녀는 여행용 옷차림도 아니었다. 어깨에 걸친 샤미나는 변덕스러운 날씨에서 그녀를 그다지 잘 보호해 줄 것 같지 않았다.

타리크가 보기에는 이상했다. 이르사 알-하이주란은 평소 꽤 분별력 있는 소녀였으니까. 보통은 걱정을 일으킬 만한 행동을 하지 않았다. 그런 적은 한 번도 없었고, 그럴만한 애도 아니었다.

이르사는 무슨 행동을 할지 예측이 가능했고, 유쾌하고 기분 좋은 성품을 지녔다.

말하자면 셰에라자드와는 모든 면에서 달랐다.

그래도 타리크는 리커브 활을 챙겼다.

앞으로 갑자기 무슨 일이 닥칠지는 알 수 없으니까.

30분 동안 말을 타고 가자, 몇 달 전 타리크가 오마르 알 사디크를 처음 만났던 우물과 버려진 정착지가 나타났다. 그는 조라야의 반짝이는 발톱을 보고 움츠러들었던 늙은 셰이크의 모습을 잠시 떠올렸다. 한편으로는 매를 두고 와서 다행이었다. 조라야를 데리고 왔다면 단박에 자신들의 미행이 탄로 났을 것이다.

라힘과 타리크는 말에서 내린 다음 금 간 석조 건물 뒤에 숨었다. 이르사가 타고 온 말을 우물 근처의 기둥에 묶는 동안, 두 사람은 어둠 속에 가만히 머물렀다.

저 꼬마 지르지락이 누굴 만나려는 거지?

주변을 아무리 둘러봐도 셰에라자드의 모습은 전혀 보이지 않는데.

"뭘 그리 걱정해?"

타리크가 속삭였지만, 라힘은 이르사 알-하이주란의 가냘픈 모습을 가만히 주시하기만 했다. 타리크가 숨죽여 웃었다.

"쟤는 전혀 위험한 상황이 아니야. 아는 사람을 만나러 온 거라고. 혹시 다른 남자애를 만날까 봐 걱정되냐?"

"이르사가 다른 남자를 만나든 말든 내가 왜 신경을 쓰는데? 난 그냥 쟤가 위험하진 않나 확인하고 싶을 뿐이라고."

라힘이 되받아치자, 타리크는 눈을 흘겼다.

"그래, 다른 남자를 만나도 상관 안 한다 이거지? 그러면 뭐 하러 한밤중에 마누라 바람난 남편처럼 쟤 뒤를 졸졸 쫓아다니는데?"

라힘의 목에서 분노 어린 소리가 흘러나왔다.

"우리 둘 다 여기 왜 왔는지 몰라서 물어? 그건 이르사와는 전혀 관계가……."

순간, 타리크가 그의 어깨에 손을 얹어 말을 끊었다.

두 사람의 형상이 이르사에게 다가오고 있었다. 하나는 쉽게 알아볼 수 있는 사람이었다. 이 세상 어디에서든 그 모습을 알아볼 수 있다. 타리크는 이제껏 그 몸을 떠올리며 살아왔으니까. 작고 호리호리한 몸집, 지금껏 심한 바람을 맞아 헝클어진 머리칼.

나머지 한 사람은 키가 컸다. 후드를 쓰고 있는 남자였다.

그래서 쉽게 알아볼 수는 없었다.

그러나 타리크는 그가 누구인지 알았다. 심지어 그 남자가 리다에 달린 후드를 뒤로 젖히기 전에도, 그의 손이 셰에라자드의 등 뒤로 움직이기 전에도 알아볼 수 있었다.

증오심이 손끝까지 확 치밀었다. 배 속에서 마구 똬리를 틀었다. 언젠가 스스로 했던 말이 귓가에 메아리쳤다.

'똑똑히 알아둬. 다음에 내가 할리드 이븐 알-라시드를 또 만난다면 그땐 우리 둘 중 하나가 죽게 될 거야.'

타리크는 두 번 생각하지 않았다. 다시 생각해 볼 마음도 없었다.

자신은 사랑 때문에 진실을 외면하는 사람이 아니었으니.

분노가 치밀어 오른 채 타리크는 자신을 필사적으로 막아서는 라힘을 확 밀어젖혔다.

그리고 화살을 잡았다.

셰에라자드는 이곳이 마음에 들지 않았다.

할리드와 함께 우물을 둘러싼 정착지 위로 날아온 순간, 이상한 예감이 온몸을 사로잡았다.

그리고 우물로 걸어갈수록 그 예감은 점점 안 좋아지기만 했다.

주위는 온통 버려진 건물뿐이었다. 진흙을 바른 초가지붕이 저절로 무너져 움푹한 구덩이가 된 곳투성이라 너무나 으스스했고…… 이 공간을 여전히 떠도는 망령들은 감히 여기 발을 디딘 자들에게 친절하게 굴지 않으리라 경고하고 있었다.

자신에게는 그토록 안심하라고 말해놓고, 막상 이르사의 모습을 보니 긴장한 티가 역력했다. 동생은 리넨으로 싼 꾸러미를 가슴에 끌어안고 우물가를 서성였다. 이르사가 발끝으로 그리는 원이 점점 작아지는 모습을 셰에라자드는 지켜보았다…….

그렇다면 이르사 역시 이 주변의 으스스한 분위기를 느끼고 있다는 건데.

그래도 모든 게 다 잘될 거라는 느낌을 주는 것이 하나 있었다. 바로 지금 등 뒤로 느껴지는 굳건한 손이었다.

자신의 옆에 선 따스하고 단단한 남자의 존재감.

'할리드는 모든 걸 꿰뚫어 보는 사람이잖아. 사소한 일도 빠짐없이 알아차리잖아. 절대 이르사를 위험하게 만들지 않을 거야.'

셰에라자드는 어깨를 쭉 폈다. 곧 할리드는 아버지의 책을 없애버릴 것이다. 그러면 주변의 많은 것들을 바로잡을 수 있다. 그러면 두 번 다시 이런 걱정을 할 필요가 없을 것이다.

그들이 우물가로 성큼성큼 걸어가고 있을 때였다. 버려진 건물 문에서 갑작스럽게 바람 한 줄기가 불어오더니 움푹 들어간 돌 사이를 뚫고 공기를 가르는 소리가 들렸다.

귀에 익은 소리가 그 자취에서 부딪혀 나왔다.

셰에라자드는 발걸음을 멈추었다.

'이 소리……. 혹시 말인가?'

언뜻 저 멀리서 말발굽 소리가 들리는 것도 같았다.

옆에 선 할리드도 걸음을 멈췄다. 그러더니 소리의 정체를 알아보려는 듯, 셰에라자드의 옆을 지나쳤다. 이르사의 말이 근처 기둥에 묶여있었다.

그들이 여기 있는 걸 아는 사람은 아무도 없었다.

다시금 바람이 잦아들었다. 소용돌이치는 모래가 셰에라자드의 발치에 떨어졌다.

하지만 이곳의 모든 게 뭔가 이상했다. 그것만큼은 분명했다.

셰에라자드는 공기를 읽으며 알 수 있었다.

저 오른편 끝에 있는 건물 근처 어둠 속에서 무언가 아련히 움직이는 게 보인 순간.

셰에라자드는 깨달았다. 절벽에 매달린 사람에게 온몸이 굳어갈 정도로 괴로이 다가오는 확신처럼, 분명하게 느껴지는 것이 있었다.

오랫동안 활을 연습해 왔으니까. 지금은 화살 쏘기에 완벽한 순간이었다.

바람이 막 잦아들었다. 아래로, 그리고 왼편으로. 손끝에 깃털

장식 화살의 느낌이 생생했다. 활시위가 당겨지면서 나는 팽 소리가 들렸다.

화살이 발사되면서 탁 소리가 났다.

그 순간, 셰에라자드는 힘껏 할리드를 밀쳤다.

심장으로 향한
화살

　　　　　　　　화살은 어둠을 뚫고 날아가 누군가를
죽일 기세로 이르사 옆 허공을 휘익 갈랐다.

이어서 그녀를 둘러싼 세상이 갑자기 느리게 움직이는 것처럼
느껴졌다.

언니가 호라산의 칼리프에게 뛰어드는 모습이 보였다. 그를 옆
으로 밀치려 하고 있었다.

동시에 칼리프는 언니를 붙잡고 자신의 몸으로 막아서려 했다.
고집 센 연인들은 죽을 위험에 처하자 서로를 보호하려고 했다.

둘 다 져버린 싸움이었다.

화살은 셰에라자드의 등에 깊숙이 꽂혔다.

그 순간, 이제껏 느릿하던 세상이 다시금 순식간에 빠르게 움
직이면서 모든 일이 한꺼번에 닥쳤다.

칼리프가 셰에라자드를 가슴에 꼭 끌어안는 모습을 이르사는
지켜보았다. 그의 얼굴은 멍했지만 눈빛만큼은 여름날의 폭풍 같

았다. 뒤흔드는 천둥 구름에 둘러싸인 작열하는 태양 같은 그 눈동자.

언니의 입에서 뒤늦게 놀란 외침이 새어 나왔다.

셰에라자드의 등에 꽂혀 부르르 떠는 화살을 보자 이르사는 비명을 질렀다.

그 소리가 밤하늘을 갈랐다.

"샤지!"

이르사는 셰에라자드 쪽으로 달려갔다.

언니의 손가락이 칼리프의 검은 리다 주름을 움켜쥐었다. 두 사람 다 서로를 빤히 바라본 채로 한 마디도 하지 못했다. 둘이 나눈 무언의 대화가 무슨 내용인지 이르사는 알 수 없었다. 모두 바닥에 주저앉은 채 칼리프는 여전히 셰에라자드를 붙들고만 있었다. 이르사는 쿵쿵대는 심장을 부여잡고 옆 흙바닥에 무릎을 꿇었다.

"어, 어떻게든 해야 해요! 우린……."

소리를 지른 순간, 뒤에서 무언가가 움직였다. 칼리프는 곧바로 행동에 들어갔다. 그는 일어서는 동시에 셰에라자드를 이르사에게 넘겨주었다. 이르사는 셰에라자드를 안고서 언니의 어깨에서 붉게 퍼져가는 핏자국을 정신없이 바라보았다. 이제 어떡해야 할까, 뭘 **할 수** 있을까…….

그때였다. 검집에서 검이 뽑히며 나는 쇳소리에 이르사는 휘몰아치던 생각에서 벗어났다. 그리고 화살이 날아온 후 처음으로 가만히 동작을 멈추고 호라산의 칼리프를 제대로 바라보았다.

레이의 미치광이를. 젊은 살인마 왕을.

언니의 남편을.

그는 키가 컸다. 라힘만큼은 아니었지만 생각보다 큰 키였다. 예전이었다면 그 모습을 보고 매력을 느꼈을지도 모른다. 하지만 지금은 아니었다. 그의 이목구비는 너무나 가혹하게 상대를 주눅 들도록 만들었고, 얼굴선마다 무자비함이 역력했다. 이르사의 눈 에는 지금 그의 분노밖에 보이지 않았다.

반드시 끝을 보겠다는 살기가 그에게 감돌았다.

너무나 무서운 남자.

진짜 괴물.

그가 그녀의 위로 몸을 일으키는 모습이 보였다. 칼은 언제든 상대방을 죽일 준비가 되어있었다. 이르사는 어딘가 구석에 틀어 박혀 숨고 싶었다. 이건 악몽 중에서도 최악의 꿈이야. 이르사는 그저 쓸모없는 생쥐가 되어 웅크리고 싶었다.

셰에라자드는 어떻게 이런 남자를 **사랑하는 거지?**

이르사가 미처 숨을 돌리기도 전, 칼리프는 칼자루를 손바닥 사이에 놓더니 검을 두 자루로 갈랐다. 이제 그는 거울에 비춘 듯 양손에 똑같은 자세로 칼을 쥐고 있었다. 쌍둥이 같은 무기는 파 괴력이 두 배가 되었다. 눈빛에는 여전히 누군가를 없애버려야겠 다는 결심을 품은 채, 그는 흐트러짐 없는 자세로 셰에라자드와 이르사 앞으로 움직여 시야를 가렸다.

그의 너머에서, 모래를 가르고 달려오는 발소리가 들렸다.

"샤지!"

"맙소사!"

이르사는 들려오는 목소리에 큰 충격을 받고서 고개를 돌렸다.

라힘과 타리크라니? 대체 **여기서** 뭘 하는 거야? 어떻게…….

그 순간, 셰에라자드가 손을 뻗어 이르사의 샤미나를 잡았다. 그 손은 덜덜 떨고 있었다.

"샤지?"

어리둥절한 상태에서 얼른 벗어난 이르사는 몸을 굽혀 언니가 무어라 하는지 들으려 애썼다.

"이르사."

셰에라자드가 목멘 소리를 냈다. 이르사의 얇은 숄 자락을 움켜 쥔 그녀의 입술은 파리했고 목소리는 숨 가쁜 기색만이 가득했다.

"막아야 해."

"무슨 소리야?"

이르사가 소리쳤다.

"다 죽일 거야."

셰에라자드의 팔과 다리에서 느껴지던 떨림이 이제는 몸까지 번져갔다. 몸이 덜덜 떨리면서 이르사의 손에 셰에라자드의 피가 끈적하게 묻어났다.

"나, 내가 뭘 어떻게…….."

"저들을 말려. 네가 말려야 해!"

셰에라자드는 숨을 헐떡였다.

시미타를 빼 든 라힘이 타리크 앞을 엄호했다. 타리크의 어깨 에선 화살통이 덜렁거리고 있었다.

타리크가 활을 쏜 거야? 이게 타리크 짓이었어? 하지만 칼리프 를 쏠 마음이었겠지! 그러다 셰에라자드가 맞은 거야. 맙소사! 어 떻게 이런 일이 일어났지? 하지만 나더러 어떻게 막으라는 거야?

언니의 관심을 끄는 데만도 몇 주나 걸렸는데! 타리크같이 오만한 남자를 어떻게 막겠어? 피와 영광의 단꿈으로 온몸을 무장한 남자를?

게다가 호라산의 칼리프 같은 냉혈한 괴물이 검을 쥐고 있는데, 그건 또 어떻게 막아?

이르사가 소리쳤다. 그래봤자 그 목소리는 전투 준비 명령을 내리는 생쥐의 것처럼 들렸다.

"제, 제발 그만해!"

타리크의 얼굴은 잿빛이 된 채였다.

"샤지가 죽었나?"

그가 괴로운 기색으로 머리카락을 쥐어뜯으며 칼리프에게 물었다.

그제야 이르사는 타리크가 무방비 상태인 걸 알아보았다. 등에 멘 화살통 말고는 아무런 무기도 없었다. 심지어 활도, 시미타도 들고 있지 않았다. 허리띠에 단검조차 없었다.

검 두 자루를 휘두르는 괴물 앞에 무방비하게 나타나다니.

참으로 슬프게도 이르사는 깨달았다. 이젠 타리크에겐 아무것도 중요하지 않았다. 무방비하든 아니든, 그에겐 전혀 상관없었다.

지금 그가 이성적인 생각을 전혀 할 수 없다는 건 불 보듯 뻔했다.

호라산의 칼리프는 아무런 대답도 하지 않았다. 그저 정확한 호를 그리며 상대를 죽이기 위해 칼을 휘둘렀을 뿐이다. 칼날의 움직임마다 살기가 역력히 드러났다.

그가 앞으로 걸어나갔다.

라힘은 말없이 움직여 타리크 앞을 지켰다.

칼리프가 라힘에게 맞서 검 두 자루를 들어 올리자 이르사는 비명을 질렀다. 언니가 어떻게든 숨을 쉬려고 안간힘을 쓰려는 게, 일어나 앉아서 그들에게 소리치려는 게 느껴졌다……

"샤지가 죽었어?"

슬픔에 겨운 타리크의 목소리가 푸른 어둠을 가르고 울려 퍼졌다.

"어서 말해, 이 자식아. 그런 다음 너 하고 싶은 대로 날 죽여."

"내가 왜 네 말을 들어줘야 하지?"

칼리프가 낮고 사나운 목소리로 물었다.

"샤지가 죽었다면, 난 이제 어찌 되든 상관없으니까!"

"알겠다. 적어도 우리는 두 가지엔 의견이 같군. 나도 어찌 되든 상관없다. 그리고 널 죽일 거다."

그렇게 말한 칼리프는 라힘에게 시선을 돌렸다. 달빛을 받은 검들이 번뜩였다.

"제발! 제발 이러지 말아……."

이르사가 소리를 질렀을 때였다.

"이르사."

셰에라자드가 동생을 확 끌어당겼다. 여전히 어떻게든 움직이려고 안간힘을 쓰는 그녀의 얼굴이 고통스럽게 일그러지고, 속삭이는 목소리는 갈라져 나왔다.

"네가…… 할리드한테 말해야 해. 일어나, 어서 막아! 어떻게든 해!"

이르사는 고개를 저었다. 저 남자는 호라산의 칼리프란 말야!

생쥐 같은 내가 감히 뭘 어떻게 해?

"이르사!"

칼날 부딪치는 소리가 사막에 울려 퍼졌다. 쇳소리가 허공에 고동치듯 울려댔다.

하지만 이르사는 너무 무서운 나머지 꼼짝도 할 수가 없었다. 머릿속의 이성적인 생각이 한순간에 모두 날아가 버린 것만 같았다.

둘의 검술은 네 합 만에 끝이 났다. 그들은 맞수가 되지 않았다. 호라산의 칼리프는 새파란 지옥불에서 벼린 검으로 훈련한 악마나 다름없었다.

라힘은 모래바닥으로 넘어지더니 놓쳐버린 검을 찾아 더듬댔다.

이르사는 가슴이 턱 막혔다.

온몸에 얼얼하게 깨달음이 찾아왔다. 피할 수 없는 현실이 뚜렷해졌다.

칼리프는 그저 라힘의 무기를 뺏는 데서 그치지 않을 것이다. 지금 상황을 보면 명백했다. 레이의 괴물은 라힘을 죽이고 타리크에게 다가갈 것이다.

그리고 셰에라자드를 맞힌 타리크를 죽여버리겠지.

그런 일이 일어나도록 놔둘 수는 없다. 그런 세상에선 살 수 없었다. 그게 어떤 세상이든 살고 싶지 **않았다.**

그래서 이르사는 행동했다. 속삭이며 애원하는 언니 때문이 아니었다. 이르사의 몸속을 타고 도는 공포 때문도 아니었다. 공포를 느끼는데 어떻게 맞설 수 있단 말인가. 그녀를 일으킨 건 훨씬 큰 그 무엇이었다.

그것은 사막이 생기기 전부터 존재하며 이어져 온 감정이었다.

그 감정 덕분에, 생쥐처럼 겁먹은 마음은 영원히 사라지고 말았다. 그것도 단번에. 이르사는 버럭 소리쳤다.

"할리드 이븐 알-라시드! 당장 그만둬. 그런 짓을 하면 셰에라자드가 결코 용서하지 않을 거야!"

모래밭에 쓰러진 남자를 바라보자 그녀의 가슴이 요동쳤다.

언제나 올바른 질문만을 던지던 남자. 그녀가 아름다운 여자보다 낫다고 말했던 남자. 그녀에게 사자처럼 용맹한 마음을 준 남자.

"그리고 라힘을 해친다면 나 역시 **죽어도** 용서하지 않을 거야."

이르사는 말을 맺었다. 진실 어린 말속에는 그 어떤 검도 대적할 수 없는 강철 같은 기개가 어렸다.

이 공간의 모든 것이, 아주 작은 모래알 한 알까지도 그녀에게 굴복하는 것 같았다. 모든 것이 안도의 한숨을 쉬는 것만 같았다.

호라산의 칼리프는 눈도 깜빡이지 않은 채로 이르사를 바라보았다. 이목구비에 서렸던 혹독한 기세가 다소 수그러드는가 싶더니 그는 몸을 똑바로 폈다.

그리고 검을 거두었다.

이어서 칼리프는 아무 일도 없었다는 듯 이르사를 향해 성큼성큼 걸어오면서 칼날을 합쳐 다시 검 하나로 이었다. 라힘은 일어서서 시미타를 다시 주운 다음 타리크와 함께 칼리프의 뒤를 조심스럽게 따라왔다.

칼리프는 셰에라자드 옆에 무릎을 꿇고 그녀를 일으키려 했다. 셰에라자드의 찌푸린 얼굴에는 긴장감이 감돌았다. 얼굴은 핏기가 빠져 아주 창백했고, 어두워진 피부는 땀으로 축축했다.

이르사는 지금껏 일어난 소동은 일단 접어두고 침착하게 행동하기로 마음먹었다.

"언니를 다시 바다위 진영으로 데려가야 해요. 여기서 화살을 뽑는 건 바람직하지 않은 것 같아요. 상처가 심각한 건 아니지만 벌써 피를 많이 흘렸고, 게다가 타리크가 쓴 화살은……."

"흑요석 화살촉이 달렸지."

칼리프의 눈동자에 분노가 스치며 눈빛이 일렁였다. 이르사는 고개를 끄덕였다.

"움직일수록 악화될 가능성이 커요. 빨리 어떻게든 조치를 취해야 해요."

"샤지."

칼리프가 셰에라자드에게 손을 내밀었다. 갑자기 온화하게 변한 그의 태도를 보자 이르사는 묘하게도 불안해졌다. 지금은 꼭 다른 사람이 저 몸에 들어온 것 같잖아?

"일단 화살대를 촉에서 분리한 다음 옮겨야 한다."

언니는 이르사의 샤미나에 고개를 대고 한번 끄덕였다. 칼리프는 잠시 주저하다가 덧붙였다.

"아플 거다."

셰에라자드는 입술을 핥더니, 들릴 듯 말 듯한 목소리로 중얼거렸다.

"그만 떠들고 빨리 해, 바보."

이르사는 겁이라곤 전혀 없는 언니의 말이 너무 놀라웠다. 그런데 칼리프의 입가가 내심 즐거운 듯 위로 슬쩍 올라가는 걸 보자 덩달아 놀랍기만 했다. 칼리프는 빠른 동작으로 화살대를 상처와 최대한 가까운 곳에서 딱 부러뜨렸다. 셰에라자드는 그를 향해 숨죽인 비명을 질렀다. 파르르 떨던 몸이 한층 더 심하게 떨리기 시작했다.

칼리프가 이르사에게 조용히 말했다.

"계속 의식이 있을 것 같지 않아. 제아무리 노련한 군인이라도 이런 상처를 입으면 겁먹기 마련이다."

"나, 나 다 듣고 있거든? 내, 내 얘기 맘대로 하지 말아요."

셰에라자드가 치아를 덜덜 떨면서 갈라진 목소리로 말했다.

"말을 타고 가면 우리 진영까지 얼마 안 걸려요. 만약에 우리가……."

그 순간, 라힘이 뒤에서 말했다.

"우리 말을 하나 빌려주겠습니다. 타리크와 바다위 진영으로 가십시오. 얼굴을 가린 채로 타리크와 함께 가면 아무도 검문하지 않을 겁니다. 저는 이르사와 함께 가겠습니다."

칼리프는 어깨 너머로 라힘을 슬쩍 바라보았다. 본인을 찬찬히 훑어보는 칼리프의 냉정한 눈빛에도 라힘은 움찔하지 않았다. 잠시 후, 칼리프는 셰에라자드를 품에 안고 일어섰다. 그리고 타리크가 말을 데리고 올 때까지 말없이 기다렸다. 타리크가 셰에라자드를 부축하러 다가오자, 라힘은 자기 가슴에 한 손을 얹고서 타리크 옆에 서서 칼리프를 도와주었다. 이윽고 칼리프는 짙은 밤색 말에 올라타 창백해진 셰에라자드를 자기 앞에 단단히 앉혔다.

칼리프는 그때까지도 여전히 말이 없었다. 리다에 달린 후드를 머리 깊숙이 눌러 쓰고 말을 앞으로 몰아 가려는 태도가 마치 다른 이들의 안내 없이도 출발하려는 듯했다. 그러나 이내 타리크의 말 쪽으로 방향을 돌리고는, 불타는 장작처럼 이글거리는 눈동자로 그들을 바라보았다.

"타리크 임란 알-지야드."

타리크의 이름을 부르는 칼리프의 목소리에 분노가 엷게 묻어났다. 그의 이름이 마치 원한 어린 욕설처럼 들렸다. 이르사는 타리크가 주먹을 불끈 쥐는 모습을 보았다.

"길을 안내하라……. 내가 마음을 바꿔 너를 당장 죽여버리기 전에."

오빠와
집

이르사는 언니의 남편을 어떻게 봐야 할지 알 수 없었다.

검은 리다로 온몸을 두른 이 남자는 극단적인 면이 어지러이 뒤섞인 인물이었다.

다른 사람에게는 하나같이 빙산을 깎아 만든 인간인 듯 냉랭하게 굴었다. 그런데 언니에게는 바다를 노니는 여름 바람처럼 따스하기만 하다니.

하지만 참 안타깝게도, 언니를 다정하게 대하는 모습을 봤는데도 이르사는 여전히 칼리프가 무서웠다. 바다위 진영으로 돌아온 후 그는 적어도 세 번쯤 타리크를 죽여버릴 뻔했다.

첫 번째 고비는 타리크의 천막에 도착한 지 얼마 안 되었을 때였다. 물론 그때는 이르사가 보기에도 칼리프가 심하게 화를 낼 만했다.

그들이 천막 안으로 몰래 들어오자마자 이르사는 셰에라자드의 피 묻은 카미스를 벗기려고 했다. 그런데 누가 봐도 적절치 못하게, 타리크가 그녀의 옷을 같이 벗기려고 나선 것이다. 셰에라자드의 남편까지 앞에 떡하니 있는 상황이 아닌가. 하지만 타리크는 그 사실을 전혀 인식하지 못했다. 이르사가 보기에도 타리크가 대체 왜 이러는 건지 알 수 없었다.

바보도 이런 바보가 있나. 죽으려고 작정을 했구나.

게다가 미치광이 살인마를 앞에 두고서 저러다니?

죽는 방법도 참 가지각색이지.

두 번째 고비는 옷을 벗기고 상처를 닦아낸 다음에 찾아왔다. 이르사와 칼리프는 화살촉을 뽑으려고 해보았지만, 둘 다 이 분야에선 아는 게 별로 없었다. 특히 상처를 건드릴 때마다 셰에라자드가 격렬하게 저항하는 바람에 뽑기가 더욱 어려웠다. 결국, 그들은 타리크와 상의할 수밖에 없었다. 이 문제의 화살촉을 고안한 게 바로 타리크였으니.

그것도 엄청난 상처를 입힐 생각으로 만든 화살촉이었다.

피부를 갈기갈기 찢고 뼈를 부수려는 목적으로.

이르사는 칼리프가 그 자리에서 타리크를 죽일 마음이었다고 확신했다. 하지만 그에겐 안타깝게도, 그 순간 그는 타리크를 죽일 수 없었다. 이 화살이 어떻게 생겼는지 누구보다 잘 알고 있는 사람이 타리크였기 때문이다. 게다가 그는 숙련된 궁수답게 손놀림이 안정적이었다. 그래서 적지 않은 노력과 힘이 들기는 했지만 결국 화살촉을 온전하게 제거할 수 있었고, 이르사는 그 점이 무척 고마웠다.

화살촉을 뽑는 동안 셰에라자드는 입에 문 가죽을 마구 물어뜯으며 버텼고, 뺨 위로는 쉴 새 없이 눈물을 흘렸다. 나중이 되어서야 샤지는 모두의 앞에서 타리크에게 심한 욕설을 퍼부었다. 어쨌든 기운찬 그 모습을 보니 모든 것이 아물어 간다는 뜻이었다. 그래도 그때 이르사는 칼리프가 조만간 타리크를 몇 대 칠 게 분명하다고 생각했다.

마지막 고비에서 타리크는 정말로 죽을뻔했다가 겨우 살아났다. 화살촉을 뽑은 다음 이르사는 오래된 와인과 따뜻한 물을 섞어서 셰에라자드의 상처를 소독했다. 하지만 잠시 후, 이르사가 보니 언니의 출혈이 아무래도 빨리 멈출 것 같지 않았다.

그래서 뜨거운 날붙이로 상처를 지져야 한다는 결론을 내렸을 때의 분위기가 어땠던가.

셰에라자드는 그런 일에 움찔하며 겁먹을 여자가 아니었다. 흉터가 남겠다며 한탄할 리도 없었다.

하지만 이는 배탈 났을 때의 가벼운 치료와는 비교할 수 없었다. 이르사는 그 사실을 잘 알았지만, 어쨌든 반드시 해내야 했다. 셰에라자드는 이미 피를 꽤 많이 흘린 상태였고, 더 이상 출혈을 방치했다가는 진영의 다른 사람들에게 알리지 않고서는 치료할 수가 없을 터였다. 그래서 이르사가 그 치료법을 제안하자 셰에라자드는 알았다며 더는 왈가왈부하지 않기로 했다.

결국 라힘이 지닌 칸자르 단검(khanjar, 아라비아 지역에서 쓰는 갈고리 모양 단검—옮긴이)의 가느다란 끄트머리를 이용하기로 했다. 그러면 흉터가 최소한으로 남기 때문이다. 단검으로 지지는 역할은 칼리프가 맡았다. 언니의 부탁이었다.

셰에라자드는 이 과정에서 의식을 잃고 말았다. 솔직히 말하면 이르사는 차라리 다행이라고 생각했다. 살 타는 냄새만으로도 너무 역했으니까.

그리고 그 순간 타리크는 죽을뻔했다. 이르사는 그러리라고 믿어 의심치 않았다.

상처가 다 접합되고 셰에라자드가 완전히 정신을 잃은 게 확실해졌을 때, 칼리프는 왼손으로 타리크의 카미스 깃을 움켜쥔 채 오른손으로는 아직 들고 있던 시뻘겋게 달구어진 단검을 꽉 쥐었다. 이르사는 두 남자 사이로 모락모락 피어오르는 증오를 뼛속까지 생생하게 느낄 수 있었다. 라힘만 없었다면, 칼리프는 자신의 소원대로 타리크가 죽는 꼴을 보았을 것이다.

라힘이 타리크를 억지로 끌어내었다. 그리고 싫다는 타리크를 천막에서 내보낸 다음 자신도 뒤따라가다가, 잠시 돌아서서 미안한 기색을 보였다.

타리크는 순순히 라힘의 손에 이끌려 어둠 속으로 사라졌다. 얼굴엔 후회막심한 기색이 가득했지만, 라힘 덕분에 최소한 목숨은 부지할 수 있었다.

그리하여 이르사는 셰에라자드를 사이에 두고 칼리프와 셋이서 남겨졌다. 타리크의 천막 안에는 그들뿐이었다.

이르사 홀로…… 젊은 여자들을 죽이는 무시무시한 살인자와 남겨진 것이다.

이르사는 미지근한 물이 담긴 그릇에 피 묻은 리넨 천을 비틀어 짜낸 다음 일어서서 어떻게든 피로를 풀어보려고 했다. 칼리프는 셰에라자드 곁에 가만히 앉아 등에 난 상처와 그 위에 새로 바른 약을 살펴보고 있었다.

"언니가 일어나면 쥐오줌풀 뿌리를 넣은 보리차를 줄 거예요. 열을 내려주고 최악의 고통을 느낄 순간에 잠들도록 해주거든요."

이르사는 그렇게 말해놓고 입술을 깨물고는 잠시 생각에 잠겼다.

칼리프는 아무런 대꾸도 하지 않았다. 이쪽을 처다보지도 않았다. 그저 셰에라자드를 바라보며 알 수 없는 표정만을 지었을 뿐이다.

이르사는 고통스러운 침묵을 깨고 어떻게든 말하고픈 충동을 이기지 못했다. 그래서 더듬더듬 말을 꺼냈다.

"이런 말이 어리석게 들리겠지만요, 화살이 아주 이상한 각도로 꽂혀서…… 전 다행이라고 생각해요. 상처가 아주 깊지는 않아서 생명에 지장은 없었어요. 며칠은 고통을 느낄 테고, 얼마간은 어깨가 아프겠지만요, 그래도…… 이만하길 정말 다행이에요."

칼리프는 마침내 셰에라자드를 보던 시선을 들어 이르사를 바라보더니 그 말에 동의했다.

"그래. 이만하길 정말 다행이지."

그는 눈을 가늘게 뜨더니 덧붙여 말했다.

"네가 없었더라면 많은 면에서 훨씬 더 안 좋은 결과가 나왔겠지. 고맙다, 이르사 알-하이주란."

그녀의 뺨이 불안한 기색으로 빨개졌다. 앞에 있는 남자는 호라산의 칼리프였다. 말을 한다고 해서 보통 사람처럼 대꾸해 줄 거라 기대할 수는 없는 존재였다. 그런데 칼리프가 직접 대꾸해 주다니. 이르사는 애써 차분하게 숨을 들이쉬었다.

"라힘이…… 갈아입을 옷을 가져왔어요. 저 물병 안에 깨끗한 물이 있고요, 혹시 더 필요하시면 여기서 멀지 않은 곳에 물통도 있습니다. 씻고 싶으실 테니까요, 그, 피 말이에요. 원하신다면 저는 밖에서 기다리고 있겠습니다……, 세이이디."

그 말을 듣자, 칼리프는 생각을 가다듬는 듯 대답을 곧바로 하지 않았다. 이르사는 그의 표정을 읽을 수가 없었기에 무어라 말해야 할지도 알 수 없었다.

어느 면으로 보나 전혀 알 수가 없었다.

"날 그렇게 부르지 않아도 된다."

이르사는 화들짝 놀랐다. 안절부절못하고 움직이던 손이 움찔 굳고 말았다.

"하지만……."

칼리프가 무릎에 팔꿈치를 대고 몸을 받치며 말했다.

"할리드라고 불러주었으면 좋겠다. 너는 이미 알-하이주란 가문 사람답게 날 꾸짖기도 했으니, 이름으로 부르는 것도 그리 어렵지 않을 거다."

칼리프의 얼굴에 묘한 웃음기가 스쳤다. 이르사는 목덜미부터 이마까지 온통 새빨개졌다.

"죄, 죄송합니다. 제가 그때 제정신이 아니었어요."

"아니, 그렇게 생각하지 않는다. 내가 보기엔, 우리 중에서 너만이 정확하게 제정신이었던 것 같다."

칼리프가 강렬한 눈빛으로 이르사를 바라보았다. 두 눈을 빤히 바라보며 이쪽의 속마음까지 모두 파고드는 듯한 시선에 이르사는 한층 더 어색해지기만 했다. 그래서 얼굴 위로 떨어진 숱 많은 머리카락을 하릴없이 뒤로 넘기며 말했다.

"제가 보기엔…… 좀 다혈질이신 것 같네요."

그러자 칼리프의 입가에 미소 비슷한 것이 떠올랐다.

"내가 이런 잘못을 저질렀으니 머지않아 분명히 혼나겠지."

그는 잠든 셰에라자드의 모습을 내려다보며 덧붙였다.

"혼나 마땅하다."

이르사는 불편한 분위기에서도 슬그머니 웃고 말았다.

"맞아요. 언니는 분명히 혼내겠죠. 하지만 언니 자신도 엄청 다혈질이면서 어떻게 남을 혼낼 수 있는지 전 솔직히 전혀 이해가 안 돼요."

그 말에 칼리프는 진심으로 미소 지었다. 웃음기가 떠오르자 딱딱했던 얼굴선이 전체적으로 부드러워지면서 언뜻…… 소년 같은 모습이 드러났다. 아름답다 할법한 얼굴이었다.

지금은 전혀 괴물 같지 않구나.

그 순간 깨달은 사실에 이르사는 퍼뜩 놀라고 말았다. 생각해 보니 호라산의 칼리프는 그녀보다 몇 살밖에 더 먹지 않은 젊은이였다. 그 사실을 이제야 실감하다니.

아무리 봐도 칼리프는 여전히 소년이었다.

어쩌면 알려진 것보다 많은 비밀을 품은 소년일지도 몰라.

이르사는 손가락으로 머리타래를 돌돌 감으며 조심스레 그런 생각을 해보았다.

또다시 두 사람 사이에 침묵이 감돌았다. 칼리프가 조용히 말했다.

"내 옆에 있어서 불편하다는 걸 알고 있다. 아까 내 행동은 비난받아 마땅했지. 사과하고 싶구나."

이르사의 얼굴이 다시금 새빨개졌다. 하지만 아까와는 전혀 다른 이유였다.

"언젠가 네가 나를 용서해 주기를 바란다."

그의 말에 이르사는 고개를 끄덕였을 뿐, 여전히 무어라 말해야 할지 알 수 없었다.

칼리프는 목을 문지르더니 등불 빛을 피해 자리를 고쳐 앉았다. 그리고 머뭇거리다시피 말을 건넸다.

"네 아버지의 책이 어디 있는지 말해줄 수 있는지?"

그가 나지막한 어조로 묻자, 이르사는 천막 입구를 바라본 다음 속삭여 대답했다.

"여기 있어요. 제 가방 속에요."

순간, 칼리프의 표정에서 냉혹한 기색이 사라졌다. 그는 고개를 돌려 이르사를 가만히 바라보았다. 무엇을 생각하는지 알 수는 없었지만, 얼굴에 주름이 잡혔다가 펴지기를 반복했다.

"나는……."

그는 차분하게 숨을 들이쉬고는 말을 이어갔다.

"나는 여자 형제가 없다."

칼리프는 진한 눈썹을 지그시 모았다. 눈 아래로 어두운 기색이 짙어졌다.

"그리고 여자 형제가 있으면 어떨까 잠시라도 생각해 본 적 역시 한 번도 없다. 너는 남자 형제가 있으면 어떨지 생각해 본 적 있나?"

"음, 저, 저는 남자 형제가 없어서요."

하지만 사실은 언제나 오빠가 있었으면 좋겠다고 생각했다. 어렸을 적부터, 누군가 우러러볼 사람이 있으면 어떨까, 동생이 오빠를 우러러보는 마음은 어떤 걸까 궁금했다. 오빠만이 할 수 있는 방식으로 여동생을 놀리는 오빠, 필요할 때나 아닐 때나 언제든 동생을 지켜봐 주면서 자꾸 귀찮게 구는 오빠가 있어주길 바랐다.

오랫동안 이르사는 타리크가 이런 오빠가 되어줬다고 생각했다. 하지만 타리크는 언제나 다른 이들과 어울려 지내며 큰일을 하기에 바빴다. 활을 쏘고, 내기를 하고, 매를 길들이는 등의 일 말이다. 세에라자드도 마찬가지였다. 그래도 이르사는 그걸 분하게 여긴 적이 한 번도 없었다. 나중에 나이가 들면 상황이 달라질 거라고 언제나 기대해 왔으니까.

언젠가는 타리크도 그녀를 여동생처럼 대해줄 거라고, 그리고 때가 되면 타리크가 진짜 한 가족이 되어 오빠가 되어줄 거라고.

칼리프는 고개를 숙인 채 생각에 잠겼다가 말했다.

"오늘 네가 내게 소리쳤을 때, 그게 어떤 기분일지 깨달았다. 여자 형제가 있었다면 이랬겠다 싶었지."

"그래서 기분이 어떠셨어요?"

이르사가 작은 소리로 물었다.

"의외로 마음에 들었다."

그녀는 멍하니 입을 벌렸다.

"제가 소리 질렀는데도요?"

"사실을 말하자면, 거기서 모든 게 바뀌었는지도 모르지."

이르사는 정말로 크게 놀라 눈을 깜빡이기만 했다.

"정말요? 세상에, 하지만 참 이상하시네요. 이상하단 소리 들어본 적 있으시죠?"

그는 다시 미소 지었다. 아까도 그랬지만, 지금도 이르사는 이해할 수 없는 미소였다. 그러더니⋯⋯

호라산의 칼리프가 웃었다.

그것은 여유로운 웃음이었다. 부드럽고 선율이 깃든 웃음이었다. 많이 웃어본 티는 전혀 나지 않았지만, 그래도 의식적으로 꾸며낸 웃음이 아니었다. 그저 즐거운 한때를 떠올리게 하는 웃음, 어린 꼬마가 반짝반짝 빛나는 것들을 보며 마음에 들어 하고 즐거워했던 시절의 웃음이었다.

이르사는 지금 자신이 아주 특이한 사건을 목격하고 있음을 본능적으로 느꼈다.

"죄송해요. 이상하시다는 뜻으로 드린 말씀은 아니었어요."

애써 예의를 갖춰보려고 했지만, 사실 자신의 행동이 이미 예의에 어긋나도 한참은 어긋났다는 사실을 이르사는 알고 있었다.

"그런 뜻이 아니었다니. 이미 이상하다고 말했으면서."

칼리프의 눈이 빛났다. 하지만 이르사가 보기에 위협적인 기색은 없었다. 그녀는 소매를 만지작거리며 대꾸했다.

"네. 그렇게 말씀드리긴 했죠."

"어쨌든 난 전혀 기분이 상하지 않았다. 오히려 모든 점에서 너에게 고마움을 느끼고 있다. 그건 말해두어야겠지."

이르사는 눈을 휘둥그레 떴다. 대체 이분은 나를 어디까지 놀라게 할 작정일까?

칼리프의 입가가 아직도 뭔가를 곰곰이 생각하는 것처럼 비스듬하게 기울어졌다. 이내 그가 입을 열었다.

"고맙다⋯⋯ 이르사."

이르사 역시 어느새 멍하니 생각에 잠겼다. 그러다 어느 순간,

돌이킬 수 없는 결정을 내려버리고 말았다.

"아녜요…… 할리드."

그녀는 할리드를 향해 어설픈 미소를 지었다. 여전히 이 현실이 정말일까 싶은 느낌이 온몸에 따스하게 퍼졌다. 이러다 볼까지 빨개지기 전, 그녀는 라힘이 가져다준 옷을 모아 전해주었다. 바로 할리드에게.

그는 일어서서 피로 얼룩진 옷을 벗었다. 그리고 말없이 물병 쪽으로 슬그머니 다가갔다.

언니가 어째서 이 괴물 같은 남자를 사랑하기로 했는지 이젠 어렴풋이 이해가 되었다. 그 깨달음에 당황한 채, 이르사는 가방을 더듬었다. 그리고 리넨 천으로 싼 책을 황급히 할리드에게 건넨 다음 혼란스러운 마음으로 천막에서 달려 나왔다.

천막 모퉁이를 돌자 완연한 어두움이 시작되었다.

그런데 그 바깥을 서성이는 라힘이 보였다.

"여기서 뭐 해?"

이르사가 놀란 듯 숨을 삼키며 뒤로 물러섰다. 그녀를 본 라힘은 들킨 것처럼 깜짝 놀랐다.

"나, 나는……."

그는 목덜미를 쓸어 올리다 가려운 듯 턱을 긁었다. 목소리는 거칠거칠한 게 자갈을 삼킨 듯했다. 평소에도 그랬지만 지금은 유독 심했다. 마치 아주 오래전부터 하늘을 향해 고함을 쳐온 것 같은 목소리였다.

"널 기다리고 있었던 것 같아."

라힘은 말을 맺었다. 아까보다는 어조도 표정도 단호해졌다.

눈을 깜빡일 때마다 새까만 속눈썹이 부드러운 눈꺼풀 피부를 따라 느릿느릿 올라갔다 내려갔다 했다.

"네가 잘 있나 보려고 기다렸어."

"아아."

이르사는 열띤 목소리를 내지 않으려고 애썼지만, 창피할 정도로 실패했다.

"아아, 라니?"

라힘이 물었지만 이르사는 땋은 머리타래를 만지작거리며 말을 돌렸다.

"왜 들어오지 않고 밖에 있었어?"

그 말에 라힘은 침울한 미소를 지었다.

"칼리프가 날 좋아하지 않으니까."

"그분은 좋아하는 사람이 별로 없어 보이던데."

"그래도 넌 좋아하잖아."

라힘은 미소를 거두지 않았다.

"그런 것 같아?"

이르사의 물음에 라힘은 고개를 끄덕였다.

"그건 확실해. 칼리프가 네 말을 들었잖아. 딱 봐도 남의 말을 잘 들을 것 같은 왕은 아니던데."

그는 무슨 말을 더 하려고 입을 열었다가 다시 생각해 보니 안 되겠다는 듯 다물었다.

이르사는 더는 참을 수가 없었다. 라힘이 무슨 말을 하려는지 너무나 알고 싶어 견딜 수가 없었다. 어느 때든 그가 무슨 생각을 하는지 모두 알고 싶었다. 도리를 벗어난 마음이라는 건 알지만, 라힘이 뭘 바라는지, 무엇을 원하는지 언제나 모든 걸 알고 싶었다.

이런 욕망이 내면에 자리한 이유가 뭔지, 지금은 알고 있었다.

그것은 사랑이었다.

이르사는 사막에 온 후로 감정을 드러낸 적이 없었다. 그래도 라힘 덕분에 어느 정도 감정이 생겼다고 생각했다. 라힘이 그녀 자신을 무척 아껴주었다는 것만은 확실했다.

하지만 그는 말로 표현한 적은 한 번도 없었다.

이르사는 혀끝으로 입술을 축였다. 문득 목이 바짝 말라왔다.

"저기, 나한테 하고 싶은 말 없어?"

이르사의 물음에 라힘은 가만히 심호흡을 했다.

"있었는데…… 없어."

"그게 무슨 뜻이야?"

라힘은 한숨을 쉬었다.

"말 그대로야. 네 옆에 있으면, 할 말을 다 잊어버려."

"잊어버린다고?"

이르사의 콧등에 짜증이 어리기 시작했다.

"그런데 동시에 널 보면 전부 다 생각나."

"대체 무슨 말이야, 라힘 알-딘 왈라드."

이르사는 갑자기 두근두근 뛰는 심장 소리를 감추기라도 하려는 듯 팔짱을 끼었다. 라힘은 씩 웃으며 단단하게 말린 곱슬머리를 손바닥으로 문질러 모래를 우수수 털어냈다.

"나는 이르사 알-하이주란에게 하고픈 말이 아주 많아. 일단 오늘 날 구해줘서 고맙다고 해야겠지. 그리고 내 소중한 친구를 구해줘서 고맙다고도. 하지만……."

라힘은 그녀를 향해 느리게 한 걸음 다가섰다.

"내가 하고픈 말은 그게 아니야."

"무, 무슨 말을 하고 싶은데?"

이르사가 나직하게 물었다. 그러자 소년은 한 걸음 더 가까워졌다.

너무 가까워. 하지만 아직도 너무나 멀어.

"너한테 묻고 싶은 게 있어."

"그럼 물어봐."

아마씨 기름과 오렌지의 따스한 향기가 이르사에게 손을 내밀더니 더 가까이 다가오라고, 머물러 달라고 손짓했다.

숨을 꿀꺽 들이쉬는 라힘의 목울대가 위아래로 움직였다.

"키스해도 돼?"

"그걸 뭐 하러 물어봐? 그런 질문, 분위기 망치는 거 아니야?"

이르사가 우물거리자, 라힘은 씩 웃었다. 하지만 입가는 더욱 깊은 뜻을 담고서 떨고 있었다.

"아니. 단순한 키스가 아니라서 그래."

"그럼 뭔데?"

"내가 너한테 키스한다는 건 말이야, 난 너의 처음이 되고……
넌 나의 마지막이 된다는 뜻이니까."

"아아."

이르사는 두 번째로 뜻 모를 감탄사를 흘렸다. 이번이 마지막이었다. 그것은 한숨이기도 했고, 인정이기도 했다.

라힘은 손을 뻗어 이르사의 머리카락을 얼굴에서 넘겼다.

"그러니까, 키스해도 될까, 이르사 알-하이주란?"

심장이 덜컥 내려앉았다. 그러다 다시금 두근두근, 그 어느 때보다도 더 빠르고 더 열렬하게 뛰기 시작했다.

"응."

엄숙한 얼굴로, 라힘은 고개를 숙이고 코끝으로 이르사의 코끝을 위로 살짝 젖혔다. 처음에는 그의 입술이 이르사의 입술 선 위를 조심스레, 아주 부드럽게 쓸었다. 이어서 라힘은 온 입술을 그녀에게 마주했고, 그 순간 이르사는 마침내 깨달았다.

아, 이 느낌이구나. 어디에 있든지 집에 있는 것처럼 편안한 느낌. 언제든, 어디서든, 어느 순간이든 혼자가 아니라는 느낌이 이런 거구나.

라힘의 입술이 자신의 입술에 닿았을 때, 혀의 촉감에서 비롯된 열기가 들불처럼 몸속 혈관을 타고 돌기 시작했을 때, 이르사는 여기가 자신이 항상 있을 곳이란 걸 깨달았다.

이 남자와 함께. 지금 이 순간. 이 시간에.

이제 내 마음은 다시는 외롭지 않을 거야.

타리크는 바다위 진영 전체를 두 번이나 돌았다. 그동안 내내 정신은 멍하기만 했다. 마음속엔 그저 후회와 원망만 요동쳤다. 분노와 괴로움 역시 차고 넘쳤다.

뭘 어떻게 해야 할지 알 수가 없었다.

내가 그 무엇보다 사랑하는 여자가 내가 쏜 화살에 맞다니. 분에 겨워 맹목적으로 저질러 버린 행동에 쓰러지다니. 그런 장면은 결코 보고 싶지 않았다.

그런데도 타리크는 보고야 말았다. 처음부터 끝까지 모두.

돌아서서 외면할 수도 없었다.

이건 그의 잘못이었으니까.

화살을 쏜 순간, 활시위를 놓은 그 순간 타리크는 깨달았다.

그 순간을 되돌릴 수만 있다면 얼마나 좋을까.

당연히 셰에라자드는 몸을 던져 왕을 구했다. 그녀는 언제나 사랑하는 이들에게 전부를 내어주는 사람이었다. 시바의 복수를 위해 온갖 위험을 무릅쓰지 않았던가. 그러니 셰에라자드가 호라산의 칼리프를 구하기 위해 주저하지 않고 화살을 막아선 건 어찌보면 당연한 일이었다. 타리크는 이해할 수 있었다.

그러나 젊은 왕도 똑같이 행동할 줄이야. 타리크는 미처 예상하지 못했다. 왕이 셰에라자드를 구하려고 한 치의 주저함도 없이 목숨을 무릅쓸 줄은 미처 몰랐다.

하지만 타리크는 그가 자신의 몸으로 셰에라자드를 가리는 모습을 보았다.

타리크라도 그처럼 행동했을 것이다.

사실은 알고 있었다. 셰에라자드가 망토에 넣어둔 편지를 읽었을 때, 저들의 사이가 부질없는 한때의 열기에서 비롯된 평범한 사랑은 아니라는 것을.

사실은 그때부터 자신이 이길 수 없다는 걸, 타리크는 알고 있었다. 이길 수 있는 싸움이 아니었다.

이길 수 있다고 계속 고집 부리는 건 바보라는 증거밖에 되지 않았다.

그럼에도 타리크는 바보가 되기로 했다.

그리하여 지금, 다시금 냉정하고 흔들림 없이 확실하게 다시 한번 깨닫고 말았다. 셰에라자드가 젊은 왕을 사랑하고 있다는 사실을 처음 안 순간, 중앙 현관에서 두 사람을 봤던 운명적인 오후의 한때, 타리크는 그 진실을 알면서도 무시했다. 하지만 지금 제아무리 경솔한 꿈을 꾸어봐도, 셰에라자드와 젊은 왕이 서로 멀리 떨어져 있다면 언젠가는 내게…… 이렇게 필사적으로 생각해 봐도 타리크는 알고 있었다. 자신의 소원은 절대로 이루어질 수 없다는 것을.

셰에라자드는 탈레칸으로 돌아와 그와 함께해 주지 않을 것이다.

더는 타리크의 사람이 아니었으니까.

그녀는 대리석과 돌로 지어진 궁전의 사람이었다. 정정당당하게 세워진 왕비였다. 그녀를 사랑해 주고 또 그녀가 사랑하는 왕과 함께한 왕비. 언제든지, 심지어 오늘 밤에도 찾아간 젊은 왕의 왕비. 화살이 그녀를 파고들었을 때도, 그래서 말할 수 없는 고통을 느끼면서도, 뜨거운 날붙이로 살갗을 태워야 한다고 숨죽여 말하는 제안을 들었을 때조차……

셰에라자드는 오로지 한 사람만의 위로를 바랐다.

너무나 아팠다. 그 아픔은 타리크의 영혼에서 이기적인 부분을 모조리 갈기갈기 찢었다. 이제껏 둘이 함께 나누었던 모든 기억이 반으로 찢어져 버렸다. 매일 타리크는 그녀가 돌아오기를 기다렸다. 자신과 셰에라자드가 하늘이 맺어준 인연이라는 걸 확인하고 싶었다.

그래서 젊은 왕은 아무것도 아니었다는 걸 깨닫고 싶었다.

셰에라자드와 호라산의 칼리프는 함께 지낸 지 몇 달 되지도 않았다. 그녀가 타리크와 지낸 세월과는 비교가 되지 않았다. 그럼에도 둘은 서로를 위해서 기꺼이 죽을 마음이었다.

타리크는 이제껏 젊은 왕을 내내 죽이고 싶어 했다. 자신을 한 번 쳐다봐 주지도 않는 사랑을 위해서.

어쩌다 그들의 삶이 저렇게 돼버렸을까?

눈 한 번 깜빡일 새에 증오가 사랑이 되어버리다니.

셰에라자드가 화살을 맞고 쓰러지던 장면이 머릿속에 다시금 떠올랐다. 타리크는 몸을 부르르 떨며 멈춰 섰다. 화살을 쏜 순간, 그는 알지도 못하는 수천 종류의 신들에게 경솔하게도 수천 가지 맹세를 했었다.

그 맹세 중에서 갑자기 화르르 타오르는 것이 하나 있었다. '그 애를 살려만 주신다면 시키는 건 뭐든지 하겠습니다.'

타리크가 활을 내던지고 셰에라자드를 향해 달려들었을 때 내뱉었던 경솔한 맹세였다.

그땐 아무 생각도 들지 않았다. 심지어 속에 계속 맴돌던 증오의 기억마저도.

타리크는 자신의 천막 앞에서 멈췄다. 그는 젊은 왕, 칼리프와 이야기해야 했다. 셰에라자드가 무엇을 알았는지 자신도 알아야 했다. 대체 할리드 이븐 알-라시드에게서 무엇을 보았을까. 호라산의 칼리프가 정말로 괴물이라면 그런 사랑을 할 리가 없지 않은가. 그가 괴물이라면 오늘 밤 타리크가 보았던 대로 셰에라자드에게 그런 애정을 품었을 리가 없다.

그 점을 타리크는 확신했다.

그래서 굳게 결심하고 자신의 천막 안으로 들어갔다.

셰에라자드는 아무런 움직임이 없었고, 이르사만이 그녀의 곁

을 지키고 앉아있었다. 입을 쩍 벌린 어둠 속에서 한 자루 촛불만
이 금빛 광채를 빛냈다.

칼리프는 온데간데없었다. 이르사가 초조한 눈빛으로 이쪽을
힐끔 쳐다보았다.

"타리크."

"그자는 어딨어?"

"조금 전에 씻으러 나갔어. 나는 방금 언니에게 잠이 잘 오게
하는 차를 줬어."

이르사는 몸을 일으키고는 어깨를 주무르며 불편함 가득한 눈
빛으로 그를 바라보았다.

"여기 있으면 좋지 않을 것 같은데. 할, 아니 칼리프가 곧 돌아
올지도 몰라……."

이르사는 말꼬리를 흐리며 숨은 의도를 역력히 드러냈다. 그녀
가 경고하고 있다는 걸 알았지만 타리크는 무시했다.

"그럼 셰에라자드는 지금 자?"

이르사는 고개를 끄덕였다.

타리크는 지친 한숨을 삼키며 셰에라자드가 누워있는 침대 옆
에 웅크려 앉았다. 그녀는 상처에 고약을 바른 채로 고개를 돌리
고 잠들었다. 이르사는 타리크의 맞은편에 무릎을 꿇고 앉았다.
그 눈빛에는 좌절과 연민이 가득 뒤섞여 있었다. 잠시 후, 타리크
가 이르사를 바라보며 말했다.

"이런 일이 생겨서 정말로 미안해, 지르지락. 난 정말 이럴 마
음으로 한 일이 아니었어. 믿어줘."

"알아. 하지만 사과해야 할 사람은 내가 아니잖아."

이르사는 조용히 말했다.

"그래, 알아."

"안다면 앞으로는 그 점을 명심하고 알아서 잘 행동하는 게 좋을 거야."

이 말을 남기고 이르사는 셰에라자드의 차를 우릴 때 썼던 약초 꾸러미를 집어 들고 옆으로 물러났다.

타리크는 셰에라자드의 손을 잡았다. 그리고 손깍지를 꼈다. 그녀의 손바닥은 부드러웠지만, 몇 년간 활쏘기를 연습하며 생긴 굳은살이 느껴졌다. 그들이 나란히 서서 연습했던 그 수많은 세월. 역경을 이겨내라고, 모두가 그녀에게 바라는 대로 누군가의 얌전한 아내가 되는 데 그치지 말라고, 어딜 가든 네 방식대로 모두의 주목을 받으라고 셰에라자드를 격려했던 순간들. 타리크에게는 그녀뿐이라는 걸, 이 세상에 자신을 위한 여자는 지금도 그랬고 앞으로도 오로지 한 명뿐이라는 걸 깨달았던 그날.

오로지 한 명뿐이다. 언제나.

이러면 안 된다는 걸 알지만, 타리크는 셰에라자드의 검지를 엄지로 쓸어보았다. 다시는 이렇게 만져볼 수 없다는 걸 안다. 하지만 만지고 싶었다.

마지막으로 한 번만.

그는 조용히 속삭였다.

"정말 미안해, 샤지-잔. 맙소사, 내가 그 순간을 되돌릴 수만 있다면 절대로 그런 짓을 하지 않을 거야. 차라리 내가 천 발의 화살을 맞으면 맞았지."

타리크는 그녀에게 더욱 가까이 고개를 숙였다.

"네가 죽었다고 생각했을 때, 난 널 되살릴 수만 있다면 아무것도 바랄 게 없었어. 정말로 미안해, 내 사랑. 나는 너처럼 내 증오를 삼킬 수가 없어. 난 너 같지 않거든. 하지만 다음번엔 네 말을 들을게. 맹세해. 네 말이 아무리 듣기 싫다 해도 꼭 들을게, 샤지."

타리크는 일어서다 말고 허리를 구부려 그녀의 관자놀이에 입을 맞추었다.

"내 목숨을 걸고 맹세할게. 다시는 너에게 상처 주지 않을게."

그는 셰에라자드의 귓가에 속삭이며 곱슬머리를 넘겨주었다.

순간, 천막 구석에서 숨죽여 지른 비명에 타리크는 벌떡 일어섰다. 이르사 알-하이주란의 얼굴은 공포에 질려 가면처럼 굳어 있었다. 두 눈은 천막 입구를 빤히 바라보기만 했다.

호라산의 칼리프가 천막 문 옆에 서서……

그를 바라보고 있었다.

타리크는 그의 표정에서 아무것도 읽을 수가 없었다. 감정이 전혀 내비치지 않는 얼굴에는 방금 그가 한 말을 들었는지 아닌지조차 알아낼 만한 기미가 전혀 보이지 않았다. 칼리프는 잠시 기다렸다가 안으로 들어왔다. 그리고 리다를 아래로 내려 얼굴을 단단히 감춘 다음, 타리크의 리커브 활과 화살통을 말없이 침착하게 집어 들었다.

그리고 다시 입구로 가서 기다렸다.

타리크도 말없이 그를 따라 사막으로 나갔다. 칼리프는 걸음을 멈추고 그에게 활과 화살을 건넸다.

그리고 폭풍의 눈처럼 섬뜩하리만큼 고요한 기색으로 샴시르를 꺼내 둘로 갈랐다.

"화살은 세 발이다."

그는 저 멀리 서서도 들릴 정도의 목소리로 말을 시작했다. 하지만 타리크는 그 말에서 아무런 감정을 느낄 수가 없었다.

"화살을 세 발 쏴라, 타리크 임란 알-지야드. 널 막을 자는 아무도 없다. 이곳에선 아무도 날 방어해 주지 않는다. 너에게 세 발의 화살을 주겠다. 그러니 너에겐 우물가에서 하려던 일을 마칠 세 번의 기회가 있는 것이다."

"왜 세 발이지?"

타리크는 칼리프의 감정 없는 말투를 그대로 따라 하며 화살통을 어깨에 멨다.

"하나는 네 사촌의 몫이다."

칼리프는 검 하나를 앞쪽 모래바닥에 꽂았다. 보석 장식 칼자루가 달빛을 받으며 떨었다. 그가 나머지 검 한 자루를 번뜩이며 휘둘렀다.

"또 하나는 네 이모님의 몫이다. 그리고 마지막 하나는 네 사랑의 몫이다."

타리크는 그를 가만히 바라보았다. 멀리서 봐도 칼리프의 묘한 눈동자는 초현실적으로 빛났다.

"하지만 네가 날 맞히지 못한다면, 방금 내가 본 짓을 다시는 반복하지 마라. 그리고 넌 날 맞힐 수 없을 것이다."

"지금 질투하는 건가?"

타리크는 서늘한 사막의 모래 위로 쩌렁쩌렁 울릴 만큼 크게 소리쳤다.

하늘에서 가느다랗고 희미한 보랏빛 구름이 흘러갔다. 편안한 광경이라 하기에는 구름이 너무 빠른 속도로 움직였지만, 그렇다고 뭔가 의미 있다고 생각하기에는 너무 느린 흐름이었다.

내일의 폭풍은 예고 없이 찾아올 것이다. 오기로 예정되어 있다면.

"질투란 유치하고 쩨쩨한 감정이다."

칼리프는 유려한 동작으로 샴시르 한 자루를 단번에 왼손에 바꿔 쥐었다.

"나는 질투를 느끼지 않는다. 분노할 뿐이지."

타리크는 잠깐 멈칫했다. 젊은 왕의 행동은 말과 달라도 너무 달랐다. 그렇다면 마침내 약점을 발견한 것인가? 마침내 그가 괴물이 아닌 인간이라는 걸 말해줄 만한 뭔가가 보였나?

"지금 나를 걱정하는 거야, 할리드 이븐 알-라시드?"

칼리프는 망설였다. 그 망설임이야말로 말보다 더 큰 소리로 알려주었다.

"그랬던 적이 있다. 하지만 네가 셰에라자드가 잠들기를 기다렸다가 만지는 걸 보면, 너는 셰에라자드가 그런 짓을 허락할 리 없다는 걸 알고 있단 소리다. 넌 다시는 그런 식으로 셰에라자드에게 무례하게 굴어서는 안 된다. 내게도 마찬가지고."

타리크는 리커브 활을 힘없이 내려뜨렸다.

"그 애에게 무례하게 굴려고 한 게 아니야. 그 애의 사랑을 되찾으려는 것도 아니고."

타리크는 잠시 숨을 고르고서 덧붙였다.

"나도 내가 졌다는 거 알아."

샴시르의 날이 다시금 허공을 스쳤다.

"그렇지만 너는 아직도 날 죽이고 싶어 하지 않나."

이건 질문이 아니었다. 그래도 타리크는 대답하기로 했다.

"물론이야."

"그렇다면 여기 기회가 왔다."

"그다지 기회 같지 않은데. 너는 내가 질 거라고 말했잖아."

"그래. 넌 질 거다. 내가 이길 수 없는 전투에 나섰다고 생각한다면 네가 바보인 거다."

칼리프는 모래에 꽂아두었던 샴시르를 뽑아 두 검을 모두 보란 듯이 휘둘렀다.

"그래서 아직 전쟁터에서 나랑 맞붙지 않았던 거냐, 이 오만한 자식아?"

타리크의 말에 칼리프의 입가에 쓴웃음이 감돌았다.

"그것도 이유이긴 하지."

"그럼 또 다른 이유는 뭐지?"

타리크가 화살통에서 화살을 꺼내며 물었다.

"아직 나의 적에 대해 모르기 때문이다, 타리크 임란 알-지야드. 그리고 너와 달리 나는 모르는 적과 기꺼이 싸울 마음이 없다."

"난 네가 누군지 알아."

타리크가 이를 갈며 말했다.

"아니. 너는 나를 모른다. 다만 알고 있다고 생각할 뿐."

"넌 지금 어떻게든 내 마음을 돌려야 할 상황일 텐데."

"그래, 그래야 할지도 모르지."

칼리프는 다시금 검을 휘둘러 우아한 호를 그리더니 덧붙여 말했다.

"너에겐 세 발의 화살이 있다. 화살을 똑바로 겨눠라."

타리크는 숨을 들이쉬었다. 그리고 화살을 메긴 다음, 활시위를 당겼다.

그는 저 자식의 심장을 겨누어야 했다. 젊은 왕이 제아무리 잘난 체를 해도, 세 발의 화살을 빠르게 연속으로 쏘는데 피하는 건 불가능하기 때문이다. 어쩌면 한 발은 슬쩍 피할 수 있을지 모른다. 두 발째 역시 시간을 잘 맞춰 검을 휘두른다면 떨어뜨릴 수 있다.

하지만 세 발째까진 아니다. 칼리프는 그 정도로 뛰어난 검술가가 아닐 것이다. 세상에 그런 사람이 어디 있겠는가. 검을 휘둘러 화살을 떨구다니, 아무리 생각해도 터무니없었다. 아까 셰에라자드가 저런 뻔뻔함을 부리다가 어떻게 되었냔 말이다. 화살에 맞아 죽을뻔하지 않았나.

그러고 보니 샤지와 젊은 왕은 그 점에서 똑같았다.

건방지고 뻔뻔하다는 것.

하지만 그들의 신념은 이상하리만큼 확고했다. 그리고 묘하게도 영예로웠다.

타리크는 그의 심장을 겨누어야 했다. 그를 쓰러뜨려야 했다. 시바를 위해서. 이모님을 위해서.

그리고 그 자신을 위해서도.

혈관을 타고 흐르는 분노의 감각에 타리크는 활시위를 뒤로 더욱 당겼다. 귀 옆으로 팽팽해지는 시위가 느껴졌다. 손가락 사이의 부드러운 거위털 화살깃은 너무나도 익숙했다. 깃털이 바람결에 약속을 속삭이는 것만 같았다.

이 고통을 끝내주겠다는 약속.

그는 할 수 있다. 젊은 왕은 오만함 때문에 약해졌다. 타리크가 저 자신을 죽일 수 없다고 믿고 있지 않나. 필요한 기술을 갖추지 못했다고 생각하고 있다.

그러다 문득 타리크는 화살 끝의 뾰족한 촉을 쓸데없이 노려보았다. 흑요석 화살촉은 달빛을 받아 스산한 아름다움을 빛냈다.

타리크가 마지막으로 본 화살촉은 셰에라자드의 등에서 뽑아낸 것이었다. 그녀의 피로 물든 진홍색 촉.

그가 사랑한 유일한 소녀의 피로 붉게 젖었던 그 화살촉.

타리크는 셰에라자드에게 약속했다. 절대로, 다시는 너를 해치지 않겠다고. 그 약속을 한 지 얼마 지나지도 않았는데 이런 일이 벌어지다니.

짧은 그 순간이 마치 한평생 같았다.

그렇다면 지금 하려는 일은 어떤가? 타리크는 지금 뭘 하려는 건가? 이건 셰에라자드를 해치는 것보다 더욱 큰 사건이 될 것이다. 칼리프를 죽인다면 그녀는 망가질 것이다. 말로 표현할 수 없을 정도로, 시간이 아무리 흘러도 치유될 수 없을 정도로.

셰에라자드가 타리크의 죽음에 대해 이야기했던 때가 떠올랐다. 얼마 전 밤, 그녀는 타리크가 호라산의 칼리프 손에 죽을지도 모른다고 걱정했다.

이 일은 끝이 나지 않을 것이다.

누군가 끝내지 않는다면 말이다.

타리크는 활을 내려놓았다.

"바람이 적당하지 않아."

"너 같은 활의 명수에게 바람이 무슨 상관인가."

"그렇지, 상관없지. 하지만 지금은 아니야."

타리크는 짧게 대답했다. 그러자 칼리프도 검을 내렸다.

"어쩌면 넌 내가 생각한 궁수와는 다를지도 모르겠군."

"어쩌면 그럴지도. 아니면 내가 더 좋은 바람을 기다리고 있을 지 어찌 알겠어."

그가 젊은 왕을 노려보며 말했다. 대답 대신, 젊은 왕의 표정이 더욱 어두워졌다. 그의 턱 근육이 불끈거렸다.

"절대로 잊지 마라, 타리크 임란 알-지야드. 난 너에게 기회를 줬다. 오늘 넌 나에게 활을 쐈고…… 그 결과 목숨보다 더 중요 한 것을 맞히고 말았다. 다음에 네가 셰에라자드 앞에서 또 그런 짓을 하려 든다면, 난 널 산 채로 껍질을 벗겨서 개에게 던져줄 것이다."

타리크는 눈썹을 지그시 모았다.

"하, 네가 괴물이 아닐지도 모른다고 생각한 참이었는데."

"나는 아버지의 아들이다. 혈통으로나 정당성으로나 타고난 괴 물이지. 나는 지키지 않을 협박은 하지 않는다. 그 점을 명심하는 게 좋을 거다."

칼리프의 목소리는 냉정했지만 말뜻에는 열기가 이글거렸다.

"이러면서 나더러 네가 셰에라자드와 어울리는 사람이라고 믿 으라는 거냐. 네가 어떻게 셰에라자드에게 좋은 남자가 될 수 있 다는 거야?"

타리크가 비웃음을 참으며 말했다.

"난 내가 셰에라자드에게 어울리는 남자라고 절대로 생각하지 않는다. 그건 참으로 오만한 생각이니까. 하지만 안심해라. 네가 날 좋게 평가하리라고 여기지도 않으니. 내가 네 의견을 신경 쓰는 날이 온다면 그땐 해가 서쪽에서 뜨겠지. 하지만 알아둬라. 난 소중한 존재를 위해서라면 목숨을 버릴 때까지 싸울 것이다."

"그 애는 내게도 소중한 존재야. 난 셰에라자드를 그 무엇보다도, 그 누구보다도 더 사랑할 거야."

그 말을 듣자 칼리프는 다시 미소 지었다. 조롱기로 휘어진 미소였다.

"그럴 리가. 넌 자기 자신을 더 사랑하지 않나."

타리크의 가슴에서 분노가 서서히 끓어오르더니 느릿하게 타올랐다.

"그게 무슨……."

"증오를 흘려보내는 법을 알지 못하는 한, 넌 언제나 너 자신을 더 사랑하는 거다."

타리크의 입술 사이에서 웃음이 터졌다. 어둡고 신랄한 웃음이었다.

"솔직히 말해봐. 네가 날 미워하지 않는다고 할 수 있나?"

칼리프는 잠시 입을 다물었다가 곧 다시 말했다.

"아니, 난 너를 미워하지 않는다. 하지만 그 어떤 말로도 표현할 수 없을 정도로 너의 과거가 원망스럽다."

그는 검 한 자루를 다시 들어 올리고는 타리크를 향해 걷기 시작했다.

"내가 널 죽일 기회가 얼마나 많았는지 알고 있나, 타리크 임란 알-지야드? 내 영혼의 가장 어두운 마음으로는 너를 당장 죽여버리길 바랐던 적이 얼마나 많은지 아나? 난 네가 누군지, 너의 가족이 누군지 오래전부터 알고 있었다. 내 아버지였다면, 네가 그런 식으로 셰에라자드를 바라보았다는 이유로 당장 널 죽였을 것이다. 나 역시 같은 마음이었다. 하지만 셰에라자드를 위해서 그러지 않았을 뿐이야."

그는 탁 소리를 내며 순식간에 검을 검집에 넣었다. 그리고 잠시 후 생각난 듯 덧붙였다.

"그리고 앞으로도 널 죽이지 않을 마음이었다. 그런데 오늘 밤 이런 일이 일어나다니."

타리크는 활을 쥔 손에 힘을 주면서, 칼리프의 고백을 곰곰이 생각해 보았다. 인정하고 싶지 않았지만 칼리프가 거짓말을 하는 것 같지는 않았다. 천성적으로 속임수를 쓰지 않는 듯했다. 그래서 타리크는 오랫동안 칼리프에게 품어온 의혹을 다시 생각해 보았다. 오랫동안 애타게 답을 얻고 싶었던 의혹이 많았다.

이제 타리크의 증오는 보이지 않는 곳에 숨겨둘 수가 없었다.

"왜 내 사촌을 죽였지?"

그가 무뚝뚝하게 물었다. 칼리프는 조심스럽게 대답했다.

"그땐 다른 선택이 없다고 생각했기 때문이다. 자신이 고통받은 만큼 나도 고통받기를 바라는 사람이 있었다. 그가 내게 선택지까지 빼앗아 갔다고 생각했지. 그는 그래서……."

칼리프는 숨을 짧게 들이쉬고는 말을 이었다.

"나의 부주의함을 두고 저주를 내렸다. 레이에 있는 가족들에게 저주를 내린 것이지. 매일 새벽마다 그들의 딸이 죽어야 하는 저주였다. 그런 식으로 그 사람은 호라산 전체에 저주를 내렸다."

칼리프의 눈에 괴로운 기색이 스쳤다. 이제껏 말하지 않았던 어마어마한 고통을 암시하는 기색이었다. 그는 이 질문을 받을 날을 오랫동안 기다려 온 것처럼 말했다. 그리고 그 어떤 대답도 충분하지 않다는 걸 알고 있는 것 같았다.

"저……주라고? 그럼 **저주** 때문에 내 사촌을 죽였다는 거야?"

믿을 수가 없어서 온몸이 떨려왔다. 저도 모르게 눈을 휘둥그 레 뜨는 바람에 순간적으로 시야가 흐릿해졌다.

칼리프가 조용히 말하며 타리크를 향해 계속 다가왔다.

"그땐 내게 선택지가 없다고만 생각했다. 잘못이었지. 너무나 잘못된 생각이었다. 그 잘못은 내가 도무지 원래대로 되돌릴 수 가 없다. 너의 가족에게 저지른 잘못도 난 되돌릴 수가 없다. 하 지만 네가 기회를 준다면 보상하겠다. 약속한다."

타리크는 이를 악물었다. 이 말이 무슨 뜻인지 서서히 깨달음 이 왔다. 아마 이제껏 샤지가 말하려던 것도 바로 이것이었겠지. 하지만 칼리프의 말은 진짜 대답이 아니었다. 이건 그저 공허한 장담을 줄줄이 늘어놓는 것뿐이었다.

실체가 없는 것일 뿐.

"네 약속은 그저 빈말이잖아. 게다가 너무 늦었어."

타리크가 쏘아붙였다. 칼리프는 이제 사람 키만 한 거리를 두 고 그의 앞에 섰다.

"나의 약속은 빈말이 아니다. 굳은 신뢰가 없다면 약속도 아무 런 의미가 없긴 하지만."

타리크는 턱을 굳히고 대꾸했다.

"신뢰란 주어지는 게 아니라 공들여 얻는 거야. 이곳의 셰이크가 언젠가 했던 말이지. 넌 아직 내 신뢰를 얻지 못했어."

칼리프는 입가에 무슨 뜻인지 알 수 없는 미소를 지었다.

"그 셰이크란 분을 만나보고 싶군."

잠시 어색한 침묵이 흘렀다. 이윽고 타리크 역시 무슨 뜻인지 알 수 없는 말로 대답했다.

"죽어도 인정하고 싶진 않지만, 그분은 널 좋아할 것도 같네."

"왜 그렇게 생각하지?"

"그분은 멋진 사랑 이야기를 좋아하니까."

타리크는 체념한 듯 한숨을 쉬었다.

"이게 멋진 사랑 이야기인지는 아직 모르겠다."

타리크는 조용하게 들려온 칼리프의 말속에서 연약한 부분을 알아챘다. 오만한 겉모습 속에 숨겨져 있던 취약점이자, 괴물 속에 가려진 인간적인 모습.

타리크는 자신이 오랫동안 증오해 온 젊은 왕에 대해 잠시 생각했다. 오래전부터 자신의 두 손에 의해 기꺼이, 천천히 이자가 죽어가는 모습을 천 번이고 보고 싶었다.

그런데 이제 두 번째로…… 타리크는 그것 말고도…… 다른 모습을 보았다.

마음에 들지 않는 모습이었다. 어쩌면 앞으로도 절대 마음에 들지 않을 모습이다.

하지만 더는 미워할 수 없는 모습이기도 했다.

"널 위해서라도 그건 멋진 사랑 이야기여야 할 거야."

타리크가 조용히 말했다.

그 말을 듣자, 호라산의 칼리프는 손끝을 이마에 대고 타리크 임란 알-지야드에게 절했다.

　잠시 후, 가슴속에 무언가 희미한 짜릿함을 느끼면서⋯⋯

　타리크 역시 그에게 똑같이 절했다.

빗나간

　　　　　다음 날 아침, 셰에라자드는 잠에서 깨어났다. 머리가 빙빙 돌고 어깨는 납처럼 무거웠다. 혀끝에 먹먹하고 텁텁한 느낌이 감돌았고, 온몸의 근육이 아팠다.

　하지만 몸은 따스했다. 기억하고 있었던 것보다 더욱 따스하게 느껴졌다.

　생전 처음으로 그녀는 다른 사람의 품에 안긴 채 깨어났다.

　할리드가 그녀를 몸 위에 얹은 채 자고 있었다.

　셰에라자드가 그의 위에 엎드린 채, 팔다리를 서로 얽은 채로 잠들었던 것이다.

　순간 온몸이 굳고 말았다. 이거 혹시 꿈일까. 이르사가 준 역겨운 강장제 효과가 아직도 남아서 정신을 잃은 걸까.

　'어떻게 할리드가 잠들 수 있지?'

　그녀는 혼란스러운 마음으로 할리드를 응시하면서, 아직 남은 잠기운을 애써 떨쳐냈다. 그러자 그의 목덜미에 걸린 끈이 눈에 들어왔다. 금속과 가죽을 한데 엮어 만든 끈이었다.

그는 무사 사라고사에게 받은 부적을 목에 걸고 있었다.

셰에라자드는 그저 천진난만하게 드러난 할리드의 모습을 본 적이 거의 없었다. 그가 무방비한 상태로 자는 모습을 보다니⋯⋯ 솔직히 흥미로웠다.

그는 아름다운 재앙 같았다.

검은 머리카락은 완전히 흐트러졌다. 한쪽 눈가 아래엔 흙이 묻었다. 눈 옆에 난 상처로 생긴 주름 속에는 흙먼지가 켜켜이 박혀있었다. 입고 있는 카미스는 그에게 맞지 않았다. 딱 봐도 그의 것이 아니어 보였으니 당연할 것이다. 가슴께는 옷이 작아 팽팽한 반면에, 팔은 너무 길어서 헐렁했다.

셰에라자드는 조심스럽게 침묵을 지키며 할리드가 자는 모습을 바라보았다. 자신의 가슴 아래로 그의 가슴이 규칙적으로 오르내리는 모습을 보자, 원한다면 도로 잠들 수도 있을 것처럼 몽롱해졌다.

하지만 그녀는 겹친 손바닥 위에 턱을 괴고서 보던 것을 조심스럽게 계속 감상했다.

잠든 할리드는 멍하니 바라보기에 참 매력적인 대상이었다. 깨어났을 때의 할리드는 차가운 무관심이 온몸에 드러나서 그림자와 각진 얼굴선이 뚜렷해 보이기만 했다. 속에 있는 감정의 영역을 감추기 위해서 오만하고 사나운 성품의 가면을 쓰기 때문이었다. 하지만 자고 있는 모습에서는 모든 게 한결 부드럽게 보였다. 마치 최고급 점토로 빚은 것 같달까. 살짝 벌어진 입술은 만져달라 애원하는 듯했다. 평소 지그시 힘을 주고 있던 눈썹은 상대를 판단하며 위협하는 무시무시한 기색이라곤 전혀 없이 그저 매끄럽게 뻗어있었다. 길고 숱 많은 속눈썹이 볼 위로 검게 드리워진 모습이라니.

'너무너무 아름답네.'

"감상을 하고 싶다면 그림으로 그리라 하겠다."

셰에라자드는 숨이 턱 막혔다.

할리드는 말을 하면서도 입술을 거의 움직이지 않았다. 눈도 여전히 감겨있었다. 셰에라자드는 헛기침을 했다.

"그림은 필요 없어요. 갖고 싶지도 않고요."

애써 관심 없는 척 말을 던졌지만, 목소리가 허스키하게 나와버려 속마음이 그대로 드러나고 말았다.

어쩌면 아침에 막 깨서 이런 거라고 둘러댈 수 있지 않을까. 아니면 어제 그런 사건을 겪은 탓에 목이 상했다고 할까.

아니면 아무 말이라도…….

"거짓말."

뺨에 피가 확 몰린 셰에라자드는 그에게서 몸을 돌리다가…… 숨을 들이켰다.

어깨와 등으로 타는 듯한 통증이 확 올라서 셰에라자드는 입술을 세게 깨물었다.

할리드는 곧바로 눈을 떴다. 그는 한 손으로 셰에라자드의 턱을 잡더니 얼굴을 빠르게 살펴보았다. 그리고 침대 옆에 둔 잔을 들어 건네주었다.

"이게 뭐예요?"

그녀가 목소리를 가다듬으며 물었다.

"그대의 동생이 두고 간 진통제다."

셰에라자드가 액체를 삼키자 쓴맛이 목구멍을 온통 뒤덮었다. 그녀는 얼굴을 찌푸렸다. 이르사가 꿀과 신선한 박하로 강장제의 불쾌한 맛을 가리려 한 건 알겠지만, 여전히 맛은 좀 끔찍했다.

약을 마시는 동안, 맞은편 그늘진 모서리에서 무언가가 움직였다. 이윽고 타리크의 모습이 보였다. 부스스한 머리카락에 잠기운이 그득한 눈매를 하고 있었다.

"무슨 일 있어?"

"아니, 없다. 아침이라 셰에라자드가 고집을 부리고 있을 뿐이야."

할리드의 대답에 셰에라자드는 얼굴을 찡그렸다.

"당신한테 물어본 거 아녜요."

그러자 타리크가 하품을 하며 대답했다.

"사실을 말하자면, 그쪽한테 물어본 거 맞아. 너보단 그쪽이 솔직하게 대답해 줄 가능성이 훨씬 많으니까."

셰에라자드는 타리크를 노려보았다. 비록 몸이 좋지 않았어도 싸울 마음은 차고 넘쳤으니까.

"그럼 이제 할리드를 죽일 마음 없이 말하고 지내기로 한 거야?"

타리크가 태평한 얼굴로 쏘아붙였다.

"착하게 좀 굴어, 샤지. 내 천막에 네 남편을 들여보내 준 것도 나라고."

'그래. 우리는 타리크의 천막에 있어. 그런데도 밤새 여기서 살아남았네.'

셰에라자드는 믿기지가 않았다. 혹시 어젯밤에 화살을 맞은 후

유증이 너무 커서 환상을 보고 있는 건 아닐까. 타리크의 목소리에 저런 장난기가 들어있을 리가 없잖아. 게다가 할리드는 전혀 긴장하고 있는 것 같지도 않고.

'둘 사이에 뭔가 중요한 일이 있었던 게 틀림없어. 서로를 죽이려던 걸 넘어서는 일이 있었을 거야.'

하지만 셰에라자드는 지금 눈앞에 펼쳐진 상황을 곧이곧대로 믿을 수 없었다.

어깨를 움직이지 않으려고 조심하면서 그녀는 남편을 보던 눈길을 옮겨 첫사랑이었던 소년을 바라보았다. 그러다 다시 남편에게 눈길을 돌렸다.

대체 무슨 일이 있었기에, 할리드의 존재만으로도 뼛속까지 질색하던 타리크가 달라졌을까? 왜 할리드는 더 이상 타리크를 죽이려 하지 않을까?

'하여간 남자들이란 이해 불가능한 존재라니까.'

어쨌든 셰에라자드는 이 행운을 의심하지 않기로 했다. 적어도 지금은 의심하지 말기로.

"지금 몇 시지?"

셰에라자드가 여전히 평소보다 잠긴 목소리로 물었다. 이르사의 명령에 가까운 권유로 차를 마시긴 했지만, 약효 때문에 정신이 흐려진 듯했다. 아니면 아까 마신, 머리맡에 있던 진통제 때문일지도 모른다. 이유야 어쨌든 약기운을 탓할 수는 없었다. 성분이 뭔진 몰라도 확실히 고통이 줄어들었고, 그건 인정해 줄 수밖에 없었다.

타리크는 천막의 솔기 사이로 들어오는 희미한 빛을 가만히 바라보다 말했다.

"곧 있으면 동이 틀 거야."

그녀는 눈을 감았다.

"아아."

"하지만 이제 더는 칼리프가 여기에 있으면 안 될 것 같다."

타리크가 사려 깊은 어조로 말했다. 잠시 그는 뭔가 결정을 내리지 못한 것처럼 보였다. 마치 지금 하려는 일에 대해 확신이 없는 듯한 기색이었다.

"누가 네 남편의 정체를 알아내기라도 한다면, 나는 안전을 보장해 줄 수가 없어. 솔직히……."

그는 침울한 얼굴로 덧붙였다.

"이 군대는 칼리프를 지지해서 모인 게 아니잖아."

셰에라자드는 할리드가 신랄한 대답을 던질 거란 생각에 몸을 움찔했다. 분명히 나지막하고 퉁명스러운 말투로 타리크를 자극할 테지.

그런데 할리드가 아무 말도 하지 않자, 셰에라자드는 재빨리 고개를 끄덕이며 먼저 대답했다.

"타리크 말이 맞아요. 우리는 서둘러 레이로 돌아가야 해요, 할리드."

그녀는 거친 숨을 참으며 한쪽으로 몸을 돌리고는 일어서려 했다.

"나 혼자서도 갈 수 있다."

할리드가 말했지만 셰에라자드는 반대했다.

"안 돼요. 당신이 자리를 비운 건 아무도 모르잖아요. 샤르반은 당신에게 무슨 일이 생긴 줄 알고 심하게 화를 낼 거예요. 잘랄은 말할 것도 없고요. 우리는 빨리 돌아가야 해요."

'그러려면 마법의 양탄자를 타고 가는 게 제일 좋은 방법이잖아.'

"숙부님은 어찌 됐든 내게 화를 내겠지. 그리고 잘랄은…… 아마 알아채지도 못할 거다."

사촌형 이야기를 하는 할리드의 몸이 아주 살짝 긴장했다.

"잘랄도 당연히 눈치채겠죠."

"그건 확실하지 않다."

순간 느껴진 긴장감과 더불어 할리드의 목소리에서 낙담의 기미마저 느껴지자, 셰에라자드는 고개를 돌려 그를 바라보았다. 새벽녘의 어두움 속에서도 할리드의 분위기가 변한 게 확연히 느껴졌다……. 자세히 보는 이의 눈에는 보일만한 변화였다.

'할리드와 잘랄 사이에 무슨 일이 있었던 걸까?'

하지만 할리드가 경고하는 눈초리를 보내자 그녀는 더 이상 이 문제를 언급하지 않기로 마음먹었다. 적어도 타리크 앞에서는.

대신, 셰에라자드는 애써 똑바로 앉으려다가 팔을 타고 내려오는 짜릿한 고통에 비명을 삼켰다. 몸 오른쪽이 전체적으로 **뻣뻣**해지는 바람에 손가락의 움직임을 되찾으려 주먹을 쥐었다 펴기를 반복해야 했다.

타리크가 걱정으로 얼굴을 찌푸리며 그녀에게 다가오려 했다.

"샤지, 내가 보기엔 그러면 안……."

"네가 무슨 말을 해도 난 안 들을 거니까 가만히 있어. 게다가 이건 다 네 잘못이잖아."

셰에라자드가 성한 팔을 휘저으며 노려보자 타리크는 움찔했다.

"거기에 대해선 할 말이 없어. 뭐라 변명해도 소용이 없겠지만, 그래도 미안해. 말로 다 할 수 없을 만큼 유감이야."

"네가 유감스러워 한다는 건 알겠어. 우리 모두 이런 일이 생겨서 참 유감스러우니까. 하지만 지금은 나한테 이래라저래라 할 때가 아닌 것 같네. 특히 너 때문에 벌어진 일이라는 게 뻔히 보이는 상황인데."

셰에라자드는 심술궂은 말투를 던지며 타리크를 노려보았다. 그러면서 몸 오른쪽을 움직여 보면서 그때마다 느껴지는 타는 듯한 통증을 참았다.

"쟤 안 말릴 거야?"

타리크가 분노를 고스란히 드러내며 할리드에게 물었다. 할리드는 여전히 침대 위에 누운 채로 진지하게 침묵을 지키더니 침착한 태도로 대답했다.

"그래, 안 말릴 거다."

셰에라자드는 타리크에게 의기양양한 눈초리를 보냈다. 순간, 할리드가 타리크에게 물었다.

"그건 그렇고, 레이까지 갈 수 있을 말과 식량을 빌려주지 않겠나?"

그가 우아하게 몸을 굴려 일어났다. 그 움직임은 마치 똑바로 일어설 수 없는 셰에라자드를 놀리는 것만 같았다.

"할리드!"

그는 몸을 돌려 셰에라자드를 마주 보았다.

"그대가 하고픈 대로 놔둘 것이다. 그러니 그대도 내가 하고픈 걸 막지 마라."

타리크는 씩 웃었다. 셰에라자드의 기세가 꺾이는 모습을 보자 적지 않게 즐거운 모양이었다.

"기꺼이 말과 식량을 빌려주지. 하지만 나중에 고스란히 갚아야 할 거야. 네가 반드시 넉넉하게 갚기를 기쁜 마음으로 기대하고 있겠어. 하지만 내 말을 빌려갈 생각은 하지 마. 이번엔 안 돼."

타리크는 잠시 생각하다가 덧붙였다.

"아니, 앞으로도 절대로 안 돼."

"조건을 받아들이겠다."

할리드는 타리크 앞에 섰다. 할리드는 타리크보다 반 뼘 정도 작았지만, 그럼에도 두 남자는 묘하게도 눈높이가 동등해 보였다.

둘의 모습은 왕, 그리고 그와 동등한 귀족이었다.

타리크는 할리드에게 온화한 표정으로 고개를 끄덕여 보인 다음, 셰에라자드를 슬쩍 돌아보았다.

"필요한 것들을 모아놓고 바깥에서 두 사람을 기다리고 있을게."

타리크는 여전히 남은 슬픔을 가리려는 듯 환하게 미소 지으면서 천막 문을 빠져나갔다.

'타리크가 우리 둘만 남겨두었어. 우리가 함께 있을 시간을 주려는 거구나.'

대체 뭘까. 타리크가 이 상황을 완전히 받아들인 걸까? 아니면 레이 최고의 거리 공연자 뺨칠 정도로 연기를 잘하는 건가?

그렇다면 타리크가 그녀와 할리드의 관계를 암묵적으로 인정했다고 봐도 될까?

타리크가 정말로 할리드에게 기회를 준 걸까? 그가 이제껏 잘못 봤다는 걸 할리드가 증명할 기회를?

셰에라자드는 순간적으로 충격을 받은 나머지 침묵에 잠겼다. 그래서 할리드가 세수하려고 근처에 둔 대야로 향하는 동안 침대에 가만히 앉아있었다.

"당신과 타리크 사이에 무슨 일이 있었나요?"

셰에라자드는 대뜸 질문을 던졌다가 곧바로 목소리를 낮추어 덧붙여 물었다.

"그리고 아버지 책은 누가 갖고 있죠?"

할리드는 계속 씻으면서 대답했다.

"타리크가 그대에게 화살을 쐈다. 그런데도 살아서 이렇게 사건의 진상을 알려주고 있지."

그는 셰에라자드를 돌아보며 말을 이었다.

"책은 이제 걱정할 필요 없어. 그대는 맡은 바를 충분히 해냈다."

"할리드."

할리드는 한동안 말없이 손에 물을 묻혀 얼굴과 목을 씻다가 마침내 입을 열었다.

"타리크 임란 알-지야드와 나는 일종의 합의를 했다."

그는 대야 옆에 있는 작은 나무 그릇의 뚜껑을 열어 민트 가루와 고운 암염을 손에 담은 다음 입안을 헹구었다.

"그럼 이제 걱정하지 않아도 되는 거예요?"

마침내 할리드는 그녀를 마주 보았다.

"나시르 알-지야드의 아들이 어떤 생각인지는 아무런 확답을 줄 수 없다. 하지만 내가 문제를 일으킬까 봐 걱정하지는 않아도 된다. 약속하지."

그의 마지막 말에는 뚜렷한 의미가 담겨있었다.

셰에라자드는 천천히 숨을 들이쉬었다.

할리드는 어젯밤 일에 대해 보복하지 않으려는 거구나. 그렇다면 타리크가 그를 죽이려 했던 일을 두고 어떠한 원한도 품지 않겠다는 의미로 받아들여도 되겠지. 그 과정에서 내가 다친 일로 타리크를 해치지 않겠다는 의미도 될 거고.

이제껏 꿈꾸어 왔던 화해의 희망이 다시금 형체를 이루기 시작했다.

"내가 당신을 레이에 데려다주면 안 될까요?"

셰에라자드가 새로운 희망의 기세를 몰아 물었다.

"아니, 안 돼."

그는 그 제안을 단번에 거절하며 세수를 마쳤다. 할리드가 턱선에 남은 물기를 닦는 모습을 보며 셰에라자드는 좌절감에 코를 찡그렸다.

"당신이 이토록 고집을 부리지 않는다면 얼마나 좋을까. 소원이라도 빌고 싶네요."

"나 역시 그대가 어젯밤 내게 뛰어들어 화살을 몸으로 막아내지 않았다면 얼마나 좋았을까 싶다. 하지만 소원이란 지니에게나 비는 것이고, 그런 걸 믿는 사람은 바보다."

그의 말에 밴 분노를 느끼자 셰에라자드의 피부에 열이 확 올랐다.

'내가 그런 행동을 했다고 나한테 화를 내선 안 되잖아.'

"그럼 내가 일부러 화살에 맞았다는 거예요? 그걸로 나한테 화내면 안 되죠, 할리드 이븐 알-라시드. 난 결코 화살에 맞을 의도는 없었⋯⋯."

"나도 알아."

할리드는 셰에라자드의 비난을 듣자 앞으로 다가와 무릎을 꿇고서 그녀의 허리를 잡았다.

"그런 뜻으로 한 말은 아니다. 하지만……."

그는 말을 잠시 멈추더니, 이제껏 얼굴에 드리웠던 험악한 기색을 지웠다.

"다시는 그런 짓 하지 마라. 난, 차마 그런 모습을 두고 볼 수 없어, 셰에라자드."

할리드의 고통스러운 표정을 보자 그녀는 목이 꽉 멨다. 어느덧 머릿속에 엄마의 죽음을 눈앞에서 지켜보았던 꼬마의 기억이 그려졌다.

그는 셰에라자드의 목덜미에 손바닥을 대고 엄지로 턱선을 쓸면서 속삭였다.

"화살이 얼마나 심장 가까이 박혔는지 알고 있어? 그대는 단번에 죽을 수도 있었다."

"내가 밀지 않았다면 당신은 타리크의 화살에 죽었을 거예요."

셰에라자드가 손을 들어 그의 손 위에 대며 말했다. 그렇게 할리드의 손바닥과 손등을 모두 자신의 피부로 감쌌다.

"그대가 죽는 것보다 내가 죽는 게 나아."

셰에라자드는 굳어진 눈빛으로 대꾸했다.

"만약 내게 또 그런 짓을 할 거냐고 묻는다면, 당연히 할 거예요."

"셰에라자드, 다시는 그러면 안 돼. 약속해 줘."

할리드의 나직한 말에 날이 섰다.

"그런 약속 못 해요. 내가 살아있는 한은 절대로 그런 약속 안

할 거예요. 당신이 전에도 말했듯이, 그 점에는 선택의 여지가 없어요. 나한텐 그래요."

할리드는 숨을 깊이 들이마시며 가슴을 들썩였다.

"그대가 이토록 고집을 부리지 않는다면 얼마나 좋을까. 소원이라도 빌고 싶군."

그의 눈동자에 억누르지 않은 감정이 일렁였다. 셰에라자드는 미소 지었다.

"소원을 빌고 싶다니, 그런 건 지니에게나 하는 거라면서요? 그걸 믿는 사람은 바보라고 했으면서?"

"그래, 난 바보다. 그대가 관련된 일에는 항상 바보였지."

"적어도 인정은 하는군요."

할리드의 입가에 빙그레 미소가 떠올랐다.

"적어도 두 번은 그랬다. 그것도 다 그대를 위해서였어."

셰에라자드는 두 손으로 할리드의 얼굴을 쥐었다. 손가락으로 턱을 어루만지자 짧게 난 수염 자국이 손끝에 거칠게 다가왔다. 그는 잠시 눈을 감았다.

이럴 때가 아니었다. 너무나 안타깝지만, 정말로 이래도 괜찮은 때가 아니었다.

하지만 그게 무슨 상관인가.

강장제를 마셔서 무겁게 느껴지는 몸 상태조차도 핏줄을 타고 치솟는 열정을 막지는 못했다. 그녀는 할리드의 입술을 비스듬히 기울이며 그 몸을 자기 쪽으로 끌어당겼다.

그 입술의 맛은 물과 민트였다. 셰에라자드가 머릿속에 온갖 기억을 떠올리며 갈망하던 바로 그 맛이었다. 할리드에게선 햇살이 내리쬐는 사막 내음과 희미한 백단향이 났다. 레이의 궁전과 몰아치는 바다의 모래가 완벽한 조화를 이루며 노래하는 것만 같은 그 향기.

그의 손길은 강철 위에 두른 비단 같았다. 손길을 받은 셰에라자드는 달아오르면서도 동시에 차가워졌다. 그의 입맞춤은 단단함과 부드러움이 완벽하게 뒤섞인 느낌이었고, 능숙하면서도 전혀 거리낌이 없었다.

셰에라자드가 그를 더 가까이 끌어당기려 하자 할리드의 몸놀림이 조심스러워졌다. 지나칠 정도로.

언제나 그랬듯 셰에라자드는 원하고 또 원했다. 그녀는 할리드가 빌려 입은 카미스 앞섶을 감아쥐며 말없이 자신의 의사를 전했다. 하지만 그는 두 손으로 셰에라자드의 얼굴을 잡고 가만히 바라보았다. 셰에라자드는 한숨을 쉬면서 속으로 상처 입은 자신을 마구 탓했다.

"당신이랑 같이 못 가서 너무 속상해요."

"나도 그대를 두고 떠나 속상하다. 게다가 이런…… 난장판에 두고 가야 하다니."

할리드의 얼굴선이 빠듯하게 굳었다. 그 표정을 보자, 이제껏 잊고 있다시피 했던 긴급한 문제가 떠올랐다. 셰에라자드는 방 안을 급히 둘러보았다.

"그거 어딨어요, 할리드?"

'아버지의 책. 그토록 많은 죽음과 혼란을 일으킨 원인.'

할리드는 침대 아래로 손을 뻗어 셰에라자드의 동생이 우물가에서 품에 안고 있던 작은 꾸러미를 들어 올렸다. 그리고 조용히 말했다.

"이르사가 어젯밤에 이걸 두고 갔다. 내 검과 그대의 단검과 함께 손 닿으면 잡힐 곳에 보관하고 있었어."

세에라자드는 그가 동생의 이름을 부르는 걸 듣고서 그만 웃음이 나올뻔했다.

"지금 이르사라고 했어요? 걔가 이름으로 부르는 걸 허락했나 봐요?"

"그런 셈이지."

할리드는 그녀의 머리카락을 뒤로 넘겨주며 중얼거렸다.

"언젠가 당신은 백성에게 사랑받고 싶은 마음이 없다고 말했죠, 할리드 이븐 알-라시드. 하지만 이제 보니 하룻밤 새 당신을 더없이 비난하던 이들의 마음을 모두 돌려놓았네요."

세에라자드는 스스럼없이 웃었다.

"이르사가 나를 더없이 비난하던 사람이었나?"

그가 눈썹을 치켜뜨며 물었다.

"그 앤 내 동생이잖아요. 당연히 그랬죠."

할리드의 입가에 슬며시 미소가 떠올랐다. 그걸 본 세에라자드는 마음이 따스해졌다.

어느덧 서로에게 빠진 그 순간, 천막 밖에서 염소 한 마리가 요란하게 우는 소리가 들리는 바람에 둘은 현실로 돌아오고 말았다.

"이제 가야겠군."

할리드는 바닥에 있던 피 묻은 붕대를 옆으로 밀고는 침대 아래에 손을 넣었다. 그리고 그의 검과 세에라자드의 단검을 꺼낸 다음, 거친 갈색 리넨 천으로 둘둘 말아둔 자한다르의 책과 함께 챙졌다.

"열쇠는요?"

셰에라자드가 속삭여 묻자, 할리드는 목에 건 은사슬을 당겨 보여주었다. 검은 열쇠가 가슴께에 옥 부적과 함께 걸려있었다. 그 두 가지가 같이 있는 모습을 보는 것만으로도 셰에라자드는 등줄기가 오싹해졌다.

그녀는 할리드의 가슴에 손을 대며 차가운 금속을 덮었다.

"되도록 빨리 책을 없애버려요. 가능하다면 오늘 밤에요. 시간 끌지 말고요."

그는 한 번 고개를 끄덕였다.

"오늘 하루 종일 말을 타고 달려간 다음 해가 지자마자 없애버리겠다."

할리드는 그녀의 이마에 머리를 맞대고 속삭였다.

"가능한 한 빨리 데리러 오겠다."

"아뇨. 내가 **당신을** 찾아가겠어요."

할리드는 씩 웃더니 그녀의 목덜미에 키스했다. 심장이 멎을 것만 같은 입맞춤을 남긴 후, 그는 단검을 티카 띠에 걸고 천막을 나섰다.

그 순간 천막 안에 예상치 못한 한기가 내려앉았다.

사방이 여전히 너무나 어둡다는 걸, 셰에라자드는 이제야 깨달았다.

자한다르는 추위를 느끼고 잠에서 깨어났다.

이토록 추웠던 게 또 언제였는지 기억이 나지 않을 정도로 추웠다.

마치 바닷속을 이리저리 떠돌고 있는 것처럼 머릿속이 지끈거리고 묵직했다. 목구멍은 비단실로 가득 찬 듯 답답했다. 입이 마르고 방향감각은 사라진 채, 자한다르는 가슴 위에 올려놓았던 책에 손을 뻗어 믿음직한 온기를 느끼려고 했다.

그런데 책은 거기 없었다.

순간 당황한 그는 눈을 번쩍 떴다.

그리고 침낭에서 일어나 앉아, 쓸모없는 담요를 양파 까듯 한 장 한 장 들추었다. 천막 바깥은 여전히 어둠 속에 있었다. 새벽녘이 되어 겨우 천막 솔기 사이로 드문드문 빛줄기가 새어 들어왔을 뿐이다.

자한다르는 손바닥으로 침상을 샅샅이 더듬었다. 다음으로 바닥을 더듬었고, 이어서 더 깊은 어둠 속을 더듬었다.

하지만 책을 찾을 수가 없었다.

당황한 나머지 그는 목에 걸고 있던 열쇠에 손을 뻗었다.

그런데 열쇠 역시 사라졌다.

순간, 깨달음이 번뜩 스쳤다.

누군가가 책과 열쇠를 훔친 것이다. 둔해진 머리와 퉁퉁 부은 혀를 보니 누군가가 자한다르의 더없이 소중한 책을 훔치려고 그에게 약을 쓴 것이었다.

누군가가 그를 속이고 농락한 것이다.

화가 난 자한다르는 침낭 옆에 놓인 놋쇠 등잔을 걷어차며 벌떡 일어섰다. 기름이 등잔에서 느릿하게 뚝뚝 떨어지면서 톡 쏘는 향이 공기 중에 가득 퍼졌다.

그걸 보자 다시금 깨달음이 왔다. 가장 무해해 보이는 것 속에 다른 속셈이 도사리고 있는 법 아니던가.

자한다르 자신만 봐도 그렇다. 그가 손가락 하나만 까딱해도 이 진영 전체에 불을 지를 힘이 있었다.

아니, 있었지만 지금은 **사라졌다.**

자한다르는 폭풍우 때문에 그의 능력이 얼마나 손상되었는지 알지 못했다. 또한 그런 놀라운 능력을 발휘하려고 그가 치러야 했던 대가가 얼마나 되는지도 다 알지 못했다.

이전의 품격 있는 모습으로 돌아가려면 그 책이 필요했다.

그의 힘으로 레자를 도우려면 반드시 **필요한** 것이었다.

자한다르는 자그마한 천막의 끝에서 끝을 오가며 서성였다. 머릿속에서는 생각이 꺼지지 않는 불꽃처럼 일렁였고, 점점 쌓여가는 생각들은 더욱 크게 불을 붙였다.

이 진영에 머무는 사람들 중 그 책에 대해 아는 건 단 셋뿐이었다.

그중 한 명은 어젯밤에 마실 차를 준비했다. 그 차를 마시고 유난히 깊은 잠에 빠진 듯했다.

또 다른 한 명은 지난 사흘 동안 끊임없이 그 책에 대해서 물어보았다. 그 책을 보여달라고, 안에 써있는 내용을 가르쳐 달라고 요청했다. 그전에는 자한다르 외에 그 책에 관심을 가진 사람이 없었는데, 이상한 일이었다.

자한다르는 걸음을 우뚝 멈췄다.

혹시 자신의 혈육에게 속은 걸까? 내 아이들이 아비의 것을 빼앗았던가? 힘과 권력을 갖춘 자가 될 수 있는 유일한 기회를 아비에게서 빼앗았단 말인가?

남들의 대접을 받아 마땅한 존재가 될 수 있었는데.

자한다르는 주먹을 불끈 쥐었다. 그리고 서서히 분노가 치미는 마음으로 망토에 손을 뻗었다. 분노는 팔과 가슴으로 퍼져갔다.

이윽고 머릿속까지 뜨거운 분노가 차올라 소용돌이쳤다.

그 셋 중 마지막 남은 한 사람은 자한다르가 책을 되찾도록 도와줄 것이다.

그자 역시 책이 없으면 그만큼 손해였기 때문이다.

그리고 책을 되찾으면 그만큼 이득을 볼 사람이기도 했다.

이제 더는 확신할 게 없을지 몰라도, 자한다르는 그자라면 분명히 책을 되찾아 주리라고 확신했다.

자신이 알기로 그는 그 책을 찾기 위해서라면 무슨 짓이든 할 사람이었다.

구걸해서라도, 대가를 치르고 사더라도, 아니면 훔치더라도.

심지어 상대를 죽여서라도 말이다.

이젠 타리크의 천막에서 나가야 할 때라는 걸, 셰에라자드는 알고 있었다.

거의 오후 내내 여기에 머물러 있었으니까.

어젯밤에 당한 사고로 여전히 어깨가 아프고 몸이 좋지 않았다. 하지만 이제는 자신의 천막으로 돌아가야 했다. 모든 게 아무 문제가 없는 것처럼 꾸며야 했으니까. 오늘 밤도 타리크의 천막에서 보낸다면 누군가가 눈치챌 것이다.

게다가 여기서 이러는 건 장기적으로 봤을 때 타리크와 그녀에게 좋을 게 없었다. 비록 겉으로는 위장한 관계를 유지하고 있다 하더라도.

순간, 몸 한쪽에 찌르는 듯한 고통이 닥쳐와 셰에라자드는 벌떡 일어나 몸을 움츠렸다.

입과 목구멍이 바짝 말라왔다. 그녀는 눈살을 찌푸린 채 머리맡에 둔 강장제를 집어 들다가 하마터면 쓰러질 뻔했다. 그래도 어찌어찌 몸을 바로 세운 다음 나지막이 투덜거리며 쓴 약을 길게 들이켰다.

보리차나 버드나무 껍질차 따위 다시는 마시고 싶지 않았지만, 당분간은 어쩔 수 없을 터였다.

'이렇게 약해진 채로 있으면 안 돼. 특히 머지않아 레이에 가야 하는데.'

그녀는 애써 똑바로 선 다음 카미스 자락을 잘 펴고 샤미나를 둘러 어깨에 맨 두꺼운 붕대를 가렸다. 그러다 잠시 멈추고선 이르사가 도와주러 올 때까지 기다리면 어떨까 생각했다. 이상하게도 이르사는 한 시간 전쯤 머리맡에 약을 두고 간 다음 나타나지 않았다. 하지만 셰에라자드는 더는 게으른 고독에 빠져 빈둥거릴 마음이 없었다.

"셰에라자드-잔."

들려오는 소리에 하마터면 잔을 놓칠 뻔했다. 셰에라자드는 침착한 마음을 애써 유지하며 샤미나를 여몄다.

"레자 아저씨."

그녀는 잔을 내려놓은 다음 갑자기 몸이 떨려오는 걸 숨기려고 주먹을 꽉 쥐었다.

"놀라게 하려던 건 아니었다."

레자가 가식 없는 따스함을 보이며 미소 지었다. 천막 문 아래로 비쳐드는 오후의 햇살에 그의 갈색 눈동자가 일렁였다. 셰에라자드는 마른침을 삼키고 대답했다.

"놀라지 않았어요. 타리크를 찾고 계세요?"

레자는 구겨진 침대를 바라보더니 대답했다.

"아니다. 널 찾고 있었단다. 잠시 이야기 나눌 수 있을까?"

"사실 저는 지금 천막으로 돌아가서 이르사를 만나려던 길이었어요. 하실 말씀이 중요한 이야기인가요?"

레자가 옆으로 비켜서며 말했다.

"그렇다고 할 수 있지. 괜찮다면 내가 바래다주마. 내 천막도 가는 길에 있으니."

레자의 집요한 권유가 어쩐지 당혹스러웠지만 셰에라자드는 딱히 거절할 이유를 떠올리지 못하고 동의했다.

"네, 그러세요."

레자는 셰에라자드가 나가도록 천막 문을 열어주었다. 호위병 하나가 바깥에 서있다가 두 사람과 멀찍이 거리를 두고 따라왔다. 셰에라자드는 가까이 있는 호위병과 상처 입은 어깨에서 느껴지는 통증 때문에 마음이 불안했지만, 애써 안 그런 척했다.

'레자 아저씨는 어째서 항상 호위병을 데리고 다니는 걸까. 정말 이상하네. 자기 군사를 모은 곳에 있으면서. 이런 걸 보면 주변 사람을 믿지 못하는 것 같잖아.'

"제게 무슨 볼일이신가요?"

셰에라자드는 짐짓 아무렇지 않은 목소리를 꾸며내며 입을 열었다. 속으로는 너무나 긴장되었지만 이 마음을 애써 꾹꾹 눌렀다. 레자 빈-라티프는 그녀가 어젯밤 그녀의 천막에서 자지 않았다는 사실을 분명히 알고 있었기 때문이다.

'그렇다면 뭘 더 알고 계시는 거지?'

셰에라자드의 심장이 쿵쿵 뛰었다. 레자는 참을성 있는 얼굴로 웃었다.

"요즘 타리크와 시간을 많이 보내고 있더구나."

"네."

"별문제는 없는 거니?"

"네."

그 질문이 무슨 의미인지는 잘 알 수 없어서, 그녀는 곁눈질로 레자를 바라보았다.

"그럼 이제 아프지 않은 거고?"

셰에라자드는 다시금 마른침을 삼켰다.

"아프지 않아요."

"요즘 네 걱정을 많이 했다. 네가 요새 낮에 유독 피곤해한다는 말이 들렸거든."

레자는 너무나 의미심장한 눈으로 그녀를 바라보며 말꼬리를 흐렸다. 셰에라자드는 방긋 웃었지만 이내 입술을 깨물고 유순한 표정을 지어 보였다.

"지난 몇 달 동안 너무 큰 충격을 받아서 그런 것 같아요, 레자 아저씨. 여기 왔을 때도, 그러니까……, 적응 기간이 필요했어요. 하지만 지금은 훨씬 나아졌어요."

그러자 레자가 한쪽 눈썹을 치켜뜨며 물었다.

"정말이니? 하지만 네 안색을 보니 너무 창백해서 안 되겠다 싶은데. 네 건강에 대해 아이샤와 상의해 보았니?"

그녀는 손사래를 쳤다.

"그런 일로 아이샤 님께 폐를 끼치고 싶지 않아요. 어쨌든 이르사가 만들어 준 강장제가 저한테 정말 큰 도움이 되었어요."

레자는 그 말에 잠시 생각에 잠겼다가 입을 열었다.

"이르사가? 그렇다면 이르사가 그런 약제를 만들 줄 안다는 거로구나."

"그럭저럭요. 아저씨도 한번 드셔보신 다음 어떤지 보세요."

셰에라자드는 활짝 미소 지었다.

"알겠다."

레자는 여전히 석연치 않은 표정을 지으며 자신의 천막 근처에 멈춰 섰다. 그러더니 손을 뻗어 그녀의 팔을 살짝 건드렸다. 그 손길은 가벼웠지만, 무시할 수 없는 힘이 서렸다.

"셰에라자드. 나는 정말로 널 믿고 싶다만, 나도 곤란한 일이 생겨서…… 더는 그 문제를 언급하지 않을 수가 없구나."

셰에라자드는 뒤로 물러섰다. 가슴에서 심장이 쿵쿵 뛰기 시작했다.

"네? 무슨 말씀이세요?"

"침대 옆에서 피 묻은 리넨 천을 봤다, 셰에라자드-잔."

레자는 마치 안심시키려는 듯 그녀의 팔뚝에 부드럽게 손을 얹었다.

"너는 분명히 어딘가 다쳤잖느냐. 아이샤더러 널 살펴봐 달라고 하겠다."

레자가 다른 손을 들어 뒤편에 서있던 호위병에게 손짓했다.

"레자 아저씨…… 정말로 전 괜찮아요."

그녀는 겁에 질려 다시 몸을 빼려 했다.

"아닌 것 같은데."

레자는 미소를 지으며 셰에라자드의 팔을 더욱 꽉 쥐었다. 만약 다른 사람이 그랬다면 당연히 위협적인 행동이라 생각했을 터였다. 하지만 이분은 가장 친한 친구의 아버지였다. 셰에라자드가 평생을 알고 지낸 분임은 물론, 오랫동안 아버지가 한 분 더 계시는 거라고 생각할 정도의 사이였다. 레자가 계속 말했다.

"네가 정말 괜찮은지 아닌지 먼저 확인하지 않고는 도저히 양심의 가책이 들어서 갈 수가 없구나. 아이샤에게 일러서 네 상처를 살펴보게 해주렴. 너만 괜찮다면 아이샤가 올 때까지 천막 안에서 같이 기다려 주마."

"레자 아저씨……."

레자의 표정이 한층 부드러워졌다.

"셰에라자드-잔. 내가 너를 너무 오랫동안 방치한 것 같다. 그리고 네가 처음 여기 왔을 때도 부당하게 대했지. 비록 궁에서 일어난 일 때문에 고통스러워 그랬다만 그래도 변명의 여지가 없구나. 내가 보상할 수 있게 해다오. 네 상태가 안 좋으니 정말로 걱정돼서 그렇단다. 이 마음을 무시할 수가 없단 말이다. 이만큼이라도 하게 해다오. 제발 부탁이다."

레자는 고개를 끄덕이며 셰에라자드에게 그의 천막으로 들어가라고 고갯짓을 했다. 셰에라자드는 마지못해 안으로 들어갔다. 주변의 관심을 끌지 않으면서 도망칠 방법이 도무지 떠오르지 않앉기 때문이었다.

천막 안은 어두웠다. 어찌나 어두운지 시야가 층층이 어두운 내부에 적응하는 데만도 오랜 시간이 걸렸다. 이윽고 어둠에 눈이 익자, 저 끝에서 입구 근처로 슬쩍 다가오는 커다란 인영이 보였다.

그는 셰에라자드가 바다위 진영에 도착한 다음 날 처음으로 마주쳤던 보초병이었다. 팔뚝에 피다이의 낙인이 있는 남자. 셰에라자드에게 경솔하게 굴었다가, 결국 분수에 맞는 처분을 받았던 남자.

그가 어둠을 뚫고 흐릿한 회색빛 몸집을 드러내며 다가왔다.

셰에라자드는 비명을 지르며 입구 쪽으로 몸을 돌렸다. 그리고 레자 빈-라티프를 보며 도와달라고 했다. 시바의 아버지에게, 그녀가 오랫동안 아버지나 다름없다고 믿어온 분에게.

레자는 멍하니 셰에라자드를 바라보았다. 그 시선에는 차분하고도 섬뜩한 기색이 서렸다.

피다이 암살자가 그녀의 멱살을 잡았다. 이어 메스꺼우리만큼 달콤한 무언가에 그녀의 감각이 온통 흐려졌다.

사방이 암흑으로 변했다.

존재하는 힘 중에서
가장 위대한 힘

오마르 알 사디크는 두려웠다.

정말로 두려움을 느꼈던 게 얼마나 오래전이던가. 공포를 느끼기에 이젠 너무 늙어버린 몸. 그의 삶은 이제껏 참으로 편하기만 했다. 만사를 자신의 방식대로 단단히 세운 지도 꽤 되었다.

그러나 지금은 두려웠다. 그 어디서도 호라산의 칼리파를 찾을 수가 없었다. 오후 내내 그녀를 찾아다녔지만 보이지 않았다. 게다가 이르사 알-하이주란 역시 온데간데없었다.

오마르는 어젯밤 자신이 가장 신뢰하는 경비병의 보고를 들었다. 셰에라자드가 천막에 돌아오지 않았다는 말을 들은 순간, 무언가 일이 생겼다는 건 알았다. 그런데 경비병은 오늘 아침에도 칼리파를 본 적이 없다고 했다. 그러자 정말로 정신이 번쩍 들었다. 그전까지 셰에라자드는 밤만 되면 사라지긴 했어도, 동이 틀 때쯤엔 천막으로 돌아오지 않았던가.

이제 오마르는 자신이 더없이 두려워했던 일이 현실이 되었다고 확신했다.

사실, 시간문제라는 것도 예전부터 알고 있었다.

그렇다면 오마르는 결정을 내려야 했다. 레자 빈-라티프는 속내를 숨기고 거짓말을 한 게 분명했고, 물론 오마르 역시 레자가 그럴 거라 의심을 품어왔다. 그렇더라도 명명백백한 진실을 알게 되자 마음이 아팠다. 레자와 친구가 되었기 때문이다. 그는 한때 좋은 사람이었다. 아내와 딸을 사랑하고, 소박한 욕심만을 지닌 채 살아가던 사람이었다.

하지만 고통 때문에 모든 것이 변하고 말았다. 가진 것 많은 삶을 누리는 자는 착하고 친절하기 쉽다. 하지만 어려움이 닥치는 순간에야말로 사람의 진면목이 드러나는 법이다.

그렇다면 사랑은 어떤가? 사랑 역시 사람을 변화시키는 데 큰 역할을 한다. 고통과 즐거움을 동시에 선사하니까. 사랑 또한 결국에는 사람의 진가를 드러내 주는 순간을 초래한다.

사랑은 삶이 없는 자에게 삶을 준다. 사랑은 존재하는 힘 중에서 가장 위대한 힘이다.

하지만 모든 것이 그렇듯 사랑 역시 어두운 면이 있다.

오마르의 짐작대로 그 어둠은 레자 빈-라티프를 집어삼켰다.

오마르는 친구인 레자에게 드리워진 사랑의 그림자를 보았다. 또한 자신의 부족이 두 왕국의 충돌에 휘말리리라는 것도 알고 있었다. 전쟁을 치르는 호라산과 파르티아 사이에 끼어버리게 되겠지. 한쪽은 많은 것을 지닌 패권 국가지만 최근에 불행이 덮친 곳이고, 다른 한쪽은 야망만 클 뿐 많은 면에서 상대방보다 떨어지는 곳이다.

바다위족의 영토는 호라산과 파르티아의 국경을 따라 뻗어있었다. 두 나라 사이에서 충돌이 일어난다면 그의 부족은 아무리 원치 않는다 해도 휘말릴 수밖에 없었다. 오마르의 부족은 국경과 너무 가까운 곳에 있었고, 그 영토는 너무 탐나는 곳에 위치했다.

하지만 오마르는 어떻게 해야 좋을지 알 수가 없었다.

누가 진짜 적인지, 그리고 누구를 친구로 삼아야 할지 가늠이 되지 않았다. 오마르는 먼저 모든 걸 알아보지 않고서는 어느 한쪽을 섣불리 선택하는 사람이 아니었다. 동전의 양면을 일단 모두 다 봐야 했다.

그는 한때 타리크에게 희망을 걸었다. 호라산 출신의 귀족 젊은이는 참으로 순수한 마음씨를 지녔다. 그래서 그 젊은이가 그의 앞길을 함께 인도해 주리라 생각했다. 호라산의 흰 매가 그의 왕국을 암흑에서 다시 빛으로 이끌어 주기를 바랐다.

하지만 지금 오마르에겐 확신이 없었다. 아직 타리크와 이 문제를 놓고 자유롭게 말할 기회가 없었기 때문이다. 게다가 타리크는 최근에 근처 요새들을 공격한 일에도 별 마음이 없어 보였다. 오마르는 타리크가 올바른 선택을 내린 끝에 그의 이모부를 따르고 있는 것인지 확신이 서지 않았다. 심지어 타리크가 옳고 그름 사이에서 제대로 판단을 하고 있는지조차 알 수 없었다.

타리크는 오로지 동전의 한쪽 면만을 보았다.

오마르는 이제 그가 알고 있는 모든 것을 타리크와 공유할 때라고 생각했다. 그가 이제껏 말없이 관찰한 결과 알게 된 것과 오랫동안 의혹을 품어왔던 것 모두.

그런 다음 타리크도 선택해야 하리라.

하지만 지금 호라산의 칼리파와 그 여동생이 실종되었다. 오마르는 그들이 어디로 끌려갔는지 그저 추측만 할 뿐이었다.

그렇다면 이제는 두 왕국이 정말로 전쟁 직전이라는 뜻이다.

그렇다면 알-사디크 부족이 다시금 말을 타고 전쟁에 뛰어들어야 한다는 뜻이다.

그렇다면 어느 편에 서야 하는가?

별 이유도 없이 신부를 모조리 살해한, 속내를 알 수 없는 젊은 왕의 편인가? 아니면 권력에 굶주려 돈을 주고 용병을 사서 오마르의 영토 안에서 때를 기다리게 하는 폭군의 편인가? 오마르는 이미 오래전부터 레자 빈-라티프가 권력에 굶주린 폭군과 동맹을 맺었다고 생각했다.

야밤을 틈타 금덩이가 든 상자 여러 개를 몰래 나르는 사람들을 보았기 때문이다. 팔뚝에 풍뎅이 낙인을 찍은 산적들을 이미 목격했다. 그래서 두 주 전, 오마르는 레자 빈-라티프에게 군대를 바다위 진영 밖으로 옮겨줄 것을 요청했다.

그런데 이 두 왕 중 누가 이 이야기의 진짜 악당인가?

이야기는 악당이 있어야 재미있어지는 법이다.

이제는 정말로 오마르가 결단을 내려야 할 때였다. 사막의 눈을 가리고 있던 낡은 양털을 걷어낼 때가 왔다.

사막에는 정말로 눈들이 있었다. 오마르가 몇 달 전부터 곳곳에 심어둔 눈이었다. 오마르는 언제나 보고 듣는 법을 알았다. 이 사막은 그의 영토였다. 그의 부족이 6대째 다스려 온 사막이었다.

과연 타리크가 근육과 기개 이상의 것을 갖춘 인물인지 이제 알아보게 될 것이다. 타리크가 진실을 감당할 수 있는지 따져볼 때가 왔다. 일단 그에게 모두 털어놓은 다음, 오마르는 그 젊은이가 뭐라 말하는지 들어볼 것이다. 그런 다음 결정을 내리게 되리라.

타리크가 그의 적이 될 것인지, 아니면 동맹으로 남을 것인지.

하지만 오마르에겐 언제나 부족민이 일순위였다. 제아무리 타리크를 아끼게 되었어도, 제아무리 타리크가 이루려 했던 일을 모두 이루기를 오마르 자신이 바라고 있다 해도, 그것이 일순위가 될 수는 없었다.

제아무리 타리크의 사랑 이야기가 성취되기를 바라마지않는다 해도 말이다.

오마르가 이제껏 아이샤에게 여러 번 했던 말이 있다. 아이샤는 그 말을 들을 때마다 무척 심하게 불평을 했지만, 그래도 들으면 매번 웃었다는 걸 오마르는 알고 있었다.

"의미 있는 사랑을 하고 싶구나! 그게 아니라면 아름답게 죽고 싶다!"

아아, 오마르는 참으로 욕심이 많은 사람이었다.

언제나 그 둘을 모두 이루길 바랐으니까.

책장 위의
삶과 죽음

할리드는 해가 지평선으로 저물 때까지 사막을 달렸다.

레이에 도착하려면 이틀은 더 있어야 한다. 그때쯤이면 숙부님은 분명 어쩔 줄 모르고 있겠지. 할리드는 이 나라의 칼리프이고, 따라서 자유롭게 행동할 자격이 있었지만 그건 상관없었다. 아레프 알-호리 장군의 눈에 할리드는 그저 어둠 속에서 홀로 화를 내는 꼬마로만 보일 뿐이다. 숙부에게 할리드는 오랫동안 말없이 돌봐주었던 조카로밖에 여겨지지 않았다.

그러니 그가 예전처럼 도시를 이리저리 돌아다니느라 정신이 없어서 돌아오지 않는 것이라 샤르반이 믿어주기를 바랄 뿐이었다. 아니면 잘랄이 잠시나마 할리드의 부재를 숨겨주기만을 바랄 뿐이다.

하지만 할리드는 사촌형이 기꺼이 자신을 도와줄 리 없을 거라 생각했다.

지난 몇 주간 둘의 관계는, 좋게 말해서 지나치게 격식을 갖춘 수준이었으니까.

솔직히 말하면, 완전히 최악이었다.

사실 할리드는 자신이 이렇게 레이에서 사라진 상황을 사촌형에게 어떻게 설명해야 할지 알 수 없었다. 게다가 데스피나와 라즈푸트는 자취도 찾을 수 없었다. 그 어디에서도.

태양의 온기가 아직 하늘에 남아있는 동안, 할리드는 황톳빛 모래벌판을 빠른 속도로 계속 달려갔다. 이윽고 해가 지자, 그는 빌려온 말에서 내려 안장에서 짐을 내렸다.

잠시 숨을 돌린 다음, 할리드는 곧바로 낡은 가죽 짐가방 속에 넣어둔 책을 꺼냈다. 책은 여전히 거친 갈색 리넨 천에 둘둘 싸여 있었다. 할리드는 책을 옆구리에 끼고 말에게서 좀 떨어진 곳으로 성큼성큼 걸어가며 한 손으로 허리에 찬 단검을 만졌다.

이제 무슨 일이 생길까. 알 수 없었다.

동쪽 산에 사는 이상한 마법사는 책이 비명을 지를 거라고, 심지어 저항할 거라고 경고했다. 하지만 할리드는 아직도 이 책이 과연 무슨 짓을 벌일지 알 수 없었다.

그리고 그 마법사 또한 믿을 수가 없었다. 조금도.

그래서 할리드는 이 책을 가지고 최대한 아무도, 아무것도 없는 곳으로 멀리 갈 때까지 기다렸다.

누구도 이 저주에 휘말려 죽지 않도록.

비록 그 자신은 어쩔 수 없이 죽게 되더라도.

할리드는 허리띠에서 보석 박힌 단검을 꺼냈다. 그리고 앞쪽 봉긋 솟은 모래 위에 책을 놓았다. 책을 감싼 포장을 벗긴 다음,

그는 낡은 고서를 잠시간 천천히 살펴보았다.

그 책은 묘하게도 별것 아니게 보였다. 책표지는 낡고 물 묻은 자국이 있는 가죽이었다. 모서리는 닳아서 손상되었다. 제본 부분에는 녹이 슬었다. 책을 봉인하고 있는 가운데의 잠금 장치는 변색이 되어있었다. 할리드가 보기엔 제아무리 미숙한 도둑이라도 머리핀만 있으면 열 수 있을 것 같았다.

이토록 평범한 책에 그토록 많은 의미가 있다니, 참으로 이상했다. 이것이 그 수많은 사람에게 헤아릴 수 없는 피해를 입혔던가. 도시 전체에, 그토록 많은 가족들에게.

고작 책 한 권이. 그런데 책장을 칼로 한 번 그으면 또 그 모든 게 끝난단 말인가.

할리드는 쓴웃음을 지었다. **말에 서린 힘은 사람에게서 나온다.** 어머니가 언제나 즐겨 해주었던 말이다. 무사 사라고사가 할리드와 어머니에게 전해준 가장 중요한 지혜였다.

그는 눈을 가늘게 뜨고 바닥에 놓인 낡은 책을 바라보았다.

이 책에 쓰인 말은 이제 다시 그 누구에게도 힘을 실어주지 않게 되리라.

그리고 만약 마법사가 그날 밤 산속 요새에서 거짓말을 한 게 아니라면, 마법사의 약속에 따라 할리드는 과거에 뿌리박힌 저주받은 삶에서 구원받게 되리라.

그의 죄를 속죄하며 살아야 했던 삶에서 벗어나게 되리라.

할리드는 목에 걸고 있던 검은 열쇠를 꺼냈다. 그리고 책을 열었다.

순간, 책장이 갑자기 펼쳐졌다. 섬뜩하리만큼 하얀 빛이 안에서 뿜어져 나왔다. 어쩐지 역겨운 빛이었다. 뾰족뾰족한 글자들이 보였지만 무슨 말인지 알 수 없었다.

할리드가 책장에 손을 대려 하자, 갑자기 불길이 치솟아 그의 손끝을 태웠다. 그는 욕설을 내뱉었다. 화상을 입자마자 다시금 번쩍이는 빛이 일었다. 사납고 생생하며 환한 빛이었다. 그만큼 사악한 기운이 넘실거렸다.

더는 안 돼.

할리드는 단검을 꺼냈다.

그러자 책이 그에 반응하듯 고동쳤다. 아주 기세등등한 위협을 하듯 책장이 넘실거렸다.

할리드는 손바닥을 칼로 그었다. 날에 그의 피가 떨어지자, 칼날이 사납도록 붉은빛으로 빛나기 시작했다.

이윽고 그가 책장에 피를 떨어뜨렸다.

그러자 책이 비명을 지르기 시작했다. 그것은 새된 소리로 심하게 울부짖어 댔다. 잠시 책장이 그을리는 것 같더니, 탁하고 짙은 냄새가 공기 중에 퍼졌다. 진홍빛 핏방울이 책장 표면에 닿자 검게 변했다. 책 위로 창백한 회색 연기가 피어오르더니, 불길한 의미를 담은 듯 구불구불 소용돌이쳐 하늘로 향했다.

바람이 할리드 주위를 돌며 먼지와 연기로 그를 뒤덮었다. 돌풍이 생기면서 이수케가 칼날에 그렸던 상징들이 위협에 대답하듯 은은히 빛나기 시작했다.

할리드는 단검을 높이 들었다.

하지만 연기는 여전히 그의 손을 자욱하게 덮었다. 마치 살아 있기라도 한 듯, 연기는 생명력을 모아 아주 차가운 족쇄인 양 그의 손목을 죄어들었다.

그 순간, 할리드는 이제껏 살아오며 한 번도 경험하지 못했던 느낌을 받았다. 그것은 환상도 추억도 아니었다. 꿈도 악몽도 아니었다.

그저 느낌이라고 말할 수밖에 없는 그것은 벌거벗은 채로 전부 드러나 버린 일종의 감정이었다. 그의 중심에서 떨어져 나온 듯한 감정은 이제 수면 밖으로 나와 온 세상에 보란 듯이 노출되었다. 할리드가 평생 부정하려 했던 감정, 약하게 보일까 봐 두려워 숨겼던 감정. 그의 겉껍질 안쪽의 영혼까지 뚫고서 사람들이 볼까 봐 묻어두었던 바로 그 감정이었다.

그것은 홀로 외롭다고 느낀 모든 순간이었다. 무력감을 느꼈던 순간이자 그저 사라지고 싶다고 느꼈던 순간이었다.

추한 기억들과 공허한 감정이 할리드의 몸속을 스치고 지나갔다. 마치 이 책이 그 자신의 내면에 닿아 모든 의심과 불안함을 파악하여 표면으로 드러내 보인 것만 같았다.

너는 가치 없는 인간이라고 할리드에게 말해주었다.

아무 짝에도 쓸모 없는 인간이라고.

왕이 될 자질이 없다고, 숙부님의 신뢰를 받을만하지 않다고, 잘랄의 충성이 아깝다고, 비크람과 우정을 나눌 자격이 없다고.

셰에라자드의 사랑을 받을 가치가 없다고.

그가 이제껏 한 짓이 있는데, 어떻게 타인의 소중한 마음을 받을 수 있단 말인가? 할리드는 아버지가 원치 않던 두 번째 아내가 낳은, 원치 않던 둘째아들이었다. 모든 건 먼저 된 사람을 위한 것이었고, 그 후의 사람에겐 아무것도 없었다.

아무것도.

할리드는 오랫동안 어둠 속에서 홀로 화를 내는 꼬마였을 뿐이었다. 보이지 않는 곳에서 형을 부러워했던 꼬마, 어머니가 어둠 속에서 죽어가는 걸 지켜본 꼬마였다.

어둔 그늘 속에서 자라난 소년.

그런데 이제는 빛 가운데서 살아야 했다.

그것도⋯⋯ 치열하게.

숨 쉴 틈도 없이 싸워가며.

할리드는 두 손으로 단검을 움켜쥐었다. 하지만 연기가 저항했다. 옥으로 만든 부적이 그의 목에 빙글빙글 감겼다. 비명이 주위에서 더욱 크게 울렸다. 모래바람은 이제 회오리가 되어 점점 짙어지면서 그를 집어삼키려고, 이 세상에서 사라지게 하려고 했다.

실은 할리드 역시 그토록 오랫동안 사라지기를 바라지 않았던가. 온갖 추한 것들을 짊어지고 사라지기를, 푸른 줄무늬 마노 바닥 위에 흐르던 어머니의 피와, 새벽마다 소녀들의 목을 조르던 비단 끈이라는 추악한 기억과 함께 사라지기를⋯⋯.

그리고 흔적조차 남지 않기를.

"안 돼."

그는 단검을 더욱 꽉 움켜잡았다.

"안 돼!"

할리드가 쓴 모든 편지에는 목적이 있었다. 그가 했던 모든 사과에는 이유가 있었다. 레이로 돌아갈 때마다, 그는 희망을 품었다.

더 나은 존재가 되고 싶었으니까.

그리고 지금 여기에 더 나아질 기회가 있다. 마침내 발견한 기회가.

살아갈 기회, 사랑할 기회, 빛 가운데서 존재할 기회였다.

두 손에서 피를 뚝뚝 떨어뜨리며 할리드는 책을 향해 검을 내리 꽂았다.

책이 마지막 단말마의 비명을 지르자, 모래가 그에게로 밀려들었다. 모래는 그를 마구 누르며 피부를 파고들었다.

할리드는 숨을 쉴 수가 없었다. 앞이 보이지 않았다. 바람과 모래는 그의 목을 조르며 숨을 틀어막았고, 그의 의도를 속속들이 빼앗으려고 했다.

책은 마지막 힘을 다해 그와 맞서 싸웠다.

할리드는 숨을 마구 몰아쉬며 거친 갈색 리넨 천 조각을 찢어낸 다음 부싯돌을 부딪쳐 불을 붙였다. 하지만 그때마다 바람이 불어 불을 꺼뜨렸다.

불을 붙이려고 다섯 번을 시도했다. 밀려드는 모래더미에 맞서 다섯 번을 싸웠다. 불꽃이 꺼지지 않게 바람을 막으며 책장에 불을 붙이기를 다섯 번 반복했다.

드디어 책에 푸르고 역한 불꽃이 붙더니, 몇 시간이고 타올랐다.

마침내 소용돌이치던 모래가 땅으로 가라앉았다. 할리드는 결국 지쳐 쓰러지고 말았다. 그는 망가진 몸을 누인 채 하늘을 응시했다. 피부에 수없이 난 상처가 아팠고, 책과 싸우면서 흉터가 다시 벌어져 고통스러웠다. 할리드의 피가 모래에 스며들었다. 눈꺼풀이 무거워지기 시작했다.

그는 의식을 잃어가고 있었다. 피도 많이 흘렸다. 이 사막에서 죽게 되겠구나.

하지만 상관없었다. 이 저주를 마침내 풀어낸 거라면, 그래서 자신의 백성을 안전하게 지킬 수만 있다면.

셰에라자드를 지켜줄 수만 있다면.

나머지는 아무래도 좋았다.

묘하게 평화로운 산들바람에 머리카락이 헝클어졌다. 바람결에 따라오는 느낌은 할리드가 셰에라자드의 곁에서만 경험했던 평온함이었다. 언제나 싸워서 지켜내야 했던 작은 평화. 모은 두 손에 담긴 한 모금의 물 같은 그 감각.

셰에라자드가 안전하다면, 할리드는 평화로워질 수 있었다.

눈꺼풀이 스르르 감겼다. 이윽고 할리드는 잠들었다.

곁에는 옥으로 만든 부적이 산산이 조각나 흩어졌다.

사암 궁전

어디선가 새들이 지저귀는 소리가 들려왔다. 비단의 감촉을 느끼며 셰에라자드는 깨어났다.

바람결에 희미하게 풍기는 향기는 그저 가볍고 상쾌하기만 했다.

하지만 그 감각 아래로 느껴지는 것이라고는 그저 얽매여 있다는 섬뜩함뿐이었다. 마치 감옥에 갇힌 듯한 느낌은 왜일까.

지금 자신은 비단 천이 사방에 드리워진 정자에 누워있었다.

비록 입고 있는 옷은 구겨진 카미스와 더러운 서월 바지였지만, 잠들었던 방은 레이의 궁에서 가장 좋은 방과 견주어도 손색이 없는 곳이었다.

어쩌면 그보다 더 좋다고 말할 수도 있을지도.

오른편에 열려있는 창호문의 조각은 레이에 있던 것보다 훨씬 더 화려했다. 그 화려함이 어찌나 과한지 좀 현란해 보일 지경이었다. 어두운 빛깔의 목재엔 상아를 상감하고 짙은 벽옥을 점점이 박아 장식했다. 창호 너머로는 대리석 발코니 위로 넝쿨이 뻗어 오른 격자가 그늘을 드리웠다. 하얀 격자 장식 위로 선명한 분홍빛 꽃송이들을 주렁주렁 단 꽃 넝쿨이 휘장처럼 나풀거렸다.

셰에라자드의 방은 사암 벽으로 둘러싸여 있었다. 두꺼운 태피스트리가 벽을 있는 대로 가리고 있어서 드러난 곳이 거의 없었지만, 적어도 눈에 보이는 벽은 사암이었다. 구석에는 알록달록한 타일 조각을 장식한 탁자가 있었다. 미쳐버린 공예가가 무지개를 망치로 부순 다음 그 조각을 붙여 만든 듯한 탁자였다. 그냥 둬도 아름다울 것을 일부러 망가뜨려 그보다 추한 것으로 창작한 느낌이었다. 여기저기 널린 베개들은 눈부신 색색의 비단을 씌우고 자그마한 거울들을 금사와 은사로 수놓아 가장자리에 붙인 것이었다. 고급스러운 탁자 위에는 납작한 빵과 놋쇠 잔이 있었고, 그 주위로 신선한 허브와 둥근 염소 치즈, 썰어놓은 오이와 여러 종류의 달콤한 소스들이 놓였다.

음식 쟁반을 자세히 살펴본 셰에라자드는 음식들을 갖다놓은 사람이 칼을 놓아두지 않았다는 사실을 알아챘다. 칼뿐만 아니라 도구나 뾰족한 물건도 전혀 보이지 않았다.

대체 여기가 어딜까. 점점 의심이 든 셰에라자드는 방 안을 빙빙 돌았다. 발코니 끝은 정교한 창호문으로 가려져 있어서 그 너머를 볼 수가 없었다. 사암과 상아로 만든 감옥에 갇혀 바깥을 보지 못하게 된 것이다. 방에는 양쪽으로 열리는 문이 있었다. 이 방의 출입구일 게 분명한 문이었지만, 손잡이를 돌려보자 예상했던 대로 문은 단단히 잠겨있었다.

어깨는 여전히 아팠다. 하지만 더 안 좋아지지는 않았다. 적어도 기회가 닿는 대로 도망치는 데는 별 지장이 없을 것 같았다.

분명 난 꽤 오랫동안 '잠든' 상태였던 거야.

셰에라자드는 더욱 암울한 생각에 빠져들었다.

'시바의 아버지가 나를 억지로 바다위 캠프에서 데리고 나온 거구나. 얼마나 오랫동안 계획한 일이었을까?'

레자 빈-라티프는 꽤 오랫동안 피다이 암살단과 동맹 관계였음이 확실했다. 몇 주 전에 용병을 보낸 사람도 레자였을 가능성이 컸다. 할리드를 죽이거나 셰에라자드를 납치해서 유리한 위치를 확보할 마음이었을 것이다.

이제 셰에라자드는 아무도 모르게 성공리에 납치된 것이다.

이곳이 그녀가 생각한 장소가 확실하다면, 지금부터 어떤 상황이 벌어질지는 뻔했다. 셰에라자드는 여기가 어딘지 알 것 같기에 가슴이 철렁했다.

셰에라자드는 두려운 마음을 어떻게든 애써 추스르며 구석에 놓인 화려한 탁자 위 음식 쟁반 쪽으로 다가갔다. 그리고 쟁반 가장자리의 은장식 위로 잔의 물을 조금 따른 다음 혹시 색이 변하는지 기다려 보았다. 은색이 변하지 않자, 다음으로는 물을 피부 위에 흘려보며 상처가 나지는 않는지 확인했다. 그리고 나서야 셰에라자드는 조심스럽게 물을 한 모금 마셨다. 목이 몹시 말랐기 때문이었다. 아직 음식이 안전한지는 믿을 수 없지만, 어쨌든 살아남으려면 혀라도 적셔야 하니까.

그 순간, 문 너머에서 금속이 갈리는 소리가 났다. 셰에라자드는 접시에 담긴 허브를 한쪽으로 쏟아버리고 모자이크 타일 탁자에 접시를 부딪쳐 깨뜨렸다. 그리고 가장 큰 조각을 집어 들고 리넨 냅킨을 한쪽 끝에 감아 어설픈 무기를 만들었다.

아무리 상황이 이래도, 싸울 생각 없이 적과 마주하지는 않을 작정이었다.

한쪽 문이 휙 열렸다. 셰에라자드는 무기를 낡은 바지 한쪽에 숨겼다.

그런데 문으로 들어온 사람은 다름 아닌 아버지였다…….

옷을 잘 차려입은 자한다르가 말쑥하게 다듬은 턱수염 사이로 미소를 짓고 있었다.

'아빠?'

대리석 바닥에 야생동물처럼 웅크린 자세로 무기를 들고 있는 셰에라자드를 본 자한다르가 상처 난 손을 들어 올려 진정하라는 손짓을 했다.

"셰에라자드-잔! 무서워할 필요 없단다."

그가 빠른 걸음걸이로 셰에라자드에게 다가왔다. 오랫동안 보지 못했던 활기찬 움직임이었다.

"아빠…….."

이토록 침착하고 세련된 아빠의 모습을 보는 게 너무나 혼란스러웠던 나머지, 그녀는 그저 눈을 깜빡였다.

"여기가 어디예요?"

"우리 딸, 부디 무기를 내려놓거라. 무서워할 필요 없대도!"

그는 다시 미소 지었다. 아까보다 훨씬 더 밝은 미소였다.

"네가 조금 전에 문을 열려고 했다면서. 바깥에 있는 경비병들이 말해줘서 바로 왔다."

"여기가 어디예요?"

셰에라자드가 다시 물었다.

"네가 무서워하리란 건 예상했다. 하지만 그분은 네게 아무런 해를 끼치지 않으실 거란다. 아무도 그러지 않아. 사실 그 진영에 있는 것보다 여기 있는 게 너한테 훨씬 안전할 거다. 보살핌도 더 많이 받고, 네 신분에도 어울리지 않니."

마지막 말을 하는 자한다르의 어깨가 묘한 자부심을 보이며 으쓱였다. 지금 그녀의 상황에는 전혀 걸맞지 않은 자부심이었다.

"아빠!"

세에라자드는 좌절감을 감추지 못한 채로 버럭 소리 질렀다. 두 번이나 물어봤는데도 아버지가 답을 주지 않아서였다. 자한다르의 미소가 흔들렸다. 하지만 살짝 흔들렸을 뿐이다.

"레자는 너를 아마르다에 보내는 게 제일 좋겠다고 하더구나."

예상했던 바였다. 그렇더라도 세에라자드는 가슴이 철렁했다. 잠시 숨조차 제대로 쉴 수 없었다.

"저를 살림 알리 엘-샤리프의 궁에 데려왔단 말인가요?"

자한다르는 딸의 위협적인 어조에도 꿈쩍하지 않았다.

"당연하지! 그분은 네 남편의 숙부님 아니냐?"

간단한 대답이었지만, 아버지의 표정에는 훨씬 더 많은 것이 드러나 있었다.

"어떻게 저한테 이러실 수 있어요?"

그녀는 조용한 목소리로 비난했다. 순간 아버지의 그렁그렁한 눈망울이 흔들린다 싶더니 이내 눈꼬리가 굳어졌다. 그걸 본 세에라자드는 자신이 아무리 빌어도 아버지가 흔들리지 않으리라는 걸 깨달았다.

이번엔 아닐 것이다. 자한다르는 몸을 쭉 폈다.

"어쩌면 그건 내가 해야 하는 질문일지도 모르겠구나, 딸아."

그의 말이 떨어지자마자 셰에라자드는 움찔 물러섰다. 이쪽을 공격해 오는 말과 더불어 아버지의 눈에 서린 차가운 시선 때문이었다. 언제나 그녀를 따스하게 비춰주던 아빠의 눈이 어떻게 이토록 변할 수 있을까.

"내 책을 어떻게 한 거냐?"

아버지가 위협적인 어조로 물었다.

"무슨 말씀이신지 모르겠어요."

그녀는 불안한 마음을 감추려고 턱을 치켜들었다.

"셰에라자드. 이미 이르사와 이야기했다. 그 애가 나에게 약을 먹인 걸 알아."

셰에라자드는 돌처럼 딱딱한 표정을 유지했지만, 동생을 언급하는 말에 심장이 덜컥 멎고 말았다.

"이르사는 이 일에 대해 더는 말하지 않으려 했다만, 그 애가 거짓말을 못한다는 건 너도 알고 나도 알지 않느냐. 자꾸만 진실을 말하길 피하는 걸 보니 오히려 거짓말이라는 걸 잘 알겠더구나."

자한다르는 좌절감에 얼굴을 한껏 찡그렸다. 그는 안간힘을 써서 간신히 분노를 억누르며 말을 이었다.

"그러니 네게 물어야겠다……. 얘야, 난 너에게 화를 내는 게 아니야. 누군가 너에게 강요했겠지. 칼리프일 수도 있겠고, 아니면 누군가 아주 못된 마음을 품고……."

"아뇨, 강요한 사람은 아무도 없어요. 아무 일도 없는데 자꾸 무슨 말씀이세요."

아버지의 눈에 다시금 차가운 빛이 번뜩였다.

"거짓말하지 말거라, 딸아."

셰에라자드는 한층 마음을 굳게 먹고 물었다.

"이르사는 어디 있나요, 아빠?"

하지만 가만히 숨을 들이쉬는 소리만 들릴 뿐, 대답은 없었다. 주저하는 기색이 슬쩍 보였다.

"아빠?"

자한다르는 무어라 대답하려고 입을 열었다가 문득 말을 멈췄다. 그 순간 셰에라자드는 공포에 질려 목이 꽉 메고 말았다. 아버지는 상냥한 미소를 지어 보였다.

"넌 부상을 입은 데다 여독도 아직 풀리지 않았으니 몸이 좋지 않을 거다. 술탄의 시종들이 널 보살펴 주게 하려무나. 그리고 다 같이 저녁 식사를 하자. 술탄의 딸이 너를 아주 걱정하더라. 오늘 밤 모든 걸 논의하도록 하마."

셰에라자드는 더는 두려움을 감추지 못하고 손을 뻗었다.

"아빠, 제발 부탁이니 그러지 마시고……."

"나는 네게 많은 자유를 주어왔다, 딸아. 그런데 너무 많이 준 것 같구나."

자한다르의 말투는 단호했다. 꼿꼿이 선 그는 키가 매우 컸다. 이제껏 셰에라자드가 기억하고 있던 아버지의 모습보다 더 크게 보였다. 생각해 보면 어머니가 돌아가신 무렵 이후로 아버지가 이토록 열띤 감정을 보이는 모습을 본 적이 없었다.

"너는 나를 이미 오랫동안 배신해 왔다, 셰에라자드. 난 이 일을 두고 네가 거짓말하는 걸 두고 보지 않을 거다. 너는 너무 위험하고도 중요한 걸 가지고 장난질을 하고 있어. 그 문제는 차후에 논의하도록 하겠다."

자한다르가 돌아섰다.

"그럼 이르사가 어디 있는지만 말해주시면……."

"쉬고 있어라. 그 문제는 오늘 밤에 논의할 테니……. 네가 아비에게 진실을 말할 준비가 됐을 때 말이다."

이 말을 끝으로 자한다르 알-하이주란은 고운 비단옷을 휙 나부끼며 방에서 성큼성큼 나갔다.

셰에라자드는 급히 만든 무기를 움켜쥔 채로, 부서진 도자기 접시 파편 옆에 주저앉고 말았다.

아버지의 모습에서 처음으로 느꼈던 두려움이 계속 마음을 어지럽혔다. 아니, 그 두려움은 여기가 어딘지 눈치채기 시작했을 때부터 생겼다. 심각한 공포가 위급하게 온몸을 엄습했다.

이 전쟁을 끝내려 했건만, 이제는 통제할 수조차 없게 되었다. 최악의 공포라고 생각했던 수준을 뛰어넘은 현실이 닥쳤다.

셰에라자드가 아마르다에 포로로 잡혔다는 소식이 레이에 전해지자마자 그녀는 '손님'이 아니게 된다. 할리드는 분명히 군대를 이끌고 이 도시로 진군할 테고, 살림은 분명히 그녀를 인질로 삼을 것이다.

그 점만큼은 확신할 수 있었다.

그 진실 때문에 셰에라자드는 아버지의 신뢰는 물론이고 그 이상의 것까지도 분명 잃게 될 것이다. 하지만 그녀가 확신하는 점은 또 있었다. 할리드는 벌써 책을 파괴했을 것이다. 그렇다면 흥정할 거리가 아무것도 없다. 뭔가 담보로 내걸 것이 없다는 뜻이다.

오로지 그녀 자신뿐이었다.

하지만 셰에라자드는 바보가 아니었다. 파르티아의 술탄 앞에서 겁먹을 마음은 없었다. 적에게 온정을 구걸하지는 않을 것이다. 그리고 어린애처럼 누가 구해주러 오기를 기다리지도 않을 것이다.

여기서 자신이 할 일을 해낼 것이다.

일단은 이르사를 찾아야겠다. 그리고 들키지 않고 이 저주받은 도시를 빠져나갈 방법을 찾아보자.

그러다 죽는 한이 있더라도.

이르사가 너무나 걱정되는 바람에 셰에라자드는 아버지의 명을 따르고 말았다.

아버지가 이르사에게 해될 짓을 허락할 리는 없다고 생각했지만, 권력에 굶주린 아버지의 눈동자에서 대체 무슨 생각이 소용돌이치고 있는지 셰에라자드는 더는 확신할 수가 없었다.

그래서 시종들이 목욕을 시키고 옷을 입혀주러 방에 들어왔을 때도, 그녀는 아무 말도 하지 않았다.

묘하게도 이 모든 과정을 보니 그녀가 레이의 궁전에 도착한 첫날이 떠올랐다. 시녀들이 그녀의 팔에 백단유 화장품을 바르고 피부에 금가루를 뿌린 다음 어깨에 무거운 맨틀을 둘러주었던 그때가.

이번에 셰에라자드에게 주어진 옷 역시 그 운명의 오후만큼이나 섬세하고 고왔다.

버밀리언. 저무는 여름날의 태양이 떠오르는 선명하고 빨간 주황색.

벌어진 상처에서 흘러나오는 신선한 피 역시 떠올랐다.

서월 바지는 최고급 비단에 금사로 수를 놓아 만든 것이었다. 딱 맞는 상의는 가슴 깊게 파여있었다. 셰에라자드가 평소에 입는 옷보다 훨씬 심하게 파인 옷이었다. 맨틀은 금사로 짠 얇은 천이었다. 맨틀은 보통 이보다 두툼한 다마스크 천으로 만들건만, 이건 오히려 고서머 비단 같았다. 빛에 비춰 보면 안쪽이 아른아른 다 비쳤다.

벌거벗은 기분이었다. 연약한 느낌조차 들었다. 그렇다면 이 옷 역시 우연이 아니라 일부러 고른 것이겠구나.

시종이 셰에라자드의 검은 머리카락을 굵게 땋은 다음 윤기 나는 땋은 머리에 작은 진주를 꿴 줄을 감았다. 셰에라자드의 왼팔에 끼운 둥근 금팔찌와 귀에 단 고리 모양 금귀걸이에도 역시 진주와 자그마한 다이아몬드가 알알이 박혀있었다.

아버지가 장담한 대로, 셰에라자드는 정성 들인 보살핌을 받았다. 하나같이 신분에 맞는 옷차림이었다.

하지만 그녀는 왕비다운 기분을 느낄 수가 없었다.

죄수가 어떻게 칼리파가 될 수 있을까.

'하지만 칼리파는 자신의 선택에 따라서 죄수가 될 수도 있는 법이지.'

이런 생각을 하며 셰에라자드는 어깨를 쫙 펴고 뾰족한 신발 안으로 힘을 주어 발가락을 오므렸다. 그리고 고개를 당당하게 든 다음 시종을 따라 복도로 나갔다. 그곳에는 무장한 호위병들이 그녀를 목적지로 데려가기 위해 기다리고 있었다.

셰에라자드는 복도를 지나며 지나치게 화려한 사암 궁전에 다시금 충격을 받았다. 물론 레이의 궁전 역시 말로 다 표현할 수 없을 정도로 아름답고 윤기 나는 대리석 건물이었지만, 그곳은 언제나 차가운 절제미가 돋보였다. 있는 그대로의 웅장함을 인정하길 꺼려하는 극단적인 태도라고 해야 할까. 그런데 이곳을 보니 궁전이 대체 어디까지 화려해질 수 있는지 셰에라자드는 비로소 깨달았다. 하지만 이상하게도 할리드가 궁전 구석구석 금으로 된 조각상을 두거나 처마마다 반짝이는 태피스트리를 걸어두지 않아 다행이라는 생각이 들었다. 실제로 아마르다 궁전은 모든 벽감에 금이나 은을 장식했고, 구석마다 이유나 취향에 일관성 따윈 없는 조각과 보석으로 꾸며두었다. 셰에라자드는 그걸 볼 때마다 어쩐지 마음이 불편했다.

레이의 궁전이 아마르다의 사암 궁전보다 뛰어난 부분은 바로 서예 장식이었다. 레이의 궁전은 지나치리만큼 우아한 예술성을 뽐내는 곳이었다. 궁전을 꾸민 장식은 문자에 기반한 화려한 붓놀림과 우아한 소용돌이 서체였다. 그건 할리드가 시를 좋아해서라는 사실을 셰에라자드는 알고 있었다.

반면 이곳을 보면 살림 알리 엘-샤리프는 시보다는 화려한 것을 좋아한다는 사실이 역력히 드러났다.

'나는 시 쪽이 좋아.'

웃을 상황이 아니었지만, 셰에라자드는 문득 든 생각에 무심코 미소를 지을 뻔했다.

호위병들은 더욱 화려한 복도를 계속 지났고, 이윽고 셰에라자드가 이제껏 본 것 중 가장 넓고도 높다란 문으로 그녀를 안내했다. 아름답게 조각된 문은 수금을 층층이 칠해 장식했고, 손잡이에는 그녀의 주먹만 한 사파이어가 박혀있었다. 물론 이곳에 온 지 하루도 되지 않았지만 셰에라자드는 여기가 얼마나 화려할지 예상하기는 했다.

호위병 두 명이 문을 열어주었다. 그녀가 호위병들을 따라 반질반질한 사암 계단을 내려가자, 이윽고 연분홍색 화강암으로 만든 거대한 방이 나왔다. 방 한가운데에는 긴 탁자가 하나 놓였고, 위에는 장미수와 몰약 향이 나는 기다란 촛대를 두었다. 촛불 빛을 받아 따스하고도 화려하게 빛나는 식탁보는 마치 거미줄로 짠 듯 아주 고운 비단이었다.

'이 방에는 분명히 금을 더 많이 썼겠지.'

셰에라자드는 방을 최대한 둘러보았다. 방은 필요 이상으로 화려함을 과시하고 있었다. 심지어 촛농의 향기조차 목구멍을 텁텁하게 간질였다. 너무 농익은 향이었다.

너무 과해.

셰에라자드는 이곳에 가장 먼저 도착한 사람이었다.

이번에도 그녀는 이게 우연이 아니라고 생각했다.

호위병은 그녀를 가운데쯤에 있는 아주 푹신하고 짙푸른 방석으로 안내했다. 그런데 셰에라자드는 뭔가 이상한 기미를 감지했다. 호위병 중 그 누구도 그녀에게 무례하게 굴지는 않았지만, 가장 가까이에 있던 젊은 병사가 자리에 앉은 셰에라자드의 가슴을 보며 음흉한 눈길을 보냈다. 콧잔등 위로 비스듬한 상처를 지닌 그의 눈빛을 보고 호위병들이 재미있다는 기색을 지은 것을 그녀는 분명히 알아보았다. 셰에라자드는 눈을 이글이글 부릅뜨고 그 자를 노려보았다.

"나를 왜 그런 눈빛으로 보느냐?"

거대한 방을 퉁명스러운 목소리로 쩌렁쩌렁 울리며 그녀는 말했다.

"죽고 싶은가? 아니면 생긴 대로 그저 멍청한 인간이라 그런가?"

이 말에 병사는 이를 악물고 고개를 짧게 숙였다.

"그건 대답이 아니다, 이 무례하고 멍청한 것아. 그리고 지금 네가 한 고갯짓이 어찌 절이란 말이냐."

그녀는 그런 반응을 두고 보지 않을 작정으로 계속 말을 이었다. 셰에라자드는 이 저주받은 도시에 사는 그 어떤 남자라도 그녀에게 무례를 범하도록 놔둘 수가 없었다. 아주 잠깐이라도 두고 보아선 안 된다. 이들이 그녀의 약점을 조금이라도 찾아낸다면, 그 순간 그녀는 실패하고 말 테니까.

순간, 뒤쪽에서 웃음소리가 물결치듯 들려왔다.

그 소리에 셰에라자드의 온몸이 얼어붙었다.

'살림이야.'

"언제나처럼 언변이 좋으시오, 마마."

그는 환호를 보낸다는 듯이 손뼉을 쳤다. 손뼉 치는 소리가 날카롭고 거슬리게 귀에 울렸다.

셰에라자드는 돌아보지 않았다. 어찌 저놈에게 만족감을 줄 수 있단 말인가. 그래서 대신에 얼굴을 앞으로 내밀고 아무렇지 않다는 표정을 지어 보였다.

"병사들에게 손님을 존중하는 법을 좀 더 가르치셔야겠습니다, 술탄이시여."

파르티아의 술탄이 시야로 들어오자, 셰에라자드는 방긋 웃었다. 그녀의 신랄한 인사에 살림은 절하며 답례했다.

"그렇다면 직접 가르침을 줄 생각이신가?"

그가 번뜩이는 시미타 자루에 손을 얹었다. 셰에라자드에게 스스로의 위치를 명심하라는 뜻이었다.

"뭐, 누군가는 가르침을 주어야겠지요."

그녀는 손끝을 이마에 대고는 살림이 했던 조롱 섞인 절을 흉내내어 답했다.

자한다르 알-하이주란이 고운 비단옷을 입은 모습으로 술탄의 뒤를 따라왔다. 하지만 손을 가지런히 모아 쥔 그의 표정은 걱정과 당황 사이에서 어쩔 줄 몰라 하고 있었다.

그는 셰에라자드와 살림이 불편한 사이라는 걸 모르고 있었다. 안다 해도 그 사실을 애써 감추는 얼굴이었다. 셰에라자드는 아버지의 시선을 피했다. 배신감이 아직도 생생했기 때문이었다. 그리고 현재 아버지와 자신의 사이가 틀어졌다는 걸 살림에게 알리고 싶지 않았다.

아버지의 배신으로 자신이 얼마나 상처 입었는지 알릴 수는 없었다.

살림이 셰에라자드의 맞은편으로 가서 앉았다. 그의 몸짓 하나하나마다 평온한 우아함이 배어있었다. 온갖 수를 놓은 맨틀과 아름답게 재단한 살림의 옷은 궁전만큼 화려했다. 살림은 아주 맛 좋은 크림을 먹은 고양이처럼 만족스러운 기색이었다. 그는 완벽하게 다듬은 콧수염을 치켜올리고 늑대 같은 이를 드러내며 셰에라자드를 향해 미소 지었다.

"아마르다에 방문해 주어 아주 기쁘다오, 셰에라자드-잔. 우리

참 오랜만에 만나는 것 아닌가."

셰에라자드는 눈썹을 한껏 치켜떴다.

"방문이라 하셨나요? 단어 선택이 꽤 흥미롭습니다만."

살림은 팔꿈치를 사파이어 쿠션에 대고서 왼편으로 느긋하게 기대어 앉았다.

"지난 몇 주 동안 어쩔 수 없이 머물러야 했던 부족의 기지보다야 확실히 이곳이 마음에 들 것 같소만."

"그렇게는 말씀드리기 어렵습니다. 제가 부족의 기지에 머물렀을 때는 밖에서 문을 잠근 일이 없었거든요."

그러자 살림은 그녀를 향해 의아한 듯 빙긋 웃었다.

"그야 그렇겠지. 천막에는 잠글 문조차 없지 않소?"

"그야 그렇지요. 하지만 거기서는 적어도 제 동생과 함께 있어서 좋았답니다. 제가 보기에 숙부님께서는 그 점을 별로 신경 쓰지……."

"아, 그렇지! 내 정신 좀 보게. 배가 무척 고플 텐데, 말이 길었군."

살림은 웃으면서 그녀의 뒤쪽에 있는 문을 향해 손짓했다. 자한다르는 자기 접시 옆에 있는 작은 숟가락을 만지작댔을 뿐, 이쪽을 돌아보지도 않았다.

셰에라자드는 문이 열리는 소리를 들었다. 이어서 버터와 향신료의 향기가 이쪽으로 퍼졌다. 이르사가 어디 있는지 알아내기 전까지는 절대로 아무것도 먹지 않겠노라 결심했는데도, 너무나 감미로운 향기 때문에 마음을 굳게 먹기가 좀 어려워졌다.

시종들이 그녀 앞에 양념한 감자를 담은 은접시를 내려놓았다. 이어서 피스타치오와 석류를 섞은 밥을 소복하게 얹고 그 주위에 사프란으로 양념한 닭꼬치를 두른 접시가 놓였다. 아직도 불에 지글지글 타고 있는 양고기 케밥과 모락모락 김이 나는 찐 토마토가 화려한 쟁반 위로 한가득 솟아있었다. 그 광경에 셰에라자드의 배 속이 허기로 울렁였다.

이토록 잘 차린 음식을 먹은 게 언제였던가.

향기로운 렌즈콩과 오래 볶아 단맛이 도는 양파를 넣고 끓인 따스한 스튜에서 피어오르는 향에 입에 침이 고였다. 계피와 정향의 달콤한 향기가 자꾸만 입을 대보라 유혹했고, 대추야자와 가지를 보자 유혹은 한층 더 심해졌다.

마지막으로 마르멜로 소스를 보자 그녀는 그만 질 것 같았다.

셰에라자드는 두 손을 깔고 앉아야 했다. 살림이 눈을 희번덕거리며 물었다.

"배고프지 않소? 그대가 좋아한다고 들은 것들로 차렸는데."

그러자 자한다르가 눈살을 찌푸리며 말했다.

"셰에라자드-잔, 술탄의 따님께서 너를 위해 특별히 준비하라고 요리사에게 명하신 것이다."

"왜 아니시겠어요."

셰에라자드는 볼 안쪽 살을 물어뜯으며 중얼거렸다.

"아마도 내 딸이 설득하면 그대가 식사를 할 듯한데 말이오."

그녀의 어깨 너머를 슬쩍 바라본 살림의 눈빛이 환하게 빛났다. 셰에라자드는 뒤를 돌아보지 않았다. 야스민 엘-샤리프의 완벽하리만큼 아름다운 미소 같은 건 절대로 보고 싶지 않았으니까.

'공주가 오늘 밤 나를 미끼로 삼으려고 한다면, 이에 검댕을 묻히는 정도로는 끝나지 않을 거야.'

절대로.

'이가 부러지도록 주먹을 날려주겠어.'

"어서 오너라, 딸아. 우리 손님께서 널 얼마나 보고 싶어 하시는지 모른다."

살림이 소리쳐 불렀다.

'그래, 맞아. 너무 보고 싶어서 짜릿할 정도네.'

셰에라자드는 입술을 꾹 다물고는 옆구리에 놓인 비단 방석을 손으로 움켜쥐었다. 마치 방석을 쥐면 몸에 차분함이 흘러들어오기라도 할 것처럼 말이다.

이윽고 광택 나는 화강암 위로 부드럽게 미끄러지는 발소리가 들려왔다.

셰에라자드는 적잖이 망설였지만, 결국 고개를 들었다.

그 순간, 새파란 하늘빛 눈동자가 이쪽을 향해 반짝반짝 빛났다.

셰에라자드는 공포에 사로잡혀 그만 입을 떡 벌리고 말았다.

"안녕, 건방진 칼리파."

데스피나였다.

수많은 사건이 동시에 일어났다.

셰에라자드는 자신의 예전 시녀에게 달려들 마음으로 벌떡 일어섰다. 그러자 그들 주위로 병사들이 우르르 모여들었다.

하지만 호위병들이 손을 뻗기 전에 셰에라자드는 우뚝 멈췄다.

병사들이 무언으로 협박했기 때문은 아니었다. 이 자리와는 어울리지 않는 예절을 지키려는 마음도 아니었다. 참으로 안타깝게도 셰에라자드는 여기서 예절을 지킬 마음이 조금도 없었다. 멈춘 건 완전히 다른 이유에서였다.

너무나 걱정이 되어서였다. 예전의 친구가 어찌나 걱정되던지. 아직 태어나지 않은 아이는 어떤지 걱정스러운 마음에서였다.

셰에라자드의 마음속에 걱정이 퍼지자마자 또 다른 감정이 일렁이며 걱정을 가렸다.

바로 쓰라림이었다. 시커멓고 숨 막히는 쓰라림이 마음속에 번졌다.

셰에라자드는 앞에 선 아가씨의 풍만한 몸매를 빠르게 훑어보았다. 언제나 아름다웠던 데스피나의 모습은 지금 보니 훨씬 더 빛나도록 아름다웠다. 그녀가 입은 드레스는 자수정 빛깔 비단을 양 어깨 부분에서 구리 장식으로 은은하게 주름을 잡아 화려하게 늘어뜨린 형태였다. 비단 주름은 라일락 빛깔과 연보라색의 흐름을 이루면서 데스피나의 발치까지 나풀거렸다. 깊이 파인 가슴 부분은 아름다운 몸매를 더욱 돋보이게 해주었고, 높다란 허리선을 잡아 두른 구리 허리띠에는 로즈골드로 테를 두른 선명한 보라색과 진분홍의 화려한 보석 장식이 달렸다. 꿀빛 연갈색 머리카락은 높이 묶은 다음 그 위에 반짝이는 보석으로 장식한 머리띠를 얹었다.

저거, 왕관이구나.

셰에라자드의 마음속 쓰라림이 더욱 짙어졌다.

데스피나는 한때 셰에라자드에게 많은 의미가 있던 사람이었다. 친구가 절실하게 필요했을 때 셰에라자드에게 친구가 되어준 사람. 아무와도 마음을 털어놓지 못했을 때 비밀을 나눌 수 있는 유일한 친구. 하지만 셰에라자드가 알던 데스피나의 모든 것이 거짓이라는 게 분명히 밝혀지고 말았다. 이제 데스피나는 명명백백하게 아주 다른 존재였다. 살림 알리 엘-샤리프의 숨겨진 딸. 파르티아의 공주. 스파이이자 거짓말쟁이.

무엇보다도 데스피나는 결코 셰에라자드의 친구였던 적이 없었다는 게 분명했다.

"당신이 내게 진실을 말했던 적이 있었나요?"

셰에라자드가 대놓고 속삭여 물었다. 데스피나는 더없이 아름다운 모습으로 입술을 뾰로통하게 모았다. 너무나 익숙하게 보아 온 입술이었다.

"나한테 축하도 안 해주실 건가요? 나 결혼했는데. 아직 못 들었어요?"

그녀의 뾰로통했던 입술이 펴지며 방긋 웃음 지었다.

데스피나의 뒤로, 불편한 웃음을 띤 야스민이 조용히 다가왔다. 지금 벌어진 대혼란을 파악하느라 셰에라자드는 원래 볼 줄 알았던 공주가 가까이 오는 것도 이제껏 보지 못했다.

'적어도 야스민은 부끄러워할 줄은 아네.'

실제로 야스민은 이 자리에 어울리지 않는 존재 같았다. 물론 그녀는 셰에라자드가 기억하는 그대로 완벽하게 아름다운 모습이었다. 마호가니 빛깔 머리카락은 등 뒤로 풍성하게 물결쳐 흘러내렸고, 에메랄드빛 치맛자락을 부드럽게 흔들며 걷는 걸음걸이는 다른 이가 제아무리 연습한다 해도 절대로 따라 할 수 없을 만큼 완벽해 보였다. 하지만 공주는 이 끔찍한 폭로의 자리에 끼고 싶은 기색이 아니었다. 오히려 도망치고 싶은 듯 계속 뒤를 슬쩍 돌아보기만 했다.

여기가 아니라면 어디로든 사라지고 싶다는 듯이. 셰에라자드의 시선이 다시 데스피나에게로 향했다.

"결혼? 어떤 불쌍한 바보를 꼬드겨서 결혼을 한 건가요?"

"차라리 몰랐으면 싶을걸요?"

데스피나는 눈을 찡긋하며 아버지의 옆자리로 빠르게 다가가더니 덧붙였다.

"그래도 어쨌든 축하는 해주셔야 해요. 어쩌다 보니 당신 남편의 가장 절친한 친구가 내 남편이 되었거든요."

야스민은 여전히 이상하리만큼 침묵을 지키며 데스피나 옆에 자리 잡았다. 자한다르는 셰에라자드 옆에 앉은 후 경고하는 눈빛으로 불안하게 딸을 바라보았지만 셰에라자드는 바로 무시했다.

분노가 바다처럼 넘실거리는 바람에 눈앞에 놓인 잔치 음식도 싹 잊은 채, 셰에라자드는 자신의 시녀였던 이를 노려보았다.

'좋은 첩자라면 정체를 숨겼을 텐데요.'

'최고의 첩자는 정체를 숨길 필요조차 없는 법이죠.'

수없이 찻잔을 들면서 수없이 대화를 나누었던 이였는데.

아주 많은 비밀이 있었던 모양이다.

데스피나의 어머니는 카드미아 성 제일가는 미녀라고 했는데. 아버지는 부자였지만, 창창한 미래를 위해 데스피나와 어머니를 떠났다고 했다.

아니, 그게 진실일까? 데스피나가 해준 말을 어디까지 믿을 수 있을까?

이래서 데스피나가 잘랄과 결혼하고 싶어 하지 않았던 거구나! 그토록 오랫동안 염탐했던 일가의 사람과 어떻게 결혼하겠냐고!

당연히 도망쳐야 했겠지! 기다리는 아버지의 품속으로…… 그리고 뭐든 듣고 싶어 하는 자들에게로.

그렇게 셰에라자드를, 그리고 셰에라자드가 사랑하는 모든 이들을 배신했던 것이다.

'나 어쩌면 이렇게 바보 같지?'

"어떻게 우리에게 이럴 수가 있어? 난 당신을 친구로 대했는데. 할리드가 당신을 친절하게 대해줬다면서."

셰에라자드가 작은 소리로 말하자 데스피나는 명랑하게 대답했다.

"호라산의 칼리프는 아무에게도 친절하지 않답니다. 어머, 혹시 마마가 어쩌다가 궁전에 오게 됐는지 벌써 잊으셨나요? 그렇다면 기억을 참 편리하게 조작하시는군요."

데스피나가 코웃음을 치자 술탄이 풍성한 목소리로 크게 껄껄 웃었다. 데스피나는 뻔뻔하게도 술탄을 바라보며 생긋 웃기까지 했다. 가까이 붙어 앉은 두 사람을 보자 셰에라자드는 이제 그들이 닮았음을 알아보았다. 물론 둘의 생김새가 확연하게 같지는 않았기에, 서로 떨어져 있었을 때는 알 수가 없었다. 데스피나의 피부색은 틀림없이 어머니에게서 물려받은 것이지만, 그녀의 태도만큼은 확실히 술탄과 아주 흡사했다. 도도하고 거만한 저 기색. 얼굴선 역시 술탄과 비슷했다. 날카롭게 뻗은 눈썹과 각진 얼굴이 그랬다. 실제로 셰에라자드는 데스피나와 야스민도 닮은 걸 알아보았다. 둘 다 천상의 아름다움을 지녔고, 왕가의 일원답게 태도가 당당했다.

데스피나가 이토록 쉽게 모두의 눈을 피하며 정체를 숨길 수 있던 것도 어찌 보면 당연했다. 그녀가 지닌 참으로 **뻔뻔**한 매력은 아버지에게서 물려받은 것이었다. 그녀는 원래 궁전에 살아야 하는 사람이었다. 독사 중에서도 최고의 독사의 피를 타고난 데스피나에게는 궁의 중심부로 스르르 미**끄**러져 들어갈 능력이 있었다.

그래서 불과 6년 만에 호라산 칼리프의 신임을 받는 사람이 되었던 것이다.

게다가 근위대장의 마음까지 **빼**앗아 버렸고.

"어떻게 잘랄에게 이럴 수가 있어?"

셰에라자드는 부글부글 끓는 분노를 억누르다 못해 손톱으로 손바닥을 마구 찌르며 물었다. 데스피나는 전혀 아랑곳하지 않는다는 듯 태연한 표정으로 숟가락을 들어 피스타치오와 석류를 섞은 밥을 펐다.

"아아, 잘랄 알-호리의 마음 따위 내 알 바 아닌데요."

그러더니 셰에라자드를 보며 미소 지었다. 짐짓 지어낸 동정 어린 표정을 보자 셰에라자드는 데스피나의 곱슬머리에서 보석 띠를 뜯어버리고 싶었다.

"하지만 걱정하진 마세요. 근위대장님은 자존심이 좀 상하긴 했겠지만, 그 마음을 기꺼이 달래주겠다는 아가씨를 어렵지 않게 찾아낼 테니까요. 그건 확실해요."

그런데 마지막 말엔 묘하게도 쓸쓸한 여운이 있었다.

셰에라자드는 이를 악물고 조용히 앉아있기로 마음먹었다. 그러다 야스민이 눈을 내리깐 채 무언가 생각하고 있다는 걸 눈치챘다.

야스민 공주가 이토록 말이 없다니, 그녀답지 않은 행동이었다. 그래서 셰에라자드는 좀 놀랐지만, 가만히 생각해 보니 야스민 엘-샤리프가 놀라운 행동을 한 건 이번이 처음도 아니었다. 말하자면, 뭐라고 말하고 싶지만 아직 제대로 된 의견을 정리하지 못한 것 같달까. 아니면 그저 아버지 앞에서 말할 배짱이 없거나.

어쨌든 야스민은 누가 봐도 불쾌해하는 기색이었다. 심지어 셰에라자드는 잠깐 그녀가 자신과 같은 마음이란 생각마저 들었다. 하지만 아름다운 공주는 좀처럼 이쪽과 눈을 마주치려 하지 않았다. 여전히 셰에라자드를 그저 적으로 볼 뿐이다.

자신과 전혀 동등하지 않은 존재로 말이다.

셰에라자드가 데스피나를 계속 노려보는 동안, 데스피나는 아버지인 파르티아의 술탄과 함께 웃고 떠들며 농담을 나누었다. 마치 모두를 속여가며 레이의 궁전에서 살았던 세월은 온데간데없는 듯한 태도였다.

어지러이 머리를 굴리던 순간, 셰에라자드는 번뜩 무언가를 깨달았다.

데스피나가 임신한 것까지 거짓으로 말할 수는 없었을 텐데.

셰에라자드에게는 데스피나가 자신이 보는 앞에서 쓰러졌던 기억이 아직도 생생했다.

이윽고 어깨에서 긴장을 푼 셰에라자드는 손을 뻗어 보석 박힌 포도주잔을 집고서 냉정한 어조로 물었다.

"살림 숙부님, 따님이 임신한 사실은 알고 계신가요? 아니면 혹시 따님이 아이를 가졌다는 이야기를 아직 안 하던가요?"

데스피나가 전혀 주저하지 않고 대번에 대답했다.

"물론 아버지는 알고 계세요. 말했잖아요, 나 결혼했다고. 그러니 아이를 임신한 것도 당연하죠."

'또 거짓말이구나.'

"그런가요?"

이렇게 되물은 셰에라자드는 턱을 악물고 포도주를 한 모금 마시며 애써 마음을 가라앉히고는 재차 물었다.

"그러면 남편이라는 분은 어떻게 처리했나요? 볼일이 다 끝난 뒤 바다에 던져버렸나요?"

"오, 아뇨. 내 남편은 안전한 곳에 숨겨뒀어요. 내게 아무런 문제를 일으키지 않을 곳에다가요."

데스피나가 눈을 밝게 빛냈다. 셰에라자드는 하마터면 비웃음을 흘릴뻔했다.

"그럼 그 불쌍한 남자를 여기까지 데려왔단 말인가요?"

"당연하죠."

"얼마나 바보 같은 사람을 남편으로 맞았기에?"

"바보 중에서는 그래도 최고인 사람이죠. 말수가 아주 적은 부류라서요."

"거짓말 좀 그만할래요?"

셰에라자드가 이를 악물며 말했다. 그리고 신랄한 시선으로 살림을 노려보았다.

"술탄이시여, 따님 아이의 아버지가 누군지 혹시 아시는지……."

"칼리프가 총애하는 호위무사죠."

데스피나가 느릿느릿 미소 지으며 말했다. 셰에라자드는 눈을 깜빡였다. 너무 놀라 멍하니 한 번, 두 번 깜빡이기만 했다.

"뭐라고?"

그녀는 포도주잔을 탁자 위에 쾅 내리며 소리를 질렀다. 다시금, 보이지 않게 물러서 있던 경비병 두 명이 앞으로 나왔다. 데스피나가 살벌한 미소를 셰에라자드에게 던졌다.

"비크람 싱이 아이 아버지예요. 몰랐어요? 나는 두 사람이 꽤 친한 사이라고 생각했는데."

'아니, 라즈푸트가? 비크람이 여기 있다고? 폭풍이 치는 날 밤에 죽었다고 생각했는데.'

셰에라자드는 너무 놀라 오늘 밤 두 번째로 입을 다물고 말았다. 그리고 자신의 시녀였던 이를 빤히 바라보며 이제껏 생각하고 말했던 것과 보았던 것을 머릿속으로 떠올려 맞춰보려 했다.

'아니야. 그건 있을 수 없는 일이야. 이 모든 거짓말 가운데 진실은 어디 있지?'

"걱정하지 말아요, 셰에라자드. 비크람은 안전하니까. 정확히 말하자면 주어진 상황을 따져봤을 때 최대한 안전하다고 해야 하려나."

데스피나의 말을 듣는 순간 셰에라자드가 가장 궁금했던 의문이 곧바로 해소되었다. 그는 살아있구나.

"비크람에게 무슨 짓을 한 거야?"

셰에라자드의 오른편에 앉은 자한다르가 걱정 어린 한숨을 참는 소리가 들렸다. 그만 질문하라는 뜻의 한숨이었다.

"아버지?"

데스피나는 대단히 기뻐하는 살림 알리 엘-샤리프의 얼굴을 바라보았다. 살림이 심호흡을 하는 모습을 보아하니, 그는 지금 어떻게 대답해야 가장 좋을지 생각하고 있었다.

"내 조카의 더없이 소중한 호위무사는 지금 마땅히 있어야 할

곳에 있소. 더는 본인의 관심사가 아닌 일을 두고 입 다물고 있지 못하는 자들을 위해 마련된 장소라고나 할까."

"그 관심사란 게 무엇인가요?"

셰에라자드가 대단히 분노한 기색으로 속삭이듯 물었다.

"말하자면, 내 딸의 남편이 되었으니 마마의 가족보다 본인 가족을 더 신경 써야 하는 법이잖소. 안 그렇소?"

"살림 숙부님, 죄송합니다만 저는 우리가 한 가족이라고 생각했답니다."

순간 날카로운 정적이 흘렀다.

"아니, 셰에라자드 알-하이주란. 우리는 한 가족이 아니오."

자한다르는 딸 옆에서 조용히 숨을 몰아쉬었다. 셰에라자드는 옆에 놓인 비단 방석을 손으로 쥐었다.

"그렇다면 드디어 본론으로 들어왔군요. 이제 농담은 그만두시죠. 저를 어떻게 하실 셈인가요?"

살림은 금박을 입힌 탁자의 가장자리에 팔꿈치를 짚으며 앞으로 몸을 숙였다.

"내가 어떻게 해야 할까?"

"할리드가 어떻게 나오느냐에 따라 다르겠죠."

셰에라자드가 쏘아붙였다.

"나는 그놈이 너를 찾으러 올 거라고 생각하는데."

"할리드가 온다면 어떤 일이 벌어지리라 생각하시나요? 술탄께서 완전히 멸망하시기밖에 더 할까요."

마침내 야스민이 셰에라자드와 눈을 마주쳤다.

"아버지……."

하지만 살림은 야스민을 쳐다보지도 않고 말했다.

"나는 그놈이 너무나 겁쟁이인 나머지 하지 못했던 일을 드디어 할 거라 생각한다. 제대로 된 군대를 이끌고 나와 사막에서 맞붙게 되겠지. 그리고 누가 이 나라를 지배할 자격이 있는지 싸워서 알아보게 되겠지."

할리드에게 아직 제대로 된 군대가 없다는 걸 알고 있는데도 셰에라자드의 입술에서는 조롱 섞인 소리가 흘러나왔다.

"할리드는 평생 단 한 번도 겁쟁이였던 적이 없답니다. 사람이 아무리 바람에 대고 소리쳐도 바람이 어디 끄떡이나 하던가요? 만사가 당신 뜻대로 쉽게 풀릴 거라고 생각한다면 참으로 바보시군요."

그 순간, 자한다르의 몸이 저절로 움츠러들었다. 마치 앞으로 이어질 타격을 예상하고 움찔한 기색이었다.

야스민이 숨을 다급히 들이켜는 소리에 셰에라자드는 무심코 그녀를 슬쩍 바라보았다. 파르티아의 공주는 이쪽에 경고의 눈빛을 보내고 있었다.

그녀의 눈빛에 셰에라자드를 동정하는 기색이 스쳐갔다. 살림이 신랄한 웃음을 터뜨리며 말을 이어갔다.

"쉽게 풀린다라? 이제껏 쉬웠을 거라고 생각하나? 쉬운 일은 아무것도 없었어. 이 계획을 세우는 데만 몇 년이 걸렸지. 몇 년이고 그 둔한 자식이 매번 날 비웃는 걸 지켜봤다. 그놈이 내 딸을 거부하는 걸 몇 년이나 지켜봤다고!"

그의 주먹이 접시 옆을 내리쳤다.

"그놈이 으스스할 정도로 제 아비를 닮지만 않았더라도, 아비

모를 창녀의 자식이라고 대놓고 불렀을 텐데."

다시금 야스민이 조심하라는 눈빛을 보냈지만 셰에라자드는 그녀를 무시했다.

"창녀의 자식이라고 부를 수 없는 이유가 그것만일까요? 사실 술탄께서는 할리드를 무서워하고 계시지 않습니까."

자한다르가 탁자 아래로 셰에라자드의 손목을 꽉 쥐었다. 살림의 얼굴 위로 분노가 확 피어올랐다.

"난 그놈을 무서워한 적 없어."

셰에라자드가 미소를 지으며 말했다.

"술탄께서도 독하기 짝이 없는 당신의 따님처럼 거짓말을 참 잘하시네요. 언제나 할리드를 두려워하셨으면서."

"셰에라자드!"

자한다르는 마침내 한마디 하기로 결정하고서 언성을 높였다. 아버지는 셰에라자드의 반대편에 서서 적을 옹호하고 있었다.

"아빠, 더는 말씀하지 마세요."

"얘야, 너는 내게 줄곧 반항했지만……."

그 말을 듣자 셰에라자드는 아버지의 손아귀에 잡혔던 팔을 확 떨쳤다.

"그리고 아빠는 줄곧 제 의사를 무시하고 절 여기 데려왔죠. 그래서 저는 이 비열한 거짓말쟁이들의 볼모가 됐고요!"

"휴전을 협상하기 위해 널 데려오려고 했다. 이 상처가 낫는 데 도움이 될까 해서였어!"

"**누구한테** 도움이 되는데요? 아빠가 도우려고 하는 사람은 자기 자신뿐인 것 같은데!"

셰에라자드가 내뱉은 비난에 자한다르의 낯빛이 확 변했다. 처음에는 새빨개지더니, 이내 창백해졌다.

그는 시선을 돌렸다.

하지만 딸의 말을 부정하지 못했다.

데스피나가 노래하듯 감미로운 목소리로 물었다.

"기분이 어때요, 셰에라자드 알-하이주란? 노예 같은 대우를 받는 기분이? 당신은 속으로 본인이나 우리가 다 같은 위치에 있다고 생각하겠죠. 하지만 우리는 아니거든요? 더 높은 지위에 있는 우리들의 종이 된 소감이 어떤가요?"

셰에라자드가 쏘아붙였다.

"당신 아버지에게나 물어봐."

"아니, 나는 당신 남편에게 물어보고 싶네요. 다음번에는 칼리프께서…… 내 발 앞에 무릎을 꿇고 있을 테니까."

순간, 셰에라자드는 주저하지 않고 남은 포도주를 데스피나의 얼굴에 뿌렸다.

경비병들이 달려들어 셰에라자드를 잡고서 탁자에서 끌어냈다.

"내 동생은 어딨어? 비크람은 어딨어? 그들에게 무슨 짓을 한 거야!"

셰에라자드가 소리를 질렀다. 하지만 데스피나는 더없이 침착한 태도로 리넨 냅킨을 들어 턱을 닦았다.

"예전 호위무사가 그토록 보고 싶다니, 데려다드려라. 그리고 거기서 썩게 놔둬."

자한다르는 꼼짝도 하지 않고 탁자 앞에 앉아서 덜덜 떠는 손으로 얼굴을 가렸다. 셰에라자드가 계속 욕설을 퍼붓는 동안에도 그는 딸이 어디로 가는지 바라보지도 않았다.

경비병들은 그녀를 끌고 등불이 켜진 복도를 지나갔다. 잠시 후 셰에라자드는 더는 저항하지 않았다. 경비병들이 그녀를 죽어가는 짐승처럼 질질 끌고 다니면서 수치를 주려는 의도였기 때문이다. 그런 거라면 이들에게 만족감을 줄 마음이 없었다.

계속 이어지는 아치형 복도는 점점 화려해지기만 했다. 보석으로 상감한 벽감을 지나 사암 궁전의 깊숙한 곳으로 끌려가는 동안, 경비병들이 든 횃불에서 피어오른 연기에 목이 메어 눈물이 났다.

경비병들은 셰에라자드를 끌고 구불구불한 돌계단을 내려갔다. 이윽고 나타난 곳은 눅눅한 한기와 썩은 내가 자욱하게 풍기는 궁전의 지하였다. 벽 틈마다 배어든 한기와 냄새는 아래로 내려갈수록 점점 짙어졌다.

궁전 감옥의 감방은 구부러진 반달 모양의 커다란 격자 쇠창살로 막혀있었다. 감방 천장은 낮았고, 바닥에는 지저분한 지푸라기가 깔렸다. 안에는 곰팡이가 두껍고 자욱하게 끼어있었다. 감방마다 이끼 낀 벽에 횃불이 하나씩 달려서 희미한 빛을 비추었다.

아까 셰에라자드에게 음흉한 눈빛을 보냈던 경비병이 눅눅한 벽에 그녀를 확 밀쳤다. 울퉁불퉁한 감방 벽에 허리가 세차게 부딪쳤고, 다친 어깨가 쓸리자 목에서 헉 소리가 났다.

"지금은 말재주를 못 부리시는군?"

얼굴에 흉터가 난 경비병이 시큼한 숨을 그녀의 살갗에 풍겨댔다. 셰에라자드는 주먹으로 그의 배를 쳤다.

"이년이!"

다른 경비병이 그녀를 바닥에서 일으켜 세웠다. 마치 이어질 폭행에서 그녀를 보호하려는 듯한 행동이었다. 자신을 도와준 경비병과 눈을 마주한 셰에라자드는 아주 잠깐 그의 눈빛에서 공포심을 보았다. 얼굴에 흉터가 있는 경비병은 허리를 굽히고 배를 부여잡은 채로 그녀에게 욕설을 내뱉었다. 그리고 이내 몸을 일으킨 다음 분노로 일그러진 얼굴을 하고 셰에라자드에게 다가왔다.

또 다른 경비병이 그의 팔에 손을 얹고서 걱정스러운 표정으로 이맛살을 찌푸렸다.

"조심해. 난 사지가 찢겨서 까마귀밥이 되고 싶지 않다고. 그 창녀의 자식이라는 왕이 우리가 이 여자에게 손댄 걸 알기라도 하면……."

"그 왕이라는 놈이 어떻게 알겠어. 우리가 곧 그놈 군대를 몰살하고 시체를 사막에서 썩게 내버려 둘 텐데."

그는 자기보다 작은 경비병을 무시하듯 쏘아보았다.

"넌 우리가 질 거라고 생각하냐?"

작은 경비병은 고개를 젓더니 시선을 외면했다. 흉터 있는 경비병이 계속 말했다.

"그리고 말이야, 난 이년을 건드릴 마음이 없어."

그자가 음흉한 미소를 지으며 다시 셰에라자드를 바라보았다.

"아직까지는 말이야."

"어디 나한테 손대기만 해봐. 까마귀한테 먹히는 게 차라리 나을 신세가 될 테니."

경비병이 그녀의 머리채를 잡았다.

"과연 그럴까?"

　그자가 셰에라자드를 확 끌어당기더니 허리띠에서 구부러진 단검을 꺼냈다.

　"걱정은 하지 마. 널 심하게 건드리는 건 다음 밤으로 미뤄줄 테니까."

　이 말을 끝으로 놈은 셰에라자드의 땋은 머리카락을 어깨쯤에서 잘랐다.

　진주 구슬이 차가운 돌바닥으로 우수수 떨어졌다.

호랑이와
매

할리드는 심하게 지친 상태였다.

어젯밤 늦게 사막에서 돌아온 후로 제대로 쉬지도 못했다.

할리드가 도착하자마자 샤르반은 아주 오랫동안 그에게 비난을 퍼부어 댔다. 할리드는 잠시 숙부를 내버려 두었지만, 결국 자신이 어딜 가든 누구에게 행선지를 알리고 허락받을 필요가 없는 존재임을 똑똑히 일러두어야 했다.

그는 호라산의 칼리프였으니까.

그렇게 선언한 할리드는 즉시 자리를 떴다.

하지만 응접실에 들어서자마자 이번엔 잘랄을 마주하고야 말았다.

사촌형 역시 무척 분개하고 있었다.

"네가 죽은 줄 알았다."

잘랄이 잘 왔냐는 인사 한마디도 없이 대뜸 말했다. 할리드는 태연하게 대꾸했다.

"차라리 죽었다면 형의 기분도 좀 풀리지 않았을까? 죽은 사람을 미워하는 편이 훨씬 쉽거든. 내가 미워해 봐서 알아."

척 들어도 독설이었다. 하지만 할리드는 항상 시퍼런 독기를 품은 사람이었다. 독기는 그의 어두운 재능이었고, 그의 아버지가 아들에게 물려준 여러 험악한 자질 중 하나였다.

잘랄은 그를 욕한 다음 옆을 스치고 어둠 속으로 사라졌다.

할리드는 사촌형을 따라가려고 했다. 그리고 사과를 할까 싶었다.

하지만 아무 소용 없었다.

그는 몇 주 동안 망가진 관계를 회복하려고 애썼다. 도서관 계단 근처에서 싸웠던 오후에 깨져버렸던 둘 사이를 복구하려고 노력했다. 하지만 참으로 안타깝게도, 데스피나가 도시를 떠나 사막으로 사라져 버렸을 때 잘랄의 마음도 같이 길을 잃고 말았다. 그 상실감이란 정말로 끔찍하기 짝이 없었다. 특히 그의 사촌형은 가슴이 찢어지는 아픔이 어떤 것인지 진정으로 겪어본 적이 없는 사람이었기에 더욱 그랬다. 잘랄 알-호리는 살아오면서 거부당해 본 적이 한 번도 없던 사람이었다. 아기 때부터 성인이 될 때까지 사랑 가득한 어머니의 보살핌을 받으며 자랐고, 언제나 아들을 든든하게 지지해 주는 아버지를 둔 축복받은 남자였다. 아레프 알-호리는 다소 냉정한 성격이었지만, 사랑하는 아들에게 항상 조용하고도 아낌없는 부성애를 보여주었다.

그래서 잘랄은 스무 해를 살아오는 동안 누군가에게 거부당한 적이 없었다. 그가 가슴 아픈 이별을 경험한 것은 가장 친한 친구를 잃었을 때뿐이었다.

바로 할리드의 형인 하산이 죽었을 때였다.

어젯밤 잘랄이 궁전의 차가운 복도로 나가버린 후, 할리드는 하산이 전사했을 때를 잠시 떠올렸다. 그때 잘랄은 할리드를 찾아와 소중한 존재를 잃어버린 두 사람 사이에서 공통점을 찾으려고 했다.

하지만 할리드는 그때도 어둠 속으로 숨기만 했다. 어린아이였을 때부터 곁에 그 누구도, 그 무엇도 두지 않았다.

자신과 가장 가까운 사람들에게조차 모든 걸 숨기며 살아온 세월이 너무나 길었기에, 할리드는 지금도 어떻게 속마음을 밝혀야 하는지 방법을 알지 못했다. 잘랄과의 사이는 어떻게 풀어야 할까. 할리드는 어둠에서 벗어나 살아가는 게 뭔지 이제야 조금씩 느끼게 되었다.

오늘 아침, 할리드는 숙부인 샤르반에게 지난 며칠간 있었던 일을 말해주었다. 하지만 과연 저주가 정말로 풀렸는지에 대해서는 그 자신도 확신할 수가 없었다. 증거가 없는 일을 믿는 성격이 아니었기 때문이다.

알아낼 방법은 없었다. 다만 시간이 흐르면 사실이 밝혀져 할리드에게 위안을 줄 수 있을 터였다.

그는 어젯밤 다시 잠들었다. 그 잠은 그저 초조함뿐, 쉼을 주지 못했다. 꿈조차 허락하지 않는 잠이었다. 하지만 할리드는 때가 되면 다시 꿈을 꿀 수 있으리라 희망을 품었다.

그는 꿈을 꾸게 되리라는 희망에 매달리고 싶었다.

그러나 안타깝게도 닥쳐온 현실 때문에 할리드는 다시 은신처로 돌아오고 말았다. 도로 흑단 책상 앞에 앉아 위태롭게 쌓인 두루마리 더미를 처리해야 했다. 그가 자리를 비운 동안 올라온 요청 사항을 자세히 적어놓은 공문들이었다. 셰에라자드를 보러 사막으로 돌아가기 전에 최소한 몇 가지 일은 해결해 놓아야 했다.

얼마나 일했을까. 이제 더는 서류를 볼 수 없겠다고 마음을 비웠을 때, 요란한 노크 소리가 들렸다.

"무슨 일이지?"

할리드가 고개를 들자 숙부가 안으로 성큼성큼 들어왔다. 평상시처럼 숙부의 표정은 속마음을 읽을 수가 없었다. 그건 할리드 집안 사람들 특유의 표정이기도 해서, 거의 모든 왕실 남자들이 다 그처럼 무표정한 얼굴을 지녔다. 물론 잘랄은 예외였다. 그리고 하산도. 생전에 하산은 늘 활짝 웃곤 했다. 특히 동생인 할리드에게 많이 웃어주었다.

할리드는 말없이 눈썹을 치켜올렸다. 숙부가 걸음을 멈추지도 않고 말했다.

"세이이디. 근위대장이 궁전 안뜰에 구금해 놓은 자들이 있습니다……. 흥미로운 자들입니다."

할리드가 의자에 팔을 기댄 채로 물었다.

"흥미롭다고? 무엇이?"

"바다위의 셰이크가 이야기를 하고 싶어 합니다. 그는 소수의 군사를 이끌고 말을 타고 왔습니다."

샤르반은 잠시 망설이다가 덧붙였다.

"그리고 같이 온 자도 있습니다만, 그자와는 절대로 이야기 나누지 마시기를 부탁드립니다."

할리드는 책상에서 일어났다. 쌓여있던 두루마리가 바닥으로 스르르 떨어졌다.

"그게 누구요?"

"에미르 나시르 알-지야드의 아들이 함께 왔습니다."

그 말에 할리드는 곧장 숙부의 곁을 지나 방을 나섰다.

"그들을 당장 알현실로 부르시오."

"이렇게 큰 방 본 적 있냐?"

라힘은 검은색과 흰색 대리석이 대각선 무늬를 이루어 깔린 바닥을 얼빠진 눈초리로 바라보며 속삭였다.

"제발 입 좀 다물어. 턱 빠지겠다."

타리크가 이를 악물고 말했다.

오마르가 큰 소리로 웃자, 웃음소리가 대리석 벽에 반사되어 천장 높이 울려 퍼졌다. 그들 주위의 차가운 벽에는 적들을 물리치는 용사들과 날개 달린 여자들이 바람에 머리카락을 흩날리는 모습이 정교하게 새겨진 부조가 있었다. 천장을 받친 기둥 밑부분에는 철제 사자 머리를 두 개씩 장식했는데, 입을 벌리고 포효하는 사자의 주둥이에서 횃불이 일렁였다.

방은 일면 웅장해 보였지만, 타리크의 눈에는 그 우아한 외면 사이에 난 틈이 보였다. 한쪽 벽에는 금이 가 있었고, 여기저기 작은 균열도 존재했다.

거대한 폭풍이 몰아치던 밤, 궁전이 부서졌던 흔적이었다.

이곳은 누가 봐도 웅장한 알현실이었지만 사연이 깃든 공간이기도 했다.

드넓은 공간의 한쪽 끝에는 연단이 있었고, 그 한가운데 낮고

긴 의자가 놓였다. 뒤편으로는 팔을 벌린 듯한 형태의 거대한 계단이 보였다.

타리크는 라힘과 오마르를 데리고 연단을 향해 나아갔다.

그는 전에 이 방에 와본 적이 있었다. 그날 이곳에는 성대한 축하연이 열렸고, 음식과 음료수, 음악과 춤이 가득했다. 호라산의 칼리프가 왕국의 모든 귀족들에게 새로이 맞아들인 칼리파를 소개했던 밤이었다.

타리크는 두 사람이 손을 잡고 저 뒤편 계단에서 나타났던 순간을 떠올렸다. 그때 두 사람은 마치 서로가 자신의 분신인 것처럼 행동했다.

그때 깨달았어야 했는데. 눈으로만 보지 말고 마음으로 봤어야 했는데.

칼리프가 양옆으로 펼쳐진 계단을 쏜살같이 내려오자 타리크는 상념에서 벗어났다. 지금 칼리프는 스스로를 과시하며 등장하지 않았다. 그는 아무런 격식도 차리지 않고 재빨리 움직였다. 뒤에는 근위대장과 레이의 샤르반이 따라왔다.

"여긴 왜 왔지?"

젊은 왕은 형식적인 인사말조차 건네지 않았다. 타리크는 내심 그 점이 살짝 마음에 들었다. 물론 아주 조금이긴 했지만.

샤르반은 오마르를 슬쩍 바라본 다음 라힘에게 시선을 돌리더니 이내 타리크를 바라보았다.

"세이이디, 우리는 어쩌면……."

"셰에라자드가 사라졌어."

타리크 역시 칼리프처럼 형식은 모두 생략한 어조로 말했다.

그 말을 듣자마자 근위대장이 타리크의 멱살을 움켜쥐었다.

"그 앨 잘 지켜주겠다는 네놈의 말을 믿는 게 아니었는데, 이 무능한……."

순간, 사전의 경고도 없이 라힘이 시미타를 뽑아 근위대장의 목에 겨누었다. 샤르반도 자신의 무기를 뽑으면서 뒤에 숨어있던 근위병들에게 날카롭게 명령을 내렸다.

오마르만이 가만히 서있었다. 그는 앞에 벌어진 대혼란을 지그시 바라보면서 불안할 정도로 즐거운 표정을 지었을 뿐이다.

"그만!"

칼리프가 날카롭게 명령했다. 그의 목소리가 온 알현실에 울려 퍼졌다. 근위병들이 일사불란하게 물러섰다.

타리크가 라힘에게 고개를 끄덕이자 그는 시미타를 거두었다. 동시에 근위대장도 타리크의 멱살을 놓았다. 오마르는 천천히 고개를 저으며 타리크에게 말했다.

"친구여, 우리가 비록 희망 어린 분위기를 품고 이 자리에 온 것은 아니지만, 내가 보기에 그대가 젊은 칼리프를 두고 했던 말이 뭔지 알겠습니다. 말씀이 많은 분이 아니로군요."

오마르의 눈빛이 왼편 사자 조각 횃불에 비쳐 일렁였다.

"하지만 올바른 성품을 지닌 분인 듯합니다."

칼리프는 오마르에게 시선을 돌렸다. 아무 말도 하지 않았지만, 상대를 꿰뚫어 보는 눈빛에는 무언의 질문이 무수히 담겨있었다.

"저는 오마르 알-사디크라고 합니다. 칼리프께서는 마땅히 신뢰할 만한 분이라고 들었습니다."

"누가 그런 말을 했소?"

칼리프가 물었다.

"타리크가 말해주었지요."

오마르가 벌어진 앞니를 드러내며 활짝 웃었다. 칼리프는 이마 위로 눈썹을 치켜떴다.

"그가 정말로 그렇게 말했소?"

"아닙니다. 하지만 대화를 해보니 알 수 있었지요. 타리크는 선택을 했으니까요."

오마르는 잠시 말을 멈추더니 덧붙였다.

"저는 그가 마침내 잘 선택한 것이라고 생각합니다."

칼리프의 시선이 이제 타리크에게로 향했다. 오마르가 설명을 이어갔다.

"아시다시피 두 분은 모든 면에서 다르지만, 흰 매는 칼리프를 선택했습니다. 그러므로 우리는 폐하와 함께 싸우고자 여기 왔습니다. 제 신뢰를 얻으시는 건 칼리프께도 영광스러운 일이 될 것입니다. 저는 아내 되시는 분이 아주 마음에 들거든요. 그분이 다치는 일이 없기를 바라서 말입니다."

칼리프의 얼굴이 굳었다. 타리크는 그의 손이 불끈 주먹을 쥐는 모습을 지켜보았다. 오마르가 계속 말을 이었다.

"셰에라자드는 파르티아로 이송되었습니다. 아마르다의 술탄에게 보내졌지요."

그러자 샤르반과 근위대장이 흠칫 굳었다. 하지만 칼리프는 전혀 움직이지 않은 채 얼굴을 돌처럼 딱딱하게 굳혔을 뿐이다.

"왕비마마를 데려간 자들은 용병인 것 같습니다. 타리크의 이모부인 레자 빈-라티프와 계약하고, 칼리프를 왕좌에서 몰아내기를 바라는 술탄에게 자금 지원을 받는 용병이지요."

오마르가 고개를 한쪽으로 갸웃거리며 물었다.

"그래서 다시 질문 드리겠습니다. 제가 칼리프를 믿어도 되겠습니까?"

잠시 침묵이 알현실을 뒤덮었다.

"무엇을 바라기에 나를 믿으려는 것이오, 오마르 알-사디크?"

칼리프가 나지막이 물었다. 그의 손마디는 어느새 하얗게 변해 있었다.

타리크는 칼리프 측에서도 신뢰를 바란다는 것을 깨달았다. 할리드 이븐 알-라시드는 아직 바다위 셰이크를 어떻게 바라봐야 할지 알지 못했으니까.

"둘 중 덜 나쁜 쪽을 바랍니다."

오마르가 주저 없이 대답했다.

"신뢰를 구한다며 내놓는 말이라기엔 그다지 호감이 가지 않는군."

칼리프의 말에 오마르는 웃었다.

"저도 더 나은 것을 구할 수 있었다면 얼마나 좋았겠습니까. 아내 되시는 분과 함께 지냈는데, 아주 유쾌하신 분이었지요. 더욱이 그분은 남편을 신뢰하고 있는 듯하더군요. 이제는 타리크도 칼리프를 신뢰하는 것 같고요. 그래서 저 역시 신뢰하고 싶습니다. 만약 제 백성을 평화로이 살게 두시고 우리가 번성하는 땅을 보호해 주신다면, 저는 칼리프의 편에 설 것입니다."

칼리프는 잠시 생각에 잠겼다가 타리크를 슬쩍 바라보았다.

"이모부를 배신할 생각인가?"

타리크는 얼굴을 굳히고 대답했다.

"나의 이모부는 더 이상 나의 대의명분을 고려하지 않아. 그리고 나는……."

그는 멈칫 주저하다가 대답했다.

"원래 나의 대의명분이 무엇이었는지조차 모르겠다. 하지만 오마르가 하신 말씀이 맞아. 만약 레자 이모부가 셰에라자드를 억지로 끌고 간 거라면, 너는 그보다 나쁜 쪽이 아니라고 봐야겠지."

칼리프는 고개를 끄덕였다.

"내가 제시간에 모든 영주들을 소집할 수는 없다. 하지만 근처에 있는 영주들에게 전갈을 보낼 수는 있고……."

그는 잠시 생각하다가 다시 타리크를 보았다.

"혹시 바닷가 산맥에 있는 불의 사원을 아는가?"

"들어본 적 없는데."

그때 라힘이 앞으로 나섰다.

"제가 들어봤습니다."

칼리프는 다시 고개를 끄덕였다. 이번에는 라힘에게 끄덕인 것이었다. 그는 타리크에게 시선을 돌리며 물었다.

"너의 매를 통해 그곳에 전갈을 보내줄 수 있겠나?"

타리크는 어리둥절한 표정으로 요청을 수락했다.

"그래. 그런데 왜 거기에 전갈을 보내는지 물어봐도 되나?"

"우리를 기꺼이 도와줄 이를 알고 있어서다."

불타는
반얀 나무

　　　　　　세에라자드는 차가운 돌벽에 몸을 기
댔다. 신발 옆으로 탁한 물이 계속해서 똑똑 떨어졌다. 조금만 움
직여도 손목과 발목을 감은 무거운 사슬이 철컹댔다.

　시간이 얼마나 흐른 걸까.

　아마 며칠이 흘렀는지도 모르겠다.

　이곳에는 빛 한 줄기 들어오지 않았기에 시간의 흐름을 분간할
수가 없었다.

　쇠창살 옆에 놓인 더러운 물잔에는 짠물이 든 것 같았다. 냄새
만 맡아도 속이 뒤틀렸다. 그 옆에 있는 빵은 냄새나고 말라붙었
다. 그녀는 기력이 떨어지지 않을 만큼만 먹었다.

　아버지가 두 번 면회를 왔었다. 애원하며 용서를 구하려고.

　그리고 저의를 일러주려고도 했다. 자신이 술탄과 함께 일하는
이유는 영구적인 평화를 이루기 위해서라고.

　그러니 항복하라고 딸에게 말했다.

두 번 모두 셰에라자드는 아버지에게 등을 돌렸다. 애써 몸을 움츠리고서, 속으로는 잠시 사라져 버리고 싶다는 생각만 했다. 그러면 아버지를 마주 보지 않아도 됐을 텐데.

그러면 아버지가 자신이 아끼는 모든 걸 배신했다는 사실을 인정하지 않아도 됐을 텐데.

셰에라자드 역시 아버지의 책을 훔쳤으니, 그녀도 아버지를 배신했다는 사실은 알고 있었다. 하지만 책 한 권이 어떻게 사람의 목숨과 같을 수 있단 말인가. 어떻게 왕국의 미래와 맞바꿀 만한 것이란 말인가.

그 책을 사용해서 아버지는 그날 밤 레이에 살던 수많은 사람을 죽였다. 너무나 많은 미래를 앗아갔다.

현재 셰에라자드가 갇혀있는 감옥은 어둠 속이나 마찬가지였다. 감방 두 개를 비추는 횃불이 하나 있었지만, 그녀 쪽으로는 빛이 들지 않았다.

처음에는 간수들이 주기적으로 그녀를 보러 왔었다. 그녀에게 모욕을 주고 위협하기 위해서였다. 그녀에게 절대로 용서받을 수 없는 짓을 해주겠다는 뜻이 담긴 말을 퍼부었다.

그들은 셰에라자드를 밀치고 얼굴을 진흙에 처박았다. 팔을 뒤로 비틀고, 짐승의 비명보다 못한 욕설을 들려주었다.

그래서 처음에는 이들의 위협이 진짜라고 믿었다. 하지만 이들이 가하는 폭력에도 마음을 다잡고 익숙해졌다. 그리고 눅눅한 어둠 속에서 기다리고 또 기다렸다. 덜덜 떨면서도 정신을 바짝 차린 채로…… 울지 않겠다고 다짐하면서.

이런 놈들이 만족감을 느끼게 두지 않을 거야.

하지만 얼굴에 흉터가 난 경비병이 그녀의 머리카락을 자르고 이따금 얼굴을 진흙에 처박을 때를 제외하면, 간수들은 더는 심한 짓을 하지 않았다. 그들은 그녀에게 계속해서 폭력을 가하진 않았다.

뭔가 이들을 제지하는 게 있는 것이다.

셰에라자드는 그들이 내심 그녀를 존경하기 때문이라고는 생각하지 않았다. 그런 생각은 바보나 하는 것이다. 이런 부류의 인간들이 차마 심한 짓을 하지 못하는 이유가 있다면 그건 존경심 때문이 아니다.

무언가 이 감방 너머 존재하는 이유가 있었다. 간수들이 두려워하는 무언가가 분명히 있었다.

이 생각이 들자 셰에라자드는 어느 정도 위안을 받았다. 듣기에 좋지 않은 평판도 나름의 이점이 있다는 걸, 그녀는 간수들을 보며 깨달았다.

무려 피와 분노로 이루어진 악평이었다.

'앞으로 닥칠 일을 무서워하게 두자. 앞날이 어찌 될지 모른 채로 어둠 속에서 움츠리고 사는 게 어떤 건지 깨닫게 하자. 호라산과 그곳의 칼리프가 얼마나 무서운지 알게 해주자.'

할리드가 도시의 성벽을 뚫고 들어오는 순간 저들을 갈기갈기 찢어버릴 테니까.

셰에라자드가 어디 있는지 알게 되는 순간 말이다.

'그런데 그게 언제일까?'

너무 많은 기대를 하면 위험하겠다는 생각이 다시금 들었다. 내가 어찌할 수 없는 것을 그저 바랐다가 아무것도 얻어낼 수 없지 않았나. 지난 몇 주간 깨달은 진실이었다.

셰에라자드는 무릎을 모아 앉고서 마른침을 삼켰다. 시간이 지날수록 결심은 더욱 강해지기만 했다. 체력과 의지 둘 다 약해지게 둘 수는 없었다. 절대로 그럴 수는 없었다.

그녀는 폭풍 속에서 이리저리 나부끼는 나무였다. 하지만 휘어질지언정, 절대로 부러지지 않으리라.

절대로.

일단은 이르사를 찾아야 했다. 그리고 이 궁전에서 멀리 도망쳐야 했다.

적어도 지금 간수들은 이곳을 감시하고 있지 않았다. 그들의 괴롭힘이 멈춘 지도 꽤 오래되었다.

적어도 지금은 혼자였다.

셰에라자드는 다리를 팔로 감쌌다. 코를 훌쩍이는 소리가 감방 안에 이리저리 울렸다. 감방 너머로 횃불이 어른거렸다.

하지만 그녀는 완전한 어둠에 잠겨있을 뿐이었다.

"아직도 희망을 품고 있나?"

창살 바로 바깥에서 거친 목소리가 울려 퍼졌다.

셰에라자드는 아무 말도 하지 않았다. 다른 죄수가 한 말인지, 아니면 간수가 장난을 치거나 그녀의 마음을 뒤흔들려고 건넨 말인지 알 수가 없었다.

"너 말이다, 아가씨. 아직 살아있나?"

메마르고 걸걸한 목소리가 재차 들려왔다. 마치 돌풍에 휘말린 낙엽 더미가 화강암 돌길 위를 우스스 스치는 듯한 소리였다.

이번에도 셰에라자드는 대답하지 않았다.

"아가씨, 살아있느냐고."

그녀는 길고 커다랗게 한숨을 쉬었다.

"그래. 살아있다, 이 자식아. 뭐 하러 물어봐?"

"잘됐군."

목소리의 주인이 콜록거렸다. 누군지는 모르겠지만 늙고 병든 것 같았다.

"지난 나흘 동안 아가씨를 지켜봤지. 용기가 있더군."

"그런 말을 하면 내가 좋아할 줄 알았어?"

다시금 기침 소리가 들렸다.

"아니."

"나한테 뭘 바라는데?"

대답은 잠시 후에 들려왔다.

"아직 모르겠군."

"그럼 날 내버려 둬."

"뭐 달리 할 일이 있나?"

"없어."

"나도 없다."

그 이상한 노인은 잠시 침묵하다가 다시 입을 열었다.

"아가씨를 보니 생각나는 게 있군."

셰에라자드는 감방 천장을 바라보면서 자세를 바꾸었다. 몸에 달린 사슬이 철컹거렸다.

"그게 뭔데?"

"내가 어릴 적 숨던 반얀 나무."

비록 감옥에 갇힌 상황이었지만, 저 나이 든 남자는 지금껏 셰에라자드를 괴롭혔던 간수와는 전혀 달랐기에 흥미가 생겼다.

"반얀 나무?"

어둠 저편에서 바스락거리는 소리가 들렸다. 셰에라자드는 저 이상한 사람이 잠시 자세를 바꾸고 있다는 생각이 들었다. 그는 다시 목을 가다듬고 말했다.

"어릴 적에 장난을 칠 때마다 나는 아버지에게 혼날까 봐 정글 가장자리로 달려가서 아주 오래된 반얀 나무 구멍에 숨곤 했다."

"그 나무가 뭔데 날 보면 떠오른다는 거지?"

"시간이 지나면서 나무가 주변에 있는 모든 걸 파괴했거든."

셰에라자드는 기분 나쁘다는 듯 코웃음을 쳤다.

"아주 멋진 이야기네. 굳이 들려줘서 고마워, 영감."

그가 낮은 목소리로 숨죽여 웃었다.

"칭찬으로 한 말이었다."

"칭찬으로 듣지 못해 참 미안하네."

"내가 태어난 곳의 사람들은 언제나 만물의 흥망성쇠를 관찰하라는 가르침을 받으며 자란다. 나는 반얀 나무의 삶을 바라보며 그 생명의 주기를 관찰했지. 나무는 크고 높고 굵게 자라면서 그곳을 찾아오는 사람들에게 피난처가 되어주었다. 그러다 세월이 흐르면서 너무 커져버린 나무는 주변의 모든 것을 파괴할 지경이 되었지. 하지만 나는 나무가 나름의 방식으로 주변에 새로운 삶을 주는 모습 역시 보았다. 새로운 나무가 되려고 뿌리를 뻗고, 새로운 꽃을 피우려고 씨앗을 뿌리지. 너는 반얀 나무다. 너를 보면 이 이야기가 보이거든. 모든 것의 시작과 끝 말이야. 무언가 자라날 수 있다는 희망이 보인다고. 심지어 어둠 속에서도."

셰에라자드의 맥박이 두근두근 뛰기 시작했다.

노인의 목소리는 이야기를 하며 점점 굵어졌다. 거친 목소리가 점점 매끄러워지더니, 저 멀리 천둥처럼 울리기 시작했다.

"시작과 끝이 되어라, 셰에라자드 알-하이주란."

맞은편에서 한 줄기 불빛이 화르륵 타올랐다.

"네 주변보다 더 강해져라."

깜빡이는 불꽃 속에서 라즈푸트의 얼굴이 밝게 빛났다.

"우리가 치른 수많은 희생을 가치 있게 만들어라."

날아다니는
뱀의 머리

　　　　　　아마르다 성문으로 진격해 온 군대는
특이했다.

말하자면 백 년에 한 번 나올까 말까 한 조합이었다.

선두에서는 두 자루의 검이 교차된 문양의 깃발을 나부끼며 젊은 왕이 말을 타고 달렸다. 그는 새카만 리다 위에 금과 은으로 만든 흉갑을 입었다. 옆에는 그의 숙부와 사촌형이 함께했다. 숙부는 그리핀을 수놓은 망토를 입었고, 사촌형은 근위대장을 상징하는 메달을 걸고 있었다.

젊은 왕의 다른 옆에는 흰 매 문양의 깃발을 휘날리는 젊은이가 자리했다. 불과 며칠 전만 해도 그는 왕의 적이었다.

그의 뒤로는 광활한 사막에서 가장 뛰어난 기마병이 따랐다. 그들은 한 세대 만에 전쟁에 참여한 이들이었다.

그들 위에는 오후 햇살에 반짝이는 민머리의 젊은이가 있었다. 귀에 금고리를 낀 젊은이는 어두운 밤하늘 빛깔 비늘을 휘감은 뱀을 타고 하늘을 날았다. 뱀은 가죽 같은 날개를 박자에 맞추어 물결처럼 퍼덕였다.

사막의 열기를 뚫고 내질러지는 뱀의 비명은 마치 못으로 돌을 긁는 소리 같았다.

젊은 왕과 하늘을 나는 뱀의 머리를 따라 군대는 한 몸처럼 움직였다.

다시 봐도 그 광경은 좀 특이했다. 게다가 보기에 참으로 무시무시했다. 온갖 감정이 격하게 타오르는 광경이었다.

하지만 묘하게도 그 감정에는 분노가 빠져있었다.

선봉에 선 젊은 왕은 레이에서 아마르다로 진군하기 전부터 분노를 자제했다. 그는 분노를 마음속에 단단히 묶어두었다.

지금 그의 자제력은 그보다 훨씬 치명적인 무기가 되어주었다. 이런 경우 분노란 최악의 상황만을 만들 뿐이다. 지금은 정확한 틈을 노려 기민하게 상대를 공격해야 할 때니까.

마치 뱀의 머리와도 같이 말이다.

눈앞에 다가온 아마르다의 회색 성문을 본 젊은 왕의 눈이 번뜩였다. 단 한순간이었지만.

그는 복수를 하러 이곳에 온 게 아니었다.

복수란 하찮고 공허한 것이었으니.

그는 아내를 되찾으려고 이곳에 온 게 아니었다.

그의 아내는 되찾을 수 있는 물건 같은 존재가 아니었으니.

그는 휴전을 협상하러 이곳에 온 게 아니었다.

휴전이란 협상할 마음이 있을 때 하는 것이었으니.

젊은 왕은 검은빛 알-함사에 박차를 가하며 돌진했다. 말발굽마다 먼지와 파편이 폭풍처럼 휘몰아쳤다.

그는 무언가를 완전히 불태우러 이곳에 왔다.

한 수 아래

　　　　　금속이 부딪치고 말들이 히힝 울어대
는 소리와 광경으로 가득한 사막의 공기에는 온통 이상한 기대감
이 서렸다. 하지만 이르사가 보기에는 그게 좋은 건지 알 수가 없
었다. 어쨌든 그녀는 새로이 세워진 진영의 외곽을 거닐며 애써
마음을 가볍게 먹어보려 했다.

"신나지 않아?"

그녀가 라힘의 옆모습을 슬쩍 바라보며 물었다.

라힘은 미소 지었지만 그 눈빛에는 웃음기가 없었다.

"신난다는 게 맞는 말은 아닌 것 같아."

이르사의 표정이 시무룩해지는 순간, 라힘은 그녀의 손을 잡았
다. 이르사는 자신의 손이 있어야 할 곳은 오로지 라힘의 손뿐이
라는 듯, 손가락을 깍지 꼈다.

두 사람은 북적이는 진영을 한가로이 거닐었다. 왕실 근위대는
이미 할리드가 머물 천막을 지어놓고서 이제는 자신들이 머물 천

막을 지으려는 중이었다. 바다위 병사들은 오마르의 조각보 천막을 세우느라 바빴다.

라힘과 이르사는 여전히 손을 깍지 낀 채 소리 없는 음악회처럼 조화로이 일하는 사람들을 지켜보았다.

"무서워?"

이르사가 물었다. 라힘은 한동안 생각에 잠겼다가 대답했다.

"약간. 이제껏 우리가 했던 전투는 대부분 기습 공격이라서 이점이 있었거든. 하지만 도시의 정문을 향해 진군하면 적군이 놀랄 일은 없으니까."

라힘이 부드럽게 웃으며 덧붙였다.

"하지만 칼리프는 괜찮은 전략가인 것 같아. 게다가 불필요한 인명 살상을 바라지도 않는 것 같고."

"칼리프가 마음에 드나 보네. 그렇지?"

이르사가 방긋 웃으며 묻자 라힘은 피식 웃었다.

"별로."

하지만 이르사는 그의 속마음을 알았다. 라힘은 본인이 인정하는 것보다 훨씬 더 할리드를 존경하고 있었다.

"걱정하지 마. 타리크한테는 이야기 안 할게."

그들은 이제 진영의 가장자리에 있는 자그마한 사구의 그늘 아래를 빙 둘러 걸었다.

"꼭 그래야겠다면 말해도 돼. 그래봤자 상황은 변하지 않으니까. 타리크와 나는 가장 핵심적인 사안에서는 배제되었거든."

라힘은 앞길에 놓인 돌멩이를 걷어차며 말을 이어갔다.

"타리크는 칼리프가 술탄에게 항복을 요구하러 아마르다에 갈

때 우리가 같이 가게 해주지 않을 거라며 아직도 몹시 화를 내고 있어."

이르사는 눈살을 찌푸렸다.

"타리크가 왜 가고 싶어 하는지 모르겠네. 솔직히 할리드가 왜 술탄을 만나려는 건지도. 그 끔찍한 인간한테 샤지를 내놓으라고 말해봤자 순순히 데려가라고 하지 않을 텐데."

"그렇더라도 나는 타리크와 칼리프가 아마르다에 가서 말은 해보려는 마음을 이해해."

라힘은 걸음을 멈추고 돌아서서는 이르사가 돌풍이 흩뿌리는 모래에 맞지 않도록 몸으로 막았다. 이르사가 눈을 가리고 대꾸했다.

"하지만 그래도 할리드의 말에 동의하지는 않잖아?"

그 물음에 라힘은 단호하게 말했다.

"나는 칼리프가 우리 둘 다 데려가야 한다고 생각해. 이 진영에서 타리크만큼 활을 잘 쏘는 사람은 없어. 칼리프는 신변 보호를 위해 불의 사원에서 온 젊은 마법사와 근위대장을 데려가기로 했어. 그들이 칼리프는 안전하게 지켜주긴 하겠지. 하지만 칼리프의 안전을 포기하면서까지 샤지를 구하려 할 것 같지는 않거든. 내가 칼리프였다면 그런 이들 말고 다른 사람들도 같이 데려갔을 거야. 믿을 수 있는 사람들로 말이야."

"술탄이 정말로 할리드에게 항복할 거라고 생각해?"

이르사가 의심스럽다는 얼굴로 고개를 들며 물었다.

"항복하라고 요구하러 가는 게 아니야. 아직 샤지가 저 도시에 있는지 아닌지 확인해 보러 가는 거야."

"술탄이 샤지를 해칠까 봐 걱정하는구나."

그건 당연한 말이었다. 라힘은 한숨을 쉬었다.

"셰에라자드를 해친다면 그놈은 바보겠지. 술탄은 오랫동안 칼리프보다 한 수 아래였어. 물론 파르티아는 부유한 왕국이지만, 호라산과는 비교할 수조차 없는 형편이야. 우리의 군대가 더 강하고 더 부유하고 통치자들도 항상 더 강했거든."

"하지만 폭풍이 불어온 밤에 많은 게 무너졌잖아."

이르사가 조용히 말하자, 라힘은 고개를 끄덕였다. 이르사는 고개를 돌려 광활한 사막을 바라보았다.

"라힘……, 술탄이 샤지를 해칠 거라고 생각해?"

그는 손을 들어 이르사의 얼굴을 감쌌다.

"너도 알잖아. 셰에라자드는 충분히 자기 앞가림을 할 수 있다는 거."

라힘은 엄지로 그녀의 뺨을 가만히 쓸었다. 이르사는 라힘의 말을 믿고 싶었다. 그러나 그날 오후 사막에서 거미 녀석이 벌인 끔찍한 사건을 잊을 수가 없었다. 그날 오후 이르사와 라힘은 셰에라자드가 증오의 희생양이 되는 장면을 똑똑히 목격했다.

둘이서 샤지를 도와주러 가지 않았더라면, 그날 입에 담기 힘든 일이 벌어졌을지도 모른다. 라힘이 없었더라면 언니는 죽었을지도 모른다. 이 혼란을 겪어오는 동안 라힘은 이르사에게 이성적인 목소리가 되어주었다. 그는 위험한 상황에서도 겁먹거나 피하는 법이 없었고, 모든 면에서 빠르고도 유능했다.

이르사는 잊을 수가 없었다. 그리고 다음 날 거미가 진영에서 사라졌다는 사실을 어쩔 수 없이 떠올리고 말았다.

절대로 잊지 못한다. 상상도 못 했던 곳에 위험한 해충이 도사리고 있었다는 사실을 절대로 잊을 수 없었다. 이르사는 고개를 들었다.

"내가 할리드에게 부탁할게."

라힘은 눈을 끔뻑거렸다.

"뭘?"

"아마르다에 갈 때 타리크랑 라힘도 같이 데려가 달라고 부탁할게. 나를 봐서 그렇게 해달라고 할게."

라힘의 얼굴에 놀라움과 고마움이 뒤섞여 나타났다 사라졌다. 그는 미소 지었다.

"고마워, 이르사-잔. 너한테 우리 일을 부탁할 생각은 없었어. 하지만 고마워."

이르사는 작은 목소리로 말했다.

"부탁해. 제발 언니를 무사히 데려와줘. 라힘이라면 어떻게든 방법을 찾아낼 거라고 믿을게."

이르사는 라힘이 유혈 사태를 일으키지 않고도 셰에라자드를 구했던 그때를 다시금 떠올렸다. 라힘은 그녀의 손에 입을 맞추었다. 한동안 두 사람은 진영 주변을 계속 산책했다. 이윽고 이르사가 걸음을 멈췄다.

"오마르의 천막에서 너무 멀어지면 안 돼."

라힘은 침울하게 웃었다.

"그래, 안 되지. 오마르의 악명 높은 설교를 다시는 듣고 싶지 않거든."

"오마르한테 뭐라 할 수는 없어. 셰에라자드가 사라졌던 날 그분은 몇 시간이고 우리를 찾아다녔잖아. 우리 때문에 사람들이 엄청나게 걱정했다고."

이르사는 다시금 온몸에 감도는 무거운 죄책감을 느꼈다. 다들 이르사에게 언니가 사라진 건 네 잘못이 아니라고, 네가 할 수 있는 건 아무것도 없었을 거라고, 어쩌면 너도 납치됐을지도 모른다고 말해주었지만 그래도 라힘과 함께 몰래 빠져나간 일을 두고 이르사는 여전히 가책을 느꼈다.

그들은 아무 말 없이 우울하게 오마르의 천막 쪽으로 발걸음을 옮겼다. 아니나 다를까, 천막 바깥에서 아이샤가 눈살을 찌푸린 채로 미소를 지으며 그들을 기다리고 있었다. 아이샤가 잔소리를 늘어놓기 전, 이르사는 발끝으로 서서 라힘의 귀에 속삭였다.

"걱정하지 마. 내가 할리드에게 말해놓을게."

라힘의 이마가 가까이 스치자 이르사의 속에서 익숙한 따스한 기운이 몽실 피어올랐다.

"할리드가 꼭 내 말을 듣게 할 거야."

"알아. 내가 그래서 널 사랑해."

라힘은 거짓 한 점 없는 눈망울로 그녀를 바라보았다.

타리크는 파르티아의 술탄이 궁으로 초대하리라고는 예상하지 않았다. 전쟁 중인 왕국의 통치자이니, 사막에 와서 그들과 만나리라고 생각했었다.

군대를 거느리고 말이다.

하지만 술탄은 전령을 보내 칼리프와 직접 대화하고 싶다고 청했다.

그래서 칼리프는 휴전 깃발을 들고 아마르다에 말을 타고 들어가기로 결정했다.

샤르반은 단호하게 반대했다. 그러나 칼리프는 적의 의도를 아는 것이 지혜라는 격언으로 응수하며 결정을 굳혔다. 살림 알리엘-샤리프가 벌인 판을 이해해야 한다는 것이었다. 칼리프는 조금이라도 두려워하는 것처럼 보이고 싶어 하지 않았다.

타리크는 칼리프가 그 무엇보다도 알고 싶어 하는 건 셰에라자드의 행방이 아닐까 생각했다. 자신 역시 마찬가지였다. 궁에 들어가는 게 현명하지 못한 짓인지, 혹은 경솔한 행동인지는 두고 봐야 했다. 그러나 셰에라자드가 성벽 안에 있는지 없는지도 모르는데 도시를 포위하기는 곤란했다. 일단 그녀를 구할 수 있는지부터 알아봐야 했다.

그녀가 안전한지 먼저 확인하는 게 순서였다.

그리하여 그날 오후, 타리크와 라힘, 왕실 근위대장, 동쪽 산맥에서 온 민머리 젊은이와 소규모 근위대는 칼리프와 함께 아마르다로 향했다. 궁전에 들어선 타리크는 부유함의 극치라고밖에는 이곳을 표현할 수가 없었다. 안뜰에 늘어선 대리석 분수에는 보석이 박혀있었고, 분수의 물줄기조차 다이아몬드 가루를 한껏 흩뿌린 듯 반짝였다.

칼리프는 안뜰에서 술탄을 만났다. 궁 건물 안에 발을 들이기를 거부했기 때문이었다. 우아하고 꾸밈없는 얼굴로 환한 미소를 지으며 자신을 향해 성큼성큼 다가오는 술탄을 보고도 그는 아무 말도 하지 않았다.

"할리드-잔! 약속했던 것보다 많은 인원을 데려왔구나. 너와 근위대장만 오는 줄 알고 있었지 뭐냐."

술탄이 먼저 말을 걸었지만 칼리프는 대꾸하지 않았다. 냉랭하고 대하기 어려운 태도로 그저 가만히 섰을 뿐이었다. 술탄의 얼굴에 어두운 기색이 스쳤다.

"이런 행동은 위협으로 간주될 수 있단다, 조카야. 내 도시의 성문으로 군사를 거느리고 들어오다니, 내가 요청한 사항을 그저 무시한다고밖에 볼 수 없구나."

"내 행동을 어떻게 해석하든 상관없다. 이 점만은 똑똑히 알아 두라. 당신이 한 짓에 대해 대가를 치르게 될 것이다."

칼리프가 대답했다.

"대가라고?"

술탄은 가슴께에 팔짱을 꼈다. 맨틀의 화려한 끝자락이 오후의 햇살을 받아 반짝였다.

"나는 당신이 벌인 판에 놀아나지 않을 것이다, 살림. 그 애는 어디 있지?"

다시금 우쭐한 미소가 드러났다.

"뭔가 중요한 걸 잃어버린 모양이로구나, 조카야."

그 말을 들은 타리크가 한 걸음 앞으로 나섰다. 하지만 근위대장이 손을 들어 앞을 막았다.

"나는 **아무것도** 잃어버리지 않았다, 살림 알리 엘-샤리프. 셰에라자드가 어디 있는지 말하라. 말하지 않는다면 그 혓바닥이 억지로 말을 뱉게 해주겠다."

칼리프는 턱을 움찔거리며 덧붙였다.

"당신의 도시가 잿더미로 변해버리기 전에, 어서."

술탄의 호위병들이 칼자루를 쥐고 옆으로 몰려들었다. 술탄은 전혀 움직이지 않은 채로 중얼거렸다.

"대담하군. 이곳은 **나의** 궁전인데. **내** 땅에서 이런 발언을 하다니."

"이곳은 당신의 궁전이고, 당신의 땅이 맞다. 하지만 **내가** 허락하기 때문이지. 언제나 그랬다."

술탄은 피식 웃었다.

"참으로 오만하구나. 정말로 그렇게 생각한다면, 어째서 **빼앗아** 가지 않았지?"

"당신을 존중하기 때문이다. 그리고 우리 사이에 전쟁을 일으키고 싶지 않았다."

"존중해? 어째서?"

술탄의 얼굴에 믿을 수 없다는 기색이 서렸다.

"당신은 내 형의 피붙이니까."

"넌 잘못 생각하고 있어. 정말로 파르티아를 그토록 쉽게 차지하리라 생각했다면 지금쯤 벌써 그렇게 했겠지."

그러자 칼리프는 경멸을 드러내며 말했다.

"난 당신의 생각만큼 탐욕스러운 인간이 아니다. 내 휘하의 영주는 당신이 거느린 영주의 두 배나 된다. 무기와 병사를 봐도 우리의 수가 두 배를 넘는다. 당신이 사막에서 모으려 했던 보잘것없는 군대 말인데, 만약 내가 마음만 먹는다면 오늘 오후에 그들을 휩쓸어 버릴 수도 있다는 생각은 하지 않는가?"

"네놈도 네 어미처럼 자만심에 가득 차서 웃긴 소리를 지껄인다는 생각은 드는구나."

어머니를 들먹이는 말에도 칼리프는 태연했다.

"그렇다면 기회를 잡아보라. 당신이 기회조차 제대로 잡지 못하는 동안 나는 이 궁전을 구석구석 쓸어버릴 것이다. 내가 궁을 쓸어버리는 동안 그 안에 있다면 당신도 같이 쓸려가게 될 거다."

그는 술탄이 대답할 기회도 주지 않고서 자리를 떴다.

"네가 과연 그럴 수 있을까, 창녀의 자식아. 내가 보기엔 절대로 그럴 수가 없는데."

이 말과 함께 살림이 그들 쪽으로 무언가를 던졌다. 그것은 칼리프의 발을 스치고 지나갔다.

그게 무엇인지 타리크는 잠시 후에야 알아보았다.

드디어 그것이 무엇인지 깨달은 순간, 차라리 알아보지 못하고 싶었다. 술탄의 호화로운 안뜰 포석 위에 떨어진 것이 무엇인지 이토록 정확하게 알아보지 못했더라면 얼마나 좋을까. 그게 어떤 느낌으로 다가왔는지 차라리 몰랐더라면.

그것은 끊어진 진주 끈이 감긴, 검은색 머리 타래였다.

모두는 그 자리에서 멈춰 섰다.

"병사들이 말하기를 그 애에게서 봄의 정원 향기가 난다고 하더군."

술탄은 아무런 감정을 보이지 않고서 조용히 말했다. 그리고 천천히, 잔인하게 미소 지었다.

타리크가 칼을 뽑았다.

그의 눈앞은 오로지 핏빛이었다.

할리드는 살림 숙부가 자신을 자극하리라 예상하고 있었다.

하지만 파르티아의 술탄이 이토록 비열하고 천박한 짓을 할 줄 은 몰랐다.

숙부가 포석 위로 던진 것을 본 순간, 할리드 주변의 세상이 온 통 재로 변해버렸다. 그 짧은 찰나에 그는 두 손으로 무언가를 부 수어 산산이 조각내고 싶었다.

하지만 그는 곧바로 살림이 무슨 짓을 한 건지 깨달았다. 그를 몰아가려는 의도였다. 그리고 할리드는 그 뜻대로 놀아나기를 전 혀 바라지 않았다. 이제부터 맹목적인 분노는 아무런 도움이 되 지 않을 터였다.

그런 분노는 어둠 속에 존재하던 소년에게 어울리는 것이었다.

할리드는 이제 분노만을 하는 존재가 되고 싶지 않았다.

살림은 할리드가 냉혹한 공격을 시작할 구실을 주려 했던 것이 다. 그래서 이 안뜰에서 할리드를 죽이려 했던 것이다. 모두가 보 는 앞에서, 공격을 퍼붓는 할리드를 정당방위를 앞세워 무참히 학살하기 위해서.

그것이 그가 적법하게 왕위에 오를 최선의 방법이었다. 아무런 배반의 음모를 풍기지 않고서 정정당당한 척 왕위를 요구할 수 있는.

그래서 할리드는 움직이지 않았다. 비록 분노가 확 끓어올라 목이 부글거렸지만, 참았다.

그는 아무런 행동도, 아무런 말도 하지 않았다. 단호하게 돌아 서서 도발을 피했다. 어서 사막으로 성큼성큼 돌아가 혼자 있게 되었을 때 하늘을 향해 격분할 마음이었다.

할리드는 파르티아의 술탄에게 이런 짓을 한 대가를 치르게 할 작정이었다.

대가를 치를 방법은 백 가지나 있었다. 천 가지나 되었다.

하지만 지금은 때가 아니었다. 이 순간은 아니다.

아아, 하지만 타리크 임란 알-지야드는 할리드가 깨달은 것을 함께 깨닫지 못했다.

그래서 타리크는 칼을 뽑아 파르티아 술탄에게 달려들고 말았다. 그 순간 할리드는 무슨 일이 벌어지게 될지 가장 먼저 파악했다.

수많은 병사들이 술탄을 지키기 위해 안뜰의 어두운 곳에서 모습을 드러냈다. 그들은 주군을 공격하려는 자는 누구든 쳐부술 태세였다.

할리드는 두 번 생각하지 않고 검집에서 샴시르를 뽑아 들었다.

"물러서!"

그가 타리크의 어깨를 잡으며 소리쳤다.

할리드는 검을 휘두르며 타리크에게 가해진 첫 번째 일격을 막아주었다. 이어진 두 번째 공격은 타리크가 능력껏 슬쩍 몸을 피해서 간신히 벗어났다. 그는 할리드 뒤에 서서 주위를 둘러싼 군사들을 막으며 위협적으로 칼을 번뜩였다. 잠시 후 사방에서 검을 뽑는 새된 소리가 울려 퍼졌다.

온몸에 피가 솟구치는 와중에도 할리드의 심장은 돌덩이처럼 덜컥 내려앉고 말았다. 이건 이길 수 있는 전투가 아니었다. 그들은 수적으로 열세였고, 모든 면에서 압도당하고 있었다.

그럼에도 불구하고 할리드는 앞으로 덮쳐오는 두 명의 병사들에게 맞서 샴시르를 나누어 줘었다. 이제 혼란한 마음은 사라졌다. 할리드는 오른편을 슬쩍 보며 잘랄이 곁에 있을 거라 생각했다. 언제나처럼, 그가 어린 소년이었을 때부터 그래왔던 것처럼. 하산이 죽은 후로 잘랄은 언제나 할리드의 곁을 지켰다. 하지만 할리드가 양편을 다 돌아봐도 아무도 없었다. 그는 홀로 싸우고 있었다. 사촌형은 저쪽 멀찍이 떨어져서 여러 명의 병사와 싸우는 중이었다.

잠시 멈추고 할리드를 돌아보지도 않았다. 레이의 도서관 계단에서 마주쳤던 그날 오후에 잘랄이 말했듯, 그는 이제 할리드의 등 뒤를 지켜주지 않을 마음이었다. 더는 사촌동생을 걱정하지 않기로 한 것이다.

그의 비밀을 저버린 왕을 더는 생각하지 않기로 했다.

할리드는 검 자루를 더욱 세게 움켜쥐었다.

병사들은 점점 가까이 다가왔다. 할리드는 자신의 근위대원 하나가 적의 칼날 아래 스러지는 모습을 보았다. 성문으로 다가갈 기회를 얻으려면, 우선 움푹 들어간 안뜰을 둘러싸고 있는 높은 지대로 올라가야 한다.

"잘랄!"

할리드는 자신의 의도를 전달하려고 잘랄을 슬쩍 바라보며 소리쳤다. 하지만 사촌형은 한창 싸움 중이라 그의 말을 들을 수가 없었다. 할리드는 살림의 병사 하나에게 검을 휘둘러 얼굴과 가슴을 찔렀다. 그가 가는 곳마다 피가 물결처럼 흐르며 발아래 사암을 물들였다.

"잘랄!"

그 소리를 들은 사촌형과 아르탄 테무진이 고개를 돌렸다. 그들은 모두 뭉개진 시체들을 뚫고 살림에게 다가가려 하고 있었다.

할리드와 눈이 마주친 사촌형의 눈이 휘둥그레진 순간, 아르탄이 경고조로 소리쳤다. 할리드 뒤로 병사가 다가오고 있었던 것이다. 하지만 때는 이미 늦었다. 할리드가 돌아서서 일격을 막으려던 찰나……

오른편에서 누가 불쑥 나타나 맹공을 물리쳤다.

할리드를 구하기 위해서.

사막에 갔던 날, 할리드와 맞붙어 싸웠던 청년이었다.

라힘.

타리크 임란 알-지야드의 친구. 이르사 알-하이주란의 연인.

절체절명의 순간, 할리드는 보았다. 두 명의 병사가 더 이쪽으로 다가오고 있었다. 할리드의 검은 둘 중 앞에 선 호위병을 무찔렀지만……

라힘은 뒤따라오는 병사의 공격을 막아낼 수 없을 터였다.

병사의 검이 라힘의 배를 관통했다.

할리드는 라힘을 공격한 병사를 벤 다음 걷어찼다. 그리고 라힘을 지키기 위해 칼을 휘둘러 방어했다. 그는 라힘을 끌어안고 도와달라 소리쳤다. 하지만 칼이 부딪치는 소리와 부상당한 이들의 고함에 묻혀 아무도 할리드의 소리를 듣지 못했다.

그러던 순간, 할리드의 사방에서 모든 움직임이 우뚝 멈췄다.

살림의 명령이 떨어졌기 때문이었다.

할리드가 고개를 들자, 아르탄 테무진이 파르티아의 술탄과 조금 떨어진 곳에 서있었다. 젊은 마법사는 어깨 옆으로 손바닥을 쫙 편 채였고……

살림 알리 엘-샤리프의 머리 주위에서 화염구가 빙글빙글 돌고 있었다.

살림은 꼼짝도 못 한 채 서서 공포에 질려 눈을 부릅뜨기만 했다.

"우리를 보내줘. 그리고 따라오지 마."

아르탄은 큰 소리로 말한 다음 물러서기 시작했다. 그가 손바닥을 넓게 펴자 술탄의 머리 주위에 도는 화염구가 더욱 커졌다.

"그리고 앞으로는 정중한 대화라는 게 무슨 뜻인지 명심하고 살길 바란다."

비크람이 양손을 들어 감옥의 격자 창살에 대는 동안, 셰에라자드는 아무 말도 하지 않았다. 비크람이 창살에다 천천히 숨을 내쉬자 쇠붙이가 빨갛게 빛나기 시작했다.

몇 달 전 연무장에서 그가 보여주었던 불길을 셰에라자드는 오랫동안 잊고 있었지만, 지금 이 장면을 보자마자 기억이 되살아났다. 한때 힌두스탄의 재앙이라는 명성을 지녔던 비크람은 불을 뿜는 능력이 있었다. 그래서 탈와에 숨을 훅 불어넣어 달구고, 비명을 지르는 용처럼 변한 검을 휘두르며 훈련을 끝냈었다.

이제 그녀의 눈앞에서 비크람은 녹은 금속을 구부렸다. 피부에는 불에 덴 흔적이 전혀 남지 않았다. 일단 창살을 충분히 구부려 공간을 만든 다음, 그는 셰에라자드의 감방 안으로 들어와 곁으로 다가오며 속삭였다.

"시간이 별로 없다. 간수들이 곧 너를 확인하러 올지도 모르니까."

그녀의 손목과 발목을 묶은 쇠사슬을 보자 그는 낮은 목소리로 욕설을 지껄였다.

"어떻게⋯⋯."

"지금은 그런 걸 물어볼 때가 아니야, 이 말썽쟁이 아가씨야. 쇠고랑과 사슬의 연결 고리를 녹일 수는 있지만, 쇠고랑을 벗지 못하면 움직이다가 큰 소리가 날 거야. 죽은 사람도 벌떡 일어나게 되겠지. 그러면 전혀 소용이 없어. 게다가 쇠고랑이 무겁군. 이것도 문제야."

비크람이 셰에라자드의 손발에 걸린 쇠고랑을 가만히 바라보며 좌절감 어린 목소리로 속삭였다. 셰에라자드는 아직도 뭐라 말해야 할지 모른 채 고개를 끄덕였다. 라즈푸트가 이토록 말을 많이 한 건 처음이었다.

생각해 보면, 그가 해준 반얀 나무 이야기는 정말 맞는 얘기일지도 몰랐다.

비크람이 그녀의 발 옆에 놓인 쇠사슬을 들어 올렸다. 금속이 서로 부딪치며 달그락거리는 소리가 우레처럼 울렸다.

"내가 사슬을 녹이면 쇠고랑이 뜨거워질 거야. 그러면 화상을 입을지도 모른다."

"이 감방에서 사슬에 매여있느니 차라리 화상을 입겠어요."

그녀의 말에 비크람은 재미있다는 기색으로 콜록거렸다.

"예상한 대로군. 사실 얼마 전까지만 해도 너를 그냥 이 감방에서 썩게 둘까 했었지."

무슨 말인지 이해는 금방 되었다. 폭풍이 몰아치던 그날 밤, 셰에라자드는 비크람의 눈앞에서 할리드를 배신했으니까. 그리고 비크람 역시 배신했다.

"내가 어떻게 된 건지 설명을⋯⋯."

"설명은 됐어."

비크람은 두 손으로 그녀의 발목을 감싸고 입술로 천천히 숨을 불어넣었다.

피부에 닿은 쇠고랑이 뜨거워지기 시작하자, 다시금 셰에라자드의 가슴 주변으로 익숙한 저릿함이 느껴졌다. 그 느낌에 당황한 나머지 헉 소리가 나왔다.

점점 열기가 더해지자 그 느낌 역시 심장에서 활활 타올랐다. 이윽고 쇠사슬이 새빨갛게 빛나기 시작했다.

순간, 셰에라자드의 속에서 무언가가 실타래처럼 돌돌 말리는 느낌이 들었다. 문득 부정할 수 없는 불꽃이 확 튀었다. 쇠사슬이 뜨거워지는 걸 알았지만 이상하게도 고통은 거의 느껴지지 않았다. 그저 점점 인식만 될 뿐이다. 쇠사슬을 계속 바라보는 동안 속에서 똬리를 트는 느낌이 말을 거는 것만 같았다. 그렇게 비크람이 쇠사슬을 녹이는 것을 바라보고 있을 때였다.

'어쩌면 가능할지도 몰라…….'

비크람이 숨을 불어넣는 곳에 온 정신을 집중하면서 셰에라자드는 양 손바닥을 발목의 쇠고랑에 대었다. 마법의 양탄자에 하듯이.

"뭐 하는 거냐?"

라즈푸트가 거친 목소리로 속삭였다. 한밤중처럼 새카만 시선이 그녀를 쏘아보았다.

짐작한 대로였다. 쇠고랑이 지글지글 타오를 만큼 뜨겁다는 걸 알고 있는데도 셰에라자드는 고통을 거의 느끼지 않았다. 손길이 닿는 순간, 비크람이 쇠고랑에 주입한 마법이 마치 기름을 타고 번지는 불길처럼 그녀의 속으로 확 몰아쳤다.

셰에라자드는 그 연결 고리를 느꼈다. 그리고 그녀의 마법과 비크람의 마법이 연결되어 마치 실을 당기듯 팽팽해지자, 그녀는 의지력을 발휘해 쇠고랑을 풀어냈다. 말하지 않아도 그녀의 의지가 시키는 대로 마법이 이루어졌다.

뜨겁게 빛나는 쇠고랑이 바닥으로 떨어졌다.

달리 어떻게 반응해야 할지 모른 채로 셰에라자드는 그저 웃었다.

아르탄은 틀렸다. 하지만 그럼에도 아주 정확한 면이 있었다. 그의 말대로, 셰에라자드는 그와 함께 연습하던 밤 해변에서 맞닥뜨린 도발적인 공격에서 도망치지 말았어야 했다. 그의 말대로 공포에 정면으로 맞섰어야 했다. 하지만 아르탄이 예상한 대로는 이루어지지 않았다. 그녀의 안에 있는 마법은 '접촉'으로 이루어지는 것이었으니까.

셰에라자드의 힘은 주변의 사물을 조종하는 것이었다. 그중에서도 그녀가 가진 것과 같은 신기한 마법을 불어넣은 사물만 조종할 수 있었다.

짐작한 대로였다. 셰에라자드는 주변에 있는 마법을 빨아들이는 능력이 있었다.

비크람은 그 광경을 보고 고개를 갸우뚱거렸다. 그는 셰에라자드의 발치 옆으로 똑똑 떨어지는 더러운 물방울을 피해 거대한 체구를 아주 살짝 움직였다.

"어떻게……."

"지금은 그런 걸 물어볼 때가 아니에요……."

그녀가 놀리듯 입을 열었다. 비크람은 언짢은 기색으로 투덜대더니 자세를 바로 했다.

"참으로 말썽꾸러기로군."

세에라자드는 방긋 웃었다.

"이제껏 들은 말에 비하면 대단한 칭찬이네요. 이제 내 손목을 감은 쇠고랑을 같이 풀어줘요. 그런 다음 내 동생을 찾아서 이 망할 놈의 궁전을 탈출하자고요."

하얀
조개껍데기

일행은 급히 말을 타고 도시를 **빠져**나왔다. 말발굽이 달그락대고, 한 줄기 바람이 스산하게 부는 가운데 땀방울이 흘렀다.

하지만 그 누구도 입을 열지 않았다.

이들은 심한 타격을 입었다.

할리드는 마음을 굳게 먹었다. 이미 벌어진 일에서 비롯된 죄책감에 빠져 허우적거릴 수는 없었다. 후회 때문에 이미 정해놓은 과정을 지체할 수도 없었다. 그들은 도시에서 탈출해야 했다. 자존심에 상처를 입은 살림의 손아귀에서 저 멀리 벗어나야 했다.

그래서 일행은 마구 달렸다. 빠르게, 더 **빠르게** 골목길과 거리와 도로를 달렸다. 서둘러 달아나는 말에 휩쓸려 과일 가판대가 넘어졌다. 도망치는 일행의 뒤로 화난 이들이 욕설을 퍼부었다. 여자들은 비명을 지르며 할리드 앞으로 허둥지둥 달려와 길에 서 있던 아이들을 끌어냈다.

　다시금 죄책감이 그의 가슴을 덮치고 속을 긁어댔다.

　하지만 그건 중요하지 않았다. 이 순간 그가 어떤 마음인지는 중요하지 않았다.

　그의 존재는 중요하지 않았다.

　당장 훨씬 더 중요한 문제가 있었으니까.

　할리드는 라힘을 자신의 안장에 앉혔다. 그러다 결심이 살짝 약해진 순간, 아래를 내려다보자 라힘의 피로 온통 물든 자신의 손바닥이 보였다. 안장에도, 고삐에도 피가 묻어있었다.

　이윽고 라힘은 앞으로 고꾸라졌다.

　"서둘러라!"

　할리드가 어깨 너머로 소리쳤다. 그는 아르데시르에게 더욱 박차를 가했고, 말은 땀에 젖은 근육을 불뚝거리며 계속 달렸다.

　사막으로 나가는 성문을 통과하자마자 할리드는 아르데시르를 멈춰 세운 다음 안장에서 내렸다.

　타리크가 라힘을 바닥에 눕혔다.

　자세히 살펴보지도 않았고, 이런 상황에 대해 아는 것도 많지 않았다. 하지만 할리드는 현재 할 수 있는 조치가 없다는 걸 깨달 았다. 상처가 너무 깊었고, 피를 너무 많이 흘렸다. 그럼에도 할리드는 아르탄을 바라보았다. 그가 어린 소년이었을 적 무사 사라고사가 마법으로 그의 상처를 치료해 주었던 기억이 났기 때문이다.

　하지만 그 상처란 어린아이가 어디선가 긁혀 왔던 사소한 것이었다. 전쟁에서 입은 심한 상처와는 달랐다.

　아르탄은 라힘 위로 몸을 숙였다. 그리고 귀걸이를 잡아당긴 다음 피가 흐르는 상처 위로 손을 들었다. 불빛이 두 번 깜빡였지만 이내 사그라졌다. 아르탄이 심각한 표정으로 할리드를 슬쩍 바라보자, 할리드는 이미 예상했던 바를 다시금 확인할 따름이었다. 타리크 임란 알-지야드는 머리카락을 쓸어 넘기며 친구의 피가 묻은 손으로 이마를 문질렀다. 라힘의 입가에서 피가 주르르 흐르기 시작했다. 이윽고 나온 기침과 함께 피가 더욱 솟구쳤다.

나시르 알-지야드의 아들, 타리크가 라힘의 위로 고개를 숙이며 피 묻은 친구의 손을 꽉 쥐었다.

"라힘……."

라힘은 고개를 한 번 저었다.

"그래. 나도."

그는 제대로 목소리를 내지 못했다. 그래서 들리는 말은 소리라기보단 속삭임이자, 드문드문 끊어지는 한숨과도 같았다.

할리드는 그의 옆에 무릎을 꿇은 다음 어깨에 손을 얹었다.

"고맙다, 라힘."

할리드는 그의 검푸른 눈동자를 흔들림 없는 시선으로 바라보며 말했다. 라힘은 마른침을 삼켰다. 그리고 고개를 힘없이 끄덕였다. 왕에게 바치는 절이었다.

"세이이디."

할리드의 목이 메었다.

"나에게 바라는 것이 있는가?"

라힘의 눈동자가 흐려지더니 다시금 또렷해졌다.

"이르사."

"그래."

"이르사를……."

라힘은 말을 잇다 기침을 했다. 입술에 묻은 피가 더욱 번졌다.

"이르사를 외롭지 않게 해주십시오. 언제나 사랑받게 해주십시오."

할리드의 목이 더욱 메어갔다.

"약속하겠다."

"타리크?"

라힘은 맞잡은 친구의 손을 꽉 쥐었다.

"응."

타리크는 차마 제대로 소리를 낼 수가 없었다. 라힘이 숨을 헐떡이며 말했다.

"내가, 가족이라 여기고 사랑하게 된 남이…… 핏줄로, 이어진 가족보다, 소중하기도 하더라."

그의 가슴이 두 번 더 오르내렸다.

할리드는 고개를 돌렸다. 타리크 임란 알-지야드의 얼굴 위로 소리 없는 눈물이 줄줄 흘렀다.

그 눈물이 다하도록 그는 움직이지 않았다.

그 누구도 움직이지 않았다.

이르사는 오후 내내 아이샤와 함께 천막에서 기다렸다. 오마르는 가끔 타리크 일행이 돌아왔는지 살펴보려고 천막을 나섰다. 그러다 오마르가 마지막으로 나섰을 때는 이르사도 함께 나가보고 싶었다. 하지만 이내 천막에 머무르는 편이 현명하다고 애써 마음을 다독였다.

처음부터 문제가 일어날 소지를 만들지 않는 편이 좋으니까.

이르사는 이제껏 사람들을 걱정시켜 왔다. 샤지가 사라진 날, 자신을 찾으려고 사람들이 얼마나 고생했던가. 그런 다음 함께 아마르다까지 온 것이다.

전쟁이 벌어질지도 모르는 곳으로.

처음에는 모든 게 참 짜릿하고 신나게 느껴졌지만, 이내 이르사는 이 상황에 싫증이 났다. 지금은 다시 한 곳에 정착하고 싶었다. 내일 무슨 일이 일어날지 예상할 수 있는 곳에.

사랑하는 사람들을 다시금 곁에 두며 살고 싶었다. 아무 일 없이, 안전하게.

한동안은 오늘 저 도시에서 무슨 일이 일어날지 걱정해야 하는 게 아닐까 생각하기도 했다. 사람들이 간 지도 꽤 되었으니까. 아이샤는 휴전 깃발을 들고 떠났으니 괜찮을 거라며 이르사를 안심시켰다. 이런 협상은 으레 하는 것이라 했다. 의미 있는 행동으로 이어질 말들을 서로 과시하며 내놓는 자리니 무사히 돌아올 거라고.

그렇더라도 이르사는 그들이 어서 돌아와 주기를 바랐다.

얼마 전 사막을 여행하던 이르사는 꽃송이 무늬가 새겨진 하얀 조개껍데기를 발견했다. 그걸 보자 라힘을 찾아갔던 밤에 그에게 해준 이야기가 떠올랐다. 언니와 싸우고 난 다음, 어쩌다 보니 참 바보 같게도 그의 천막에 다다르고 말았던 그 밤.

그 밤에 이르사는 하얀 꽃잎 날개를 지닌 작은 물고기의 이야기를 했었다.

사실 그날 밤 라힘과 사랑에 빠지게 되었지.

그래서 이르사는 그녀가 찾아낸 하얀 조개껍데기를 망토 자락에 간직하는 게 좋겠다고 여겼다. 좀 유치하다는 건 알지만, 그래도 나중에 라힘에게 주고 싶었다. 이 모든 소동이 지나간 다음에 주자. 조개껍데기는 어이없을 정도로 약해서 부서지기 쉬우니까. 무심코 가한 아주 작은 충격에도 깨져버리곤 하는걸. 어쨌든 잘 간직해 두었다가 라힘에게 보여줘야지. 그러면 웃어줄지도 몰라.

이르사는 그의 미소가 너무 좋았다.

라힘은 미소 지을 때 눈꼬리에 주름이 지곤 했다. 이르사가 한참 그의 모습을 떠올리고 있을 때 천막 문이 열리면서 황혼녘의 사막 공기가 그녀에게 휙 몰아쳤다.

"아이샤."

오마르가 그녀의 이름을 부른 건 아니었지만 이르사는 그 부름에 고개를 돌렸다.

오마르의 얼굴은 잿빛이 되어있었다.

그 모습을 본 이르사는 이상하게도 피가 거꾸로 흐르는 것만 같았다. 마치 피가 빠르게 돌고는 있는데, 온 세상은 일순간 멈춰버린 이 느낌은 뭘까.

셰에라자드. 언니에게 무슨 일이 일어났구나.

이르사는 애써 숨을 쉬었다. 애써 생각하려 했다.

아이샤가 재빠르고 단호한 몸짓으로 오마르에게 다가갔다.

그런데도 오마르는 아이샤의 이름을 부른 것 외에는 아무런 말도 하지 않았다. 하지만 아이샤는 무슨 뜻인지 이해한 것 같았다. 두 부부는 항상 이런 식으로 연결되어 있었다. 이윽고 오마르가 이르사에게 시선을 향했다가 다시 아내 쪽을 돌아보며 무언의 말을 건넸다.

"이르사-잔."

아이샤가 오마르의 가슴에 손을 얹어 그의 심장을 감싸면서 조용히 그녀를 불렀다.

"우리와 함께 가겠니?"

이르사는 후들거리는 무릎으로 일어섰다. **언니** 때문이구나.

"무, 무슨 일인가요?"

오마르는 차분하게 숨을 쉬었다. 그리고 굳은살로 울퉁불퉁한 손바닥을 아이샤의 손에 얹었다.

"아니. 내가 이르사를 데려가겠소."

이르사는 한 걸음 앞으로 나섰다.

"무슨 일이에요?"

내 몸이 이상하게 내 몸처럼 느껴지지 않았다. 내 목소리인데도 어딘가 다른 곳에서 들려오는 것만 같았다. 마치 깊은 물 저편에서 들려오는 메아리처럼 먹먹했다.

오마르가 그녀의 옆으로 다가섰다. 그러고는 심호흡을 하면서 눈을 질끈 감았다. 그가 이르사의 두 손을 꼭 잡았다.

"그래, 애야. 안 좋은 일이 생겼단다."

"셰, 셰에라자드가……."

이르사는 차마 생각을 입 밖으로 낼 수가 없었다. 하지만 그는 고개를 저었다.

"그건 아니야. 다만 궁전에서 전투가 벌어졌단다."

다시금 오마르는 말을 멈추고 마음을 굳게 먹은 다음 말했다.

"그래서 라힘이 죽었다."

라힘이? 순간 이르사의 발밑이 꺼지기 시작했다.

"아뇨."

그녀는 고개를 저었다. 목소리가 너무나 이상하게 나왔다. 마치 망망대해에서 난파된 것만 같았다.

"그럴 리가 없어요."

"정말로 안타깝구나, 이르사-잔."

믿을 수가 없었다. 믿고 싶지 않았다.

라힘은 죽지 않았어. 우리 일행은 휴전 깃발을 내세우고 담화를 하러 간 거잖아. 아이샤가 그렇게 말했잖아. 아무 일도 없을 거라고.

이게 사실일 리 없어.

"라힘은 어딨어요?"

이르사가 묻는 소리가 갑자기 너무나 크게 들렸다. 오마르는 얼굴을 찌푸렸다.

"안 가는 게 좋지 않을⋯⋯."

"아뇨. 라힘을 보고 싶어요."

그때, 아이샤가 엄숙한 목소리로 말했다.

"데려가 줘요, 오마르. 이르사는 어린애가 아니야."

바다위의 셰이크가 한숨을 쉬더니 이르사의 어깨를 감쌌다. 이르사는 눈에 힘을 주고 깜빡이며 한 발 한 발 걸음을 옮겨 천막을 나와서 아름다운 사막의 노을로 들어갔다. 하늘은 온통 주홍빛과 분홍빛이었다. 바라보고 있으면 마음이 따스해질 만큼 환하고 아름다운 빛깔이었다. 이런 하늘을 볼 때면 언제나 얼굴에 미소가 떠올랐다.

이르사는 항상 황혼녘을 좋아했다. 하늘은 한 손으로 저물어 가려는 태양을 끌어당기는 것 같고…… 그러면 태양은 그에 저항하면서 긴 여운을 남기며 별 사이로 희미하게 사라져 가는 듯한 이 시간이 참 마음에 들었는데.

이르사는 걸음을 내딛으며 사막의 하늘을 응시했다. 눈앞의 광경이 흐릿해지자, 그녀는 손바닥으로 눈을 훔쳤다.

아니야. 믿지 않을 거야.

오늘 아침만 해도 이르사는 라힘과 함께 이곳을 거닐었다. 함께 손을 잡고 있었다.

여기서 미소 짓는 라힘을 봤다.

할리드의 천막 앞에 근위병들이 서있었다. 셰이크를 본 그들은 이르사가 들어가게 해주었다.

천막 안으로 주저 없이 들어간 이르사를 보고 안에 있던 사람들이 곧바로 자리에서 일어섰다. 근위대장이 그녀 앞을 가로막았다.

"이러는 건 현명하지 않은……."

"이리 오게 해."

할리드가 조용히 말했다. 근위대장은 이르사를 잠시 내려다보더니 그녀의 팔에 손을 얹었다. 그리고 잡은 팔을 꼭 쥔 다음 옆으로 물러섰다.

이르사는 앞에 보이는 광경에 우뚝 걸음을 멈췄다. 심장이 목까지 확 복받쳐 올랐다.

타리크와 할리드는 침대 옆에 서있었다. 타리크의 은빛 흉배는 빛을 잃었고, 그의 표정은 망연자실했다. 얼굴은 온통 땀에 흙투성이였다. 할리드의 손은 더러웠고, 은과 금으로 장식한 흉갑은 검은 얼룩이 져있었다. 걸친 망토는 둘 다 피투성이였다. 흰색 망토는 붉게, 검은색 망토는 진홍빛으로 변했다. 눈에 확 들어오는 강렬한 색이었다.

이제야 이르사는 들었던 말이 거짓이 아니라는 걸 깨달았다. 피는 거짓말을 하지 않으니까.

하지만 그녀는 아직도 무아지경에 빠진 것처럼 그쪽으로 다가 갔다. 그럴수록 몸속의 피에서 온기가 사라져 갔다.

라힘은 침대에 누워있었다. 아무런 미동도 없는 저 모습. 이르사가 가까이 가서 보지 않았더라면 자고 있다고 생각했을 것이다. 그녀는 한 걸음 떨어진 곳에서 멈춰 섰다.

"어떻게……."

이르사는 목을 가다듬었다. 지금은 생쥐처럼 기어들어 가는 목소리를 내지 않을 것이다. 그녀는 더는 생쥐 같은 존재가 아니다. 라힘을 위해서 그럴 순 없다. 그래서 턱을 치켜들었다.

"어떻게 된 일이에요?"

"내 잘못이었어."

타리크가 비참한 어조로 대답했다. 어떻게도 부정할 수 없는 자기혐오에 잠긴 목소리였다.

"아니. 누구의 잘못인지 따져야 한다면, 모두의 잘못이었다. 그리고 내 잘못이 가장 컸다."

할리드는 이렇게 말하며 이르사에게 다가와 덧붙였다.

"하지만 라힘은 나의 목숨을 구해주었다, 이르사-잔. 그리고 라힘은 마지막 순간에 너를 생각했다."

이르사는 눈을 크게 뜬 채, 깜빡이지도 않고서 고개를 끄덕였다.

"라힘은 그런 사람이에요. 언제나 남을 먼저 생각해요."

그 말을 듣자 근위대장은 천막 밖으로 나가면서 목멘 소리를 흘렸다.

"둘만 있게 해주기를 원하나?"

할리드가 그녀의 얼굴을 가만히 바라보며 물었다. 이르사는 그를 빤히 바라보았다. 불과 며칠 전만 하더라도 할리드가 이렇게 자신을 쳐다볼 때면 너무나 두려웠었다. 마치 영혼까지 꿰뚫어 보는 것 같았으니까. 하지만 이제 다시 보니 그 눈빛은 탐색하는 것일 뿐이었다. 그저 이쪽을 이해하기를 바라는 눈빛이었던 것이다.

도와주고 싶어서.

"네, 부탁드려요."

이르사가 속삭였다. 할리드가 다른 이들을 바라보자, 모두는 재빨리 천막을 떠났다. 이제는 타리크와 할리드만 남았다.

타리크가 커다란 몸집에 붉게 얼룩진 하얀 옷차림으로 그녀의 앞에 다가왔다. 그리고 이르사를 부드럽게 안으며 머리카락에 대고 속삭였다.

"정말로 미안해, 지르지락."

지금 타리크는 어쩐지…… 예전과 많이 달라 보였다. 전부터 이르사는 늘 타리크를 실제보다 더 큰 남자로 보아왔다. 언제나 생기와 활력이 넘치는 타리크는 이르사가 가졌으면 하는 모든 걸 다 갖춘 사람이었다. 누구에게도, 무엇에게도 지지 않는 능력을 갖춘 사람이었는데.

지금 타리크는 그저 친한 친구를 잃은 소년처럼 보일 뿐이었다.

살다 보면 질 때도 있는 평범한 소년.

이르사는 말로 대꾸하지 않았다. 그저 고개를 끄덕이기만 했다.

이윽고 두 사람도 자리를 뜨자, 이르사는 침대 옆에 앉았다.

왜 그런지 그녀는 아무런 고통도 느끼지 않았다. 마치 자신이 아닌 존재가 되어 움직이는 것만 같은 느낌이 다시금 들었다. 라힘은 여전히 자는 것처럼 보였다. 누군가가 그의 피를 닦아주려고 했지만, 목에 흐른 한 줄기 핏자국은 미처 닦아내지 못했나 보다. 그 피가 아니었더라면, 이르사는 손대어 깨우면 라힘이 일어날 거라고 생각했을 것이다.

하지만 이르사는 한동안 아무 말 없이 그 핏자국을 바라보았다. 그리고 망토 자락에 손을 넣어 꽃무늬가 새겨진 하얀 조개껍데기를 꺼냈다.

"이걸 주고 싶었어."

이 말을 하고서 기다렸다. 마치 대답을 들을 수 있을 것만 같아서.

"**아아.**"

나지막한 흐느낌이 새어 나왔다. 무언가 가슴에서 떨어져 나갔다. 갑자기 치밀어 오른 아픔을 참아내고 싶으면서도 이르사는 그 느낌을 그대로 온몸으로 받아들였다. 약해지지 않을 거야. 지금은 약해질 때가 아니야. 억지로 참는다면, 지금 이 순간의 감정을 억누른다면 그것이야말로 약한 모습이야.

나의 참모습이 무엇인지 부정하는 거야.

"난……."

이르사는 조심스럽게 숨을 들이쉬며 목소리를 가다듬었다.

"난 살면서 많은 외로움을 느꼈어. 그러다 널 만났어."

그녀는 조개껍데기를 라힘의 가슴에 얹었다.

"하지만 더 이상은 외로워하지 않을게. 약속해. 절대로 잊지 않을 거야. 언제나 기억할 거야."

그리고 떨리는 다리로 일어섰다.

"사랑해, 라힘 알-딘 왈라드. 날 사랑해 줘서 고마워."

이 말을 남기고 이르사는 천막을 나섰다. 고개를 당당히 들었지만, 이내 몸이 떨려오기 시작했다.

할리드는 불의 사원에서 온 젊은 마법사와 함께 횃불 바로 너머에서 기다리고 있었다. 이르사를 바라본 마법사의 얼굴이 부드러워졌다. 그들은 그녀의 곁으로 걸어와 멈춰 섰다.

마법사가 깊게 숨을 들이쉬었다. 그리고 이르사에게 슬픈 미소를 지어 보이더니 안심하란 뜻으로 할리드의 어깨에 손을 얹었다. 그러고는 이내 말없이 자리를 떴다.

"라힘이……."

이르사는 입술을 깨물었다. 눈시울이 뜨거워지기 시작하면서 언제라도 눈물이 주르르 흐를 것만 같았다.

"라힘이 많이 아파했나요?"

"오래는 아니었다."

"다행이네요."

"나도 그렇게 생각한다."

할리드는 그녀의 얼굴을 가만히 바라보며, 그 얼굴에 드러나는 뒤틀린 감정들을 살펴보았다.

"이르사……."

"어떻게 이런 일이 일어나게 됐어요? 왜 라힘을 보호해 주지 않있어요? 어째서…….”

그녀가 하염없이 눈물을 흘리며 물었다. 호라산의 칼리프는 그녀를 가슴에 끌어안았다.

태양의 마지막 온기가 흔적마저 지평선 아래로 가라앉을 때까지, 그렇게 이르사는 울었다.

물물교환과
거짓말과 배신

비크람은 오른손에 횃불 하나를 든 채 사암 궁전의 지하도로 셰에라자드를 데려갔다. 셰에라자드는 앞에 나오는 길을 전혀 분간할 수 없었지만, 거대한 호위무사는 이 공간을 이미 알고 있다는 듯 능숙하게 이리저리 방향을 바꾸고 모퉁이를 돌며 길을 나아갔다.

적어도 그는 이 미로 같은 복도를 조금 알고 있어서 마음이 편한 모양이었다.

순간 셰에라자드의 마음속에 의혹이 들었다.

"이제까지 내내 어디 있었던 거예요?"

"감옥."

그가 언제나처럼 짧고 퉁명스럽게 대꾸했다.

두 사람은 구불구불한 계단을 거쳐 또 다른 좁은 복도로 들어갔다. 모퉁이를 돌 때마다 복도가 점점 좁아지는 것 같았다. 셰에라자드는 그의 옆에서 없는 사람 취급을 받고 싶지 않았다.

"내 동생이 어디 있는지 알아요?"

"모른다."

"그러면 이 궁전의 지리는 어떻게 아는 거예요?"

그녀가 다그쳐 물었다.

"아까 말했지. 지금은 그런 걸 물어볼 때가 아니라고."

그 말에 셰에라자드는 발걸음을 우뚝 멈췄다. 최근에 너무나 많은 배신을 당했으니까. 여기서 또다시 배신당하고 싶지는 않았다.

"난 그렇게 생각 안 해요. 지금이야말로 그걸 물어볼 때라고요. 내가 여기서 한 발짝이라도 움직이길 바란다면 어서 대답해요."

비크람이 홱 돌아섰다. 손에 든 횃불이 일렁이는 가운데 보이는 그의 눈빛은 무시무시했다. 웬만한 남자라도 겁에 질려 엄마에게 쪼르르 달려가고도 남을 험악한 눈초리였다.

셰에라자드는 초조한 마음으로 발을 굴렀다. 비크람은 얼굴을 찌푸리더니 한숨을 쉬었다.

"지도를 받았다."

"누가 줬는데요?"

찌푸린 얼굴이 더욱 일그러졌다. 하지만 미간의 주름 사이로 재미있다는 기색도 스쳤다.

"누가 줬을 것 같은데?"

셰에라자드는 이를 갈며 되물었다.

"궁전에 사는 쥐새끼가 주기라도 했나요? 내가 그걸 어떻게 알아요?"

"데스피나가 줬다."

"데스피나? 바보가 아니고서야 그 배신자를 믿는단 말이에요?"

비크람이 그녀를 노려보았다. 그가 든 횃불은 셰에라자드의 짧은 머리카락을 죄다 태울 만큼 가까이에서 이글거렸다.

"말조심해라. 데스피나 덕분에 네가 이 지하도를 통해서 쥐새끼처럼 탈출할 수 있는 거다."

"그럴듯한 이야기네요. 하지만 내가 여기에 온 것도 데스피나 때문인 것 같은데요?"

그는 알아듣기 힘든 소리로 투덜대며 민머리를 저었다.

"그건 사전에 막을 수 없는 일이었어. 데스피나는 술탄의 계획을 몰랐으니까. 앞으로 어떤 일이 닥칠지만 알고 있었을 뿐이야. 데스피나는 너를 돕기 위해 할 수 있는 일을 다 했어."

하지만 셰에라자드는 믿을 수가 없는 눈초리로 그를 노려보았다.

"하! 데스피나는 술탄의 호위병들이 나를 끌고 가는 모습을 보면서 웃었다고요! 그런 사람이 날 **도와주려고** 했다니, 그 말을 믿으라는 거예요? 도와주려면 진작에, 수천 번은 도와줬을 거라고요!"

"어떻게 도와줄 수 있었다는 거지?"

셰에라자드는 격분해서 손을 마구 휘둘렀다.

"할리드한테 자기 정체를 밝힐 수도 있었잖아요. 그래서 어떤 일이 일어날지 예상하고 말해줄 수 있었다고요!"

하지만 비크람은 코웃음을 칠 뿐이었다.

"그래서 오랫동안 자신이 파르티아의 술탄 측 첩자로 궁에 살았다는 걸 고백하란 말인가? 자신이 술탄의 딸이라는 걸 말하라고? 네 남편이 데스피나의 말을 믿고 따랐을 거라고 생각한다면 넌 생각보다 남편을 잘 모르고 있군. 할리드 이븐 알-라시드는 남을 결코 믿는 사람이 아니다. 그 점에 대해 뭐라 할 수는 없지만."

'꼭 할리드의 친구라도 되는 것처럼 말하네.'

셰에라자드는 허리에 손을 짚었다.

"비크람, 데스피나는 무슨 목적이 있기에 이런 거짓말을 한 거죠?"

"다른 이의 비밀을 누설하는 건 내 할 일이 아니야."

비크람은 더는 말할 수 없다는 듯 종지부를 찍는 투로 대답하고는 돌아서서 다시 길을 가기 시작했다. 그것도 사암 궁전의 더욱 깊은 지점으로. 셰에라자드는 그의 커다란 보폭을 따라잡으려고 발걸음을 재촉해야 했다. 한동안은 자신의 신세가 코끼리를 쫓아가는 벼룩 같다는 생각마저 들었다.

복도는 점점 좁아졌다. 천장은 둥글게 변했으며, 돌로 이루어진 부분은 적어지고 대신 흙바닥이 더 많이 나타났다. 말없이 길을 가면서 셰에라자드는 어느새 비크람이 했던 말을 곰곰이 생각해 보았다.

데스피나가 저지른 그 모든 배신에 대해서.

"그래도 할리드에게 전부 털어놓을 수 있었어요. 결국 때가 되면 할리드는 그 말을 믿어주었을 거라고요. 봐요, 당신도 믿었잖아요."

셰에라자드는 사나운 기색이 확연히 줄어든 목소리로 다시 말했다. 그러자 비크람의 목소리가 희미한 어둠 속에 울려 퍼졌다.

"때가 되었어도 믿어주지 않았을지 모른다. 어쩌면 아예 믿지 않았을 수도 있고. 나도 그 말을 믿기까지…… 좀 걸렸으니까."

비크람은 뒤를 슬쩍 돌아보았다.

"그리고 데스피나가 거짓말을 한다는 걸 알아채는 순간 목을 베어버리겠다고 맹세했지.”

“난 아직도 못 믿겠어요.”

셰에라자드는 숨죽여 쏘아붙이다가 하마터면 그의 널찍한 등에 부딪칠 뻔했다.

“그렇다면 믿어볼 기회를 주겠다.”

비크람은 이렇게 말하더니 앞에 보이는 무척 낡은 문을 밀었다. 문은 삐걱 소리를 내며 열렸다. 문 뒤로는 하수도가 이어졌다. 열기를 머금은 악취가 셰에라자드의 콧속을 막고 목구멍으로 들어가면서 숨까지 턱 막았다.

그 어둠 속에서 기다리고 있던 데스피나의 모습을 봤을 때도 숨이 턱 막혔다.

셰에라자드는 다시금 충동이 밀려드는 것을 느꼈다. 데스피나를 공격하고 싶은 충동이었다.

과거에는 그녀의 시녀였고 이제는 파르티아의 공주인 아가씨는 검은색 망토를 두른 채 서서 셰에라자드에게 비딱한 미소를 지어 보였다.

“꼴이 말이 아니네요.”

그녀가 가까이 다가와 고개를 숙이고는 덧붙였다.

“냄새는 더 지독하고요.”

“지옥으로 꺼져버려.”

셰에라자드의 욕설에 데스피나는 더욱 크게 미소 지었다.

“마마도 같이 간다면야 그것도 괜찮겠죠.”

셰에라자드는 소리를 지르고픈 마음을 애써 참았다.

“너랑은 아무데도 안 가, 데스피나 엘-샤리프. 넌 처음 본 것과

는 너무 다른 인간이야. 네가 변하는 걸 계속 보고 있자니 고개가
휙휙 돌아가 아플 지경이라고. 하나만 묻자. 그동안 왜 나한테 쭉
거짓말을 했지?"

데스피나는 어깨를 으쓱였다.

"천성적으로 거짓말을 하는 인간인걸요, 셰에라자드. 나도 묻
고 싶네요. 천성이 이런 걸 나보고 어떡하라고?"

"그러니까 그토록 비열한 아버지 편에 섰던 거겠지."

셰에라자드는 냉소적으로 대꾸했다. 데스피나는 그녀에게 슬
며시 웃어 보였다.

"그 점에 대해 마마가 알고 싶어 할 거라 생각했죠. 일단 걸으
면서 이야기하는 게 어떻겠어요?"

셰에라자드는 팔짱을 끼고서 꼼짝도 하지 않았다.

'난 이 여자와는 아무데도 안 가. 나를 설득한다면 모를까.'

데스피나는 피식 웃었다.

"몇 주 동안 마마를 보지는 못했지만, 그동안에도 그 고집은 여
전히 줄어들지 않았군요. 안타까워라. 그럼 좋아요. 언젠간 이런
날이 올 줄 알았으니까."

그녀는 뒤꿈치에 힘을 주고 서더니 예상대로 허리에 손을 짚
었다.

"우리 어머니가 돌아가시면서 내 친아버지의 정체를 알려줬어
요. 엄마는 내게 증거로 두루마리를 주면서 아버지에게 가라고
하셨죠. 내겐 이제 남은 가족이 아무도 없으니, 아버지가 날 돌봐
주기를 바랐거든요."

데스피나는 아무렇지 않게 말했지만 문득 눈빛에 고통스러운

기색이 일렁였다. 그것은 진실의 섬광이었다. 역겨운 냄새가 풍기고 오물이 뚝뚝 떨어지는 소리가 들리는 가운데서도, 셰에라자드는 애써 침묵을 유지하고 데스피나의 이야기를 들었다.

"어머니가 돌아가신 후, 나는 카드미아에서 아마르다까지 여행을 떠났어요. 구걸도 하고, 물물교환도 하고, 남의 물건을 훔치기도 하면서요. 드디어 궁궐 문 앞에 도착했을 때는 경비병이 날 도랑으로 밀어버리려고 했어요. 난 빼빼 마른 열한 살짜리 계집애였을 뿐이니까. 그러다 내 이야기를 기꺼이 들어주려는 인정 많은 병사를 하나 찾아냈죠. 난 그 병사에게 아버지의 인장이 찍힌 두루마리를 줬어요. 병사는 그걸 가지고 궁전 안으로 사라지더니 몇 시간 후에 돌아왔어요."

셰에라자드가 눈살을 찌푸리며 끼어들었다.

"잠깐만. 하지만 살림 알리 엘-샤리프가 당신에게 기꺼이 손을 내밀었을 것 같지는 않은데. 그때까지는 돌보지도 않았던 딸이잖아."

비크람은 기침을 하며 목을 가다듬었다. 셰에라자드의 말에는 일리가 있었지만, 데스피나는 계속 빈정대는 웃음을 지을 뿐이었다.

"알아두셔야 할 게 있어요. 어린 시절 내내 아버지가 누군지 모르고 지냈다가 알고 보니 아주 매력적이고 잘생긴 데다 어마어마한 부자인 아버지가 있었다는 게, 그것도 왕이었다는 게 밝혀졌다고 생각해 보세요. 그러면 그 아버지의 사랑을 얻기 위해서 그 애가 못할 게 뭐가 있겠어요."

데스피나는 잠시 분노로 물든 추억에 잠겼다.

"아버지는 약속했어요. 내가 레이 궁전의 비밀을 알아내 주면 나를 딸로 인정해 주겠다고. 먼저 야스민이 남편을 확보하는 걸 도와주어야 했어요. 그다음에는 할리드 이븐 알-라시드에게서 왕위를 빼앗는 것이었고요. 아버지는 나를 사서 레이의 궁전에 데려갈 노예상인을 찾아냈어요. 처음에는 왕비의 침실을 청소하는 일부터 시작했죠. 할리드 이븐 알-라시드가 칼리프가 되자, 그분은 나를 노예 신분에서 풀어주고 시녀 자리를 줬어요. 그다음부터 차차 승진을 했죠. 그다음에는 어떻게 되었는지 짐작하시겠죠?"

그건 세에라자드도 확실히 알 수 있었다. 데스피나는 자신의 임무를 충실하게 수행했다.

그래서 아버지인 살림의 목적에 걸맞게 행동했다.

"참 대단한 이야기네. 하지만 그래도 당신을 믿을 수는 없어."

세에라자드는 정체를 알 수 없는 뭔가가 뚝뚝 떨어지는 자리에서 비켜서며 말했다. 데스피나는 커다란 좌절감이 치미는 모양인지 한숨을 쉬었다.

"알았어요. 그럼 이것만은 믿어줘요, 세에라자드 알-하이주란. 나는 말이죠, 파르티아의 공주로 사느니 차라리 레이의 시녀로 살겠어요. 레이에서 시녀로 살았을 땐 나라는 존재에 대해 의심하지 않았죠. 스스로에게 자부심을 갖고 살았다고요. 그런데 파르티아에서는 몇 번이고 거듭해서 내 지위를 부정당했어요. 아버지에게 항상 부정당하고 비난을 받았다고요. 사실 내가 마음만 먹는다면 아무도 내 혈통을 모를 거예요. 내가 바라는 건 별게 아니에요. 그저 내가 좋아하게 된 도시에서 내 아이를 키우면서 살고 싶어요. 나 스스로 사랑하게 된 사람들과 함께 살고 싶다고요.

나 스스로 사랑하게 된 가족과 함께요."

그녀의 눈동자에서 부정할 수 없는 열망이 번뜩였다. 셰에라자드는 마른침을 삼켰다. 그리고 고개를 돌렸다.

데스피나는 화가 머리끝까지 치민 채 숨을 몰아쉬더니 더 가까이 다가왔다. 그리고 잠시 망설이다가 셰에라자드의 손을 잡았다.

"나에게 가족은 레이에 있는 이들뿐이에요. 내 친구들요. 그리고 내가 사랑하는 사람뿐이죠."

데스피나의 목소리가 한층 부드러워졌다.

"그들은 무엇과도 바꿀 수가 없어요."

셰에라자드는 그 마음을 너무나 잘 알았다. 직접 보기도 했다. 폭풍이 일던 그날 밤 잘랄이 보여준 거친 눈빛. 그리고 지금 데스피나의 따스한 눈빛까지.

"그럼 대체 왜 돌아온…… 거죠?"

주저하며 묻자, 데스피나는 셰에라자드의 손을 꼭 쥐었다.

"우리 가족을 보호해야 하니까요. 어떤 대가를 치르더라도."

셰에라자드는 여전히 마음 한구석으로는 데스피나의 손을 뿌리치고 싶었다. 그녀는 살림 알리 엘-샤리프의 핏줄이 아닌가. 그런 놈의 피붙이가 내민 손을 잡고 싶지는 않았다. 하지만 셰에라자드는 그 손을 뿌리치지 않았다.

친구의 손이었으니까. 이 손길에는 가족의 유대감이 서려있었으니까.

"저녁 식사 자리에선 나를 일부러 도발했던 거죠?"

셰에라자드가 조용히 물었다. 데스피나는 후회 어린 기색으로 고개를 숙였다.

"마마를 어떻게든 궁의 감옥에 넣었어야 했거든요."

"어쩐지."

세에라자드는 피식 웃었다.

"나는 마마가 성질 더럽고 의리 있는 사람이라는 걸 아니까요. 그러니 감옥에 갇히는 건 시간문제였을 거예요."

세에라자드는 잠시 생각에 잠겼다가 말했다.

"그래도 당신이 한 짓은 위험했어요."

데스피나는 깔깔대고 웃었다.

"그건 걱정할 필요 없었어요. 나를 믿어줘요. 간수들이 당신 남편 말만 나와도 벌벌 떨도록 겁을 줬거든요. 물론 겁을 안 먹은 자들도 있긴 했지만, 그래도 어쩔 수 없었어요. 아, 내가 무슨 이야기를 했냐 하면…….."

"내가 아니라 당신이 위험했다고요."

데스피나는 눈을 깜빡였다. 그녀의 표정이 한층 부드러워졌다.

"아뇨, 당연히 마마가 더 위험했죠."

세에라자드가 아주 조용한 목소리로 물었다.

"살림 생각은 안 했어요? 그자는 당신이 무슨 일을 꾸미는지 알아챌 텐데."

"아버지는 적어도 며칠간은 알아채지 못할 거예요. 오늘 오후 일찍이 야스민과 나를 아마르다에서 내보냈거든요. 앞으로 어떻게 될지 두고 봐야 하니까."

"무슨 소리예요?"

데스피나는 활짝 웃었다.

"아, 깜빡 잊고 말을 안 했네! 호라산의 칼리프가 성문 앞으로 대규모 군대를 끌고 왔거든요."

셰에라자드가 데스피나의 손을 덥석 잡았다.

"할리드가 왔다고요?"

데스피나는 눈을 홉떴다.

"처음부터 내가 말하려던 게 그거였다고요. 칼리프에게 마마를 데려다주려고 했단 말이에요, 건방진 칼리파님. 물론 마마가 허락한다면 말이죠. **이제 됐어요?**"

비크람이 다시금 중얼거렸다. 셰에라자드는 그게 동의한다는 뜻임을 알았다. 그녀는 데스피나의 손을 놓았다.

"알았어요. 그럼 당신 계획을 자세히 말해봐요."

"우리는 이 아름다운 하수도를 통해 밖으로 나갈 계획이에요. 이 길을 따라가면 시장 근처로 이어지거든요. 거기서 말을 데리고 기다리는 사람들이 있어요. 돈을 아주 듬뿍 먹였죠."

셰에라자드는 고개를 끄덕였다.

"그럼 내 동생만 찾아서 나가면 되겠네요."

"동생이라니요?"

데스피나가 완벽하게 아름다운 눈썹을 지그시 찌푸렸다.

"내 동생 이르사도 궁전에 왔잖아요."

데스피나는 더욱 어리둥절한 표정이 되었다.

"아녜요. 안 왔어요. 왔다면 내가 분명히 알았겠죠. 마마와 마마의 아버지 말고 아마르다에 온 사람은 더 없어요."

셰에라자드는 잠시 생각했다. 이르사가 잘 있느냐고 물을 때마다 아버지가 시선을 마주치려 하지 않았던 기억이 떠올랐다. 그러면서 죄책감 어린 얼굴을 하셨지.

'그래서 아무도 이르사 이야기를 하지 않았던 걸까?'

"그게 확실한가요?"

셰에라자드가 묻자 데스피나는 고개를 끄덕였다.

"확실해요. 왔다면 동생분도 저녁 식사 자리에 나왔겠죠. 우리 아버지라면 분명히 그 자리에 앉혔을 거예요. 먹잇감을 갖고 노는 걸 좋아하는 인간이라."

셰에라자드는 다시금 데스피나의 얼굴을 훑어보며 또 다른 속임수는 아닌지 고민했다. 그녀의 얼굴엔 거짓이 없어 보였지만, 이르사가 이곳에 없다는 말을 마음 놓고 받아들일 수도 없었다. 이제껏 거짓말을 얼마나 많이 들었던가.

또 배신은 얼마나 많이 당했던가.

그녀는 데스피나를 바라보던 눈길을 돌려 비크람을 바라보았다. 그러기를 몇 번이고 반복했다.

할리드는 이들을 믿었다. 할리드는 남을 믿는 사람이 아닌데도 그랬다.

'내가 여기서 탈출하려면, 누군가를 믿어야 하겠지.'

"만약 이르사가 여기 있는데도 내게 거짓말한 거라면, 내 손으로 직접 당신을 죽여버리겠어."

셰에라자드가 위협적인 목소리로 나지막하게 말했다.

"당연히 그럴 거라 기대해요, 건방진 칼리파님."

데스피나는 방긋 웃었다. 셰에라자드는 그녀의 어깨를 놓아주었다.

"그럼 길을 안내하시죠, 파르티아의 공주님."

"어디 또 나를 그렇게 불러봐요. 무시무시하게 화내줄 테니."

데스피나는 셰에라자드를 향해 망토 자락을 휙 날리며 돌아섰다.

셰에라자드가 망토로 몸을 가린 다음, 세 사람은 도시의 하수구 깊숙이 들어갔다. 앞장선 이는 비크람이었다. 그는 두 손을 벽에 대고 몸을 앞으로 수그린 채 오수가 뚝뚝 떨어지는 지하 석조수로를 이리저리 나아갔다. 셰에라자드는 아무리 마음을 다잡아도 어둠 속을 기어다니는 다리 많은 벌레들을 무서워하지 않을 수가 없었다. 손가락 사이로 벌레가 슥 지나가자 등줄기가 오싹해지고 말았다.

그들은 흘러가는 오수의 가장자리를 따라 더러운 하수도를 계속 걸어갔다. 셰에라자드는 튀어나온 돌이나 잘못 깐 판석에 걸려 넘어지곤 했다. 저 멀리 쥐가 찍찍대는 소리도 여러 번 들렸다. 물이 뚝뚝 떨어지는 소리와 울리는 발소리, 그리고 비크람의 손에 들린 희미한 횃불 빛까지 어우러져 셰에라자드는 더욱 고통스럽기만 했다.

마침내 통로 끝에 다다르자, 녹슨 격자 창살이 입구를 막고 있었다. 비크람은 횃불을 끄고 삐걱거리는 격자를 밀어젖혔다. 그가 힘을 줄 때마다 얼룩진 카미스 아래로 어마어마한 근육이 불끈거렸다.

세 사람이 나온 곳은 아마르다 중심가에 있는 인적 드문 골목이었다. 여기서 거리 몇 개 떨어진 곳에서 들려오는 늦은 밤의 흥청망청 떠드는 소리가 후덥지근한 여름 공기 사이로 퍼져나갔다. 술에 취해 즐겁게 떠드는 소리는 거대하고 시끌벅적한 불협화음 같았다. 데스피나는 축제 분위기에 아랑곳없이 단호한 발걸음으로 어둠 속으로만 움직였다.

그들은 시장 뒤편의 골목을 몇 군데 지났다. 셰에라자드는 비크람과 데스피나를 따라 레몬 나무가 우거진 숲으로 향했다. 새콤한 향기가 바람결을 타고 풍겨왔다.

그런데 막상 그곳에 도착한 데스피나는 걸음을 늦추더니 이내 멈췄다.

"왜 그래요?"

셰에라자드가 속삭여 물었다.

"기다리기로 했던 사람이 없어요."

비크람은 걸음을 멈추었다. 셰에라자드가 재차 물었다.

"뭐라고요?"

"사람들이 여기 있어야 하는데. 아니면 말이라도."

데스피나는 셰에라자드를 가까이 끌어당긴 다음 그녀를 팔 아래 숨기고 뒤돌아섰다.

가까이 붙어 선 데스피나의 맥박이 빠르게 고동치고 있었다. 게다가 가쁜 숨까지 내쉬었다. 셰에라자드는 자신의 시녀였던 이가 두려워하고 있다는 걸 점점 뚜렷하게 느꼈지만, 지금은 무슨 말을 해도 도움이 안 될 것이 뻔했기에 그저 입을 다물었다.

비크람은 팔뚝에 단검을 숨기고는 어둠 속에 머물렀다.

잠시 가던 길에서 멈춘 데스피나가 돌연 흥청망청 떠드는 소리가 나는 시장 쪽으로 방향을 틀었다. 갑자기 가는 방향이 달라지자, 셰에라자드는 더는 참을 수가 없었다.

"데스피나, 왜 사람들이 잔뜩 모여있는 쪽으로 가는 거예요?"

데스피나가 속삭여 말했다.

"저 바보들이 내일 전쟁에서 이길 거라고 믿고 축제를 벌였어요. 만약 누군가가 우리의 계획을 알아채고 잡으러 온다면, 사람들 사이에 섞여드는 편이 쉬울 거예요."

그들이 다시 흙먼지 이는 도로를 건너갔을 때였다. 앞에 있던 이들이 더욱 크게 환호성을 질렀다. 뒤따라 시장길로 들어오려는 이들이 세 사람을 밀치고 지나갔지만, 벌써 한잔 걸친 이들은 휘청대며 근처를 맴돌았다. 그을린 기름 냄새가 금방 흩어지지 않은 채로 공기 중에 자욱하게 떠돌았다.

"어이! 거기 너희!"

데스피나의 오른편에서 술 취한 사람 하나가 소리쳤다. 데스피나가 셰에라자드를 꽉 붙잡으며 말했다.

"계속 걸어요."

"야!"

불량스러운 젊은이 무리가 그들 앞을 막아섰다. 그중 하나는 데스피나의 어깨에 팔을 척 올리더니 그녀의 후드를 뒤로 젖혔다.

"이리 와, 우리랑 한잔하자!"

셰에라자드는 겁에 질려 주변을 둘러보았다. 비크람은 온데간데없었다.

여기서 원치 않게 주목받게 된다면…….

젊은이의 목소리가 더 커졌다.

"내 말 안 들리……."

"여기 있었군요! 여러분을 밤새도록 기다렸어요."

뒤편에서 여자의 웃음소리가 확 퍼졌다.

부드러운 손길이 셰에라자드를 지나 데스피나에게 향하더니, 젊은이의 품에서 그녀를 떼어냈다. 젊은이의 항의에도 아랑곳하지 않았다. 여자는 최고급 비단 망토로 온몸을 가리고 있었지만, 셰에라자드는 세상 어디에서라도 그 머리카락을 알아볼 수 있었다.

야스민이었다.

원치 않는
도착

야스민이 데스피나의 손목을 단단히 잡은 채로 뒤편에 있는 레몬나무숲을 향해 몸짓했다.

대답 대신, 셰에라자드는 야스민의 팔을 잡았다. 명백한 위협이었다.

"진정하세요, 마마."

야스민이 조용히 말하더니 그들 너머 어딘가를 바라보았다. 그곳에는 무장한 남자 세 명이 이쪽을 바라보며 서있었다.

"이 못돼처먹은 게."

데스피나가 방긋 웃는 입술 사이로 조용히 욕설을 뱉었다. 야스민은 웃으며 대꾸했다.

"말조심해요. 내가 그런 거짓말을 믿어서 정말로 못되게 행동하면 어떡하려고?"

셰에라자드는 바로 앞에 선 아름다운 소녀를 찬찬히 바라보았다. 이 애쯤은 순식간에 쓰러뜨릴 수 있을 텐데. 무기만 있었더라

면 주저하지 않고 휘둘렀을 텐데. 참 안타깝게도 지금의 셰에라
자드는 그저 분노를 부글부글 끓일 수밖에 없었다.

분노 때문에 온몸이 덜덜 떨리며 말이 나오지 않았다.

"나랑 같이 가시죠."

야스민은 다시 숲 쪽을 턱짓했다.

"내가 널 따라갈 것 같아? 퍽이나."

셰에라자드가 되받아치자 야스민이 대꾸했다.

"언제 본성이 나오나 궁금해하던 차였어요, 건방진 칼리파님.
너무 조심스럽게 행동하는 게 당신답지 않았거든요."

셰에라자드는 이를 악물었다. 날 그렇게 부를 수 있는 건 데스
피나뿐인데 어딜 감히.

"마지막으로 말할게요. 어서 날 따라오라고, 이 바보 멍청이
들아."

야스민이 은구슬 굴러가는 듯한 소리로 웃으며 다시 말했다.

그 순간, 칠흑 같은 어둠에서 나타난 비크람이 야스민 엘 샤리
프 뒤로 몰래 다가가 그녀의 목에 단검을 들이댔다. 야스민은 잠
시 얼어붙었다가 이내 몸부림치기 시작했다. 병사들이 칼을 뽑아
들고 돌진했다.

"한 발만 더 움직였다간 이 여자의 피를 뒤집어쓰게 해주겠다."

비크람의 눈빛이 흑요석처럼 번뜩였다. 병사들은 이도 저도 못
한 채 멈춰 서고 말았다.

"무기를 내려놔."

셰에라자드가 병사들에게 명령했다. 야스민이 병사들에게 고
개를 끄덕이자, 그들은 무기를 버렸다. 셰에라자드는 허리를 구

부려 그들이 던진 칼 한 자루를 집었다.

"세상만사가 다 이렇지. 운은 없다가도 다시 생기는 법이거든."

그녀는 할리드와 비크람이 가르쳐 준 대로 전투태세를 취했다.

"자, 이제 파르티아의 소중한 공주님을 어떻게 할까나?"

데스피나가 팔짱을 끼고서 헛웃음을 지으며 말했다. 셰에라자드는 칼끝에 집중한 채 병사들을 계속 지켜보면서 대답했다.

"잘 모르겠어요. 어떻게 하고 싶은데요?"

"나라면 얘를 아주 훌륭한 협상 카드로 쓸 거예요."

그러자 야스민이 비크람에게 잡힌 채 발버둥 치며 말했다.

"이 바보들아, 내가 여기 온 이유도 그거라고."

"말조심해. 내가 그런 거짓말을 믿어서 정말로 바보처럼 행동하면 어떡하려고?"

셰에라자드는 한 발 다가서며 아까 들었던 말을 그대로 돌려주었다. 야스민이 좌절감 어린 비명을 질렀다.

"데스피나! 언니 남편에게 당장 날 풀어달라고 해! 정말 냄새가 지독해!"

야스민은 거구의 사내에게 잡힌 채로 계속 몸부림을 쳤다. 데스피나가 심드렁하게 대답했다.

"비크람 싱은 내 남편이 아니란다. 내 말을 들을 의무가 전혀 없어. 게다가 지금 누구를 모욕하는 거야? 나라면 말조심할 거란다, 동생아."

데스피나가 소매에서 더 작은 단검을 또 하나 꺼냈다. 셰에라자드는 한숨을 쉬려다가 참았다.

'무기가 또 있다고 진작 좀 알려주지, 데스피나.'

데스피나는 셰에라자드가 눈살을 찌푸려도 아랑곳하지 않고서 자신의 배다른 여동생의 아름다운 얼굴에 칼을 겨누었다.

"여기서 뭐 하는 거지? 왜 남의 일에 참견질이야? 진짜 성가시네."

"나, 난 도와주러 온 거야."

야스민이 중얼거리자 셰에라자드는 비웃음을 지었다.

"궁궐 호위병을 주렁주렁 달고 도와주러 왔다고? 말이 되는 소리를 해."

"진짜야!"

야스민이 소리를 지르며 비크람을 팔꿈치로 세게 밀쳤다. 하지만 그는 뭐라 투덜대기만 할 뿐, 꿈쩍하지 않았다.

"저들은 내 호위병이 아니야. 내 돈으로 고용한 용병이라고. 호위병이었다면 나를 구하려고 주저 없이 싸웠을 거란 생각은 안 들어? 게다가 저들은 궁의 호위병 복장도 하지 않았잖아. 데스피나에게 물어봐."

셰에라자드는 데스피나와 눈짓을 주고받았다. 야스민의 말은 사실이었다. 그럼에도 데스피나는 단검을 더욱 높이 치켜들었다.

"우리가 여기 있는 건 어떻게 알았지?"

야스민의 아름다운 얼굴이 좌절감에 일그러졌다.

"나랑 같이 이 도시를 떠나지 않겠다고 했을 때부터 무언가 꿍꿍이가 있다는 걸 눈치챘어. 그리고 언니가 저녁 식사 때 벌인 난장판은 모든 게 너무나 잘 흘러갔어. 심지어 언니에게도 좋을 정도로."

"그래서 나를 미행했어?"

데스피나가 몰아붙였다.

"아니야. 언니의 시녀에게 돈을 주고 언니가 어딜 왔다가 갔는지 알아냈어. 잘 알잖아. 이 도시에선 돈으로 안 되는 게 없다는 걸."

"술탄에게 말했니?"

그러자 야스민은 오똑한 콧잔등에 주름을 지었다.

"당연히 말 안 했지. 언니가 하는 짓을 아빠가 알았다면 지금 언니가 살아있을 것 같아?"

셰에라자드는 옆에서 둘의 대화를 가만히 지켜보다가 물었다.

"야스민, 여기 왜 온 거지? 목숨이 아깝다면 어서 말을 해."

야스민은 셰에라자드의 지저분한 모습을 머리에서 발끝까지 쭉 훑어보았다. 시간을 벌고 있었다.

"우리의 왕국이 전쟁을 벌이는 걸 보고 싶지 않아서 왔어요."

"그거야 그럴듯한 명분이고. 진짜 속셈은 뭐지?"

파르티아의 공주가 조심스럽게 숨을 들이쉬고 답했다.

"아버지가 죽는 걸 보고 싶지 않아요. 할리드가 다치는 것도 보고 싶지 않고요. 난 두 사람 모두 사랑하니까요. 전쟁이 일어난다면, 둘 중 하나는 죽을 거 아녜요."

셰에라자드는 야스민의 얼굴을 바라보았다.

"그럼, 그 전쟁을 막으려면 우리가 뭘 해야 하는데?"

"나를 데려가 줘요."

공주가 주저하지 않고 대답했다.

"뭐라고?"

셰에라자드와 데스피나 둘 다 놀라서 소리쳤다. 야스민이 턱을 치켜들고 요구했다.

"할리드와 대화하고 싶어요."

"어째서?"

세에라자드가 눈을 가늘게 뜨고 그녀에게 물었다.

"불필요한 피를 흘리는 일 없이 전쟁을 끝낼 방법을 내가 알고 있으니까요."

호라산의 칼리프 진영으로 사람들이 터벅터벅 걸어왔다. 모래밭을 걷는 그들의 차림새는 죄다 엉망이었다.

그들은 세 명의 여자와 한 명의 남자였다. 여자들은 모두 고운 옷이 찢어진 채였고, 그중 두 명에게선 악취가 풍겼다. 여자들이 진영 앞에서 야간 보초를 서고 있는 병사들 앞으로 다가갔다. 반질반질한 구릿빛 피부의 덩치 큰 전사가 보이자, 병사들은 칼을 뽑았다. 일행 중 두 명이 앞으로 나왔다.

세 여자 중 가장 자그마한 여자가 입을 열었다.

"칼리프와 이야기하고 싶다."

그러고는 엉성하게 자른 머리카락을 뒤로 넘겼다. 그러면서 얼굴에 진흙이 더 묻고 말았다. 그 꼴을 본 야간 경비대장은 웃음을 터뜨렸다.

"칼리프를 뵙고 싶다고? 그럼 난 아가씨들을 끼고 앉아서 술이나 한 병 마시고 싶네."

여자의 눈이 온갖 빛깔로 번뜩이더니 초록색으로 변했다.

"멍청한 짓 하지 마라."

"이게 어디서 이래라저래라야, 이 더러운 계집……."

우락부락하게 생긴 병사가 앞으로 나오더니 그녀를 때리려 했

다. 하지만 그 자그마한 여자 앞으로 미처 다가가기도 전에 멈춰
서고 말았다.

"말조심해, 군인 아저씨. 이분은 호라산의 칼리파라고."

헝클어진 곱슬머리를 한 통통한 여자가 험악한 어조로 말했다.
그러자 병사의 장난기가 점점 사라졌다.

"헛소리. 그럼 난 레이의 샤르반이다."

병사의 말에 여자는 여전히 위협적인 어조로 대꾸했다.

"미안하지만 아닌 것 같은데? 그분은 너보다 늙었어. 너처럼 멍
청하지도 않고."

그녀의 말에 옆에 서있던 다른 병사들이 참지 못하고 웃어대기
시작했다.

"그만!"

그중 가장 아름다운 마지막 여자가 마침내 앞으로 나섰다.

"내 이름은 야스민 엘-샤리프다. 칼리프를 뵈러……."

"나야말로 아가씨랑 즐거운 시간을 보내고 싶은데?"

병사는 씩 웃더니 그녀를 끌어당겨 입을 맞추려 했다. 그들과 함
께 있던 덩치 큰 전사가 막아서기도 전, 머리를 아무렇게나 자른
자그마한 여자가 정신 나간 원숭이처럼 격렬하게 분노하며 병사에게
달려들었다. 그녀는 주먹으로 병사의 머리와 목을 마구 쳤다.

옆에 선 병사들이 큰 소리로 웃었다.

"야, 그냥 키스도 못 하나?"

병사가 소리쳤다. 하지만 여자가 좀처럼 떨어지지 않자, 다른
병사들이 다가와 그녀를 떼어내려 했다.

그런데 갑자기 뭔가 번쩍 지나가나 싶더니, 여자들과 함께 온

거구의 남자가 어느새 병사들의 무기를 모두 **빼앗았다**. 남자가 **빼앗은** 칼 한 자루를 들어 불을 붙였다. 그리고 불타는 칼날을 경비대장의 얼굴에 겨누었다.

"잠깐만……."

병사 중 하나가 뒷걸음질을 쳤다. 다른 병사도 급히 도망치다가 모래밭에 넘어졌다.

"저, 저분은 라즈푸트잖아!"

"근위대장을 불러와라. 당장."

불꽃 검을 휘두르며 라즈푸트가 말했다.

오래전부터, 잘랄 알-호리가 한밤중에 자다가 깰 때는 흥미로운 이유가 있었다.

그중에는 마음에 드는 일도 제법 있었다. 아닌 일도 있었지만.

하지만 전쟁 중에 갑자기 자다가 깨어야 하는 일이라면 뭐가 그리 좋겠는가.

야간 경계 근무를 책임지는 저 바보 놈을 갈아치워야겠다고, 그는 속으로 다짐했다. 저 바보 녀석은 아무리 봐도 경계 근무에 적합하지 않았다. 입술에서 피를 흘리고 있는 걸 보니, 방금 싸움판을 벌인 모양이다.

잘랄은 무장한 다음, 머리 나쁜 바보 녀석을 따라 모래밭을 지났다. 그 멍청한 놈은 자꾸 검에 불이 붙었다느니, 하수구 냄새가 나는 예쁜 여자들이 있다느니 하는 헛소리를 지껄였다.

이놈이 경계 근무를 서다가 술을 마신 거라면, 잘랄은 어떻게든 놈을 처벌할 작정이었다. 가시덤불에 하룻밤 던져놓는 것도 좋겠지. 바지를 홀랑 벗겨서 말이다.

그런데 진영 입구에 가까이 가자, 여자들의 목소리가 또렷하게 들려왔다.

이 멍청한 놈이 여자가 있다고 말한 건 사실이었나.

순간, 잘랄은 우뚝 멈춰 서고 말았다. 아름다운 여자들이 오물을 뒤집어쓰고 있다는 말이 생각나서는 아니었다.

마치 노랫소리처럼 들려오는 익숙한 웃음소리 때문이었다.

아무 생각 없이 잘랄은 달리기 시작했다. 바보 녀석이 흙먼지 뒤로 처져도 개의치 않고 달렸다. 지금만큼은 저 먼지 뒤에 누가 서있든 상관없었다.

말도 안 돼. 지금 자신의 머릿속이 엉망이라 그럴 것이다. 요즘 들어 계속 엉망이었으니.

잘랄은 모퉁이를 돌았다. 그러다 다시금 멈춰 서는 바람에 모래밭에 넘어질 뻔했다.

사실이었다. 그녀가 있었다.

지금 잘랄의 눈에는 그녀밖에 보이지 않았다.

그녀 말고는 모두 지옥에나 떨어져 버리라지.

데스피나.

그녀가 웃었다. 느릿느릿, 고양이처럼, 발톱을 박듯 두 손으로 허리를 짚은 채.

"안녕. 네 가족들이 널 얼마나 보고 싶어 했는지 모르지? 엄청 보고 싶어 했어."

"어디…… 있었어?"

잘랄은 아직도 믿을 수 없다는 듯 숨죽여 말했다. 데스피나는 어깨를 으쓱였다.

"그게 뭐 중요해? 어쨌든 내가 여기 왔잖아. 아직도 나한테 화났어?"

"너…… 너 때문에 내 심장이 말라붙었어. 알아?"

잘랄은 목이 메었다. 데스피나가 그에게 다가오며 말했다.

"알아. 그래서 앞으로 그 심장을 평생 돌봐주면서 살려고."

그는 데스피나에게 다가갔다. 느릿느릿, 고양이처럼, 발톱을 박듯 두 손으로 허리를 짚은 채.

"그래. 당연히 그래야지."

잘랄이 그녀에게 다가가며 속삭였다. 맥박이 소리 없이, 미친 듯이 뛰고 있었다. 데스피나는 활짝 웃었다.

"그럼 날 가져줄래?"

잘랄이 손으로 그녀의 턱을 잡았다. 데스피나는 두 손으로 그의 손목을 감쌌다.

"그럴게."

둘의 약속은 입맞춤으로 봉인되었다.

불안한 잠에 빠졌던 할리드는 바스락거리는 소리에 깨어났다.

천막 문이 열려있었다. 입구에 누군가의 그림자가 보였다. 그는 주저 없이 검에 손을 뻗었다.

"난 무기가 없는데요, 세이이디. 지금은요."

할리드는 그녀의 말에 어린 미소를 느낄 수 있었다. 하지만 몸을 움직이지는 않았다. 마침내 꿈이 자신을 덮쳤다는 생각뿐이었다.

이게 꿈이라면, 다시는 깨어나고 싶지 않았다.

셰에라자드가 어둠에서 벗어나 그의 침대로 다가왔다. 그리고 옆에 무릎을 꿇었다.

"내가 어떻게 해서 여기까지 왔는지 궁금하지 않아요?"

이렇게 묻는 목소리에는 방금까지도 슬픔을 겪은 기색이 묻어났다. 많이 피곤한 목소리였다. 할리드는 손을 뻗어 그녀의 손을 잡았다.

"알 필요는 없다. 지금은. 그대가 말하고 싶지 않다면."

"하고 싶은 것과 필요한 것은 아주 다를 수 있죠. 예전부터 항상 그렇게 생각했지만, 막상 겪어보니 훨씬 실감이 나네요."

셰에라자드는 그의 가슴에 기대어 숨을 깊이 들이쉰 다음 물었다.

"아버지의 책은요?"

"파괴했다."

그녀는 고개를 한 번 끄덕이면서 온몸의 긴장을 늦추었다. 그녀의 살갗에 나불시 비누 향기가 배었다. 이윽고 할리드의 카미스에 따스한 눈물이 젖어들었다.

그 눈물이 무엇을 뜻하는지 할리드는 알아챘다.

"이르사를 만났나?"

할리드가 묻자 셰에라자드는 고개를 끄덕였다.

"라힘은……."

"그는 우리의 기억에 영원히 남을 것이다."

할리드가 조용하게 말을 맺어주었다. 하지만 셰에라자드의 얼굴에 후회가 어린 모습을 보자 그의 속이 죄어들었다.

"난 이르사 곁에 있어주지 못했어요. 그 애에게 언니가 필요했을 때 곁에 있어준 적이 없어요. 내가 어찌할 수 없는 일을 하고 싶어서 정신이 없었으니까요. 왜 이제야 깨달았을까."

셰에라자드가 할리드의 품에 파고들었다.

"그대의 말대로, 하고 싶은 것과 필요한 것은 아주 다를 수 있다. 이제 깨달았으니, 그대는 앞으로 더 잘할 수 있을 것이다."

할리드는 그녀의 젖은 머리카락에 손을 얹었다. 너덜너덜 잘린 끝부분을 만지자 그의 가슴에 분노가 치밀었다. 머리카락 끝이 그녀의 어깨를 겨우 스칠 정도였다.

이제껏 그녀가 당한 폭력을 말해주는 짧은 머리카락. 살림 알리 엘-샤리프의 손으로 저지른 학대의 흔적이었다.

"화났어요?"

셰에라자드가 속삭여 묻자 할리드는 분노를 가라앉혔다.

"그래."

그녀는 여전히 눈물이 반짝이는 눈망울로 그를 바라보았다.

"살림이 대가를 치르도록 만들 건가요?"

"몇 배로 갚아줄 거다."

셰에라자드는 조심스럽게 숨을 들이쉬더니, 한쪽 입가를 슬그머니 올려 웃었다.

"그럼 나에게 좋은 생각이 있어요. 음, 나만의 생각은 아니지만요. 그리고 당신이 도와주어야 해요."

"그대에겐 언제나 좋은 생각이 있지, 주남."

아마르다의
문

전쟁은 새벽에 시작되었다.

할리드는 궁수들을 보내 도시의 흉벽에 화살을 퍼부었다.

이에 대항하여, 성문을 지키던 아마르다의 병사들도 아래에 있는 궁수들에게 화살을 쏘았다.

그것은 경고였다. 더는 다가오지 말라는 뜻.

할리드의 궁수들은 말을 타고 바람보다 빠른 속도로 사막으로 돌아왔다. 오마르 알-사디크가 빌려준 바다위의 말들이었다.

잠시 후 할리드의 궁수들이 다시 도시에 도착했다. 더 많은 화살을 가지고서.

할리드는 오래전부터 알고 있었다. 지금 아마르다 안에서는 틀림없이 소요가 일어났을 것이다.

병력은 호라산이 더 많았다. 자금도, 무기도 더 많았다.

파르티아가 더 많이 가진 것이라고는 오만함뿐이었다. 할리드는 그들의 오만함을 이쪽에 유리하게 쓸 작정이었다.

등 뒤로 눈부신 아침 햇살을 받으며 호라산의 궁수들이 하늘을 향해 활을 쏘았다. 참으로 안타깝게도, 성 위에 있던 지휘관들은 환하게 비쳐드는 햇빛 때문에 앞을 잘 볼 수가 없었다. 그래서 아래에 모인 적군에게 활을 쏘라고 병사들에게 제때 명령하지 못했다. 그들이 쏜 화살은 그저 진흙과 모래, 돌과 파편을 맞혔을 뿐이다. 가끔은 적군의 방패를 맞히기도 했지만, 목표물에 명중시키지는 못했다.

그런데……

할리드의 병사들은 상대를 신중하게 골라 조준했다.

쓸데없이 필요 이상의 피를 흘리지 않도록.

지휘관들은 단발에 쓰러지고 말았다. 흉벽으로 엎어지는 이도 있었고, 비명을 지르며 추락하는 이도 있었다.

그들에게 날아온 화살에는 쌍검 문장(紋章)이 새겨져 있었다. 알-라시드의 문장이었다.

이것은 경고였다. 계속 싸우려 드는 자에겐 호라산이 자비를 베풀지 않겠다는 뜻이었다.

할리드는 모습을 드러내지 않았다. 아마르다가 두서없이 방어를 펼치는 동안 호라산의 군사는 신중한 공격으로 대응했다. 여전히 술탄의 모습은 보이지 않았다. 사기를 북돋우는 격려도 없었다. 아마르다의 선봉에는 지도자가 존재하지 않았다.

술탄은 양심도 없는 겁쟁이였다.

술탄의 병사들에게 화살이 우박처럼 쏟아졌다. 아마르다의 화살은 계속 빗맞기만 했다.

호라산 진영에 떨어진 화살들은 즉시 모아서 불을 붙였다.

할리드는 조용히 명령을 내려두었다. 지위와 영향력이 있는 자들만을 목표로 삼아야 한다는 것이었다. 잠시 후, 병사들은 화살촉에 기름을 바른 다음 불을 붙였다. 할리드는 혼돈이 불길처럼 일어나려는 조짐을 보았다. 이제 곧 안에서는 대혼란이 일어날 것이다.

그래도 아마르다의 성문은 굳게 닫혀있었다.

하지만 할리드는 이 상황이 아마르다의 전 군사에게 퍼지리라는 걸 알았다. 파르티아의 술탄은 보석으로 치장한 궁전 안에서 자신의 도시가 불타는 광경을 지켜보기만 할 뿐 보복하지 않았다는 사실을 말이다.

살림 알리 엘-샤리프는 할리드 이븐 알-라시드를 두려워했다.

그날 오후, 할리드는 발리스타(ballista, 고대 로마 시대에 사용한 투석기—옮긴이)를 전진 배치하라고 명령했다. 그것은 철로 만든 화살을 쏘는 거대한 석궁 같은 무기로, 두 달란트(talentum, 고대 서아시아 지역과 로마에서 사용한 단위로, 무게는 지역마다 달랐으나 보통 26kg에서 30kg 정도였다—옮긴이)도 넘는 강철 화살을 발사할 수 있었다. 바로 공성전을 위해 만든 쇠화살이었다. 발리스타는 아마르다를 둘러싼 성벽을 빙 둘러서 상당한 피해를 입힐 수 있는 지점 곳곳에 배치되었다.

성벽을 철저하게 관찰한 공학자들이 지정한 타격 지점이었다.

흉벽에 있던 병사들은 허둥대기 시작하더니, 계급이 높든 낮든 모두 불안한 소리로 외쳐댔다.

공포가 서서히 잠식해 갔다.

할리드는 살림이 어떤 반응을 보이는지 지켜보았다. 하지만 예상대로 술탄이 아무런 행동에 나서지 않자, 할리드는 이어서 말 없는 전언을 전할 준비에 들어갔다.

이번 표적은 곡식 창고를 비롯한 식료품 저장소였다. 할리드는 그 창고를 지키는 인원이 거의 없기를 바랐다. 더는 인명 피해를 내고 싶지 않았기 때문이었다. 이 전쟁에서 죽는 사람을 생각하면 너무나 마음이 아팠다. 할리드는 무고한 피를 흘리고 싶지 않았다.

발리스타가 발사됐다. 쇠화살이 공기를 가르며 날아가 목표물에 적중하자 어마어마한 충격파가 발생했다.

아마르다에 비명이 울려 퍼졌다.

무너진 탑에서 시체가 몇 구 떨어졌다. 그중 한 구가 흉벽에 박혔다. 할리드의 가슴이 죄어들었다. 이미 너무나 많은 사람들이 무의미하게 목숨을 잃었다. 할리드는 애써 숨을 가다듬었지만 그것도 잠시, 이내 마음을 단단히 먹었다.

전쟁이란 원래 이런 것이다.

아무것도 남지 않을 때까지 기다리자. 슬픈 마음은 승리를 거머쥔 다음에 느끼도록 하자.

그는 알고 있었다. 살림 알리 엘-샤리프는 할리드가 정말로 아마르다를 공격하리라고는 전혀 예상하지 못했다는 걸. 이제껏 그럴 수 있었어도 그러지 않았으니까. 이 몇 년 동안 수많은 도발을 겪으면서도 할리드는 아마르다를 공격하지 않았다.

하지만 살림은 알았어야 했다. 할리드가 마음만 먹으면 공격할 수 있다는 것을.

그가 마음만 먹는다면, 주저하지 않고 도시 전체를 쓸어버리리란 사실을.

해가 지기 시작하자 할리드의 등 뒤로 땅이 흔들리기 시작했다. 그는 돌아보지 않았다. 지평선 너머에 무엇이 있는지 알고 있었으니까. 살림조차도 저 광경은 보지 않을 수 없을 것이다.

저 멀리, 반짝이는 모래구름을 일으키며 아라비아산 종마가 아마르다의 성문을 향해 진격해 왔다. 말 탄 기수들은 망토를 두르고 얼굴을 가린 모습이었다. 양 손목에는 두꺼운 가죽 만칼라를 차고, 넓적한 시미타를 휘두르며 달려오고 있었다. 그들은 사막 사람들이었다. 뙤약볕 아래에서 태어나 자란 이들. 용맹하고 자부심 넘치는 이들. 사로잡은 사람은 대부분 죽여버리기로 유명한 이들이었다.

자비심 따위는 없다고도 알려진 사람들.

저들을 이끄는 이는 청회색 매를 지닌 청년과 긴 수염을 기른 남자였다.

에미르 나시르 알-지야드의 아들과 알-사디크 부족의 셰이크였다.

그들은 성문에서 1킬로미터쯤 떨어진 곳에서 멈추었다. 타리크 임란 알-지야드가 하늘을 향해 시미타를 들어 올렸다. 말 탄 기수들 사이에서 함성이 메아리쳐 일기 시작했다. 메아리가 점점 고조되어 높이 울리더니, 남자들은 저마다 칼을 높이 들어 올렸다.

종마의 발굽에서 모래가 날려 만들어 낸 어두운 아지랑이 사이로 칼날이 번뜩였다.

할리드는 도시 위로 피어오르는 공포를 느낄 수 있었다. 이미 대혼란의 불씨가 붙었고, 들불처럼 번지는 공포는 아마르다의 가장 깊숙하고 어두운 골목길까지 스며들었다.

어제 아르탄이 말했듯, 싸워보기도 전에 이긴 전쟁이었다.

이어서 해가 지평선 아래로 저물 무렵, 날개 달린 뱀이 나타났다. 뱀은 날개 아래 뭔가를 매달고 있었다. 뱀에 올라탄 아르탄은 여봐란듯 사악한 미소를 지으며 심판을 내리는 어두운 시선으로 도시를 바라보았다.

날개 달린 뱀이 괴성을 지르며 성문으로 돌진했다. 성벽을 지키던 병사들은 미친 듯이 활을 쏴댔다. 하지만 뱀의 비늘은 갑옷인 양 화살을 튕겨냈고, 날개 달린 뱀은 한층 크게 소리를 질렀다. 할리드는 성 아래 사람들이 공포에 질려 서로에게 소리치며 귀를 막는 모습을 지켜보았다.

이윽고 날개 달린 뱀이 가져온 뭔가를 성문 위로 떨어뜨렸다. 어둡고 반짝이는 액체가 회색 벽을 타고 흘러내리면서 찐득하게 벽을 뒤덮었다.

그것은 기름이었다.

날개 달린 뱀은 다시금 비명을 지르고는 밤하늘로 사라졌다.

어둠 속에 있던 할리드는 혀를 차며 아르데시르를 몰아 앞으로 나섰다. 금과 은으로 장식한 전투복 뒤로 리다가 바람에 휘날렸다. 왕실 근위대 전 대원이 그의 뒤를 따라 행진했다.

흉벽에 있던 보초병 몇이 소리쳐 경고했다. 병사들은 다시금 우왕좌왕하기 시작했다.

성문에서 1킬로미터쯤 떨어진 곳에서 타리크는 흑요석 화살을 기름에 담갔다. 오마르가 화살에 불을 붙였다. 이윽고 나시르 알-지야드의 아들이 성문을 향해 활을 쐈다.

성문에 불이 붙자, 울부짖는 소리가 새로이 들려왔다.

할리드는 검은 아라비아산 말을 탄 채 아마르다의 성문이 불타는 모습을 지켜보았다. 검은 나무문이 푸르고 하얀 불꽃에 휩싸여 빛났다. 황갈색과 주홍빛 불덩이가 춤을 추었다.

성안은 이미 대혼란에 빠졌다.

겁에 질린 사람들의 비명과 고함이 귓가에 점점 크게 들려오자, 할리드는 옆에서 기다리고 있던 전령을 내려다보며 명령했다.

"편지를 전달하라."

하늘 높이 달이 떴을 무렵, 파르티아의 술탄이 할리드의 진영으로 들어왔다. 그는 가장 커다란 천막 앞에 다다라 조용히 말에서 내렸다. 술탄의 얼굴에는 분노가 대낮처럼 역력하게 서려있었다. 그의 뒤로는 자한다르 알-하이주란과 파르티아 군대의 최고위급 장군 두 명이 따랐다.

살림이 안으로 이어지는 천막 문 쪽으로 걸음을 옮겼을 때였다. 왕실 근위대장이 그들 일행을 저지하더니, 무기를 모두 바깥에 두고 가라 지시했다.

그 말을 들은 살림은 공개적인 항의의 기색을 드러내며 멈칫했다.

잘랄이 날 선 얼굴로 짐짓 평온한 표정을 지으며 웃었다.

"궁에 돌아가실 때 돌려드릴 테니 안심하시지요."

그는 한술 더 떠서 보란 듯이 절을 하며 덧붙였다.

"결과가 어쨌든 저희는 술탄을 곧 다시 뵙게 될 테니까요."

파르티아의 술탄은 경멸 어린 비웃음을 지으며 허리에 찬 검과 날이 굽은 단검을 바닥에 던졌다. 그를 따라온 일행도 무기를 버리고 나서야 호라산의 칼리프가 머무는 천막 안으로 들어갈 수 있었다.

안에 들어가자 일행의 눈앞에 할리드와 휘하의 사람들이 보였다. 그들은 길고 낮은 탁자를 앞에 두고 앉아있었다. 양옆으로 선 쇠기둥에 등불이 달린 가운데, 탁자 뒤로는 정교한 문양이 새겨진 병풍을 쳐서 가렸다.

탁자 가운데에는 할리드가 앉아있었다. 왼편에는 레이의 샤르반이 있었고, 그 옆으로 타리크 임란 알-지야드가 앉았다. 오마르 알-사디크는 타리크 옆에 있었다. 근위대장이 할리드의 오른편에 가서 자리 잡았다.

"앉으시오."

할리드가 앞에 놓인 비단 방석을 가리켰다.

살림은 경멸 어린 기색을 간신히 억누르며 자리에 앉았다. 장군들은 그의 양옆에 앉았고, 자한다르 알-하이주란은 타리크의 주의 깊은 눈초리를 받으며 탁자 구석으로 비척비척 다가갔다. 할리드는 아무런 말 없이 살림을 바라보다가 입을 열었다.

"이제야 당신의 주의를 끌었으니⋯⋯."

"창녀의 자식아, 내 딸은 어디 있느냐?"

"딸?"

살림의 물음에 할리드는 잠시 말을 멈췄다. 그가 경멸을 있는 대로 드러내며 덧붙여 물었다.

"어느 딸을 말하는 것인지? 체통이 있다면 이제는 본인의 딸이 하나가 아니라는 걸 인정할 때도 되지 않았나?"

그 말을 듣자 살림은 순간 너무 놀라 입을 쩍 벌렸다. 그의 눈초리가 가늘어지더니 갑자기 경계심을 띠었다. 할리드가 굳은 표정으로 말을 이었다.

"데스피나 역시 당신 소생으로 쳐야 하지 않소. 이제껏 그 애가 당신을 위해 온갖 일을 다 해주었으니 말이오."

적막한 침묵이 천막 안을 유령처럼 떠돌았다. 주먹을 꽉 쥔 잘랄은 마치 금방이라도 술탄에게 달려들 것만 같았다.

그렇게 정의를 구현하고 싶은 모습이었다.

"그래. 그 애도 내 딸이지."

살림이 날카로운 말투로 대답했다.

"좋소. 적어도 그 점은 올바르게 일처리를 했군."

"데스피나를 아끼는 척하지 마라. 그 오랜 세월 그 애는 네놈의 궁전에서 노예로 살았어."

살림은 앉은 자세를 고치더니 신랄한 미소를 지으며 말을 이었다.

"물론 나는 네놈이 그 애를 학대하지 않으리라는 건 알고 있었지. 네놈이 못살게 구는 건 따로 있었지. 하녀가 아니라 아내를 잡아 죽이는 놈이 아니더냐."

잘랄은 숨죽여 욕을 했지만, 할리드는 그 말에 아무런 내색도 하지 않았다. 구태여 변명도 하지 않고 이렇게만 말했다.

"당신은 언제나 한결같군. 본인의 잘못을 다른 사람에게 뒤집어씌우기만 하다니. 그러면서 언제나 똑같은 결과만을 얻었지. 아무것도 얻지 못했어."

살림은 코웃음을 쳤다.

"나는 네놈 같은 꼬맹이에게 설교를 들으러 여기 온 게 아니야. 본론으로 들어가자. 네 편지를 보니 야스민을 데리고 있다던데."

할리드는 고개를 끄덕이고는 뒤로 기대앉아 탁자에 손을 얹었다. 그리고 잠시 기다렸다가 물었다.

"셰에라자드를 데려왔소?"

살림의 표정이 굳었다.

"내가 사랑하는 여자를 돌려준다면 당신이 사랑하는 아이를 돌려주겠소."

다시금 침묵이 흘렀다.

"당신이 아끼는 게 있다는 걸 확인해서 다행이로군. 본인밖에 모르는 사람인 줄 알았는데."

"말장난하지 마라, 이 건방진……."

"그렇다면 내게 거짓말을 하지 마시오. 겉만 번드르르한 겁쟁이 주제에."

할리드의 눈이 이글거렸다.

"어떻게 감히 그런 말을……."

"감히 그런 말을 하고말고요, 살림 숙부님. 할리드는 건방진 말을 꽤 많이 한답니다."

조각목 병풍 뒤에서 누군가의 목소리가 들렸다.

그 말을 듣자 할리드의 입가가 어두운 미소를 지었다. 이윽고 셰에라자드가 그들 앞으로 모습을 드러내었다.

그녀가 입은 옷은 소박했다. 크림빛 카미스와 옅은 회색 서월 바지 차림이었다. 곱슬머리는 어깨까지밖에 닿지 않았고, 허리에 달린 보석 장식한 단검을 빼면 아무런 꾸밈이 없었다.

하지만 그녀는 언제나처럼 위엄 있는 왕비였다.

할리드는 살림이 충격을 애써 숨기려다 실패하는 모습을 지켜보았다. 셰에라자드가 헤이즐넛 빛깔 눈동자를 부드럽게 빛내며 물었다.

"놀라셨나요? 아마 병사를 잔뜩 풀어서 나를 찾으려 하셨겠지요? 그런데 내 나름대로 숙부님의 도시를 탈출하리라는 생각은 안 해보셨나요?"

셰에라자드가 할리드의 옆자리에 앉았다.

파르티아의 술탄은 충격받은 표정을 감탄할 만큼 빠르게 얼굴에서 지웠다. 그리고 셰에라자드에게 미소 지어 보였지만, 지금 그 미소에 예전 같은 불쾌하리만큼 자신만만한 기색은 없었다.

"마마를 보니 계속해서 감탄만 나오는군, 셰에라자드 알-하이주란. 하지만 혼자 힘으로 탈출할 수는 없었을 게 분명한데. 나중에 기회가 된다면 어떻게 한 건지 이야기를 들려주지 않겠소? 그러면 내 보안에 어떤 허점이 있는지 확실히 알게 될 테니 말이오."

셰에라자드는 빙긋 웃었다.

"아, 말하자면 참 대단한 이야기가 될 거랍니다. 말씀대로 많은 도움을 받았지요. 하지만 괜찮으시다면, 그 이야기는 따님들에게 들으시는 게 어떨까 싶네요."

장미

살림 알리 엘-샤리프가 딸들에 의해 파멸하는 모습을 지켜보며, 셰에라자드는 쓰라린 만족감을 느꼈다. 처음에는 첫째딸의 손으로, 그리고 다음에는 마찬가지로 둘째딸의 손으로.

그의 계획은 완전히 좌절되었다.

살림이 몰락했다 해서 라힘의 죽음으로 생긴 공허한 마음이 채워지지는 않았지만, 그래도 살림이 여자들에 의해 나락으로 떨어지는 모습을 보며 일종의 어두운 만족을 느낀 것도 사실이었다. 특히 그들은 살림이 아주 기꺼이 내치거나 볼모로 이용하려던 딸이었으니까.

이제는 자신의 딸들이 기분에 따라 사용하다가 버리는 물건이 아니라는 사실을 배울 때였다.

하지만 진짜 어려움은 살림이 야스민과 마주했을 때 닥쳤다.

살림이 데스피나를 무시하기는 어려운 일이 아니었다. 참으로 오랫동안 버려두었던 딸이었으니까. 그래도 야스민은 어떤가? 야스민은 살림이 사랑하는 딸이었다. 소중한 존재였다.

그녀는 그의 미래였다.

"나더러 어쩌라는 거냐, 야스민?"

야스민의 배신을 온전히 깨닫자마자 살림은 그렇게 물었다. 야스민의 아름다운 눈에 눈물이 차올랐다. 하지만 그녀는 울지 않았다. 예전부터 셰에라자드가 생각해 왔던 대로, 제아무리 힘든 상황에서도 야스민에게는 부정할 수 없는 강인함이 있었다.

"저는 아버지가 이제 그만하시기를 바라요. 이 끝없는 싸움을 멈춰주세요. 끝없이 불안한 상황을 만들지 마시라고요."

"다 **너를** 위한 거였다. 네 미래를 보장하기 위해서였어."

하지만 야스민은 고개를 저었다.

"아뇨. 아버지가 이러시는 데는 다른 이유가 많았어요. 하지만 한 번이라도 가만히 멈추고 제 생각을 들어주셨다면, 제가 원하는 건 이것이 아니었다는 사실도 아셨을 거예요. 아버지는 제가 바라는 게 뭔지 모르세요."

살림의 얼굴이 굳었다.

"넌 뭘 바라는 거냐?"

"저는 제 존재를 후회하지 않고 인생을 살아가고 싶어요."

"내가 언제 너를……."

야스민은 당당한 태도로 자세를 고쳐 앉았다.

"아버지는 언제나 저를 후회하게 만드셨어요. 제가 아버지 입장이었다면, 제가 진심으로 아끼는 이들을 내쫓지 않았을 거예요. 그랬다면 제가 추구하던 행복을 찾을 수 있었을지도 모르죠."

셰에라자드는 야스민의 눈길이 아주 잠깐 할리드를 스친 걸 알아보았다. 일부러 스친 것은 아니었다. 그래서 셰에라자드는 분개하지 않았다. 그 마음을 이해했으니까. 야스민은 아버지의 개탄스러운 행동 때문에 자신이 할리드와 결혼할 수 없다는 걸 이제껏 잘 알고 있었다. 야스민은 심호흡을 하고서 말을 이었다.

"그랬다면 목표를 이루려고 이런 비열한 수단까지 쓸 필요는 없었을 거예요."

살림의 눈빛에 다시금 분노가 번뜩였다.

"그래서 지금 우리가 어떤 꼴이 되었니? 우리가 앞으로 어찌 될 것 같으냐, 딸아? 너는 이런 짓을 저질러서 우리 가문을 모욕한 거야. 내가 항복하길 바라느냐? 네 유치한 희망 때문에 우리가 가진 걸 모두 잃게 되길 바라느냐?"

야스민은 대답하지 않았다. 대신 할리드가 대답했다.

"당신은 마음대로 해도 좋소. 원한다면 당장 일어서서 이 자리에서 뒤돌아 나가도 상관없지. 그러나 당신의 성문은 새벽까지 불타오를 것이오. 그리고 성문이 다 타면, 우리가 아마르다를 포위하려는 걸 막을 수 없겠지."

할리드는 몸을 앞으로 숙였다.

"하지만 나는 그러지 않을 것이오. 내 자존심과 당신의 자만심 때문에 그토록 많은 사람들을 죽이고 싶지 않으니."

살림이 분노에 찬 속삭임을 뱉었다.

"그러면 항복을 바라는가?"

"당신은 내 천막 앞에 나타난 순간 항복한 거나 다름없어."

할리드의 말을 들은 술탄의 얼굴에 분노가 일렁였다.

"그렇다면 연관된 다른 사람들은 어쩌려고? 네 휘하의 영주들 중엔 이 대의명분에 무기와 자금을 지원한 자들이 많아. 그들은 어떡할 것이냐?"

살림의 목소리가 한층 더 커졌다.

"레자 빈-라티프는 어쩔 테냐?"

그 질문에 대답한 건 타리크였다.

"오해하지 마시오. 음모를 꾸민 나의 이모부 역시 처분을 받을 테니. 그와 동조한 다른 이들도 마찬가지요. 논의할 것이 많아지 겠지."

그는 다 알고 있다는 눈빛을 셰에라자드에게 보냈다. 그녀는 타리크의 눈빛을 기꺼이 나누었다. 이해해 주어서 다행이야. 마침내 이해했구나.

"나에게 바라는 게 무엇이냐, 할리드 이븐 알-라시드? 내가 죽기를 바라나?"

살림이 대뜸 물었다. 할리드는 파르티아의 술탄을 바라보며 가만히 생각에 잠겼다가 대답했다.

"당신이 이제껏 저지른 일을 생각하면 죽여 마땅하지. 내게 참으로 소중한 이들을 고통스럽게 만들고 죽이고 파괴했으니."

"네놈에게 그럴 용기가 있을까."

살림이 날카롭게 대꾸했지만, 셰에라자드는 그의 말투 아래에 서린 공포의 기색을 느낄 수 있었다.

"죽이는 데는 용기가 필요하지 않소. 용기는 살아가는 데 필요 하지."

"그러면 날 어떻게 할 셈이냐?"

할리드가 대답했다.

"나는 당신이 술탄의 자리에서 물러나기를 바라오. 레이 바깥에 있는 집을 줄 것이오. 거기서 살도록 하시오. 언제나 경비병들이 지키고 서있게 되겠지. 경비병은 내가 직접 임명할 거고."

살림의 얼굴이 다시금 분노로 일그러졌다.

"그렇다면 네놈이 파르티아의 지배자가 되려는 것이냐? 우리 가문이 5대 넘게 통치해 온 곳을 네놈이 지배하겠다고?"

"앞서 말하지 않았소. 나는 당신의 왕국을 차지할 마음이 없다고."

"그럼 누가 술탄이 되는 거냐?"

할리드는 셰에라자드를 바라보았다. 그녀도 할리드와 눈길을 슬쩍 마주쳤다. 그리고 최고의 비밀을 자신의 입으로 밝힐 기회를 누리게 된 순간을 즐겼다. 할리드는 어젯밤 그들이 합의한 내용을 그녀에게 발표하도록 했다. 다 함께 합의한 것을 이제 드러내 볼까.

셰에라자드가 할리드와 눈을 마주하며 말했다.

"내 생각엔 야스민 엘-샤리프가 파르티아의 훌륭한 술타나가 되실 것 같습니다, 왕이시여."

"나도 그렇게 생각한다, 나의 왕비여."

자한다르는 칼리프의 천막에 마련된 탁자 끝자리에 앉아서 자신의 세상이 비단 실타래처럼 풀려가는 광경을 지켜보았다.

그는 잘못된 선택을 했다. 레자 빈-라티프의 도움으로 책을 되찾아 자신이 누렸던 품위를 다시금 누리게 되리라 생각했다. 다시금 권력 있는 남자로, 영향력 있는 존재로 돌아가게 될 줄 알았다.

파르티아의 술탄이 어떻게든 방법을 찾아줄 줄 알았다.

그런데 알고 보니 자한다르는 끔찍해도 너무 끔찍한 선택을 했다.

셰에라자드와 살림 알리 엘-샤리프의 반목이 그토록 심한지 그는 미처 몰랐다. 어리석게도 셰에라자드가 있으면 술탄을 자신의 편으로 끌어들이는 데 도움이 될 줄 알았다. 그의 딸은 술탄의 조카와 결혼한 사이가 아니던가. 술탄이 칼리프를 몰아내려는 마음이라는 걸 알고는 있었지만, 그래도 설마 셰에라자드를 해치지는 않을 거란 확신이 있었다. 그래서 자한다르는 셰에라자드를 아마르다로 납치해 가려는 레자의 계획에 기꺼이 동참했다.

하지만 그날 밤 벌어진 끔찍한 저녁 식사 자리에서 모든 게 엉망이 되었다.

자한다르는 호라산의 칼리프인 젊은 왕이 이미 이 전쟁에서 이겼음을 깨달았다. 자한다르가 성공 끝에 얻어냈어야 할 권력을 그는 이미 쥐고 있었다. 칼리프는 자한다르가 소중하게 여기는 모든 것을 벌써 장악했던 것이다.

자한다르는 사막에서 이르사를 찾으려고 했지만 찾을 수가 없었다. 그런데 근위대장의 말에 따르면 작은딸이 칼리프의 병사들과 함께 있다는 게 아닌가. 칼리프의 진영에서 안전하게 보호받고 있었다. 자한다르의 손이 닿지 않는 곳에서 말이다.

자한다르가 책을 돌려받으려고 셰에라자드에게 도와달라 했을 때도 마찬가지였다. 큰딸은 이미 칼리프 편에 서서 책을 돌려주지 않기로 마음먹은 게 틀림없었다. 자한다르가 잠든 사이 책을 훔쳐간 칼리프의 편에 서다니.

저 칼리프가 내 딸들을 이용해 아비와 반목하게 조종했구나.

내 책은 어디 있는가?

아내를 잃었다. 레이에서의 지위를 잃었다.

그런데 이제는 딸들마저 잃다니.

아무리 찾아도 이르사는 보이지 않았다. 셰에라자드는 아비를 쳐다보지도 않았다. 심지어 이쪽으로 눈길을 돌리지도 않았다.

큰딸은 오로지 젊은 왕만 바라볼 뿐이었다.

모두가 떠나려고 탁자에서 일어서자 자한다르도 일어섰다. 칼리프의 근위병들이 술탄과 장군들을 따라 천막에서 나가는 모습이 보였다. 이제 남아있는 사람들은 자한다르의 존재 따위는 무시한 채 움직이기 시작했다.

예전처럼. 언제나 그랬듯이.

이윽고 셰에라자드와 칼리프가 가까이 다가오자, 자한다르는 드디어 말할 기회를 잡았다. 행동할 기회를 놓쳐선 안 된다. 존재감을 드러내야 한다. 그는 떨리는 목소리로 입을 열었다.

"내, 내 책은 어디 있니?"

"신경 쓰는 게 정말 그뿐인가요, 아빠?"

셰에라자드가 나직하게 물었다.

"아, 아니다."

딸애의 얼굴이 굳었다.

"왜 이르사는 잘 있는지 물어보지 않으세요?"

"이르사에게 내가 필요하기라도 하니?"

셰에라자드는 시선을 떨구었다. 하지만 자한다르는 딸의 얼굴에 드러난 고통의 여운을 보고야 말았다. 이윽고 칼리프가 다가

왔다. 그는 흔들림 없고 날카로운 눈초리로 자한다르를 응시했다. 그 눈길에 움츠러들 것만 같았다.

자한다르는 그것이 너무 싫었다. 아무리 왕이라 해도, 결국 어린애 아니던가.

"당신의 책은 이제 없어졌소."

칼리프가 냉랭한 어조로 말했다. 자한다르는 속삭여 물었다.

"뭐라고?"

"없어졌소. 파괴했으니까."

순간 자한다르의 주변 공기가 고요하게 가라앉았다가 이내 뜨겁게 달아올랐다.

"어떻게?"

"내가 직접 파괴했소."

자한다르는 손을 꽉 모아 쥐었다. 목덜미로 피가 확 솟구쳤다.

"왜?"

칼리프는 그 말에 아무런 대답도 하지 않았다. 그저 이쪽을 한 번 쳐다보았을 뿐이다.

그리고 돌아섰다.

지금 나를 판단했구나. 그리고 떨구어 냈구나. 이제껏 너무나 많은 이들이 그래왔듯이.

모두가 이렇게 되겠지. 이 녀석 때문에. 이 어린 녀석이 무슨 권리로 이런 짓을 한단 말인가. 이제껏 그에게서 너무나 많은 것을 빼앗아 갔으면서.

딸도, 책도.

존경심도.

자한다르의 몸에서 분노가 맹렬하게 휘몰아쳐 나왔다. 뜨거운 분노에 사로잡힌 채 그는 아무 생각 없이 셰에라자드가 허리에 차고 있던 단검에 손을 뻗었다. 그 즉시 칼리프가 둘 사이에 끼어들어 셰에라자드를 밀어냈지만, 자한다르가 해치려던 상대는 딸이 아니었다. 어떻게 자신이 딸을 해칠 수 있단 말인가.

자한다르는 단검을 높이 치켜들었다.

칼리프는 팔을 들어 공격을 막았다. 근위대가 놀라 외치는 소리가 울려 퍼졌다.

이 모든 상황을 전혀 의식하지 못한 채, 자한다르는 치가 떨릴 만큼 정확성을 발휘하여 칼을 아래로 내리꽂았다. 칼날은 자한다르를 밀어내려던 칼리프의 얼굴을 그었다.

하지만 결국 단검은 목표에 꽂혔다.

바로 호라산 칼리프의 심장에.

단검

할리드는 종종 자신이 최후를 어떻게 맞게 될까 생각했었다. 에이바의 아버지 눈앞에서 죽을 수 있었다면 좋았겠다고 생각하기도 했다. 자신이 받은 저주를 백성에게 떠넘기느니 차라리 죽는 편이 나았으니까.

그런데 이런 최후라니?

이럴 줄은 몰랐다. 자한다르 알-하이주란의 손에 죽게 될 줄이야.

한순간 할리드의 시선이 셰에라자드의 아버지를 향했다.

이자가 나를 죽이다니.

하지만 할리드에겐 증오할 시간이 없었다. 응징할 시간조차 없었다.

그의 눈길이 셰에라자드와 마주쳤다.

그래, 결국에는 사랑할 시간밖에 남지 않는 법이다.

할리드는 비틀거리며 바닥으로 쓰러졌다. 온몸에 뜨거움과 차

가슴이 일렁이며 충격이 퍼졌다.

방 안이 조용해졌다.

가슴에 통증이 번졌다. 끝없는 고통이 이어졌다. 할리드는 치명상을 입었다는 걸 알았다. 시야가 희미해지더니 뜨거운 핏방울이 옆으로 뚝뚝 떨어지며 다시금 맑아졌다. 잘랄이 샤지의 아버지를 바닥에 때려눕히고 그의 손에서 단검을 걷어차는 소리를 들었다.

천막 안은 이제 조용해졌다. 아무런 소리도 들리지 않았다.

할리드는 샤지의 손을 꽉 잡았다. 그의 손길에 힘이 실렸다.

그러다가 힘이 서서히 스러져 갔다.

"안 돼!"

셰에라자드가 비명을 지르기 시작했다. 그녀는 힘없이 바닥에 늘어진 할리드의 몸을 꽉 붙잡았다. 그렇게 가슴에서 흐르는 피를 지켜보았다.

할리드가 숨을 헐떡이며 그의 입안에 피가 고여가는 모습을 지켜보았다.

그가 마지막으로 본 모습은 그녀의 얼굴이었다.

마지막엔 오롯이 사랑뿐이었다.

그가 받을 자격이 없는, 너무나도 큰 사랑이었다.

사랑할 수 있는 힘

비명을 지르던 큰딸은 이제 흐느끼기 시작했다.

주변 사람들은 아무도 움직이지 않았다. 파르티아의 공주는 입을 꾹 다물고 새파란 눈을 일렁이며 눈물을 흘렸다. 둘째 공주는 언니의 어깨에 얼굴을 묻고 울음을 삼켰다.

그러나 아무도 자한다르 쪽을 바라보지 않았다. 누구도 그를 향해 한 마디 말조차 던지지 않았다. 딸애 역시 마찬가지였다. 샤르반조차 말이 없었다. 증오나 분노나 보복의 말조차 전혀 나오지 않았다.

모두 앞에 펼쳐진 광경에 넋을 잃어버렸으니까.

자한다르 역시 다르지 않았다. 이런 일을 저질렀어도 전혀 기분이 나아지지 않았다.

오히려 자한다르는 자신의 자랑스러운 딸이 아비의 눈앞에서 부서지는 모습에 천천히 무너져 가기 시작했다. 딸애가 이토록 정신을 놓은 적은 처음이었다. 엄마가 죽었을 때도, 아빠인 자한 다르가 슬픔에 잠겼을 때도, 그래서 그녀 자신이 집안을 이끌어 야 했을 때도 언제나 의연했는데. 심지어 시바가 궁으로 끌려갔 을 때조차.

셰에라자드는 단 한 번도 흔들리지 않았는데.

그런데 지금 큰딸은 망가지고 있었다. 자한다르에겐 똑똑히 보 였다. 딸애의 일렁이는 눈동자가 보이고, 옆에 선 그 누구보다도 크게 뱉어내는 구슬픈 흐느낌이 들렸다.

자한다르의 심장이 순간 멎는 듯하더니 가슴에 엄청난 충격을 가하며 부서져 버렸다.

자한다르는 딸애가 무너지는 모습을 차마 볼 수 없었다. 딸애 를 해칠 마음은 전혀 없었다.

셰에라자드를 해치다니, 절대로 있을 수 없는 일이지 않나.

칼리프의 피가 그에게로 흘렀다. 바닥에 구부린 채 떨군 손에 피가 묻었다.

그 순간, 자한다르는 뭘 해야 하는지 깨달았다. 자신의 소중한 책에 있던 주문을 모두 외워놓았고, 번역한 구문을 모두 머릿속 에 새겼으니까.

그렇다면 지금 써야 할 주문은?

바로 마지막 주문이자 가장 정교하고 아름다운 주문이 될 것이 었다.

그의 손끝에 닿은 피는 아직 따스했다.

문득 자한다르의 머릿속에 셰에라자드에게 주었던 장미가 떠 올랐다. 궁에서 딸을 마지막으로 보내며 건네주었던 장미. 크림색에 은은한 연보라색이 섞인 꽃봉오리였다. 그는 딸에게 집에서 지냈던 기억을 영원히 남겨주고 싶었다.

그래서 장미를 죽여 셰에라자드에게 아름다운 한순간을 선물했다.

칼리프의 피가 손에 묻자, 자한다르는 주문을 중얼거리기 시작했다. 그리고 더없이 느린 동작으로 손목을 돌렸다.

눈앞이 흐려져 갔다. 손끝에서 불안정한 빛줄기가 피어올랐다. 냉기가 몸속을 스치더니 등줄기를 타고 흘렀다. 시력이 확 밝아졌다가 마치 잉크 한 방울이 눈에 떨어진 것처럼 어둡게 변하더니 이윽고 사방이 점점 희미해지며 아무것도 보이지 않게 되었다.

가슴속에 고통이 쌓여갔다. 꽃이 활짝 피듯 상처가 벌어져 갔다.

하지만 아프지 않았다. 사실은 전혀, 조금도 아프지 않았다. 자한다르는 서서히 미소 지었다.

여기에…… 진정한 힘이 있었기 때문이다. 자한다르가 줄곧 바라온 힘이었다.

말없이 의미를 전할 수 있는 힘.

바로 사랑할 수 있는 힘이었다.

레자는 서서히 동이 트는 모습을 지켜보았다. 별들로 가득한 밤하늘이 느릿느릿 흐려지기 시작했다. 그는 오랫동안 무한한 인내심을 지녀온 자였다. 인맥을 쌓는 데는 인내가 필요했으니까. 신뢰를 다지려면 인내해야 했다.

왕을 쓰러뜨리려면 인내심을 가져야 했다.

레자는 사막에서 기다리며 불타는 아마르다의 성문을 지켜보았다. 술탄의 군대가 아직 반격하지 않았다는 사실에 깜짝 놀랐지만, 그래도 때가 되면 반격하리라고 믿었다. 그리고 레자는 곁에 둔 용병들에게 자신이 믿는 대의명분 외에는 아무것도 보여주지 않았다.

의리도 없이 돈에 움직이는 자들을 곁에 두면서 의심하는 마음을 보여선 안 된다. 내가 품는 의심은 누군가에게 고가에 팔려나갈 정보가 되기 때문이다.

그때였다. 저 멀리 먼지를 일으키며 다가오는 말 탄 이가 보였다. 레자는 말 위에서 자세를 고쳐 앉았다. 그의 주위로 병사들이 가까이 다가오자, 그들이 탄 말이 나지막이 울었다.

피다이의 전령이 말없이 레자 앞으로 다가오더니 고삐를 잡아 말을 세웠다. 땀을 흠뻑 흘린 말의 몸은 반질반질했고, 전령의 눈빛은 어둑했다.

"술탄이 칼리프에게 항복했습니다."

전령은 숨도 쉬지 않고 말했다. 레자는 놀랐지만 내색하지 않았다. 하지만 분노까지 감추지는 못했다.

"어떻게 그럴 수가 있지? 전투는 벌어지지도 않았는데. 술탄과 직접 이야기해 보았느냐?"

전령은 아무런 대답이 없었다. 다만 레자 주변의 병사들과 잠깐 시선을 교환했을 뿐이다.

도대체 무슨 일인지 레자가 깨달은 순간, 첫 번째 공격이 느껴졌다.

뒤에서 누군가가 칼을 휘둘렀다.

레자는 말 등에 고꾸라졌다. 두 번째 공격이 옆구리에 가해지자, 말은 앞다리를 들어 올리고 말았다.

레자는 숨을 헐떡이며 상처를 움켜쥔 채 모래 위로 떨어졌다.

등을 대고 뒹굴면서 그는 가쁜 숨을 쉬었다.

말을 탄 전령이 가까이 다가와 피 묻은 채 반짝이는 검을 하늘로 들었다.

"나시르 알-지야드의 아드님이 전갈을 보내셨다. 다음번에 또 그분이 사랑하는 사람을 죽이려고 암살자를 보낼 마음이라면, 반드시 목표를 죽여서 누가 보냈는지 말하지 못하게 하라고."

레자 빈-라티프가 마지막으로 본 것은 번뜩이는 칼날이었다.

에필로그

꼬마는 문으로 들어와 기다리고 있던 아버지의 품으로 뛰어들며 외쳤다.

"아빠! 아르탄 아저씨가요, 날개 달린 뱀을 타고 나는 법을 나한테 가르쳐 준대요!"

호라산의 칼리프는 얼굴에 장난기를 엷게 드리운 얼굴로 아들을 내려다보았다.

"엄마가 뭐라 할 것 같으냐."

그러자 꼬마는 고개를 절레절레 저었다.

"안 돼요! 엄마한테 말하지 말아요. 아르탄 아저씨가 말하지 말라고 했단 말이에요."

"그것 역시 엄마가 뭐라고 할 것 같구나."

꼬마는 커다란 호박색 눈망울로 방을 쓱 훑어보았다.

"엄마는 어디 계세요?"

"네 이모와 온실에 있지 않을까."

"하지만 곧 오시겠죠?"

"그럼."

꼬마의 눈빛이 열띠게 빛났다.

"엄마가 오늘 밤에 새로운 이야기를 들려주신댔어요."

"나도 들었다."

할리드는 미소 지었다. 그 말에 꼬마는 방 한가운데 있는 침대로 달려가 가장 좋아하는 초록색 방석을 집어 들었다. 할리드도 따라가서 아들 옆에 누웠다.

꼬마는 아빠의 얼굴에 난 흉터로 조심스레 손을 뻗었다.

"이거 아파요?"

"가끔."

"전에 내가 넘어졌을 때 아르탄 아저씨가 고쳐준 적이 있어요. 아빠도 아저씨에게 가서 고쳐달라고 하세요."

"그럴 필요 없단다."

"왜요?"

"괜찮으니까."

"왜요?"

할리드는 다시 미소 지으며 대답했다.

"이 상처를 보고 있으면 모든 일에는 대가가 따른다는 걸 잊지 않게 된단다. 우리가 내리는 모든 결정에는 결과가 따른다는 걸 말이야."

꼬마는 다섯 살치고는 무척 똑똑한 얼굴로 천천히 고개를 끄덕였다.

"난 그냥 아빠가 다친 게 싫어서 그랬어요."

아이의 자그마한 손가락이 아버지의 뺨을 가볍게 누르며 아주 부드럽게 흉터를 쓸었다.

"나도 네가 다치지 않았으면 좋겠다. 그래서 하늘을 나는 뱀을 타는 게 걱정되는 거란다."

꼬마는 콧잔등을 찡그리며 웃었다.

"사랑해요, 아빠."

"나의 심장은 언제나 네 두 손에 있다. 절대로 잊지 말아라, 하룬."

그때, 방문이 열리더니 셰에라자드가 안으로 들어왔다. 산발한 머리카락에, 보석 달린 비단옷으로 온몸을 휘감은 채였다.

하룬은 침대 끝으로 달려가 엄마를 맞이했다.

"엄마, 아르탄 아저씨한테는 내가 말했다고 이르지 마세요. 그런데 아저씨가요, 이번 주 수업이 끝나면 하늘을 나는 법을 알려 준댔어요!"

할리드가 눈을 가느다랗게 뜨고 말했다.

"하룬-잔, 아르탄 아저씨는 그걸 엄마한테 말하지 말라고 했다면서? 그래서 네가 약속했다고 했잖느냐."

꼬마는 소심한 눈초리로 아버지를 슬쩍 바라보고 대꾸했다.

"까먹었어요."

셰에라자드가 웃었다.

"우리 별님 같은 아드님아, 너는 약속을 지키는 법을 배워야겠구나. 약속을 지키지 않는 사람은 가치 없는 사람이란다."

그녀는 헝클어진 까만 곱슬머리를 뒤로 빗어 넘겼다. 그리고 아들의 침대 옆에서 시든 장미 한 송이를 집어 들었다.

"그런데 하늘을 나는 법을 배운다고? 네가 아르탄 아저씨와 하늘을 나는 게 그렇게 좋다면, 엄마는 오늘 들려주려고 했던 이야기를 하지 말아야겠구나. 이 이야기를 들으면 하늘을 더 날고 싶어질 테니."

셰에라자드는 한 손을 슬쩍 비틀어 장미를 되살렸다.

"안 돼요! 그럼 하늘 나는 법은 안 배울게요."

하룬이 방석 한가운데로 폴짝 뛰어오르며 외쳤다. 활짝 미소 짓는 아이의 얼굴은 너무나 환하고도 완벽하게 아름다웠다. 오목조목 고운 얼굴의 눈초리며 입꼬리마다 한껏 치켜 올라갔다.

"아미라는 하늘을 나는 게 별로 무섭지 않다고 했지만요……."

"아미라 알-호리는 가끔 진실을 부풀려서 말하는 경향이 있지. 자기 엄마랑 똑같아."

셰에라자드가 한숨을 삼키자 하룬은 함박웃음을 지었다.

"알아요. 하지만 난 아미라를 믿어요. 내 가장 친한 친구라고요. 걱정하지 마세요, 엄마. 나는 법을 배우지 않을게요. ……지금은요."

셰에라자드는 환한 미소를 지으며 이 세상에서 가장 아름다운 사람들 옆에 자리 잡았다. 바로 그녀의 남편과 아들 곁에.

옆에 누운 꼬마의 얼굴은 할리드를 쏙 빼닮았다. 아버지와 다른 점이라고는 셰에라자드를 닮은 콧날과 거칠고 곱슬곱슬한 머릿결뿐이었다.

할리드의 얼굴에 난 흉터만 빼면 두 사람은 거울에 비춘 듯 똑같이 생겼다.

셰에라자드의 아버지가 자신의 생명을 바쳐 이들의 사랑을 구한 날, 할리드에게는 두 개의 흉터가 생겼다. 하나는 얼굴에, 또 하나는 가슴에. 그 흉터를 볼 때마다 셰에라자드는 매일 살아있음에 고마운 마음을 느꼈다. 사랑하는 이들과 함께 삶을 나눌 수 있는 고마움을.

그녀는 잠시 시바를 생각했다. 그러자 가슴에 따스함이 감돌았다.

셰에라자드가 바라던 것이 바로 눈앞에 다 있었다. 마음속에 필요한 것이 모두 있었다.

그녀는 매일 새벽마다 감사하는 마음으로 깨어나곤 했다.

"이르사와의 일은 잘되었는지?"

할리드가 쿠션에 기대앉으며 셰에라자드에게 물었다. 그녀는 장미를 들어 향기를 맡으며 대답했다.

"그래요. 이르사는 아직도 아르탄 옆에서 약초를 공부하며 온실에서 바쁘게 지내고 있어요. 하지만 타리크가 다음번에 아마르다에 갈 때는 따라갈지도 모른대요."

할리드는 눈썹을 치켜떴다.

"아직도 둘을 이어주려고 하는 건가? 그대와 이르사는 시장통에 소문을 퍼뜨리는 이들보다 더 나쁘군. 항상 음모를 꾸미고 있지 않나."

그의 눈빛에 따스한 기운이 반짝였다. 셰에라자드는 손사래를 쳤다.

"난 아무 짓도 안 하거든요! 타리크는 자기가 가고 싶어서 아마르다에 가는 거라고요. 물론 거기서 야스민이랑 너무 오래 지내다 보면 뭐 어떻게 될지는 모르지만……."

할리드는 한쪽 입가를 슬며시 들어 올렸다.

"그렇겠지."

그때, 하룬이 목을 가다듬고는 엄마와 아빠를 바라보았다.

"엄마, 이야기는 안 해주실 거예요?"

"아, 그래. 해줘야지!"

셰에라자드는 아들을 끌어안았다.

"이 엄마가 가장 아끼는 꼬마 신사분께서 하늘을 너무 날고 싶어 하시니, 이 이야기를 해주는 게 좋겠구나. 여기서 멀지 않은 어느 나라에, 이 이야기의 주인공이 살고 있었단다. 그가 어두운 밤에 작은 양탄자 하나를 옆구리에 끼고 방의 창문을 통해 정원으로 나가면서 이야기가 시작되지. 그 양탄자는 전혀 아름답지도 않고 얼룩도 많아서 지저분했어. 한가운데에는 동그란 무늬가 있고, 가장자리는 불에 타서 검게 그은 자국도 있었지."

"양탄자요?"

하룬이 이맛살을 찌푸리며 물었다. 셰에라자드는 눈을 반짝반짝 빛냈다.

"그래, 양탄자 말이야. 하지만 그건 평범한 양탄자가 아니었단다! 우리의 주인공이 원하는 곳이라면 어디든 데려다줄 수 있는 양탄자였거든. 언제 어디서나 타고 다닐 수 있었어. 머릿속에 떠올리는 어느 곳이든 다 갈 수 있었지. 여기서 1,000킬로미터나 떨어진 푸른 바다에서 헤엄치는 마수를 보고 싶으면 얼마든지 가서 볼 수 있었어. 세상에서 가장 높은 산봉우리 꼭대기에 쌓인 눈을 가져다가 다마스쿠스 시장에서 제일 맛있는 꿀과 섞으면 어떤 맛이 나는지 알고 싶을 땐 양탄자에게 그곳에 가자고 말하면 되었지. 하지만 슬프게도, 주인공은 이런 데는 관심이 없었어. 왜냐하면 그에겐 오로지 단 하나의 꿈이 있었기 때문이란다."

셰에라자드는 잠시 이야기를 멈추고는 옆에 누운 아들을 바라보았다. 그런 다음엔 비단 쿠션에 기댄 남자를 슬쩍 바라보았다.

그녀의 마음은 바다처럼 한없이 넓고 하늘처럼 드높았다.

"우리 주인공의 이야기를 더 듣고 싶니?"

셰에라자드가 묻자, 하룬의 눈이 환하게 빛나며 일렁였다.

"네!"

"그럼, 첫 번째 이야기를 시작할게……. 바로 '하룬과 마법의 양탄자'란다."

작가 후기

        《분노와 새벽》의 작가 후기를 쓴 게 바로 어제 같은데, 벌써 눈앞에 속편이 완성되어 놓였네요. 진부하게 들릴지도 모르겠지만, 시간이 참 빨리 가는 것 같아요.

언제나 그랬듯, 나의 뛰어난 담당자인 바버라 포엘에게 감사드립니다. 바버라가 지칠 줄 모르는 지원을 해주지 않았더라면 제 꿈을 현실로 만들 수가 없었을 거예요. 바버라, 당신에 비할 수 있는 건 오로지 쿠키뿐이라고 생각해요. 그리고 행운을 빌어요, 우리 바보 친구.

나의 편집자인 스테이시 바니에겐 언제나 감사합니다. 항상 내게 도전하면서, 훌륭한 결과물이 아니면 절대로 만족하지 않아줬죠. 당신과 함께 일하게 된 건 이 직업이 내게 준 가장 큰 선물이에요. 이 책과 나의 캐릭터들을 사랑해 주셔서 감사합니다.

펭귄 출판사의 대단한 편집부원들에게 감사드립니다. 여러분의 지지와 열정이 얼마나 소중했는지 말로 다 표현할 수가 없답니

다. 특히 불굴의 정신을 지닌 케이트 멜저와 멋진 홍보 담당자이
신 마리사 러셀에게 감사드려요. 내가 끝없이 해대는 질문을 다
받아주시고 언제나 든든하게 나를 지지해 주셨지요. 또한 카멜
라 이아리아, 알렉시스 와츠, 도니 케이, 애나 자잽, 챈드라 월레
버, 테레사 에반젤리스타, 마리카 타무라, 젠 베서, 캐서린 헤이
든, 리사 켈리, 린지 보그스, 실라 헤네시, 샨타 뉼린, 미아 가르
시아, 에린 베거, 어맨다 머스타픽, 콜린 콘웨이, 주디 파크 새뮤
얼스, 타라 샤나한, 브리 로크하트에게 무척 감사합니다.

2015 뱃 케이버스에게 감사드립니다. 우리, 많은 비평을 나누
고 또 훨씬 더 많이 웃으며 보내기로 해요. 이런 마법 같은 일을
가능하게 해준 앨런과 웬디 그래츠 부부에게 고맙습니다. 그리고
그웬다 본드, 당신의 목소리는 내 인생을 이야기해 주고 있어요.

책을 사랑하는 온 세상의 훌륭한 블로거와 사서, 유튜버를 비
롯한 모든 분들에게 진심으로 감사드립니다.

나의 자매 같은 작가들, 조이 캘러웨이, JJ, 트레이시 치, 세라
레몬, 리키 슐츠, 사라 헤닝에게 고마워요. 매 순간 여러분이 그
자리에 있어주었죠.

마리 루에게 감사합니다. 이 세상에는 고맙다는 말을 표현할
언어가 부족하다는 생각이 들어요. 당신을 내 친구라 부를 수 있
어서 얼마나 좋은지요. 가까운 시일 안에 우리 같이 차 자주 마시
기로 해요. 그 시간을 기다리고 있을게요.

베스 리비스와 로렌 드스테파노에게 감사합니다. 두 분은 지금
처럼 경이로운 영혼의 자세를 절대로 잃으시면 안 돼요. 여러분
의 삶을 지켜볼 수 있어 영광이었고, 내 인생에 두 분이 모두 계

셔주어서 고마울 따름이에요. 로렌에게 붙일 이모티콘이 남아있질 않아요. 전부 써버려서요. 그리고 에바가 안부 전해달레요. 리비스, 그 아이라이너 아주 완벽했어요.

캐리 라이언에게 감사드려요. 함께했던 점심과 나누었던 문자와 같이 울고 웃었던 일 모두 다요. 누가 먼저 이 말을 했는지 모르겠는데, 어쨌든 누군가 당신이 싫어하는 걸 똑같이 싫어하는 사람을 발견한다면 반드시 붙잡으라는 말이 있죠? 그러니 나는 당신을 꼭 붙잡겠어요. 언제나 말이죠.

마리 루트코스키에게 감사드려요. 《장미와 단검》에 아름다운 비평을 해주시고, 조언도 하고, 이메일도 보내주시는 등 해주신 모든 일에 감사드립니다. 하지만 무엇보다도 그저 당신답게, 멋진 모습으로 있어주신 게 제일 고맙습니다.

내가 첫 작품을 내었던 해에 만난 멋진 친구들, 소나 샤라이포트라, 도니엘 클레이턴, 빅토리아 에이브야드, 애덤 실버라, 데이비드 아널드, 베키 알베르탈리, 발레리 테헤다, 니키 윤, 멜리사 그레이, 버지니아 보커에게 감사드려요. 그 힘들었던 해를 여러분과 함께 버텨나갈 수 있어서 정말 영광이었어요.

브렌던 라익스에게 감사드려요. 고맙단 말을 하기로 약속했거든요. 그리고 주황색 정장을 그처럼 잘 소화해 내는 사람은 또 없어서요.

사바 타히르에게 감사드려요. 사바는 나의 든든한 바위 같은 사람이에요. 그가 없었다면 이 책을 어떻게 썼을지 알 수 없었을 거예요. 당신 같은 사람은 또 없죠. 우리가 함께 지냈던 7년이 모두 고마워요.

혜더 바로-샤피로와 IGLA의 팀원들에게 감사드려요. 내 책의 해외 출판 표지를 볼 때마다 난 이게 꿈인지 아닌지 볼을 꼬집어 봐야 한답니다. 천 번도 더 넘게 고맙습니다.

다른 사람은 절대로 이해하지 못하는 나를 이해해 주는 일레인에게 고마워요. 특히 그 사실을 알고도 나를 참아주어서요. 고맙고, 고맙고, 또 고마워요. 무한하게요.

에리카에게 고맙습니다. 에리카와 자매로 지내는 건 나라는 존재의 좋은 점 중 하나죠. 그런데 너 청바지에 구멍 났어. 살펴보는 게 좋을 거야. 나의 형제인 이안과 크리스에게 고맙습니다. 너희 둘 다 이 책 꼭 읽어줄 거지? 너희 둘을 토대로 창작한 등장인물이 있거든. 아하하하하. 나를 지지해 주고 경외심을 느끼게 해 주는 이지에게 고마워요. 아빠에게 고맙습니다. 문자에 대한 사랑을 내게 심어주셨죠. 그리고 엄마, 가게에서 줄 선 사람들에게 내 책을 사달라고 말해줘서 고마워요. 앞으로도 꼭 그래주세요. 그리고 나를 그토록 자랑스럽게 생각해 주셔서 고마워요. 마마 준과 바바 준에게도 고맙습니다. 여러분이 이 책을 읽을 때마다 내가 옆에서 큰 사랑을 계속 주고 있다고 느껴주셨으면 좋겠어요. 오미드, 줄리, 나비드, 진다, 이블린, 이사벨, 앤드루, 릴리, 엘라에게 고마워요. 여러분이 우리 가족이 되어서 풍성한 선물을 받은 것 같아요. 그리고 무슨 일이 있어도 항상 함께해 주어서 고맙습니다.

그리고 빅에게 고마워요.

다른 누구도 아닌 오롯이 나만의 것이어서. 우리가 함께 있어서 고마워요.

옮긴이 **심연희**

연세대학교와 같은 학교 대학원에서 영문학을 공부하고 독일 뮌헨 대학교LMU에서 언어학과 미국학을 공부했다. 영어와 독일어 전문 번역가로 활동 중이다. 옮긴 책 중 대표적인 것으로 소설 《아웃랜더》, 《레슨 인 케미스트리》, 《스파크》, 《미드나잇 선》, 그래픽노블 《인어 소녀》, 《티 드래곤 클럽》, 시리즈물 《이사도라 문》, 《마녀요정 미라벨》 등과, 배우 톰 펠턴 에세이 《마법 지팡이 너머의 세계》가 있다.

새벽의 셰에라자드 II
장미와 단검

초판 1쇄 인쇄 2024년 8월 12일
초판 1쇄 발행 2024년 8월 30일

지은이 | 르네 아디에
옮긴이 | 심연희
발행인 | 강봉자, 김은경

펴낸곳 | (주)문학수첩
주소 | 경기도 파주시 회동길 503-1(문발동633-4) 출판문화단지
전화 | 031-955-9088(대표번호), 9532(편집부)
팩스 | 031-955-9066
등록 | 1991년 11월 27일 제16-482호

홈페이지 | www.moonhak.co.kr
블로그 | blog.naver.com/moonhak91
이메일 | moonhak@moonhak.co.kr

ISBN 979-11-93790-27-4 04840
      979-11-93790-25-0(세트)

* 파본은 구매처에서 바꾸어 드립니다.